KALTE WUT - COLD FURY

KALTE WUT - COLD FURY

KALTE GERECHTIGKEIT - MOST WANTED

TONI ANDERSON

Übersetzt von
MARTIN WICK

IMPRESSUM

DEUTSCHE BÜCHER VON TONI ANDERSON

KALTE GERECHTIGKEIT SERIE

Ein kalter, dunkler Ort (A Cold Dark Place)

Kalte Jagd (Cold Pursuit)

Kaltes Morgenlicht (Cold Light of Day)

Kalte Angst (Cold Fear)

Kalte Schatten (Cold in the Shadows)

Kaltes Herz (Cold Hearted)

Kalte Geheimnis (Cold Secrets)

Kalte Bosheit (Cold Malice)

Eiskaltes Versprechen (A Cold Dark Promise)

Kaltblütig (Cold Blooded)

KALTE GERECHTIGKEIT – DIE VERHANDLER SERIE

Kalt und tödlich (Cold & Deadly)

Kälter als die Sünde (Colder Than Sin)

Kalte böse Lügen (Cold Wicked Lies)

Kalter grausamer Kuss (Cold Cruel Kiss)

Eiskalt (Cold as Ice)

KALTE GERECHTIGKEIT – MOST WANTED SERIE

Kalte Stille (Cold Silence)

Kalter Verrat (Cold Deceit)

Kaltes Grollen (Cold Snap)

Kalte Wut (Cold Fury)

Kalte Tücke (Cold Spite) - Demnächst

Für Jodie Griffin

PROLOG

Heute hatte Hope Harper im Gerichtssaal den größten Sieg ihres Lebens errungen. Nach wochenlangen heftigen und oft brutalen Zeugenaussagen war ihr Mandant freigesprochen worden. Das Problem war nur, dass Hope den Verdacht hatte, dass Julius Leech wirklich der bösartige Serienmörder war, als den ihn die Polizei und die Staatsanwaltschaft beschuldigt hatten.

Und jetzt war er wieder frei.

Ihr Magen verkrampfte sich. Sie schloss die Augen und legte den Kopf gegen das warme Lenkrad, während sie in dem ruhigen Parkhaus saß, das an das Gebäude ihrer Kanzlei in der Innenstadt angeschlossen war.

Es war nicht ihre Aufgabe als Strafverteidigerin, ein Urteil über die Schuld ihrer Mandanten zu fällen. Es war lediglich ihre Aufgabe, sie energisch zu verteidigen und sich auf den Umstand zu konzentrieren, dass die Regierung ihren Fall juristisch nicht beweisen konnte.

Die Polizisten hatten es vermasselt.

Und was noch schlimmer war, sie hatten gelogen. Sie hatten im Zeugenstand einen Meineid geleistet.

Letzte Nacht hatte sich ein Detective auf tragische Weise das

Leben genommen. Gegen seinen Partner, einen jüngeren Polizisten, wurde nun ermittelt.

Hope hob den Kopf und blickte auf die Textnachricht, die ihr Mann ihr vor ein paar Stunden geschickt hatte.

Wir müssen reden…

Was sollte das denn bedeuten?

Sie hatten in den letzten Wochen nicht viel Zeit miteinander verbracht, da dieser Fall jede Minute ihres Lebens in Anspruch genommen hatte, seit Jeff Beasley ihr eine Partnerschaft in Aussicht gestellt hatte, wenn sie Leech als Mandant annahm. Sie hatte nicht einmal einen Freispruch gebraucht. Sie hatte nur da sein müssen.

Partnerin vor dem dreißigsten Geburtstag?

Erstaunlich.

Mit einem Kind?

Das hatte es noch nie gegeben.

Hope gewann gern. Sie bewies gern, dass sie genauso gut war wie all die arroganten, selbstgerechten Staatsanwälte. Ihr Ziel war es immer gewesen, Partnerin bei Beasley, Waterman, Vander & Co. zu werden, damit sie einen sicheren Arbeitsplatz hatte und mitbestimmen konnte, welche Fälle sie in Zukunft bearbeitete. Vor allem aber konnte sie mehr Zeit mit Danny und Paige verbringen, und sie konnten darüber nachdenken, ihre kleine Familie zu vergrößern.

Nun war sie offiziell ein Teil von „Co".

Und auch wenn sie sich innerlich unwohl fühlte, war nicht sie diejenige, die es für die Staatsanwaltschaft vermasselt hatte. Der Polizist, der die Beweise erbracht hatte, war der Grund dafür, dass Julius Leech wieder frei herumlaufen konnte. Sie war gut, aber sie war nicht gut genug, um die Masse von Indizien abzubügeln, die das Boston Police Department zur Untermauerung ihrer Anschuldigungen vorgelegt hatte.

Und diese Sache mit Detective Pauly Monroe tat ihr wirklich leid. Sie hatte ihn über ihren Schwager, der ebenfalls Detective beim BPD war, persönlich gekannt.

Hope stieß einen tiefen Seufzer aus. Dieser Prozess hatte ihre Beziehungen auf so vielen Ebenen beschädigt.

Sie konnte es nicht ertragen, weiter an Leech zu denken. Sie war gezwungen gewesen, monatelang neben dem Kerl zu sitzen und so zu tun, als verursachte er ihr nicht jedes Mal eine Gänsehaut, wenn sie sich zufällig berührten. Sie hatte so tun müssen, als sei die offensichtliche Bewunderung in seinen blassblauen Augen nicht etwas, das einen Würgereiz in ihr auslöste.

Sie würde sich nächste Woche freinehmen. Gott wusste, dass sie es sich verdient hatte.

Wir müssen reden...

Unruhe nagte an ihren Nerven. Sie vermisste ihren Mann, und sie vermisste ihre Tochter. Sie startete den Wagen und trat die Fahrt aus der Stadt hinaus an. Sie überlegte, ob sie anrufen sollte, um zu fragen, ob sie etwas einkaufen musste, aber ihr graute vor dem Gedanken, dass Danny ihr sagen könnte, sie solle gar nicht erst nach Hause kommen.

Sie hatten sich gestern Abend so sehr gestritten, dass sie zum ersten Mal in ihrem gemeinsamen Leben im Gästezimmer geschlafen hatte und noch vor Sonnenaufgang gegangen war.

Sie hasste es, wenn sie sich stritten. Danny war ihr sicherer Ort, ihr Fels, und normalerweise stand er hinter ihr.

Gestern Abend jedoch nicht.

Gestern Abend hatte Danny sie angefleht, alles aufzugeben. Den Fall und die Kanzlei aufzugeben.

Es war eine unmögliche Bitte gewesen, nachdem sie so hart gearbeitet hatte und der Prozess fast vorbei war. Warum hatte er das nicht erkennen können? Stattdessen hatte er sie als Workaholic bezeichnet, hatte ihr vorgeworfen, dass sie ihre Seele verkaufe.

Das hatte sie tief getroffen.

Es war in Ordnung, unermüdlich für das Innocence Project zu arbeiten und dabei zu helfen, fälschlich verurteilte Personen aus dem Gefängnis zu holen, aber es war nicht in Ordnung, Leute, die die Öffentlichkeit für schuldig befunden hatte, energisch zu verteidigen, egal ob die Fakten es bestätigten oder nicht?

Das war Blödsinn.

In der Strafjustiz ging es nicht unbedingt um Recht und Unrecht. Es war ein juristisches Schachspiel, und sie war verdammt gut darin. Auch wenn ihre Moral von einigen jener Leute, die ihre Kanzlei vertrat, ein wenig angekratzt war – aber nicht mehr als die des erfahrenen Detectives, der die DNS platziert hatte, oder des Rookies, der ihn hatte gewähren lassen.

Ihr Kiefer schmerzte, weil sie die Zähne zusammengebissen hatte. Sie musste es loslassen.

Sie liebte Danny. Sie liebte ihn seit dem ersten Tag, an dem sie sich begegnet waren. Sie würden es hinbekommen.

Zum Teufel, sie würde kündigen, wenn es ihm so viel bedeutete. Stattdessen würde sie sich mit Firmen- oder Unterhaltungsverträgen beschäftigen. Auch wenn sie es liebte, Fälle vor Gericht zu verhandeln, würde sie das für den Mann aufgeben, den sie liebte.

Es war nach neunzehn Uhr, und der Berufsverkehr hatte sich beruhigt. Die Fahrt aus der Stadt dauerte nur zwanzig Minuten. Sie kam an ihrem schönen Vorstadthaus mit Bäumen im Garten an und parkte in der Einfahrt. Dann starrte Hope auf das Gebäude, das Danny in ein gemütliches Heim für sie alle verwandelt hatte. Die Fassade war tiefblau und hatte weiß gestrichene Fensterläden. Blumen blühten in den Kübeln, die sie im Frühjahr aufgestellt hatten. Hier endeten ihre gärtnerischen Fähigkeiten, aber Danny genoss es, draußen zu sein. Er hatte ein Blumenbeet an der Seite der Auffahrt angelegt und einen kleinen Gemüsegarten im hinteren Teil, wo er und Paige Salat und Karotten anbauten und einen Kürbis für Halloween heranzogen.

Er hatte sich entschieden, mit Paige zu Hause zu bleiben, während Hope zur Arbeit ging. Er war Krimiautor und schaffte es, zwischen Spielstunden und Kinderfilmen ein paar Seiten zu verfassen. Sie und sein Bruder Brendan dienten als technische

Berater für seine Bücher. Für einen seiner Romane hatte er die Option auf eine Verfilmung, obwohl Danny ihr gesagt hatte, sie solle sich nicht zu sehr freuen, weil die meisten dieser Optionen ausliefen, bevor der Film jemals gedreht wurde. Aber Hope plante insgeheim schon, was sie bei der Oscar-Verleihung anziehen würde, und half Danny im Geiste bei der Vorbereitung seiner Dankesrede für den Preis für das beste adaptierte Drehbuch.

Sie lächelte.

Ja, sie liebte ihren Mann. Sie glaubte an ihn. Bis gestern hatte sie gedacht, er würde auch an sie glauben.

Anwälte mochten ihre Mandanten oftmals nicht. Mandanten waren oft schlechte Menschen. Trotzdem verdienten sie eine solide Verteidigung.

Gestern Abend hatten sie beide im Zorn Dinge gesagt, die sie nicht hätten sagen sollen, aber vielleicht war das eigentliche Problem die Tatsache, dass sie in letzter Zeit so oft abwesend war. Und sie wollte nicht mehr abwesend sein.

Sie stieg aus dem Wagen und traf auf die schwüle September-luft. Die Tatsache, dass Paige nicht sofort die Haustür aufriss und ihr entgegenlief, war ein schlechtes Zeichen. Mit ihren viereinhalb Jahren durfte ihre Tochter normalerweise lange aufbleiben, wenn sie wusste, dass ihre Mutter rechtzeitig zu Hause sein würde, um sie ins Bett zu bringen.

Hope streckte den Nacken, um ihn zu dehnen, bevor sie sich umdrehte, um ihre schwere Aktentasche und die Jacke ihres Kostüms vom Beifahrersitz zu nehmen.

Die Sonne stand schon tief am Himmel und warf lange Schatten von der freistehenden Garage auf den Vorgarten. Es war ungewöhnlich heiß für die Jahreszeit. Ein Vogel sang im Baum, und ein Kind fuhr mit seinem Fahrrad den Bürgersteig hinunter, gefolgt von einem Mädchen auf einem Skateboard. Entlang der Straße waren Autos geparkt. Am Haus gegenüber wurde gerade ein Anbau auf der Rückseite errichtet, und Danny hatte den damit einhergehenden Lärm und die Ablenkung von seiner Arbeit verflucht. Die Arbeiter waren jetzt verschwunden. Der Müllcontainer vor dem Haus war voll mit Gipskartonplatten und Bauschutt. Dreck und Staub bedeckten den Gehweg.

Hope strich sich die Haare aus der Stirn und ging durch das seitliche Gartentor, um zu sehen, ob ihre Familie im Garten war.

Es war so *still*.

Ihr Herzschlag beschleunigte sich vor plötzlicher Beunruhigung.

Was, wenn er sie verlassen hatte?

„Danny?" Sie eilte die Hintertreppe hinauf und ins Haus. „Paige?"

Sie legte ihre Tasche und ihre Jacke auf der Kücheninsel ab und holte ihr Handy heraus. Keine Nachrichten. Sie schrieb ihm eine SMS, bevor sie es wieder in ihre Tasche steckte. Dannys Autoschlüssel hingen neben der Tür, und die schreckliche Anspannung, die sie ergriffen hatte, ließ nach. Allerdings gab es keinen Hinweis darauf, dass das Abendessen zubereitet worden war. Wo zum Teufel waren die beiden? Vielleicht waren sie losgegangen, um etwas zu Essen zu besorgen. Oder sie holten Eiscreme aus dem Supermarkt am Ende der Straße, um das Ende des Sommers zu feiern.

Vielleicht könnten sie alle zu diesem Restaurant in der Field Street gehen und auf der Terrasse essen. Um ihre Partnerschaft und eine Woche wohlverdienten Urlaub zu feiern.

Hope streifte ihre Schuhe ab und beugte sich abwesend vor, um ihren Kater Lucifer zu streicheln, der wie immer miauend aus dem Wohnzimmer kam und nach Futter verlangte. Dann bemerkte sie Blut auf dem Boden.

„Hast du dich verletzt?" Sie hob Lucifer hoch und untersuchte seine Pfoten. Seine weichen Ballen waren rot gefärbt, aber er schien unverletzt.

Hope ging ins Wohnzimmer, den Kater an die Brust gedrückt. Ihr Herz blieb stehen, ihr Blick war auf eine Sache konzentriert. Sie ließ die Katze los, bevor sie zu ihrem Mann lief, der auf dem Boden vor dem stummgeschalteten Fernseher lag.

„Oh Gott. Oh Gott. Oh Gott. Nein."

Paige lag völlig regungslos neben ihm. Sie hielten sich an den Händen, und ein Schauer überkam sie.

„Nein, nein, nein."

Sie suchte nach Dannys Puls. Mit Verspätung bemerkte sie das Blut auf seinem dunkelblauen T-Shirt, das in der Mitte ein kleines Loch hatte. Das schwache Flattern seines Herzschlags unter ihren Fingerspitzen überraschte sie.

Er war am Leben.

Er war *am Leben*.

Gott sei Dank.

Das leichte Heben und Senken seines Brustkorbs verriet ihr, dass er noch atmete. Gerade noch.

Hope tastete nach ihrem Handy, um den Notruf zu wählen, stellte es auf Lautsprecher, schrie ihre Adresse und flehte um Hilfe. Sie hob sein Hemd an, um die Wunde zu betrachten, und benutzte den Stoff, um das Blut wegzuwischen. Die kleine Einstichwunde füllte sich sofort wieder mit tiefem Rot. Sie drückte eine Handfläche auf die Wunde, um die Blutung zu stillen, aber sie musste auch Paige helfen. Sie schnappte sich ein dünnes Kissen vom Sofa und legte es über die Wunde, bevor sie Dannys schweren Arm über den Stoff legte, um Druck auszuüben.

Dann drehte sie sich zu ihrer Tochter um und tastete verzweifelt nach dem Puls, wobei sie innerlich vor der kühlen Haut ihrer Tochter zurückschreckte, während sie prüfte, ob sie atmete. Das tat sie nicht.

„Baby, komm schon."

Dannys Augenlider flackerten, als sie mit der Wiederbelebung ihres Kindes begann. Sie durfte sie nicht verlieren. Hope weigerte sich, sie zu verlieren. Sie wiederholte die dreißig Kompressionen und zwei Beatmungen fünfmal und ignorierte die ausbleibende Reaktion in Paiges blutbespritzten blauen Augen.

Sie drehte sich zu Danny um, um sich zu vergewissern, dass er noch lebte, noch bei ihr war. Sie drückte ihm einen Kuss auf die

Stirn. „Ich liebe dich, Schatz. Es tut mir so leid, dass wir uns gestern Abend gestritten haben. Es tut mir so leid. Ich liebe dich. Verlass mich nicht."

Er versuchte, den Mund zu öffnen, aber es kam nichts heraus. Sein Blick wanderte zu ihrer Tochter, und Hope begann erneut mit der Herz-Lungen-Wiederbelebung, wohlwissend, dass es mit Sicherheit zu spät war und ihre wunderschöne, wunderbare Tochter tot war. Aber sie hieß nicht ohne Grund Hope.

Sie weigerte sich, aufzugeben.

Es läutete an der Tür. Die Notärzte waren da, Gott sei Dank. Sie stolperte auf die Füße und prallte auf dem Weg aus dem Zimmer gegen den Couchtisch, bemerkte den Zusammenstoß jedoch kaum. Sie riss die Tür auf, und plötzlich war es, als sei sie in einem surrealen Traum gelandet. Nicht die Notärzte standen da, sondern Julius Leech, und er hielt einen Blumenstrauß und eine Flasche Rotwein in der Hand, während er breit lächelte.

„Ich wollte mich bei Ihnen bedanken …"

Hope ignorierte ihn. Sie blinzelte und sah sich um. Ein Krankenwagen raste die Straße entlang auf sie zu, und sie drängte sich an Leech vorbei, um barfuß ins kühle Gras zu treten und wild mit den Armen zu fuchteln.

Der Krankenwagen kam zum Stehen.

„Hier entlang", drängte sie, als sie aus dem Wagen sprangen und ihre schweren Taschen holten.

„Schnell. Mein Mann ist am Leben. Ich habe versucht, meine Tochter wiederzubeleben, aber sie atmet nicht." Sie brach schluchzend ab, als sie sie hineinführte. Hope stellte sich zwischen Danny und Paige, als die Sanitäter begannen, sich um ihre Familie zu kümmern. Sie strich ihrer Tochter über das seidige blonde Haar. „Ihr Name ist Paige."

„Was ist passiert?", fragte eine Sanitäterin.

„Ich weiß es nicht. Ich bin vor ein paar Minuten nach Hause gekommen und habe sie so vorgefunden."

Die Sanitäterin wich ihrem Blick aus, aber Hope weigerte sich zu akzeptieren, was sie im Gesicht der Frau sehen konnte.

„Bitte versuchen Sie es weiter." Hopes Stimme war erstickt vor Schrecken. „Bitte, geben Sie nicht auf. Sie bedeuten mir *alles*."

Die Sanitäterin nickte und begann, einen Zugang zu legen, während ein anderer sich um Danny kümmerte.

Hope streichelte sein schwarzes Haar. „Er atmete und hatte einen Puls, als ich nach Hause kam. Seine Augen waren offen und wach." Sie wusste nicht, wie die Worte aus ihrem Mund kommen konnten, obwohl sie eigentlich nur schreien wollte.

Weitere Sanitäter trafen ein, und sie wurde zur Seite gedrängt, als die beiden Teams Seite an Seite arbeiteten.

„Bitte helfen Sie ihnen. Ich weiß nicht, was ich ohne sie tun soll." Sie würde sterben. Sie würde aufhören zu existieren.

Sie blickte auf und sah Julius Leech auf der Schwelle des Wohnzimmers stehen. Ein Lächeln umspielte seine Mundwinkel, und seine Augen leuchteten mit etwas, das ihr wie Schadenfreude vorkam.

Die Erkenntnis traf sie wie ein Schlag. „Verdammter Drecksack."

Hope rappelte sich auf und stürzte auf ihn zu. Leech sah erschrocken aus. Er flüchtete aus dem Zimmer und durch die weit geöffnete Haustür nach draußen, und sie jagte ihm nach, packte ihn am Kragen seiner Anzugjacke und riss ihn zu Boden. Er lag im Gras und starrte zu ihr auf.

„Was hast du mit ihnen gemacht? Was hast du getan?", schrie sie.

Ein anderer Mann eilte herbei, warf sich auf Leech und fing an, auf ihn einzuschlagen.

Es war Dannys Bruder, Brendan.

„Du Bastard. Du verdammtes Stück Scheiße." Brendan schlug seine Faust in Leech' Gesicht, immer und immer wieder.

Hope wollte, dass Julius ausgelöscht wurde. Vom Angesicht der Erde getilgt. Er war zu ihr nach Hause gekommen und hatte ihre Familie verletzt – um mit ihr zu spielen, sie zu quälen. Dass sie für eine Freilassung aus dem Gefängnis gesorgt hatte, war für den kranken Bastard nur eine nette Ergänzung.

Aber Brendan ließ nicht locker, und keiner der anderen Polizisten, die mit ihren Streifenwagen vorgefahren waren, schien bereit zu sein, ihren Schwager daran zu hindern, Leech in ihrem Vorgarten zu Tode zu prügeln. So sehr sie Leech auch leiden sehen wollte, sie konnte diese Art von sinnloser Gewalt nicht zulassen. Und sie konnte auch nicht zulassen, dass Brendan seine Freiheit riskierte.

Sie packte Brendans Arm. „Hör auf. Stopp. Wir müssen mit Danny und Paige ins Krankenhaus fahren. Wir müssen für sie da sein."

„Ich will, dass er dafür bezahlt, was er getan hat", schluchzte Brendan.

„Das wird er. Wir müssen bei unserer Familie sein. Die beiden brauchen unsere Unterstützung." Sie zerrte Brendan auf die Beine.

„Sie sind am Leben?"

„Gerade noch so."

Der Mann sah gebrochen aus. Die Nachricht des Angriffs hatte sich schnell im Bostoner Polizeirevier verbreitet, da jeder Polizist der Truppe hier zu sein schien.

Leech lag bewusstlos auf dem Rasen, das Gesicht zerschlagen und blutig. Die Sanitäter kamen mit zwei Tragen aus dem Haus, und Hope stürzte auf sie zu, wobei sie Brendan mit sich zog.

„Man erntet, was man sät, Miststück", knurrte einer der Polizisten sie an.

Das Blut gefror in ihren Adern.

War das ihre Schuld?

Sie versuchte, in den Krankenwagen zu steigen, aber der Sanitäter hielt sie zurück. „Kein Platz."

Brendan packte sie am Arm. „Wir fahren hinterher. Komm schon."

Sie lief barfuß zu seinem Auto und stieg auf der Beifahrerseite ein. Brendan fuhr mit nur wenigen Metern Abstand hinter dem Krankenwagen her. Hope starrte auf das Heck des Krankenwagens, der mit Blaulicht und Sirene durch die Stadt raste, und hoffte, dass Danny und Paige überlebten. Sie schlang die Arme um ihre Mitte und schaukelte vor und zurück.

„Was zum Teufel ist passiert?" Brendans Fingerknöchel waren blutig.

„Ich kam nach Hause und fand sie drinnen. Danny blutete, war aber bei Bewusstsein. Paige", sie schluchzte, „Paige hat nicht geatmet." Ihre Hände zitterten, als sie sie anhob, um sie vor den Mund zu halten. „Ich habe sie wiederbelebt, aber ihre Lippen waren blau, Brendan ..."

„Sie wird wieder. Die Sanitäter kümmern sich jetzt um sie. Was hat Danny gesagt?"

„Nichts. Er hat gar nichts gesagt." Hopes Lunge krampfte sich zusammen, und sie musste die Augen schließen und ihre Muskeln zur Entspannung zwingen, um Luft einzuatmen. „Sie haben sich an der Hand gehalten." Sie stieß die Worte hervor, und ihre Bedeutung blieb dem Detective nicht verborgen.

Tränen benetzten ihre Wangen. Blut bedeckte ihre Hände.

„Dieser verdammte Bastard", knurrte Brendan.

Leech.

Leech, der seine Opfer immer zu zweit und händchenhaltend zurückließ.

Sie hatte den Richter davon überzeugt, dass er dieser Verbrechen rechtlich nicht schuldig war. Und das war er auch nicht gewesen. Die Polizei hatte es vermasselt. Sie hatte ihren Job gemacht und gewonnen, weil die Polizisten großen Mist gebaut hatten.

Aber dies, dies war *ihre* Schuld.

„Wenn ich nicht seine Anwältin gewesen wäre, hätte er es nie auf meine Familie abgesehen. Danny und Paige ..."

„Sie werden schon wieder."

„Ja." Sie musste sich an diesen Gedanken klammern. Die moderne Medizin konnte Wunder vollbringen.

Der Krankenwagen hielt vor der Notaufnahme, und sie riss

die Tür auf und sprang heraus, bevor Brendans Auto vollständig zum Stehen gekommen war.

Sie nahm Dannys Hand, als sie ihn an ihr vorbei durch die gläsernen Schiebetüren nach drinnen rollten. Sie spürte die warme Haut und den leichten Druck, als seine Finger die ihren hielten.

„Ich liebe dich, Danny. Ich liebe dich so sehr. Bitte halte durch für mich. Für uns." Sie drängten sie weg, als sie Danny durch die Türen in den OP brachten.

Hope sah sich um und schnappte sich eine Krankenschwester. „Wo ist meine Tochter, Paige? Das kleine Mädchen, das gerade hergebracht wurde?"

Die Schwester führte sie in einen kleinen Raum. Hope sah ihre Tochter auf der Trage liegen, als sie die Tür aufstieß.

Brendan saß weinend neben ihr. Er hielt Paiges Hand.

„Warum helfen Sie ihr nicht?", schrie Hope den Ärzten zu, die aussahen, als wollten sie schon gehen. „Ich habe sofort mit der Wiederbelebung begonnen, als ich sie fand. Die Sanitäter haben sich die ganze Zeit um sie gekümmert. Sie kann wiederbelebt werden."

Eine Ärztin schüttelte den Kopf. „Ich fürchte, es ist zu spät, sie zu retten. Sie ist tot." Die Ärztin schaute auf die Uhr und verkündete den Zeitpunkt des Todes.

„Nein!" Hope drängte sich vorbei zu ihrer Tochter, hielt ihr die kleine Nase zu und neigte ihr Kinn nach oben. Sie presste ihre Lippen auf die ihres Kindes, um Paiges Lungen mit Luft zu füllen, damit sie wieder von selbst zu atmen begann.

Niemand sagte ein Wort. Gefühlte Stunden sahen ihr alle mit Tränen in den Augen zu. Schließlich ergriffen starke Hände ihren Arm und zogen sie weg.

„Genug. Genug jetzt." Brendan drückte ihr Gesicht an seine Brust. „Sie ist nicht mehr da. Sie ist tot."

Hope sackte gegen ihn, als ihre Knie nachgaben.

Sie zog sich zurück. „Danny?"

Die schreckliche Wahrheit brannte in Brendans Augen.

Trauer überflutete sie, verdrängte die Verleugnung lange genug, damit die Realität schließlich zu ihr durchdrang. Sie hatte sie beide verloren. Sie hatte alles verloren. Sie umklammerte Brendans Hemd, als die Emotionen überhandnahmen, und gab sich ihnen einfach hin.

1

SIEBEN JAHRE SPÄTER

Julius Leech saß halb erfroren im Transportfahrzeug, an den Hand- und Fußgelenken gefesselt. Draußen schneite es, was er vielleicht zu schätzen gewusst hätte, wenn seine Zahnschmerzen nicht so quälend und seine Gliedmaßen nicht vor Kälte taub gewesen wären.

Sein orangefarbener Overall verletzte nicht nur seine Augen und sein Stilgefühl, sondern bestand auch noch aus dünnem Polyester, das ihn nicht warmhielt. Seine Schuhe waren abgenutzte, schmuddelige, altmodische Turnschuhe, die ihn an seine Internatszeit erinnerten. Die Socken, die einst weiß gewesen waren, waren jetzt schmutzig grau und voller Löcher. Der starke Körpergeruch, der von ihm und seinen Mitgefangenen ausging, ließ ihn beinahe würgen, aber niemand wollte sich zu lange in der Dusche aufhalten – schon gar nicht, wenn man ein verurteilter Kindermörder war.

Wenigstens hatte er durch die ständigen Morddrohungen und Schläge seine eigene Zelle. Dafür hatte sein doppelzüngiger Bastard von Anwalt immerhin gesorgt.

Wut brodelte in ihm über die Ungerechtigkeit des Ganzen.

Wer sagte, dass er ein verdammter Psychopath war, der keine Gefühle hatte?

Nun, diese Schlampe von forensischer Psychologin zum Beispiel. Er lachte innerlich. Die Fantasien, die er gehabt hatte, sie für ein paar Stunden allein zu erwischen …

Er hatte eine Menge Gefühle. Eine Menge Emotionen. Er hatte nur keine Möglichkeit, sie so auszudrücken, dass jemand anderes sie zu schätzen wusste.

Die eisigen Temperaturen ließen ihn heftig zittern, aber er würde nicht der Erste sein, der Schwäche zeigte. Schwäche wurde ausgenutzt. Schwäche konnte ihn umbringen.

Es war schon schwierig genug, sich auf das Überleben zu konzentrieren, wenn er ständig Qualen litt. Der brennende Schmerz, der von seinem Zahn ausging, war unaufhörlich. Es pochte in jedem Nerv, so schlimm, dass er versucht hatte, ihn selbst zu ziehen, aber das Ding gab einfach nicht nach.

Das war alles die Schuld dieses Miststücks. Dieser verdammten Hope Harper. Wäre er nicht im Gefängnis gewesen, hätte er die nötige zahnärztliche Versorgung bekommen. Er hatte angeboten, seinen persönlichen Zahnarzt aus Boston zu holen, aber der Wächter hatte abgelehnt. Stattdessen musste Julius sich darauf verlassen, dass die Gefängnisbehörde jemanden zur Verfügung stellte, und aus irgendeinem Grund stand die Arbeit als Zahnarzt für Insassen einer Hochsicherheitsanstalt bei den meisten Ärzten nicht hoch im Kurs.

Er fragte sich, ob der Typ, bei dem er letzte Woche gewesen war, überhaupt irgendwelche Qualifikationen besaß. Der Idiot hatte eine Wurzelbehandlung durchgeführt, aber für die zweite hatte er keine Zeit mehr gehabt. Und der Eingriff hatte *wehgetan*. Wäre Julius nicht an den Stuhl gefesselt gewesen, hätte er dem Kerl den glänzenden Edelstahlbohrer direkt in die Nase gerammt – was vermutlich der Grund war, warum er und die anderen Gefangenen alle fixiert wurden.

Es war eine harmlose Fantasie, mehr nicht. Ein Weg, um die Langeweile der endlosen Monotonie zu überstehen. Jeden Tag das Gleiche. Jeder Tag war so trist und grau wie Schlamm, der sich unendlich in die Zukunft erstreckte. Das reichte aus, um selbst einen normalen Menschen in den Wahnsinn zu treiben, ganz zu schweigen von den anderen.

Den stümperhaften Zahnarzt zu erschrecken, war zumindest unterhaltsam gewesen.

Die Angst der Menschen zu beobachten, gab ihm einen Kick. Angst war Macht. Macht war eine Droge.

Er fantasierte davon, Angst in Hopes Augen zu sehen.

Jede Nacht, bevor er die Augen schloss und einschlief, fantasierte er davon, Hope zu töten. Aber selbst in seinen Träumen plagte sie ihn.

Als er sie das letzte Mal gesehen hatte, hatte sie ihn mit zusammengepresstem Kiefer im Gerichtssaal angestarrt. Ihre Augen waren kalt, voller Vorwürfe und Abscheu gewesen.

Die Dinge, die sie gesagt hatte …

Wut, sein ständiger Begleiter, brannte in seiner Brust, auch wenn sein Fleisch sich anfühlte, als würden Schneeflocken auf seiner Haut tanzen. Ein Schauer durchlief ihn, und seine Zähne begannen zu klappern.

Das Fegefeuer war real.

Er lebte darin.

Manchmal wünschte er sich, er wäre tot … aber er war noch nicht so weit.

„Es ist verdammt kalt hier hinten", beschwerte Perry Roberts sich.

Halleluja.

„Dreht die Heizung auf. Ihr sollt uns nicht so quälen", schrie Michael Herbert.

„Stimmt", murmelte Reggie Somack, der hinter ihm saß.

„Hört auf zu jammern." Der Wachmann im vorderen Teil des Wagens trug eine dicke Jacke und anständige Stiefel. Er fummelte an den Einstellungen der Heizung herum, Gott sei Dank.

„Dreh sie auf, bevor wir erfrieren!", rief Somack.

Es war früher Nachmittag, aber draußen sah es fast dunkel

aus. Es war bewölkt, düster, und der Schnee fiel so dicht, dass Julius kaum etwas außerhalb des Fensters erkennen konnte. Sie fuhren auf einer Nebenstraße im ländlichen Massachusetts, in Richtung Worcester und der nächsten medizinischen Klinik.

„Das ist das Radio, nicht die Heizung." Der Fahrer, Officer Byron, wandte seinen Blick für den Bruchteil einer Sekunde von der Straße ab, um die Heizung einzustellen, und Julius sah zu, wie sich alles in Zeitlupe abspielte. Der Kleinbus driftete in einer Kurve über den Mittelstreifen, und der Fahrer übersteuerte. Das Fahrzeug begann, auf die andere Straßenseite zu schleudern, und dort, in der verschneiten Dunkelheit, tauchte das schwache Licht von Scheinwerfern auf. Byron riss das Lenkrad in die andere Richtung, was das Schleudern nur noch verschlimmerte.

Alle hielten sich an der Unterseite ihrer Sitze fest. Die Ironie, bei etwas so Banalem wie einem Autounfall zu sterben, brachte Julius trotz der Situation zum Lachen.

Byron bemühte sich, das Fahrzeug unter Kontrolle zu halten, während der andere Wachmann, Pedrós, mit voller Wucht gegen die Beifahrertür geschleudert wurde. Ein furchtbares Knirschen ertönte, als sie gegen die Leitplanke prallten und durch sie hindurchbrachen wie eine scharfe Klinge durch Fleisch. Roberts und Somack schrien beide. Julius öffnete entsetzt den Mund, aber es kam kein Ton heraus.

Es fühlte sich an, als würden sie durch die verschneite Nacht fliegen – der Albtraumschlitten des Weihnachtsmanns. Äste rauschten an den Fenstern vorbei, kratzten an den Seiten des Fahrzeugs wie riesige, knochige Fingernägel. Dann prallte der Kleinbus heftig gegen die Seite eines Hügels. Die Windschutzscheibe zersplitterte, als sie ruckend zum Stehen kamen. Julius' Gesicht schlug mit der Seite gegen den Sitz vor ihm, obwohl er mit Ketten fixiert war. Seine Handgelenke und Knöchel brannten vom Ziehen an den Fesseln.

Nach dem Schock des Unfalls war die plötzliche kalte, stille Dunkelheit seltsam fremd und überwältigend.

„Sind alle in Ordnung?", fragte der Fahrer zittrig.

Julius begann zu lachen.

„Du bist ein verkorkstes Arschloch, Leech", stieß Somack hervor.

Metall ächzte. Äste knackten. Jemand schrie vor Schmerz auf.

Der idiotische Fahrer, Byron, schaltete die Taschenlampe seines Handys ein und schwenkte damit über die Gefangenen. Der andere Wärter, Pedrós, war nirgends zu sehen. Byron starrte benommen umher, als suchte er den vermissten Mann. Julius zuckte zusammen, als Byron ihm mit dem Licht in die Augen leuchtete.

„B-Bleibt alle ruhig, ich rufe Hilfe."

„Ich habe ein Problem", stieß Herbert hervor.

Das Licht des Handys schwenkte zurück, und Julius zuckte zusammen, als er sah, dass ein Ast die Brust des Mannes durchbohrt hatte.

Wow.

Das musste wehtun.

„Ich glaube, mein Arm ist gebrochen." Reggie Somack hielt unbeholfen seinen rechten Arm, als der verbleibende Wachmann das Licht auf ihn richtete, während er immer noch versuchte, einen Anruf zu tätigen.

Julius hatte keine Ahnung, ob Somack die Wahrheit sagte, aber es war ein Wunder, dass sie nicht alle tot waren.

„Verdammt noch mal", stieß Byron hervor. „Ich habe keinen Empfang."

Das Fahrzeug machte einen plötzlichen, erschreckenden Ruck, und alle schrien auf. Der Fahrer lenkte seinen Lichtstrahl nach rechts, und Julius erkannte, dass der Boden steil abfiel und im eisigen Fluss darunter endete. Der Kleinbus war gegen eine Gruppe großer junger Bäume zum Stehen gekommen, die sich unter der schweren Last bogen.

Das Fahrzeug ruckte erneut, Metall knirschte gegen Holz.

„Hol uns hier raus!", brüllte Reggie.

Byron war kreidebleich, und Blut tropfte ihm von der Stirn, als er durch das Drahtgitter schaute, das die Gefangenen von ihm trennte. Verspätet fasste er einen Entschluss und entriegelte schnell die Trennwand. „Ich werde nach hinten kommen und euch alle befreien. Diejenigen, die können, klettern mit mir zurück auf die Straße, und ich rufe Hilfe. Ich schicke das Notfallteam für Herbert und Somack los, falls sie es nicht den Berg hinaufschaffen. Das Rettungsteam wird herkommen müssen, um nach Officer Pedrós zu suchen."

Julius war sich ziemlich sicher, dass Pedrós tot am Grund der Schlucht lag.

Byron löste die Kette, die durch Perry Roberts' Handschellen führte, und nahm ihm die Fesseln ab, damit er sich bewegen konnte. Dann trat Byron zurück und legte eine Hand auf den Griff seiner Waffe. „Geht jetzt. Und keine Dummheiten. Leute sind verletzt."

Roberts richtete seinen großen Körper auf und taumelte nach vorn.

Als Nächstes wurde Herbert befreit, obwohl der Kerl mit dem Ast, der seine Brust durchbohrt hatte, nirgendwo hingehen würde. Byron legte eine Hand auf die Schulter des Verletzten. „Halte durch, Michael. Hilfe ist unterwegs."

„Die sollen sich verdammt noch mal beeilen."

Byron schloss Julius' Fesseln auf, und er rutschte nach vorn. Ein Gefühl der Hoffnung durchdrang den Schock des Unfalls und blühte mit derselben Euphorie in ihm auf, wie eine Line feinsten Rauschgifts sie hervorgerufen hätte.

Perry Roberts drückte mit den Füßen gegen die verbogene Tür und versuchte, sie aufzutreten. „Sie klemmt."

Julius spähte über die massive Schulter des Mannes. „Da ist ein Baum im Weg. Lass mich durch das vordere Fenster aussteigen und von der anderen Seite ziehen."

Roberts schob ihn mit seinen gefesselten Händen zur Seite. „Ich gehe vor."

Julius zügelte seine brodelnde Wut.

Roberts fluchte, als das zerbrochene Sicherheitsglas ihn schnitt, während er über das Lenkrad kroch. Julius wollte ihm folgen, aber Reggie Somack stieß ihn zur Seite und manövrierte sich ungeschickt wie eine große orangefarbene Raupe über das Armaturenbrett und die Motorhaube. Sein Arm schien plötzlich in Ordnung zu sein.

Der Kleinbus rutschte und Julius eilte Somack hinterher.

Der Wind raubte ihm den Atem. Es war so verdammt kalt.

Seine gefühllosen Finger klammerten sich an das gefrorene Metall, als er sich mühsam über die rutschige Motorhaube zog und zu Boden stürzte. Er richtete sich auf, stolperte dann über die abgebrochenen Wurzeln in der Dunkelheit und klammerte sich an den sehnigen Stamm eines jungen Baumes, der unter seinem Gewicht zu brechen drohte.

Julius konnte durch den fallenden Schnee die schwachen, orange gekleideten Gestalten seiner Mitgefangenen ausmachen. Als Officer Byron aus dem Fenster klettern wollte, begannen Roberts und Somack, den Bus zu schaukeln.

„Hört auf damit! Stopp! Herbert ist da drin." Byron verlor seine Waffe, da er sich mit beiden Händen festhielt.

Roberts und Somack hörten nicht auf. Der Wachmann versuchte, sich durch den Fensterrahmen zu ziehen, aber sein Ausrüstungsgürtel verfing sich gerade, als das Heck des Fahrzeugs ins Rutschen geriet. Einige Sekunden später hörten sie das Geräusch des Kleinbusses, wie er ins Wasser stürzte, nachdem er den armen bemitleidenswerten Officer Byron mitgerissen hatte.

Die beiden Sträflinge drehten sich zu ihm um, und Julius versuchte, nicht zurückzuschrecken. War er der Nächste?

„Das ist nie passiert. Verstanden?" Roberts zeigte mit dem Finger auf ihn.

„Ich habe nichts gesehen", stimmte Julius schnell zu.

„Folge uns bloß nicht, du kleiner Freak", warnte Somack.

Sie machten sich auf den Weg nach Osten, und Julius stand ein paar Sekunden lang wie erstarrt da, bis ihm klar wurde, dass er frei war. Er war *frei*, und das war seine große Chance. Die Tatsache, dass er erfrieren würde, da der Schnee sofort seine armseligen Schuhe und den Overall durchnässte, war fast schon Ironie, aber er würde nicht einfach hier sitzen und sterben. Er rutschte und taumelte die zerklüftete Böschung hinauf, in Richtung Straße. Das Gelände war steil, und er atmete schwer. Als er einen weiteren Schritt machte, stolperte er und landete auf etwas Warmem.

Er streckte die tauben Finger aus und fühlte Stoff unter einer dünnen Schneeschicht.

Scheiße.

Es war ein Körper.

Pedrós?

War er tot?

Julius durchsuchte die Taschen, bis er das Mobiltelefon des Wachmanns fand. Er schaltete die Taschenlampe ein und sah, dass der Kopf des Mannes in einem unnatürlichen Winkel geneigt war und seine Augen leer nach oben starrten. Diese Augen ließen Julius für eine Sekunde innehalten, aber er hatte keine Zeit, über die Mystik des Todes nachzudenken. Als Nächstes fand er die Schlüssel des Wachmanns, schloss die Handschellen auf und rieb sich die Handgelenke, nachdem er die verhassten Metallbänder entfernt hatte.

Er lehnte sich einen Moment lang zurück, als ihn heftige Schauer überkamen. Dann beschloss er, dass das Schicksal Pedrós aus einem bestimmten Grund in seinem Weg platziert hatte. Julius rang dem Mann Mantel, Jacke und Hemd ab. Dasselbe tat er mit den Stiefeln, Socken und Hosen des Mannes. Auf die Unterwäsche verzichtete er, denn er hatte noch immer seine Würde. Er zog seinen eigenen verhassten orangefarbenen Overall aus und tanzte in der Kälte, bevor er schnell in die warme Kleidung des Wachmanns schlüpfte. Sie war zu groß, aber das war in Ordnung.

Julius zog sich fertig an, tätschelte die Waffe, die er jetzt am Gürtel trug, und die Handschellen, die in seiner Tasche steckten. Es war ein seltsames Gefühl, wie die Männer und Frauen gekleidet zu sein, die jahrelang jeden seiner Schritte kontrolliert hatten. Seltsam, aber gut. Er richtete sich auf und rollte die Schultern, bevor er den Overall unter einen Arm klemmte. Ihn zurückzulassen wäre eine orangefarbene Signalflagge.

Bezüglich der Leiche konnte er nichts unternehmen, aber die Polizei würde nicht wissen, wer die Kleidung des Wachmanns genommen hatte. Sie würden nicht einmal wissen, ob Julius den Unfall überlebt hatte. Das könnte ihm einen Vorsprung verschaffen.

Er behielt das Handy. Er würde es loswerden, sobald er sich orientiert hatte.

Freiheit.

Julius konnte sie schmecken. Sie war so kostbar und begehrt wie ein Baby für ein unfruchtbares Paar, wie Essen für einen verhungernden Mann.

Er erklomm den Gipfel des Hügels, schweratmend und vorsichtig, falls Roberts oder Somack sich ebenfalls dort oben befanden oder sie bereits als vermisst gemeldet waren. Als er am Rand der Straße ankam, spähte er durch die Bäume.

Nichts.

Niemand.

Er versuchte, die Karte auf Pedrós' Handy zu überprüfen, aber es war passwortgeschützt und für ihn nutzlos. Frustriert warf er es in Richtung des Flusses.

Ein Auto näherte sich, und Julius ging ein Risiko ein. Er stopfte den Overall unter seine Jacke, stellte sich an den Straßenrand und winkte den Fahrer heran. Er musste so schnell wie möglich von hier verschwinden – nur so konnte er endgültig entkommen. Der Wagen blieb stehen, und Julius schritt selbstbewusst zum Beifahrerfenster und beugte sich hinunter.

Es war ein junger Mann, Mitte zwanzig.

Julius ließ die Pistole in seine Tasche gleiten.

„Es gab einen Unfall. Ich brauche eine Mitfahrgelegenheit in die nächstgelegene Stadt."

„Klar, Mann. Steig ein."

Julius stieg ein. Plötzlich wusste er, dass alles genau so sein sollte. Das war Schicksal. Dann wurde ihm noch etwas bewusst, und er berührte seinen Kiefer. Sein Zahn tat nicht mehr weh. Er hatte ihn sich bei dem Unfall ausgeschlagen.

Der Tag wurde immer besser und besser.

Er stellte sich Hopes Gesicht vor, wenn sie die Nachricht hörte. Jetzt konnte sie ihn nicht mehr ignorieren, oder? *Miststück.*

Sie würde wissen, dass er hinter ihr her war. Und sie würde wissen, warum.

2

MONTAG, 1. FEBRUAR

16:15 Uhr, FBI HRT-Gelände, Quantico

Aaron Nash legte seinen Arm um Ryan Sullivans Hals und drückte zu, wie es sich so viele Menschen wohl oft erträumten. Die beiden Männer rangen auf dem Boden miteinander. Aaron schlang die Beine um seinen Gegner, um den hinterhältigen Mistkerl zu fixieren. Schweiß tropfte in Aarons Augen, und seine Lunge brannte, aber er würde Ryan auf keinen Fall loslassen.

Aarons Spitzname, den er insgeheim hasste, lautete „Der Professor", weil er einer der wenigen im Geiselrettungsteam war, die keinen militärischen oder polizeilichen Hintergrund hatten. Stattdessen hatte er einen Abschluss in Biologie und hätte, wenn das Schicksal es nicht anders gewollt hätte, dies zu seinem Lebenswerk gemacht. Cowboy hatte auch keinen militärischen Hintergrund, aber sie konnten sich beide im Team behaupten. Und auf der Matte.

Ryan gab auf, woraufhin Aaron den anderen Mann losließ und die beiden sich schweratmend voneinander lösten.

„Wer ist der Nächste?" Ryan klang heiser, aber resigniert. „Los geht's."

„Donnelly ist die Einzige, die dir heute noch nicht in den Arsch getreten hat."

Ryan sackte auf den Rücken, seine Sportkleidung war nass vor Schweiß. Sein Gesicht war gerötet und er starrte an die Decke. „Ich gebe lieber gleich auf und vermeide die Demütigung."

Meghan Donnelly schnaubte.

Aaron richtete sich auf und reichte seinem Kollegen die Hand. „Gute Idee. Spar dir die Energie für die Zeit, wenn Steel aus Maine zurückkommt."

Ryan schnaubte, als er die Hand nahm und sich von Aaron auf die Beine ziehen ließ. „Grady wird mich umbringen. Ich war ein Arschloch."

„Vergangenheitsform?" Aaron hob eine Augenbraue.

Ryan grinste, aber es reichte nicht bis in seine Augen. „Wahrscheinlich nicht."

Aaron wusste, dass sein Freund verletzt war. Er wünschte, er könnte helfen, aber manche Menschen schienen ihr inneres Elend zu hegen. Vielleicht war es das, was sie zusammenhielt.

Er hatte seinen eigenen Mist, der ihn nachts wachhielt, aber anstatt in der Vergangenheit zu schwelgen, zog er es vor, nicht daran zu denken. Es sei denn, sie wurde ihm vor die Nase gehalten, dann musste er grinsen und es ertragen.

Hunt Kincaid warf ihnen beiden ein Handtuch zu. Jeder im Team Gold hatte sich heute Nachmittag im Nahkampf mit Ryan versucht. Cowboy hatte sich eine Zeit lang gut gehalten, aber nach zwei Stunden wäre er nicht mehr in der Lage gewesen, sich gegen einen Kartoffelchip zu verteidigen, geschweige denn gegen hochqualifizierte Operators. Jeder hatte ein wenig Übung und eine Menge Befriedigung gewonnen. Ryan hatte den Hinweis verstanden, dass er seine Nase aus den Angelegenheiten anderer Leute heraushalten sollte.

Vielleicht würde es anhalten.

Aber Aaron bezweifelte das.

Sie machten sich auf den Weg zur Umkleide, als ihr Teamleiter Payne Novak hereinkam. „Wer ist noch auf dem Gelände?"

Aaron wischte sich den Schweiß aus dem Gesicht. Das Team Gold bestand aus zwei siebenköpfigen Sturmeinheiten, Echo und Charlie, und einer achtköpfigen Scharfschützeneinheit. Die meisten der Sturmteams befanden sich in der Turnhalle oder in den Umkleideräumen. „Alle außer den Scharfschützen, die bereits nach Hause gegangen sind."

Zwischen Serienmördern, Drogenkartellen und einem abtrünnigen ehemaligen FBI-Agenten hatte das Team Gold seit dem Jahreswechsel keine Pause bekommen.

Sie hatten zwei ihrer Kollegen innerhalb einer Woche verloren, und diese Verluste hatten sie alle schwer getroffen. Aaron konnte immer noch nicht begreifen, dass Dave Monteith und Kurt Montana beide tot waren.

„Was ist los?"

Novak warf ihm einen Blick zu, der auf Ärger hindeutete. „Wir haben vielleicht einen Gefängnisausbruch."

„Vielleicht?" Aaron hob eine Augenbraue und lächelte. „Wir wissen es nicht sicher?"

Novaks Gesichtsausdruck blieb ernst. „Ein überfälliger Transport mit zwei Wärtern und vier Häftlingen aus einem Hochsicherheitsgefängnis im Westen von Massachusetts. Der Kleinbus ist auf dem Weg zu einer medizinischen Einrichtung während eines Schneesturms verschwunden."

Der Schneesturm kam aus der kanadischen Prärie und drohte, den halben Kontinent heimzusuchen.

Novak schaute auf seine Uhr. „Er sollte gegen halb drei an der Klinik ankommen. Nachdem eine weitere Stunde verging, ohne dass ein Gefangenentransport eintraf, rief die medizinische Einrichtung das Gefängnis an, und der Alarm wurde ausgelöst. State Troopers sind jetzt auf der Suche nach dem Fahrzeug. US Marshals sind auf dem Weg in die Gegend und werden den Vorfall untersuchen, falls es sich um einen Ausbruch handeln sollte."

Es war jetzt 16:30 Uhr.

Aufregung schoss durch Aarons Adern. „Sind wir an der

Suche beteiligt?"

Novak schüttelte den Kopf. „Noch nicht."

Wegen des Sturms war es zu gefährlich, Flugzeuge loszuschicken, um nach Wärmesignaturen zu suchen, und natürlich behinderte der Sturm auch die Arbeit des Personals am Boden.

Aaron wartete, während Novak die Textnachricht verschickte, in der er alle auf die Krisensituation hinwies. Dann erhob er seine Stimme für alle, die noch in der Turnhalle waren. „Wir fliegen in dreißig Minuten."

„Wohin fliegen wir?", fragte Aaron.

Sie gingen in Richtung der Umkleideräume.

„Das Justizministerium hat Wind davon bekommen, wer sich im Transport befand, und will als Vorsichtsmaßnahme mehrere prominente Personen schützen lassen, die mit ihren Fällen zu tun hatten." Novak blieb stehen, sein Blick war ernst. „Anscheinend stimmt die BAU dem zu."

„Wer ist denn entkommen?"

„Reggie Somack, Michael Herbert, Perry Roberts."

Da klingelte nichts.

„Und … Julius Leech", fügte Novak hinzu.

„Der Serienmörder?"

„Ja. Obwohl die anderen drei auch keine Engel sind. Ein hochrangiger Drogendealer, ein Typ, der seine Freundin ermordet und ihre Tochter entführt hat, um sie zu verkaufen, und ein Serienvergewaltiger."

Aaron presste die Lippen aufeinander. „Du glaubst, Leech ist hinter der Anwältin her, deren Familie er ermordet hat?"

Novak zuckte mit den Schultern. „Oder hinter dem Anwalt, der ihn beim zweiten Mal nicht vor der Verurteilung bewahrt hat. Oder hinter der Richterin, die ihn zu lebenslänglicher Haft ohne Aussicht auf Bewährung verurteilt hat. Oder hinter den Zeugen, die gegen ihn ausgesagt haben. Ich glaube mich zu erinnern, dass er in diesem Gerichtssaal eine Menge Drohungen ausgesprochen hat, als er verurteilt wurde."

„Wo war das nochmal?"

„Boston. Die Richterin hat sich außerhalb der Stadt zur Ruhe gesetzt. Der Anwalt, der den Fall verloren hat, hat eine schicke Privatkanzlei in der Stadt, und Hope Harper ist jetzt stellvertretende Staatsanwältin bei der Staatsanwaltschaft von Suffolk County."

Aaron konnte sich noch vage an sie erinnern. Zur Zeit der Morde hatte er seinen Master auf einer Insel in Französisch-Polynesien gemacht. Der Doppelmord an Mann und Kind hatte selbst in diesem entlegenen Teil der Welt für sensationelle Schlagzeilen gesorgt. Einige Leute hatten es als göttliche Gerechtigkeit bezeichnet, nachdem sie einen angeklagten Serienmörder verteidigt und seine Freilassung erwirkt hatte. Aaron war nicht der Meinung, dass die Ermordung zweier Unschuldiger jemals ein akzeptabler Kollateralschaden für die Entscheidungen eines anderen sein sollte. Er war dafür, dass Menschen für ihre Verbrechen selbst bezahlten.

Strafverteidiger waren ein notwendiges Übel, aber nachdem er als aktiver Agent mehrmals im Zeugenstand ausgequetscht worden war, war er kein Fan von ihnen.

„Es scheint unwahrscheinlich, dass Leech nur aus Rache in die Höhle des Löwen zurückkehrt. Es sei denn, er ist unschuldig und auf der Suche nach einem einarmigen Mann", spottete Aaron und bezog sich dabei auf den Film mit Harrison Ford.

Novak lächelte, auch wenn es ein angespanntes Lächeln war. Der Kerl war mühelos in eine Führungsrolle gerutscht, aber Aaron wusste, dass er sie sofort aufgeben würde, um ihren alten Chef wiederzubekommen.

Wunschdenken. Montanas Gedenkfeier war in zehn Tagen, obwohl sie keine Leiche zu begraben hatten.

„Ich schätze, wir fliegen nach Boston?"

Novak nickte. „So schnell wie möglich. Auch wenn es unwahrscheinlich ist, dass Leech in die Nähe von Beantown kommen wird. Es wird eine gute Trainingsmöglichkeit sein und den VNs etwas Erfahrung mit Nahschutzarbeit geben."

Die „Verdammten Neuen" im Team Gold waren Hunt Kincaid,

der sich mit ihm einen Schrank für die Ausrüstung teilte, sowie Will Griffin und Meghan Donnelly – die erste Frau, die es jemals durch das Auswahlverfahren geschafft hatte.

„Ich übertrage dir diesmal die Verantwortung für das Echo Team. Romano übernimmt Team Charlie. Wir werden unterwegs über den genauen Standort unserer Schutzbefohlenen informiert."

„Wurden sie schon informiert?"

„Nicht dass ich wüsste." Novak schritt davon.

Es gab eine Menge zu organisieren, wenn sie diesen Sturm überstehen wollten. Aaron zog sich für eine schnelle Dusche aus.

„Wohin gehen wir?" Ryan trocknete sich bereits ab.

„Boston."

Ryans Miene hellte sich auf. „Was machen wir in Boston?"

„Wahrscheinlich frieren wir uns den Arsch ab, um Leute vor einer nicht existierenden Bedrohung zu schützen."

„Lustig. Ich habe Freunde in Boston." Ryan hatte überall *Freunde*. „Besser als dass mir den ganzen Tag in den Arsch getreten wird."

„Wir können dir auch im Einsatz in den Arsch treten." Aaron warf ihm einen Blick zu, der ihm sagte, dass noch nicht alles vergeben war.

Ryan schenkte ihm ein sarkastisches Grinsen und erwiderte in seinem besten Montana-Akzent: „Nun, Professor, du kannst es gern versuchen."

3

———

„Besorgen Sie mir die Akte zum Fall Du Maurier, und fordern Sie vom Labor den Bericht über die in der Wohnung der Duttons gefundenen Fasern an. Er wurde uns für letzten Freitag versprochen", wies die stellvertretende Staatsanwältin Hope Harper ihren Rechtsreferendar Colin Leighton an, während sie ihre lederne Aktentasche mit ihrem Laptop und einer dicken Akte zusammenpackte, die sie heute Abend lesen würde, nachdem sie sich etwas zu essen geholt hatte.

„Möchten Sie die Du Maurier-Akte per E-Mail?"

„Nein, legen Sie sie auf meinen Schreibtisch. Ich werde sie morgen früh lesen."

Diese Routine funktionierte im Allgemeinen für beide gut. Colin war eine Nachteule, und sie war Frühaufsteherin. Nicht, dass sie viel geschlafen hätte.

„Vergessen Sie nicht, dass wir um zehn Uhr im Gericht sind", erinnerte sie ihn.

„Ich habe es nicht vergessen. Haben Sie heute Abend schon etwas vor?", fragte er.

„Nein. Warum?" Hope sah den jungen Mann an, der mittelgroß war und gut aussah, mit drahtigem braunem Haar, das immer ein wenig außer Kontrolle zu sein schien. Sie hatte gehört,

31

wie einige der anderen Referendarinnen behaupteten, er wäre heiß, aber für Hope sah er aus wie ein Teenager – wenn man bedachte, dass sie sich so alt fühlte wie die Appalachen, dann sah jeder so aus.

„Ich habe mich nur gefragt." Er verlagerte das Gewicht von einem Fuß auf den anderen, als wäre er plötzlich unsicher.

Der Typ hatte seinen Abschluss vorzeitig gemacht und ein dreijähriges Jurastudium in zweieinhalb Jahren abgeschlossen. Er arbeitete seit ein paar Monaten für sie, nachdem er im Sommer zuvor ein Praktikum in der Staatsanwaltschaft absolviert hatte. Sie wusste so gut wie nichts über ihn, abgesehen davon, dass er kompetent, effizient und ein wenig übermütig war. Aber sie war damals auch übermütig gewesen, und da er wusste, wie man Anweisungen befolgte, ohne es zu vermasseln, drückte sie ein Auge zu.

„Sie haben andere Pläne, als für die Anwaltsprüfung zu lernen?"

Er schenkte ihr ein reumütiges Lächeln. „Ich gehe mit ein paar Freunden kurz etwas trinken."

Freunde. Was für ein Konzept. Nach dem Mord an Danny und Paige hatte sie alle von sich gestoßen. Sie vermisste keinen von ihnen besonders.

Hope hob eine Augenbraue. „Sind Sie so zuversichtlich?"

„Es ist nur für eine Stunde, und ich habe mir in den letzten Jahren den Arsch abgearbeitet." Er zuckte mit den Schultern. „Außerdem gibt es immer ein nächstes Mal."

Da er ein großartiger Rechtsreferendar war, war es ihr egal, ob er die Prüfung dieses Mal bestand oder nicht. Durchzufallen könnte seinem Ego einen Dämpfer versetzen. Außerdem hasste sie es, neue Leute einzuarbeiten.

„Also dann, viel Spaß." Hatte sie das wirklich gesagt? „Wir sehen uns morgen."

Es war 19 Uhr. Sie schlüpfte mit den Armen in ihren dicken Wollmantel. Wenn sie sich beeilte, konnte sie den Bus um 19:13 Uhr erwischen und um 19:30 Uhr zu Hause sein. Sie eilte die

Treppe hinunter und durch die großen Glastüren auf die Sudbury Street hinaus. Der Februarwind, der von der Bucht kam, traf sie wie Glassplitter. *Heilige Scheiße.* Sie ging ein paar Schritte und hielt dann inne, als ein Auto neben ihr stehenblieb. Sie verkrampfte sich.

Jemand kurbelte das Fenster eines roten Ford Thunderbird herunter und lehnte sich über den Sitz. „Steig ein."

Brendan.

Erleichtert atmete sie aus, öffnete die Tür und ließ sich in den warmen Innenraum gleiten. Sie rümpfte die Nase über den leichten Geruch von Zigarettenrauch, der in der Luft lag. Er hatte ihr gesagt, dass er das Rauchen an Weihnachten aufgegeben hatte.

„Neuer Wagen?"

„Von einem Drogendealer konfisziert."

Vielleicht waren es gar keine Zigaretten, die sie da roch. „War ja klar."

„Auf dem Heimweg?", fragte er.

„Ja. Und du?"

„Auch."

„Setzt du mich an der Haltestelle am Congress ab oder fährst mich zurück nach Charlestown? Ich will meinen Bus nicht verpassen." Es war schon spät und der Umgang mit Dannys Bruder bereitete ihr immer Kopfschmerzen.

„Ich fahre dich nach Hause."

„Hast du auf mich gewartet, oder war das ein glücklicher Zufall?"

Brendan schenkte ihr ein Grinsen. Er war ein gutaussehender Kerl. Sie war dankbar, dass er dem Mann, den sie geliebt hatte, nicht sehr ähnlich sah. Brendan war schwerer. Er und Danny hatten die gleichen blauen Augen, aber Brendans Haar war schütter, und das Braun war von Grau durchzogen. Danny war mit dem dichten, fast pechschwarzen Haar nach seiner irischen Mutter gekommen.

Selbst nach all den Jahren verursachte ihr der Gedanke an Dannys lächelndes Gesicht einen Stich der Traurigkeit.

„Ma hat nach dir gefragt."

Hope kauerte sich in ihren Mantel, als die Schuldgefühle sich auftürmten. „Sag Mary, dass ich vorbeikomme, wenn der Fall abgeschlossen ist."

Brendan warf ihr einen Blick zu, der sowohl Verständnis als auch Tadel enthielt. „Es gibt immer einen neuen Fall, Hope."

Sie wandte den Blick ab.

Ihr Schwiegervater war vor drei Jahren gestorben und hatte Mary Harper allein in dem kleinen Reihenhaus in South Boston zurückgelassen, in dem sie ihre Jungen großgezogen hatte. Brendan wohnte in einem Apartment in East Boston mit billiger Miete und fantastischer Aussicht.

„Ich gehe am Sonntag zum Mittagessen hin. Ich kann dich abholen, wenn du willst. Maximal zwei Stunden. Du musst doch was essen, oder?"

Am Mittwoch war Paiges Geburtstag, und jedes Jahr, das ohne ihr Kind verging, zermürbte Hope weiter, bis ihre Knochen sich nur noch wie verrosteter Stacheldraht anfühlten.

Paige wäre dieses Jahr zwölf geworden.

Jeder Jahrestag wurde von Dannys Familie religiös begangen. Manchmal half es. Manchmal schmerzte die ständige Erinnerung daran. Ihre eigene Familie war leichter zu ertragen. Da waren nur ihre Großeltern in Florida, und sie respektierten den Verlust ohne Leidenschaft. Ein Telefonanruf oder eine Karte mit einer kurzen Nachricht. Das war alles, was sie brauchte. Was sie wollte.

Hope starrte aus dem Fenster auf den Charles River, als sie die North Washington Street Bridge überquerten. Im Gerichtssaal und bei der Arbeit war sie als furchtlose, unerbittliche Bulldogge bekannt, aber wenn es um Dannys Mutter ging, war sie wehrlos. Wenn sie die Frau nicht ihren jüngsten Sohn und ihr einziges Enkelkind gekostet hätte, wäre es vielleicht einfacher gewesen, die Fesseln zu lösen. Sich so weit zurückzuziehen, dass sie atmen konnte.

Aber das konnte sie nicht.

Also würde sie zwei Stunden lang an gebratenem Hähnchen

und Selbstvorwürfen ersticken. Alles andere hätte ihren verstorbenen Ehemann enttäuscht, und selbst nach sieben Jahren ohne ihn konnte sie das nicht tun.

„Meinetwegen", lenkte sie ein, „aber ich treffe dich dort. Um dreizehn Uhr?"

Brendan kratzte sich am Kopf. „Ich hole dich um halb eins ab."

Hope kniff die Lippen zusammen und atmete durch die Nase aus. Gut. „Wie geht's Loretta?"

Brendan starrte geradeaus. „Wir haben Schluss gemacht."

„Das tut mir leid." Seit der Ermordung seines Bruders hatte Brendan Probleme mit Beziehungen.

Hope wollte nicht einmal versuchen, jemand anderen zu finden. Was hatte das für einen Sinn?

„Arbeitest du an etwas Interessantem?", fragte sie. Die Arbeit war das einzige Thema, bei dem ihnen nie der Gesprächsstoff ausging und bei dem sie nicht so tun mussten, als seien sie nicht völlig gebrochen.

„Hässlicher Mord in der Back Bay Area. Sieht nach einem Hassverbrechen aus."

„Gibt es Verdächtige?"

„Noch nicht, aber wir haben Überwachungsaufnahmen von jemandem, der den Wohnkomplex verlässt, die vielleicht zu etwas führen."

„DNS?"

„Wir warten noch auf die Ergebnisse."

Hope nickte. Die Labore waren überlastet, und die Ergebnisse brauchten Zeit. Solange die Techniker es richtig machten, machte es ihr nichts aus, ein paar Tage zu warten, aber wenn sich die Wochen hinzogen, wurde sie schnippisch. „Arbeitest du immer noch mit Janelli?"

„Ja." Er warf ihr einen Blick zu.

„Wie geht's ihm?"

Brendan zuckte mit den Schultern und grinste. „Gut. Er meckert immer noch über die Staatsanwaltschaft."

Über sie.

Lewis Janelli hasste sie abgrundtief, wie auch einige andere Beamte der Bostoner Polizei. Nicht, dass es ihr etwas ausmachte, aber sie hielt sich gern darüber auf dem Laufenden, was bei der Polizei passierte.

Vielleicht war Brendan deshalb immer noch ein fester Bestandteil ihres Lebens.

Sicher.

Es war eine Lüge, aber sie sorgte dafür, dass sie sich besser fühlte, da sie ansonsten keine Kontrolle über die Beziehung zu ihrem Schwager hatte. Sie hatte es geschafft, alle anderen in die Wüste zu schicken, aber nicht Brendan oder seine Mutter.

Brendan ließ den Motor aufheulen und fuhr über eine orangefarbene Ampel. Er bog rechts ab und in die Monument Avenue, um den Park mit dem Bunker Hill Monument herum und auf die gegenüberliegende Seite, wo Hope ein großes Reihenhaus mit einem Paar teilte, das im Erdgeschoss wohnte. Ihr gehörten die oberen drei Etagen und ein Dachgarten. Für eine alleinstehende Frau war das ein wenig übertrieben, aber sie mochte den Platz. Sie brauchte viel Platz.

Und sie hatte das Geld.

Es hatte nicht nur eine Lebensversicherung und eine Abfindung von ihrer alten Kanzlei gegeben, als sie aus der Partnerschaft ausgeschieden war, auch Dannys Bücher waren nach seinem Tod äußerst erfolgreich geworden. Die Tatsache, dass sie das Schreiben seiner Serie übernommen hatte – die unter einem Pseudonym veröffentlicht war –, musste der Rest der Welt nicht erfahren.

Brendan bremste ruckartig ab.

Sie wollte aussteigen.

„Hope." Brendan ergriff ihren Arm, bevor er schnell wieder losließ.

Er wollte mit hineinkommen, um etwas zu trinken und zu reden. Das tat er oft, aber heute Abend hatte sie keine Zeit. Sie hatte nicht die Energie. Sie wollte nicht hören, wie er in Erinnerungen an die oft todesverachtenden Eskapaden seiner Kindheit und die seines Bruders schwelgte. Sie wollte nicht zuhören, wie Brendan seinen Kummer ausschüttete, der nach ein paar Bier heute noch genauso frisch war wie vor sieben Jahren.

Sie musste mit ihrem eigenen Kummer fertig werden. Hope zeigte ihre Gefühle nicht gern, nicht einmal vor der einzigen Person, die wirklich verstand, was sie empfand. Mittlerweile hielt sie alles tief in ihrem Inneren verschlossen. Sie wusste nicht, was passieren würde, wenn sie es herausließe.

Nichts Gutes.

„Ich würde dich ja hereinbitten, aber ich habe morgen früh einen Gerichtstermin und möchte den Fall noch einmal durchgehen und meine Notizen für mein Eröffnungsplädoyer fertigstellen, falls wir schneller als erwartet vorankommen."

„Ich wette, du kennst die Fakten in- und auswendig."

„Jeder gute Staatsanwalt würde das tun." Sie stieg aus dem Wagen und holte ihre Tasche aus dem Fußraum. Sie wollte außerdem ihren nächsten Roman planen.

„Die Staatsanwaltschaft kann sich glücklich schätzen, dich zu haben, Hope."

Sie starrte ihm so direkt in die blauen Augen, dass er den Blick abwandte.

Sie wussten beide, warum sie für den Staatsanwalt arbeitete. Glück hatte nichts damit zu tun.

Sie war wild entschlossen, so viele Mörder wie möglich hinter Gitter zu bringen, denn das war alles, was sie noch hatte. Es war rein egoistisch. Die Tatsache, dass sie mit den Polizisten genauso hart ins Gericht ging wie mit den Kriminellen, machte ihr auch im Boston Police Department keine Freunde.

Er ließ den Motor laut aufheulen, als sie die Steintreppe hinaufging, die sie mit ihren Nachbarn teilte, welche sich gerade auf einer Karibikkreuzfahrt befanden. Sie hob die Hand zum Abschied, schloss die Tür auf und ging hinein.

Hope war gerade dabei, die Alarmanlage zu entschärfen, als es an der Tür läutete. Sie stieß einen schweren Seufzer aus und stellte ihre Tasche auf dem kleinen Tisch in der Diele ab.

Brendan war ein hochrangiger Detective, und manchmal akzeptierte er kein Nein als Antwort. Subtilität funktionierte bei ihm nicht immer. Nicht, dass sie besonders subtil gewesen wäre.

Sie biss die Zähne zusammen und bereitete sich darauf vor, direkt zu sein. Sie hatte weder die Zeit noch die geistige Energie, sich heute Abend mit ihm auseinanderzusetzen.

Als sie die Tür öffnete, zuckte sie überrascht zurück. Eine Gruppe schwarz gekleideter, schwer bewaffneter Männer mit der Aufschrift „FBI" auf der Brust stand vor ihrer Tür.

„Hope Harper."

Es war keine Frage.

„Wie kann ich Ihnen helfen?" Sie blockierte die Türöffnung. Über ihre Schultern hinweg sah sie zwei schwarze Suburbans wegfahren.

Der Mann zeigte ihr seinen Ausweis. „FBI HRT Operator Aaron Nash, Ma'am. Dürfen wir hereinkommen?"

Geiselrettungsteam?

„Warum?"

„Warum?" Sein Ton war fragend. Als könnte er sich nicht vorstellen, warum sie ihnen den Zutritt verweigerte und sie auf der Türschwelle festhielt, es sei denn, sie hatte sich etwas zuschulden kommen lassen oder etwas zu verbergen. Er war groß, hatte einen kurzen Bart und tiefschwarzes Haar, das sie ein wenig an das von Danny erinnerte, aber die Augen dieses Mannes waren nicht blau, sondern von einem tiefen, satten Braun, fast schwarz. Schöne Augen. Zu schön für jemanden, der so viele Waffen bei sich trug.

Ein weiterer Mann mit blondem Haar und arktisch blauen Augen schob sich an den Operators vorbei. Er trug einen Anzug und hatte einen zynischen Gesichtsausdruck.

Lincoln Frazer.

Sie atmete aus.

Sie hatte ihn während Leech' erstem Prozess kennengelernt, als sie auf entgegengesetzten Seiten des Gerichtssaals gestanden hatten. Sie hörte sich immer an, was Lincoln Frazer zu sagen hatte. Natürlich war es hilfreich, dass sie mittlerweile auf derselben Seite standen.

„Hope." Er nickte zur Begrüßung. „Wir müssen reden, und es wäre dir wahrscheinlich lieber, wenn die Medien uns nicht alle so vor deiner Haustür sähen."

Hope hob eine Augenbraue, als die FBI-Agenten sich an ihr vorbeidrängten, ohne auf eine weitere Erlaubnis zu warten.

Nun gut.

Sie schloss die Tür hinter ihnen, und sie standen in loser Formation in dem eleganten Flur. Neun Agenten, plus Frazer.

Irgendetwas Großes war im Gange.

„Wir würden gern eine Hausdurchsuchung durchführen." Agent Nash überragte sie, obwohl sie mit ihren Stiefeln nicht gerade klein war. „Kann ich Ihre Schlüssel haben, oder sollen wir unsere benutzen?" Er deutete auf den Rammbock, den einer der Männer zum Salut erhob.

„Witzig."

Der dunkelhaarige Mann, Aaron Nash, schien das Sagen zu haben.

„Werden Sie mir den Grund nennen, oder muss ich raten?"

„Wir glauben, dass Ihr Leben in Gefahr sein könnte."

„Das ist nichts Neues." Hope erhielt regelmäßig Morddrohungen, aber normalerweise eilte ihr niemand zu Hilfe. Sie war vorsichtig und hatte gute Sicherheitsvorkehrungen. Sie hatte sogar eine Waffe in ihrem Schlafzimmersafe. „Ich brauche Details – viel mehr Details als das, fürchte ich, bevor ich Sie in meine Wohnung lasse."

Seine dunklen Augen verrieten, dass er der Meinung war, seine Erklärung sollte für jeden ausreichen. Sie stellten ihre Intelligenz in Frage, was sie sofort ärgerte.

„Warum lässt du es mich nicht erklären, während das HRT eine Durchsuchung durchführt?" Lincoln Frazer berührte ihren Arm in einer unerwarteten Geste des Trostes. „Um sicherzustellen, dass drinnen keine unliebsamen Überraschungen auf dich warten."

Sie brauchte einen Moment, um den Schrecken zu verbergen, den seine Worte hervorriefen. Sie wusste ganz genau, wie unliebsame Überraschungen aussahen, und niemand könnte ihr jemals wieder so wehtun, nicht einmal, wenn man sie Stück für Stück auseinanderriss.

„Verzeihung." Frazer verzog das Gesicht. „Ich habe nicht nachgedacht."

Das überraschte sie mehr als alles andere. Frazer war nicht der Typ, der sich entschuldigte.

Agent Nash streckte eine Hand nach ihren Schlüsseln aus.

Je schneller sie taten, was sie tun mussten, desto schneller würden sie sie in Ruhe lassen, also kramte Hope in ihrer Tasche und übergab sie widerwillig. Er warf die Schlüssel einem anderen Möchtegern-Actionheld zu, und zu viert gingen sie die Treppe hinauf – bemerkenswert leise für solch übergroße, schwer bewaffnete Menschen.

„Passen Sie auf meine Katze auf!", rief Hope ihnen hinterher.

Einer der anderen Agenten klopfte an die Tür unten.

„Wer wohnt in der Erdgeschosswohnung?" Nashs Stimme war tief und klangvoll.

„Meine Nachbarn, Enrique Hernandez und Larry Langton." Sie wusste, dass ihr Gesichtsausdruck irgendwo zwischen streitlustig und zickig liegen musste. Na und? „Sie sind sicherlich keine Bedrohung für mich."

„Ich mache mir eher Sorgen darüber, dass ihre Nähe zu Ihnen eine Bedrohung für deren Sicherheit sein könnte."

„Was?" Sie blinzelte.

Dem Ausdruck in seinen Augen nach zu urteilen, mochte Aaron Nash sie nicht besonders, aber das war nichts Neues für sie. Sie stemmte eine Hand in die Hüfte. „Wie bringe ich sie in Gefahr?"

„Nicht absichtlich." Nash warf ihr einen weiteren prüfenden Blick zu. „Sind sie normalerweise um diese Tageszeit hier?"

„Ja, das sind sie, aber im Moment sind sie auf einer Kreuzfahrt in der Karibik."

Nashs Lippen verzogen sich leicht. „Das ist gut. Haben Sie einen Schlüssel zu ihrer Wohnung? Wir würden auch gern ihre Wohnung nach Eindringlingen absuchen."

So höflich. Aber Hope konnte ein entschlossenes Glitzern in den schwarzen Tiefen sehen. Das war ein Befehl, keine Bitte.

„Ist das wirklich nötig?"

Diese Augen fixierten sie. „Ja, Ma'am."

Sie ließ sich müde gegen die Wand sinken. „Der Ersatzschlüssel zu ihrer Wohnung ist an dem Bund, den ich Ihnen gegeben habe. Er hat einen kleinen Regenbogenanhänger."

Nash wies mit dem Kinn auf einen seiner Kollegen, der die Treppe hinauflief, um den Schlüssel zu holen.

Hope richtete sich auf und sah Frazer an. „Sag' mir lieber, was hier los ist. Ich will, dass diese Leute so schnell wie möglich aus meinem Haus verschwinden."

„Ich fürchte, wir werden nirgendwo hingehen, Ma'am." Nash sprach über ihre linke Schulter.

Sie ignorierte ihn und konzentrierte sich auf Frazer. „Nun?"

„Ich fürchte, Operator Nash hat recht, Hope. Du musst rund um die Uhr bewacht werden, oder du wirst in Schutzhaft genommen. Anweisung der Generalstaatsanwältin persönlich."

Sie kniff die Augen zusammen. „Das kannst du nicht tun."

„Sie wissen, dass wir das können", erklärte Nash geduldig hinter ihr. Sie begann, diese seidige Stimme zu hassen.

„Warum? Was ist passiert?" Aber plötzlich hatte sie das schreckliche Gefühl, es zu wissen. „Dieser Dreckskerl ist doch nicht aus dem Gefängnis entkommen."

Frazers Lippen wurden schmal, und er sah plötzlich müde aus. „Ein Fahrzeug, in dem Leech und drei weitere Sträflinge von zwei Wachmännern transportiert wurden, wurde heute am späten Nachmittag in einem Fluss versenkt gefunden. Polizeitaucher konnten sich Zugang zum Fahrzeug verschaffen, aber es wurde nur ein Mann darin gefunden. Er war tot. Zum jetzigen Zeitpunkt wissen wir nicht, ob die anderen Häftlinge und Wärter tot oder am Leben sind. Wahrscheinlich sind sie ertrunken, aber wenn sie nicht ertrunken sind …"

„Wenn er nicht ertrunken ist …", sagte Hope. „Wenn Julius Leech irgendwie überlebt hat und aus dem Fahrzeug entkommen ist, wird er auf dem Weg nach Boston sein, um seine Versprechen vom letzten Prozess einzulösen."

Um sie zu *vergewaltigen*. Sie zu *töten*.

Hitze strömte durch ihre Adern und schärfte ihre Sinne. Sie fletschte die Zähne zu einem leisen Knurren. „Soll der Wichser es doch versuchen."

4

„Sind Sie nicht um Ihre eigene Sicherheit besorgt?" Aaron starrte die Frau an, für deren Schutz er nun verantwortlich war.

Es schien sie nicht im Geringsten zu beunruhigen, dass ein Serienmörder, der ihr Leben bedroht und ihre Familie ermordet hatte, möglicherweise auf freiem Fuß war.

„Nein." Sie sah ihn über ihre Schulter an. „Das gibt mir die Möglichkeit, diesen Bastard zu töten – in Notwehr natürlich", fügte sie trocken hinzu.

„Dazu wird es hoffentlich nicht kommen", erwiderte Lincoln Frazer.

„Spielverderber." Ihre Augen blitzten wie flüssiges Silber.

Hope Harper war nicht das, was Aaron Nash erwartet hatte. Ganz und gar nicht.

Er hatte Härte erwartet. Er hatte Kälte erwartet. Er hatte Verbitterung erwartet. Er hatte weder den feurigen Intellekt und die feindselige Persönlichkeit erwartet, noch die elegante blonde äußere Perfektion. Ihre Worte jedoch waren erschreckend, soweit es ihre Sicherheit anging. Sie zeigte keine Angst. Keinen Sinn für Selbsterhaltung. Es hörte sich an, als *wollte* sie es mit dem Serienmörder aufnehmen.

Und vielleicht konnte er ihr das nicht wirklich verübeln.

„Haben Sie eine spezielle Kampfausbildung, von der ich nichts weiß?" Seine Stimme blieb hart, da er vermutete, dass sie Schwäche wittern und ausnutzen würde wie ein Fuchs bei einem Kaninchen.

Ihre Augen wurden schmal. „Ich habe die Wut einer Frau, deren Kind und Ehemann von diesem Mistkerl kaltblütig ermordet wurden."

Emotionen schwangen in den Worten mit, aber er ignorierte sie. Sein Job war taktisch, nicht emotional. Er beruhte auf Logik und Vorbereitung. Und vielleicht auch auf ein wenig Glück, aber das würde er einer so feindseligen Frau gegenüber nicht zugeben. Er musste ihr Vertrauen und ihre Zuversicht gewinnen, wenn sie effektiv zusammenarbeiten wollten.

„Manchmal", sagte er leise, „reicht das nicht aus."

Etwas flackerte in diesen eisigen Tiefen auf, bevor sie den Blick abwandte. „Es ist alles, was ich noch habe."

„Das stimmt nicht, Counselor." Lincoln Fraser setzte ein breites Lächeln auf, das zeigte, dass ihm ein wenig Gefahr nichts ausmachte. „Du hast auch den Schutz des FBI."

„Ob es mir gefällt oder nicht." Der Anflug von Verletzlichkeit war verschwunden und wurde durch Bitterkeit ersetzt.

Aaron konnte ihr die Wut nicht verübeln, aber ihre Haltung könnte seine Arbeit erschweren und seine Teamkollegen in Gefahr bringen. Letzteres würde er nicht zulassen. Ihre Arbeit war schon gefährlich genug, auch ohne eine Klientin mit Todessehnsucht.

Kincaid kam aus der Erdgeschosswohnung heraus. „Sauber."

Livingstone kam an das obere Ende der Treppe und rief herunter. „Sauber."

Mit einem Augenrollen hob Hope Harper ihre Aktentasche auf und schleppte sie die Treppe hinauf. Aaron trat vor ASAC Frazer, zum offensichtlichen Ärger des anderen Mannes, aber Harper war Aarons Verantwortung, nicht Frazers. Aaron blieb nahe genug, um den schwachen Duft von Parfüm zu riechen, etwas Süßes wie Vanille, das ganz und gar nicht zu der Frau selbst passte.

Sie blickte hinter sich. „Sicherlich hatte Leech nicht die Zeit, es jetzt schon nach Boston zu schaffen?"

Aaron antwortete, bevor Frazer es tun konnte. Es war wichtig, dass er eine Arbeitsbeziehung zu dieser Frau aufbaute, unabhängig von ihren oder seinen persönlichen Gefühlen. „Das hängt davon ab, ob es sich um eine geplante Flucht handelt oder nicht und welche Transportmittel ihm zur Verfügung stehen."

„Gesetzt den Fall, er liegt nicht auf dem Grund des Flusses."

„Gesetzt den Fall", räumte Aaron ein.

„Was ist mit Richterin Abbotsford oder den Geschworenen und den anderen Personen, die gegen ihn ausgesagt haben?"

„Wir haben ein weiteres HRT-Team für Abbotsford abgestellt. Sie ist auf ihrer Farm auf dem Land und kooperiert voll und ganz." Er hatte keine Ahnung, ob sie das tat oder nicht. „Der US Marshal Service informiert die Geschworenen und bietet Sicherheit für jeden, der es wünscht. Wir wären dankbar für eine Liste der Zeugen der Anklage aus dem Prozess, um sicherzustellen, dass wir alle kontaktieren können. Wir vermuten, dass Sie uns das schneller liefern können, als wenn wir den offiziellen Weg gehen."

Sie begegnete seinem Blick für einen Moment, die Augen grau wie der Mond, umrahmt von dichten dunklen Wimpern, die im Widerspruch zu ihrem blonden Haar standen. „Natürlich."

Sie wandte sich wieder ab, und er folgte ihr eine Eichentreppe hinauf, die an einer Wand mit dunkler Holzvertäfelung angebracht war und in deren Mitte ein roter Plüschläufer verlief.

Die Eingangstür zu ihrer Wohnung war aus massivem Holz und hatte ein stabiles Schloss. Von dort aus ging es ein paar Stufen hinauf in das Wohnzimmer, wo Livingstone, Griffin, Hopper und Cadell warteten.

Die Wohnung hatte glänzende Hartholzböden, belegt mit mehreren großen Teppichen. Übergroße, hellgraue Sofas befanden sich darauf. Ein bequem aussehender, weinroter Ledersessel mit passender Ottomane stand neben einem Beistelltisch mit einem Stapel von Ordnern. Er sah aus, als würde er häufig benutzt. Die Schiebefenster waren groß und nicht verdeckt. Die Scharfschützen

Damien Crow und JJ Hersh schoben sich an ihm vorbei, um das Dach und die Feuertreppe auf Aussichtspunkte und Schwachstellen hin zu überprüfen. Die Feuertreppe verlief an der Seite des Gebäudes entlang, wobei das Geländer durch die Fenster deutlich sichtbar war, sodass jeder potenzielle Angreifer leichten Zugang hatte. Die beiden anderen Scharfschützen, die dem Echo Team zugeteilt waren, hatten ihre Fahrzeuge geparkt und untersuchten die umliegenden Gebäude nach besseren Beobachtungspositionen, aber Aaron nahm an, dass sie sich erst einmal auf dem Dach einrichten würden.

Harper stellte ihre Tasche auf dem Tisch neben dem Sofa ab. Eine weiße Katze schlängelte sich um ihre Beine und miaute laut. Sie hob die Katze hoch und streichelte ihr Fell.

Nach einem Moment sprang die Katze herunter und lief in die Küche.

Harper schlüpfte aus ihrem Mantel und warf ihn auf die Rückenlehne des Sofas. Aaron kam nicht umhin, die schlanke Figur in der engen grauen Hose und dem cremefarbenen Pullover zu bewundern.

Hier gab es nicht viel Farbe, stellte er fest. Nicht, dass die Wohnung oder die Frau selbst unattraktiv oder unangenehm gewesen wären, aber die Atmosphäre war eher kühl und professionell als gemütlich. Und vielleicht war das auch beabsichtigt.

Abgesehen von diesem alten burgunderroten Sessel …

„Na bitte." Sie breitete die Hände aus. „Kein Serienmörder, der hinter den Türen lauert. Sie können jetzt gehen."

„Du weißt, dass das nicht passieren wird, Hope", mahnte Frazer.

„Warum nicht?" Hope Harper war nicht die schwache Person, die Aaron sich gewünscht hätte. „Leech ist kein hochtrainierter Supermann oder ein brillanter Scharfschütze. Vor sieben Jahren war er nichts weiter als ein schmächtiger Nerd, der an Menschen herankam, weil er harmlos aussah. Ich bezweifle, dass er im Gefängnis Muskeln aufgebaut hat." Sie schnaubte und ging in die Küche.

Aaron folgte ihr gereizt. Vor sieben Jahren war er auch ein schmächtiger Nerd gewesen. Seither hatte er einiges an Muskeln aufgebaut.

„Sieben Jahre im Gefängnis sind eine lange Zeit. Man sollte ihn nicht unterschätzen, vor allem, wenn er hochmotiviert ist und im Verdacht steht, acht Menschen getötet zu haben. Und das sind nur die, von denen wir wissen." Er versuchte, die Schärfe in seinem Tonfall abzumildern, wusste aber, dass er scheiterte, als sowohl Harper als auch Frazer ihn stirnrunzelnd ansahen.

„Stellen Sie ein paar Leute in einem Zivilfahrzeug vor die Tür." Sie grinste spöttisch. „Ich bin sicher, er wird einen Blick auf die großen, furchterregenden Männer mit Waffen werfen und verschwinden wie die Kakerlake, die er ist."

Die Tatsache, dass sie ihre Kompetenz so einfach ignorierte, machte ihn wütend.

„Und wenn er das nicht tut? Wenn der Röntgenblick der beiden *großen, furchterregenden Männer mit Waffen* im Auto vor der Tür versagt und Leech es schafft, sich durch den Garten oder die Feuerleiter Zugang zu verschaffen? Was dann?"

„Ich habe eine Pistole in meinem Schlafzimmer."

Aaron trat vor sie und zwang sie, ihn anzuschauen. Dann streckte er die Hand aus und ergriff locker ihren Arm, um seine Worte zu unterstreichen.

„Was ist, wenn er genau hier in Ihrem Haus ist, wenn Sie von der Arbeit nach Hause kommen? Was, wenn er Sie schnappt, bevor Sie die Pistole in Ihrem Schlafzimmer erreichen können? Schlimmer noch, was, wenn er sie zuerst findet?"

Sie schnappte sich ein Küchenmesser von der Magnetleiste an der Wand und hielt es gegen seine Kevlar-Weste, während sie sich gegenseitig anstarrten. Ein harter Schlag seines Herzens strafte sein Training Lügen, bevor das Organ in seinen gewohnten Rhythmus verfiel.

Temperament brodelte in ihren Augen, während er einen kühlen Kopf bewahrte. Ihr Puls flatterte unter der zarten Haut ihres Halses. Ihr Brustkorb hob sich, und ihre Nasenflügel bebten, als sie schnell einatmete, bevor sie die Luft anhielt.

Er entwaffnete sie behutsam, um sie nicht zu verletzen, und hängte das Messer zurück an die Wand. „Was ist, wenn er zuerst hier ist, Hope? Was, wenn er derjenige mit dem Messer ist?"

„Dann werde ich ihm in die Eier treten und seine Augen auskratzen." Ihre Augen funkelten.

„Das werden Sie nicht müssen", erwiderte Aaron. „Denn wir werden hier sein, oder Sie werden in Schutzhaft genommen. Vielleicht wäre das die bessere Lösung." Er sah Frazer fragend an.

Harper griff nach einer Dose mit Katzenfutter und öffnete sie. Ihre Hand zitterte. Sie gab das Futter wütend in eine saubere Schale und stellte sie dem offensichtlich ausgehungerten Tier auf den Boden.

Frazer mischte sich ein, da er vielleicht spürte, dass Aaron die Geduld verlor und sie definitiv genug von ihm hatte. „Wir könnten hier wirklich deine Hilfe gebrauchen, Hope. Wenn Leech entkommen ist, müssen wir ihn so schnell wie möglich wieder einfangen, bevor er jemandem etwas antut. Du könntest uns dabei helfen."

Sie spülte die Dose aus und warf sie in den Mülleimer. Die Gabel stellte sie in den Geschirrspüler. Aaron konnte förmlich sehen, wie sie im Geiste bis zehn zählte.

Sie trocknete sich die Hände ab und ging durch die Tür am anderen Ende des Raumes zurück ins Wohnzimmer.

Frazer und Aaron folgten ihr.

Die Hände in den Taschen, betrachtete Frazer die Kunstwerke an den Wänden und schlenderte dann hinüber, um ein gerahmtes Foto eines dunkelhaarigen Mannes und eines jungen Mädchens mit langen blonden Haaren und einem breiten Lächeln in die Hand zu nehmen.

Hope Harper stand mit verschränkten Armen da und beobachtete ihn aufmerksam. „Du kennst ihn genauso gut wie ich, Linc."

„Das ist nicht wahr."

„Nun, ich verstehe nicht, wie das Vorhandensein von Leibwächtern damit gleichzusetzen ist, ob ich helfen werde, ihn aufzuspüren oder nicht. Natürlich werde ich helfen, diesen Mistkerl zu fangen. Es wäre mir ein Vergnügen, ihn für den Rest seines elenden Lebens ins Gefängnis zu stecken, aber das bedeutet nicht, dass ich Schutz brauche."

„Glauben Sie, dass er hinter Ihnen her sein wird, ADA Harper?", fragte Aaron ruhig.

Sie zuckte mit den Schultern, bevor sie hinüberging, um das Foto zurechtzurücken, das Frazer berührt hatte. „Jeder normale abartige Milliardär würde direkt über die Grenze fliehen und sich ein nettes kleines, anonymes Versteck suchen." Sie strich mit einem Finger über das Gesicht des jungen Mädchens, und Aarons Herz verhärtete sich bei dem Schmerz, der über ihr Gesicht huschte. „Aber Leech ist nicht normal."

„Schreibt er dir noch?", fragte Frazer.

Sie starrte den Profiler an und hob das Kinn. „Jede Woche."

„Und lesen Sie die Briefe?", fragte Aaron.

Sie sah ihn an, als sei er ein Idiot. „Ich habe große Freude daran, sicherzustellen, dass der Gefängnisdirektor die postalische Zustellung an mich erlaubt, und dann lasse ich sie von meinem Rechtsreferendar schreddern, bevor sie überhaupt meinen Schreibtisch erreichen." Müdigkeit lag in ihren Augenwinkeln. „Ich mag es, zu wissen, dass er seine Zeit verschwendet und ins Leere schreit, wie der wertlose Sack Scheiße, der er ist."

„Glauben Sie, er wird hinter Ihnen her sein?", drängte Aaron erneut.

„Ja", blaffte Harper. „Aber das ist mir egal."

Die Aussage war roh, ehrlich und völlig schockierend.

Frazer sah nicht überrascht aus. Vielleicht wusste er bereits, wie die Staatsanwältin dachte.

„Uns ist es nicht egal, Ma'am. Sie werden unter dem Schutz des Geiselrettungsteams stehen – ob es Ihnen gefällt oder nicht. Dieser Mistkerl wird nicht die Genugtuung bekommen, Ihnen noch mehr wehzutun, als er es bereits getan hat."

Ihre Kehle bewegte sich, als sie schluckte und den Blick abwandte. „Ich habe wohl keine Wahl, oder?"

„Nicht wirklich", bestätigten er und Frazer gleichzeitig.

„Meinetwegen. Aber ich will nicht jedes Mal, wenn ich mich umdrehe, über FBI-Agenten stolpern. Sie können nicht in meiner Wohnung bleiben."

„Wir sind Operators, keine Agenten", korrigierte Aaron sie diesmal. „Und die meisten von uns können außerhalb der Wohnung schlafen, damit Sie die nötige Privatsphäre haben." Er hatte schon an schlimmeren Orten geschlafen als im Hausflur eines Reihenhauses aus dem achtzehnten Jahrhundert.

„Definieren Sie ‚die meisten'."

Er grinste. „Sie werden nicht einmal merken, dass wir hier sind."

Ihre Arme blieben verschränkt, eine fadenscheinige Barriere. „Meinetwegen. Sie können heute Nacht bleiben, aber nur, weil ich zu müde bin, um mich zu streiten."

Aaron amüsierte sich darüber, dass sie sich einbildete, eine Wahl zu haben, obwohl sie ihnen die gemeinsame Zeit zur Hölle machen könnte.

Etwas, auf das er sich freuen konnte.

„Ich werde morgen früh mit meinem Vorgesetzten darüber sprechen."

Er nickte, als würde er in diesem Punkt nachgeben. Die Generalstaatsanwältin hatte das angeordnet. Bis sein eigener Chef ihm etwas anderes sagte, war das Echo Team Hope Harpers Schatten und Schutzschild.

„Wir werden diese Fenster heute Nacht abdecken." Er deutete auf die schönen breiten Fensterflügel. „Haben Sie etwas dagegen, das Glas mit Müllsäcken abzudecken?"

„Eigentlich ja. Ich habe sehr viel dagegen. Ich habe Jalousien, die ich zu faul war, aufzuhängen, also tun Sie sich keinen Zwang an." Sie nickte in Richtung einer Innentür. „Da drin. Die Werkzeuge auch. Achten Sie darauf, dass sie gerade hängen."

Wenn sie sie verarschen wollte, würde sie sich mehr

anstrengen müssen. Leute, die ein Ziel auf eine Meile Entfernung ausschalten konnten, konnten auch gottverdammte Jalousien aufhängen. Er fing den Blick von Ryan Sullivan und Hunt Kincaid auf und nickte ihnen zu.

„Vielleicht können wir Ihre Nachbarn kontaktieren und fragen, ob sie ihre Wohnung für ein paar Tage an das FBI vermieten würden. Dann könnten wir uns dort einrichten und ausruhen, wären aber trotzdem nah genug dran, um bei Bedarf zu reagieren." Sie könnten das Team in zwei Gruppen aufteilen, wobei er Teil beider Schichten wäre und sich ausruhen würde, wenn die Zeit es erlaubte. Zwei Operators auf dem Dach, einer an der Vordertür. Einer im Transporter und einer direkt vor der Wohnungstür.

Sie warf ihm einen Blick zu. „Glauben Sie, dass dies nur ein paar Tage dauern wird?"

„Jede Polizeibehörde in den angrenzenden Staaten wird nach diesen entflohenen Gefangenen Ausschau halten, vorausgesetzt, wir finden ihre Leichen nicht im Fluss."

„Ich will den Bericht darüber sehen, was sie dort unten finden", wies sie Frazer an.

Frazer nickte. „Vielleicht kannst du uns die Liste der Zeugen im Fall Leech geben?"

Harper ging zu einer antiken Kommode hinüber und öffnete sie, um einen Drucker zum Vorschein zu bringen. Sie bemerkte Aarons überraschten Blick darüber, dass sich hinter einer so schönen Antiquität etwas so Alltägliches verbarg.

„Ich arbeite oft bis spät in die Nacht und möchte nicht immer oben in meinem Büro sein."

„Praktisch."

Sie schien genervt von seiner Bemerkung und drehte ihm den Rücken zu, während sie ihren Laptop aus der Aktentasche holte. Dann setzte sie sich auf die Armlehne der Couch und begann, nach einer Datei zu suchen.

„Willst du ein Bett für die Nacht, Linc?", bot sie Frazer beiläufig an.

Aaron konnte sich das Ziehen in seinem Bauch nicht erklären. Waren sie ein Liebespaar? Er wusste, dass Frazer eine Partnerin in Quantico hatte, aber vielleicht hatte sie niemanden. Oder vielleicht war es ihnen beiden egal.

„So sehr ich das Angebot schätze, ich werde heute Nacht bei einem anderen alten Freund bleiben. Marshall Hayes und seiner Frau Josie.“

„Schöne Grüße von mir“, sagte Cowboy, der auf einer Trittleiter stand und eine Bohrmaschine sowie ein Ende einer weißen Jalousie in der Hand hielt. Kincaid hatte das andere Ende und hielt eine Wasserwaage darüber. „Ich werde sie besuchen, wenn ich Zeit habe, bevor das hier vorbei ist. Dann können die Kinder ihren Lieblingsonkel sehen.“

„Ich werde es ihnen ausrichten“, versprach Frazer.

Woher zum Teufel kannte Ryan den berühmten Leiter der FBI-Abteilung für Fälschungen und Kunstgegenstände so gut, dass die Kinder ihn verdammt noch mal „Onkel“ nannten? Aaron hatte keine Ahnung, aber er würde den Kerl später ausfragen.

„Und grüß' Izzy von mir, wenn wir schon dabei sind.“ Hope Harper schenkte ihm ihr erstes echtes Lächeln, und es war unerwartet sanft. „Ich erwarte eines Tages eine Einladung zur Hochzeit.“

„Ich denke, wir werden eher durchbrennen, als eine große Hochzeit in Weiß zu feiern, zumal ich diesen Weg schon einmal beschritten habe.“

„Du hast sie also gefragt?“

„Noch nicht“, gab Frazer zu.

„Dann solltest du dich besser ranhalten. Izzy ist ein kluges Köpfchen.“

„Das ist sie. Und sie könnte es viel besser haben als mit einem Mann wie mir.“ Aber sein Lächeln war zuversichtlich.

Sie wusste, dass Frazer vergeben war. Aaron entspannte sich geringfügig. Nicht, dass es ihn etwas anginge, aber die Dinge könnten unschön werden, und er mochte es nicht unschön, und er mochte keine Fremdgeher.

Er mochte wirklich keine Fremdgeher.

„Izzy könnte einen Mann finden, der nicht von jetzt auf gleich auf die Jagd nach Serienmördern geht."

„Wir alle haben unsere Berufung, Hope. Du weißt das besser als die meisten." Frazer klang müde.

„Sei einfach vorsichtig. Pass auf sie auf."

Die Spannung im Raum pochte vor unausgesprochenem Schmerz.

Aber Hope ignorierte ihn – vielleicht war sie jetzt immun dagegen – und holte die Informationen, die sie angefordert hatten, aus dem Drucker. Sie reichte Frazer die eine Liste und hielt die andere in einem Machtspielchen fest, bei dem Aaron eine Augenbraue hochzog.

Sie sah seine Reaktion, und ihre Mundwinkel zuckten zu einem widerwilligen Lächeln. Dann ging sie zu ihm hinüber und reichte ihm das Blatt Papier. „Sorgen Sie dafür, dass die Zeugen geschützt werden, Operator Nash. Ich will nicht noch mehr tote Menschen auf dem Gewissen haben."

Er nickte.

Ihre Augen wurden schmal vor Missbilligung, als Cowboy zu bohren begann.

Frazer ging sofort die Treppe hinunter zur Vordertür und Hope folgte ihm nach draußen. Aaron bildete das Schlusslicht und schob sich an den Jungs vorbei, die im unteren Flur standen und bei ihrer Ankunft verstummten.

Hope wollte die Haustür zur Straße hin öffnen, aber Aaron trat vor sie. „Warten Sie einen Moment."

Sie warf verärgert eine Hand in die Luft, als er mit dem Teammitglied sprach, das den Vordereingang von einem Zivilfahrzeug aus beobachtete, das sie sich von der Bostoner FBI-Außenstelle ausgeliehen hatten.

„Sauber?"

„Hier draußen ist alles sauber. Ein Paar geht mit seinem Hund im Park spazieren, aber sonst ist niemand auf der Straße."

„Verstanden."

„Danke hierfür." Frazer hob die Papiere hoch und öffnete die Tür, während Aaron die Sicht auf Hope von der Straße aus versperrte. „Ich melde mich gleich morgen früh bei dir. Hoffentlich ist bis dahin alles vorbei."

„Ich habe um zehn einen Gerichtstermin." Sie erhob ihre Stimme hinter seiner Schulter.

„Einen schönen Abend noch." Frazer schenkte Aaron ein Grinsen und schlüpfte nach draußen.

Aaron schloss die Tür und verriegelte sie.

Hope sah ihn mit zusammengekniffenen Augen an und drehte sich, um den Rest des HRT-Teams zu mustern, die sich alle aufrichteten.

Sie zog ihr Handy heraus und tätigte einen Anruf.

Hatte sie trotz aller Zugeständnisse ihre Meinung geändert? Wollte sie sich über ihn hinwegsetzen? Vor Wut spannte er den Kiefer an.

„Keine Panik, Larry. Mit der Wohnung ist alles in Ordnung. Nein, keine Sorge." Harper lachte, und Aaron beobachtete, wie der Ausdruck über ihre Züge glitt wie Wolken, die sich über einen stürmischen Himmel schoben. „Ich rufe an, um dich um einen großen Gefallen zu bitten. Ich habe ein paar Freunde, die unerwartet von außerhalb der Stadt gekommen sind – ja, ich weiß, es ist eine Überraschung zu hören, dass ich Freunde habe."

Sie hörte einen Moment lang zu und warf Aaron einen schiefen Blick zu, um ihm zu zeigen, dass sie wusste, dass er aufmerksam zuhörte, und es ihr nicht gefiel.

„Ja, mir ist bewusst, wie unglaublich unsozial ich bin, aber diese Leute lassen sich nicht abwimmeln. Anscheinend eine Art Intervention." Sie hörte wieder zu. „Nun, ich hoffe, dieser Besuch schreckt sie endgültig ab. Mein Hauptproblem ist, dass ich nicht genügend Platz habe, damit sie alle ihre eigenen Zimmer bei mir haben können, und ich habe mich gefragt, ob es euch etwas ausmachen würde, wenn sie ein paar Nächte bei euch schlafen? Ich verspreche, mich irgendwann einmal zu revanchieren, und ihr könnt eine Party auf dem Dach schmeißen, wann immer ihr wollt." Sie hörte aufmerksam zu und gab ihrem Gesprächspartner die Möglichkeit, Einwände zu erheben.

Aaron bewunderte die Tatsache, dass sie die Nachbarn nicht einfach überrannt hatte, denn er wusste, dass sie dazu mehr als fähig war.

„Danke. Ich werde die Bettwäsche wechseln und waschen, und ihr werdet nicht einmal merken, dass jemand in eurer Abwesenheit da war. Das garantiere ich." Sie lächelte, aber ihre Augen waren jetzt härter. „Ihr rettet mich. Wie ist die Kreuzfahrt?"

Sie machte Smalltalk, aber Aaron wusste, dass sie bleiben konnten. Sie mussten sich irgendwo einrichten, damit diese Operation reibungslos ablaufen konnte. Er ging zum Rest des Teams hinüber, und sie drängten sich eng zusammen.

„Für den Moment werden wir uns in zwei Teams aufteilen, von denen eines immer die Klientin im Auge behält. Livingstone, Griffin, Cadell, Crow und Hersh sind *Alpha*, Livingstone übernimmt die Führung in meiner Abwesenheit. Alpha wird eine Schicht von 19 Uhr bis 7 Uhr morgens übernehmen. Das zweite Team ist *Omega*, Cowboy übernimmt die Leitung, wenn ich nicht da bin. Wir können uns bis zur Übergabe in dieser Wohnung einquartieren. Ich übernehme die Leitung, wenn nötig. Richtet euch ein und ruht euch dann ein wenig aus."

Hope wollte die Wohnung betreten, aber Livingstone hielt sie mit seinem Arm auf. „Wir können die Laken wechseln, Ma'am."

„Ich möchte sehen, in welchem Zustand alles ist, damit ich sicherstellen kann, dass es makellos ist, wenn sie zurückkommen."

„Nicht nötig", versicherte Aaron. „Wir werden dafür sorgen, dass alles genau so bleibt, wie wir es vorgefunden haben, wenn nicht noch besser."

Sie öffnete den Mund, um zu widersprechen.

„Ich bin mir ziemlich sicher, dass die HRT-Mitarbeiter in der Lage sind, frische Laken aufzutreiben und eine Waschmaschine zu benutzen. Ich werde persönlich für alle Schäden aufkommen, nicht, dass es welche geben wird."

Sie stieß einen verärgerten Atemzug aus. „Meinetwegen."

Es klang wie ein Fluch.

Sie machte sich auf den Weg zur Treppe, und dieses Mal ließ Aaron sie allein gehen. Sie war sicher genug. „Bringt die Ausrüstung her, und dann holt jemand genügend Lebensmittel für das Abendessen und das Frühstück. Wir werden über Nacht Überwachungsgeräte aufstellen, während die Klientin schläft. Cadell wird in dieser Schicht den Straßendienst übernehmen, aber wir werden uns abwechseln, damit alle wach bleiben."

„Sie hat wirklich einen Killer freibekommen, der dann ihren Mann und ihr Kind ermordet hat?", fragte Seth Hopper, der von seinen jüngsten Abenteuern in der Wüste von Arizona noch immer braungebrannt war.

Aaron nickte. „Mal sehen, ob Novak uns Fallakten oder Hintergrundinformationen schicken kann. Je mehr wir über Julius Leech wissen, desto eher können wir seine Handlungen verstehen."

„Verdammte Serienmörder", murmelte Livingstone.

„Verdammte Strafverteidiger", spottete Cadell.

„Sie ist jetzt stellvertretende Staatsanwältin mit einer beeindruckenden Erfolgsbilanz. Sie hat eine Partnerschaft in einer der größten Kanzleien der Stadt aufgegeben, um Staatsanwältin zu werden."

„Schlechtes Gewissen." Cadell rieb sich den Kiefer.

Niemand würde das bestreiten.

„Sie hat einen schrecklichen Preis bezahlt." Seth stützte die Hände auf sein Gewehr.

„Sicherlich wird Leech nicht an den Tatort zurückkehren, um sich an einer Frau zu vergreifen, die er bereits auf die schlimmste Weise verletzt hat", warf Griffin ein. „Ich bin mir sicher, dass ein Psychopath wie Leech bei dem Gedanken glücklich wäre, dass ADA Harper ein langes Leben mit dem Wissen hat, ihren Tod auf dem Gewissen zu haben."

„Viele Leute auf beiden Seiten des Gerichtssaals hätten nichts dagegen, auf diese spezielle Anwältin loszugehen, ganz zu schweigen von den Polizisten", warf Livingstone ein.

„Warum begraben sie Anwälte tiefer als andere?", murmelte Cadell. „Weil sie tief drinnen gute Menschen sind."

„Hört zu. Wer unsere Klientin ist, und was ihr von ihr haltet, ist irrelevant." Aaron erhob die Stimme, um die Aufmerksamkeit seiner Kollegen auf sich zu ziehen. „Unsere Aufgabe ist es, ADA Harper zu schützen, als sei sie unsere heilige Mutter. Wir beschützen sie, egal ob wir sie mögen oder nicht. Wir schützen sie, egal ob das Risiko hoch oder niedrig ist. *Niemand* kommt an uns vorbei. Solange sie unter unserem Schutz steht, werden wir jede Situation wie eine hochriskante Sicherheitsoperation behandeln. Zumindest wird es eine gute Übung für die VNs sein."

Griffin und Kincaid.

Sie waren erfahrene FBI-Agenten, aber neue Operators.

Als die Tür oben zuschlug, wurde Aaron mit schwerem Herzen klar, dass Hope Harper ihr Gespräch belauscht hatte. Mist.

„*Omega*, ruht euch aus, und hinterlasst in dieser gottverdammten Wohnung keinen einzigen Kratzer. Griffin, mach Fotos, bevor ihr einzieht. Livingstone, bestell etwas zu essen, und heb etwas für mich auf, ich bin am Verhungern. Ich bleibe bei der Klientin, während alle anderen sich beim Essen abwechseln. Lasst uns beweisen, dass wir verantwortungsbewusste Erwachsene sind und nicht die Dummköpfe, für die ADA Harper uns offensichtlich hält."

5

Hope war schockiert von dem Stich, der sie durchfuhr, als sie hörte, wie Operator Aaron Nash sagte, es sei ihm egal, ob sein Team sie mochte oder nicht.

Das war nicht gerade eine neue oder einzigartige Einstellung unter den Angehörigen der Behörden, aber verdammt, sie hatten kein Recht, über sie zu urteilen. Sie wollte sie nicht einmal hier haben.

Sie schlug die Tür zu und ignorierte die erschrockenen Blicke der Männer, die in ihrem Wohnzimmer Jalousien aufhängten.

Es gab dieses Sprichwort, dass Leute, die lauschten, nie etwas Gutes über sich selbst hörten, und das hatte sich als zutreffend erwiesen. Sie hatte gehofft, dass das FBI etwas über Leech verraten könnte, was sie ihr vielleicht vorenthalten hatten. Stattdessen hörte sie nur verschleierte Feindseligkeit und die Tatsache, dass dies, unabhängig davon, ob Leech auftauchte oder nicht, eine nützliche *Trainingsübung* für sie war.

Das hier war ihr gottverdammtes *Leben*.

Welches Recht hatten sie, in ihrem Haus zu stehen und sie zu verurteilen, wenn sie sie nicht einmal hier haben wollte? Verdammt noch mal.

Hope stapfte in die Küche und öffnete den Gefrierschrank,

aber die Vorstellung zu kochen, selbst wenn sie nur etwas auftaute oder aufwärmte, war ihr zu viel.

Stattdessen entschied sie sich für gekochte Eier und Toast.

Eigentlich hätte sie an das leise Getuschel und die vorwurfsvollen Blicke gewöhnt sein müssen, aber das hatte sie unvorbereitet getroffen. Vielleicht lag es daran, dass diese Männer in ihr Haus eingedrungen waren, obwohl sie Profis sein sollten. Sie kannten sie nicht. Dies war ihr sicherer Ort, und sie hatte das schreckliche Gefühl, dass sie ihr ein ständiger Dorn im Auge sein würden, bis Leech gefunden wurde.

Vielleicht würde sie eine Kreuzfahrt machen … aber ihr Stapel an zu bearbeitenden Fällen war hoch und schien nie kleiner zu werden. Und dann war da noch Ella Gibson. Ella brauchte sie morgen im Gericht, wie Hope es versprochen hatte. Und die Vorstellung, eine Woche lang nichts zu tun, gefiel ihr nicht.

Was hätte das für einen Sinn?

Sie könnte jedoch wieder verreisen, wie Danny und sie es getan hatten, bevor sie Paige bekommen hatten. Nach Kolumbien oder Argentinien, oder vielleicht in ein weiter entferntes Land wie Vietnam oder Thailand. Die Welt erkunden und sehen, wie andere Menschen lebten, Menschen, die noch nie etwas von Julius Leech gehört hatten oder von der naiven Närrin, die ihn dummerweise verteidigt hatte.

Sie könnte daraus eine Recherchereise machen und sie in ihren nächsten Frankie O'Malley-Krimi einbauen, aber sie war sich nicht sicher, wie eine New Yorker Mordkommissarin am anderen Ende der Welt landen konnte, wenn ihr Revier Manhattan war.

Als Hope merkte, dass sie Durst hatte, schenkte sie sich ein Glas Wasser ein und trank es in einem großen Schluck aus. Danach wischte sie sich mit dem Handrücken über die Lippen. Jetzt Urlaub zu machen, war ein Wunschtraum. Sie würde nirgendwo hinfahren. Nicht bis Ellas Prozess beendet war. Nicht bevor dieser Bastard Leech wieder im Gefängnis oder tot war, wobei es ihr egal war, welche der beiden Optionen eintrat.

Aaron Nash kam mit Lucifer im Arm in die Küche. Der Kater,

der Fremde normalerweise hasste, wand sich kokett, schnurrte und rieb seine Nase an der schwarzen taktischen Weste des Mannes – die jetzt mit weißen Haaren bedeckt war.

Verräter.

„Was Sie da gehört haben …"

Sie hob eine Hand. „Geben Sie sich keine Mühe, sich herauszureden."

„Ich hatte nicht vor, mich herauszureden. Ich wollte mich entschuldigen, falls Sie irgendetwas gehört haben, das auf ein Urteil schließen lässt – das ist inakzeptabel – und erklären, dass wir zwei neue HRT-Mitglieder in diesem Team haben und es meine Pflicht ist, dafür zu sorgen, dass sie eine angemessene Ausbildung für diese spezielle Mission –"

„Ich bin keine Mission!" Sie schob das Brot über den Tresen und nahm ihren Kopf in die Hände, als würde er durch den Druck aufplatzen, der sich in ihrem Inneren aufbaute. Sie atmete tief ein, bevor sie langsam ausatmete.

Die plötzliche Stille machte ihr klar, dass auch die anderen Männer in ihrer Wohnung gehört hatten, wie sie die Selbstbeherrschung verloren hatte. Etwas, das selten vorkam.

Großartig.

Das alles war einfach großartig.

Sie holte noch einmal tief Luft. „Ich bin ein erfahrener Profi, der jede Woche Morddrohungen erhält. Und ich hasse es, dass Leech wieder einmal Einfluss darauf nimmt, wie ich mein Leben lebe, obwohl er in einem Betonkäfig eingesperrt sein und Briefe schreiben sollte, die nie jemand liest. Und ich hasse es, als *Mission* bezeichnet zu werden, als hätte ich keine Autonomie." Sie stieß die Worte zwischen zusammengebissenen Zähnen hervor. „Das macht mich wütend, offensichtlich. Genauso wie die Tatsache, dass ich seit dem Frühstück nichts mehr gegessen habe."

„Hier." Aaron reichte ihr die Katze, und sie hatte keine andere Wahl, als das kleine Fellknäuel zu nehmen. „Was wollten Sie machen?"

„Zwei gekochte Eier und Toast. Das schaffe ich schon", beharrte sie, obwohl ihr der Appetit zusehends verging.

„Ich kann etwas Besseres als gekochte Eier machen."

Der Mann öffnete den Kühlschrank und holte Lauchzwiebeln, Käse und Milch heraus. „Wie wäre es mit einem Omelett?"

Sie starrte ihn an und wurde plötzlich von der Erinnerung an einen anderen dunkelhaarigen Mann überwältigt, der ihr ein Omelett machte und sich um sie kümmerte.

Sie hatte das alles für selbstverständlich gehalten.

Jeden magischen Tag. Jeden glückselig alltäglichen Moment.

„Es ist ein Friedensangebot. Eine Entschuldigung." Nash missverstand ihren stummen Blick. „Gehen Sie und fangen Sie mit Ihrer Arbeit an, und ich bringe es Ihnen, wenn es fertig ist."

Sehnsucht machte sich in ihrer Brust breit. Sehnsucht nach einem Mann, der längst tot war. Und das alles nur wegen ihr. Wegen ihr und einem sadistischen Serienmörder, den sie aus dem Gefängnis geholt hatte.

Sie hätte dazu schweigen können, dass die Polizisten Beweise untergeschoben hatten. Sie hätte sich abwenden können. Aber sie hatte gern gewonnen. Sie hatte beweisen müssen, dass sie die Beste war und dass das Konzept der juristischen Gerechtigkeit wichtiger war, als dass die Menschen bekamen, was sie verdienten, als dass Unschuldige geschützt wurden.

Sie war keine Idealistin mehr. Das war mit Danny gestorben. Sie interessierte sich nicht mehr für juristische Spielchen. Ihr ging es nur noch darum, Mörder dorthin zu bringen, wo sie hingehörten.

„Sind Sie mit Zwiebeln einverstanden?"

Sie nickte stumm. Und weil sie spürte, wie sie angesichts des guten Aussehens und des Charmes dieses Mannes – auch wenn er nicht Danny war – schwach wurde, wandte sie sich ab und verließ die Küche.

Der Rest der Wohnung war jetzt leer, und es war ein seltsames Gefühl, mit diesem Fremden allein zu sein. Es war eine Intimität, wie sie seit Jahren nicht mehr empfunden hatte. Die Jalousien waren vollständig heruntergezogen. Sie sahen gut aus, wie sie widerwillig zugeben musste. Wenigstens ein Vorteil, den ihr die nervige Situation eingebracht hatte.

Hope holte ihre Notizen für den morgigen Fall hervor, starrte jedoch blicklos auf die Papiere.

Julius Leech war entweder tot oder aus dem Gefängnis entkommen und konnte seine kranken Spielchen mit jedem treiben, der das Pech hatte, ihm über den Weg zu laufen. Sie hoffte Ersteres, denn der Gedanke, dass er noch jemanden umbringen könnte, wenn er eigentlich schon erledigt und bestraft sein sollte, war unerträglich.

Sie erlaubte sich nicht oft, an den Mann zu denken – sie betrachtete es als einen Sieg für ihn, wenn sie es tat. Stattdessen konzentrierte sie sich auf die Bearbeitung der Fälle, die auf ihren Schreibtisch kamen, oder erlaubte ihrer fiktiven Mordkommissarin, die fiktiven Bösewichte auf eine Art und Weise zu bestrafen, die oft die Grenze überschritt. Sie hatte viel Freude an ihrer fiktiven Art von Gerechtigkeit, die sich so sehr von den Buchstaben des Gesetzes unterschied, nach dem sie zu leben versuchte.

War das falsch? Machte sie das so krank wie Leech?

Nein, denn sie würde nie jemandem etwas antun.

Sie war sich nicht sicher, was sie tun würde, wenn sie Leech jemals wiedersähe. Bei diesem Gedanken pochte das Blut in ihren Ohren. Die Vorstellung, ihn zu töten, so wie er Danny und Paige getötet hatte – ein Stich in den Unterleib, gefolgt von einem Kissen über seinem Gesicht, während sie ihn festhielt … der Gedanke war nicht abscheulich. Die Vorstellung erschreckte sie nicht.

Und das machte ihr Angst.

Dass sie so sein könnte wie er. Dass er sie zu dem gemacht hatte, was er war …

Sie knirschte mit den Zähnen, und ihre Augen brannten. Selbst jetzt, sieben Jahre später, genoss sie den Gedanken an ein wenig aktive Gerechtigkeit.

Und genau das war wieder ein Gewinn für ihn.

Sie wurde aus ihren Gedanken gerissen, als Aaron Nash mit einem Tablett mit Essen und einem Glas Weißwein aus einer offenen Flasche erschien, die sie im Kühlschrank aufbewahrt hatte.

Sie legte ihre Arbeit beiseite, als der Mann ihr das Tablett auf den Schoß schob.

Es sah fantastisch aus und roch himmlisch.

„*Bon appétit.*"

Er war nett.

Gott, wie sie das hasste.

„Ich will Sie nicht hier haben."

Er hielt inne, sein dunkler, intelligenter Blick ruhte auf ihren Augen. „Diese Botschaft ist laut und deutlich angekommen."

„Nicht genug, um Sie zum Gehen zu bewegen."

„Wir befolgen nur Befehle, ADA Harper. Nichts davon ist persönlich."

„Ich weiß nicht, ob es das besser oder schlechter macht." Sie nahm einen Schluck Wein. „Die Generalstaatsanwältin schützt nur sich selbst, weil sie weiß, dass das Justizsystem schwach aussehen wird, wenn einer aktiven Staatsanwältin etwas zustößt – durch einen Mörder, der eigentlich im Gefängnis sitzen sollte. Das erweckt nicht gerade das Vertrauen der Öffentlichkeit."

„Entflohene Sträflinge machen sich nie gut. Mir ist klar, dass Sie diese Situation nicht wollten und sich auch nicht damit wohlfühlen." Er richtete sich auf. Diese ebenholzfarbenen Augen waren jetzt weich. Weich genug, dass sie seine volle Unterlippe bemerkte. „Ich werde alles tun, was ich kann, um sicherzustellen, dass Sie den Freiraum in Ihrem eigenen Haus haben, den Sie brauchen."

Hope wandte den Blick ab und griff nach ihrer Gabel. „Ich ziehe meine eigene Gesellschaft vor."

„Das tue ich auch." Er bemerkte ihren kurzen Blick auf das Foto auf dem Schrank. „Sie vermissen sie."

Sie holte scharf Luft. „Jeden Tag. Jede Sekunde eines jeden

Tages." Die Worte kamen kaum über den Kloß in ihrer Kehle hinweg.

„Es tut mir leid, was passiert ist."

„Die meisten Leute denken, es sei meine Schuld." Tränen stiegen in ihr auf, und sie konnte es sich nicht leisten, dass jemand anderes sah, wie sehr sie an diesem Tag zerstört worden war. Die Welt sah, was sie zu sehen wünschte. Eine starke, selbstbewusste, mächtige Frau. Ein gottverdammtes Miststück von Anwältin. Heute Abend, nachdem sie erfahren hatte, dass Leech geflohen war und Fremde in ihr Leben eingedrungen waren, war ihr Schutzwall zerbrochen, und Emotionen quollen aus diesen winzigen Rissen wie Blut aus einer Wunde. Das konnte sie sich nicht leisten. Sie hatte andere Fälle zu verhandeln, anderen Menschen zu helfen und andere Mörder zu überführen. Sie würde sie nicht im Stich lassen, so wie sie ihre eigene Familie im Stich gelassen hatte.

Das war ihre Buße, ihr Grund, weiterzumachen.

Sie stellte das Tablett beiseite und stand auf, wobei sie sich den Mantel des Miststücks schief um die Schultern legte. „Die Verfolgung gefährlicher Verbrecher ist alles, was mich jetzt interessiert. Es ist das Einzige, was für mich zählt. Danke für das Omelett, aber wenn Sie fertig sind, möchten Sie mir vielleicht den Freiraum geben, den Sie mir versprochen haben."

Sein Kiefer wurde hart. Offensichtlich gefiel es ihm nicht, dass sie seine Freundschaftsangebote zurückwies oder dass zur Abwechslung ihm die Befehle erteilt wurden.

„Kein Problem. Ein Operator wird die ganze Zeit auf Ihrem Dach sein, bis Leech festgenommen ist. Ich nehme an, Sie haben nichts dagegen, dass sie bei Bedarf die Toilette im dritten Stock benutzen?"

Ihre Hände begannen zu zittern. Sie musste ihn loswerden, solange sie sich noch zusammenreißen konnte.

„Halten Sie einfach alle von dieser und der zweiten Etage fern." Ihre Stimme klang scharf, und sie sah, wie seine Miene für den Bruchteil einer Sekunde in Abneigung umschlug.

Gut.

Sie wollte keine selbstgemachten Omeletts und kein Mitleid. Sie wollte nicht, dass jemand sich um sie kümmerte. Sie wollte ihn nicht mögen.

„Ich hätte gern Ersatzschlüssel für das Gebäude." Er hob das Kinn, als könnte sie widersprechen.

Da sie ihre antiken Türen mit intakten Scharnieren mochte, ging sie zum Schrank neben der Treppe und griff hinein. Sie holte ihre Ersatzschlüssel heraus, zu denen auch ein Autoschlüssel gehörte, aber sie glaubte nicht, dass er sich mit ihrem BMW aus dem Staub machen würde.

Er fing den Bund auf, den sie ihm zuwarf. „Es wird eine Wache vor Ihrer Tür stehen. Wenn Sie heute Nacht jemanden hören, rufen Sie bitte um Hilfe, bevor Sie den Abzug Ihrer Waffe betätigen oder einem meiner Teamkollegen in den Schritt treten. Wir werden in den äußeren Gängen, im Garten, auf dem Dach und auf der Feuertreppe Bewegungsmelder und Kameras anbringen, und es ist möglich, dass wir kurz reinkommen müssen, um etwas zu verkabeln. Sie können mich jederzeit direkt anrufen, wenn Sie irgendwelche Bedenken haben, aber mit elf hochqualifizierten Mitarbeitern, die Ihnen zur Verfügung stehen, sollten Sie sicher genug sein."

Er drückte ihr eine Visitenkarte in die zitternde Hand und hielt dann inne. Sie wich zurück, verlegen darüber, dass er das Zittern bemerkt hatte, das sich ihren starken Worten widersetzte.

„Brauchen Sie meine Handynummer?" Ihre Stimme brach.

Er schüttelte den Kopf.

Natürlich nicht. Er wusste bereits alles, was es über sie zu wissen gab. Gott wusste, dass es Bücher über sie und Leech' tödliche Verstrickung gab.

„Gute Nacht, ADA Harper."

Sie konnte nicht sprechen.

„Wir sehen uns morgen früh."

Hope zwang sich zu einem trockenen Lachen, an dem sie fast erstickte. „Leider."

Sobald die Tür sich schloss, sank sie auf den Boden und schlang die Arme um ihre gebeugten Knie, während Schluchzer aus ihrer Kehle zu entweichen drohten. Sie ließ es nicht zu. Sie weinte leise. Sie trauerte stumm.

Lucifer eilte herbei und stieß mit dem Kopf gegen ihren steifen Arm, und sie nahm ihn hoch, eine der letzten lebenden Verbindungen, die sie zu ihrer toten Tochter und ihrem toten Mann hatte. Das Kätzchen von Paige. Ihr einziges Familienhaustier.

Tränen liefen ihr in heißen Sturzbächen die Wangen hinunter, tropften von ihrem Gesicht, benetzten Lucifers Fell und sorgten dafür, dass ihre Hand hängenblieb, als sie ihn streichelte.

Sie hasste das. Sie hasste das Vakuum der Traurigkeit, das ihr Leben geworden war. Den Schleier des Elends, den sie mit sich herumtrug. Sie wünschte, Leech hätte sie an jenem schrecklichen Tag getötet. Das wäre sicherlich gerechter gewesen, als einen guten Mann und ein unschuldiges Kind zu töten?

Endlich hörten die Tränen auf, und der Kater rannte davon, wie er es immer tat, wenn es ihm passte.

Sie lächelte traurig.

Sie und die Katze waren sich sehr ähnlich.

Ausgelaugt und erschöpft richtete sie sich unbeholfen auf. Sie ging hinüber, hob den Teller auf, deckte ihn ab und stellte ihn in den Kühlschrank. Dann schnappte sie sich den Stapel Akten, den sie für die morgige Verhandlung brauchte. Hope schaltete die meisten Lichter aus, bis auf eines in der Küche, und schleppte sich in ihr Schlafzimmer. Alle Jalousien im Haus waren zugezogen, und sie zog sich aus, schlüpfte in den vertrauten Flanellpyjama und kroch unter die Decke, wobei sie Paiges Lieblingsteddybär an ihre Brust drückte, um die schmerzende Leere zu füllen, die jetzt ihr Leben war.

6

———

Julius aß sein Frühstück mit tief über die Stirn gezogener schwarzer Wollmütze. Er war so hungrig, dass er hatte anhalten *müssen*, um etwas zu essen. Er hatte sowieso Benzin gebraucht, also hatte er es riskiert.

Die Mütze verdeckte seine Gesichtszüge und die Farbe seines Haares, ganz zu schweigen von seinem katastrophalen Gefängnishaarschnitt. Die Wolle juckte auf seiner Kopfhaut, aber sie wärmte, und das war so ziemlich alles, was ihn im Moment interessierte. Luxusartikel wie Kaschmir konnten warten. Bei diesem Schneesturm fiel es niemandem auf, dass er drinnen eine Mütze trug. Er starrte aus dem Fenster auf die Tankstelle auf der anderen Straßenseite, beobachtete aber auch den Fernsehbildschirm und die anderen Leute im Inneren des Diners durch die Spiegelung im Glas, um sicherzugehen, dass ihm niemand übermäßige Aufmerksamkeit schenkte.

Das taten sie nicht.

Es war noch früh am Morgen. Die Nachricht von der Flucht der Gefangenen war noch nicht verbreitet worden, aber die US Marshals würden nach jedem Anzeichen dafür suchen, dass er noch am Leben war.

Schweiß ließ sein neues T-Shirt am Rücken kleben, aber er

nippte langsam an seinem Getränk, entschlossen, jede Sekunde der Freiheit, jede Minute der Unabhängigkeit zu genießen.

Das Essen hier war vielleicht nicht gerade Michelin Standard, aber es schmeckte wunderbar. Knuspriger Speck. Butterweiches Rührei. Hausgemachte Waffeln und heißer, frischgebrühter Kaffee.

Er hob eine Hand, um zu signalisieren, dass er bereit für die Rechnung war. Dann setzte er ein angenehmes Lächeln auf, das seinen von Natur aus grimmigen Gesichtszügen trotzte und sein Erscheinungsbild erheblich veränderte. Er hatte viel Zeit damit verbracht, vor dem abgenutzten Spiegel in seiner Zelle zu üben. Sieben Jahre lang hatte er sein verschwommenes Spiegelbild angelächelt und sich gewünscht, er sei irgendwo anders als an diesem gottverlassenen Ort eingekerkert.

Und jetzt war er frei.

Er nahm genügend Geld aus seiner neu erworbenen Brieftasche, um die Rechnung zu bezahlen und ein anständiges Trinkgeld zu hinterlassen, aber nicht genug, um in Erinnerung zu bleiben. Julius zog die geliehene Lederjacke zusammen und schloss den Reißverschluss gegen die Kälte.

Im Laufe der Jahre hatte er viel darüber nachgedacht, was er tun würde, wenn er jemals aus dem Gefängnis käme, wie er sich einfügen würde ohne ein leuchtendes Schild auf der Stirn zu tragen, das „Hilfloser Milliardär" schrie. Er hoffte, dass er begriffen hatte, wie man nicht auffiel – was definitiv ein Vorteil war. Wie man nicht der Freak war, als den ihn alle bezeichnen. Er hatte von der Flucht geträumt, sie ein wenig geplant, aber er hatte sie nie wirklich erwartet. Diese Gelegenheit würde er sich nicht entgehen lassen.

Julius schlüpfte aus der Sitzecke. „Danke."

Er hatte immer gute Manieren gehabt. Sein Kindermädchen hatte ihm das beigebracht. Er ging zur Tür hinaus. Er hatte an der Seite des Diners geparkt, außer Sichtweite.

Er stieg in die kleine Limousine, wobei er sich aufgrund des Unfalls steif bewegte. Die blaue Jeans fühlte sich rau auf seiner

Haut an. Es war das erste Mal in seinem Leben, dass er billigen Jeansstoff trug, und er war sich nicht sicher, ob er ihn mochte oder nicht. Allerdings war die Jeans eine gewaltige Verbesserung gegen seinen schrecklichen orangefarbenen Overall, der immer noch im Kofferraum der Limousine lag, zusammen mit der Uniform des Gefängniswärters. Er würde sie bei der erstbesten Gelegenheit loswerden.

Julius drehte den Schlüssel im Zündschloss und hörte, wie der Motor ansprang. Er lächelte. Offene Sportwagen an der Côte d'Azur waren eher sein Stil gewesen als diese unscheinbare graue Limousine. Aber die Limousine konnte helfen, ihn in der Menge verschwinden zu lassen, während er mit einem schicken Sportwagen sicher erwischt werden würde.

Schon wieder.

Er musste sich unauffällig verhalten. Sein Leben hing davon ab, denn er würde nicht in dieses Höllenloch zurückkehren.

Er schaute auf die volle Tankanzeige und fühlte einen Anflug von Stolz, dass er es geschafft hatte, den Wagen vollzutanken, ohne wie ein Volltrottel auszusehen. Er hatte das Benzin mit dem wenigen Bargeld bezahlt, das er bei sich hatte, aber das war es wert. Er würde mehr bekommen. Er war bereits dabei, alles zu organisieren. Er hatte das Telefon des Vorbesitzers benutzt, um ein paar Anrufe zu tätigen – Anrufe, von denen er hoffte, dass sie ihn nicht zurück in seine Zelle bringen würden.

Die Windschutzscheibe war mit einer dünnen Schicht gefrorenen Niederschlags überzogen, also wartete er geduldig, bis der Motor warmgelaufen war und die Heizung die Scheibe enteist hatte. Ein Streifenpolizist konnte Fahrer anhalten, wenn deren Scheiben belegt oder verschmutzt waren, und er wollte niemandem einen Anlass dazu geben.

In der Schule war ihm oft Unfähigkeit zum Nachdenken ins Zeugnis geschrieben worden, aber da Julius die einzige Person war, die es gelesen hatte, nachdem seine Mutter und sein Vater sich gegenseitig umgebracht hatten, hatte er sich nicht allzu viele Gedanken gemacht. Er war stinkreich. Reiche Leute kamen jeden verdammten Tag mit verrückten Sachen davon. Allerdings hatte er nie geplant, ein Killer zu werden. Das erste Mal war fast zufällig gewesen. Der Rausch war anders gewesen als alles, was er je zuvor erlebt hatte. Es war besser gewesen als Drogen. Besser als sich mit dem teuersten Champagner zu betrinken.

Also hatte er es wieder getan, nur beim nächsten Mal besser. Geplant. Ausgeführt. An Menschen, die es verdient hatten.

Oh, diese *Euphorie*, als er ihnen das Leben genommen hatte. Die Macht ... Die Überlegenheit ... Er konnte immer noch ein Echo davon in seinem Blut spüren.

Das Töten des Mannes, dessen Auto er genommen hatte, hatte ihm diesen Rausch nicht verschafft. Dieser Tod war keine Strafe gewesen, sondern eine logistische Notwendigkeit, und der Kerl hatte es nicht verdient.

Es gab eine Menge anderer, die Rache verdient hatten. Vor allem drei.

Er dachte an die Leute, die ihm im Laufe der Jahre geschrieben hatten. Überwiegend Frauen, aber auch einige Männer. Einige hatten ihn besucht, was eine nette Abwechslung zur endlosen Monotonie gewesen war, aber konnte er ihnen trauen?

Was trieb einen Menschen dazu, einen Fremden, einen verurteilten Mörder, innerhalb der Mauern eines Hochsicherheitsgefängnisses zu besuchen? So etwas hatte er nie in Erwägung gezogen ... er hatte ganz sicher nicht damit gerechnet, ein Insasse eines solchen Ortes zu sein.

Einige seiner Besucher waren einsame Menschen, die Julius fast bemitleidete. Viele waren von seinen Verbrechen fasziniert – Reporter, Autoren, Podcaster. Andere verspürten denselben Drang wie er, obwohl weder er noch sie es laut zugaben – er hatte die Aufregung in ihren Augen gesehen, als sie ihm Fragen stellten. Das waren seine Lieblingsbesucher. Wenn sie merkten, dass er sie *sah*. Sie waren entweder erschrocken oder aufgeregt. Oder beides.

Für den einen oder anderen verwegenen Möchtegern-Betrüger ging es um sein Geld – schließlich hatte er keine lebenden Familienmitglieder, und Milliarden auf der Bank. Die meisten besuchten ihn nur ein einziges Mal, denn die Mühe war größer als die Belohnung, als klar wurde, dass Julius nicht dumm war, wenn es um sein Vermögen ging, und dass er mehr als fähig war, sie aus Spaß zu erschrecken.

Er hatte einen Teil seines Vermögens verschiedenen Wohltätigkeitsorganisationen vermacht, darunter auch dem Pensionsfonds der Bostoner Polizei – mehr aus einem verdrehten Sinn für Humor heraus als alles andere. Er hatte ein Stipendium in Yale oder Harvard oder am MIT stiften wollen, aber jede Institution hatte darauf bestanden, dass niemand erfahren durfte, woher das Geld kam.

Pah.

Julius *wollte*, dass die Leute wussten, dass er sowohl zum Guten als auch zum Bösen fähig war. Er erwartete nicht, dass seine Philanthropie seine Chancen auf Freilassung beeinflussen würde, aber er war keine Pappfigur eines furchterregenden Monsters. Er war komplex und interessant. Er war ein Killer, aber er war nicht wahllos oder ein Tyrann. Er konnte auch nett sein. Er konnte ein Freund sein.

Er hatte tatsächlich Freunde.

Julius unterdrückte ein Gähnen. Die Heizung brauchte ewig, um warm zu werden, aber die Eiskristalle verschwanden langsam vom Glas.

Wie würden dieselben Besucher sich fühlen, wenn sie erfuhren, dass er aus seinem Käfig befreit war? Würden sie ohne den Schutz bewaffneter Wachen genauso offen lächeln, wenn er vor ihrer Tür auftauchte? Würden sie ihm trauen? Konnte er ihnen vertrauen?

Wahrscheinlich nicht.

Der Wunsch, seine niederen Gelüste zu entfesseln, wuchs in seinem Hinterkopf. Es stieg auf wie die schwarze Wolke eines Vulkans, die den Ausbruch ankündigte.

Das machte seine gegenwärtige Freiheit so göttlich.

Er wusste noch nicht genau, was er mit dieser Gelegenheit

anfangen wollte. Fliehen, auf jeden Fall. Im Luxus leben und sein Geld genießen – das wäre schön. Sich ein neues Gesicht kaufen oder einfach einen Ort finden, an dem es alles gab, was er brauchte, damit er nie wieder wegmusste und die Behörden ihm nichts anhaben konnten. Eine Insel irgendwo … Das klang sehr nach einem weiteren Gefängnis, wenn auch einem schöneren.

Er und sein persönlicher Assistent Blake Delaware, der sich um seine Angelegenheiten kümmerte, hatten im Laufe der Jahre bei ihren Besuchen alle zwei Wochen viel Zeit damit verbracht, diese Idee zu diskutieren. Nicht auszubrechen, sondern … die *Vorstellung*, was er bräuchte, um zu verschwinden, wenn er auf magische Weise „entlassen" würde.

Es waren Vorkehrungen getroffen worden.

Der klügste Plan für Julius war es, sich zu verstecken und leise zu verschwinden, wenn die Aufregung sich gelegt hatte.

Warum war er dann auf dem Weg nach Boston?

Wahrscheinlich aus Dummheit, aber er hatte auch seinen Stolz. Die Menschen hatten während seines Prozesses und danach Dinge gesagt. Dinge, die Julius nicht gefielen. Dinge, die nicht der Wahrheit entsprachen. Und jetzt gab es Schulden zu begleichen – vor allem die von Hope Harper.

Sie schuldete ihm etwas.

Die Heizung taute endlich die Windschutzscheibe frei, und so fuhr er auf die Straße, dankbar, dass der Mann, von dem er das Auto geliehen hatte, so gut auf den Winter vorbereitet gewesen war. Ein zusätzlicher Bonus war, dass der Mann ungefähr Julius' Größe hatte und mit einem ganzen Koffer voller Kleidung und Hygieneartikel unterwegs gewesen war. Das Schicksal hatte es wirklich gut mit ihm gemeint.

Das wurde auch Zeit.

Julius versuchte, seinen Griff um das Lenkrad zu lockern. Es war lange her, dass er im Schnee gefahren war, und er konnte nicht riskieren, jemanden anzufahren oder von der Straße abzukommen. Das Auto hatte robuste Winterreifen und Automatikschaltung, aber es war nervenaufreibend, besonders so kurz nach dem Unfall, der ihn befreit hatte. Solange Julius nicht zu stark auf die Bremse trat, sollte er sein Ziel erreichen. Es war nicht mehr weit. Höchstens noch dreißig Minuten oder so.

Und dann würde er es wissen.

Wem er vertrauen konnte.

Und wen er töten musste.

7

Aaron nahm den ersten Schluck frischgebrühten Kaffees, sehr zur Freude seines schläfrigen Gehirns. Er war die halbe Nacht wach gewesen, um sicherzugehen, dass die neue Elektronik funktionierte und nicht einfach umgangen werden konnte – nicht, dass Leech auf diesem Gebiet irgendwelche bekannten Fähigkeiten besaß. Wie auch immer, die stellvertretende Staatsanwältin hatte eine neue, hochmoderne Alarmanlage, ebenso wie ihre Nachbarn im Erdgeschoss. Sie hatten außerdem neue Schlösser an allen Außentüren und Fenstern.

Er hatte es geschafft, ein paar kurze Stunden zu schlafen, ausgestreckt auf dem Boden des Wohnzimmers. Ryan hatte die Couch genommen. Sie bekamen heute von der örtlichen Außenstelle ein Feldbett zugeschickt. Hoffentlich würde diese Mission nur einen Tag oder so dauern, aber es war eine großartige Gelegenheit für Griffin, Kincaid und Donnelly – die in der Einheit Charlie war, die sich um die Richterin kümmerte –, praktische Erfahrungen im Personenschutz in der realen Welt zu sammeln. Die Dinge liefen nicht immer nach Plan. Klienten waren in der Regel ihr eigener schlimmster Feind, und die Fähigkeit, schnell zu denken und zu improvisieren, war überlebenswichtig.

Sein Ohrhörer surrte.

„Die Klientin ist in Bewegung", informierte Livingstone ihn über seinen Ohrhörer mit einem Hauch von sarkastischem Humor.

„Halte sie hin. Die Klientin ist auf dem Weg", sagte Aaron laut genug, dass alle anderen es hören konnten.

„Was soll der Scheiß?", brummte Cowboy, der sich selbst Kaffee einschenkte. „Ist es nicht ein bisschen früh, um Eier über offenem Feuer zu rösten?"

„Als ehemaliger Rancher bist du wohl der Einzige, der Erfahrungen mit feuergerösteten Eiern hat." Aaron kniff sich in den Nasenrücken, während er sich mental darauf vorbereitete, sich mit der Frau auseinanderzusetzen, die stur und entschlossen war, aber auch so voller Qualen und Schmerzen, dass er sie praktisch schmecken konnte.

Sechs Uhr dreißig.

Das Omega Team beeilte sich, das Frühstück zu beenden und sich fertig zu machen, bevor es von Alpha den Wachdienst für den Tag übernahm.

„Hat ihr niemand gesagt, wann die Teams gewechselt haben?" Kincaid schob sich ein Stück Toast in den Mund.

Scheiße.

„Ehrlich gesagt, nein. Das geht auf mich." Er hasste es, Fehler zu machen. „Ich hätte nicht gedacht, dass sie vor sieben Uhr ins Büro geht." Aaron fluchte. Er war zu sehr damit beschäftigt gewesen, sich mit Entschuldigungen und Omeletts bei ihr einzuschmeicheln. „Ich werde sie hinhalten, während ihr fertig werdet und die Geländewagen herbringt."

Er ging aus der Tür der unteren Wohnung und sah gerade noch rechtzeitig, wie Will Griffin die Eingangstür blockierte.

„Wollen Sie mich verarschen?" Hope Harper starrte den viel größeren Operator an, der sich offensichtlich nicht einschüchtern ließ.

„Nein, Ma'am. Tut mir leid, Ma'am." Griffin blickte erleichtert auf, als Aaron erschien.

Hope drehte sich zu ihm um, der Ärger war deutlich in ihren kühlen, schönen Gesichtszügen zu sehen.

Warum konnte er nicht für eine Geiselbefreiung oder die Ergreifung eines gefährlichen Terroristen verantwortlich sein? Warum musste er einen Einsatz leiten, bei dem die Klientin Widerworte geben durfte?

„ADA Harper. Entschuldigen Sie die Verzögerung. Wenn Sie uns dreißig Minuten Zeit geben, können wir Ihren Weg zum Büro arrangieren."

Er beobachtete, wie Emotionen über ihre Züge huschten. Ungeduld, Verärgerung, vielleicht auch Genugtuung darüber, sie unvorbereitet erwischt zu haben. Aaron hatte erwartet, dass die Überraschungen von außen kommen würden, nicht von innen, aber er sollte immer mit dem Unerwarteten rechnen.

„Moment." Sie hob einen Finger. Ihre Augen wurden noch schmaler, als sie ihn betrachtete. „Sie erwarten doch nicht wirklich, dass Sie mir heute *en masse* überallhin folgen, wo ich hingehe, oder? Zur Staatsanwaltschaft? Ins Gericht?"

Aaron hob eine Augenbraue. „Sie haben doch nicht ernsthaft erwartet, dass wir Sie an der Tür verabschieden, oder?"

„Vielleicht?" Ihre Stirn war gerunzelt. Sie trug einen beigen Hosenanzug mit einem cremefarbenen Wollmantel, der an ihren Waden endete. Sie sah sowohl kompetent als auch einschüchternd aus. Er konnte sich vorstellen, dass sie im Gerichtssaal eindrucksvoll war.

„Hatten Sie vor, mit den öffentlichen Verkehrsmitteln zur Arbeit zu fahren?"

„Nein." Ihr Gesicht war perfekt geschminkt, trotz der frühen Stunde. „Als Vorsichtsmaßnahme wollte ich mit dem Auto fahren." Ihr Tonfall war spöttisch.

„Wir werden Sie fahren."

Ihre Nasenflügel blähten sich vor Ungeduld auf. „In einem Ihrer Regierungs-Geländewagen? Erwarten Sie wirklich, dass ich meinen Job mit elf bewaffneten Männern hinter mir erledigen kann?" Sie redete, als wären sie eine Gruppe Kleinkinder. „Ich habe Opfer und Zeugen, die für die Staatsanwaltschaft aussagen und jeden Tag in ihren Gemeinden weitaus größeren Gefahren ausgesetzt sind – im Vergleich zu dem unwahrscheinlichen Fall, dass Julius Leech diesen Unfall überlebt hat und auf dem Weg zurück nach Boston ist, um mich anzugreifen."

Offensichtlich hatte Hope Harper etwas geschlafen, etwas von ihrer Energie zurückgewonnen und ihre Meinung über die Anwesenheit des Geiselrettungsteams definitiv *nicht* geändert.

Wo war ein guter Verhandlungsführer, wenn man ihn brauchte?

„Erstens werden Ihnen nur zwei Leibwächter zugewiesen, während Sie Ihrer Arbeit nachgehen. Die anderen Mitglieder einer Schicht werden hier sein, die Umgebung oder die Lobby der Gebäude kontrollieren, in denen Sie sich aufhalten – oder verschiedene Fluchtrouten planen, falls wir schnell fliehen müssen. Dafür müssen wir Ihren Zeitplan im Voraus kennen, damit wir entsprechend planen können."

Sie hob wieder den Finger und sah aus, als würde sie krampfhaft versuchen, ihr Temperament zu zügeln. „Der Präsident hat wahrscheinlich weniger Secret Service-Agenten als ich im Moment."

„Der Präsident hat mehr, aber wir sind besser", erklärte Aaron ihr ernst. „Und im Gegensatz zum Secret Service haben wir noch nie einen unserer … Kunden verloren."

„Meinetwegen. Dann eben zwei Leibwächter. Aber Sie gehen mir aus dem Weg." Anspannung straffte ihre Züge, als die arrogante Fassade für einen kurzen Moment verblasste. Unter dem sorgfältig aufgetragenen Make-up sah sie plötzlich müde und blass aus.

„Haben Sie überhaupt geschlafen? Oder gegessen?" Aaron runzelte die Stirn und machte einen Schritt auf sie zu. „Sie müssen etwas essen."

Das hatte den gewünschten Effekt. Ihr Rückgrat versteifte sich, und sie hob das Kinn. „Werden Sie sowohl mein Lebenscoach als auch mein Leibwächter sein, Operator Nash?"

„So wie es erforderlich ist." Sein Lächeln war grimmig.

„Ich brauche kein Kindermädchen", schnauzte sie.

Kein Morgenmensch. Verstanden.

„Ich will Sie am Leben erhalten, damit meine Bilanz makellos bleibt. Essen und Schlafen tragen viel zum Überleben bei." Er behielt einen leicht amüsierten Tonfall bei. Sie war keine Frau, die gut darauf reagierte, Befehle zu erhalten.

Sie stieß ein kleines Lachen aus. „Nun, zumindest weiß ich die Ehrlichkeit zu schätzen."

„Wenn Sie nicht wie ein rohes Ei behandelt werden wollen, dann werde ich Klartext reden, aber im Gegenzug müssen Sie mir zuhören – auch die Teile, die Sie nicht hören wollen."

Er sah die Veränderung in ihren Augen. Die Schilde senken sich kurz.

„Ich fühle mich wie eine Gefangene." In den Worten lag ein Hauch von Verzweiflung. „Ich habe das Gefühl, dass er gewinnt. Selbst wenn er tot auf dem Grund eines Flusses liegt, gewinnt er wegen all dem", sie deutete mit einer Hand auf ihn und Griffin, „und wenn die Presse von allem Wind bekommt, wird sie alles wieder an die Oberfläche zerren." Sie schluckte und hielt offensichtlich schmerzhafte Emotionen zurück.

Ihre nächsten Worte waren so leise, dass er sie kaum hören konnte. „Paige wäre morgen zwölf Jahre alt geworden." Sie blickte auf die Hände hinunter, mit denen sie nun ihre schwere Aktentasche umklammerte. „Sie ist schon länger tot, als sie gelebt hat, und ich hasse das. Aber anstatt ihr Leben, ihr Andenken zu ehren, muss ich mich hinter Leibwächtern vor demselben Abschaum verstecken, der sie mir überhaupt erst weggenommen hat. Das ist nicht richtig. Das ist keine Gerechtigkeit."

Die Worte versetzten ihm einen Stich ins Herz, aber sie änderten nichts an den Umständen. Er senkte den Kopf, um ihren Blick aufzufangen. „Wenn er noch lebt, werden wir ihn fangen, aber so etwas kann dauern."

„Wenn er geflohen ist, muss die Öffentlichkeit gewarnt werden."

Was bedeutete, dass der Medienzirkus mit Sicherheit in voller Stärke ausbrechen würde. Wenigstens würde das Echo Team sich nicht langweilen oder selbstgefällig werden.

„Die US Marshals werden eine bessere Vorstellung davon haben, was genau passiert ist, sobald es hell wird." Er warf einen Blick über seine Schulter und sah, dass Ryan ihn von der Tür aus beobachtete. „Um wie viel Uhr müssen Sie bei der Arbeit sein?"

Sie warf einen Blick auf ihre Uhr. „Normalerweise bin ich um 7:30 Uhr an meinem Schreibtisch."

„Wie wäre es, wenn Sie mich Frühstück besorgen lassen, während wir den Teams Zeit zum Schichtwechsel geben? Sie werden um 7:30 Uhr bei der Arbeit sein, wenn nicht früher."

Sie warf ihm einen resignierten Blick zu. „Von mir aus."

Plötzlich ertönte ein Geräusch in seinem Ohrhörer. „Aktivität vor der Tür. Ein weißer Mann mit unberechenbarem Fahrstil hat vor dem Haus angehalten und geht gerade die Treppe rauf. Er hat es eilig. Sieht aus, als sei er bewaffnet."

„Schnell." Aaron manövrierte Hope in die untere Wohnung, wo Seth Hopper und Sebastian Black sie gegen die Backsteinwand drückten, während andere sich verteilten, um Eingänge und Fenster zu sichern.

„Ist es Leech?", fragte er.

„Ich kann sein Gesicht nicht sehen."

„Schaltet ihn aus. Lasst uns sehen, was wir da haben."

„Was ist? Was geht vor sich?", fragte Hope über Seth Hoppers Schulter hinweg.

„Bewaffneter weißer Mann auf der Türschwelle."

„Wir haben den Verdächtigen auf dem Boden." Es gab eine kurze Pause. „Er behauptet, ein BPD-Detective zu sein. Er sagt, er sei der Schwager von Ms. Harper."

Aaron konnte hören, wie der Typ Cadell und Hersh beschimpfte. Letzterer war gegen zwei Uhr nachts vom Dach heruntergekommen, als er beschlossen hatte, dass sie nur eine Person auf dieser Position brauchten.

Aaron ging zum Fenster und starrte hinaus auf den Mann, der

jetzt auf den Beinen war, aber mit den Händen auf dem Rücken gefesselt. Sein Gesicht war rot. Die Haare standen ab. Seine Miene zeugte von brodelndem Zorn.

Aaron deutete den anderen an, Hope zu ihm zu lassen, allerdings nicht so nah, dass sie von draußen sichtbar war.

„Kennen Sie den Kerl?"

Ihr Seufzer sagte alles. „Das ist der Bruder meines verstorbenen Mannes. Detective Brendan Harper, BPD."

„Sollen wir ihn reinlassen?"

Ein Funken Belustigung erhellte ihren Blick, dann verzog sie den Mund. „Das wäre besser, sonst bekomme ich das noch lange zu hören. Er hat ein Recht darauf, zu erfahren, was hier los ist. Ich mache Kaffee, während Sie uns beide über die Entwicklungen der letzten Nacht auf den neuesten Stand bringen."

8

———————

Aaron wartete darauf, dass Livingstone und Griffin Hope wieder nach oben begleiteten, bevor er die Haustür öffnete und Cadell mit dem stinksauren Detective eintreten ließ. Hersh ging zurück zum Zivilfahrzeug, das auf der Straße stand.

Cadell und Hersh trugen Zivilkleidung, weshalb Aaron verstand, warum der Detective aufgebracht reagiert hatte.

„Entschuldigen Sie die unangenehme Überraschung, aber das FBI ist derzeit mit dem Schutz von ADA Harper beauftragt." Aaron löste die Handschellen und warf sie Cadell zu, der Aaron die Waffe des Detectives reichte.

„Wir haben ihn auf eine Ersatzwaffe überprüft, aber er ist sauber", fügte Cadell hinzu.

„Geben Sie mir meine Dienstwaffe, Sie Stück Scheiße."

Aaron hielt dem wütenden Blick des Mannes stand. „Wie ich schon sagte, kontrolliert das FBI im Moment die Sicherheit rund um ADA Harper, und laut HRT-Protokoll gilt ein Waffenverbot, sofern Sie nicht Teil ihres Sicherheitsteams sind. ADA Harper möchte oben mit Ihnen sprechen, also behalte ich Ihre Waffe und gebe sie Ihnen zurück, wenn Sie gehen."

Brendan Harpers Augen weiteten sich vor Empörung. „Sie

glauben, ich würde ihr etwas antun? Ich bin das Einzige, was sie noch an Familie hat."

„Das verstehe ich, aber da ich nicht alle Bedrohungen im Voraus abschätzen kann, werden wir es so machen. Wenn Sie gehen, gebe ich Ihnen Ihre Waffe zurück. Wenn Sie mit ADA Harper sprechen wollen, bringe ich Sie hoch."

Ohne seine Waffe.

Brendan Harpers Augen wurden schmal. „Mein Boss wird mit Ihrem Boss sprechen."

Aaron steckte die Waffe ein. „Mein Job ist es, für ihre Sicherheit zu sorgen, nicht, die Herzen der Bostoner Polizei zu erobern."

Dafür war er ausgebildet worden, und er war zuversichtlich, dass seine Vorgesetzten seine Entscheidungen unterstützen würden.

Brendan Harper begann, die Treppe hinaufzusteigen, und Aaron warf den anderen einen Blick zu, als das Team sich wieder entweder dem Wachdienst oder den Vorbereitungen zuwandte. Es dauerte oft eine Weile, während eines Schutzeinsatzes einen Rhythmus zu finden, und manchmal bedeutete dieser Rhythmus, dass man seine Arbeit nicht so gut erledigte, wie man es eigentlich könnte. Man sollte nie zu bequem oder zu entspannt sein. Man musste mit einem gewissen Maß an Abwechslung und Unvorhersehbarkeit rechnen, damit potenzielle Kriminelle keinen Hinterhalt im Lieblingscafé des Klienten planen konnten, wo dieser jeden Morgen um 8:45 Uhr einen Bagel aß, bevor er zur Arbeit ging.

Brendan betrat die Wohnung ohne anzuklopfen und ging direkt in die Küche. Aaron folgte ihm und fand Hope sogleich in der Umarmung des anderen Mannes. Sie warf Aaron einen Blick über Brendans Schulter zu, der ihm genau zeigte, wie unangenehm ihr die Situation war, aber sie schob den Detective nicht weg.

Das machte Aaron auf unerklärliche Weise wütend, denn er wusste, wie es war, Familie zu ertragen, wenn man lieber irgendwo anders wäre und etwas anderes tun würde.

Wenigstens lag der Duft von frischem Kaffee in der Luft, die große Kanne stand auf dem Herd.

Er sah jedoch keine Anzeichen dafür, dass sie etwas gegessen hatte. Aaron öffnete den Kühlschrank und steckte zwei Scheiben Brot in den Toaster, denn wenn Hope versorgt war, würde das helfen, sie alle gut durch den Tag zu bringen.

Sie befreite sich aus der Umarmung. „Ich nehme an, du hast von Leech gehört? Ist es in den Nachrichten?"

„Noch nicht. Ein Freund von mir aus der Gefängnisbehörde hat vor etwa dreißig Minuten angerufen. Ich bin gleich rübergekommen." Er schniefte. Draußen war es kalt. Der Mann trug Straßenkleidung und abgewetzte Stiefel. „Er sagte mir, dass zwei Wärter und drei Gefangene vermisst werden. Einer von ihnen war Leech." Brendan lehnte sich gegen die freiliegende Backsteinwand. „Hoffentlich ist der Kerl im Fluss ertrunken, und wir sind ihn los."

„Wenn das so ist, hoffen wir, dass er bald gefunden wird, damit ich mit meinem Leben weitermachen kann und keine Pension für Actionhelden mehr leiten muss." Hope setzte ein Lächeln auf.

Brendan warf ihm einen Blick zu.

Aaron behielt seine neutrale Miene bei. Er war nicht so beleidigt, wie er es wahrscheinlich hätte sein sollen.

Der Toast sprang hoch, und er griff nach Butter und Marmelade. Er machte sich nicht die Mühe zu fragen, ob sie das mochte. Es war in ihrem Kühlschrank.

„Ich dachte, ich komme vorbei, um dich zu warnen. Ich wusste nicht, dass die Kavallerie schon hier ist. Du hättest anrufen sollen."

„Und noch mehr Leute um mich scharen?", spottete Hope. „Du kennst mich besser als das. Es sei denn, du brauchst auch Schutz?"

„Ich kann mich selbst beschützen." Brendan schnaubte und warf einen verächtlichen Blick in Aarons Richtung.

Hope schenkte Kaffee in drei Tassen ein. Sie reichte Brendan eine und nickte dann zu einer Tasse auf der Arbeitsplatte, als wolle sie Aaron bedeuten, dass dies seine sei. Eine kleine Kanne mit Milch und eine Zuckerdose standen daneben.

Aaron nickte dankend und schob den Teller mit dem Toast in ihre Richtung. Er nippte an dem Kaffee. Schwarz war gut.

Sie nahm den Teller auf und begann zu essen.

Brendan rollte mit einer Schulter. „Ich schätze, ich kenne dich besser als das. Hey, warum ziehe ich nicht hier ein, bis sie dieses Monster gefangen haben? Diese Clowns können übernehmen, wenn ich morgens zur Arbeit gehe."

Oh Mann, der Typ hatte ein gesundes Ego.

„Legen wir das der Generalstaatsanwältin vor und sehen, was sie dazu sagt, ja?", erwiderte Aaron trocken. „Ein schlafender Bostoner Polizist gegen eine Eliteeinheit hochqualifizierter Operators." Er schüttelte den Kopf und machte sich nicht die Mühe, seinen Spott zu verbergen. „Das wird eine schwere Entscheidung."

Hope warf ihm einen beschwichtigenden Blick zu, als Brendan sich versteifte. „Ich bezweifle, dass die Situation lange andauern wird. Seien wir ehrlich, die Chance, dass Leech weit kommt, ist bestenfalls gering. Er war ein Treuhandfonds-Kind, das sich kaum selbst die Schnürsenkel zubinden konnte. Ich bezweifle, dass er jemals eine Karte benutzt, geschweige denn ein Auto gestohlen hat."

„Stimmt. Aber er war gut im Töten."

Hope zuckte zusammen.

Brendan schien es nicht zu bemerken und trank seinen Kaffee aus. „Wie kommst du klar?"

Sie nahm einen weiteren Bissen vom Toast. „Ich werde es überleben."

„Hope", mahnte Brendan. „Du musst mir nichts vormachen."

„Ich werde es überleben", wiederholte sie und verschlang ihren Toast, als hätte sie seit Tagen nichts mehr gegessen.

Aaron hatte das Omelett nicht übersehen, das er gestern

Abend gemacht hatte, und das noch unberührt im Kühlschrank stand.

Die Frau kümmerte sich nicht um sich selbst. Vielleicht war das unter den gegebenen Umständen nicht überraschend.

Brendan verzog das Gesicht. „Hey, du glaubst doch nicht, dass Leech hinter Ma her ist, oder?"

Hope schüttelte den Kopf. „Ich weiß es nicht. Es wäre vielleicht eine gute Idee, wenn du ein paar Tage bei Mary bleiben würdest, bis das hier vorbei ist."

Brendan kratzte sich am Kopf. „Ich schätze schon. Sie kann doch auch hier unterkommen."

„Wir haben nicht wirklich Platz", sagte Hope schnell, „und ich will sie nicht in Gefahr bringen. Ich kann sie in einen schönen Urlaub schicken, wenn wir denken, dass er es auf sie abgesehen haben könnte." Sie aß den Toast auf und stellte den Teller zusammen mit den drei Tassen in die Spülmaschine.

„Und jetzt ist es an der Zeit, dass ich zur Arbeit gehe." Sie musterte Aaron kritisch. „Aber wer mit mir in der Staatsanwaltschaft oder im Gerichtssaal sein will, muss eine Anzugjacke tragen und zumindest so tun, als sei er nicht bis an die Zähne bewaffnet."

Aaron nickte zustimmend, auch wenn er innerlich fluchte. „Ich werde jemanden beauftragen, heute etwas abzuholen." Aus einem Secondhand-Laden.

Sie sah ihn einen weiteren langen Moment an, ihre grauen Augen voller Emotionen, die er nicht lesen konnte. „Kommen Sie mit mir."

Neugierig folgte er ihr in den zweiten Stock der Wohnung, wo sie in einen Raum ging, der wie ein spärlich eingerichtetes Büro aussah.

„Hope …" Brendans Tonfall war tadelnd.

„Was? Ich hatte sowieso vor, sie zu spenden."

Sie öffnete die Tür zu einem begehbaren Kleiderschrank, der mit Kleidung gefüllt war.

„Aber … ", stotterte Brendan.

Sie zog ein schwarzes Wolljackett heraus und reichte es Aaron. „Probieren Sie das mal an.“

Dann ging sie schnell die Kleiderbügel durch und zog drei weitere Sportjacketts heraus. „Ich weiß nicht, wem die passen, aber sie ersparen Ihnen den Weg zum Laden und erlauben mir, mit meinem Tag weiterzumachen.“

Aaron schlüpfte in die Jacke und spannte die Schultern an. Sie passte ziemlich gut.

„Sie brauchen auch ein Hemd über der schusssicheren Weste.“ Sie zog ein paar Hemden von den Bügeln. „Sagen Sie Ihrem Team, sie können gerne herkommen und alles mitnehmen, was sie wollen oder brauchen.“

„Aber die gehörten doch Danny …“, keuchte Brendan.

„Danny braucht sie nicht mehr, oder?“ Hope hob ihr Kinn ein Stück an. „Wie ich dir im Laufe der Jahre schon hundertmal gesagt habe, kannst du gern seine Sachen durchgehen und dir nehmen, was du willst, aber du darfst mir nicht vorschreiben, was ich damit zu tun habe.“

Wenn Aaron sie nicht genau beobachtet hätte, wäre ihm der Schmerz entgangen, den sie zu verbergen versuchte. Sie gab vor, dass es ihr nicht wehtat, die Kleidung ihres toten Mannes wegzugeben, aber offensichtlich schmerzte es sie doch – sonst hätte sie sie nicht so viele Jahre lang aufbewahrt.

„Und jetzt“, fuhr sie mit gezwungener Fröhlichkeit fort, „ist es Zeit, an die Arbeit zu gehen.“

9

———————

Der Verkehr war eine Katastrophe, da der Neuschnee die Straßen rutschig machte und die Gemüter erhitzte. Sie hatte den Vorteil genutzt, einen Chauffeur zu haben, um den Fall gegen Jason Swann noch einmal durchzugehen.

Das FBI hatte mit dem Sicherheitsdienst gesprochen und Vorkehrungen getroffen, um ihr und ihren Leibwächtern schnellen Zugang zu gewähren, ohne dass sie die üblichen Metalldetektoren bei der Arbeit passieren mussten; vielleicht würden diese Jungs sich also doch als nützlich erweisen.

Zwei Leibwächter begleiteten sie auf Schritt und Tritt. In ihrem winzigen Büro hatten sie den kleinen, überfüllten Raum heimlich nach Gefahren abgesucht. Die Fenster waren hoch, und die einzige wirkliche Gefahr bestand darin, von herabfallenden Kartons erschlagen zu werden oder zu erfrieren, wenn die Heizung ausfiel, wie es schon öfters vorgekommen war.

Hope kam an ihrem Schreibtisch an und war froh, dass Colin die Du Maurier-Akte wie gewünscht dort abgelegt hatte. Sie ließ sich in ihren abgenutzten, aber bequemen Bürostuhl fallen und hatte das Gefühl, etwas mehr Kontrolle über ihre Welt zu haben.

Zwei Monate nach Dannys und Paiges Tod hatte sie hier ihre Arbeit als stellvertretende Staatsanwältin begonnen. Sie verbrachte hier genauso viel Zeit wie zu Hause. Ihr alter Vorgesetzter, Jeff Beasley, hatte sie den ganzen Monat ihrer Kündigungsfrist abarbeiten lassen, nachdem sie direkt nach den Morden ihren gesamten Urlaub genommen hatte – sie hasste ihn fast so sehr wie Leech.

Inzwischen war bereits ihr dritter Bezirksstaatsanwalt an der Reihe, und sie mochte diesen lieber als die letzten beiden und alle lieber als jeden der Partner bei Beasley, Waterman, Vander & Co. Sie hatte keinerlei Ambition, selbst den Job des Bezirksstaatsanwalts zu machen – nicht, dass sie jemals einen Beliebtheitswettbewerb gewinnen würde.

„Kaffee gibt es im Pausenraum am Ende des Flurs. Sie können sich zwei Stühle holen und draußen warten."

„Einer von uns wird immer bei Ihnen sein, wenn Sie sich außerhalb Ihres Hauses aufhalten", erklärte Aaron Nash leise.

Verdammt.

Leider gab er nicht so leicht nach, bewiesen durch die Tatsache, dass er immer noch hier war.

„Na dann", sie blinzelte dramatisch, „wird der Gang zur Toilette für alle ein Spaß werden."

Er lächelte sein ruhiges Lächeln und antwortete: „Wir werden den Raum absichern und dann draußen warten, wenn die Natur ruft."

„Meine weiblichen Kollegen werden das großartig finden." Aber sie vermutete, dass einige von ihnen die Zeit gern damit verbringen würden, die unbestreitbar gutaussehenden Männer kennenzulernen, die sie bewachten. Es war ein wenig seltsam, sie in Dannys Kleidung zu sehen, aber ihr Mann würde ihr Handeln gutheißen. Die Kleidung half niemandem, wenn sie im Schrank hing.

Sie hörte Schritte und war überrascht, als Colin eintreten wollte und sofort von Hunt Kincaid, dem anderen Mann, der sie heute bewachte, aufgehalten wurde.

„Sie sind früh da", sagte sie, um deutlich zu machen, dass sie den Mann nicht nur kannte, sondern auch erwartete.

„Der persönliche Assistent des Bezirksstaatsanwalts hat mich vor einer Stunde angerufen und mir gesagt, ich solle früher da sein. Was ist hier los?" Besorgnis schwang in seinem Tonfall mit.

Trotz Nashs warnendem Blick beschloss sie, ihrem Rechtsreferendar alles zu erzählen. Er würde es sowieso bald herausfinden. „Julius Leech ist möglicherweise gestern aus dem Hochsicherheitsgefängnis entkommen. Dies sind meine FBI-Leibwächter, bis er gefunden wird." Hope hoffte, dass das bald geschah. Sie bekam Nesselausschlag, wenn sie in ihrem Freiraum eingeschränkt wurde. „Aaron Nash, Hunt Kincaid, das ist Colin Leighton, mein Rechtsreferendar. Wenn Sie ihn verschrecken, sollten Sie besser wissen, wie man juristische Verfahrensanträge schreibt." Hope bewahrte den Humor in ihrer Stimme, aber es war dennoch verdammt nervig.

„Hi." Colin warf den bewaffneten Männern einen Seitenblick zu und versuchte, nicht eingeschüchtert zu wirken.

Kincaid trat zur Seite, um Colin hereinzulassen, und ging nach einem Zeichen von Aaron Nash wieder vor die Tür, wo er den Korridor nach Bedrohungen absuchte.

Hope verdrängte die beiden aus ihren Gedanken. Sie hatte zu tun, und jede verschwendete Minute war ein weiterer Sieg für Leech. „Hatten Sie Glück mit dem Labor?"

Colin öffnete und schloss den Mund und hatte sichtlich Mühe, mit den neuen Entwicklungen Schritt zu halten. „Noch nicht. Als ich gestern Abend angerufen habe, ist niemand rangegangen. Ich dachte, ich versuche es heute Morgen noch einmal."

„Rufen Sie jetzt an." Ihr Telefon klingelte. „Verdammt. Das ist der persönliche Assistent des Bezirksstaatsanwalts." Der furchterregender war als die meisten Polizisten und Richter zusammen.

Hope nahm das Telefonat an, öffnete den Mund, um zu sprechen, wurde aber durch die Aufforderung, sofort ins Büro des Bezirksstaatsanwalts zu kommen, unterbrochen. Sie legte auf.

„Haben Sie Kopien von allem, was wir heute brauchen könnten?", fragte sie.

Colin klopfte auf seine Tasche. „Ja."

Ella Gibson war in ihrem eigenen Zuhause brutal angegriffen worden und hatte Glück gehabt, dass sie überlebt hatte. Sie hatte einen Mann, Jason Swann, als den Angreifer benannt, doch er stritt alles ab und behauptete, Ella sei betrunken, aber unverletzt gewesen, als er ihr Haus verlassen hatte. Dass sie sich gestritten hätten, als er mit ihr Schluss gemacht habe. Die Verteidigung würde behaupten, dass jemand anderes in Ellas Haus eingedrungen war und sie geschlagen hatte, nachdem Swann gegangen war, und dass Ella Jason in einem verdrehten Rachefeldzug als Täter benannt hatte. Wahrscheinlich würden sie auch behaupten, dass sie sich mit dem Baseballschläger selbst verletzt hatte, nur um sich an ihm zu rächen. Aber Hope würde Swann nicht damit davonkommen lassen. In Massachusetts gab es ein Three-Strikes-Gesetz, und Jason Swann war bereits wegen bewaffneten Einbruchs und Autodiebstahls verurteilt worden. Hope wollte ihn wegen Körperverletzung mit Tötungsabsicht anklagen, und im Falle einer Verurteilung würde Swann die volle Höchststrafe ohne Aussicht auf Bewährung verbüßen – zehn Jahre im Staatsgefängnis.

Hope rechnete damit, dass die Verteidigung versuchen würde, verschiedene Textnachrichten und Voicemail-Aufzeichnungen von der Beweisführung auszuschließen. Sie hatte die Vorlage der Nachrichten des Angeklagten an seinen besten Freund verlangt, der eine ebenso unangenehme Person war und von dem sie sicher war, dass er in irgendeiner Weise daran beteiligt gewesen war, auch wenn es sich um nachträgliche Beihilfe handelte.

Im Endeffekt musste die Staatsanwaltschaft beweisen, dass Swann Ella mit der Absicht zu töten geschlagen hatte, nachdem sie ihn verlassen hatte. Es stand Aussage gegen Aussage, denn es gab keine Zeugen für den Angriff selbst, und das einzige Blut am Tatort stammte vom Opfer. Jason leugnete nicht, im Haus gewesen zu sein. Die beiden hatten am Tag vor dem Angriff sogar einvernehmlichen Sex gehabt. Aber als sie sich entschlossen hatte, die Sache zu beenden, hatte Swann sich laut Ella in einen völlig anderen Menschen verwandelt. In ein Monster.

Es gab zu viele Monster auf der Welt, und Hope tat ihr Möglichstes, um so viele wie möglich von ihnen ins Gefängnis zu bringen.

Sie presste die Kiefer zusammen.

Wenn jemand rund um die Uhr Schutz brauchte, dann waren es Frauen wie Ella, vor Männern, die nicht mit Ablehnung umgehen konnten. Diese Männer waren diejenigen, die am ehesten töten würden. Und Menschen wie Ella wurden am ehesten ermordet.

Hope sah auf ihre Uhr und stand auf. Sie hasste es, in eine Verhandlung zu gehen, wenn ihr Fokus nicht messerscharf war. Ella hatte etwas Besseres verdient. Aber Colin war ein intelligenter und fähiger Rechtsreferendar, und eines Tages würde er ein guter Anwalt sein. Aber zuerst musste er das Examen bestehen.

„Sehen Sie zu, dass Sie frühzeitig im Gericht sind, auch wenn ich mich verspäte. Ich will nicht, dass Ella allein ist. Ich möchte Swann oder seinen Kumpanen keine Gelegenheit geben, sie einzuschüchtern oder ihr Angst zu machen."

„Verstanden." Colin nickte erneut.

„Gut." Hope konnte es nicht länger hinauszögern.

Sie ging zur Tür hinaus und war überrascht, als Aaron Nash ihr folgte.

„Sie können doch nicht ernsthaft glauben, dass ich in Gefahr bin, wenn ich im Büro des Bezirksstaatsanwalts bin. Ich meine, ich verstehe, dass Sie beim Erledigen Ihrer Arbeit gesehen werden müssen ..."

„Beim Erledigen meiner Arbeit gesehen werden?" In Nashs Tonfall schwang Verärgerung mit. „Was glauben Sie, was für Clowns das FBI anstellt?"

Ihre Lippen zuckten, sie hatte ihn nicht beleidigen wollen. „Große?"

„Witzig." Er hielt ihr die Tür auf, und sie sah, wie er die Büros und Schreibtische absuchte, als sie vorbeigingen. „Ein Leibwächter ist nutzlos, wenn der Leib, den er bewachen soll, physisch zu weit entfernt ist, um ihn zu schützen. Wenn Sie vielleicht eine Weste tragen würden ..."

„Ich trage keine schusssichere Weste bei der Arbeit." Sie erreichte das Büro ihres Vorgesetzten.

Der persönliche Assistent des Bezirksstaatsanwalts blickte nur lange genug auf, um Hope das Gefühl zu geben, klein und unzulänglich zu sein.

„Sie können gleich reingehen."

Die Tatsache, dass Aaron Nash sich ihr anschloss, erfüllte sie mit Beschämung, und ihr Hals wurde rot. Er stand an der Wand direkt hinter der Tür, und sie hatte keine Gelegenheit, ihn vorzustellen oder etwas zu sagen, denn der Bezirksstaatsanwalt verschwendete keine Zeit und legte sofort los.

„Ich war mir nicht sicher, ob Sie heute kommen würden, Hope. Wir hätten es alle verstanden, wenn Sie sich eine Auszeit genommen hätten."

„Was sollte ich mit einer Auszeit anfangen?" Sie setzte sich auf einen der beiden Besucherstühle. Lincoln Frazer saß auf dem anderen. „Irgendwelche Entwicklungen?"

„Bremsspuren auf der Straße und eine zerbrochene Leitplanke deuten darauf hin, dass der Gefängnis-Kleinbus die Kontrolle verloren hat und von der Straße in die Schlucht gestürzt ist. Wenn es ein geplanter Gefängnisausbruch war, muss er schrecklich schiefgegangen sein, als der Fahrer von der Straße abkam. Die Suchmannschaften fanden einen verstorbenen Gefängniswärter im Wald." Lincoln hielt inne. „Er war bis auf seine Boxershorts nackt."

Ein Gefühl des Grauens umklammerte ihren Magen. „Wie ist er gestorben? Wissen Sie das?" Hope schlug die Beine übereinander, um ihre Verzweiflung zu verbergen. Sie bemühte sich, ihr Mitgefühl für die Opfer nicht zu zeigen. Mitgefühl zeigte ihre Menschlichkeit, aber damit gewann man keinen Fall. Viele sahen es als Schwäche an.

„Sein Genick war gebrochen." Frazer zupfte an einem imaginären Fussel auf seinem tadellos geschnittenen Anzug.

„Möglicherweise als er aus dem Fahrzeug geschleudert wurde."

„Oder möglicherweise von einem der Gefangenen", sagte Hope. „Warum war er nackt?"

„Wir vermuten, dass ihm jemand seine Kleidung, seine Schuhe und seine Waffe abgenommen hat, um vom Tatort zu entkommen, ohne zu erfrieren."

„Dieser jemand ist wahrscheinlich ein entflohener Sträfling."

„Das ist das wahrscheinlichste Szenario, ja." Lincoln begegnete ihrem Blick mit blauen, glitzernden Augen. Sie erkannte, dass er nicht so ruhig war, wie er zu sein vorgab. Er kannte die Gefahr, die diese entflohenen Sträflinge für jeden darstellten, der das Pech hatte, ihnen über den Weg zu laufen. „Der Wachmann hinterlässt eine Frau und drei Kinder."

Ihr Mund wurde trocken. „Jetzt wissen wir also, dass jemand den Unfall überlebt hat."

„Davon würde ich ausgehen." Frazer schlug die Beine übereinander. Er war ihr sehr ähnlich. Er verbarg alle Arten von emotionalem Aufruhr unter einer kühlen, gelassenen Oberfläche. Auf diese Weise kamen sie beide durch den Tag. Das war der Grund, warum sie ihn mochte. Heutzutage.

„Vermutlich hat der Sträfling nicht das Handy des toten Wachmanns gestohlen, um uns direkt zu ihm zu führen?"

„Das Handy wurde noch nicht geortet. Es gibt kein Signal, und es liegt wahrscheinlich auf dem Grund des Flusses oder unter einem halben Meter Schnee begraben."

„Und es wurden keine weiteren Leichen geborgen?"

Frazer schüttelte den Kopf. „Die Marshals arbeiten mit den örtlichen Flussexperten zusammen. Sie haben auf Grundlage der Fließgeschwindigkeit einen äußeren Umkreis abgesteckt. Suchtrupps, sowohl aus der Luft als auch zu Fuß, arbeiten sich flussaufwärts vor. Die Person, die sie aus dem Wrack geborgen haben, war ein fünfunddreißigjähriger Häftling namens Michael Herbert. Er war wegen Serienvergewaltigung inhaftiert. Er wurde von einem Ast aufgespießt, was zu einem Unfall dieser Art passt."

„Meine Güte." Seine Opfer mochten denken, dass seine Strafe angemessen war. Sie würde nicht über sie urteilen.

„Flussaufwärts gibt es einen Damm. Die Behörden planen, das Wasservolumen so weit zu reduzieren, dass Taucher sicher Seile anbringen können, und sobald sich eine Wetterlücke auftut, einen Hubschrauber einzusetzen, um das Fahrzeug an Land zu bringen, wo es dann zur ordnungsgemäßen Untersuchung in das nächstgelegene forensische Labor transportiert werden kann. Das wird einige Zeit in Anspruch nehmen, da die Wetterbedingungen weiterhin eine Rolle spielen."

„Unterstützt die BAU den US Marshal Service bei der Suche nach Leech oder den anderen?", fragte sie.

Frazer verschränkte die Finger ineinander und starrte auf seine Hände. „Sie haben ihr eigenes Team von Analysten."

„Aber *du* hast an den Leech-Fällen gearbeitet. An beiden Prozessen."

„Und sie haben Kopien von meinen Notizen."

Hope legte den Kopf schief. Lincoln Frazer war aus der Taskforce für flüchtige Personen, die für diese Mission zuständig war, entlassen worden. „Und du gehst zurück nach Quantico wie ein braver kleiner Junge?"

Er warf ihr einen kühlen Blick zu. „Zufälligerweise habe ich in Boston zu tun. Der Prozess gegen einen der Männer, die in den Fall Agata Maroulis wegen Sexhandels und Mordes verwickelt waren, soll bald beginnen, und ich dachte, ich arbeite ein paar Tage hier, falls die Staatsanwaltschaft noch Fragen hat."

Dieser Fall hatte die Stadt im letzten Frühjahr sowohl im wörtlichen als auch im übertragenen Sinne erschüttert, als Sexhändler lieber ein großes Gebäude mit Menschen darin dem Erdboden gleichgemacht hatten, als ihre Festnahme zu riskieren. Aber der Fall Maroulis war so gut wie wasserdicht – auch wenn Geschworenenprozesse nie eine todsichere Sache waren. Man musste nur Julius Leech fragen.

„Ich bin sicher, dass der stellvertretende Staatsanwalt in

diesem Fall dankbar ist, dass du für alle Fragen zur Verfügung stehst."

Frazer grinste. „Da ich schon mal hier bin, dachte ich, ich könnte alle Leech-Akten durchgehen, die wir haben – sowohl du persönlich, Hope, als auch die Staatsanwaltschaft. Mal sehen, ob ich herausfinden kann, wo er hingehen könnte, wenn sich die Gelegenheit ergibt."

Wohin er fliehen könnte. Wen er sonst noch ins Visier nehmen könnte.

„Natürlich", sagte der Bezirksstaatsanwalt schnell. „Ich kann einen Schreibtisch für Sie finden."

„Es gibt einen Schreibtisch in meinem Büro, wenn ich ein paar Akten umräume, und es erspart das Schleppen von Kisten durch das ganze Gebäude." Hope warf einen Blick auf Aaron, der schweigend und unauffällig neben der Tür stand. „Die Anwesenheit eines weiteren bewaffneten FBI-Agenten in meinem Büro könnte meinen Leibwächtern die Möglichkeit geben, eine Pause einzulegen oder sich mit wichtigeren Dingen zu beschäftigen."

„*Sie* sind unsere Priorität, ADA Harper", warf Aaron Nash ein. „Aber ASAC Frazer an Bord zu haben, wird der Sache sicher nicht schaden."

„Gut zu wissen, dass ich immer noch meinen Nutzen habe", sagte Frazer.

„Wenigstens hast du keine Leute, die dir den ganzen Tag folgen", brummte Hope.

„Ich bin bewaffnet und kann auf mich selbst aufpassen."

Sie verzog das Gesicht und blickte aus dem Fenster des Bezirksstaatsanwalts auf den Schnee, der immer noch fiel.

„Die Generalstaatsanwältin will unsere volle Kooperation in dieser Sache, Hope. Richterin Abbotsford versteckt sich auf ihrer Farm. Ich habe mit ihr gesprochen, und sie ist eher verärgert als verängstigt."

„Ich weiß, wie sie sich fühlt. Gibt es irgendeinen Hinweis darauf, dass es Leech war, der den Wachmann ausgezogen hat und geflohen ist?"

„Nichts. Der Boden war gefroren, und über Nacht sind etwa dreißig Zentimeter Schnee gefallen. Keine Spuren, und die Hunde konnten keine Fährte aufnehmen. Die Marshals haben eine wahrscheinliche Umgebung abgesteckt und Straßensperren errichtet. Um neun Uhr wollen sie eine Pressekonferenz abhalten."

Mutlosigkeit machte sich in ihr breit. Schlimmer noch als die Angst, dass Leech vor ihrer Haustür auftauchen könnte, war der Gedanke an die Medien, die alte Fakten und verletzende Erinnerungen hervorholen würden, um die Einschaltquoten zu steigern und die Geschichte aufzubauschen. Aber die Öffentlichkeit musste wissen, ob Gefahr für die Bürger bestand.

Hope stand auf. „Ich muss zum Gericht, also sollte ich sicher sein. Es kann zwanzig Minuten oder sechs Stunden dauern, je nachdem, was die Verteidigung ausheckt."

„Ich kann den Fall an Greg Ivanovich abgeben, wenn Sie wollen. Der Angeklagte in seinem Fall hat sich auf einen Deal eingelassen, dem ich zugestimmt habe, um ihn freizubekommen."

Ivanovich war ein verdammt guter Staatsanwalt und ziemlich rücksichtslos. Hope wollte ihn nicht in der Nähe der unglaublich zerbrechlichen Ella Gibson haben, wenn sie es vermeiden konnte. „Sie können doch nicht wirklich annehmen, dass Leech sich Zugang zum Gericht verschafft, um mich anzugreifen?"

Der Bezirksstaatsanwalt schüttelte den Kopf. „Das bezweifle ich. Ich habe eher daran gedacht, dass die anderen Anwälte und die Presse Ihnen auflauern könnten."

„Ich kann auf mich selbst aufpassen."

„Ich weiß, dass Sie auf sich selbst aufpassen können." Ihr Chef starrte sie nachdenklich an, als würde er seine Interessen gegen ihre abwägen.

„Glauben Sie, sie können mir etwas entgegenschleudern, was ich nicht schon eine Million Mal gehört habe?"

„Das heißt nicht, dass es nicht wehtut", murmelte Aaron Nash aus dem hinteren Teil des Raumes.

Frazers Lippen verzogen sich zu einem überraschten Lächeln, als er den anderen Mann anschaute.

„Ich kann damit umgehen." Sie hielt dem Blick ihres Vorgesetzten stand. „Und ich würde lieber etwas Sinnvolles tun, als wegzulaufen und mich vor einem verurteilten Verbrecher zu verstecken. Was für eine Botschaft sendet das an die Kriminellen da draußen oder an die Menschen, denen wir Gerechtigkeit verschaffen sollen?"

Der Bezirksstaatsanwalt lehnte sich in seinem Sessel zurück. „Die falsche. Machen Sie zunächst weiter mit Ihren Pflichten, aber denken Sie nicht einmal daran, die Leibwächter zu entlassen. Sie kleben an Ihnen wie Leim. Gehen Sie kein ungerechtfertigtes Risiko ein. Die Generalstaatsanwältin hat gestern Abend am Telefon überzeugend argumentiert. Sie will nicht, dass Leech noch mehr Siegpunkte sammelt, wenn es um Sie oder uns geht."

„Ich bin überrascht, dass sie sich dafür interessiert hat." Hope richtete sich auf. „Ich hole dir nur kurz diese Akten, Linc." Sie warf Aaron Nash einen Blick zu. „Und dann werden wir sehen, was meine FBI-Schutztruppe davon hält, zu Fuß zum Gericht zu gehen."

10

———————

Der Streit über den Gang zum Gericht war nur von kurzer Dauer. Hope Harper mochte zwar eine Spitzenstaatsanwältin sein, aber Aaron war in Sachen Logik und Überzeugungskraft auch ein Profi.

Die gute Nachricht war, dass er sich, sobald Hope sicher im Gerichtssaal saß, sicher genug fühlte, um sie unter Kincaids wachsame Aufsicht zu stellen, mit der Anweisung, sie auf keinen Fall aus den Augen zu lassen. Aaron arbeitete draußen in einem ruhigen Teil des Gerichtskorridors. Der Richter und die Gerichtsdiener waren sich der Situation bewusst und hatten für den Fall der Fälle Notausgänge durch eine Seitentür eingerichtet, die normalerweise für Personen auf der anderen Seite des Gerichtsprozesses reserviert war. Sie hatten auch dafür gesorgt, dass sie die private Toilette des Gerichtspersonals benutzen konnte.

Aaron und Kincaid trugen verdeckte Schusswaffen, und er konnte sich nicht vorstellen, dass Leech in nächster Zeit freiwillig einen Fuß in einen Gerichtssaal setzen würde.

Aber das war kein Grund, ihre Wachsamkeit aufzugeben.

Aaron strich mit einer Hand über die weiche Baumwolle seines Jacketts. Es war marineblau und verbarg seine dünne schusssichere Weste sowie seine Waffen. Er ärgerte sich, dass er keinen Geschäftsanzug in seine Reisetasche gepackt hatte, aber das HRT verlangte nicht oft etwas so Förmliches während des Dienstes. Das war ein Fehler, den er beheben würde, sobald er wieder in Quantico war. In der Zwischenzeit war er dankbar, dass er kein Geld für Kleidung ausgeben musste, die er nicht brauchte. Drei Jahre als aktiver Agent bedeuteten, dass er Anzüge im Überfluss hatte. So viele mehr, als er jemals besessen hatte, als Biologie sein Job gewesen war. Kaum zu glauben, wie viele Jahre er in sein Studium gesteckt hatte, bevor seine Welt um ihn herum zusammengebrochen war und er beschlossen hatte, etwas zu tun, das weniger „nerdig" war.

Bitterkeit wallte in ihm auf.

Die Feiertage hatten ja solchen Spaß gemacht.

Gott sei Dank waren sie für ein weiteres Jahr vorbei.

Er schob den Gedanken beiseite und überprüfte seine Nachrichten. Er hatte die Zeit heute genutzt, um mit verschiedenen Mitgliedern des HRT über die Einrichtung zu sprechen, die sie aufgebaut hatten, und um nach Lücken in Hope Harpers Sicherheit zu suchen. Er hatte Novak auf dem Laufenden gehalten, der zum Unfallort des Gefängnistransporters gereist war, um die Situation zusammen mit der FBI-Verhandlungsführerin Charlotte Blood genau im Auge zu behalten.

Der US Marshal Service erwies sich als heikel, wenn es um die Zuständigkeit ging, und er war dem FBI übergeordnet. Sie wussten aber auch, dass sie die Ressourcen des FBI irgendwann brauchen könnten, und waren daher bereit, bis zu einem gewissen Punkt Informationen zu teilen. Dieser Punkt war, dass sie weder eine Spur von Julius Leech gefunden, noch eine Ahnung hatten, wo die beiden anderen entflohenen Verbrecher waren.

Aaron überprüfte die Nachrichten. Lokal und national. Die Medien hatten die Geschichte des Gefängnisausbruchs aufgegriffen und berichteten, wie vorhergesagt, über die mögliche Gefahr für die Öffentlichkeit, während sie ständig die Geschichte zwischen Leech und Harper wiederkäuten.

Aaron gefiel es nicht, dass überall in den Nachrichten Fotos seiner Klientin auftauchten. Er hasste vor allem die Fotos, die sie schluchzend bei der Beerdigung ihres verstorbenen Mannes und ihres Kindes zeigten.

Hatte eine liebende Mutter und Ehefrau nicht das Recht, in Ruhe zu trauern? Auf einem Bild erkannte er Brendan Harper, der sie aufrechthielt, als sie zusammenbrach.

Aaron mochte den Kerl nicht besonders. Aber das war egal. Der Detective war Hope Harpers ehemaliger Schwager und wahrscheinlich Teil dieser Situation, ob das HRT nun zustimmte oder nicht.

Aaron war mit den Sicherheitsvorkehrungen zufrieden, aber die Medien hatten begonnen, vor Hopes Reihenhaus zu kampieren, was die Sache noch schwieriger machen konnte. Livingstone und Griffin waren zuvor für das Team einkaufen gegangen, sodass sie im Hinblick auf Lebensmittel für einige Tage versorgt waren. Sie benutzten den Hintereingang, und bisher hatte die Presse sie noch nicht bemerkt. Der Plan war, eine öffentliche Machtdemonstration zu zeigen, wenn Hope heute Abend nach Hause kam. Leech sollte sehen, dass das FBI nicht zulassen würde, dass Hope Harper oder Richterin Abbotsford etwas zustieß.

Das Omega Team hatte sich aufgeteilt. Seth Hopper und Sebastian Black befanden sich mit dem Fahrzeug in der Nähe und hielten sich über Verkehrsmeldungen und Polizeiscanner auf dem Laufenden, immer bereit, sofort zum Gerichtseingang zu fahren. Cowboy und Demarco beobachteten das Haus. Kincaid befand sich im Gerichtssaal, und Aaron überwachte den Korridor und koordinierte.

Er konnte jemanden von der Nachtschicht abziehen und zur Tagschicht hinzufügen, wenn die Sicherheitsaktualisierungen, die sie vorgenommen hatten, wie geplant funktionierten, und ausgehend von der Annahme, dass Hope Harper jede Nacht zu Hause blieb.

Wahrscheinlich war es nicht gut, dies anzunehmen, aber vielleicht würde sie ihnen entgegenkommen, während Leech auf freiem Fuß war. Sie kam ihm nicht so vor, als hätte sie Todessehnsucht, obwohl der Gedanke an Leech sie sicher nicht so erschreckte wie die meisten anderen Menschen.

Natürlich hatte sie eine Menge Zeit mit Leech verbracht. Sie wusste, dass dieses Monster auch nur ein Mensch war.

Es war jetzt sechzehn Uhr. Abgesehen von einer kurzen Mittagspause – er hatte sich von Seth Hopper Sandwiches von einem örtlichen Deli bringen lassen – waren Hope und ihr Rechtsreferendar den ganzen Tag mit diesem Verfahren beschäftigt gewesen.

Ihre Mandantin war eine zierliche Blondine, die aussah, als würde ein starker Windstoß sie umwerfen. Der Mann, den sie beschuldigte, sie angegriffen zu haben, war eins achtzig groß, drahtig und muskulös, mit einem gefährlichen Funkeln in den Augen und einem bösen Lächeln.

Die Türen zum Gerichtssaal öffneten sich, und die Leute strömten heraus.

Aaron stand auf und ging hinein.

Hope unterhielt sich mit ihrer Mandantin, als der Angeklagte aufstand und sie beide anfunkelte. Aaron war erfreut zu sehen, dass Kincaid sich direkt zwischen den Angeklagten und Hope stellte. Der Angeklagte warf Kincaid einen Blick zu, der an ihm abprallte. Kincaid war ein solider Agent gewesen, und mit ein wenig mehr Erfahrung würde er ein hervorragender Operator des Geiselrettungsteams werden.

Der Anwalt des Angeklagten legte dem Drecksack eine Hand auf den Arm und führte ihn entschlossen den Gang hinunter. Aaron behielt das Arschloch und seinen ebenso dumm aussehenden Freund im Auge.

Der Verteidiger lächelte Hope an, eine leere Hülle eines Lächelns voll selbstgefälliger Zufriedenheit.

„Counselor." Der Mann faltete die Hände über einer teuer aussehenden Lederaktentasche. Er trug einen langen Mantel aus Kamelhaar, ein arroganter Anflug von Überlegenheit umgab ihn. Zwei vermutlich jüngere Mitarbeiter, die die schweren Akten trugen, standen hinter ihm. Beide hielten ihre Gesichtszüge ausdruckslos. „Ich hoffe, Sie verzeihen uns, dass wir Sie heute durch den Wolf gedreht haben. Sie haben sicher nicht damit gerechnet, für Ihr mickriges Gehalt tatsächlich arbeiten zu müssen."

„Im Gegenteil, es wird dieser todsicheren Verhandlung Leben einhauchen. Ich kann es kaum erwarten, Sie jeden Tag im Gericht zu sehen, während wir einen Zeugen nach dem anderen aufrufen. Ganz besonders freue ich mich auf all die Ex-Freundinnen, ganz zu schweigen von Mr. Swanns eigener Mutter, die über seinen Jähzorn aussagen wird."

„Ihre Mandantin ist keine Heilige."

Die junge Frau zuckte zusammen und wandte sich ab. Hope stellte sich vor sie.

„Meine Mandantin steht nicht vor Gericht."

„Das wissen Sie doch besser." Der Tonfall des Mannes war abfällig und herablassend.

Hope sammelte ihre Sachen ein und ging einen Schritt auf den Mann zu. Kincaid stand immer noch zwischen ihnen und beobachtete die Hände des Mannes.

Gut.

Eine der ersten Lektionen des Personenschutzes. Die Leute konnten nicht mit ihrem Gesicht auf dich schießen.

„Es muss gut laufen in der Kanzlei, wenn einer der Seniorpartner *pro bono* arbeitet. Oder sind Ihnen die reichen Dreckskerle zum Verteidigen ausgegangen, und Sie müssen sich weiter draußen umsehen, um Ihre Quote zu erfüllen?"

Offensichtlich kannten sie einander gut.

Der Mann lächelte, aber es reichte nicht bis in seine Augen. „Die Geschworenen werden die Anschuldigungen zurückweisen, sobald sie von dem Drogenproblem Ihres *angeblichen* Opfers erfahren."

„Eine in der Vergangenheit liegende Sucht bedeutet nicht, dass das Gesetz nicht vor Gewaltverbrechen schützt. Man ist nicht weniger Mensch, weil man einen Fehler begangen hat. Und wenn das der Fall wäre, nun, dann wären wir beide ganz schön am Arsch. Meine Mandantin hingegen ist eine hart arbeitende junge Frau, die versucht, sich ein Leben aufzubauen, ohne dass ein hirnloser Schläger sie totschlagen will, nur weil sie mit ihm Schluss gemacht hat."

„Das behauptet sie."

Ella Gibson schien in sich zusammenzusinken. Der Gedanke, sie in den Zeugenstand zu schicken, um von diesem herzlosen Bastard verhört zu werden, war, als würde man Bambi in die Hohle des Löwen werfen.

Aaron trat näher an Hope und Kincaid heran.

Hopes Gesichtszüge waren kühl vor Verachtung. „Wir wissen beide, dass er schuldig ist, also warum sind Sie wirklich hier, Jeff?"

Jeff.

Da machte es klick.

Das war Jeff Beasley, der Anwalt, der Julius Leech beim zweiten Mal verteidigt hatte. Als Hope ausgesagt und die Geschworenen ihn verurteilt hatten.

Beasley ließ seinen Blick über Aaron schweifen. „Verstecken Sie sich hinter Ihrer FBI-Schutztruppe, Hope?"

„Leech hat uns beide bedroht, soweit ich mich an den Tag im Gericht erinnere, als Sie *verloren* haben. Natürlich steht Ihre Kanzlei vermutlich noch immer auf seiner Gehaltsliste ..." Hope schüttelte den Kopf. „Verdammt. Sagen Sie mir nicht, dass er immer noch Ihr Mandant ist."

Der Mann sagte nichts.

„Sie sind hier, weil Sie ein Auge auf mich haben wollen. In Leech' Auftrag? Oder zu Ihrem eigenen perversen Vergnügen?"

„Machen Sie sich nicht lächerlich."

„Ich bin nicht diejenige, die sich lächerlich macht, aber Sie sind offensichtlich nicht selbstkritisch genug, um das zu bemerken."

Beasley grinste. „Sie dachten immer, Sie seien besser als der Rest von uns. Aber Sie waren nur eine hirnlose Drohne, die sich zu fast allem überreden ließ, wenn es der Karriere förderlich war."

Hope wurde kreidebleich.

Aaron gefiel die Unterstellung nicht.

Hope sprach zu den beiden anderen Anwälten. „Das hört sich an, als würden Sie andeuten, ich hätte etwas Unethisches oder Unmoralisches getan, als Gegenleistung für … für was? Ein beschissenes Büro, eine übervolle Arbeitsbelastung? Das einzig Unmoralische, was ich je getan habe, war, die Fälle anzunehmen, die Sie mir angeboten haben, ohne sie zu hinterfragen. Und Sie stört nur, dass ich an jedem beliebigen Tag vor Gericht zehnmal besser bin als Sie." Sie wandte sich wieder an die jungen Anwälte. „Wie hoch auch immer das Gehalt ist, glauben Sie mir, es ist es nicht wert. Selbst wenn er Ihnen eine Partnerschaft anbietet, sollten Sie von den Drecksäcken, die er vertritt, Abstand nehmen, soweit Sie können."

Die beiden jungen Anwälte machten große Augen.

„Jeff Beasley vertritt weiterhin den Mann, der für den kaltblütigen Mord an meinem Mann und meinem Kind verurteilt wurde. Einen Mann, den ich verteidigt habe, weil *Jeff* mir eine Partnerschaft versprochen hatte, wenn ich das tue. Ich brauchte nicht einmal zu gewinnen. Ich musste nur an der Seite dieses Wichsers auftauchen. Wenn Sie glauben, dass er sich für Sie interessiert, dann sehen Sie jemanden an, den Sie lieben, stellen Sie sich vor, wie diese Person verblutend auf dem Boden liegt, und dann stellen Sie sich vor, wie dieser Mann den Bastard verteidigt, der das Messer in der Hand hält. Das ist die Person, für die Sie arbeiten."

Jeff Beasley errötete und machte einen Schritt nach vorn. Aaron streckte eine Hand aus, damit er nicht näherkommen konnte.

„Nehmen Sie Ihre Hände weg." Jeff versuchte, ihn zur Seite zu stoßen.

Aaron gab nicht nach. „Treten Sie zurück. ADA Harper steht unter dem Schutz des FBI, und Sie sind mir zu nahe."

„Mir auch", murmelte Hope.

„Haben Sie das gehört? Sie beunruhigen meine Klientin mit Ihren aggressiven Worten und Ihrem Auftreten. Ich schlage vor, Sie treten zurück, bevor ich Sie verhaften muss, weil Sie die Anweisungen eines Bundesbeamten nicht befolgt haben. Treten. Sie. Zurück. *Sofort*."

Jeff Beasley wich schnell zurück. „Ich hätte Sie nie für einen Feigling gehalten, Hope."

Hope Harper schnaubte. „Komisch. Ich habe Sie sofort als einen Feigling erkannt, als ich Sie kennengelernt habe."

Aaron schob sich ganz zwischen die streitenden Anwälte. „Ihnen wurde ebenfalls FBI-Schutz angeboten, bis Julius Leech gefasst ist, Mr. Beasley. Sie haben abgelehnt, aber ich bin sicher, das lässt sich noch arrangieren." Aaron verschränkte die Arme vor der Brust. Der Gedanke, einen Mann wie Beasley beschützen zu müssen, war ihm zuwider, aber er würde es tun, wenn man es ihm befahl. Das war der Job.

Dann würde er in Desinfektionsmittel baden.

Er warf einen Blick auf Hope Harper. Er vermutete, dass sie beide wegen ihres Berufes Dinge taten, die ihnen nicht unbedingt gefielen.

Beasley war noch nicht fertig. „Wenn Sie glauben, dass ich mich vor den Geschworenen hinter jemandem verstecke, sind Sie genau die Idiotin, nach der Sie aussehen."

Aaron unterdrückte ein Grinsen.

„Außerdem brauche ich keine unterbezahlten FBI-Drohnen als Leibwächter." Jeff trat einen Schritt zur Seite und warf einen spöttischen Blick auf Aaron und Kincaid. „Ich habe meinen eigenen Personenschutz angeheuert."

Aaron warf einen Blick zur Tür, wo zwei bullig aussehende Männer in schwarzen Anzügen mit offensichtlichen Ohrhörern standen und sie beobachteten.

Meine Güte. Sie sahen aus wie Statisten an einem Filmset.

Aaron streckte eine Hand aus und deutete auf Beasleys Brust, wobei er die Form einer Waffe nachahmte. „Von da drüben ist es ziemlich schwierig, Sie zu beschützen." Er drückte den imaginären Abzug.

Beasley wich zurück und wandte sich ab. Die beiden jungen Anwälte huschten hinter ihm her. „Wir sehen uns vor Gericht, Hope. Bringen Sie lieber Verstärkung mit – und zwar solche mit Köpfchen und nicht mit Feuerkraft."

Autsch.

„Nun, das hat Spaß gemacht. Ich würde mich entschuldigen, aber ich übernehme keine Verantwortung für dieses Arschloch." Hope sprach mit zusammengebissenen Zähnen, während der Mantel des Mannes durch die Tür flatterte.

Aaron lächelte grimmig. „Wie heißt es so schön? *Wenn Schweigen gut für die Weisen ist, wie viel besser ist es dann für die Narren?*"

„Ha. Er hat den Klang seiner eigenen Stimme schon immer gemocht." Sie suchte nach ihrem Ärmel.

Aaron hielt ihren Mantel hoch. „Nach Hause?"

„Arbeiten wir jetzt halbtags, oder hat das FBI dieselben Arbeitszeiten wie bei der Bank?"

„Fragen Sie mich um Mitternacht."

Sie hatte den Anstand, zusammenzuzucken. „Tut mir leid."

„Zurück ins Büro?" Er berührte ihren Ellenbogen und fühlte einen kleinen Impuls von etwas, das er nicht erwartet hatte, etwas, das er seit Jahren nicht mehr auf seiner Haut gespürt hatte. Er trat einen Schritt zurück. „Wir können durch die Seitentür gehen."

„Gut. Aber wir müssen einen Umweg machen und meine Mandantin vorher nach Hause bringen." Was auch immer sie in seinem Gesichtsausdruck las, veranlasste sie dazu, härter zu werden und sich auf ein Argument vorzubereiten, das er gar nicht vorbringen würde. „Ich möchte nicht, dass sie mit öffentlichen Verkehrsmitteln nach Hause fährt, wenn sie dort auf sie warten könnten."

„Hat sie eine einstweilige Verfügung erwirkt?"

Die junge Frau unterhielt sich mit Hopes Rechtsreferendar, während sie beide an der Seite warteten.

Hope verzog die Lippen. „Sie hat eine gegen Swann, aber nicht gegen seine Kumpels." Sie senkte die Stimme. „Was auch immer die wert ist. Vielleicht sollte ich sie mit zu mir nach Hause nehmen."

„Damit sie in den Abendnachrichten erscheinen kann?"

„Die Presse weiß Bescheid?" Ein Aufflackern von Verletzlichkeit huschte über ihre Züge. „Natürlich wissen sie es. Verdammt. Ich hatte gehofft, wir würden Leech finden, bevor es zu einer nationalen Schlagzeile wird." Hope presste die Lippen zusammen und formte ein freudloses Lächeln. „Ein weiterer Grund, zurück ins Büro zu gehen, nachdem wir Ella nach Hause gebracht haben. Vielleicht wird es ihnen langweilig, wenn sie den Abgabetermin für die Abendnachrichten verpassen, und sie lassen mein Zuhause in Ruhe."

„Wir können sie absetzen, kein Problem." Aaron konnte sich nicht verkneifen, hinzuzufügen: „Gut, dass wir gefahren sind, nicht wahr?"

11

———

Sylvie Pomerol stand am Herd und rührte in einem Rindereintopf. Auf dem College war sie Vegetarierin gewesen, aber die Begegnung mit ihrem Mann hatte das geändert. Wenn er bei einer Mahlzeit kein Fleisch aß, fühlte er sich nicht satt, und seine Kochkünste beschränkten sich auf den Grill, also kochte sie die meiste Zeit. Er tat andere Dinge, um die Waage ihres gemeinsamen Lebens auszugleichen, aber sie hatte keine Lust, jeden Tag zwei verschiedene Mahlzeiten zuzubereiten. Dennoch kochte sie gelegentlich eine fleischlose Suppe zum Mittagessen. Bart kompensierte das, indem er das selbstgebackene Brot dick mit Butter beschmierte.

Sie verkrampfte sich, als sie ein Fahrzeug vorfahren hörte, und entspannte sich wieder, als sie sah, wie Bart aus dem blauen 1970er Ford F-250 Pick-up sprang, den er aus einem rostigen Stahlkoloss restauriert hatte, als er vor fünf Jahren aus dem Marine Corps ausgeschieden war. Die Sicherheitsbeleuchtung erhellte den Hof. Sie biss sich auf die Lippe, ging hinüber und schloss die Hintertür auf.

Die Nachricht von Julius Leech' Flucht hatte sie nervös gemacht, aber die Wahrscheinlichkeit, dass er sich auch nur an

108

ihren Namen erinnerte, geschweige denn ihren Wohnort herausfand, während er vor allen Strafverfolgungsbehörden des Landes
flüchtete, war gering.

Trotzdem. Sie hatte die Tür den ganzen Tag verschlossen
gehalten und arbeitete von zu Hause aus.

Sie unterschätzte Menschen wie Leech nicht. Er war gerissen
und hinterlistig. Außerdem war er narzisstisch genug, um einen
Groll zu hegen, auch wenn es letztlich seine eigene Schuld war,
dass er verhaftet und wegen Mordes verurteilt worden war.

Soziopathen sahen sich selten so, wie sie wirklich waren. Es
war immer die Schuld von jemand anderem.

Ihm hatte weder ihre Einschätzung der Verbrechen gefallen,
die er begangen hatte, noch das Profil, das sie von ihm erstellt
hatte und das verblüffend genau gewesen war. Die Tatsache, dass
seine Kindheit ihn verkorkst hatte, war keine Entschuldigung.
Viele Menschen hatten eine rührselige Geschichte, auch wenn
seine besonders tragisch war. Sein Vater hatte seine Mutter mit
einem Kissen erstickt, als diese mit dem Messer auf ihn losgegangen war. Sie waren beide gestorben, ohne zu wissen, dass ihr
Sohn sich im Schrank versteckt hatte und zusah. Er war sechs
Jahre alt gewesen.

Sie probierte den Eintopf und drehte die Hitze auf ein nied-
riges Köcheln herunter. Bart kam zur Hintertür herein, in seinen
Socken, denn er hatte seine Stiefel im Vorraum stehenlassen.

„Hallo du." Er ging hinüber und küsste sie. „Alles in
Ordnung?"

Sie nickte.

Er legte seine Hände auf ihre Schultern und drückte sie. „Das
riecht fantastisch. Ich gehe schnell duschen."

Er küsste sie noch einmal und ging nach oben. Sie seufzte vor
Erleichterung. Bei Bart fühlte sie sich immer sicher.

Ein Knall ließ sie aufschrecken. Sie ging hinüber, um aus dem
Fenster zu schauen. Die Tür zum Vorraum war nicht richtig
verriegelt gewesen, und der Wind hatte sie aufgeweht. „Ver-

dammt." Das passierte im Winter ständig, wenn der Boden sich verzog. Sie trat nach draußen, wich dem schmelzenden Schnee von Barts Stiefeln aus und packte den Griff, um die Tür zuzuziehen und den bitteren Wind auszusperren.

Ihr Herz blieb stehen, als eine Hand von hinten ihren Mund umklammerte und eine Pistole fest gegen ihre Schläfe gedrückt wurde.

„Hallo, Dr. P."

Galle stieg in ihrer Kehle auf, als sie sich wehrte, und die Finger drückten sich fester um ihren Mund und ihre Nase. Sie konnte nicht atmen, aber sie gab so viele Geräusche von sich, wie sie konnte.

„Nein, das tun Sie nicht." Julius Leech schlug ihr mit dem schweren Metall der Pistole seitlich auf den Kopf, sodass sie taumelte und ihre Augen zurückrollten, als sie auf die Knie fiel.

Er ergriff ihre Hand und legte ihr eine Handschelle an. Dann zog er ihren Arm zusammen mit dem anderen hinter ihren Rücken, während sie darum kämpfte, nicht ohnmächtig zu werden. Wenn sie ohnmächtig wurde, war sie tot. Dann war Bart tot.

Bart …

Sie stieß einen Schrei aus, aber Leech schlug ihr erneut mit dem Kolben der Pistole gegen den Kopf, wobei sie diesmal zu Boden fiel. Dann klebte er ihr ein Stück Klebeband über den Mund.

Schrecken schoss ihr durch die Adern.

Oh Gott.

Er drehte sie auf den Rücken, ihre Handgelenke schmerzten unter dem Druck ihres gemeinsamen Gewichts. Sein Unterleib drückte gegen ihren. Abscheu erfüllte sie.

„Jetzt bekommen Sie zu spüren, wie es ist, gefesselt zu sein wie ein Tier." Leech sah dünner aus, die Gesichtszüge definierter. Aber etwas glitzerte in seinen blassblauen Augen, als er sie ansah. Etwas, das gefährlicher war, als sie es in Erinnerung hatte.

Hatte Bart die Geräusche ihres Kampfs gehört?

Sie dachte an ihr Handy, das nutzlos in einer Tasche steckte, an die sie nicht herankam. Dann an die Waffe in der Schublade, die Staub ansetzte.

Sie konnte nicht einmal ihre Ausbildung nutzen, um ihn abzulenken, da er sie zum Schweigen gebracht hatte.

Er zerrte sie grob auf die Beine, und sie stolperte, während sich alles in ihrem Kopf drehte.

„Ich habe Sie erwischt, Dr. P. Sie haben es mir nicht leicht gemacht, Sie zu finden, aber ich beobachte Sie jetzt schon eine Weile. Ich hätte nie erwartet, dass ich die Gelegenheit bekommen würde, Sie persönlich aufzusuchen. Ich schätze, man weiß nie, was das Leben einem so alles beschert." Er packte ihren Arm mit schmerzhaftem Griff und schob sie vor sich her, die Pistole in der anderen Hand auf ihren Kopf gerichtet.

Sie musste Bart warnen. In der Küche stieß sie, so fest sie konnte, gegen den Tisch. Geschirr klapperte, als das schwere Holz über den Boden kratzte.

Leech riss ihren Kopf an den Haaren zurück, und der Schmerz ließ ihr Tränen in die Augen treten.

Sein Griff wurde fester, als er die Stimme zu einem bösartigen Flüstern senkte. „*Tststs*. Wir wollen Bart die Überraschung doch nicht verderben. Sie wissen ja, dass wir gefühllosen Soziopathen es nicht schätzen, wenn andere unsere bösen Pläne durchkreuzen."

Das Wohnzimmer war leer, und sie konnten beide Bewegungen im Stockwerk darüber hören.

Sie stolperte auf der Treppe, aber Leech zog sie so heftig an den Haaren, dass ihre Kopfhaut brannte.

Sie erreichten das Schlafzimmer, aber anstatt dass Bart heraussprang und Leech niederrang, wie sie gebetet hatte, hörte sie ihn unter der Dusche Bohemian Rhapsody singen.

Sie stieß einen dumpfen Schrei aus, und Leech drückte sie mit dem Gesicht nach unten auf das Bett und setzte sich auf ihren

Rücken, ihr Gesicht in die Bettdecke gedrückt, sodass sie nicht atmen konnte …

Bitte, bitte, jemand muss uns retten.

Als sie hörte, wie die Dusche ausgeschaltet und die Tür geöffnet wurde, gefolgt vom Knall eines Schusses, wusste sie, dass es zu spät war.

12

———

Hope warf einen Blick auf Aaron Nash auf dem Sitz neben ihr. Sein Profil wurde von dem sanften Schein der Straßenlaternen erhellt, der dramatisch über die breite Stirn, die hohen Wangenknochen und die scharfe Nase strich. Der gut gestutzte Bart hatte die gleiche glänzende schwarze Farbe wie sein Haar.

Der Bart ließ ihn irgendwie gelehrt aussehen und passte nicht so recht zu ihrer Vorstellung von einem Mitglied des FBI-Geiselrettungsteams, der Spezialeinheit der Strafverfolgungsbehörden.

Als er ihren Blick spürte, drehte er sich zu ihr um, aber sie sah weg, ohne zu wissen, warum.

Sie hatte Machismo nie besonders gemocht. Sie hatte immer Intelligenz dem Aussehen vorgezogen, Streber den Sportlern. Danny war eine unwiderstehliche Kombination aus beidem gewesen.

Ungezügeltes Testosteron löste in ihr den Wunsch aus, etwas zu schlagen, was ironisch war und sie nicht besonders stolz machte.

Was Alphamänner betraf, so musste sie zugeben, dass diejenigen, die sie bewachten, nicht allzu überheblich gewesen waren … noch nicht. Sie war in der Lage gewesen, ihren Job zu machen, und abgesehen von diesem Arsch Beasley war alles reibungslos verlaufen.

Es war ein schmaler Grat zwischen Schutz und Kontrolle, und eine ihrer vielen Schwächen war ihr Bedürfnis, die Kontrolle zu behalten. Sie würde lieber allein gegen Leech antreten, als in eine Kiste gesteckt zu werden, in der sie nicht mitbestimmen konnte, wie sie ihr Leben lebte. Vielleicht war das der Grund, warum sie gern diejenige war, die Gewalttäter einsperrte – sie konnte sich vorstellen, wie schrecklich das Gefängnis sein musste.

Sie hielten vor Ellas heruntergekommenem Wohnhaus in Southie an.

Hope drückte ihre Hand. Sie wusste, dass die junge Frau ihre Entscheidung, Swann zur Rechenschaft zu ziehen, vielleicht bereute, und sie hatte dafür volles Verständnis. „Haben Sie eine Freundin, die bei Ihnen bleiben kann?"

Ella kniff die Lippen zusammen und schüttelte den Kopf.

Hope wollte sie mit zu sich nach Hause nehmen, aber der Bezirksstaatsanwalt hielt nichts davon, eine enge Beziehung zu den Opfern aufzubauen. Hope hatte nicht den Platz, um alle zu beherbergen, die sie vertrat. Stattdessen konzentrierte sie sich darauf, ihre Fälle vor die Geschworenen zu bringen und die unmittelbare Gefahr wegzusperren. Und darin war sie gut. Wirklich gut.

„Morgen haben wir die Vorvernehmung der Geschworenen. Das wird ein langwieriger Prozess, der den ganzen Tag dauern könnte. Ich bezweifle, dass der Richter den Prozess am Donnerstag oder Freitag beginnen will, aber man weiß ja nie. Ich rufe Sie an, wenn ich es genau weiß, okay? Bleiben Sie zu Hause und ruhen Sie sich aus, es sei denn, Sie wollen wirklich dabei sein. Lassen Sie sich von diesem Arschloch von Verteidiger nicht unterkriegen."

„Sie haben leicht reden", murmelte Ella mit einem Blick auf die bewaffneten Männer, die im Auto saßen.

Schuldgefühle nagten an Hope. Die Frau lächelte nicht, als sie aus dem Wagen stieg.

Hope warf einen Blick auf Aaron Nash. „Werden Sie dafür sorgen, dass sie sicher ins Haus kommt?"

Er schaute überrascht, nickte dann und joggte Ella hinterher. Weniger als fünf Minuten später kam er zurück. „Niemand lungert draußen herum. Ich habe in der Wohnung nachgesehen, und alles ist in Ordnung. Ich habe ihr gesagt, sie soll die Tür abschließen und niemanden hereinlassen."

Es war keine besonders sichere Gegend für eine Frau in Ellas Position, aber mehr konnte sie sich im Moment nicht leisten.

Hope nickte. „Ich hoffe, sie beherzigt den Ratschlag."

Was hätte sie sonst tun können? Ella einsperren? Bewaffnete Wachen bereitstellen?

Die Heuchelei fraß an ihr, und sie biss die Zähne zusammen.

Swann wäre ein Vollidiot, wenn er Ella nachstellen ließe – aber er war ein Vollidiot, also …

Hope würde dafür sorgen, dass er sich für seine Verbrechen verantworten musste, aber in der Zwischenzeit machte sie sich Sorgen um Ella. Angst war ein großartiger Motivator – bis man nichts mehr zu verlieren hatte.

Beasley und seine Anwälte konnten den Prozess verzögern, aber Hope würde am Ende gewinnen. Sie war fest entschlossen.

Sie fuhren los und schlängelten sich durch ein Viertel, in dem sich seit dem städtischen Verfall in den achtziger und neunziger Jahren viel verändert hatte. Die Aufwertung hatte zu einigen der höchsten Immobilienpreise in Boston geführt.

Sie waren nicht weit von der Wohnung ihrer Schwiegermutter entfernt, in der Danny und Brendan aufgewachsen waren. Vielleicht würde sie Brendan bitten, vorbeizukommen und nach Ella zu sehen, wenn er bei seiner Mutter war. Aber ein Polizist, der an der Tür klopfte, würde das Mädchen auch erschrecken.

„Sie wird klarkommen", sagte Nash leise.

„Wird sie das?" Hope war nicht überzeugt.

„Sie ist hier in der Gegend aufgewachsen, oder? Sie kann auf sich selbst aufpassen."

Aus irgendeinem Grund fühlte Hope sich durch diese Bemerkung verurteilt. Sicher, sie kam aus einem anderen Teil des Staates und aus einem ganz anderen Milieu. Ländlich. Gehobene Mittelschicht. Einzelkind. Verwöhnt. Aber sie konnte auch auf sich selbst aufpassen.

Es war reiner Zufall gewesen, dass sie und Danny sich getroffen hatten. Sie hatten beide die Boston University besucht, allerdings in unterschiedlichen Studiengängen. Sie hatten sich beide an ihrem ersten Tag verlaufen und waren buchstäblich aufeinandergestoßen. Sie hatten sich gegenseitig geholfen, sich zu orientieren und herauszufinden, wo sie hinmussten, und waren dann zu ihren jeweiligen Kursen gegangen. Aber er hatte seine Nummer auf ihren Campusplan geschrieben, für den Fall, dass sie sich noch einmal verlaufen sollte, und sie hatte ihn am nächsten Tag angerufen, um zu fragen, ob er schon ein gutes Café gefunden hatte.

Das war es. Kaffee. Kuchen. Glücklich bis ans Lebensende.

Bis das Glück sie verlassen hatte.

Es hatte nie einen anderen gegeben, und sie hatte sich wie die glücklichste Frau der Welt gefühlt. Sie hatten sogar noch vor ihrem Abschluss geheiratet.

Sie war während ihres letzten Studienjahres in Harvard mit Paige schwanger gewesen und hatte den Job bei Beasley, Waterman, Vander & Co. angenommen, um ihre Studienkredite abzahlen zu können.

Ihre Kehle schnürte sich zu, als sie an einer Kneipe vorbeikamen, in der sie und Danny damals getrunken hatten. Jetzt schien es ein anderes Leben zu sein. Schlimmer noch, es schien das Leben eines anderen zu sein. Die Erinnerungen eines anderen. Einer weicheren Person. Netter. Naiver.

Jemand, der nicht mit bloßen Zähnen eine Kehle herausreißen würde, wenn es darum ging, ihr Kind zu schützen. Jemand, der nicht seine Seele verkaufen würde, um ihr Kind oder ihren toten Mann zurückzubringen.

Sie bogen auf den Southeast Expressway und fuhren in Richtung Innenstadt. Der Verkehr war dicht. Die Straßen waren glatt, eine Mischung aus Regen, Eis und allgemeiner Ungeduld.

Hope betrachtete ihr Spiegelbild, das sich still vor dem bewegten Hintergrund abhob. Der Schnee hatte sich in Schneeregen verwandelt, und das Wasser lief in langsamen, dicken Rinnsalen am Fenster herunter, die die Lichter dieser Stadt verzerrten, die sie liebte und zugleich hasste. Die Person, die sie dort sah, schnürte ihr die Kehle zu.

Sie glaubte nicht, dass sie noch die Art von Frau war, der Danny Harper seine Nummer geben würde. Sie glaubte nicht, dass sie die Art von Frau war, die Danny Harper geliebt hätte.

Traurigkeit legte sich wie ein Mantel um sie.

„Geht es Ihnen gut?", fragte Nash.

Ein anderer FBI-Operator saß vorn neben Kincaid. Ihr Rechtsreferendar, Colin Leighton, und ein weiterer Bundesbeamter saßen in der dritten Reihe hinter ihnen.

Sie zitterte und zog die Schultern hoch. „Ich denke nur nach."

„Wir werden ihn nicht an Sie heranlassen, Hope."

Sie stieß einen Atemzug aus. „Ich habe nicht an ihn gedacht."

Ihre Blicke trafen sich über den Sitz hinweg. Da war eine Verbindung.

Er nickte feierlich, da er offensichtlich die Richtung ihrer Gedanken verstand.

„Irgendwelche Neuigkeiten über Leech?" Sie hatte vor Ella nicht über den Serienmörder sprechen wollen. Die andere Frau hatte sich heute nicht gut gehalten, obwohl sie darauf bestanden hatte, im Gerichtssaal zu sein. Dieser Prozess würde ihr schwer zu schaffen machen. Vielleicht sollte Hope den Fall an einen anderen Staatsanwalt abgeben, damit Jeff Beasley sich wieder in sein Versteck verkriechen konnte, aber sie bezweifelte, dass er überhaupt noch lange bleiben würde. Zu wichtig.

Aber niemand sonst würde so leidenschaftlich kämpfen oder sich so sehr um Gerechtigkeit für Ella Gibson bemühen wie Hope. Sie hatte die junge Frau nach dem Überfall im Krankenhaus besucht. Sie hatte den Schmerz und den Schrecken in Ellas Augen gesehen. Sie hatte ihr versprochen, dass die Staatsanwaltschaft den Kerl wegsperren und für ihre Sicherheit sorgen würde. Zehn Jahre waren keine Ewigkeit, aber es war ein gutes Stück Zeit – für manche ein ganzes Leben.

„Gibt es schon Beweise dafür, dass er geflohen und nicht tot ist?"

Colin verfolgte gebannt das gemurmelte Gespräch.

Wen würde dieses ganze Drama nicht fesseln? Er hatte eine Vertraulichkeitsvereinbarung unterschrieben, bevor er seine Arbeit für die Staatsanwaltschaft begann, aber sie bezweifelte, dass ihn das davon abhalten würde, bei Dinnerpartys pikante Details auszuplaudern.

„Noch nicht."

Wo war dieser Mistkerl?

Ihr Fahrzeug bog in die Straße vor der Staatsanwaltschaft ein und hielt abrupt an.

„Warten Sie", wies Aaron Nash sie an, als sie nach der Tür griff.

Hope grub tief in sich nach Geduld.

Kincaid stieg eilig auf der Beifahrerseite aus, und Nash gesellte sich zu ihm. Der Mann auf dem Rücksitz folgte ihr, als Kincaid ihre Tür öffnete.

Mit Verspätung bemerkte sie die Schar von Reportern, die in der Nähe der Türen kampierten, und zog die Schultern zurück, als diese Blut witterten und einer nach dem anderen den Kopf hob, während Kameras geschultert wurden. Sie eilten auf sie zu, die Mikrofone ausgestreckt, während sie ihre Fragen schrien.

„Was halten Sie von der Tatsache, dass Julius Leech aus dem Gewahrsam entkommen sein könnte?"

„Glauben Sie, dass Leech hinter Ihnen her sein wird, jetzt, da er frei ist?"

Sie und ihre bewaffnete Truppe schritten schnell über den breiten Bürgersteig zum Eingang.

Sie hatte keine Ahnung, wo Colin war, aber sie hatte auch keine Gelegenheit, auf ihn zu warten.

„Wird er wieder töten?“

„Haben Sie Angst, dass Julius Leech Sie als Nächstes angreifen will?“

„Ist er eine Gefahr für die Öffentlichkeit?“

„Kein Kommentar.“

„Wird er Sie holen kommen, wie er es versprochen hat, Hope?“

„Haben Sie deshalb so viele Leibwächter, Ms. Harper?“

„Meinen Sie wirklich, dass Sie bei der Staatsanwaltschaft sein sollten, wo Sie doch diejenige sind, die ihn beim ersten Prozess freibekommen hat?“

Meine Güte. Sie waren unerbittlich. „Kein Kommentar.“

„Julius Leech hat immer behauptet, er sei unschuldig. Er sagte, Sie hätten ihn reingelegt.“

Hope kam abrupt zum Stehen und Aaron Nashs harter Körper prallte gegen sie, als er versuchte, sie zur Tür zu drängen.

Sie stieß sich ab, ignorierte die eisigen Regentropfen und drehte sich zu ihrem Killerkommando um.

„Julius Leech kam bei diesem ersten Prozess frei, weil ein Bostoner Polizeibeamter am Tatort eines Mordes Beweise platziert und dann im Zeugenstand gelogen hatte. Derselbe Polizist wurde später von Schuldgefühlen übermannt und gestand, bevor er sich auf tragische Weise das Leben nahm. Ich habe einen Antrag auf Klageabweisung gestellt, basierend auf den rechtlichen Fakten des Falles. Aber lassen Sie mich eines klarstellen, für diejenigen unter Ihnen, denen ich es buchstabieren muss. Leech war *nicht* unschuldig. Er war niemals unschuldig. Und ich habe geholfen, das zu beweisen, als er für den Mord an meiner Familie verurteilt wurde.“ Sie strich sich die Haare zurück, die ihr der Wind ins Gesicht geweht hatte. „Ich habe keine Angst vor diesem Dreckskerl. Ich bin schockiert, dass er es irgendwie geschafft hat, aus dem Gefängnis zu fliehen, obwohl es ihm immer schwerfiel, seine eigenen Schnürsenkel zu binden.“

„Sie haben bewaffnete Wachen. Das zeugt nicht gerade von Selbstvertrauen“, spottete ein Mann.

Sie schaute zur Seite und sah eine Reihe von Polizisten, die höhnisch dreinschauten, darunter Lewis Janelli, der ehemalige Partner des toten Detectives, gegen den wegen seiner Beteiligung an der Platzierung der Beweise ermittelt worden war. Die Staatsanwaltschaft und die Dienstaufsicht hatten ihm nie nachweisen können, dass er von der Fälschung der Beweise gewusst hatte, und er durfte wieder an seinen Arbeitsplatz zurückkehren und seitdem Hope bei jedem schlechtmachen, der es hören wollte.

„Das mit dem Sicherheitsdienst war nicht meine Idee. Der Bezirksstaatsanwalt besteht darauf, dass ich Personenschutz brauche, wenn ich Fälle bearbeiten will."

„Wenigstens sind sie heiß." Das kam von einer lachenden Frauenstimme aus dem hinteren Teil der Menge.

Hope ignorierte die Bemerkung.

„Bereuen Sie es jetzt?" Diese Stimme war gemessener. Fragend, ohne zu verurteilen. „Die Wahrheit über die Beweise zu enthüllen. Den Selbstmord von Detective Monroe. Den Tod Ihrer Familie?"

Die Worte trafen sie tief.

„Jeden Tag. Jeden verdammten Tag." Hope hatte Mühe, den Sprecher zu identifizieren, während ihr der Regen in die Augen spritzte. „Aber ich würde dasselbe tun, wenn ich noch einmal in diese Situation käme." Ihre Stimme versagte, riss eine klaffende Wunde auf, die sich rot färbte. Die Menge verstummte in dem Wissen, dass sie gleich das hören würde, worauf sie den ganzen Tag gewartet hatte. „Gerechtigkeit ist wichtig. Gerechtigkeit muss wichtig sein, damit Leute wie Julius Leech hinter Gitter kommen, wo sie hingehören. Die Polizisten müssen sich an die Vorschriften halten, ebenso wie die Staatsanwaltschaft und das Justizministerium. Dann funktioniert das System so, wie es funktionieren soll. Andernfalls legen wir alle nur ein Lippenbekenntnis zur Idee von Recht und Ordnung ab, und wir sind nicht besser als die Drecksäcke da draußen, die Verbrechen begehen."

Sie wirbelte herum und drängte sich an Leuten vorbei, um in das Gebäude zu gelangen und dem Rampenlicht zu entkommen.

Verdammt. Warum hatte sie nicht wie ein braves Mädchen weiter „Kein Kommentar" sagen können?

Sie umgingen die Metalldetektoren und begaben sich zum Aufzug, der zu ihrem Büro im zweiten Stock führte.

Niemand sprach während der Fahrt nach oben, aber Hopes Herz klopfte, und sie fragte sich, ob die anderen es hören konnten.

Sie stieg aus und folgte Kincaid den Korridor entlang. Nash und der andere Mann waren ihr dicht auf den Fersen.

Eine ältere Frau stand vor ihrem Büro und unterhielt sich mit dem Bezirksstaatsanwalt, was Hopes Stimmung noch weiter drückte. Lincoln Frazer war auch da. Nash trat neben sie.

„Ist schon gut." Ihre Stimme war ein raues Durcheinander von Emotionen. „Ich kenne sie. Lassen Sie uns etwas Freiraum."

Minnie Ramon war die Mutter eines von Leech' weiblichen Opfern aus dem Prozess, in dem Hope den Mistkerl vertreten hatte. Während des Prozesses war Minnie als Zeugin der Anklage geladen worden, aber Hope hatte die Gelegenheit genutzt, um sie über die nicht ganz perfekte Ehe ihrer Tochter zu befragen. Obwohl Hope behutsam vorgegangen war, hatte der Prozess Mrs. Ramon gebrochen, und die Frau war praktisch weinend aus dem Zeugenstand getragen worden. Minnie war noch am selben Tag in eine psychiatrische Klinik eingewiesen worden. Hope bedauerte jede Sekunde dieses Kreuzverhörs.

Sie würde barfuß über Glasscherben laufen, wenn sie glaubte, dass es den Schmerz dieser Familien lindern würde, aber das würde es nicht. Das Fehlen von Gerechtigkeit in Bezug auf diese Morde ärgerte sie bis zum heutigen Tag.

„Mrs. Ramon kam, als sie von dem möglichen Gefängnisausbruch hörte. Sie wollte mit Ihnen sprechen und hat fast den ganzen Tag gewartet, obwohl sie wusste, dass Sie im Gerichtssaal waren." Der Bezirksstaatsanwalt sprach sanft.

„Wie geht es Ihnen? Was kann ich für Sie tun?" Hope wollte ihr die Hand schütteln, aber die Frau ignorierte die Geste.

Von Verlegenheit erfüllt, zog sie ihre Hand zurück, steckte sie in ihre Tasche und ballte sie zur Faust.

Das Licht in Minnie Ramons Augen veränderte sich, ihr Ausdruck war von einer seltsamen Verwunderung erfüllt, bei der Hope wegsehen wollte. „Ich wollte Ihr Gesicht sehen, jetzt da Julius Leech frei ist, obwohl er eingesperrt sein sollte. Sie haben dieses Monster einmal gehenlassen, und er hat getötet. Jetzt ist er da draußen, und er wird Sie holen. Er wird Sie holen, weil er Sie will – aber er wird Sie nicht bekommen."

Hope öffnete den Mund, um sich erneut für die Qual der Frau zu entschuldigen, aber alles, was danach kam, geschah in Zeitlupe.

Die Frau zog ein Messer aus ihrer Tasche und stieß damit in Richtung von Hopes Unterleib.

Nash stürzte nach vorn, packte Minnie Ramons dünnes, knochiges Handgelenk und riss ihren Arm hoch. Der Bezirks-staatsanwalt stolperte erschrocken zurück, als Minnie das Messer fallenließ und vor Schmerz aufschrie.

„Tun Sie ihr nicht weh." Hope sprang vor, um Nash von der älteren Frau wegzuziehen. „Tun Sie ihr nicht weh."

Kincaid legte der armen Frau Handschellen an.

Ihre Blicke trafen sich, und Minnies Augen waren nicht mehr vage, sondern voller Hass und Wut. Galle stieg in Hopes Kehle auf. Dann wurde sie von Aaron Nash in ihr Büro gezerrt, während die leidgeprüfte Minnie Ramon gegen die Wand gedrückt wurde.

Hopes Tür knallte zu. Minnie Ramon wurde von einem Mitar-beiter des Sicherheitsdienstes weggeführt, der wegen des Krawalls herbeigeeilt war.

Hope bedeckte ihren Mund mit einer Handfläche. „Sie müssen sie gehenlassen."

„Sie hat versucht, Ihnen ein Messer in den Bauch zu rammen", knurrte Nash.

„Sie braucht Hilfe. Sie hat die Hölle durchgemacht." Hope stand zitternd da. „Und ich trage die Hauptschuld daran."

13

Aaron untersuchte die starrköpfige Frau, um sich zu vergewissern, dass sie wirklich unverletzt war. Er war wütend darüber, eine Bedrohung in unmittelbarer Nähe seiner Klientin zugelassen zu haben. Er war verdammt sauer auf sich selbst, dass er einen Fehler gemacht hatte, der tödlich hätte enden können.

„Sie müssen sie gehenlassen", wiederholte Hope.

Sie sah erschüttert, aber unverletzt aus. Er musste sie aus der Verleugnung dessen herausholen, was tatsächlich passiert war. Vielleicht würde ein wenig brutale Ehrlichkeit helfen.

„Hören Sie, Hope, ich bin kein Fan von Strafverteidigern, aber ich bin klug genug, um zu wissen, dass das Strafjustizsystem ohne Zugang zu einem fairen Prozess bedeutungslos wird."

Hope ließ sich langsam auf ihren Stuhl sinken, sichtlich erschüttert. „Ich will nicht, dass sie strafrechtlich verfolgt wird."

Aaron kniff die Augen zusammen. „Warum nicht? Sie würden jeden anderen dazu ermutigen, Anzeige zu erstatten, aber wenn es um Ihre eigene Sicherheit geht, weigern Sie sich?"

„Glauben Sie nicht, dass ich dieser Frau schon genug angetan habe?"

„Leech ist der Verantwortliche.“

„Ich habe sie im Zeugenstand in die Mangel genommen. Ich habe ihn freibekommen …“

„Haben Sie das?“ Er verschränkte die Arme vor der Brust, immer noch stinksauer auf sich selbst und darauf, es versaut zu haben. „Unten haben Sie den Reportern gesagt, die Polizisten seien schuld. Detective Monroe hat nicht nur eine Grenze überschritten, er hat einen Stabhochsprung über das verdammte Ding gemacht.“

„Wenn ich die E-Mail ignoriert hätte, die Monroe mir geschickt hatte …“

„Hätte die Bostoner Polizei nach einem Selbstmord nicht die E-Mails des Mannes überprüfen müssen?“

Hope wirkte auf einmal zerbrechlich. „Ja, aber dann wäre der Prozess wahrscheinlich schon zu Ende gewesen. Und vielleicht hätte das BPD niemandem etwas gesagt.“

„Und Sie wären damit einverstanden gewesen, dass Leech wegen Mordes aufgrund falscher Beweise verurteilt wird?“

„Nein.“ Hope schloss die Augen. „Aber ich bin auch nicht damit einverstanden, dass er meine Familie ermordet hat.“ Als sie die Augen öffnete, schimmerten sie wie Opale. „Wenn ich *gewusst* hätte, was passieren würde … Wenn ich gewusst hätte, dass ihr *Leben* auf dem Spiel steht. Ich hätte ihn im Gefängnis verrotten lassen und mich einen Dreck um Recht und Unrecht geschert, denn dann wären sie noch am Leben und lägen nicht in Särgen, und Minnie Ramon hätte Gerechtigkeit für ihre Tochter erfahren.“

Sie schluckte, als sie sichtlich versuchte, ihre Gefühle zu kontrollieren.

Aarons Kehle schnürte sich zu. „Das war nicht Ihre Schuld, Hope. Das wissen Sie tief in Ihrem Inneren. Ich weiß, dass Sie es wissen.“ Aber sie konnte offensichtlich nicht klar denken. Er deutete durch die Glasscheibe auf den Flur. „Diese Frau muss für ihre Taten zur Rechenschaft gezogen werden, sonst werden Hinz und Kunz denken, dass es in Ordnung ist, jemanden anzugreifen, von dem sie glauben, dass er sie im Stich gelassen hat. Das ist nicht in Ordnung, und wenn es gegen jemand anderen als Sie selbst gerichtet wäre, wären Sie die Erste, die sie anklagen würde. Selbst wenn die Anklage nicht standhält. Selbst wenn sie freigesprochen wird. Es muss geschehen."

„Sie braucht medizinische Hilfe, keine Gefängniszelle." Als es an der Tür klopfte, griff Hope nach einem Taschentuch auf ihrem Schreibtisch. Aaron öffnete die Tür.

Lincoln Frazer stand da. „Alles in Ordnung?"

„Ich versuche, ADA Harper davon zu überzeugen, dass sie Anzeige erstatten muss, obwohl sie körperlich unversehrt ist."

Hopes Referendar Colin stand in der Tür und sah besorgt aus.

„Der Bezirksstaatsanwalt hat Mrs. Ramon in Untersuchungshaft übergeben und will sie so schnell wie möglich einer psychologischen Untersuchung unterziehen lassen. Er wird sie offiziell verwarnen und eine einstweilige Verfügung erlassen. Der einzige Grund, warum er keine formelle Anklage erhebt, ist, dass sie das Messer aus dem Pausenraum mitgenommen hat, anstatt es an den Sicherheitsleuten vorbeizuschmuggeln."

„Außerdem würde er nie eine Verurteilung erwirken können." Hope verzog die Lippen. „Wenigstens ist sie nicht mit der ausdrücklichen Absicht hereingekommen, mich zu töten."

„Sie war schon mal hier, oder?", drängte Aaron.

„Viele Male." Hopes Stimme klang rau.

„Und sie wusste wahrscheinlich, dass im Pausenraum ein Messer zu finden ist?"

„Sie wären ein guter Staatsanwalt, Nash." Frazer lachte. „Aber ich glaube nicht, dass Hope irgendwelche Argumente für die Anklage hören will."

Hope winkte ihre Bemerkungen ab. „Sie verstehen das nicht."

„Diese Frau hat versucht, Sie zu erstechen." Wie oft musste er es noch sagen, bis sie es verstand?

„Und ich bin sicher, ein Richter würde sie für unzurechnungsfähig erklären."

„Dann soll ein Richter entscheiden, ob–"

„Lassen Sie es gut sein! Bitte, lassen Sie es einfach gut sein. Sie wissen nicht, wie sehr sie gelitten hat." In Hopes Augen blitzten Tränen auf.

Aber Hope wusste, wie sehr die Frau gelitten hatte, und deshalb war es so unbegreiflich, dass sie sich weigerte, für sich selbst einzustehen.

„Ich habe sie in den Zeugenstand gerufen. Ich habe sie gezwungen, unter Eid zuzugeben, dass ihre Tochter mehrfach untreu gewesen war und dass die Ehe ihrer Tochter so gewalttätig war, dass es zu Krankenhausbesuchen und Fotos kam. Ich habe genügend Zweifel gesät, dass einige Geschworene eindeutig glaubten, dass ihre Tochter und ihr Schwiegersohn einander umgebracht haben könnten, anstatt dass Leech daran beteiligt gewesen war. Und nach all dem, nach all dem Schmerz und der Demütigung, die sie ertragen musste, hat sie nie mit dem Mord an ihrem Kind abschließen können. Niemand wurde für das, was diesen sechs Opfern widerfahren ist, zur Rechenschaft gezogen, und auch wenn Leech im Gefängnis war, ist das von Bedeutung. Es ist wirklich von Bedeutung."

Aaron schüttelte den Kopf. Er verstand, was sie zu sagen versuchte, aber er gab nicht nach. Sie war eine Bedrohung für sich selbst.

„Das ist das letzte Mal, dass sich Ihnen jemand auf einen Meter nähert, es sei denn, er ist vom FBI."

Ihre empörten Augen wurden kalt. „Das FBI hat mir nicht zu sagen, was ich zu tun habe."

Aaron öffnete den Mund, um zu widersprechen, aber Frazer kam ihm zuvor.

„Darauf würde ich nicht wetten. Wenn Operator Nash Schutzhaft empfiehlt, dann vermute ich, dass du genau das bekommen wirst. Aaron ist beim HRT für seine kühle Logik hoch angesehen. Und du würdest dich innerhalb weniger Minuten zu Tode langweilen."

Aaron blinzelte überrascht. Er wusste nicht, dass der verehrte Profiler überhaupt seinen Vornamen kannte, geschweige denn seinen Ruf, aber vielleicht log der Kerl ja auch nur, um sie hier voranzubringen.

„Die Generalstaatsanwältin wird sich an alle Weisungen des HRT-Kommandos halten, und das HRT-Kommando wird auf seine Leute vor Ort hören." Frazer schlenderte zum Schreibtisch an der einen Seite des Raumes und begann, Akten in eine Schachtel zu schieben. „Darf ich die mit nach Hause nehmen?"

Aaron und Hope funkelten einander an.

Schließlich wandte sie den Blick ab. „Tu dir keinen Zwang an."

Hope holte tief Luft und stieß sie mit einem hörbaren Schnaufen wieder aus. „Es ist ja nicht so, dass ich herumlaufe und Leute umarme oder Hände schüttle. Die Zahl der Menschen, die mir nahekommen, ist auf vier begrenzt – fünf, wenn man den armen Colin mitzählt, der nur auf der Liste steht, weil es eben sein muss."

Ihr Rechtsreferendar winkte unsicher mit der Hand, während Aaron den Mann mit zusammengekniffenen Augen ansah.

„Wir umarmen uns nicht", versicherte Colin ihm nervös.

Hope stand auf und lehnte sich gegen ihren Schreibtisch, während Frazer seinen Mantel anzog. „Ich habe zu Hause noch eine Kiste mit Akten aus dem ersten Prozess. Wenn du Kopien willst, bringe ich sie morgen mit und lasse welche anfertigen."

„Das würde mir die Mühe ersparen und wäre nützlich, wenn ich unerwartet nach Quantico zurückgerufen werde. Was ist mit den Briefen, die Leech jede Woche schreibt?"

„Colin?", fragte Hope.

Frazer wandte sich an den Rechtsreferendar, der sein Gewicht von einem Fuß auf den anderen verlagerte.

„Die, ähm, die angekommen sind, seit ich hier arbeite, sind geschreddert worden."

„Haben Sie sie gelesen?", fragte Frazer.

Ihr Rechtsreferendar wurde feuerrot. „Ich wurde angewiesen, alles zu schreddern, was von Leech kommt, ohne es zu öffnen."

Aaron bemerkte, dass er die Frage nicht direkt beantwortete.

„Wann ist der letzte angekommen?"

Colin blinzelte schnell, während Frazer ihn durch die Mangel drehte. „Letzten Mittwoch, glaube ich?"

„Es ist wahrscheinlich, dass diese Woche noch einer kommt. Schreddern Sie ihn nicht. Ich will ihn lesen, sobald er da ist."

„Ich will ihn auch lesen", sagte Aaron.

Colin sah Hope an, die nickte.

„Geben Sie Frazer, was immer er will." Sie funkelte Aaron an. „Allen beiden."

„Wenn nur Izzy so entgegenkommend wäre." Frazers Tonfall war trocken.

„Izzy ist eine Heilige", schnaubte Hope.

Ein Grinsen huschte über Frazers Gesicht. „Izzy ist eine Heilige, aber definitiv kein Schwächling. Sie ist sanfter geworden, seit wir uns kennen, aber sie ist immer noch ein ehemaliger Army Captain – und trotzdem liebt sie mich." Er tätschelte sein Herz und schenkte Hope einen übertriebenen, verträumten Blick.

Das war verdammt gruselig, aber der Kerl versuchte offensichtlich, die Stimmung aufzulockern.

„Das muss an deinem charmanten Auftreten liegen. Übernachtest du heute wieder bei den Hayes?"

„Ja." Frazer ließ das Schauspiel sein. „Ironischerweise lernte ich Marshall Hayes' Frau kennen, nachdem sie selbst mit einem New Yorker Serienmörder zu kämpfen hatte. Wir wurden im Laufe der Jahre Freunde."

„Nun, du bist eben ein freundlicher Kerl." Hope schenkte ihm ein Grinsen, das ihre Augen nicht erreichte.

„Glaub mir, das überrascht mich genauso wie alle anderen."

Aaron lehnte sich gegen die Wand.

Hope warf ihm einen Blick zu, um ihm zu sagen, dass sie ihr Gespräch nicht vergessen hatte. Er hatte es auch nicht vergessen.

Er war froh, dass Hope ruhiger wirkte als zuvor, aber es gefiel ihm nicht, dass sie ihre persönliche Sicherheit an die letzte Stelle der Prioritätenliste setzte. So praktisch und unnahbar sie auch zu sein vorgab, sie hatte Schwächen, die die falsche Person leicht nutzen konnte.

Leech' Unschuldsbekundung war einer davon. Die Art und Weise, wie sie sich in den Schmerz der Opfer einfühlte, eine andere. Dies waren Schwächen, die jemand ausnutzen konnte, um ihr zu schaden, und er wettete, dass sie noch andere hatte. Er hatte vor, dafür zu sorgen, dass ihr niemand so nahekam, dass es zu einem Problem werden könnte.

14

Wieder in der Wohnung angekommen, fütterte Hope Lucifer und zwang sich, eine Schüssel Curry aus dem Gefrierschrank zu holen und zum Auftauen in die Mikrowelle zu stellen, vor allem, weil sie nicht noch einen Vortrag von Aaron Nash darüber hören wollte, dass sie sich um sich selbst kümmern sollte.

Es fühlte sich ein wenig seltsam an, endlich allein zu sein, nachdem sie den ganzen Tag mit Menschen zu tun gehabt hatte. Sicher, da waren ein oder zwei Typen auf ihrem Dach und eine ganze Reihe weiterer, die sich in die Wohnung ihrer wunderbaren Nachbarn gequetscht hatten, aber es gab niemanden, der sie auf Schritt und Tritt beobachtete, ihr folgte oder darauf wartete, dass sie pinkelte, um Gottes willen.

Sie rieb sich die nackten Arme, die plötzlich kalt waren. Dann griff sie nach einer langen Strickjacke, die über die Rückenlehne der Couch hing.

Sie musste für morgen die Notizen ihrer juristischen Hilfskraft durchgehen, die sie gebeten hatte, sich über potenzielle Geschworene zu informieren. Die Frau war wirklich gut in ihrem Job, und Hope hatte den Bezirksstaatsanwalt um ihre Hilfe bei diesem Fall gebeten. Hope musste auf der Grundlage ihres Lebenswandels und ihrer Social-Media-Profile die bestmöglichen Geschworenen auswählen. Die Verteidigung hatte ihren eigenen, sehr teuren Berater, aber der Bezirksstaatsanwalt weigerte sich, dafür zu bezahlen.

Die Mikrowelle pingte, und sie zwang sich, die duftende Soße umzurühren und ein paar Minuten stehenzulassen, anstatt sich den Mund zu verbrennen, was sie viel zu oft tat.

Sie schenkte sich ein Glas Wein ein und schlenderte durch ihre Wohnung. Es war lange her, dass sie sich so unruhig gefühlt hatte, so hibbelig. Normalerweise konzentrierte sie sich auf Fälle oder auf das Schreiben von Dannys Büchern.

Natürlich war die Tatsache, dass Leech auf freiem Fuß war, einer der Gründe für ihre Unruhe, ebenso wie der unerwartete Angriff von Minnie Ramon. Aber nichts davon war der Hauptgrund. Vielleicht würden ein paar Stunden Arbeit sie durch die nächsten vierundzwanzig Stunden bringen, ohne dass sie den Verstand verlor.

Sie holte ihr iPad mit der Datei ihres neuesten Buches heraus. Es ging um einen Mord und einen korrupten Polizeibeamten. Eine große Drogenrazzia.

Das Gesicht von Pauly Monroe blitzte in ihrem Kopf auf.

Hope presste die Lippen zusammen. „Vielleicht werde ich in diesem Buch doch keinen korrupten Polizisten schreiben." Sie sah sich die Liste der zukünftigen Handlungsideen an. Mord. Mord. Korrupter Polizist. Mord. Schmutziger Polizist. Es schien ein Thema zu sein, aber ihre Hauptfigur war eine Mordkommissarin, also war es nicht so, als könnte sie plötzlich über Floristen schreiben.

Obwohl ihr die Idee gefiel und sie „Mord an einem Floristen" schrieb, bevor sie zur Abwechslung „Oder neuer Liebespartner. Der Florist könnte ein Mann sein. Ein Typ mit einer dunklen Vergangenheit, der jetzt Blumen arrangiert" hinzufügte.

Irgendwie gefiel ihr der Gedanke, einen Hauch von romantischem Interesse einzuführen. Frankie war jetzt schon lange allein, und Danny hatte gesagt, er wolle, dass Frankie eines Tages ihr Happy End fand.

Hope legte das iPad beiseite und holte sich ihre Schüssel mit Curry und den Weißwein.

Am Tisch stellte sie das Tablet aufrecht hin und fing an, über Ideen nachzudenken. Wer war dieser Florist? Warum sollte Frankie mit einem muskulösen Floristen mit dunklem Haar, kurzem Bart und einer mysteriösen Vergangenheit sprechen?

Ex-Mafioso? Verdeckter Ermittler? Ein verdeckter Ermittler, der in die Gegend geschickt wurde, um einen korrupten Polizisten zu überprüfen, der Bestechungsgelder annahm ... Vielleicht hatte jemand mit dem Finger auf Frankie selbst gezeigt?

Hope überlegte noch eine Stunde lang, wobei sie das Foto auf der Anrichte im Wohnzimmer bewusst vermied.

Um zweiundzwanzig Uhr räumte sie das Geschirr ab, schenkte sich noch ein Glas Wein ein und ließ ein Bad einlaufen. Sie genoss das warme Wasser und nippte an ihrem Wein, ohne auf die Uhr zu schauen, und doch spürte sie, wie jede Sekunde im Takt ihres Herzschlags verging.

Sie blieb eine Stunde lang im warmen Wasser, bis ihre Haut schrumpelig war und die Seifenblasen zerplatzt waren. Dann stieg sie vorsichtig aus der Wanne und wickelte sich in einen alten, verfilzten Frotteebademantel.

Sie ließ sich Zeit beim Abtrocknen und zog sich einen Flanellpyjama an, bevor sie wieder nach unten ging, wobei sie Paiges Lieblingsteddy mitnahm. Dort holte sie einen Cupcake aus dem Gefrierschrank und ließ ihn auftauen.

Hope schenkte sich ein drittes Glas Wein ein, obwohl nur noch ein halbes Glas in der Flasche war.

Sie fand eine frische Geburtstagskerze und ein paar Streichhölzer, stellte das Foto von Paige und Danny auf den Couchtisch und nahm Paiges Babybuch aus dem Regal. Sie blätterte in aller Ruhe durch die vertrauten Seiten, berührte Paiges Babygesicht und die winzigen Handabdrücke. Sie wusste, dass eine Locke ihres Haares und zwei Milchzähne in den kleinen Taschen auf der Rückseite steckten. Diese Praxis, den Lebenden ein Denkmal zu setzen, war ihr damals makaber erschienen, doch jetzt war es alles, was ihr noch blieb.

Als die Uhr Mitternacht schlug, zündete sie die Kerze an und starrte in den orangefarbenen Schein der Flamme.

Sie lächelte das Foto ihres Kindes an, das in der Zeit eingefroren war.

„Alles Gute zum Geburtstag, meine Kleine." Hope beugte sich vor und blies die Kerze aus. „Alles Gute zum Geburtstag, Paige."

15

———

„S ie weint." Will Griffins panisches Zischen ertönte über die
Funkverbindung.

Aaron war fast eingeschlafen, aber er hatte vergessen, seinen
Ohrhörer abzunehmen. Jetzt drehte er sich um und setzte sich
auf die Kante des Feldbetts, das sie aufgebaut hatten. Er zog
sich seine taktische Hose und ein T-Shirt an und fügte sein
Waffenholster hinzu, mehr aus Gewohnheit als aus Notwendigkeit.

Dann ging er barfuß aus der Wohnung, um die anderen nicht
zu wecken.

Er nickte Cadell zu, der in der Nähe der Eingangstür stand,
stieg die Treppe hinauf und fand Will Griffin vor, der besorgt die
Stirn runzelte.

Aaron nahm seinen Ohrhörer heraus und Griffin tat dasselbe.

Sie sprachen im Flüsterton, um die anderen nicht zu stören.
„Es war alles ruhig, bis vor etwa fünf Minuten. Dann hörte ich sie
wimmern."

Aaron konnte sie leise durch die Tür hören. Sie versuchte
offensichtlich erfolglos, ihr Schluchzen zu unterdrücken.

Wurde ihr die Realität der möglichen Gefahr endlich bewusst?
Oder war es einfach der Stress, in einer schrecklichen Situation

gelandet zu sein? Oder das Gefühl, innerhalb kurzer Zeit sowohl verbal als auch körperlich angegriffen zu werden?

Er sah auf seine Uhr und stellte fest, dass es einige Minuten nach Mitternacht war. Dann erinnerte er sich daran, was Hope zuvor gesagt hatte. „Ihre Tochter hat heute Geburtstag."

Griffin presste die Lippen zusammen, als sich Verständnis über seine Züge legte. „Diese Jahrestage schleichen sich an und treffen einen manchmal hart."

Aaron wusste, dass Griffin letztes Jahr seine Verlobte, ebenfalls FBI-Agentin, bei einem gewaltsamen Angriff verloren hatte. Er drückte dem Mann voller Mitgefühl die Schulter.

„Einer von uns sollte nach ihr sehen." Griffin räusperte sich. „Sicherstellen, dass … du weißt schon."

Ein Teil von Aaron wusste, dass es ihn nichts anging, und doch konnte er nicht einfach weggehen, ohne nachzusehen, ob es ihr gut ging. Und er sollte hier das Sagen haben und die gefährlichsten Missionen übernehmen. „Ich mach' das."

Griffin sah erleichtert aus.

Aaron öffnete die Wohnungstür und schlüpfte hinein. Er ging die kurze Treppe hinauf und hielt inne, als er die normalerweise perfekt gekleidete, unendlich antagonistische Hope Harper in einem karierten Schlafanzug sah, auf dem Boden kniend, während sie einen zerlumpten Teddybär an ihre Brust drückte.

Der Geruch von Kerzenwachs hing in der Luft, und er entdeckte den kleinen Cupcake auf dem Tisch neben dem Foto. Ein aufgeschlagenes Buch lag neben ihr auf der Couch.

Sein Herz zog sich zusammen.

Sie sah so einsam aus.

Er ging hinüber und berührte ihren Rücken. „Hope."

Sie versteifte sich, blickte aber nicht auf.

Er wusste, dass sie ihn gehört hatte. Er wusste, dass sie ihn erkannte, aber sie hielt ihre Tränen nicht zurück.

Verdammt.

Er setzte sich und zog diese sonst so kratzbürstige Frau in eine zaghafte Umarmung. Es war dieselbe Art von Umarmung, in die seine eigene Mutter ihn gezogen hatte, als das Mädchen, das er geliebt hatte, ihn für seinen jüngeren Bruder, einen Feuerwehrmann, verlassen und den Scheißkerl dann geheiratet hatte.

Dieser Schmerz hatte ihn fertiggemacht. Er hatte sein ganzes Leben verändert. Aber es war nur ein Bruchteil dessen, was diese Frau jeden Tag erlebte, seit ein Killer ihr die Familie genommen hatte.

Anstatt sich zurückzuziehen, weinte sie noch heftiger.

Er zog sie an sich, lehnte sich gegen das Sofa und ignorierte das seltsame Gefühl, das er jedes Mal verspürte, wenn er sie berührte. Wahrscheinlich war es Teil des Bindungsprozesses. Weil er für ihre Sicherheit verantwortlich war, ob sie es wollte oder nicht. Oder vielleicht lag es daran, dass er anfing, hinter die sorgfältig errichteten äußeren Verteidigungsanlagen zu blicken, die Burgmauern, die Kanonen, das Fallgitter, hinter denen sich ein wildes Meer stürmischer Gefühle und ein verletzlicher Kern verbargen.

Nicht kalt und herzlos.

Kämpferisch und einfühlsam.

Stark und entschlossen.

Beschädigt und leidend.

Ihre Tränen sickerten in sein T-Shirt, ihr blondes Haar ruhte unter seinem Kinn und verfing sich in seinem Bart. Ihre Wärme drang zu ihm durch, und er wünschte, er könnte etwas anderes tun, als schweigend hier zu sitzen.

Etwas Tiefsinniges sagen.

Etwas tun, dass ihr den Schmerz nehmen konnte.

Aber er neigte genauso wenig dazu, sich emotional zu öffnen, wie Hope es tat. Und was konnte er schon sagen, was nicht schon gesagt worden war? *Ihr Verlust tut dir leid? Es ist nicht Ihre Schuld?* Wie oft hatte sie diese Worte wohl schon gehört? Aber wie oft hatte sie sich den stillen Trost einer menschlichen Berührung erlaubt?

Selten, vermutete er.

Schließlich hörte sie auf zu weinen und löste sich von ihm. „Oh Mann. Es tut mir so leid. Ich wollte Sie nicht vollheulen."

Er schenkte ihr ein schiefes Lächeln. „Ich wollte nach Ihnen sehen. Es war ein Risiko, das ich eingehen musste."

Sie wischte sich mit den Fingern unter beiden Augen entlang. Ihr Gesicht war fleckig und ihre Augen rot, aber Hope Harper würde mit ihren scharfen Wangenknochen und dem vollen, ausdrucksstarken Mund nie anders als schön aussehen.

„Es ist immer ein Knobeln zwischen Geburtstagen, Jahrestagen und Weihnachten, welcher Tag am beschissensten ist."

„Machen Sie das immer?" Er deutete auf die Kerze, den Cupcake und das Babybuch.

Sie presste die Lippen zusammen und nickte.

Er streckte sich und nahm das Buch in die Hand. Blätterte ein paar Seiten durch. „Sie war wunderschön. Sie waren eine schöne Familie."

Ihr Lächeln war zittrig. „Die Liebe schafft ein ganz eigenes Wunder."

Ein fester Knoten bildete sich in Aarons Brust, als er an seinen Bruder und seine Ex dachte, die jetzt ein Baby erwarteten. „Ich schätze, das tut sie manchmal, wenn zwei Menschen dasselbe füreinander empfinden."

In Hopes grauen Augen blitzte die scharfe Intelligenz auf, die ein Markenzeichen dieser Frau war.

„Sind Sie verheiratet, Aaron?"

Es war das erste Mal, dass sie seinen Vornamen benutzte.

Er schüttelte den Kopf und lächelte reumütig. „Und zum Glück nicht mehr verliebt."

„Was ist passiert? Oder sollte ich lieber nicht fragen?"

Er öffnete den Mund, um sie abzuwimmeln oder vielleicht direkt zu lügen, wie er es bei allen anderen tat, selbst bei seinen engsten Freunden. Aber Hope lebte ihr Leben mit all ihrem Herzschmerz und ihren schlimmsten Entscheidungen für alle sichtbar.

Zu lügen wäre der Ausweg eines Feiglings.

Aaron war nie ein Feigling gewesen.

„Wir waren beide Fischbiologen und studierten auf einer abgelegenen Insel in Französisch-Polynesien."

Hopes Augen weiteten sich, denn Fische zu studieren war weit davon entfernt, für das FBI zu arbeiten.

„Ich weiß, es ist wahrscheinlich nicht das, was Sie zu hören erwartet haben." Er lächelte. „Wir verliebten uns, verlobten uns, und ich nahm sie mit nach Hause, um ihr die Familie vorzustellen. Prompt verliebte sie sich Hals über Kopf in meinen jüngeren Bruder, der Feuerwehrmann war und immer noch ist. Es stellte sich heraus, dass sie die muskulöse, sexy Version der Nash-Brüder mehr mochte als den Streber."

Hope lehnte sich zurück und blinzelte. „Also was? Sie haben sich voll und ganz darauf konzentriert, muskulös und sexy zu werden, um sie zurückzugewinnen?"

Die Tatsache, dass sie ihn für muskulös und sexy hielt, ließ ihn innerlich lächeln. Er schüttelte den Kopf. „Dieser Zug war definitiv schon abgefahren. Ich konnte nicht in meinem Doktorandenprogramm bleiben, nachdem sie mit mir Schluss gemacht hatte. Ich konnte es nicht ertragen, sie jeden Tag zu sehen. Und die wissenschaftliche Gemeinschaft ist klein und eng verwoben und jeder kennt den anderen." Er lachte bitter. „Jetzt muss ich nur noch ein- oder zweimal im Jahr so tun, als hätte ich ihnen verziehen."

„Sie sind noch zusammen?"

„Glücklich verheiratet, schwanger mit dem ersten Kind. Raten Sie mal, wer Trauzeuge war? Die Rede war ein Knaller."

„Oh, Mann. Das muss ätzend gewesen sein." Sie lachte, aber eher aus Mitgefühl mit ihm als über ihn.

„Ja. Meine Mutter versteht, wie schwer es für mich ist. Alle anderen denken, ich sei darüber hinweg. Wir stehen uns nahe, meine Mutter und ich."

„Mamas wissen immer Bescheid." Hopes Stimme brach. „Aber warum sollten sie erwarten, dass Sie über einen solchen Verrat hinwegkommen? Nicht nur von Ihrer Verlobten, sondern auch von Ihrem *Bruder*?" Sie putzte sich die Nase mit einem Taschentuch. „Ich hatte nie Geschwister, aber ich kann mir vorstellen, dass der Verlust Ihres Bruders wahrscheinlich mehr schmerzt als der Verlust einer flatterhaften Verlobten."

Er lachte. Er hatte nicht damit gerechnet, dass Hope diejenige sein würde, die ihn aufmunterte, und nicht andersherum. „Ja. Ich und mein Bruder standen uns immer nahe." Er zuckte mit den Schultern. „Jetzt nicht mehr."

„Es tut mir wirklich leid." Sie berührte seinen nackten Arm, und er starrte auf die Stelle, an der ihre blasse Haut die Bräune seines Armes traf.

Sie zog sich zurück. Hatte sie auch diesen seltsamen Ruck gespürt? Oder bildete er sich das alles nur ein? Wenigstens hatte sein erbärmliches Geständnis sie von ihrem eigenen großen Kummer abgelenkt.

„Sie sind also aus Rache zum FBI gegangen?"

„Ha. Ich denke schon. Ich wollte ihr beweisen, dass sie einen Fehler gemacht hat und dass ich der Beste der Besten sein konnte, nicht nur ein Streber. Aber ich wollte nicht zum Militär gehen. Das Geiselrettungsteam des FBI ist wohl das weltweit beste taktische Eliteteam der Strafverfolgungsbehörden, also habe ich das stattdessen angestrebt."

„Und dort sind Sie gelandet." Ihre Augen musterten ihn jetzt ein wenig anders, als käme er ihr irgendwie menschlicher vor. Sie nahm das Babybuch in die Hand und schloss es. Mit einer Hand fuhr sie liebevoll über das Foto, bevor sie aufstand und es zurück auf den Kaminsims stellte.

„Sie sollten etwas schlafen", schlug er vor.

Sie zuckte mit den Schultern. „Das werde ich nicht können. Nicht heute Nacht. Normalerweise gehe ich gleich morgens vor der Arbeit auf den Friedhof." Die Vertiefungen unter ihren Wangenknochen ließen sie gequält wirken. „Ich bin wütend, dass ich das jetzt nicht mehr tun kann, nicht, ohne dass eine Schar von Reportern es fotografiert. Und wenn Leech noch lebt, findet er es vielleicht heraus." Sie umarmte sich selbst. „Die Vorstellung, dass er weiß, wie weh es noch immer tut, macht mich krank."

„Sie wollen nicht, dass er einen Kick von Ihrem Schmerz bekommt. Das verstehe ich.“

Sie umarmte sich erneut. „Möchten Sie einen Tee oder Kaffee? Ich werde mir etwas machen.“

„Ich sollte wohl etwas schlafen.“

Sie verbarg es gut, aber für den Bruchteil einer Sekunde sah sie tatsächlich enttäuscht aus. Dann stand sie auf und ging auf und ab. „Ich komme schon zurecht. Danke, dass Sie nach mir gesehen haben. Sie waren sehr nett, und das hätten Sie nicht sein müssen. Allein bin ich wahrscheinlich besser dran.“

Aaron glaubte nicht, dass das stimmte. Er hatte eine Idee, was helfen könnte.

„Ziehen Sie sich an.“

Sie blickte zu ihm auf. „Warum?“

„Ich bezweifle, dass da draußen gerade irgendwelche Reporter sind. Lassen Sie uns Ihrer Familie Ihren Respekt zollen.“

Sie blinzelte.

„Wenn Sie wollen?“

Stumm nickte sie und eilte die Treppe hinauf, während er die Truppen zusammentrommelte.

16

Hope wickelte ihren Mantel fester um sich. Trotz der Wärme im Auto fühlte sie sich innerlich kalt. Das tat sie immer an Paiges Geburtstag, einem Tag, der Mutter und Kind für die Ewigkeit verband, auch wenn einer von ihnen nicht mehr lebte.

Von Aaron Nash in den Arm genommen zu werden, hatte sich seltsam wunderbar und unglaublich zügellos angefühlt. Normalerweise ließ sie ihre Deckung nicht fallen, aber sie waren auf absehbare Zeit aneinander gebunden, und er hatte sie an einem Tiefpunkt erwischt.

Wenn sie ihn jetzt ansah, erschien es ihr unwirklich. Er sah aus wie ein Krieger, der in die Schlacht zog, und nicht wie jemand, der sie an seinem T-Shirt hatte weinen lassen.

Sie musste sich zusammenreißen.

Sie hatte nicht den Luxus, ihre Trauer öffentlich zu zeigen, nicht mehr, nicht nach dieser ersten schrecklichen Woche und später bei der Beerdigung, als sie einfach mit ihnen hineinklettern und lebendig begraben werden wollte. Vielleicht war es das Wissen, dass er ein Profi war, der die Informationen nicht an die Presse weitergeben würde. Oder vielleicht war es ein angeborenes Vertrauen.

Aaron Nash wirkte auf sie ehrlich bis ins Mark. Sie hoffte, dass er sich die Geschichte über die ehemalige Verlobte nicht nur ausgedacht hatte, um Mitgefühl zu erwecken, aber sie bezweifelte es. Es war eine etwas zu persönliche, traurige Geschichte.

Hope konnte sich vorstellen, wie verletzt Danny gewesen wäre, wenn sie so dumm gewesen wäre, sich in Brendan zu verlieben, nachdem sie und Danny verlobt waren. Es hätte ihn fertig gemacht.

Sie blickte wieder auf das schlanke Profil, das durch den gestutzten Bart etwas weicher wurde. Sie war nicht sicher, was sie von Aaron Nash halten sollte. Er war sicher nicht der, den sie erwartet hatte, als er das erste Mal vor ihrer Tür aufgetaucht war und ihr Befehle erteilt hatte.

Ein Gähnen überkam sie. Meine Güte, sie war müde.

Sie hatte morgen – jetzt heute – einen langen Tag im Gericht, aber die Vorvernehmung war nicht so anstrengend, und ihre juristische Hilfskraft hatte die meiste harte Arbeit geleistet. Manche Dinge waren wichtiger als Schlaf. Ihre Tochter an ihrem Geburtstag zu besuchen, bedeutete Hope alles, und sie war so dankbar, dass Aaron diesen heimlichen nächtlichen Besuch vorgeschlagen hatte.

Es dauerte etwas mehr als zwanzig Minuten, um zum New Calvary Cemetery in Mattapan zu gelangen, da auf den Straßen kein Verkehr herrschte und die Männer trotz der eisigen Bedingungen mit hoher Geschwindigkeit fuhren.

Sie mieden das Stadtzentrum, fuhren auf der Harvard Street nach Südwesten und bogen dann links zum Friedhof ab. Ein großes schwarzes schmiedeeisernes Tor versperrte ihnen den Weg. Die beiden Geländewagen kamen mit laufenden Motoren zum Stehen.

Sie hatte nicht daran gedacht, dass der Friedhof um diese Zeit geschlossen sein könnte, und beugte sich vor, um ihnen zu sagen, dass sie über die niedrige Steinmauer klettern würde – sie war kaum ein Hindernis – und zu Fuß zum Grab gehen würde.

Aaron hob eine Hand, um sie aufzufordern, einen Moment zu warten, und lauschte offensichtlich dem Ohrhörer, den er trug.

Einer der Männer stieg aus dem zweiten Fahrzeug und machte kurzen Prozess mit dem Schloss. Hope zuckte zusammen angesichts der Gesetze, gegen die sie möglicherweise verstießen, aber sie waren das FBI, und sie würde es ihnen überlassen, mit den Folgen fertig zu werden und die Aussage verweigern, wenn sie gefragt würde.

Das Tor öffnete sich, und die Geländewagen fuhren in einer engen, schnellen Formation hinein. Sie fühlte sich wie in einem Thriller, anstatt ihr eigenes Leben zu leben.

Wenn das nur eine Illusion wäre.

„Wohin?", fragte der Fahrer. Er war ein großer Kerl namens Livingstone. Seine Augen waren leuchtend grün und im Allgemeinen, wann immer er sie ansah, hart vor Missbilligung.

Aber Hope brauchte weder seine Zustimmung noch die von irgendjemand anderem. „Abschnitt 23. Äußerste südwestliche Ecke."

Die paar Zentimeter Schnee, die an diesem Abend gefallen waren, waren von den Straßen geschmolzen, die nun wie schwarze Bänder im Mondlicht aussahen.

Die Stille wurde unerträglich, was für eine Frau, die abgesehen von ihrer Katze allein lebte, ironisch war. „Dannys Mutter hat diesen Ort ausgesucht. Sie ist eine gläubige Katholikin."

Sie zitterte, weil sie es hasste, sich ihre Tochter und ihren Mann in diesem Erdloch vorzustellen, aber sie hatte seiner Mutter ein Mitspracherecht einräumen müssen, eine Rolle. Die Beerdigung war Mary Harper sehr wichtig gewesen, und sie besuchte das Grab jede Woche. Hope war zu der Zeit kaum funktionsfähig gewesen.

„Wenn ich sterbe, sagen Sie ihnen, sie sollen mich einäschern. Verstreuen Sie ein wenig von meiner Asche auf ihrem Grab und werfen Sie den Rest ins Meer oder verwenden Sie ihn als Dünger."

Aarons Augen glitzerten in der Reflexion des Mondes. „Sie werden nicht sterben."

Hope schenkte ihm ein angespanntes Lächeln. „Wir werden alle sterben."

„Nicht bei dieser Miss–" Er unterbrach sich. „Nicht weil Leech vielleicht entkommen ist." Er änderte die Formulierung, aber es war eine nützliche Erinnerung daran, dass sie trotz seiner Freundlichkeit eine Mission war. Keine Freundin.

Sie presste die Lippen zusammen und wandte den Blick ab. Der Fahrer hielt an, und das andere Auto blieb ein wenig zurück. Sie hatte vier Leibwächter bei sich. Zwei weitere waren zurückgeblieben, um das Haus zu überwachen.

Sie begannen, ihre Türen zu öffnen.

Hope schloss die Augen. Ballte die Hände zu Fäusten. „Ich würde das gern allein tun."

Sie hielten alle inne und warteten auf Aarons Entscheidung.

„Birdman, du gehst die Grenze ab. Livingstone und Cadell bleiben hinter den Fahrzeugen. Ich werde Ms. Harper in kurzer Entfernung begleiten." Seine schwarzen Augen trafen die ihren auf der anderen Seite des Sitzes. „Das ist das Beste, was ich tun kann."

„Danke."

Das reichte.

Sie umklammerte den kleinen Topf mit Stiefmütterchen, den sie vor einer Woche gekauft hatte, bevor die Sache mit Leech losgegangen war, als ihre einzige Sorge dem Wetter gegolten hatte. Sie stieß die Tür auf, und Aaron folgte ihr nach draußen. Der eisige Wind schmerzte auf ihrer nackten Haut. Der Schnee hatte vorerst aufgehört, aber es war mehr Schnee vorhergesagt.

Hope ging voran, wobei sie sich seltsam entblößt und nicht so präsent oder im Moment fühlte, wie sie es gern gewesen wäre. Vielleicht war es der Wein oder der Heulkrampf.

Oder vielleicht die Tatsache, dass sie dies normalerweise allein tat.

Der Schnee und das aufgeweichte Gras durchnässten ihre Stiefel und den Saum ihrer Jeans und ließen ihre Zehen kalt werden. Sie schlängelte sich zwischen den Grabsteinen hindurch, wobei sie darauf achtete, nicht in die weichen Vertiefungen der Gräber selbst zu treten. In der Nacht war es unmöglich, die Namen zu lesen, aber sie wusste, wohin sie ging.

Sie erreichte das dritte Grab des hinteren Endes. Zweite Reihe von unten. Sie atmete aus und blieb in der Dunkelheit stehen, während die eisige Luft ihr Gesicht küsste. Frieden umgab sie, als sie die Stille in sich aufnahm und ihre gequälte Seele beruhigte. Ihr Herzschlag verlangsamte sich.

Hier ging es nicht um Leech oder das FBI. Hier ging es um ein kleines Mädchen, das nie erwachsen werden konnte.

Wie hätte ihre Tochter jetzt wohl ausgesehen, mit ihrem blonden Haar und Dannys strahlend blauen Augen? Wunderschön. So wunderschön. Was hätte sie sich zum Geburtstag gewünscht? Wahrscheinlich ein Handy oder vielleicht einen Welpen.

Stattdessen spendete Hope jedes Jahr in ihrem Namen an das Kinderkrankenhaus. Hätte sie eine beste Freundin gehabt? Auf jeden Fall. Keine einsamen, unangenehmen Jahre in der Middleschool für ihr Baby. Hätte sie Sport gemocht? Als Kind war sie eine schnelle Läuferin gewesen, also wäre sie vielleicht eine Sportlerin wie ihr Vater geworden.

Hätte sie inzwischen einen Bruder oder eine Schwester gehabt? Hope dachte das gern. Ihr Mund wurde trocken beim Gedanken an das Kind, das nie hatte existieren können. Leech hatte sie an diesem Tag alle umgebracht.

Hope erlaubte sich die Erinnerung an Danny an dem Tag, an dem Paige ihn zum Vater gemacht hatte. So gutaussehend und aktiv dabei. Sie hatten beide geweint, als Paige gekommen war, Freudentränen, weil sie so voller Glück gewesen waren.

Ihr gemeinsames Leben war kurz gewesen, aber fast perfekt. Der Schmerz, zurückgelassen worden zu sein, war immer noch stark, aber es war keine offene, eiternde Wunde mehr – zumindest nicht an den meisten Tagen. Das wirkliche Problem war, dass sie nicht wusste, wer sie ohne ihre Familie war. Ein Miststück von

Anwältin. Eine heimliche Bestsellerautorin. Eine Witwe. Eine *Frau?*

Bei Letzterem war sie sich nicht sicher.

Die Jahre dehnten sich endlos vor ihr aus, und sie schreckte vor dem zurück, was sie dort sah.

Hope berührte den Grabstein und bückte sich dann, um den Topf mit Stiefmütterchen neben den immergrünen Kranz zu stellen, den Mary zu Weihnachten dort aufgestellt hatte. Der Blumentopf wackelte.

Sowohl Mary als auch Brendan legten regelmäßig Blumen und kleine Dekoartikel hier ab. Hope schaltete ihre Taschenlampe ein, um einen Platz freizumachen, und erstarrte.

Alles war wie Müll um das Grab herum verstreut. Nur der Kranz, ihre hübschen Stiefmütterchen und ein Messer, das dunkelrot schimmerte, ruhten auf dem weißen Marmor. Außerdem ein Umschlag mit Hopes Namen auf der Vorderseite, der gegen den unnachgiebigen Stein gelehnt war. Sie lehnte sich näher heran. Jemand hatte etwas, das aussah wie Blut, über die Namen von Paige und Danny geschmiert.

Wut stieg in ihr auf und verschlang sie. Sie wollte schreien.

„Aaron", stieß sie hervor.

Er trat einen Schritt vor. „Was ist los?"

„Sie werden die Spurensicherung anfordern müssen."

17

Eine Stunde später stand Aaron in dem Zelt, das über den Grabsteinen errichtet worden war, um sie und alle Beweise vor den Elementen zu schützen. Der vorläufige Test war positiv auf Blut ausgefallen, und Aaron hoffte inständig, dass es nicht von einem neuen menschlichen Opfer stammte.

Lincoln Frazer trug seine übliche Geschäftskleidung mit einem schwarzen Wollmantel, dazu Tyvek-Stiefel und OP-Handschuhe, als er vorsichtig neben dem Grabstein in die Hocke ging.

Aaron hatte Hope mit den anderen nach Hause geschickt und ihr gesagt, sie solle etwas schlafen. Ob sie sich daran hielt oder nicht, ob sie genug vergessen konnte, um sich auszuruhen, war zweifelhaft, aber er wollte nicht, dass sie hier war, wenn die Presse auftauchte, was wahrscheinlich genau jetzt der Fall war.

Frazer nahm den Umschlag in die Hand und schnitt ihn vorsichtig mit einem Skalpell auf. Ein Techniker der örtlichen Außenstelle öffnete zwei Beweismitteltüten, und Frazer entnahm mit einer sterilen Zange etwas, das wie ein Foto aussah. Er steckte den Umschlag in den einen und das Foto in den anderen Beutel und versiegelte sie beide.

Der Profiler kam zu ihm herüber und zeigte ihm das Bild. Es

zeigte die weinende Hope bei der Beerdigung vor sieben Jahren. Auf der Rückseite stand: „Du bist als Nächste dran."

Aaron gefiel die direkte Drohung gegen Hope nicht.

Frazer übergab die versiegelten Tüten wieder an den Techniker, um die Beweiskette zu sichern. Dann begann die Spurensicherung mit der Bearbeitung des Tatorts. Obwohl sowohl er als auch Frazer darin ausgebildet waren, physische und biologische Beweise zu sammeln, wollte Aaron, dass dies schnell und effizient von Experten erledigt wurde. Er wollte keine Fehler haben. Und er wollte, dass der Grabstein sauber und makellos war, bevor die Sonne aufging.

Er und Frazer gingen nach draußen, um den Technikern Platz zum Arbeiten zu geben, zogen ihre Schutzkleidung aus und warfen sie in den bereitgestellten Müllsack.

„Serienmörder besuchen oft die Gräber ihrer Opfer – das weiß ich noch aus Ihren Vorlesungen an der Akademie." Aaron starrte auf die vereinzelten Häuser, die den Friedhof umgaben.

„Ich hätte darauf bestehen sollen, dass hier und an den anderen Gräbern Kameras aufgestellt werden." Frazer klang ebenfalls verärgert. „Das werde ich in Kürze in Ordnung bringen lassen."

Dafür war es jetzt zu spät, und das wussten sie beide. Leech wäre ein Narr, an diesen Ort zurückzukehren, wenn er seine Freiheit wirklich schätzte. Sie hatten eine Gelegenheit verpasst.

Julius Leech, Reggie Somack und Perry Roberts waren direkt an die Spitze der Liste der fünfzehn meistgesuchten Flüchtigen der US Marshalls geschossen. Aber die Weigerung des USMS, die Ressourcen des FBI, insbesondere Lincoln Frazer, zu nutzen, hatte den Beigeschmack von abteilungsübergreifender Politik und persönlichen Konflikten. Aaron kümmerte sich nicht um Politik. Er wollte nur, dass Hope – seine Schutzbefohlene – und die Allgemeinheit in Sicherheit waren.

Frazer schürzte die Lippen. „Ich hätte nicht gedacht, dass er zu diesem Zeitpunkt Spielchen spielt."

„Sie dachten, er würde das Land verlassen?"

„Angenommen, er lebt." Frazer nickte. „Das oder denjenigen töten, der das Pech hat, auf seiner Abschussliste zu stehen."

„Sie glauben, Leech hat eine Liste von Leuten, die er tot sehen will?"

„Da bin ich mir sicher." Frazer tippte sich an die Schläfe. „Hier oben, da sie in seiner Zelle nichts gefunden haben. Er hatte Jahre im Hochsicherheitstrakt, um seinen Groll zu schärfen." Der Mann stieß einen Atemzug aus, der die frostige Nachtluft trübte. „Er hat aber noch nie die Polizei oder die Familien der Opfer verhöhnt."

Aaron drehte sich zu dem Mann um. „Sie glauben nicht, dass das Leech war?"

Frazer schüttelte den Kopf. „Es könnte ein Anhänger sein oder jemand, der Hope in Angst und Schrecken versetzen will."

Es hatte funktioniert. „Gefährlich?"

„Potenziell", räumte Frazer ein. „Ich werde Ihnen sagen, wie sehr, nachdem die Techniker das Blut analysiert haben, um festzustellen, ob es menschlich ist oder nicht, was in Kürze der Fall sein wird." Frazer zuckte mit den Schultern. „Ob es sich um einen Nachahmungstäter oder eine andere Version von Minnie Ramon handelt, kann ich noch nicht sagen. Der- oder diejenige könnte einfach nur wollen, dass Hope leidet, ohne sich selbst in Gefahr zu bringen."

„Ein Familienmitglied eines der anderen Opfer?" Aaron hasste diese Vorstellung. Er wollte Leute verhaften, die von Natur aus böse waren. Er wollte keine Menschen verhaften müssen, die von Trauer geplagt waren und schlechte Entscheidungen trafen – aber er würde es tun. Auch Hope trauerte, und anstatt um sich zu schlagen, hatte sie ihr Leben in den Dienst der Strafjustiz gestellt.

Was musste sie tun, um die Freilassung von Leech zu sühnen, bevor man ihr vergab? Was hatte sie noch zu verlieren? Vor allem, wenn es die Schuld eines Polizisten gewesen war, der die Beweise platziert hatte und sich dann plötzlich schuldig genug fühlte, um zu gestehen, bevor er sich das Leben nahm.

Irgendetwas an diesem ganzen Szenario stank Aaron gewaltig. Er wollte die Polizeiberichte selbst lesen.

Einer der Spurensicherungstechniker kam mit einem Feldtest aus dem Zelt. „Das Blut ist nicht menschlich."

Aaron atmete erleichtert auf.

Frazer sagte nichts.

„Wir werden es analysieren und versuchen, die Quelle zu bestimmen. Angesichts der Menge würde ich auf Rind oder Schwein tippen. Wahrscheinlich von einem örtlichen Metzger."

„Die Leute können einfach hingehen und einen halben Liter Blut bestellen?"

Frazers Lippen zuckten. „Man kann alles kaufen, was man will, wenn man weiß, wo man einkaufen muss."

Ein Punkt, der letzten Monat von einem Serienmörder, der seine Morde im Internet versteigert hatte, auf brutale Weise demonstriert worden war. Ein Mörder, der einen von Aarons Kollegen kaltblütig ermordet und eine andere Frau zur Witwe gemacht hatte.

Der Techniker nickte und machte sich wieder an die Arbeit.

„Man muss schon eine gewisse Mentalität haben, um ein Grab zu schänden", sagte Frazer nachdenklich. „Besonders das Grab eines Kindes."

„Wusste derjenige, dass Paige Geburtstag hatte und dass es Hopes Gewohnheit ist, an Jahrestagen herzukommen? Oder hat der Vandalismus an sich schon gereicht, und der Rest ist ein glücklicher Zufall?"

„Ich glaube, wer immer das getan hat, wollte, dass Hope es sieht und dass es ihr Leid zufügt. Aber er muss auch wissen, dass die Chancen ziemlich gering sind, da Leech nicht auffindbar ist und sie unter dem Schutz des FBI steht. Ich bin überrascht, dass Sie ihr überhaupt erlaubt haben, herzukommen."

Aaron schnitt eine Grimasse. „Es war mein Vorschlag."

Frazer hob eine Augenbraue.

„Ich fand sie weinend in ihrem Wohnzimmer. Sie hatte eine Kerze auf einem Cupcake zu Paiges Geburtstag angezündet und sah alte Fotos durch." Es musste wehtun, ein Kind zu verlieren. „Sie sagte, sie könne auf keinen Fall schlafen. Sie sagte, dass sie normalerweise heute das Grab besucht, aber dass sie es nicht tun würde, weil die Presse da war, um Fotos zu machen. Sie wollte nicht, dass Leech einen Kick von ihrem Schmerz bekommt, wenn er es sieht. Ich dachte, ein kurzer Besuch in den frühen Morgenstunden würde jeden Aufruhr vermeiden."

Wie sehr er sich doch geirrt hatte.

Der Wind rüttelte an den Ästen der nahen Bäume. Die örtliche Polizei bewachte die Absperrung, und er konnte die Nachrichtenwagen sehen, die sich entlang des Zauns aufreihten.

„Der Täter konnte sich darauf verlassen, dass die Presse das Grab sehen und die Bilder in den Nachrichten verbreiten würde. Hope hätte sie so auf keinen Fall übersehen können."

Frazer nickte. „Durchaus möglich. Die Tatsache, dass jemand einen Dolch hinterlassen hat, spricht für Theatralik, die nie wirklich Leech' Stil war."

„Hat Leech nicht einen Brieföffner benutzt, um seine Opfer zu erstechen?"

„Richtig." Frazer sah beeindruckt aus.

„Wie Sie schon sagten, war es also wahrscheinlich nicht Leech, sondern einer seiner Fans oder einer von Hopes Feinden. Wie auch immer, es macht unseren Job nicht leichter." Nicht, dass es eine Rolle gespielt hätte. Aaron würde den Job dennoch erledigen. Unter seiner Aufsicht würde Hope kein körperlicher Schaden zugefügt werden. Psychischer Schaden war schwerer abzuwehren, wenn die Schläge aus allen Richtungen kamen.

Frazer hatte einen berechnenden Glanz in den Augen, den Aaron im Schein der Lichter ausmachen konnte. „Sie scheint Sie zu mögen."

Aaron runzelte die Stirn. „Was?"

„Sie ist keine Frau, die sich Fremden gegenüber öffnet, noch weint sie normalerweise in Gegenwart von Menschen – nicht seit der Beerdigung."

Er zuckte mit den Schultern. „Ich schätze, die Situation hat sie überrumpelt."

„Hope Harper ist selten unvorbereitet. Sie mag Sie. Versuchen

Sie, das zu nutzen, damit sie in Sicherheit ist und aufhört, den Bastard zu verspotten."

Es nutzen? Wie zur Hölle sollte er das tun? „Sie beziehen sich darauf, was sie gestern Abend zur Presse gesagt hat."

„Ich paraphrasiere, was ich in den Nachrichten gesehen habe – ich habe keine Angst vor dem Arschloch, aber ich bin überrascht, dass er entkommen ist, denn er ist ein inkompetenter Idiot."

„Sie hat nicht gerade Olivenzweige verteilt." Aarons Lachen war ein bitteres Bellen der Frustration.

„Ich kann es ihr nicht verübeln, aber sie muss ihn auch nicht leichtsinnig verspotten und ihn herausfordern, sie zu verfolgen."

„Glauben Sie, dass sie das getan hat? Ihn herausgefordert?"

„Auf jeden Fall." Frazer nickte. „Es wäre ihr lieber, er würde sich auf sie konzentrieren als auf irgendjemand anderen."

Aaron presste die Lippen zusammen, um nicht zu fluchen. Dann betrachtete er die Polizisten in der Nähe. „Dieser Detective, Janelli, war gestern Abend da. Derjenige, gegen den nach Monroes Selbstmord ermittelt wurde." Aaron nickte in Richtung des Grabes. „Scheint etwas zu sein, was ein rachsüchtiger Polizist tun würde."

Frazer sah sich die Beamten ebenso an. „Ich habe in der Vergangenheit mit ihm gesprochen. Er ist nie von der Geschichte abgewichen, in der er darauf bestanden hat, dass Detective Monroe die Beweise rechtmäßig am Tatort gesammelt hat."

Alles andere hätte dazu geführt, dass er aus der Truppe geworfen worden wäre.

„Wenn er nicht korrupt war, muss er einen großen Groll hegen, weil er suspendiert und sein Ruf geschädigt wurde. Und weil er seinen Partner verloren hat." Aaron verlagerte sein Gewicht auf den anderen Fuß. Er musste zurück zum Haus und die neuesten Entwicklungen mit dem Team besprechen. „Ein ausreichendes Motiv, um seinen Aufenthaltsort in der letzten Nacht überprüfen zu lassen, vielleicht?"

„Ich kann diese Information nicht offiziell anfordern."

„Wenn die Staatsanwaltschaft die Informationen anfordert

oder die Dienstaufsichtsbehörde eingeschaltet wird, wird es erneut zu Anfeindungen gegen Hope kommen, und das sind die Leute, auf die sie sich vor Gericht verlassen muss und die sie beschützen werden, wenn wir gehen." Aaron hielt Frazers Blick stand. „Alex Parker könnte sich darum kümmern. Ich habe bemerkt, dass Sie beide viele Fälle zusammen bearbeiten. Er könnte diesen Fall für uns bearbeiten."

Frazers Lippen zuckten. „Sie bemerken sehr viel, Nash."

„Ich bin aufmerksam."

„Eine unterschätzte Eigenschaft." Frazer hielt inne. „Ich werde Parker bitten, Janelli zu überprüfen. Wenn er zustimmt, werde ich alle relevanten Informationen weitergeben, die er herausfindet."

Das war immerhin etwas. „Soll ich Sie zu Ihrer Unterkunft fahren?"

„Nein, danke. Ich habe mir ein Auto von meinen Gastgebern geliehen."

Aaron entdeckte einen glänzenden BMW, der hinter seinem schwarzen Suburban stand. „Woher kennt Ryan Sullivan die Hayes?"

Frazer schüttelte den Kopf. „Es steht mir nicht zu, das zu erzählen."

„Dann muss ich es wohl aus ihm herausprügeln."

„Gerade als ich dachte, Sie seien anders als die anderen HRT-Rüpel."

Aaron schenkte dem Kerl ein kaltes Lächeln. Es tat gut, an etwas anderes zu denken als an einen Serienmörder, der es auf jemanden abgesehen hatte, der unter seinem Schutz stand. „Wir alle genießen es, Schmerzen zuzufügen, wenn die Situation es erfordert."

„Sadisten."

„Wozu sind Freunde da?" Er senkte die Stimme. „Es gefällt mir nicht, dass die Angriffe auf Hope eskalieren."

„Mir auch nicht", gab Frazer zu. „Mir gefällt der Gedanke nicht, dass man ihr etwas antut."

„Waren Sie beide jemals …?" Aaron ließ die Frage in der Luft hängen, obwohl es ihn nichts anging.

Frazer warf ihm einen Blick zu, den er nicht deuten konnte. „Das ist eine interessante Frage, Operator Nash."

Er knirschte mit den Zähnen. Das war keine Antwort. „Es könnte für die Mission wichtig sein."

Frazer entriegelte seinen Wagen mit dem Schlüssel und öffnete die Tür. „Hope Harper ist eine unglaublich attraktive Frau, die auf dem Papier wohl genau mein Typ ist." Er sprach leise, da sie sich beide der Uniformierten in der Nähe bewusst waren. „Aber sie war nie an jemand anderem interessiert als an ihrem verstorbenen Mann, und ich habe sie nie als etwas anderes gesehen als eine unheimlich kluge Anwältin und eine trauernde Witwe und Mutter. Bis vor Kurzem habe ich nicht geglaubt, dass sie jemals wieder an jemand anderem interessiert sein würde."

Daraufhin runzelte Aaron die Stirn. „Was ist vor Kurzem passiert? Gibt es jemanden, von dem ich wissen sollte?"

Frazer lächelte ihn nur an und stieg kopfschüttelnd ins Auto. Er setzte zurück und fuhr weg.

Was zum Teufel war vor Kurzem passiert?

Aaron öffnete seine Tür und ließ sich auf den beheizten Sitz des Geländewagens gleiten. Es spielte keine Rolle. Niemand kam an die wilde, aber verletzliche Frau heran, die er zu beschützen hatte.

Schon gar nicht der verdammte Julius Leech.

18

Um 6:45 Uhr morgens hörte Hope das Klopfen an ihrer Tür. Sie ging zum oberen Ende des Flurs und lehnte sich über das Geländer. „Herein!"

Sie hatte nicht viel geschlafen, aber sie hatte geduscht und fühlte sich zumindest so, als könnte sie den Tag überstehen. Sie würde sich nicht von einem Arschloch zerstören lassen, das einen heiligen Ort entweiht hatte. Stattdessen ließ sie zu, dass die Tat ihre Wut anheizte und ihre Entschlossenheit stärkte.

Auf dem Heimweg hatte sie Brendan angerufen und ihm erzählt, was passiert war. Und ja, sie nutzte ihre persönlichen Beziehungen, aber Danny war Brendans Bruder und Paige seine Nichte, und beide waren Opfer eines bösartigen Mörders geworden, was in seinen beruflichen Zuständigkeitsbereich als Detective der Mordkommission fiel. Dazu kam noch die katholische Empörung, und vielleicht würde tatsächlich jemand den kranken Mistkerl fangen, der das getan hatte.

Aber es war nicht Leech gewesen. Es war zu schlampig. Zu riskant. Leech hielt sich für kultiviert und intellektuell. Sieben Jahre im Hochsicherheitstrakt hatten vielleicht einige dieser Feinheiten abgestumpft, aber sie glaubte das nicht.

Aaron Nash sah auf, als er die Tür öffnete, aber seine dunklen Augen verrieten nichts. Der andere Mann, Will Griffin, stand vor der Tür. Sie nickte Will zu, da sie ein schlechtes Gewissen hatte, weil er die halbe Nacht dort gestanden hatte.

Aaron legte besorgt die Stirn in Falten, als er die Treppe hinaufkam. „Konnten Sie sich ausruhen?"

„Nein. Haben sie Leech schon gefunden? Oder den Bastard, der das Grab geschändet hat?"

„Noch nicht." Interesse funkelte in seinen Augen auf. „Warum glauben Sie, dass es nicht Leech war, der das Grab geschändet hat?"

„Nicht sein Stil. Und auch nicht die übliche Mordwaffe." Ihr Magen krampfte sich zusammen. So viele Dinge, an die sie sich nicht erinnern wollte, drängten sich wieder in ihr Gehirn. „Sagen Sie mir, dass es kein menschliches Blut auf dem Grabstein war."

Aaron folgte ihr in die Küche, wo die Kaffeekanne auf dem Herd blubberte. „Es war vorher gefrorenes Schweineblut."

„Gott sei Dank." Das arme Schwein. Sie schlang einen Arm um ihre Mitte. Sie hätte es nicht ertragen können, wenn jemand anderes ermordet worden wäre. „Ist es überall in den Nachrichten?"

Aaron nickte und ihr rutschte das Herz in die Hose. „Aber keine Bilder. Die Kollegen der Spurensicherung haben den Tatort gesäubert, bevor sie gegangen sind."

Erleichterung durchströmte sie, überraschend in ihrer Heftigkeit. Ihr Blick huschte zu ihm. Sie hatte vorgehabt, eine Reinigungsfirma anzurufen, sobald sie erfuhr, dass der Tatort freigegeben worden war. „Wem muss ich dafür danken?"

Aaron sagte nichts.

Ihre Blicke trafen sich kurz, aber sie musste wegsehen. Dieser Mann hatte sie gestern Abend gehalten, während sie weinte. Er hatte genügend Risse in ihrer Rüstung gesehen, dass es ihr nun schwerfiel, so zu tun, als sei sie von kleinen Taten der Freundlichkeit unberührt. „Danke."

Aaron zuckte mit den Schultern. „Sie sind diejenigen, die die Arbeit gemacht haben."

Aber er hatte sie darum gebeten. Er hatte verstanden, was es mit ihr gemacht hätte, den blutverschmierten Grabstein ihrer Familie in den Nachrichten zu sehen – ausgerechnet heute.

Sie wusste nicht, was sie mit ihren Händen tun sollte, also holte sie Tassen aus dem Schrank. Es kam nicht oft vor, dass sie sich in ihrem eigenen Haus unbehaglich fühlte. In wessen Gegenwart sollte sie sich unbehaglich fühlen? Der Katze?

Hope verdrängte das Gefühl. „Was war in dem Umschlag?"

„Ein Foto von Ihnen, das ausgedruckt worden war."

„Und mit dem Vermerk ‚Stirb, Miststück' oder etwas ähnlich Fantasievollem versehen."

„So ähnlich."

Sie wollte es nicht wissen. „Haben sie noch andere Beweise gefunden?"

„Sie haben ein paar Fingerabdrücke genommen. Vielleicht ist DNS auf dem Umschlag. Sie haben alle Gegenstände eingesammelt, außer den Stiefmütterchen. Sie planen, alles mit hoher Priorität per Kurier an das Nationale Labor zu schicken. Das haben Sie Frazer zu verdanken."

Frazer wollte Leech genauso sehr wieder hinter Gittern sehen wie sie. Er würde ihre Dankbarkeit nicht wollen, aber er hatte sie. „Ich würde gern denjenigen strafrechtlich verfolgen, der das getan hat, also hoffen wir, dass er dumm genug war, etwas zurückzulassen, dass ihn identifiziert." Sie öffnete den Kühlschrank und holte Kaffeemilch heraus. „Es ist eine Sache, hinter mir her zu sein. Es ist etwas ganz anderes, hinter meiner Familie her zu sein."

„Apropos Frazer." Aarons Stimme wurde nachdrücklicher. „Er glaubt, Sie hätten Ihre Aussage vor der Presse gestern Abend dazu benutzt, um Leech absichtlich herauszufordern. Um ihn dazu zu bringen, hinter Ihnen her zu sein."

Hope verzog das Gesicht. „Angenommen, er ist da draußen,

dann ist es besser, er ist hinter mir her als hinter jemandem, der nicht rund um die Uhr beschützt wird."

„Ihr Schutz rund um die Uhr sind auch Menschen aus Fleisch und Blut."

Die Luft rauschte aus ihr heraus. So hatte sie das noch gar nicht gesehen. Sie hatte gar nicht richtig nachgedacht. Sie hatte es in dem Moment einfach losgelassen.

„Es mag zwar mutig sein, einen entlaufenen Serienmörder zu provozieren, aber mir wäre es lieber, Sie würden mein Team nicht in die Schusslinie bringen, ohne es vorher mit uns zu besprechen."

Scham erfüllte sie. „Sie haben recht. Ich habe nicht nachgedacht. Es tut mir leid."

„Ich weiß, dass Sie nie absichtlich jemanden in Gefahr bringen würden." Seine Augen wurden weicher. „Wenn wir irgendwann wissen, dass Leech noch lebt, und beschließen, ihn irgendwohin zu locken, werden wir dieses Szenario kontrollieren."

Hopes Rückgrat versteifte sich. „Das heißt aber nicht, dass Sie *mich* kontrollieren können, Aaron."

„Ich will Sie nicht kontrollieren, Hope." Er starrte sie einen weiteren langen Moment an, da er offensichtlich selbst durch ihre Worte und ihren scharfen Tonfall die Angst sah, die sich dahinter verbarg. „Ich versuche nur, Sie am Leben zu erhalten."

Er hatte einen ihrer Knöpfe gedrückt, und sie hatte reflexartig zugeschnappt. „Tut mir leid." *Schon wieder.*

„Ich kann es verkraften. Hören Sie, in einer Woche wird Ihnen das wie ein entfernter Traum vorkommen."

„Versprochen?" Ihre Lippen zuckten, aber sie erkannte mit plötzlicher Einsicht, dass sie diesen Mann vermissen würde. Ein wenig. Vielleicht war sie doch nicht so antisozial, wie sie dachte. Vielleicht war sie endlich bereit, aus dem dunklen Loch herauszukommen, das so lange ihr Leben gewesen war. Sie zuckte vor dem Gedanken zurück. In der Trauer lag Sicherheit. Sie musste sich nicht als etwas anderes ausgeben als eine fähige Anwältin, eine trauernde Witwe oder eine Mutter, die ihr Kind verloren hatte.

Es war nicht mutig, Leech zu provozieren. Es war mühelos gewesen.

Menschen, die ihr Leben so lebten, als sei es nicht das Ende der Welt, das war mutig.

„Alle Strafverfolgungsbehörden des Landes suchen nach Leech und den beiden anderen entflohenen Sträflingen. Wenn sie noch am Leben sind, werden sie nicht weit kommen." Aaron berührte seinen Ohrhörer eine Sekunde bevor sie Füße auf ihrer Treppe stampfen hörte.

Er zog die dunklen Augenbrauen hoch. „Anscheinend ist Ihr Schwager wieder hier und immer noch kein Fan davon, seine Waffe abzugeben."

„Darauf wette ich." Sie griff nach einer weiteren Tasse und schenkte dreimal Kaffee ein, genau wie sie es am Morgen zuvor getan hatte.

Aaron legte den Kopf schief. „Sie scheinen nicht überrascht zu sein. Kommt er jeden Morgen vorbei?"

„Nicht jeden Tag, aber oft genug. Keiner von uns beiden schläft gut." Sie winkte die Erklärung ab. Es spielte keine Rolle. „Ich bevorzuge die morgendlichen Besuche."

Es war einfacher, mit der Ausrede der Arbeit zu entkommen, als wenn er am Abend auf einen Drink vorbeikam. Da Brendan so ziemlich ihr einziger Besucher war, sollte sie nicht so kritisch sein.

„Ich habe ihn auf dem Rückweg vom Friedhof angerufen. So brauchte ich meiner Schwiegermutter nicht zu sagen, was ich gefunden hatte, sondern ließ ihn das machen. Mary würde es sofort wissen wollen. Selbst um diese Nachtzeit würde sie es wissen wollen. Ich nehme an, sie wird kommen und alles in Ordnung bringen, sobald Brendan ihr die Freigabe gibt." Hope könnte es tun, aber Mary würde es dennoch erneut tun. Es gab der Frau einen Fokus, ein Ziel. Ein bisschen so, wie es die Arbeit als Staatsanwältin für Hope war.

Sie gab Milch und Zucker in Brendans Tasse. Milch in ihre eigene und Aarons Kaffee ließ sie so schwarz, wie er ihn gestern getrunken hatte.

„Und auf diese Weise kann die Bostoner Polizei ihre eigenen Ermittlungen anstellen, auch wenn das FBI diesen speziellen Tatort übernommen hat."

„Es kann nicht schaden." Hope zuckte mit den Schultern und nahm einen Schluck von dem starken Gebräu. „Normalerweise kann ich dem FBI Informationen entlocken, wenn ich sie brauche."

„Frazer."

Sie zuckte mit den Schultern. „Und Marshall Hayes. Wir sind Freunde. Ich lernte ihn als Strafverteidigerin kennen, aber er hat mir verziehen. Das ist eines der Gemälde seiner Frau über dem Kamin. Josie und ich haben uns über unsere Erfahrungen mit Serienmördern angefreundet – nicht, dass wir je darüber sprechen würden." *Wie in Fight Club.* „Leider ist Special Agent-in-Charge Salinger von der Bostoner Außenstelle kein Fan von mir. Wir sind hier", rief sie, als sie hörte, wie die Tür geöffnet wurde.

Brendan schritt in die Küche und hielt inne, als er Aaron sah, der lässig an der Theke lehnte.

„Geht es dir gut?" Er ignorierte Aaron und ging mit ausgebreiteten Armen auf sie zu.

Sie hielt ihren Kaffee vor sich, um eine vollständige Umarmung zu verhindern, und akzeptierte eine seitliche. „Ich hätte auch ohne dieses zusätzliche Drama auskommen können, aber ich bin ok. Müde, aber ok."

Er bediente sich an dem Kaffee, den sie für ihn eingeschenkt hatte.

„Der Tatort ist aufgeräumt. Die Presse hat nicht ein einziges Foto bekommen."

Hope entging nicht, dass er zwar nicht direkt die Verantwortung für die Tat übernahm, aber auch nicht dort Lob vergab, wo es angemessen war. Danny hatte seinen älteren Bruder vergöttert, war aber auch nicht blind für seine Schwächen gewesen. Das war sie auch nicht.

„Irgendetwas vom BPD gehört? Konntest du Aufnahmen von

Verkehrskameras oder Augenzeugen finden?" Hope atmete den Duft von Koffein ein, und ihre Gehirnzellen wurden wach.

„Streifenpolizisten haben die Gegend abgesucht, aber da war nichts. Sie wollen heute Abend noch einmal hinfahren, falls sie jemanden übersehen haben." Brendan kratzte sich am Kopf. „Selbst tagsüber ist dort nicht gerade viel los. Wir werden einen Blick auf die Verkehrskameras werfen. Wenn Leech in der Stadt ist, schnappen wir ihn."

„Ich bezweifle, dass es Leech war."

Lucifer lief mit einem anklagenden Miauen herbei. Er hatte oben geschlafen und war offensichtlich besorgt, dass er das Frühstück verpasst hatte. Hope gab etwas Dosenfutter in eine kleine Schale und dann Trockenfutter in seinen Napf.

„Wer immer das war, er wird dafür bezahlen", sagte Brendan wütend. „Niemand kommt damit durch."

„Was ist mit Janelli?"

Brendan gab einen Laut von sich. „Das würde er mir nie antun."

„*Mir* würde er es antun", sagte Hope trocken. „Er könnte es vor seinen Kollegen als Streich ausgeben."

„Das würde er *mir* nicht antun", beharrte Brendan. „Er ist auch katholisch. Und sag so etwas nicht, wo andere Leute dich hören könnten. Verdammt, die ganze Abteilung wird denken, du bist verrückt."

Hope zuckte zusammen, verbarg es aber hinter einem weiteren Schluck Kaffee.

Brendan wischte sich mit einer Hand über das Gesicht. Angesichts der Ringe unter seinen Augen bezweifelte sie, dass er mehr Schlaf bekommen hatte als sie.

„Vergiss nicht, mir Bescheid zu sagen, wenn sie etwas finden", erinnerte Hope ihn.

„Sicher."

„Wie kommt Mary zurecht?"

Brendan zog eine Grimasse. „Sie ist zur Frühmesse gegangen, das wird ihr helfen."

„Warst du letzte Nacht bei ihr?"

Brendan schniefte und nickte. Er schaute auf seine Uhr. „Ich habe versprochen, sie abzuholen und zum Friedhof zu bringen, bevor meine Schicht beginnt. Mein Lieutenant hat mir erlaubt, ein wenig später zu kommen, weil ich die ganze Nacht wach war."

„Wenn nur der Richter in meinem aktuellen Prozess so entgegenkommend wäre." Aber sie meinte es nicht so. Sie musste aus ihrem Haus und aus ihrem eigenen Kopf herauskommen. Ausgerechnet heute musste sie arbeiten. „Was ist mit dem Mord in der Back Bay?"

„Wir haben ihn abgeschlossen. Wir haben den Kerl auf den Überwachungsvideos identifiziert. Wir haben ihn geschnappt, und er hat nach zwanzig Minuten Schwitzen gestanden."

„Gute Nachrichten. Das spart uns allen Zeit und Mühe und dem Steuerzahler eine Menge Geld."

Brendan warf Aaron einen Blick zu. „Wie ich höre, ist das FBI der Ergreifung von Leech und den beiden anderen Ausbrechern nicht nähergekommen als gestern."

Sie hasste den Gedanken, dass das System dabei versagt hatte, die Menschen so zu schützen, wie es eigentlich sollte. Sie war ein Teil dieses Systems. Das waren sie alle. „Vermutlich überprüfen die Marshals seine früheren Bekannten und sehen, mit wem er im Gefängnis kommuniziert hat?"

„Vermutlich." Aaron pustete auf seinen Kaffee, bevor er einen Schluck trank.

Sie legte den Kopf schief. „Sie erzählen mir nicht alles."

„Der USMS ist für die Mission verantwortlich", sagte der HRT-Operator düster. „Fragen Sie Frazer, wenn Sie mehr wissen wollen."

Brendan grinste höhnisch und wandte sich ab.

Hope wollte Aaron zu mehr Informationen drängen, aber sie wusste, dass er vor Brendan nichts sagen würde. Er hatte Integrität. Vielleicht traute er aber auch keinem von ihnen. Und warum sollte er auch? Sein Job erforderte sorgfältig gehütete Geheimnisse und Selbstbeherrschung. Als Anwältin verstand und bewunderte sie das.

„Die Wettervorhersage meldet weiteren Schnee." Brendan schniefte erneut und lenkte ihre Aufmerksamkeit wieder auf ihn.

„Sorg dafür, dass Mary sich warm einpackt, bevor sie zum Friedhof geht. Wir wollen nicht, dass sie sich eine Erkältung einfängt."

Die Frau war spindeldürr, und die Zeit hatte sie zermürbt. Die Zeit und der Kummer. Wenigstens hatte sie ihren Glauben.

Brendan räumte seine Tasse in die Spülmaschine, und Aaron tat es ihm gleich.

„Sind wir immer noch zum Sonntagsessen verabredet?" Brendan warf ihr einen Blick zu.

Hope brach in schallendes Gelächter aus. „Im Ernst?"

„Wir sollten uns von Leech nicht vorschreiben lassen, wie wir unser Leben zu leben haben."

Nicht von Leech, aber offenbar von der Familie.

„Sonntagsessen?" Aarons Augen waren voller Fragen.

„Sonntagsbraten bei meiner Mutter. Das FBI ist nicht eingeladen." Brendan blähte seine Brust auf.

Verdammt, er war nervig. Es war gut, dass sie ihn lieben musste.

Aaron legte den Kopf schief, als er sie ansah, und seine Miene fragte eindeutig: „Werden Sie es ihm sagen, oder soll ich?"

„Wenn Leech immer noch auf der Flucht ist, müssen wir den Termin vielleicht verschieben."

„Sie können draußen sitzen und das Haus beobachten. Es sind höchstens ein paar lausige Stunden."

„Wir können das Haus durchsuchen und einen Sicherheitsradius einrichten", schlug Aaron vor.

„Das wird aussehen wie ein Familienessen der Mafia, um Himmels willen."

„Ich lasse meine Klientin nicht ohne Schutz …"

„Sie wird Schutz haben. Mich." Brendan stand auf den Zehenspitzen, ging Nase an Nase mit dem viel größeren Bundesagenten und stieß ihm zusätzlich mit dem Zeigefinger auf die Brust.

Aaron schubste den Mann zurück. „Kommen Sie mir nicht zu nahe, Detective. Das steht nicht zur Debatte."

Brendan sah aus, als würde er gleich zuschlagen. Hope bezweifelte, dass das gut gehen würde.

„Wenn Leech immer noch auf der Flucht ist, warum kommen du und Mary nicht am Sonntag zu uns? Ich werde Roastbeef und Yorkshire Pudding kochen. Ich glaube, ich weiß noch, wie." Nicht, dass seine Mutter ihre Kochkünste jemals zu schätzen gewusst hätte.

Brendan sah seltsam verblüfft aus. Hope kochte nie für jemanden. Selbst als Danny noch lebte, war er derjenige gewesen, der gekocht hatte.

Aaron kniff nachdenklich die Augen zusammen.

„Es sind Brendan und seine Mutter. Ich werde die Lebensmittel bestellen." Sie zuckte mit den Schultern. „Scheint insgesamt einfacher zu sein." Vielleicht würde sie auch genug für die Männer machen, die sie beschützten. Ein Zeichen der Wertschätzung, auch wenn sie es der Generalstaatsanwältin übelnahm, dass sie auf ihre Anwesenheit bestand.

Es war nicht so, als hätten sie eine Wahl.

Aaron verzog den Mund, als er überlegte. „Das können wir möglich machen."

Brendans Mundwinkel zuckten, aber zum Glück sagte er nichts weiter.

Hope stellte ihre Tasse in den Geschirrspüler und schloss ihn. „Also gut. Zeit für mich, zur Arbeit zu gehen."

„Es ist ein wenig früh fürs Gericht." Aaron richtete sich auf, wobei er wach aussah.

Man hätte nie gedacht, dass er die ganze Nacht wach gewesen war.

„Ich muss zuerst ins Büro. Ich will mich vergewissern, dass es Minnie Ramon nach ihrer Nacht in der Zelle gut geht."

„Wie bitte?", fragte Brendan.

„Eine Frau hat Hope in der Staatsanwaltschaft mit einem Messer bedroht."

„Ich dachte, Sie sollten sie beschützen?", schimpfte Brendan.

„Deshalb befindet sich Mrs. Ramon in Haft und Hope ist unverletzt", erklärte Aaron.

Hope verdrehte die Augen. „Genug, Brendan. Ich habe keine Zeit für einen Pisswettbewerb in meiner Küche."

Sie ging ins Wohnzimmer, gab Lucifer eine letzte Streicheleinheit, zog ihren beigen Wintermantel an und schlüpfte dann an der Tür in ihre hohen braunen Lederstiefel.

Sie wollte eine Schachtel aufheben, aber Aaron kam ihr zuvor.

„Das sind die Akten, die Frazer wollte?"

Sie nickte.

„Ich werde jemanden aus dem Team bitten, ein paar Kopien zu machen, wenn das in Ordnung ist? Vor dem Gericht. Ich würde mir auch gern alles durchlesen. Damit ich mir ein besseres Bild von Leech machen kann."

„Tun Sie sich keinen Zwang an." Das würde ihr Zeit sparen, und Colin hatte andere Dinge zu tun. Sie schnappte sich ihre Aktentasche.

„Was ist in den Schachteln?", fragte Brendan.

„Das FBI will alle Akten durchsehen, die ich vom ersten Prozess habe, um nach möglichen Orten zu suchen, wo Leech hingehen könnte. Oder nach Leuten, die er um Hilfe bitten könnte."

„Dieser Wichser ist wahrscheinlich schon in Kanada." Brendan folgte den beiden aus der Wohnung.

Hope tröstete dieser Gedanke nicht. Sie wollte nicht, dass Leech frei war. Sie wollte, dass er bestraft wurde oder tot war.

Auf dem Weg nach draußen nickte sie Will Griffin zu. „Ich hoffe, Sie haben mehr Schlaf bekommen als wir letzte Nacht."

Der Mann lächelte und sein attraktives Gesicht hellte sich auf. „Das hoffe ich auch. Passen Sie heute bei der Arbeit auf sich auf, Ma'am."

„Nennen Sie mich Hope. Bei Ma'am fühle ich mich alt genug, um Ihre Großmutter zu sein."

„Hope." Griffin nickte.

Sie lächelte. Trotz der merkwürdigen Situation hatte sie den Eindruck, dass sich einige dieser Leute wirklich um sie sorgten. Sie war nicht einfach nur ein Job oder eine Mission. Sie war nicht nur eine ehemalige Verteidigerin, die Mist gebaut und den Tod ihrer Familie verursacht hatte.

Sie war ein menschliches Wesen mit Gefühlen und Gedanken darüber, wie sie ihr Leben leben sollte.

Sie hasste es, dass das eine Rolle spielte.

19

Aaron verbrachte die meiste Zeit des Tages in einem zugigen Flur und las Abschriften des ersten Prozesses. Die Mittagspause war kurz, und sie nutzten einen der Nebenräume, um zu essen und Strategien zu entwickeln. Laut Cowboy, der heute im Gerichtssaal war, war die Auswahl der Geschworenen ein verbales Blutbad epischen Ausmaßes, während Hope und Beasley sich wie Apollo Creed und Rocky Balboa bekämpften.

Aaron kam der Gedanke, dass Jeff Beasley ein Motiv haben könnte, Hope zu verletzen oder zu verunsichern, und der perfekte Weg, dies zu tun, bestand darin, Schweineblut auf dem Grabstein ihrer Familie zu verschmieren. Er hätte auch leicht jemanden anheuern können, um das zu tun.

Aaron hatte Frazer schon vor Stunden eine Textnachricht mit diesem Vorschlag geschickt, aber noch keine Antwort von ihm erhalten. Seitdem hatte er sich mit den Zeugenaussagen aus Leech' erstem Prozess beschäftigt und las gerade über den Detective, der sich später umgebracht hatte.

Die Bostoner Polizei hatte Leech zunächst zu den Verbrechen befragt, weil der schicke Maserati des Mannes in der Nähe der ersten beiden Mordschauplätze geparkt gewesen war – ein Beweis dafür, dass Leech nicht gerade ein überragendes Genie war.

Monroes Partner bei der ersten Befragung von Leech war Brendan Harper gewesen.

Wie war das beim Familienessen aufgenommen worden?

Zum Zeitpunkt des dritten Doppelmordes war Detective Monroe mit einem Detective-Neuling namens Lewis Janelli zusammengebracht worden.

Das benutzte Taschentuch war der einzige biologische Beweis gewesen, der Leech direkt mit den Verbrechen in Verbindung brachte, und Hope hatte sich ausführlich mit den beiden befasst, um Zweifel an dem Gegenstand zu wecken.

Wie groß ist die Wahrscheinlichkeit, dass ein Mörder, der vorsichtig genug war, eine Skimaske, Handschuhe und ein Kondom zu tragen, plötzlich ein benutztes Taschentuch am Tatort zurücklässt? Ziemlich praktisch für die Polizei, finden Sie nicht auch?

Sie hatte sowohl Monroe als auch Janelli im Zeugenstand unter Druck gesetzt, und der Junior Detective hatte mehr als einmal die Beherrschung verloren und war dafür vom Richter zurechtgewiesen worden. Aber sie hatte die Geschichte von Detective Pauly Monroe nicht erschüttert. Nicht im Geringsten.

Monroe zufolge hatten er und Brendan Harper Leech in seiner teuren Villa in der Beacon Street verhört. Hope hatte die Polizisten nicht direkt beschuldigt, etwas Illegales getan zu haben, aber sie hatte festgestellt, dass die beiden Männer für kurze Zeit allein in Leech' Haus gewesen waren, während Paul Monroe die Toilette benutzt hatte, sodass die Geschworenen ihre eigenen Schlüsse über die Möglichkeit der illegalen Beweisbeschaffung ziehen konnten. Ein anderer Anwalt der Kanzlei, nicht Hope, hatte Brendan Harper ins Kreuzverhör genommen, aber er war unerschütterlich gewesen, als es um den ersten Besuch in Leech' Haus ging. Brendan hatte jede Gelegenheit genutzt, um die Geschworenen daran zu erinnern, dass Leech die meiste Zeit der Befragung einen Brieföffner in der Hand gehalten hatte – einen Brieföffner, der der Waffe ähnelte, die bei den Morden verwendet worden war, einen Brieföffner, der scharf genug war, um zu töten. Brendan behauptete, er habe um sein eigenes Leben gefürchtet, weil Leech eine so „unheimliche" Ausstrahlung gehabt hatte.

Die Verteidigung hatte Einspruch erhoben. Der Richter hatte ihn abgelehnt.

Insgesamt war Aaron der Meinung, dass die Staatsanwaltschaft mit diesem einen biologischen Beweisstück genügend Indizien gefunden hatte, um es wahrscheinlich zu machen, dass die Geschworenen Leech wegen der sechs Morde und drei Vergewaltigungen sowie aller anderen damit verbundenen Verbrechen verurteilen würden. Bis zum Abend vor dem Schlussplädoyer, als Pauly Monroe eine Gewissenskrise gehabt zu haben schien und seinem Chef und Hope eine E-Mail geschrieben hatte, um zu gestehen, dass er im Zeugenstand gelogen, das Taschentuch aus der Leech-Villa genommen und am nächsten Tatort abgelegt hatte, während niemand hingesehen hatte.

Dann hatte er sich erschossen.

Womit niemand gerechnet hatte.

Der Mann hatte ein Alkoholproblem gehabt, das erst nach seinem Tod ans Licht kam. Sein Blutalkoholspiegel hatte fast das Neunfache der zulässigen Höchstgrenze für Autofahrer betragen. Aaron war erstaunt, dass der Kerl überhaupt tippen konnte, wenn er so betrunken gewesen war.

Hope hatte einen Antrag auf Klageabweisung gestellt, weil es keine physischen Beweise gab und das BPD eine eindeutige Voreingenommenheit gegen ihren Klienten gezeigt hatte sowie die Bereitschaft, im Zeugenstand einen Meineid zu leisten, was alle Indizien in Zweifel zog.

Der Richter hatte zugestimmt und dem Antrag stattgegeben. Leech war auf freien Fuß gesetzt worden.

Sechs Stunden später hatte er Danny und Paige Harper in ihrem eigenen Haus brutal ermordet.

Aaron rieb sich den Nacken. Das ergab für ihn keinen Sinn, aber er war auch kein bösartiger Soziopath.

Er verstand zwar die Feindseligkeit von Janelli und einigen anderen örtlichen Polizisten gegenüber Hope, aber Tatsache war, dass das BPD sich selbst sabotiert und den Fall vermasselt hatte. Leech war dank eines korrupten Polizeibeamten und einer Anwältin freibekommen, die ihren Job verstand.

Könnte Leech irgendwie an diesen Detective herangekommen sein, sich in seine E-Mails gehackt und seinen Selbstmord inszeniert haben? Leech hatte eine Menge Geld. Vielleicht hatte sein Assistent – ein Mann, der offenbar immer noch für Leech arbeitete – einen Anschlag organisiert. Aber es hatte keine Hinweise auf einen Kampf gegeben. Keine Anzeichen auf ein Verbrechen. Und Monroe war ein bewaffneter, erfahrener Polizist in seinem Heimatrevier gewesen.

Aaron wollte auch diese Polizeiakten sehen.

Sein Handy surrte. Cowboy schrieb, sie seien fast fertig. Wie aufs Stichwort trafen Beasleys Schläger ein – spiegelblanke Schuhe, schwarze Anzüge, sichtbare Ohrhörer. Sie standen auf der anderen Seite der Tür zum Gerichtssaal, wo Aaron saß, und warfen jedem einen finsteren Blick zu, der sich ihnen bis auf zwei Meter näherte – denn *das* hielt Kugeln auf.

Aaron verstaute die Akte in dem kleinen Rucksack, den er mitgebracht hatte, und stand auf. Fünf Minuten später öffneten sich die Türen, und die Leute strömten hinaus, offensichtlich froh, für heute fertig zu sein.

Jeff Beasley eilte hinaus und davon, seine Schritte hallten auf dem Fliesenboden. Sein Gesicht war rot, und seine Augen funkelten vor Wut. Vier Assistenten huschten hinter seinen Leibwächtern her.

Aaron ging in den Gerichtssaal und hörte, wie Hopes Lachen erklang, als Ryan Sullivan sie mit einer Geschichte unterhielt. Als er näherkam, erkannte Aaron, dass es um die bewaffnete Pattsituation ging, die sie im Dezember letzten Jahres im Bundesstaat Washington erlebt hatten, als Payne Novak sich nackt ausgezogen hatte, um die Leiche eines Mannes zu bergen, der erschossen worden war.

„Novak dachte, wenn die Leute auf dem Gelände wüssten,

dass er unbewaffnet war, würden sie nicht auf seinen dürren weißen Arsch schießen."

„Ein gewisses Risiko, oder?" Hope warf Aaron einen kurzen Blick zu.

„Völlig verrückt", stimmte Ryan zu. „Aber es hat funktioniert. Und die Frau hat er am Ende auch bekommen, also war es wohl nicht so kalt, wie ich es in Erinnerung habe."

Aaron sah Ryan scharf an. Ryan grinste nur.

Hope und Ryan hatten viel gemeinsam, wie Aaron feststellte. Beide hatten Ehepartner verloren, die sie liebten, wenn auch unter völlig unterschiedlichen Umständen. Sie trauerten beide noch immer tief, aber Ryan schaffte es, in den Armen unzähliger Frauen das Vergessen zu finden.

Nicht dass er den Kerl in letzter Zeit mit jemandem außer Meghan Donnelly gesehen hätte. Cowboy und die erste weibliche Mitarbeiterin des Geiselrettungsteams hatten letzte Woche bei einem Undercover-Einsatz in Maine zusammengearbeitet und sich als Paar ausgegeben. Meghan hatte es irgendwie geschafft, den Kerl nicht zu erschießen, obwohl er die meiste Zeit damit verbrachte, die Menschen, die er am meisten mochte, absichtlich zu provozieren. Aaron fragte sich, ob Ryan schon mit ihrem Kollegen Grady Steel gesprochen hatte, aber er nahm an, dass Grady noch mindestens eine Woche brauchen würde, um Dampf abzulassen.

„Wie ist es gelaufen?", fragte er.

„Großartig, dank meiner Geheimwaffe hier." Hope deutete auf die Frau neben sich.

Aaron wandte seine Aufmerksamkeit einer kleineren Frau zu, die blauschwarzes Haar, braune Haut und rubinrote Lippen hatte, die von Lipgloss glänzten.

„Ich würde sagen, wir halten uns mehr als wacker." Sie streckte eine Hand aus. „Aisha Rashi-Gardner. Hopes juristische Hilfskraft."

Er schüttelte ihre Hand und entspannte sich ein wenig. Sie befanden sich schließlich in einem bewachten Gebäude – ein weiterer Einsatz von Mitte Dezember kam ihm in den Sinn, als Rechtsextreme einen anderen Gerichtssaal gestürmt hatten und das HRT damit beauftragt worden war, ihn zurückzuerobern. Livingstone hatte sich an diesem Tag den Arm gebrochen.

Er beobachtete den Gerichtsdiener, der offensichtlich abschließen und nach Hause gehen wollte.

Hope packte ihre Sachen zusammen, und Colin, der Rechtsreferendar, hielt sich im Hintergrund und wartete auf seinen nächsten Auftrag. Auch er sah müde aus. Offenbar hatte letzte Nacht niemand geschlafen.

„Da die Verteidigung eine so große Sache aus dem Prozess gemacht hat, sind wir leider noch nicht mit der Auswahl der Geschworenen fertig." Hope warf einen kurzen Blick in den fast leeren Raum. „Aber die Tatsache, dass Beasley morgen wiederkommen muss, bereitet mir ein gewisses perverses Vergnügen."

„Mir auch. Kein Geld der Welt könnte mich dazu verleiten, für dieses Arschloch zu arbeiten." Aishas Augen weiteten sich, als ihr klar wurde, was sie gesagt hatte: „Ich wollte nicht ..."

Hope tätschelte ihren Arm. „Ich stimme Ihnen zu. Damals brauchten wir das Geld, aber noch mehr brauchte ich Jobsicherheit. Die Partnerschaft sollte es mir ermöglichen, mehr Zeit mit meiner Familie zu verbringen, aber wir wissen ja alle, wie das ausgegangen ist." Ihre Stimme war verständlicherweise rau.

„Es tut mir leid. Ich habe mich wie ein voreingenommenes Miststück angehört." Aisha drückte Hopes Hand.

„Das muss es nicht. Mir geht es jetzt genau so." Hope legte sich ihren Mantel um die Schultern, und Aaron hielt ihn fest, während sie nach ihrem Ärmel suchte.

Cowboy warf ihm einen Blick zu.

Was?

Der andere Mann machte ein wissendes Gesicht, das Aaron ignorierte.

Es war immer irgendetwas mit diesem Kerl.

„Können wir Sie mitnehmen, Aisha?", bot Hope an.

Aaron behielt die Geduld. Offenbar wurden sie zu einem Taxidienst, aber das verhinderte, dass sie zu berechenbar wurden – bis auch das zur Gewohnheit wurde und von der falschen Person als Waffe eingesetzt werden konnte.

„Heute nicht, danke. Mein Mann trifft sich mit mir zu einem vorgezogenen Jahrestags-Dinner in einem schicken Restaurant."

„Sie Glückspilz. Und alles Gute zum Jahrestag."

Die Miene der Frau wurde nüchterner, da sie sich vielleicht daran erinnerte, dass Hope keine Jahrestage mehr feierte. „Wir sehen uns morgen. Wir werden die besten Geschworenen bekommen, die man sich vorstellen kann."

„Ich habe eine blühende Fantasie", warnte Hope.

„Die habe ich auch." Aisha grinste. „Zusammen mit einer rachsüchtigen Ader. Wir sehen uns morgen um neun in Ihrem Büro. Ich werde mit Ihnen hinfahren, vor allem, wenn es wie vorhergesagt noch mehr schneit. Ich werde sehen, was ich in der Zwischenzeit noch ausgraben kann."

Aisha ging durch den Haupteingang, während Aaron die vier zu einem Seiteneingang führte und durch einen gewundenen Korridor und eine Treppe nach unten, wo bewaffnete Wachen den Ausgang im Auge behielten. Draußen wartete der Geländewagen am Straßenrand. Diesmal saß Cas Demarco, einer der Scharfschützen, hinter dem Steuer. Seth Hopper hielt die Tür auf.

Sie stiegen ein. Ryan landete mit dem Rechtsreferendar auf dem Rücksitz.

„Zurück ins Büro?"

Hope schüttelte den Kopf. „Schön wär's, aber mein Adrenalinspiegel ist im Keller, und ich bin total erledigt."

Colin spähte über die Rückbank, als Demarco losfuhr. „Sie können mich rauslassen. Ich werde laufen."

„Wir können Sie bei der Staatsanwaltschaft absetzen", versicherte Aaron ihm. „Es liegt auf dem Weg."

„Okay. Danke." Der junge Mann lehnte sich für die kurze Fahrt zurück.

Hope öffnete den Mund, um eine Frage zu stellen, aber Aarons Handy summte. Es war Frazer.

„Gibt es was Neues?", fragte Aaron.

„Roberts und Somack wurden heute in den frühen Morgenstunden bei dem Versuch beobachtet, in ein Outdoor-Geschäft in Oakham einzubrechen." Frazer klang ebenfalls müde.

„Oakham? Wo zum Teufel ist Oakham?"

Hope starrte ihn eindringlich an.

„Eine kleine Gemeinde etwa dreißig Meilen westlich der Unfallstelle", erklärte Frazer. „Sie konnten nicht hineingelangen, ohne den Alarm auszulösen, und wurden dadurch abgeschreckt. Stattdessen haben sie einen Pick-up aus einer nahegelegenen Einfahrt gestohlen."

„Ist die Polizei ihnen auf den Fersen?"

„Es gibt keine Polizei in der Stadt – um ehrlich zu sein, bin ich überrascht, dass es dort einen Laden gibt. Die Hilfssheriffs waren mit der Fahndung weiter östlich beschäftigt, aber der USMS hat die meisten seiner Leute jetzt nach Oakham verlegt und eine Fahndung nach dem gestohlenen Wagen herausgegeben."

„Warum erfahre ich das erst jetzt?", fragte Aaron.

„Niemand hat mich vor der Mittagspause informiert. Ich war sowieso in diese Richtung unterwegs, also bin ich nach Oakham gefahren und habe selbst mit dem Ladenbesitzer gesprochen."

„Keine Spur von Leech?"

„Nein", bestätigte Frazer.

Hope begegnete Aarons Blick, und er schüttelte den Kopf. Sie sah enttäuscht aus.

Wer wäre das nicht?

Demarco hielt vor der Staatsanwaltschaft, die heute glücklicherweise frei von Reportern war.

„Warten Sie einen Moment", sagte Aaron zu Frazer.

Sie beobachteten, wie Colin Leighton ausstieg und auf das Gebäude zueilte. Aaron zog die Tür zu, und Demarco fuhr sofort los.

„Was verschweigen Sie mir?", drängte Aaron.

„Ich schicke Ihnen ein Foto. Ich will wissen, was Sie davon halten."

Aaron blickte auf sein Handy und sah das Bild von Reggie Somack und Perry Roberts, die versuchten, eine Tür mit einem Stück Blech aufzuhebeln.

Hope strich sich die Haare aus dem Gesicht und beugte sich vor, um auf den Bildschirm zu schauen.

Er brauchte eine Sekunde.

„Ah. Scheiße." Sie trugen beide ihre orangefarbenen Gefängnisanzüge und Handschellen. „Ich hatte irgendwie gehofft, dass sie es waren, die den Gefängniswärter ausgezogen haben."

Hope presste die Lippen zu einer dünnen Linie zusammen.

Frazer fuhr fort: „Aber die Marshals haben nicht daran gedacht, mich darüber zu informieren. Ich habe das Foto direkt von dem Mann bekommen, dessen Laden Roberts und Somack ausrauben wollten."

„Meinen Sie, die Marshals haben die Tragweite dessen verstanden?"

„Das müssen sie", murmelte Frazer säuerlich. „Novak war derjenige, der mich wissen ließ, dass etwas nicht stimmte, obwohl sie anfangs auch nicht mit ihm gesprochen hatten. Charlotte Blood hat es aus ihnen herausgeholt."

„Sie weiß, wie man mit den Leuten redet. Das ist ihr Job."

Charlotte war eine Verhandlungsführerin, und eine verdammt gute dazu.

„Wenn Novak und Blood nicht mit dem USMS vor Ort gewesen wären, wie lange hätte es wohl gedauert, bis sie uns sagen, dass Leech nicht ertrunken ist, sondern es tatsächlich geschafft hat, die Uniform eines Wachmanns in die Finger zu bekommen, ganz zu schweigen von seiner Pistole?" Frazers Worte waren von Wut durchdrungen.

Aaron wollte jemanden schlagen. „Wir sind auf Leech vorbereitet. Genauso wie das Team der Richterin."

„Aber was ist mit allen anderen?"

Darauf hatte Aaron keine Antwort. „Hat Parker etwas Nützliches über die andere Sache herausgefunden, die wir besprochen haben?"

Um diese Tageszeit war der Verkehr dicht. Seine Augen suchten die Umgebung nach möglichen Gefahren ab.

„Das Telefon der Zielperson war die ganze Nacht in seinem Haus."

Aaron wusste nicht, ob er sich freuen oder traurig sein sollte. Der Gedanke, dass ein Polizist einen Grabstein zerstörte, war abscheulich, aber wenigstens würde es sich um einen bekannten Feind handeln. „Bedanken Sie sich bei ihm, dass er es überprüft hat."

„Ich glaube, er ist noch nicht fertig. Ich sage Ihnen Bescheid, wenn er etwas Nützliches herausfindet. Ich muss jetzt los. Ich will eine Rechtspsychologin aufsuchen, die ich kenne und die uns bei den Leech-Prozessen geholfen hat. Sie wollte keinen zusätzlichen Schutz. Der Ehemann ist ein ehemaliger Marine. Er sagte, sie sei bei ihm sicher genug. Aber sie hat nicht abgenommen, als ich heute Morgen angerufen habe."

Aaron gefiel das ganz und gar nicht. „Lassen Sie mich Verstärkung organisieren."

„Ich bin fünf Minuten von ihrem Haus in Lincoln entfernt, und es könnte sein, dass sie einfach ihr Telefon für die Arbeit ausgeschaltet hat. Aber wenn Sie in dreißig Minuten nichts von mir hören, rufen Sie die Polizei." Frazer legte auf.

Aaron sah Hope in der zunehmenden Dämmerung des späten Nachmittags an. Ihre Augen wirkten gequält, während sie die Schultern steif hochzog.

Aaron kämpfte gegen den Drang an, einen Arm um sie zu legen und sie tröstend zu drücken. Aber er wollte nicht wie Brendan Harper werden, mit seinen ungewollten Berührungen. Er musste sich daran erinnern, dass dies nichts Persönliches war. Es war beruflich. Das HRT gab nicht Millionen von Dollar aus, um

Mitarbeiter darin zu schulen, Menschen zu umarmen. Dafür waren Freunde da.

Aber Hope hatte keine Freunde …

Mist.

„Warum können sie ihn nicht finden?", fragte sie leise.

Aaron schüttelte den Kopf. Er wusste es nicht.

20

Als Frazer vor dem Haus am Rande von Lincoln, Massachusetts, vorfuhr, wusste er sofort, dass etwas nicht stimmte. Sylvie Pomerol wohnte nur wenige Kilometer von dem Ort entfernt, an dem die ersten Schüsse im Amerikanischen Unabhängigkeitskrieg gefallen waren. Sie war eine kleine, rücksichtsvolle Frau Anfang vierzig, die ihren Beruf sehr ernst nahm und durch die ganzen USA reiste, um Gutachten zu erstellen und verschiedene Verbrechen und Kriminelle zu beurteilen.

Die Bäume um das Grundstück herum gaben ihm das Gefühl eines abgelegenen Waldes, das ihn nie gereizt hatte. Im Wald versteckten sich zu viele Schreckgespenster. Zu viele Schatten. Er und Izzy hatten ein Haus mit Blick auf den Potomac gefunden, was seiner Liebe zur Weite und ihrer Liebe zum Wasser entgegenkam.

Dieser Ort verursachte ihm eine Gänsehaut.

Tote Blätter raschelten an den Ästen. Der Wind, der eine arktische Kälte mit sich brachte, ließ seine Augen brennen. Er nahm seine Glock aus dem Holster und ging zum hinteren Teil des Grundstücks, wobei seine Schuhe sofort von den fünf Zentimetern Schnee durchnässt wurden, die in den letzten Stunden gefallen waren.

Vielleicht war es das, was ihn beunruhigte. Keine Fußabdrücke im frischen Schnee. Und kein Fahrzeug in Sicht. Im Haus brannte kein Licht, und aus dem Schornstein kam kein Rauch.

Das musste nichts zu bedeuten haben. Vielleicht hatten Sylvie und ihr Mann doch beschlossen, wegzufahren. Frazer hoffte es. Aber seine Nackenhaare stellten sich auf, und er hatte schon vor langer Zeit gelernt, auf seinen Instinkt zu hören.

Er leuchtete mit seiner Taschenlampe in das Haus, sah aber keine Anzeichen dafür, dass jemand dort war.

Er beschloss, es an der Hintertür zu versuchen. Dort angekommen, klopfte er zuerst und rief: „Sylvie? Ich bin's, Lincoln Frazer. Ich wollte mich vergewissern, dass es Ihnen gut geht."

Er versuchte es noch einmal auf ihrem Handy, und ein düsterer Stich durchfuhr ihn, als er den Klingelton aus dem Inneren des Hauses hörte.

Frazer rief noch einmal an und wählte dann Aaron Nashs Nummer, der momentan näher war als Novak oder das HRT-Team, das die Richterin bewachte. Parker wäre jetzt nützlich gewesen, aber er war damit beschäftigt, einer seiner besten Freundinnen bei den Vorbereitungen für ihre Hochzeit mit SSA Quentin Savage zu helfen.

„Haben Sie sie gefunden?", meldete sich Nash.

„Ich bin bei ihr zu Hause, aber das Licht ist aus. Es scheint niemand da zu sein, aber ich höre drinnen ihr Handy klingeln."

„Geben Sie mir die Adresse", forderte Aaron. „Ich rufe die örtliche Außenstelle an."

Frazer schickte ihm seinen Standort. „Ich gehe rein."

„Leech könnte dort sein."

„Das wäre reizend." Frazer war nicht so dumm, den Kerl zu unterschätzen, nicht wenn er so viele Menschen ermordet und so wenig zu verlieren hatte, aber Frazer war ein gut ausgebildeter Profi, und Serienmörder zu fangen war sein Job. „Ich halte die Leitung offen, aber Verstärkung könnte sich als nützlich erweisen."

„Wird bereits angefordert."

Frazer lächelte ein wenig. Das gefiel ihm am Geiselrettungsteam. Sie brauchten keine Punkt-für-Punkt-Anweisungen und kein Händchenhalten.

Er ließ das Telefon in seine Tasche gleiten und zog sich ein Paar OP-Handschuhe an, um keine Beweise zu zerstören, falls hier ein Verbrechen begangen worden war. Das Schlimmste annehmen – das war sein Mantra. Er versuchte, die Tür zu öffnen, aber sie war verschlossen. Er benutzte den Kolben seiner Waffe, um die kleine Glasscheibe einzuschlagen, die dem Schloss am nächsten lag. Ziemlich beschissene Sicherheitsvorkehrungen, aber diese Tür führte nur in einen Vorraum. Er griff hindurch, öffnete das Schloss und ging hinein.

Seine Schuhe knirschten auf den zerbrochenen Glasscherben. War Leech hier? War Sylvie am Leben?

Er hoffte, dass sie nicht hinter der Tür stand und bereit war, ihm eine Kugel zu verpassen, weil sie gehört hatte, dass jemand in ihr Haus eingebrochen war.

Dann zog er seine Taschenlampe aus der Tasche und rief erneut. „Sylvie. Ich bin's, Frazer."

Keine Reaktion. Auch kein Gefühl, beobachtet zu werden.

Frazer versuchte, die Tür zum Haupthaus zu öffnen, und war enttäuscht, dass sie nicht verschlossen war. Sylvie war schlauer als das.

Er stützte seine Glock auf das Handgelenk, das die Taschenlampe hielt, und betrat das Haupthaus, wobei er sich schnell von der Gefahrenzone entfernte, während er mit dem Lichtkegel über die Küche schwenkte.

Anzeichen dafür, dass jemand im Begriff gewesen war, zu Abend zu essen – Schüsseln auf dem Tisch, Brot und Butter auf der Theke. Eine leere Packung Schinken. Milch und Käse aus dem Kühlschrank standen daneben. Er berührte mit einem Finger den Topf auf dem Herd.

Eiskalt.

Frazer legte den Lichtschalter um und war froh, als das Licht anging. Je weniger Schatten, in denen Gefahr lauern konnte, desto besser. Beim Geruch von überreifen Bananen wurde ihm beinahe übel, aber er verdrängte das Gefühl, ebenso wie die Erinnerungen an die Küche einer anderen Frau.

„Sylvie? Hier ist Assistant Special Agent-in-Charge Lincoln Frazer. Wir hatten ein Treffen?" Wenn Leech hier war, wusste er bereits, dass Frazer im Haus war. Aber wenn der Ehemann hier war, dann wäre er hoffentlich weniger geneigt, erst zu schießen und dann Fragen zu stellen.

Es war das Beste, das Haus zu durchsuchen und zu beten, dass sein Instinkt falschlag.

Er betrat das Esszimmer und dann das Wohnzimmer. Nichts.

Auf der anderen Seite der Treppe befand sich ein Büro, und ein Blick hinein zeigte, dass es durchwühlt worden war. Ein Computer war eingeschaltet, der Bildschirmschoner aktiv.

Das Blut gefror ihm in den Adern. Jetzt wusste er genau, was er oben vorfinden würde. Er schaltete die Lichter auf dem Weg ein und ging mit seiner Waffe voran. Er sah ihre Fußsohlen zuerst durch das Geländer.

Ein Mann und eine Frau lagen auf dem Boden, Seite an Seite.

Frazer musste erst das ganze Haus durchsuchen, bevor er sie auf Lebenszeichen untersuchen konnte, aber der erste Blick verriet ihm, dass sie schon eine Weile tot waren. Er durchsuchte das Badezimmer und die anderen Schlafzimmer. Methodisch. Gründlich. Er würde nicht zulassen, dass Leech mit einer Pistole oder einem Messer auf ihn zustürmte und Izzy genauso trauernd zurückließ wie Hope.

Er war sich der Tatsache bewusst, dass es sich um einen Tatort handelte, und vermied es, Sylvie oder ihrem stämmigen Ex-Marine-Mann zu nahe zu kommen. Er mied die Blutspritzer auf dem Teppich und berührte nur das Nötigste, möglichst keine Griffe, und schaltete mit seiner Waffe das Licht ein.

Auf den Badezimmerspiegel war in leuchtendem Rot, vermutlich Lippenstift, gekritzelt: *„Ich habe Gefühle, Dr. P."*

Leech.

Feiger Mistkerl.

Frazer verdrängte die Opfer aus seinem Kopf und machte seinen Job, durchsuchte alles, außer dem winzigen Dachboden und dem Kriechkeller – das konnten die Junior Agenten erledigen. Seine Instinkte und Sinne sowie das Fehlen von Spuren im Schnee sagten ihm, dass Leech schon lange weg war.

Er ließ seine Waffe sinken, steckte die Taschenlampe zurück in seine Tasche und holte sein Handy heraus. Der Anruf war immer noch verbunden.

„Zwei Tote am Tatort. Sylvie und ein Mann, von dem ich angesichts der Tätowierungen annehmen muss, dass er ihr Ehemann ist. Ich habe den größten Teil des Hauses durchsucht. Sonst ist niemand hier. Ich brauche ein ganzes Team von Agenten aus der örtlichen Außenstelle. Ich werde die Marshals informieren, aber dies wird unser Tatort sein."

„Sind Sie sicher, dass es Leech war?"

„Ich bin mir sicher." Frazer machte ein paar Fotos aus verschiedenen Blickwinkeln, das letzte auf die Hände konzentriert. Er ging ins Badezimmer und fotografierte den Lippenstift auf dem Spiegel. Dann schickte er zwei Fotos an Nash in dem Wissen, dass er die Bedeutung der Pose verstehen würde.

„Also, Leech oder ein Nachahmer", sagte Aaron leise.

„Ja." Das Wort war wie Säure auf seiner Zunge. „Aber jemand hat den Marine erschossen. Das ist neu."

„Was ist, wenn die Marshals nicht damit einverstanden sind, dass wir die Morde aufklären?"

„Dann werde ich meinen ganzen Einfluss geltend machen, um sie vom Gegenteil zu überzeugen. In der Zwischenzeit warte ich einfach zehn Minuten oder so, bevor ich sie anrufe. Ich werde zuerst die Garage und die Nebengebäude überprüfen, wie ein Profi."

„Passen Sie auf sich auf ..." Er zögerte. „Soll ich Sie Frazer oder Sir oder sonst wie nennen?"

Frazer schnaubte. „Ich denke, wir können auf die Formalitäten verzichten. Ich habe das Gefühl, dass wir in den nächsten Tagen viel mehr Zeit miteinander verbringen werden."

„Scheiße."

„Ja. Absolute Scheiße."

„Soll ich es Hope sagen?", fragte Aaron.

Frazer überlegte einen Moment lang. Er wollte Nein sagen, aber dann würde sie das Vertrauen in sie verlieren, und er brauchte ihr Vertrauen. Außerdem, wenn jemand die Wahrheit verkraften konnte, dann war es Hope. Sie hatte schon Schlimmeres ertragen.

„Sag' es ihr, aber zögere es so lange wie möglich hinaus. Und dann setz' dich wenn nötig auf sie, damit sie nicht herkommt. Tu mir noch einen Gefallen und rufe Novak und das Team an, das die Richterin bewacht. Ich bezweifle ernsthaft, dass Leech es riskieren wird, jemanden zu verfolgen, der Leibwächter hat, aber wir sollten die Nachricht verbreiten."

„Ich bin überrascht, dass er sich mit einem Marine angelegt hat."

„Ich auch." Und Frazer mochte keine Überraschungen. „Ich komme zum Haus, sobald ich hier fertig bin."

„Verstanden."

Sie legten auf.

Frazer machte ein Video des Tatorts und ging dann durch das Haus zurück, wobei er die ganze Zeit aufnahm. In dem Raum, der vermutlich Sylvies Arbeitszimmer war, stieß er mit seiner Waffe die Computermaus an. Auf dem Bildschirm erschien eine Nachrichten-Website mit einem Foto von Hope, wie sie mit feurigen Augen vor der Staatsanwaltschaft stand.

Die Schlagzeile lautete: *„Streng bewachte ADA Hope Harper behauptet, keine Angst vor dem entkommenen Serienmörder Julius Leech zu haben."*

Frazer seufzte. Nun, die Aufmerksamkeit des Mannes hatte sie auf jeden Fall erregt. Nicht dass es jemals einen Zweifel daran gegeben hätte.

Er ging durch das Wohnzimmer, wo alles ungestört schien. Frazer fragte sich, ob Leech einen der beiden in der Küche erwischt hatte. Wahrscheinlich gestern Abend, wenn er den geronnenen Eintopf und das harte Stück Brot betrachtete.

Wahrscheinlich hat er sie mit seiner Waffe bedroht ...

Das schien ihm nicht richtig zu sein.

Der Marine war nackt gewesen.

Frazer stellte es sich vor. *Vielleicht kommt der Marine von der Arbeit nach Hause, und Sylvie macht das Abendessen fertig, während er sich wäscht? Leech schleicht sich durch die Hintertür und erwischt Sylvie in der Küche. Er hält ihr eine Waffe an den Kopf und zwingt sie, nach oben zu gehen. Erschießt den Marine im Schlafzimmer.*

Ja, das klang mehr nach einem Leech-Szenario. Trotzdem feige.

Hatten sie die Drohung nicht ernst genommen? Vielleicht nicht. Das Haus lief auf den Namen ihres Mannes. Und sie achtete sehr auf ihre Online-Sicherheit, in der Annahme, dass dadurch die Leute, zu deren Verurteilung sie beitrug, ihren Wohnort nicht finden konnten. Aber Leech hatte Milliarden von Dollar und nichts Besseres, wofür er sie ausgeben konnte. Frazer wettete, dass der Kerl und sein persönlicher Assistent, oder was auch immer Blake Delaware war, eine vollständige Akte über jeden zusammengestellt hatten, der an Leech' Verurteilung beteiligt gewesen war.

Frazer schrieb Izzy eine Nachricht, um sich zu vergewissern, dass es ihr gut ging, und um sie und ihre Schwester Kit zu warnen, besonders vorsichtig zu sein. Er war nicht allzu besorgt, aber Vorsicht konnte nie schaden. Und während Leech vielleicht Geld hatte, hatte Frazer etwas Besseres. Alex Parker. Der Cybersecurity-Experte hatte ihm geholfen, unauffindbar zu sein, wenn es darum ging, wo er lebte oder wo er sich gerade aufhalten könnte. Auch alle Verbindungen zu Izzy und Kit waren sorgfältig gelöscht worden, ebenso wie ihre Online-Daten, soweit dies möglich war. Kit war frisch am College, also war es nicht perfekt, aber die junge Frau mied heutzutage das Rampenlicht, wo es nur ging.

Frazer machte sich auf den Weg nach draußen, um den Schuppen und die Garage zu überprüfen, und nahm die Schlüssel vom Haken in der Küche. Er stapfte durch den Schnee in dem Wissen, dass noch mehr vorhergesagt war, was die Arbeit an diesem Tatort erschweren würde – das hatte es bereits –, aber er fand nichts Bemerkenswertes, nur ein paar leere Fahrzeuge.

Hatte Leech eines genommen? Wenn nicht, was fuhr er? War er allein? Wo hatte er geparkt?

Frazer rief schließlich bei den Marshals an, wohlwissend, dass der USMS trotz der Tatsache, dass er eine Spur zu Leech hatte – auch wenn sie das nicht als eindeutig erachten würden –, nicht gerade begeistert sein würde.

Nicht sein Problem.

Aber Leech war sein Problem. Leech war sehr wohl sein Problem.

Eines, das er zu lösen gedachte.

21

Hope schnappte sich einen großen Auflauf, den sie über die Feiertage in ihrem französischen Lieblingsrestaurant tiefgekühlt bestellt hatte. Sie war aber nie dazu gekommen, ihn zu essen. Sie ließ ihn zehn Minuten lang in der Mikrowelle auftauen, bevor sie ihn mit Alufolie abdeckte und bei schwacher Hitze in den Ofen schob. Es war viel zu viel für eine Person, aber es würde sie für den Rest der Woche und wahrscheinlich auch für Samstag satt machen und ihr die Mühe des Kochens ersparen, bis sie ihre Fähigkeiten für den Sonntagsbraten aus der Versenkung holen musste.

Während das Abendessen langsam warm wurde, setzte sie sich an den großen Esszimmertisch, der immer nur von ihr benutzt wurde, aber den Raum gut ausfüllte. Sie öffnete ihre E-Mails, die sie heute noch nicht einmal angeschaut hatte. Ihre Augenlider waren schwer vor Müdigkeit, aber sie wollte so lange wie möglich aufbleiben, sonst würde sie mitten in der Nacht wach werden. Und ausnahmsweise würde sie liebend gern acht Stunden durchschlafen.

Sie löschte Hassmails, ohne sie zu lesen. Diese Art von negativer Energie ließ sie in ihrem Leben nicht zu, sie hatte selbst genug davon. Dasselbe tat sie mit Anfragen von Reportern, obwohl die gestrigen Aufnahmen ihnen genügend Futter gegeben hatten, um sie für ein paar Tage in Ruhe zu lassen.

Sie stützte sich mit einem Ellenbogen auf dem Tisch ab und legte den Kopf auf die Hand. War das der Grund, warum jemand Blut über Dannys und Paiges Grabstein geschmiert hatte? Wegen ihrer großen Klappe? War es – wieder einmal – ihre Schuld?

Wahrscheinlich.

Leech hatte diesen Krieg begonnen, und auch wenn sie am Ende mit seiner Inhaftierung gewonnen hatte, waren die Schlachten, die sie auf dem Weg dorthin verloren hatte, es nicht wert gewesen. Vor allem jetzt, da der Mann wieder frei war und andere terrorisieren konnte.

Sie schob die Gedanken an ihn beiseite. Sie hatte Arbeit zu erledigen.

Die Vorvernehmung der Geschworenen verlief bisher zu Gunsten der Staatsanwaltschaft, obwohl es ein paar Kandidaten gab, die nicht viel Online-Historie hatten, und das machte ihr ein wenig Sorge. Sie rief Ella an, um sich zu vergewissern, dass es ihr gut ging, aber die Frau nahm nicht ab. Daraufhin schrieb Hope ihr eine kurze Textnachricht, in der stand, dass der heutige Tag gut verlaufen war, aber die Auswahl der Geschworenen noch nicht abgeschlossen war und sie nur kommen sollte, wenn sie es wirklich wollte.

Ella arbeitete in einem Fast-Food-Laden, in dem die Bezahlung genauso mies war wie der Kaffee, aber sie hatte sich für die Verhandlung freigenommen. Die Tatsache, dass Hope den Geschäftsführer aufgesucht hatte, um seine Sympathien und seinen Moralkodex neu zu ordnen, war ihr kleines Geheimnis.

Um 18:30 Uhr klingelte eine Erinnerung auf ihrem Handy, die Pflanzen der Nachbarn zu gießen.

Mist.

Larry und Enrique hatten ihr eine ausführliche Demonstration über jede ihrer Pflanzen gegeben, die sie wie Kinder behandelten. Das Einhalten ihres Versprechens war das Mindeste, was sie tun konnte.

Sie überprüfte den Auflauf, aber er war immer noch kalt und würde noch mindestens eine halbe Stunde brauchen, um durchzuwärmen. Hope drehte die Hitze ein wenig höher und ging nach unten.

Seth Hopper stand vor ihrer Tür. Mit weiteren Gewissensbissen stellte sie fest, dass sie beide einen langen Tag hinter sich hatten. Hopper hatte ungewöhnliche haselnussbraune Augen, in denen eine geduldige Freundlichkeit lag, die sie schätzte. Ein Paar sexy, dunklere Augen blitzten in ihrem Kopf auf, und sie blinzelte überrascht.

Es war schockierend, sich Aaron Nash oder irgendeinen anderen Mann auf diese Weise vorzustellen.

„Ma'am?" Hopper stieß sich von der Wand ab, sein Gesicht war ein Bild der Besorgnis.

Sie hob eine Hand. „Machen Sie sich keine Sorgen. Ich gehe in die Wohnung unten, um die Pflanzen zu gießen."

Seth blickte hinter sie, als suche er nach einem versteckten Gegner. Dann nickte er ihr zu und folgte dicht hinter ihr, bis sie das Erdgeschoss erreicht hatte.

„Ich denke, ab hier bin ich sicher. Ich gehe nur in die Wohnung, in der sich, wie ich glaube, Ihre Teamkollegen befinden."

„Dann werde ich auf jeden Fall Ihre Verstärkung sein."

Sie lachte, wie er es beabsichtigt hatte.

Ryan Sullivan stand in der Nähe der Eingangstür und grinste sie beide an. „Die Pizza ist da, falls Sie welche wollen. Sie sollten aber besser erst anklopfen, wenn Sie niemanden nackt erwischen wollen."

Er schenkte ihr ein verruchtes Grinsen, das seine Augen nicht ganz erreichte. Sie hatte ihn jetzt durchschaut. Er benutzte seinen schlagfertigen Humor als Ablenkungsmanöver, so wie sie ihre stachelige Panzerung benutzte. Sie war sich nicht sicher, was effektiver war, aber wahrscheinlich mochten die Leute ihn mehr.

Sie klopfte wie geheißen und öffnete die Tür, die in das kaum wiederzuerkennende Wohnzimmer von Larry und

Enrique führte, bevor sie abrupt stehenblieb. Aaron Nash zog gerade das Hemd aus, das er heute im Gericht getragen hatte. Er hatte schlanke Muskeln, breite Schultern und den herrlichsten Rücken, den sie je gesehen hatte. Ein kleiner Fischschwarm bahnte sich seinen Weg über sein rechtes Schulterblatt und nach unten.

Er drehte sich um und erwischte sie, wie sie ihn mit offenem Mund anstarrte.

Hope konnte sich nicht erinnern, wann sie das letzte Mal dieses verräterische Zittern als Reaktion auf einen gutaussehenden Mann gespürt hatte. Es hatte immer nur Danny gegeben.

„Ich, äh … es tut mir leid. Ich habe geklopft.“

„Kein Problem. Was kann ich für Sie tun?“ Er zog sich ein schwarzes T-Shirt über den Kopf und ließ das ganze verlockende Fleisch verschwinden.

„Hope?“ Sein Tonfall wechselte zu Besorgnis. „Geht es Ihnen gut? Ist etwas passiert?“

„Nein. Nein. Nicht dass ich wüsste.“ Sie blinzelte sich aus ihrer Trance. „Ich muss die Pflanzen gießen.“

„Das können wir machen.“ Er steckte seine Waffe in den Gürtel, zog aber nicht die schusssichere Weste an, die über dem Feldbett vor dem Marmorkamin hing.

Ein Feldbett …

„Nein.“ Sie runzelte die Stirn. „*Ich* muss es tun. Larry und Enrique haben mir eine Stunde lang Anweisungen gegeben, und ich habe versprochen, mich um sie zu kümmern. Auch wenn sich meine gärtnerischen Fähigkeiten normalerweise auf das Waschen von Salat beschränken.“

Sie hatte einen Kaktus bei der Arbeit, ein nicht gerade subtiles Geschenk ihres letzten Rechtsreferendars. „Es wird nicht lange dauern.“

Hope ging in die Wohnküche, die größer war als ihre eigene, wo die schicke Gießkanne bereits gefüllt stand. Sie trat zur Spüle und fügte die natürliche Pflanzennahrung hinzu, die das Paar verwendete. Es roch nach totem Fisch, also fügte sie nur einen

Bruchteil der Menge hinzu, die sie vorgeschlagen hatten, denn in den zwei Wochen ihrer Abwesenheit würde sicher nichts sterben.

Die Operators waren alle um den Esstisch versammelt, den sie zum Schutz mit einem dicken Tuch abgedeckt hatten. Mehrere Pizzakartons, heiß und duftend, waren in einer Reihe aufgestellt, einige davon noch in einer Isoliertüte versiegelt, um sie warm zu halten – für diejenigen, die noch im Dienst waren, wie sie vermutete.

Ihr Magen knurrte. Wenigstens hatte sie ihren Auflauf, auf den sie sich freuen konnte.

Sie begann auf der Rückseite des Hauses. Jede Pflanze hatte einen Namen, den sie sich nicht gemerkt hatte, aber Eliza und Judy waren schwer zu vergessen. Zwei riesige Monstera, die auf beiden Seiten der Fensterbank standen, die zur Gartenterrasse hin lag und das meiste Tageslicht hatte.

Sie ging zurück in die Küche, um die Gießkanne aufzufüllen und die Kräuter zu überprüfen, die in einem Hydrokultursystem wuchsen. Alle Pflanzen, die nicht genügend natürliches Licht bekamen, hatten ihre eigene spezielle Vollspektrumlampe. Sie runzelte die Stirn. Dadurch war die Wohnung wahrscheinlich auch bei geschlossenen Vorhängen tagsüber sehr hell, aber die Männer hier hatten die Lampen nicht ausgesteckt.

Das Ess- und das Wohnzimmer war vollgestopft mit Taschen voller Ausrüstung. Die Schlafzimmer waren noch voller, obwohl die Räume aufgeräumt und die Betten gemacht waren. Offensichtlich benutzten sie alle dasselbe Bett, sodass jeder, der nicht im Dienst war, einen Platz zum Schlafen hatte. Sie schämte sich dafür, dass sie ganz allein in ihrer Fünf-Zimmer-Wohnung war und diese Männer, die sie beschützen sollten, egal ob es ihr – oder ihnen – gefiel, wie Sardinen zusammengepfercht waren.

Sie beendete das Gießen der Pflanzen und ging zurück in die Küche. Dort füllte sie die Gießkanne wieder auf und stellte sie für das nächste Mal auf den vorgesehenen Platz.

Aaron Nash beobachtete sie, während die anderen Männer zu Ende aßen.

Sie räusperte sich. „Ich habe es mir anders überlegt, was die Unterbringung angeht."

Alle versteiften sich, da sie offensichtlich das Schlimmste erwarteten. Aaron runzelte die Stirn und sah sich um, als suchte er nach Sachschäden.

„Einige von Ihnen können oben schlafen."

„Wir kommen hier schon klar", versicherte Aaron schnell.

„Ich bestehe darauf." Sie schüttelte den Kopf. „Ich habe genug Platz. Solange ich das Hauptgeschoss habe, wo ich ungestört arbeiten kann, gibt es keinen Grund, warum Sie nicht alle Ihr eigenes Bett haben könnten."

Aaron öffnete den Mund, als wolle er widersprechen.

„Das steht nicht zur Diskussion." Sie benutzte den Tonfall, den sie bei Zeugen des Gegners einsetzte.

„Wir wollen uns nicht aufdrängen", meldete sich Will Griffin zu Wort, als Aaron sprachlos schien.

„Sie sind bereit, sich für mich zu opfern, aber Sie wollen nicht in einem leeren Bett schlafen, das ich Ihnen freiwillig anbiete, weil Sie sich ‚nicht aufdrängen wollen'?"

„Wir wissen, dass Sie Ihre Privatsphäre schätzen."

Um mitten in der Nacht allein zu weinen.

Die Tatsache, dass sie es wahrscheinlich alle wussten, fühlte sich seltsam befreiend an.

„Die letzte Nacht war schwierig, und ich wusste immer, dass es schwierig werden würde. Nächstes Jahr wird es wieder schwierig sein." Sie hatten versucht, ihren Schmerz mit einem nächtlichen Besuch auf dem Friedhof zu lindern, aber sie alle wussten, wie das geendet hatte. Dennoch war sie froh, dass sie diejenige gewesen war, die den Vandalismus entdeckt hatte, und nicht irgendein Fremder. Und sie war ebenso froh darüber, dass der Tatort aufgearbeitet und Beweise gesammelt worden waren, und dass alles wieder saubergemacht worden war, damit niemand mehr Zeuge der zugefügten Hässlichkeit werden konnte.

„Ich kann nicht behaupten zu wissen, wie Sie arbeiten, aber

die Zimmer stehen Ihnen zur Verfügung, wenn Sie mehr Platz brauchen." Sie schenkte ihnen ein hölzernes Lächeln. „Wenn Sie sie nicht benutzen wollen, ist das auch in Ordnung."

Hope würde nicht widersprechen. Sie hatte das Angebot gemacht. Sie würde sicher nicht betteln, aber sie sollten wissen, dass das Angebot ehrlich gemeint war.

„Ich nehme es an, wenn es bedeutet, dass ich nicht noch mal auf irgendeiner Couch schlafen muss. Ich habe das Couchsurfen langsam satt", erklärte Ryan Sullivan in der Tür.

„Danke, Hope. Wir wissen das zu schätzen", sagte Will Griffin.

Ein warmes Gefühl breitete sich in ihrer Brust aus. „Gut."

„Hope." Aaron folgte ihr zur Tür.

Sie hob eine Hand, um eine Diskussion zu verhindern, aber er folgte ihr trotzdem.

„Es geht nicht um die Betten."

Sie sah ihn scharf an und bemerkte, dass alle anderen plötzlich mit verschiedenen Dingen beschäftigt waren und ihrem Blick auswichen.

In ihrer Kehle bildete sich ein Kloß. „Leech?"

Aaron nickte. „Gehen wir nach oben und geben den Teams die Möglichkeit, zu Ende zu essen und die Schicht zu wechseln."

Sie schlang die Arme um sich, als sie sich müde die Treppe hinaufzwang. *Was ist jetzt?* In ihrer Wohnung roch es nach Knoblauch und Hühnchen, aber sie befürchtete, dass ihr der Appetit vergehen würde.

Sie drehte sich zu ihm um. „Sagen Sie es mir direkt. Versuchen Sie nicht, den Schock zu mildern."

Mitleid lag in seiner Miene. „Es sieht so aus, als hätte Leech Sylvie Pomerol und ihren Mann letzte Nacht in ihrem Haus ermordet."

Ihre Knie gaben nach, und sie ließ sich auf die Couch fallen. „Das verstehe ich nicht. Sylvie wusste besser als jeder andere, wie gefährlich Leech war. Was ist mit ihrem Schutz?"

Aaron setzte sich neben sie. „Sie hat den Personenschutz abgelehnt. Ihr Mann war ein ehemaliger Marine, und sie hat sich große Mühe gegeben, ihren Wohnort geheim zu halten."

„Er hat sie trotzdem gefunden." Fragen schossen ihr durch den Kopf. „Wie? Wie hat er das gemacht, wenn er auf der Flucht vor den Behörden ist, ohne Geld oder Computer? Er muss Hilfe haben. Wurde sein persönlicher Assistent, Blake Delaware, befragt? Er könnte Informationen geliefert haben."

Seine schwarzen Augen waren warm vor Mitgefühl. „Ich bin nicht für die Ermittlungen zuständig, aber ich nehme an, dass er von den Marshals befragt wurde und nach diesen Morden erneut befragt werden wird."

„Haben Sie Frazer …?"

„Nein. Frazer hat mich angerufen. Er ist derjenige, der sie gefunden hat."

Ihr stockte der Atem, und sie ließ sich gegen die Couch sinken. „Scheiße."

„Er ist auf dem Weg hierher."

Hope spürte seinen Blick auf sich, während sie an die Decke starrte, wahrscheinlich darauf wartend, dass sie wieder zusammenbrach. Ein Teil von ihr wollte das. Wollte wütend werden und trauern, aber das würde den Bastard nicht aufhalten.

„Ich muss jede Person auf der Zeugenliste des Prozesses erneut kontaktieren und sie warnen."

„Die Nachricht von diesen Morden wurde noch nicht veröffentlicht", warnte er.

Sie sah ihn mit zusammengekniffenen Augen an und beugte sich beleidigt vor. „Ich werde ihnen nichts über Sylvie oder ihren Mann erzählen, *Operator Nash*. Ich weiß, wie ich meinen Job zu machen habe."

Er lehnte sich vor. „Ich weiß, dass Sie wissen, wie Sie Ihren Job zu machen haben, *ADA Harper*. Und ich weiß, wie ich meinen zu erledigen habe." Für den Bruchteil einer Sekunde landete sein Blick auf ihren Lippen und widerlegte seinen schroffen Tonfall. Als sich ihre Blicke wieder trafen, veränderte sich etwas zwischen ihnen.

Sie spürte es auch.

Dieses unterschwellige Gefühl der körperlichen Anziehung. Das fremdartigste Gefühl auf dem Planeten, und doch auch vertraut. Etwas Normales und sogar Gewöhnliches. Etwas Grundlegendes und Elementares wie eine Sturmflut oder ein Tornado. Etwas, von dem sie nie wieder erwartet hatte, es zu spüren.

Sein Ton wurde weicher. „Ich weiß auch, dass Sie nicht so hart sind, wie Sie es gern vorgeben. Nicht, dass Sie nicht hart wären", fügte er schnell hinzu, „aber Sie sind auch ein Mensch."

In diesem Moment fiel etwas von ihr ab, und das erschreckte sie zu Tode. Sie überspielte es mit Humor. „Sagen Sie es niemandem. Mein Ruf wäre ruiniert."

Er nahm ihre Hand, und sie zuckte erschrocken zusammen. „Lassen Sie jemand anderen die Anrufe machen, Hope. Lassen Sie das FBI und die Marshals ihre Arbeit machen."

Er drückte sanft ihre Finger, und sie spürte die Berührung bis in ihre Knochen.

„Wir beschützen Sie. Er wird nicht in Ihre Nähe kommen."

„Um mich mache ich mir keine Sorgen."

Dieses Eingeständnis ließ ihn nicht glücklich aussehen, aber sie war von Anfang an ehrlich zu ihm gewesen. Sie wollte, dass Leech zu ihr kam. Das Feuer, das sie von innen heraus entzündete, genährt durch den Schmerz und die Wut in ihrer Seele, begrüßte die Chance, ihm gegenüberzutreten. Leech konnte ihr nicht mehr wehtun. Aber sie würde ihm verdammt gern wehtun …

Ihr Handy klingelte, und sie nutzte den Moment, um sich von diesem Mann zu trennen, der irgendwie zu viel und gleichzeitig nicht genug zu sein schien. Das nervenaufreibende Gefühl brachte sie aus dem Gleichgewicht.

Wie sollte sie bei all dem, was gerade passierte, noch klar denken können?

Hope nahm ihr Handy in die Hand, und ein Foto erschien auf ihrem Bildschirm.

Sie warf es weg, aber nicht, bevor sich die nackten Körper und die glasig starrenden Augen in ihr Gehirn eingebrannt hatten.

Sie stürzte ins Bad. Aaron rief ihr hinterher, bevor er fluchte.

Sie übergab sich, bis nichts als Galle in ihrem Magen war.

Tränen brannten ihr in den Augen.

Leech hatte ihr das geschickt.

Sie hatte die Nachricht nicht gelesen, aber die Leichen allein reichten aus, um sie an all die Gründe zu erinnern, warum man sich mit niemandem emotional einlassen sollte – es tat zu sehr weh, wenn man die Person verlor. Sie konnte diese Art von Schmerz nicht noch einmal durchmachen. Niemand sollte jemals diese Art von Schmerz erleiden müssen.

Sie glaubte nicht, dass sie es das nächste Mal überleben würde.

22

—————

Aaron starrte auf das Foto auf Hopes Handydisplay, und obwohl er ihr nachgehen und sich vergewissern wollte, dass es ihr gut ging, musste er zuerst versuchen, den Anruf zurückzuverfolgen.

Er kontaktierte Frazer. „Jemand hat Hope ein Foto des letzten Tatorts geschickt."

Frazer fluchte. „Ich werde Parker anrufen. Ich bin fast da, aber vielleicht kann er eine Rückverfolgung in Gang setzen."

„Bemühe dich nicht. Ich habe gerade gemerkt, dass es von Sylvie Pomerols Nummer aus gesendet wurde."

„Er muss eine verzögerte Nachricht geschickt haben. Er hat sich Zeit gelassen, um zu entkommen. Ich werde Parker trotzdem anrufen. Wir sollten eine Fangschaltung für Hopes Kommunikation einrichten, wenn sie einverstanden ist. Leech könnte sie wieder kontaktieren, da er jetzt ihre persönliche Handynummer hat. Ich brauche eine Kopie der Daten von Sylvies Handy und dem ihres Mannes, denn auch darauf hatte Leech Zugriff." Frazer fluchte erneut. „Ich verstehe nicht, wie er sich den Behörden so lange entziehen konnte."

„Ich auch nicht."

„Geht es Hope gut?"

Aaron hörte die Toilettenspülung. „Ich sage dir Bescheid, wenn sie sich nicht mehr übergibt."

„Kümmere dich um sie, Aaron. Sie hat schon genug gelitten. Ich will nicht, dass sie das alles noch einmal durchmachen muss."

„Verstanden."

Sie kam aus dem Badezimmer, als er auflegte.

„Geht es Ihnen gut?"

Sie schüttelte den Kopf. Ihre Wangen waren kreidebleich. Die Lippen blutleer. „Ich verstehe das nicht. Ich verstehe wirklich nicht, wie jemand wie Sylvie überrumpelt werden konnte. Sie war ein so vorsichtiger Mensch. War es wirklich Leech? Nicht ein Nachahmer?"

„Ich weiß auch nicht mehr als Sie, Hope. Frazer ist in fünf Minuten hier. Möchten Sie einen Kräutertee oder ein Glas Wein, bevor er kommt?"

Ihre Augen wirkten verloren, während sie sich umarmte. „Mein Herz will Wein, aber mein Magen sagt Tee. Im Schrank steht etwas Kamille."

Er ging in die Küche und setzte den Teekessel auf. Als Lucifer sich zwischen Aarons Beinen hindurchschlängelte, schnappte er sich eine Dose Futter und gab sie in den leeren Napf der Katze.

Er überprüfte den Ofen und schaltete den herrlich duftenden Auflauf herunter, der zu brodeln begann.

Als es an der Tür klopfte, traten Ryan Sullivan, Hunt Kincaid und Seth Hopper ein und machten sich auf den Weg nach oben, wobei sie Taschen mit Ausrüstung und das verdammte Feldbett mitschleppten.

Hope zwang sich zu einem Lächeln, während sie mit angezogenen Knien auf der Couch saß. „Im oberen Stockwerk gibt es zwei Zimmer und drei Betten. Nehmen Sie sich Laken und Handtücher aus dem Wäscheschrank."

Niemand konnte erkennen, dass sie sich noch Minuten zuvor im Badezimmer übergeben hatte, außer vielleicht, weil ihre Augen ein wenig rot waren.

Sie kämpfte sich durch. Machte weiter. Ignorierte den Schmerz oder hoffte, dass ihn niemand bemerkte.

Hope hielt sich selbst für ungesellig, aber Aaron glaubte nicht, dass das unbedingt zutraf. Sie isolierte sich, aber nicht, weil sie keine Menschen mochte. Jeder Idiot konnte sehen, dass sie Menschen mochte, sobald man die stachelige äußere Schicht überwunden hatte. Vielleicht brauchte sie geistigen Freiraum – er konnte das nachvollziehen. Oder vielleicht bestrafte sie sich immer noch für ihre vermeintlichen Fehler.

„Danke dafür, Hope", sagte Ryan. „Ich weiß das zu schätzen. Keine Sorge, Sie werden nicht einmal merken, dass wir hier sind. Heimlich ist unser zweiter Vorname. Wir werden dir alles vorbereiten, Nash." Er winkte ihm mit dem Reisekissen zu und grinste.

Die Freuden der Teamleitung. Aaron bekam wieder das verdammte Feldbett.

Trotzdem würde es ihm helfen, für ein paar Stunden seinen eigenen Platz zu haben, um seinen Verstand wieder auf Vordermann zu bringen. Zweifellos fühlte er sich zu seiner Schutzbefohlenen hingezogen. Schlimmer noch, sie hatte es bemerkt, wodurch er sich wie die niedrigste Form von Plankton fühlte. Auch wenn er nie etwas Unprofessionelles tun oder dieser Anziehung nachgeben würde, wollte er nicht, dass Hope sich in seiner Nähe unwohl fühlte. Er war besser als das. Sie hatte etwas Besseres verdient.

Und auf keinen Fall wollte er, dass seine Teamkollegen ahnten, dass etwas mit ihm nicht stimmte. Es war ein Privileg, dass man ihm das Kommando über diese Elitegruppe von Männern anvertraut hatte. Eines, das er nicht zu missbrauchen gedachte.

„Das war großzügig von Ihnen", sagte er, als die Jungs nach oben gingen. „Dass Sie uns Ihre freien Zimmer anbieten."

„Oh, bitte. Sie sind da, also können sie genauso gut genutzt werden. Es tut mir leid, dass ich so lange gezögert habe. Ich war ein Miststück, als Sie gekommen sind, auch wenn Sie meine Einwände niedergewalzt haben."

Er verschränkte die Arme und bemerkte, wie ihr Blick über seinen Bizeps huschte.

Lass das, Aaron.

„Ich schätze, wir mögen es beide, wenn wir uns auf unsere Arbeit konzentrieren können."

Ihr Lächeln war angespannt. „Scheint so. Ich habe ein schlechtes Gewissen, dass ich es Ihnen und Ihren Männern am Anfang so schwer gemacht habe."

„Wir waren Fremde, die Ihnen schlechte Nachrichten überbracht haben und in Ihr Leben eingedrungen sind. Ihre Reaktion hat mich überrascht, denn ich dachte, Sie hätten mehr Angst vor Leech. Ich wünschte, Sie hätten es."

„Stecken Sie uns beide ohne Waffen zusammen in einen Raum, und ich habe keine Angst, was wahrscheinlich nicht das ist, was Sie oder die Welt hören wollen."

„Die Welt?" Er wollte es ganz sicher nicht hören.

„Sie wollen, dass ich die schwache, weinende Frau bin, und obwohl ich den Teil mit dem Weinen zu beherrschen scheine, möchte ich Leech immer noch mit bloßen Händen zu Tode prügeln." Ihre Gesichtsfarbe war wieder etwas gesünder. „Ich hätte Brendan vor all den Jahren in meinem Vorgarten machen lassen sollen. Ich hätte ihn mit einem Plädoyer auf vorübergehende Unzurechnungsfähigkeit wieder rausgeholt."

„Unmittelbar nach den Morden?"

„Ja. Die Sanitäter haben noch gearbeitet ..." Ihre Stimme stockte. „Sie versuchten, Danny zu retten. Paige war schon tot. Ich hatte es damals nur noch nicht akzeptiert."

Anstatt sie abzulenken, hatte er sie an den schlimmsten Tag ihres Lebens erinnert – schon wieder. Der Teekessel kochte, und er ging in die Küche, goss den Tee auf und ließ ihn ziehen – was ihnen beiden die Möglichkeit gab, ihre Fassung wiederzuerlangen. Aaron gab ein wenig kaltes Wasser aus dem Wasserhahn in die Tasse und warf den Teebeutel weg. Dann ging er zurück ins Zimmer und sah sie vor dem Familienfoto stehen.

Er hielt ihr die Tasse hin. „Vorsichtig, der ist heiß."

Ihre Blicke trafen aufeinander, als sich ihre Fingerspitzen berührten. Ihre Pupillen weiteten sich und sein Atem stockte in seiner Brust. Er wich zurück und ging zum Fenster, um die Jalousie beiseitezuschieben und auf die Straße hinauszusehen.

Unter normalen Umständen würde Hope ihn nicht zweimal ansehen, aber das hier war alles andere als normal. Sie war nicht außerhalb seiner Liga, sie spielte nicht einmal das gleiche Spiel. Er erkannte gebrochene Menschen, wenn er sie sah, und wer zum Teufel war er, dass er glaubte, er könne sie irgendwie aufmuntern? Niemand konnte das in Ordnung bringen, was sie durchgemacht hatte.

Niemand.

Er schon gar nicht.

Das letzte Mal, als er wegen einer Frau den Kopf verloren hatte, war er am Boden zerstört gewesen, als es nicht funktioniert hatte. Er hatte immer befürchtet, dass seine brillante ehemalige Verlobte zu gut für ihn gewesen war, und am Ende hatte er recht behalten.

Hope starrte wieder auf das geliebte Foto. Er erkannte wahre Liebe, wenn sie ihm ins Gesicht schlug. Was er in ihrem Gesicht sah, war tief und beständig. Und er war es leid, immer nur die zweite Geige zu spielen, selbst gegenüber einem Toten.

Und es trug dazu bei, dass er sich wie ein egoistisches Arschloch fühlte.

Aber er konnte es sich nicht leisten, Gefühle für Hope zu entwickeln. Sie war seine Schutzbefohlene, sonst nichts. Es war ihm erlaubt, die Person zu mögen, die er bewachte. Es war ihr erlaubt, ihn zu mögen. Aber sie durften einander nicht begehren.

Nicht bei der Arbeit. Nicht während einer Mission.

Konzentration und Objektivität machten ihn zu einem verdammt guten Operator. Er weigerte sich, weniger als sein Bestes zu geben. Ganz zu schweigen davon, dass ihr Leben in Gefahr war. Sie nahm die Bedrohung durch Leech vielleicht nicht ernst, aber der Mann hatte mindestens zehn Menschen ermordet. Aaron würde ihn nicht unterschätzen.

Die Stille dehnte sich aus.

Zum Glück kam Frazer und rettete ihn aus der plötzlichen Unbehaglichkeit.

Der Profiler warf ihnen einen grimmigen Blick zu. „Wo ist das Handy?"

Hope nickte in Richtung des Tisches, wo sie es abgelegt hatte.

Frazer ging hinüber und studierte das Foto. „Ich möchte die Erlaubnis, bei deiner Nummer und deinen E-Mail-Konten eine Fangschaltung einzurichten, falls Leech noch einmal versucht, Kontakt aufzunehmen."

„Unter der Annahme, dass es Leech war."

„Es war Leech."

„Woher weißt du das? Es könnte ein Nachahmer gewesen sein."

„Weil mit Lippenstift auf den Badezimmerspiegel gekritzelt war: ‚Ich habe *Gefühle*, Dr. P.', und ich bezweifle, dass sich ein Nachahmer von dem, was Sylvie während seines Prozesses gesagt hat, so persönlich angegriffen fühlen würde."

Aaron beobachtete, wie Hope tief Luft holte, und merkte, dass sie im Begriff war zu widersprechen.

„Ich kann dir nicht erlauben, vollen Zugriff auf mein Telefon und meine E-Mails zu haben. Was ist mit Zeugen, die versuchen, mit mir in Kontakt zu treten, oder mit vertraulichen Gesprächen?" Sie schüttelte den Kopf.

„Hope, wir versuchen, Sie zu schützen." Aaron knirschte mit den Zähnen. „Ihnen ist es vielleicht egal, ob Sie leben oder sterben, aber anderen Leuten nicht."

„Ich habe nie gesagt, dass es mir egal ist …"

„Es war nahe genug."

Frazer unterbrach sie. „Willst du, dass wir eine Vertraulichkeitsvereinbarung unterschreiben? Das kann ich einrichten. Deine Daten werden von niemandem außerhalb der BAU eingesehen, mit Ausnahme des Beraters, mit dem ich zusammenarbeite – und der besser darin ist, Geheimnisse zu bewahren als jeder andere, den ich kenne. Keiner von uns hat das Bedürfnis, dir nachzuspionieren, Hope, und auch nicht, die Opfer erneut zu traumatisieren oder Fälle zu sabotieren."

„Das muss unter der Bedingung geschehen, dass du nichts lesen wirst, von dem du nicht glaubst, dass es von Leech ist. Und kein Zugriff auf Informationen vor dem heutigen Tag. Und nichts, was aktuelle Fälle betrifft ..."

„Wir wollen nicht herumschnüffeln, und wir sind auf derselben Seite, schon vergessen?" Frazer fuhr sich mit einer Hand durch die Haare, wobei er so aufgebracht aussah, wie Aaron ihn noch nie gesehen hatte. „Ich will dich nicht so vorfinden, wie ich Sylvie Pomerol heute Nachmittag vorgefunden habe. Sie war auch zuversichtlich, dass sie mit der Bedrohung durch Leech fertig werden würde. Sie hat sich geirrt."

Hope zog die Schultern hoch. „Gut. Aber derjenige, dem du das hier anvertraust, sollte besser verlässlich sein."

„Ich vertraue ihm mit meinem Leben und meiner Ehre."

„Na dann", schniefte sie. „Wenn es um deine *Ehre* geht, muss er wirklich gut sein."

Aaron grinste.

Diese Frau war ein Bulldozer, aber zumindest hatte sie einen Sinn für Humor.

Frazer schickte jemandem eine Textnachricht, vermutlich Parker, um die Überwachung von Hopes Kommunikation einzurichten. Dann rümpfte er die Nase. „Rieche ich da etwa Essen?"

Hope nickte. „Du kannst gern alles aufessen."

Frazer zog seinen Mantel aus. „Ich habe den ganzen Tag noch nichts gegessen."

Aaron ging in die Mitte des Raumes und wandte sich an Hope. „Sie müssen etwas essen."

Sie verschränkte die Arme über dem Bauch. „Ich kann an nichts anderes denken, als diesen Bastard wieder hinter Gitter zu bringen."

„Die einzige Person, die davon profitiert, dass sie nichts essen, ist Leech. Sie müssen bei Kräften bleiben für den Nahkampf, den ich auf keinen Fall zulassen werde."

Ihre Lippen zuckten, was ihn absurderweise mit Selbstzufriedenheit erfüllte.

„Es schwächt Sie, nichts zu essen. Essen Sie, und sei es nur als Treibstoffquelle und nicht als etwas, das hervorragend riecht."

Sein Magen knurrte. Frazer kam mit drei dampfenden Schüsseln herein und stellte sie auf den Tisch. „Wo sind die Löffel?"

„Ich lasse Sie beide besser allein. Ich kann mir unten etwas Pizza holen." Aaron hatte keine Lust auf Pizza. Nicht wenn der Geruch des feinen französischen Auflaufs ihm das Wasser im Mund zusammenlaufen ließ, aber er wollte sich nicht aufdrängen.

Hope hielt ihn am Arm fest. „Bleiben Sie. Bitte. Es ist genug da, und ich weiß, dass Sie den Fall mit Frazer besprechen wollen. Das können wir genauso gut tun, während wir uns mit *Treibstoff* versorgen."

Aaron nickte langsam. „Ich könnte essen."

Er bemerkte Frazers interessierten Blick, ignorierte den Mann jedoch.

Sie ließ ihn los und verdrehte die Augen. „Ich hole die Löffel, die der weltberühmte Profiler nicht auftreiben konnte."

„Bringen Sie etwas Brot mit, wenn Sie welches haben."

„Jawohl."

Aaron ging hinüber und setzte sich Frazer gegenüber, während Hope drei Löffel und einen Laib geschnittenes Brot brachte.

„Sag uns, was du gefunden hast", befahl Hope.

Frazer schüttelte den Kopf. „Nach dem Essen."

„Was haben die Marshals gesagt?"

Frazer pustete auf seinen Löffel. „Dass ich kein Recht hatte, ihren Tatort zu verunreinigen."

„Ohne dich wüssten sie nicht einmal, dass es einen Tatort gibt", bemerkte Aaron.

„Und das FBI wird besagten Tatort in Kürze zurückbekommen, da die Marshals andere Prioritäten haben, aber sie wollten zuerst ihre Muskeln spielen lassen." Er rollte mit den Augen.

„Wen hast du denn im Marshal Service verärgert?", fragte Hope.

Frazer schmatzte mit den Lippen.

Das Essen war köstlich und ließ Aarons Magen vor Dankbarkeit knurren.

„Ich glaube, es geht auf einen Vorfall nach dem Angriff auf das Einkaufszentrum in Minneapolis zurück, jetzt da du es erwähnst."

Aaron erinnerte sich. „Ein paar Marshals starben in einem Safe House."

Frazer nickte. „Sie waren gute Agenten, aber ich hatte ein paar Dinge über die USMS-Protokolle im Allgemeinen zu sagen, und einer der Leute, die möglicherweise mitgehört haben, könnte Joshua Hague gewesen sein."

„Der Präsident?", rief Aaron aus.

„Möglicherweise mitgehört?", schnaubte Hope.

„Es war nicht beabsichtigt."

„Oh, bitte. Spar dir die Ausreden. Du bist ein wenig Manipulation gegenüber nicht abgeneigt, und das wissen wir alle."

Frazer hatte den Anstand, mit den Schultern zu zucken. „Vielleicht. Aber wenn man bedenkt, dass einer meiner Agenten mit zwei Schutzbefohlenen der Marshals abgehauen ist, war die BAU-4 im letzten Jahr nicht gerade der beste Kumpel des USMS."

„Wie hat Leech Sylvie aufgespürt?"

„Ich weiß es nicht", gestand Frazer. „Ich habe Alex Parker gefragt, ob er es herausfinden kann."

„Dieselbe Person, die eine Fangschaltung einrichten soll?", fragte Hope.

Frazer nickte.

„Klingt, als würde er mehr Arbeit für das FBI verrichten als die meisten FBI-Agenten. Warum stellst du ihn nicht einfach ein?"

„Das FBI kann ihn sich nicht leisten."

„Vielleicht hat Sylvie Pomerol ihre Adresse an einen Freund oder einen Kollegen weitergegeben, der nicht so vorsichtig war?", fragte Aaron. „Sie beide hatten sie?"

Hope nickte. Frazer auch.

„Vielleicht war sie nicht so gut darin, ihren Aufenthaltsort zu verbergen, wie sie dachte."

„Andere Leute sind normalerweise das schwächste Glied, und er hatte die Mittel, sie vor Jahren aufzuspüren. Und jetzt hat Leech potenziell jeden in Sylvies Kontaktliste." Frazer klang wütend.

„Einschließlich dieser Adresse?" Aaron gefiel der Klang nicht.

„Das bezweifle ich. Ich gebe immer meine Arbeitsadresse als Kontaktadresse an." Hope spielte mit einem Stück Huhn. „Aber wenn man bedenkt, dass die Presse bereits zitiert hat, ich würde in einem ‚großartigen Apartment mit Blick auf das Bunker Hill Monument' wohnen, dann glaube ich nicht, dass ich schwer zu finden bin. Außerdem hätte sein Assistent mir leicht eines Tages nach Hause folgen oder jemanden dafür anheuern können. Oder das System des Versorgungsunternehmens hacken. Vielleicht ist das auch bei Sylvie passiert. Hast du Blake Delaware schon befragt?"

„Das habe ich nicht. Ich nehme an, die Marshals haben ihn im Zusammenhang mit Leech' aktuellem Aufenthaltsort befragt, aber wie wir bereits besprochen haben, teilen die Marshals mir nichts mit."

„Hält mich irgendetwas davon ab, dass ich jetzt sofort hinfahre und Delaware ein paar Fragen stelle?" Hopes Augen funkelten.

„Abgesehen von elf gut ausgebildeten HRT-Operators?", fragte Frazer.

Ihre Kiefer krampften sich sichtlich zusammen.

Aaron warf Frazer einen Blick zu. „Wenn Sie dorthin wollen, können wir das Team für eine späte Fahrt benachrichtigen. Es gibt keine Garantie, dass der Typ Sie hereinlassen wird oder überhaupt dort ist, aber wir sind dabei. Wir bringen Sie hin, wo immer Sie hinwollen. Sie sind keine Gefangene, das wissen Sie."

Sie entspannte sich etwas, wie er es gehofft hatte, und sackte tiefer in ihrem Stuhl zusammen. „Ich will nur wissen, dass die Leute ihre Arbeit machen – vor allem die Marshals."

„Leech' Flucht bedeutet, dass dieser Assistent vielleicht tatsächlich etwas arbeiten muss – und riskiert, selbst ins Gefängnis zu kommen, wenn er bei der Beihilfe eines Flüchtigen erwischt wird." Aaron leerte seine Schüssel mit Essen.

„Angenommen, die Flucht war nicht geplant, und die Unfallszene deutet darauf hin, dass es einfach nur ein Unfall war, dann wäre Blake Delaware genauso überrascht gewesen wie wir, dass sein Chef plötzlich frei ist. Das heißt aber nicht, dass sie unvorbereitet waren." Frazer warf einen Blick auf seine Uhr. „Ich weiß nicht, was die Marshals machen, aber *ich* habe Leute, die nach allen Immobilien suchen, die Leech oder Delaware oder eine ihrer Firmen gekauft haben, besitzen oder mieten. Kann ich mir Nachschlag holen?" Frazer richtete sich auf.

„Nur zu."

Aaron sah Hope dabei zu, wie sie in ihrem Essen herumstocherte. Als sie ihn bemerkte, verzog sie das Gesicht. „Ich versuche es."

Er nickte. „Das weiß ich."

„Vielleicht können Sie mir ein paar Nahkampftricks beibringen." Das kam aus heiterem Himmel.

Bei jeder anderen Frau hätte es wie eine Anmache geklungen.

Aber nicht bei Hope.

Aaron räusperte sich. „Ich kann Ihnen ein paar Grundlagen der Selbstverteidigung beibringen. Ich kann ein paar von den Jungs holen, und wir können am Abend oder am Wochenende verschiedene Szenarien durchspielen."

Hope runzelte die Stirn. „Das würde mir gefallen. Ich weiß nicht, warum ich nicht schon früher daran gedacht habe. Ich könnte schon den schwarzen Gürtel haben."

„Vielleicht, weil Leech inhaftiert war?", schlug Aaron leichthin vor.

„Trotzdem."

Frazer kam mit einer weiteren übervollen Schüssel zurück,

sein Gesichtsausdruck war verdächtig leer. „Ich finde, das klingt sehr vernünftig, Hope. Aaron hat als Klassenbester die Akademie abgeschlossen."

„Du hast über mich recherchiert?", fragte Aaron erstaunt.

„Ich behalte vielversprechende neue Absolventen gern im Auge. Ich dachte, du würdest dich bestimmt bei der BAU bewerben."

„Das hebe ich mir für den Fall auf, dass ich mit dem Rest des HRT nicht mithalten kann." Eher würde die Hölle zufrieren.

Frazer warf ihm einen amüsierten Blick zu. „Vielleicht kannst du dich uns in ein paar Jahren anschließen, vorausgesetzt, wir haben noch freie Stellen."

„Ich mag die Vorstellung nicht, den ganzen Tag am Schreibtisch zu sitzen." Und er hasste die Vorstellung, in eine intellektuelle Schublade gesteckt zu werden.

„Es wird immer besser und besser." Frazer rollte mit den Augen, als er sich auf seine zweite Schüssel stürzte. „Ich bin überrascht, dass ich die Treppe hochgehen kann. Wie du vielleicht bemerkt hast, kommen wir sogar manchmal aus dem Büro heraus. Ich trainiere auch ab und zu, obwohl ich nicht so durchtrainiert bin wie ihr Fitnessfanatiker vom HRT."

„Nun, warum vergleicht ihr nicht gleich eure Sixpacks?" Hope klimperte mit den Wimpern.

Aaron grinste, und Frazer lachte.

Hope setzte mehr Kaffee auf.

Aaron war der Meinung, sie sollte lieber Tee trinken und ins Bett gehen. Wenn er das zu ihr sagte, würde sie wahrscheinlich zwei Tassen Kaffee trinken und bis Mitternacht aufbleiben. Er lernte ihre Persönlichkeit immer besser kennen und fand heraus, wie widerspenstig sie war. Aus irgendeinem Grund machte ihn diese Erkenntnis traurig. Wahrscheinlich, weil er bald gehen und das alles keine Rolle mehr spielen würde – ein Grund mehr, sich nicht mit ihr einzulassen.

23

———

Aaron und Frazer räumten die Schüsseln in die Spülmaschine, während Hope koffeinfreien Kaffee kochte.

„Bist du bereit, das Video zu sehen, das ich vom Tatort aufgenommen habe?", fragte Frazer schließlich.

Ihr Magen drehte sich. „Ein Video?"

Aaron warf ihr einen Blick zu. „Ist das eine gute Idee?"

Sie schluckte. „Frazer meint, ich könnte etwas sehen, das ich als Nachricht oder so etwas erkenne, nicht wahr?"

Der Profiler nickte. „Aber ich verstehe auch, wenn du dir das nicht ansehen willst. Es ist nicht angenehm."

Hopes Mund wurde trocken. Sie hatte schon tausende Tatortfotos gesehen. Manchmal fühlte sie sich wie betäubt. Manchmal zwangen sie sie in die Knie. Aber Sylvie war eine Bekannte gewesen, mit der sie bei vielen Gelegenheiten zusammengearbeitet hatte. Wie konnte der Anblick des Tatorts, an dem sie ermordet worden war, etwas anderes als entsetzlich sein?

„Ich will diesen Bastard schnappen. Wenn er mir eine Nachricht hinterlassen hat, will ich das wissen."

Frazer baute seinen Laptop und sein Handy auf dem Esstisch auf, und sie setzten sich alle wieder hin, um zuzusehen, Frazer und Aaron neben ihr, was sie stärkte.

„Als ich ankam, war der Schnee unberührt, und es waren keine Fahrzeuge in Sicht. Keine Anzeichen von Aktivität im Haus. Ich hoffte, dass Sylvie und ihr Mann für ein paar Tage verreist waren. Ich rief Sylvies Handy an und hörte es im Haus klingeln. Die Tür zum Vorraum war verschlossen, aber die Innentür zum Haus nicht."

„Hat er ein Fahrzeug genommen?", fragte Hope.

„Nichts, was auf Sylvie oder ihren Mann zugelassen war."

„Also muss er ein Auto oder einen Geländewagen haben."

„Oder jemand hilft ihm", schlug Aaron vor.

„Die State Police hat seit dem Verschwinden des Gefängnistransporters eine Liste mit gestohlenen Fahrzeugen erstellt. Sie werden weiterverfolgt, aber in der Nähe von Sylvies Haus ist noch nichts im System aufgetaucht."

Sie sahen sich das Video einmal schweigend an.

Hope fröstelte. Zu sehen, wie eine Frau, die sie kannte und mochte, auf ihrem Schlafzimmerteppich lag und die Hand ihres Mannes auf so vertraute Weise berührte, brach ihr das Herz. Es ließ auch Wut in ihr aufsteigen. Sie wagte nicht, es zu zeigen.

„Spiel es noch einmal ab."

Frazer begann von vorn, und sie spürte, dass Aarons Augen eher auf sie als auf den Bildschirm gerichtet waren. Sie ignorierte seine Besorgnis.

Sie kamen zu der Badezimmerszene und den Worten, die in roter Schrift auf den Spiegel gekritzelt waren.

„Halt' es mal an hier." Aaron zeigte darauf. „Können wir einen Vergleich der Handschrift zwischen dem Spiegel und der Rückseite des Fotos auf dem Grab bekommen? Wir müssen Leech' Handschrift irgendwo in den Akten haben."

„Haben wir. Lasst mich die Dateien überprüfen." Frazer zog seinen Laptop zu sich heran.

„Mach dir keine Mühe. Ich habe hier ein paar Briefe." Hope stand auf und ging hinüber zu ihrem großen begehbaren Schrank in der Nähe der Eingangstür.

„Ich dachte, Sie hätten sie alle geschreddert?" Aaron klang nicht erfreut.

Sie lächelte amüsiert. „Das war, nachdem er eigentlich lebenslang eingesperrt wurde."

Der HRT-Operator trat hinter sie und griff über sie hinweg, um ihr zu helfen, eine Schachtel zu holen, die hoch oben auf dem Regal hinter einem Korb mit Winterkleidung stand. Er berührte sie nicht, aber seine Nähe ließ ihr Hitze in die Wangen steigen. Der Bewusstseinsblitz von vorhin hatte etwas in ihr entfacht.

„Die hier?" Seine Stimme war sanft, seine Augen wachsam.

„Ja."

Er trug die Schachtel zurück zum Esstisch.

Sie blieb stehen, wo sie war, in der Nähe der Schranktür. „Ich sollte dich warnen, dass diese Schachtel Kopien aller Beweise und Gerichtsdokumente von Leech' letztem Prozess enthält, einschließlich der Fotos der Autopsien." Sie schluckte heftig. „Ich habe sie mir nicht angesehen und bitte um Sorgfalt, wenn du sie durchsuchst, um die Briefe zu finden, die er mir während des Prozesses geschickt hat." Säure brodelte in ihrem Magen. „Ich habe kein Verlangen danach, diese Bilder zu sehen. Niemals."

Dafür war sie nicht stark genug. Für alles andere schon, aber nicht dafür.

„Warum haben Sie sie hier?" Aaron zog missbilligend die Augenbrauen zusammen.

„Sie sind Teil des Falls gegen ihn. Es musste alles vollständig sein, auch wenn ich sie nie wieder ansehe." Sie zuckte mit den Schultern. „Vielleicht liegt es an meiner Ausbildung, oder vielleicht habe ich es in dieser Schachtel aufbewahrt und weggeschlossen, um damit fertig zu werden." Es in eine Schachtel legen und so tun, als würde sie nicht daran denken. Das klang ungefähr richtig.

Frazer zog den Deckel ab.

Sie konnte sich nicht bewegen. „Die Briefe sind in einer eigenen Mappe."

Frazer fand sie und zog sie heraus.

„Haben Sie sie gelesen?", fragte Aaron.

„Die habe ich gelesen. Für den Fall, dass er sich selbst belastet hat."

„Hat er das?", fragte Aaron.

Sie schüttelte den Kopf. „Er hat immer wieder behauptet, er sei unschuldig und dass er nie einem Kind etwas antun würde – als würde das bedeuten, dass es nie passiert ist." Sie konnte nicht glauben, dass Leech frei war, um wieder einmal Leben zu zerstören.

Sie verschränkte die Hände, aber sie konnte nicht loslassen.

Aaron legte den Deckel auf die Schachtel und stellte sie außer Sichtweite auf einen Stuhl. Die Schachtel erinnerte sie an das, was geschehen war, aber da das Trauma jeden Zentimeter in ihrem Körper ausfüllte, konnte sie nicht verstehen, warum der erneute Anblick, der erneute Gedanke daran, sie so sehr traf.

Vielleicht hatte sie sich von dem erholt, was vor sieben Jahren geschehen war. Und jetzt war Leech wieder draußen.

Sie ging zum Tisch hinüber, als Frazer einen handgeschriebenen Brief herausnahm und auffaltete.

Sie starrten alle angestrengt auf den Bildschirm und den Brief.

„Das ‚f' in ‚Gefühle' ist dasselbe wie das hier in ‚erfahren'. Und die übermäßige Verwendung von Satzzeichen und das riesige ‚I' passen zu Leech' Soziopathie, oder?", fragte Aaron.

Frazer nickte. „Die Schrift auf dem Spiegel klingt definitiv nach Leech. Gejammer über sich selbst nach der Vergewaltigung und Ermordung von zwei unschuldigen Menschen im Nebenzimmer."

Hope presste die Lippen zusammen, als die Gefühle sie übermannen wollten.

„Die Art und Weise, dass bei den Worten auf der Rückseite des Fotos wie bei einem Buchtitel die ersten Buchstaben groß sind, ist anders. Außerdem haben wir hier und hier das Wort ‚nächste'." Aaron wies auf zwei Beispiele hin. „Ich weiß, dass es keine exakte Wissenschaft ist, aber die Art, wie die Buchstaben verbunden sind, sieht anders aus."

„Sie wurden im Abstand von sieben Jahren und unter völlig unterschiedlichen Umständen geschrieben, aber ich tendiere zu der Meinung, dass die Nachricht auf dem Grabstein von jemand anderem als Leech geschrieben wurde", überlegte Frazer. „Ich warte auf die Analyse des Fotos, um zu sehen, ob wir die Seriennummer des Druckers haben, und dann können wir ihn hoffentlich zu einem Ort zurückverfolgen."

„Warum die Verzögerung?", fragte Aaron.

„Zu viele Verbrechen, nicht genügend Kriminaltechniker. Ich habe die Direktorin bereits angerufen und sie über die neuesten Morde informiert. Sie sagte, sie würde heute Abend ein Memo an den Leiter des Labors schicken. Da wir vermuten, dass Leech noch lebt, sollten sie spätestens morgen mit der Arbeit beginnen."

„Hätte Leech die Zeit gehabt, Sylvie gestern Abend zu töten und dann zum Friedhof zu fahren, um das Grab zu schänden?", fragte Aaron.

Frazer kratzte sich am Kinn. „Es ist nur dreißig Minuten mit dem Auto entfernt. Aber ich kann mir nicht vorstellen, dass er es getan hat. Ich kann mir nicht vorstellen, dass er nach einer Vergewaltigung und einem Doppelmord dazu übergeht, Schweineblut auf einen Grabstein zu schmieren. Oder seine Freiheit für etwas so Banales und Unwürdiges zu riskieren."

„Ein Ersatz, weil er nicht an Hope herankam?"

Frazer legte den Kopf schief. „Er hatte jemanden auf seiner Liste erwischt, was ihn vermutlich in Euphorie versetzt hat. Ich würde erwarten, dass er sich zurück in sein Loch verkriecht und die Erfahrung auskostet, während er sich auf die nächste vorbereitet."

„Wer steht deiner Meinung nach noch auf dieser Liste?"

„Ich bin mir ehrlich gesagt nicht sicher. Die Richterin, die Geschworenen, Beasley und sein Team, der Labortechniker, der Dannys Blut auf Leech' Hemd gefunden und vor Gericht ausgesagt hat. Vermutlich Brendan, weil er ihn verprügelt hat."

Hopes Mund wurde trocken.

Frazer kam ihrer Panik zuvor. „Ich habe veranlasst, dass alle noch einmal kontaktiert und an die Gefahr erinnert werden, die von Leech ausgeht. Darunter auch dein Schwager und seine Mutter. Das BPD wird einen Wagen vor ihrem Haus parken, bis sie Leech gefasst haben."

Erleichterung machte sich in ihr breit. Der Gedanke, dass Leech Dannys Mutter etwas antun könnte, war unerträglich.

„War das mit dem Grabstein ein Komplize oder Sympathisant?", fragte Aaron.

Frazer schüttelte den Kopf. „Ich bin mir noch nicht sicher, aber sobald wir den Drucker identifiziert und ausfindig gemacht haben, werden wir jemandem einen Besuch abstatten."

Hope hob einen der Briefe auf, die Leech geschickt hatte. „Er hat definitiv Hilfe und eine Bleibe. Oder er hat jemanden getötet und wohnt in dessen Haus und benutzt dessen Fahrzeug. Aber er muss vom Unfallort dorthin gekommen sein ..." Sie blickte auf. „Das FBI muss Blake Delaware befragen, denn wenn jemand weiß, wo er sich aufhält, dann ist es dieser Widerling. Der Kerl verwaltet Leech' ganzes Leben, obwohl er damals nicht der alleinige Unterzeichner für die Geschäftskonten war. Ich schätze, Julius war nicht ganz so naiv, wie er manchmal vorgab."

Frazer sah verärgert aus, wenn auch nicht von ihr. „Jetzt, da wir diese neue Mordermittlung haben, kann ich auf mehr Überwachung drängen – aber sowohl Leech als auch Delaware werden wissen, dass Delaware wahrscheinlich beobachtet wird. Ich glaube nicht, dass sie auf bekannten Wegen kommunizieren würden."

„Leech könnte Delaware von einem anderen Telefon aus kontaktiert haben, bevor wir überhaupt wussten, dass er frei ist", erklärte Aaron. „Du solltest nachsehen lassen, wer Delaware in diesem Zeitraum angerufen hat. Vielleicht finden wir eine Spur."

Frazer sah ihn scharf an. Hope hatte das Gefühl, dass Aaron etwas vorgeschlagen hatte, woran er nicht gedacht hatte, was wahrscheinlich nicht sehr oft vorkam.

„Clever", kommentierte Hope.

Er blickte zu ihr. „Nicht wirklich."

Sie merkte, wie sie lächelte. Er mochte es wirklich nicht, wenn man ihn auf seinen Intellekt ansprach. Seine ehemalige Verlobte hatte ihm ganz schön zugesetzt.

„Ich habe um Aufzeichnungen über alle seine Besucher in den letzten zwei Jahren gebeten", erklärte Frazer. „Einer von ihnen könnte ihm helfen."

Hope erschauderte. „Warum sollte jemand diesem Monster helfen?"

„Nicht jeder hielt ihn für schuldig." Frazer strich mit einer Hand über das Papier. „Einige glaubten, dass jemand anderes Danny und Paige ermordet und es dann Leech in die Schuhe geschoben hat."

Sie wandte den Blick ab. Auch sie hatte ihren Teil dazu beigetragen. Indem sie die Korruption der Polizei aufdeckte, hatte sie auch den zweiten Fall gegen Leech untergraben.

„Könnte dieser Delaware einen Anschlag auf Monroe angeordnet haben? Den Selbstmord mit dem Brief inszeniert haben, damit die Beweise abgewiesen werden und sein Boss freigelassen wird?", fragte Aaron.

Hope zuckte zusammen. „Der Staatsanwalt hat das auch angedeutet, nachdem ich meinen Antrag auf Einstellung des Verfahrens gestellt hatte, aber sie hatten keinerlei Beweise. Keine Zeugen. Keine Beweise für einen Kampf. Leech und Delaware wirkten beide gleichermaßen fassungslos über die Wende der Ereignisse an diesem Tag."

„Wer war noch mal der Staatsanwalt in diesem Fall?"

„Steven Foggerty. Er verließ die Staatsanwaltschaft und zog nach dem Prozess nach Florida, wo er seine eigene Kanzlei hat. Er war kein Fan von mir, also bin ich froh, dass wir nicht zusammenarbeiten müssen. Ich nehme an, jemand hat ihn über Leech' Flucht informiert?"

Frazer nickte.

„Ich würde gern einen Blick in den Polizeibericht über Monroes Tod werfen. Kannst du ihn für mich besorgen?", fragte Aaron Frazer.

Sie rang die Hände, als sie von Unbehagen erfüllt wurde.

„Je mehr ich über die Geschehnisse von damals weiß, desto besser bin ich auf alle Eventualitäten vorbereitet. Deshalb bitte ich Sie um die Erlaubnis, Ihre Akten aus dem zweiten Prozess zu lesen." Aarons dunkle Augen bohrten sich in sie.

Er brauchte keine Erlaubnis, nicht wirklich. Wie konnte sie Nein sagen, obwohl sie es unbedingt wollte? „Halten Sie die Fotos einfach außerhalb meines Blickfeldes. Vielleicht können Sie die Schachtel im Schlafzimmer aufbewahren."

„Das kann ich machen", sagte Aaron leise. „Sehen wir uns den Rest des Videos an und schauen, ob Ihnen noch etwas auffällt."

Frazer drückte auf die Abspieltaste, und diesmal sah sie Sylvies Büro, das verwüstet war, und den Monitor mit einem Foto von ihr, wie sie am Abend zuvor im Schneeregen stand.

Hatten ihre bitteren Worte Leech dazu gebracht, wieder zu töten?

Frazer las ihre Gedanken. „Er hätte es sowieso getan. Das weißt du."

„Was ist mit Janelli?" Aaron nippte an seinem Kaffee.

Frazer runzelte die Stirn. „Sein Handy war gestern Abend bei ihm zu Hause."

„Du hast sein Handy geortet? Woher kam die Erlaubnis dafür?" Hope runzelte die Stirn.

Frazer warf ihr einen Blick zu. „Ich weiß nicht, wovon Sie reden, Counselor."

„Ich werde mich nicht an einer illegalen Überwachung beteiligen."

„Oh, bitte. Das ist nicht Watergate", spottete Frazer.

„Sie haben selbst gesagt, dass Sie glauben, er könnte den Grabstein verwüstet haben, aber Brendan würde das nicht einmal in Betracht ziehen, geschweige denn seinen Chef darauf ansprechen. Eine schnelle Antwort bekommen wir nur, indem wir seinen Aufenthaltsort überprüfen", sagte Aaron entschieden. „Jedenfalls habe ich nicht davon gesprochen, dass Janelli der Vandale ist. Ich meinte, dass er ein mögliches Ziel für Leech ist. Sie sagten, dass er nie von der Geschichte abgewichen ist, dass er Monroe gesehen hat, wie er das Taschentuch am Tatort aufhob."

Frazer bewegte eine Schulter. „Monroe hätte es leicht platzieren können, ohne dass Janelli es sieht. Dann hat er es absichtlich vor den Augen des Neulings in eine Beweismitteltüte gesteckt. Janelli hat wahrscheinlich die Wahrheit gesagt, so wie er sie gesehen hat."

„Laut den Gerichtsakten", beharrte Aaron, „hat Leech Janelli im Zeugenstand als Lügner bezeichnet."

„Das ist richtig." Hope rieb sich die Stirn. Der koffeinfreie Kaffee reichte nicht aus, um ihre Augen offen zu halten. „Der Richter hat Leech gewarnt, wenn er noch ein Wort sagte, würde er wegen Missachtung des Gerichts belangt." Dann erschauderte sie. Sie hatte Leech' Arm berührt. Sie hatte ihm gesagt, er solle sich beruhigen und dass sie sich darum kümmern würde. Und das hatte sie. „Soll ich Brendan anrufen und ihm sagen, er soll den Kerl warnen?"

Sie mochte den Detective nicht, aber sie wünschte ihm nichts Böses.

Frazer schüttelte den Kopf und sah auf seine Uhr. „Ich rufe seinen Captain an und sage ihm, dass Janelli die Drohung ernst nehmen soll, und frage ihn, ob sie etwas zu erzählen haben, wenn ich schon dabei bin." Er legte die handgeschriebenen Briefe zurück in die Mappe und schob sie über den Tisch zu Aaron, der sie sorgfältig in die Schachtel legte und den Deckel wieder aufsetzte.

Hope starrte Frazer an und erinnerte sich an noch etwas. „Hey. Du hast jemanden auf deiner Liste vergessen."

„Wen?"

„Dich selbst. Wer passt auf dich auf?"

24

———————

Frazer begann, ihre Tassen einzusammeln.

„Keine Sorge, ich mache das schon." Hope nahm Frazer die Tasse aus der Hand. „Du gehst zurück zu den Hayes und erinnerst sie daran, ebenfalls vorsichtig zu sein."

Aaron nahm ihr seinerseits die Tassen aus der Hand. „Sie beide gehen ins Bett. Ich kümmere mich um das Aufräumen. Ich möchte noch einmal zu den Jungs, bevor ich mich selbst schlafen lege."

„Ein Mann, der Hausarbeit macht. Ich bin überrascht, dass du noch Single bist." Frazer schlüpfte in seinen Mantel.

„Vielleicht mag ich es, Single zu sein." Aaron kniff die Augen zusammen. Es konnte nicht sein, dass der Profiler seine erbärmliche Geschichte nicht kannte, dass seine Ex-Verlobte jetzt seine Schwägerin war.

Frazer warf ihm einen schiefen Blick zu. „Das tun die meisten von uns, bis es plötzlich nicht mehr so ist."

„Lass Aaron in Ruhe", mahnte Hope. „Viele Leute ziehen es vor, allein zu sein. Daran ist nichts auszusetzen."

Frazer sah aus, als wolle er widersprechen, überlegte es sich aber anders. Stattdessen zwang er sich zu einem Grinsen. „Du hast recht. Lustigerweise glaube ich mich zu erinnern, dass Leech

217

nicht allein sein wollte. Er sagte, er wolle die richtige Frau finden und sesshaft werden, konnte aber nie jemanden finden, der ihn wirklich verstand."

„Weil er ein mörderisches Arschloch ist?" Aaron verzog den Mund.

„Die Leute sagen im Zeugenstand Dinge, die sie nach den Maßstäben der Gesellschaft als ,normal' erscheinen lassen. Hat Sylvie nicht gesagt, dass er mit jedem Mord seine ,Familie' wiederherstellt?"

„Ja. Sein Vater war ein Schürzenjäger, und seine Mutter hat ihn mit Julius' Kindermädchen im Bett erwischt. Sie stritten sich, und er versuchte, sie mit einem Kissen zu ersticken. Sie schnappte sich einen Brieföffner, der zufällig in Reichweite war, und stach damit auf ihn ein. Es gelang ihm, die Tat zu beenden, bevor er verblutete. Sie bemerkten wohl beide nicht, dass der kleine Julius sich im Schrank versteckt und die ganze Sache beobachtet hat. Anscheinend sagte er der Polizei, die später mit ihm sprach, dass er dachte, seine Eltern würden schlafen."

Aaron wollte Leech nicht bedauern, aber er hatte Mitleid mit dem Kind, das er gewesen war.

„Er hat die Morde nie zugegeben, also wissen wir nicht, warum er seine Opfer auswählte, aber Sylvie glaubte, dass er die Menschen für ihre Sünden bestrafen wollte, und ich stimmte ihr zu", erklärte Frazer. „Ich glaube, er hat wahrheitsgemäß gesagt, dass er jemanden in seinem Leben haben wollte, mit dem er alles teilen kann." Er blickte zu Hope. „Er war während des ersten Prozesses in dich verknallt."

Aaron beobachtete, wie die restliche Farbe aus Hopes Gesicht wich und sie so weiß wurde wie die Wand.

„Glaubst du, er hat im Gefängnis jemanden kennengelernt?", fragte Hope.

„Ich werde die Besucherprotokolle überprüfen und alle mehrfachen weiblichen Besucher herausfiltern, bevor ich ins Bett gehe. Mal sehen, was die Analysten über Nacht herausfinden können."

„Wenn sie keine Verdächtigen sind, könnten sie potenzielle Opfer sein." Hope unterdrückte ein Gähnen.

„Daran hätten sie denken sollen, bevor sie sich mit einem Serienmörder eingelassen haben", sagte der Profiler gereizt.

Hope verschränkte die Arme. „Tja, die Leute sagen das Gleiche über mich."

Frazer zuckte zusammen. Auch er sah aus, als könnte er ihm Stehen einschlafen. Aaron war nicht weit davon entfernt.

„Ich nehme an, das tun sie. Ich bitte um Entschuldigung. Wie du sicher weißt, wird man in diesem Job leicht zynisch." Frazer verbarg ein Gähnen. „Das Gefängnis ist für jeden eine harte Umgebung, ganz zu schweigen von einem privilegierten Mann aus reichem Hause. Ich kann mir vorstellen, dass er zumindest ein paar Brieffreunde hat."

„Genug, um sich verliebt zu haben?", überlegte Hope.

„Leech ist nicht fähig zu lieben", erwiderte Frazer unverblümt. „Er glaubt aber, dass er es kann, also ist er vielleicht mit jemandem zusammen, der ihn versteckt. Jemandem, der ihn zu lieben glaubt?"

„Man muss schon verdammt seltsam sein, um sich ein Monster als Liebespartner auszusuchen." Aaron wusste, dass es öfter vorkam, dass Menschen sich an Inhaftierte hängten, aber für ihn ergab das keinen Sinn. „Wer will schon für ein Date in den Hochsicherheitstrakt gehen?"

Frazer lachte. „Du sprichst mit einem Mann, der regelmäßig Psychopathen im Gefängnis besucht."

„Kein Kommentar zu deinem Spinner-Status." Hope ging zum oberen Ende der Treppe, als Frazer zur Tür hinaustrat. „Gute Nacht. Tut mir leid, dass du einen furchtbaren Tag hattest."

Frazer schnitt eine Grimasse. „Es hätte schlimmer sein können. Denk daran, dass deine Anrufe und Textnachrichten überwacht werden, also kein Sexting, es sei denn, du willst Publikum. Falls Leech sich meldet, bleib so lange wie möglich in der Leitung, aber wenn du es nicht ertragen kannst, ihm zuzuhören, leg einfach das

Handy beiseite und geh weg." Er sah zu Aaron hinüber. „Pass'
auf sie auf. Lass' sie nicht aus den Augen."

„Wo genau sollte ich denn hingehen?" Bitterkeit schwang in
ihren Worten mit.

Aaron nickte Frazer zu. „Einer aus dem Team wird dich zu
deinem Wagen begleiten."

Frazer öffnete den Mund, um zu widersprechen, blickte aber
zu Hope und schien es sich anders zu überlegen. „Gut. Danke."

Aaron folgte dem Mann die Treppe hinunter und verteilte
einige Anweisungen, darunter auch, dass Cadell Frazer zu seiner
Bleibe folgen sollte. Eine gute Übung für sie beide. Dann überprüfte Aaron, ob alle in Position waren und es nichts gab,
worüber er sich im Moment Sorgen machen musste. Es waren
weitere sieben Zentimeter Schnee gefallen, und abgesehen von ein
paar Schneemännern in Arbeit im Park auf der anderen Straßenseite war alles ruhig. Er ging wieder nach oben. Zum Glück war
Hope schon ins Bett gegangen.

Er räumte das gesamte Geschirr in die Spülmaschine und
schaltete sie ein, bevor er die Kaffeekanne ausspülte.

Dann schnappte er sich die Schachtel mit den Akten, schaltete
das Licht aus und ging die Treppe hinauf. Die Jungs hatten sein
Feldbett in dem Arbeitszimmer aufgebaut, in dem sich die alte
Kleidung befand. Er schloss die Schranktür. Er wollte keine Erinnerungen an Hopes Familie sehen, nicht heute Abend, nicht,
wenn er vorhatte, ausführlich über die Morde an ihnen nach-
zulesen.

Aaron stellte die Schachtel auf den Boden und schaltete eine
Lampe ein, die auf dem großen Schreibtisch neben einem schönen
iMac stand. Bücherregale säumten eine Wand. Er schaute genauer
hin, aber statt der erwarteten juristischen Fachzeitschriften waren
die Bücher alle auf Ermittlungsverfahren und das Schreiben von
Romanen ausgerichtet. Dann erinnerte er sich daran, dass ihr
verstorbener Ehemann Autor gewesen war.

Er wusch sich im Gästebad. Hope hatte ihre Tür einen Spalt
offengelassen, und er nahm an, dass es für die Katze war. Er hatte

sich gerade bis auf die Unterhose ausgezogen, als ein Schrei die Stille durchbrach.

Aaron schnappte sich seine SIG und stürmte in Hopes Schlafzimmer, wo er sich in Schussposition begab.

Hope tänzelte in ihrem karierten Pyjama auf der Stelle und zeigte auf das Bett.

Eine große Hausspinne saß auf dem Kissen, alle acht Augen auf ihn gerichtet.

Aaron ließ seine Waffe sinken und kam sich wie ein Idiot vor. Cowboy und Griffin stürmten herein und standen dann mit gezogenen Waffen in ihren Schlafhosen da. Jetzt, da die drohende Gefahr vorüber war, hämmerte Aarons Herz wie verrückt. Nicht dass Hope durch die Anwesenheit von drei hochqualifizierten Agenten in ihrem Schlafzimmer beruhigt aussah.

„Was ist hier los?" Cowboys Augenbrauen verschwanden praktisch unter seinem Haaransatz, und falls er irgendetwas darüber sagen sollte, dass Aaron in seiner Unterwäsche war, würde Aaron den Mann umbringen und die Leiche in den Fluss werfen.

„Eine Spinne." Er sah Hope an. „Haben Sie ein Glas?"

Sie flitzte ins Badezimmer.

„Das Alpha Team wird sauer sein, dass sie diese Aufregung verpasst haben." Cowboy ließ seine Waffe sinken. „Wir drei in Unterwäsche in Hope Harpers Schlafzimmer. Was dagegen, wenn ich auf dem Bett hüpfe, um den Moment für die Nachwelt zu besiegeln?"

Aaron funkelte den Kerl an. „Warum schlägst du nicht eine Kissenschlacht vor, wenn du schon dabei bist?"

„Nun, das war nicht die Art von Hüpfen, die ich im Sinn hatte, aber ich bin dabei, wenn du es bist." Er wackelte mit den Augenbrauen, um seine Aussage zu unterstreichen. Dann grinste er, als Hope ins Zimmer zurückkehrte, wobei sie ein Glas mit einem Handtuch abtrocknete. „Ich denke, du hast das im Griff, Professor. Wir lassen dich jetzt in Ruhe."

Aaron rollte mit den Augen und nahm Hope das Glas aus den

Fingern, wobei er das kurze Zischen der Verbindung ignorierte. Er platzierte das Glas schnell über dem achtbeinigen Tier und sperrte das arme Ding darin ein.

„Postkarte? Eine Dankeskarte? Irgendetwas in der Art?"

Sie ging zu ihrer Aktentasche, zog einen Ordner heraus, nahm den Inhalt heraus und reichte ihm den Karton.

„Hier." Ihre Hände zitterten, als sie sich schnell zurückzog.

Er schob den Karton unter das Glas und drehte es um, sodass die Spinne auf den Boden fiel. „Voilà. Lassen Sie mich dieses Tier irgendwo entsorgen, wo es glücklicher ist, und Sie können etwas schlafen."

„Draußen. Vielleicht können Sie sie in einen der Blumentöpfe auf dem Dach werfen."

„Ich werde einen Platz für sie finden."

„Draußen", beharrte sie.

„Draußen", versprach er.

„Danke." Ihre Wangen waren gerötet. Verlegenheit? Oder etwas anderes …

„Nichts zu danken. Freut mich, Ihnen endlich zu Diensten sein zu können." Er redete sich ein, dass er seine hart erarbeiteten Muskeln nicht anspannte, um sein Sixpack zu zeigen, aber er war ein Lügner.

„Gute Nacht, Aaron." Dann lachte sie. „Es tut mir leid. Ich wollte nicht schreien. Ein Reflex. Normalerweise bin ich allein und niemand hört mich. Danke, dass Sie sich darum gekümmert haben."

Aaron schüttelte den Kopf, als er ging und die Treppe hinaufstieg. Diese Frau war bereit, sich mit einem Mann anzulegen, der bereits zehn Menschen rücksichtslos getötet hatte, aber ein zwei Zentimeter großes Spinnentier machte sie zu einem zitternden Wrack.

Warum zum Teufel brachte ihn das zum Lächeln?

25

Als sie am nächsten Morgen am Gerichtsgebäude vorbeifuhren, entdeckte Hope Reporter, die sich um Jeff Beasley drängten, der sie mit Audiomaterial zu versorgen schien. Jason Swann stand hinter ihm und sah aus wie jedermanns Lieblingsenkel. Swann trug heute einen Anzug. Sein strähniges Haar war ansehnlich kurz geschnitten. Er war glattrasiert, mit einem nüchternen Ausdruck in seinem Mistkerlgesicht. Offensichtlich hatte Beasley die sensationelle Medienberichterstattung nach dem Mord an Sylvie und ihrem Mann genutzt, um am öffentlichen Image seines Mandanten zu arbeiten.

„Halten Sie vorn an."

„Hope–"

„Meine Mandantin wird diesen Fall nicht verlieren, weil Beasley unbegrenzte Sendezeit in den Nachrichten bekommt. Halten Sie den Wagen an." Sie wollte am Türgriff ziehen.

„Anhalten", befahl Aaron, packte sie am Arm und hielt sie fest. Als sie versuchte, sich loszureißen, wurde sein Griff fester. „Wir machen das auf meine Art oder gar nicht."

Eigentlich sollte sie wütend darüber sein, so bevormundet zu werden, aber aus irgendeinem Grund war sie es nicht. Eine solche

Nähe hatte etwas zutiefst Körperliches an sich. Diese Männer nahmen ihren Job ernst. Das tat sie auch.

„Hopper, komm mit uns. Du bist heute im Gerichtssaal."

Ryan Sullivan fuhr, und ein Mann namens Sebastian Black war der andere Operator im Wagen. Sie kannte ihn nicht so gut wie die anderen.

„Black, du bleibst bei uns, bis Hope ganz drinnen ist. Dann triffst du Cowboy auf der Rückseite des Gebäudes."

Sie wollte sich in Bewegung setzen.

Sein Griff ließ nicht nach. „Warten Sie."

Die Kraft in diesen Fingern bescherte ihr ein seltsames Hochgefühl.

Seth Hopper und Sebastian Black stiegen beide aus und stellten sich vor ihre Tür, als Aaron ihr endlich erlaubte, auszusteigen. Er folgte ihr dicht wie ein Schatten. Der Geländewagen stand am Straßenrand und wartete vermutlich, bis sie sicher im Gebäude war. Aber die Chance, dass Leech hierherkam, war verschwindend gering. Sie war eher in Gefahr, auf dem Eis auszurutschen.

„Suchen Sie mir einen Platz etwas oberhalb und rechts von Beasley. Ich möchte mit der Presse sprechen."

„Ja, Ma'am." Hopper schoss wie ein Schneepflug durch die Menge.

Hope ging hinter ihm und Black her, was sie auch vor dem brutalen Wind schützte, als sie die Stufen zum Vordereingang hinaufstiegen.

Die Männer machten ihr einen Platz frei, und obwohl Beasley noch immer sprach, begannen die Reporter, sich ihr zuzuwenden und sich um eine Position zu drängeln. Dann wurde sie mit Fragen bombardiert.

„Was können Sie uns über den Tod von Sylvie Pomerol und ihrem Mann Bart Tranter sagen? War es Leech?"

„Gab es Sichtungen? Wissen Sie etwas? Sagen Ihnen die Marshals etwas? Irgendetwas?"

„Wurde einer der entflohenen Sträflinge seit gestern Morgen gesichtet?"

„Haben Sie gehört, dass die Leiche des zweiten Wachmanns aus dem Wasser gezogen wurde?"

Sie tauschte einen Blick mit Aaron aus, aber er schüttelte den Kopf. Er hatte es auch nicht gewusst.

„Hat Leech Blut auf den Grabstein Ihres Mannes und Ihrer Tochter geschmiert?"

„Ist er in Boston?"

Sie sah auf und entdeckte Ella Gibson, die im hinteren Teil der Menge neben Colin stand. Die junge Frau sah verängstigt aus, und ihr Rechtsreferendar schien sein Bestes zu tun, um sie zu beruhigen.

Hope hob einen Finger, damit Stille einkehrte. „Ich bin zutiefst betrübt, vom Tod des Gefängniswärters sowie von Sylvie und ihrem Mann Bart zu hören. Dr. Pomerol war eine angesehene Rechtspsychologin und eine große Bereicherung in jedem Gerichtssaal. Darüber hinaus war sie ein liebenswürdiger und anständiger Mensch, und ich denke, wir sind uns alle einig, dass die Person, die sie getötet hat, das nicht ist."

Sie spürte Aarons Missbilligung dessen, was er als Ködern und sie als Wahrheit ansah.

Weitere Fragen wurden ihr entgegengeschleudert, und sie beobachtete Beasley aus dem Augenwinkel. Er hatte einen Arm um Swanns Rücken gelegt und fing an, über den Kampf seines Mandanten um den Beweis seiner Unschuld infolge der „Me Too"-Bewegung zu sprechen.

Wie traurig.

„Aber Leech ist nicht das einzige Monster auf der Straße." Sie warf Beasley und Swann einen spitzen Blick zu.

„Irgendeine Idee, wo sich Leech verstecken könnte?", rief ein Reporter des Globe.

Blöde Frage, aber eine gute Überleitung.

„Ich weiß es nicht." Hope lächelte breit und deutete mit einer Hand auf Beasley. „Aber vielleicht weiß Jeff, wo sich sein Klient zurzeit aufhält. Vermutlich werden Sie noch von ihm bezahlt, Jeff?“

Sie murmelte „Blutgeld“, als sie sich umdrehte und ihn allein ließ, um sich mit dem Aufschrei der Medien auseinanderzusetzen. Sie hoffte, dass sie ihn bei lebendigem Leibe auffraßen.

Im Inneren des Gebäudes führte Aaron sie zu einer Seite der Metalldetektoren, und sie umgingen schnell die Sicherheitskontrolle und schritten zum Gerichtssaal, wo sie Aisha vor den Türen warten sah. Die juristische Hilfskraft hatte vorhin angerufen und Hope gesagt, sie solle sie hier treffen und nicht in der Staatsanwaltschaft. Hope war sich sicher, dass die Frau den Medienrummel vorausgesehen hatte und nichts damit zu tun haben wollte.

Colin holte sie schweratmend ein.

„Wo ist Ella?“, fragte Hope.

„Sie ist nach Hause gegangen.“

„Gut. Sie wird heute nicht gebraucht. Wir können genauso gut ihren Verstand schonen, und nein, diesen Luxus kann man sich in diesem Job nicht leisten, fürchte ich.“

„Ich für meinen Teil bin bereit, einem Verteidiger in den Arsch zu treten“, sagte Aisha, als Hope sie erreichte. Sie lehnte sich näher heran. „Lassen Sie sich von dem Mistkerl nicht unterkriegen.“

Hope nickte und sah sich nach Aaron um, bevor sie hineinging. Er fing ihren Blick auf und schenkte ihr ein Lächeln, das ihr den Atem raubte.

„Das ist ein verdammt gutaussehender Mann“, murmelte Aisha leise.

Du solltest ihn in seiner Unterwäsche sehen.

Aisha lächelte verträumt. „Das erste Mal in zwanzig Jahren, dass ich mir wünsche, nicht glücklich verheiratet zu sein.“

Hope warf ihr einen amüsierten Blick zu.

Das Leuchten in Aishas Augen war pure Freundlichkeit, als sie flüsterte: „Er sieht Sie bestimmt nicht so an, weil er für Ihre Sicherheit verantwortlich ist, wissen Sie?“

Hopes Mund wurde trocken, als sie wieder über ihre Schulter blickte und feststellte, dass der dunkle, intelligente Blick fragend geworden war, da er sich vermutlich wunderte, warum sie ihn anstarrte, als hätte sie ihn noch nie gesehen.

Seth Hopper trat hinter sie und versperrte ihr die Sicht, also drehte sie sich, um zu sehen, wohin sie ging.

Schon der Gedanke, sich zu Aaron hingezogen zu fühlen, war absurd.

Oder nicht?

Es war sieben lange Jahre her, dass sie mit einem Mann zusammen gewesen war, und dieser Mann war ihr Ehemann und einziger Liebhaber gewesen. Hope war sich nicht einmal sicher, ob diese Teile ihres Körpers noch funktionsfähig waren. Sie war sich nicht sicher, ob sie das überhaupt wollte.

Sie zwang ihre Gedanken von dem rätselhaften Konzept der sexuellen Anziehung weg. Sie hatte einen Gerichtsprozess zu führen, und da draußen lief ein Serienmörder frei herum.

Aber sie wusste besser als jeder andere, dass das Leben kurz war. Genauso wie sie wusste, dass Aaron verschwinden würde, sobald Leech gefasst wurde, und das wäre es dann gewesen. Die längste Zeit wäre ihr das nur recht gewesen. Doch plötzlich fragte sie sich, wie es wohl wäre, einen Mann wie Aaron Nash zu küssen. Wie es wohl wäre, mit einem Mann wie Aaron Nash Sex zu haben.

Die Vorstellung war faszinierend. Verlockend. Beängstigend.

„Erheben Sie sich für die ehrenwerte Richterin Erica Penton."

Hope schob alle anderen Gedanken beiseite und unterdrückte ein Grinsen, als Beasley verspätet und zerzaust eintraf. Er entschuldigte sich bei der Richterin, bevor er sich zu seinem Gefolge setzte.

Er warf ihr einen bösen Blick zu.

Seth Hopper beugte sich vor und murmelte: „Soll ich mich später für Sie um ihn kümmern? In der Gasse? Cowboy und ich könnten den Kerl einfach so verschwinden lassen." Er schnippte leise mit den Fingern. „Keiner wird es je erfahren."

Das Funkeln in seinen Augen verriet ihr, dass er scherzte.

„Oh, Mann", murmelte Aisha. „Sie wissen wirklich, wie man eine Frau umgarnt."

Hopper grinste. Colin lächelte.

Hope unterdrückte ein Lachen. „Ich werde das Angebot im Hinterkopf behalten."

Dann machte sie sich an die Arbeit. Sie blickte auf ihren Notizblock und sah die Nummern, die Aisha eingekreist hatte, die sie durchgestrichen hatte, sowie die anderen, die neutral blieben.

Sie betrachtete die Liste und stand auf. „Euer Ehren, ich möchte den Geschworenen Nummer achtzehn befragen." Ein junger Mann Anfang zwanzig. Keine radikalen Ansichten in den sozialen Medien, er schien sogar ziemlich offen und tolerant zu sein. Aisha war weiter zurückgegangen und hatte einige Kommentare zu Beiträgen ausgegraben, die er nach der Entlastung eines Quarterbacks im Bundesstaat New York im vergangenen Jahr wegen einer Reihe brutaler Vergewaltigungen verfasst hatte. Seine überwältigende Sympathie für die ungerechtfertigte Verurteilung von Drew Hawke könnte seine Meinung in diesem Fall beeinflussen. Recherche erzählte nicht immer die ganze Geschichte. Die Vorvernehmung würde helfen herauszufinden, auf welcher Seite er wirklich stand.

Sie richteten sich auf einen weiteren langen Tag ein.

26

———

Aaron traf Frazer vor dem Gerichtsgebäude.

Er öffnete die Beifahrertür des BMW und spähte hinein. „Was gibt's?"

Er unterdrückte ein Frösteln. Er trug nichts Wetterfesteres als ein Sportjackett aus gebürsteter Baumwolle, und draußen war es verdammt kalt. Seine Einsatzjacke lag im Kofferraum des Geländewagens.

Zum Glück hatten die Reporter ihre Posten verlassen, um ihre Berichte abzugeben, anstatt sich auf den Stufen des Gerichtsgebäudes den Arsch abzufrieren. Sie hatten das, weswegen sie gekommen waren. Hope hatte Beasley und seine Kanzlei den Wölfen zum Fraß vorgeworfen, und der Typ war fuchsteufelswild gewesen.

Aaron war sich nicht sicher, ob es der beste Weg zur Sicherheit war, einen Mann so zu provozieren, aber warum sollte Hope sich unter einem Felsen verstecken, während andere taten und sagten, was sie wollten? Das war patriarchalischer Schwachsinn, wie er ihn noch nie gesehen hatte.

„Ich habe beschlossen, einer Frau namens Eloisa Fairchild einen Besuch abzustatten. Gefolgt von Blake Delaware, Leech' Mitarbeiter. Ich dachte, du könntest mich begleiten, damit ich eine zweite Meinung über ihre Reaktionen einholen kann – vorausgesetzt, Hope ist sicher im Gerichtssaal untergebracht.“

„Wer ist Eloisa Fairchild?“ Aaron fuhr sich mit einer Hand über das Kinn. Er hatte sich vor ein paar Wochen einen kurzen Bart wachsen lassen und konnte sich nicht entscheiden, ob er ihm gefiel oder nicht. Für die Arbeit war er möglicherweise nützlich, also hatte er ihn vorerst stehen lassen.

„Eine alte Freundin von Leech, die ihm im Gefängnis regelmäßig geschrieben und ihn auch gelegentlich besucht hat. Sie gehört dem alten Geldadel an. Marshall Hayes – ebenfalls alter Geldadel – sagt, die Fairchilds hätten Eloisa als Kind in verschiedenen internationalen Schulen auf der ganzen Welt untergebracht. Dann starben die Eltern und der einzige Sohn bei einem Flugzeugabsturz, und Eloisa erbte im Alter von neunzehn Jahren dreihundert Millionen. Marsh sagt auch, sie sei ein paar Jahre lang ein wenig wild gewesen und habe sich dann wieder aus der Gesellschaft zurückgezogen. Niemand weiß, warum. Vielleicht hat sie sich einfach weiterentwickelt. Ich glaube, es lohnt sich, mit ihr zu reden.“

„Versuchst du herauszufinden, wie man sich heutzutage ‚aus der Gesellschaft zurückzieht‘? Ist sie nach Idaho gezogen? Hat sie sich eine Hütte im Wald gebaut?“

Frazer grinste. Und die Leute sagten, er hätte keinen Sinn für Humor. „Ich glaube, sie ging nicht mehr auf Partys und schickte keine Weihnachtskarten mehr.“

„Miststück.“

Frazer grinste. „Ich bin mehr an ihrer Beziehung zu Leech interessiert. Willst du mit mir kommen, oder soll ich allein fahren?“

Aaron sah auf seine Uhr. Es war halb elf. Hope sollte erst am Nachmittag fertig werden, und selbst wenn es früher sein sollte, waren Hopper, Black und Cowboy mehr als fähig, sie sicher ins Büro oder nach Hause zu begleiten. Die Tatsache, dass er jede Minute des Tages persönlich bei ihr sein wollte, war ein Drang, den er unterdrücken musste.

„Sicher", stimmte Aaron zu. „Zumal du auch ein potenzielles Ziel bist."

Frazer rollte mit den Augen, als Aaron auf den Beifahrersitz glitt. Er drehte die Heizung auf.

„Ich sage den anderen Bescheid." Er benutzte das Funkgerät und teilte dem Team im Gerichtsgebäude mit, dass er Frazer für ein paar Stunden begleiten würde, und dass sie ihn sofort auf seinem Handy kontaktieren sollten, falls Hope früher fertig wurde oder etwas passierte.

Nachdem die Nachricht bestätigt worden war, zog er den Ohrhörer heraus und steckte ihn weg.

Frazer lenkte den BMW zurück in den Verkehr und fuhr in Richtung Westen nach Cambridge.

„Irgendwelche Treffer bei den Leuten, die sich nach dem Unfall bei Delaware gemeldet haben?"

„Tatsächlich, ja. Ein Handy, das einem Mann namens Graham Burns gehört, rief Delaware am Montagnachmittag an. Um 14.25 Uhr. Das Signal kam von einem Sendemast in der Nähe des Wachusett-Reservoirs, nicht weit von der Unfallstelle entfernt."

„Hast du es den Marshals gesagt?"

„Ich habe es versucht." Frazers Stimme vibrierte vor unterdrückter Wut. „Der Verantwortliche hat nicht abgenommen."

Aaron schüttelte ungläubig den Kopf.

„Ich habe ihm eine Nachricht hinterlassen, in der ich ihm sagte, dass ich sachdienliche Informationen habe und er mich so bald wie möglich anrufen soll."

Aaron konnte sich vorstellen, in welchem Tonfall Frazer gesprochen hatte. Die Chance, dass er zurückgerufen wurde, war gleich null. Die mangelnde Zusammenarbeit zwischen den Bundesbehörden kostete sie Zeit, und das konnte in diesem Fall Leben bedeuten.

„Die Analysten im Hauptquartier sind dabei, eine Echtzeitüberwachung von Delawares Elektronik einzurichten – wir haben die Erlaubnis. Sie werden in etwa vierzig Minuten fertig sein. Ich will sehen, wen er anruft, wenn wir weg sind."

„Und wir schlagen die Zeit tot, indem wir zuerst diese Eloisa Fairchild befragen?"

„Warum nicht?"

Sie fuhren auf dem Storrow Drive in Richtung Süden, am Südufer des Charles River entlang. Trotz der eisigen Temperaturen spazierten und radelten die Leute an der Uferpromenade entlang. Das Wasser hatte die Farbe von mattiertem Stahl. Der Himmel deutete weiteren Schneefall an.

„Übrigens, danke für die Begleitung nach Hause gestern Abend. Unnötig, aber ich war gerührt."

„Cadell schuldet mir einen Zwanziger. Ich habe gewettet, du würdest ihn sehen. Er sagte, du würdest es nicht tun." Aaron zuckte mit den Schultern. „Ich will den Kerl fangen. Wenn du ein Ziel bist, dann bist du auch ein potenzieller Köder."

„Schön, nützlich zu sein."

Aaron sprach etwas aus, das ihn beunruhigte. „Was passiert, wenn das bis nächsten Mittwoch nicht vorbei ist?"

Kurt Montanas Gedenkfeier war für den zehnten Februar mittags angesetzt.

„Wenn die Marshals Leech bis zum Ende dieses Wochenendes immer noch nicht gefasst haben, werde ich mit der FBI-Direktorin sprechen und ihr empfehlen, dass der USMS ab Dienstag den Vollzeitschutz für Hope und die Richterin übernimmt."

Dieser Gedanke bereitete Aaron ein ungutes Gefühl. Er wollte den Schutz von Hope niemand anderem überlassen, was keinen Sinn machte. Sie war ein Job. Ein Job, den er bewunderte und respektierte und den er vielleicht von Kopf bis Fuß kosten wollte, aber trotzdem nur ein Job. Und auf keinen Fall würde er die Gedenkfeier für den Mann verpassen, der ihn zu einem der verdammt besten Operators des Landes gemacht hatte. Mehr noch, trotz Montanas ruppigem Auftreten war der Kerl ein Freund gewesen.

Frazer räusperte sich. „Du weißt es vielleicht nicht, aber Kurt und ich kannten uns seit vielen Jahren. Er hielt sehr viel von dir. Ich meine, er hielt viel von allen Leuten unter seinem

Kommando, aber ich weiß, dass er von dir besonders beeindruckt war."

„Für einen Nerd, meinst du?" Aaron schob den tiefsitzenden Groll beiseite. „Glaubst du, wir werden jemals herausfinden, was in Afrika passiert ist?"

„Wir haben dort immer noch FBI-Ermittler vor Ort …" Frazer zögerte.

„Was?"

Frazer blickte ihn an. „Das wurde noch nicht bekannt gegeben …"

„Sag' es mir", forderte Aaron.

„Es wurden Spuren von Semtex auf einigen der Gepäckstücke gefunden."

Die Luft strömte ihm aus der Lunge. „Semtex?" Der Flugzeugabsturz war kein tragischer Unfall gewesen. Es war ein Terrorakt gewesen. Wut brannte in seinen Adern. „War Montana das Ziel?"

„Ich weiß es nicht, aber ich habe vor, es herauszufinden."

„Ich würde gern helfen."

Frazer warf ihm einen nachdenklichen Blick zu. „Daran werde ich denken."

„Weißt du, was er da drüben gemacht hat?"

„Ich habe einen Verdacht, aber nein. Ich weiß nicht mit Sicherheit, was er dort gemacht hat."

„Ackers weiß es. Krychek auch."

Frazer nickte, sagte aber nichts weiter.

Sie schwiegen für den Rest der Fahrt. Frazer bog in die Kent Street ein und hielt vor einem großen, roten Backsteinhaus mit einem dunklen Schieferdach.

Sie stiegen aus und gingen durch das Vordertor, die flachen Stufen hinauf, vorbei an den niedrigen Ligusterhecken und den alten Bäumen, bis zur breiten, roten Haustür. Kahle Äste raschelten in der frischen Brise. Das Haus sah aus wie ein altes viktorianisches Schul- oder Waisenhaus, und aus irgendeinem Grund bekam er eine Gänsehaut.

Frazer klingelte.

Aaron beobachtete die Fenster und sah, wie sich ein Schatten hinter den durchsichtigen Vorhängen bewegte.

„Jemand ist zu Hause." Er neigte den Kopf zum Fenster.

Frazer klingelte erneut.

Sie hörten, wie sich der Riegel bewegte, bevor die Tür aufschwang. Eine Frau, vermutlich Ende zwanzig, stand da und musterte sie nervös, als Frazer seinen Ausweis hochhielt.

„Eloisa Fairchild? FBI. Dürfen wir reinkommen?"

„FBI? Warum? Was ist denn passiert?"

Frazer lächelte fragend. „Abgesehen davon, dass ein guter Freund von Ihnen aus einem Hochsicherheitsgefängnis ausgebrochen ist, meinen Sie?"

„Ah." Ihre weißen Wangen färbten sich rot. „Julius. Ja, natürlich."

Aaron fragte sich, was sie sonst glaubte, warum das FBI vor ihrer Tür stehen könnte.

„Kommen Sie herein." Sie öffnete die Tür weiter, um sie hereinzulassen. „Gibt es irgendwelche Entwicklungen?"

„Nein", antwortete Frazer. „Ich habe mich gefragt, ob er sich seit seiner Flucht bei Ihnen gemeldet hat."

Sie schüttelte den Kopf. „Natürlich nicht."

Aaron folgte Frazer ins Haus, behielt dabei aber seine Handfläche auf dem Griff seiner Pistole.

Als Frazer nicht weiter darauf einging, führte Eloisa sie zögernd in einen Raum, den man wohl als Salon bezeichnen konnte, mit einem kleinen Kamin und Blumen auf dem Tisch neben dem Fenster. Die Vorhänge waren aus grünem Samt.

„Nehmen Sie Platz. Kann ich Ihnen einen Tee oder Kaffee anbieten?" Sie hatte ein ovales Gesicht und glattes, feines mittelbraunes Haar, das ihr bis zu den Schultern reichte. Ihre Augen waren blau und ihr Mund schmal. Sie trug eine beigefarbene Hose, ein weißes Hemd und eine dicke Strickjacke.

„Nein, danke." Frazer entschied sich für einen unbequem aussehenden Sessel, der zu den Vorhängen passte. Er setzte sich Eloisa gegenüber, während Aaron in der Nähe des Fensters stehenblieb. „Ein schönes Haus haben Sie. Wohnen Sie hier allein?"

Sie verzog das Gesicht. „Es ist der Stammsitz der Familie, seit die Fairchilds nach Amerika gezogen sind und dort ihr Vermögen gemacht haben – vor dem U in USA."

„Wie hat Ihre Familie ursprünglich ihr Geld verdient, wenn ich fragen darf?"

Die Frau lachte erschrocken auf. „Sind Sie an einer Geschichtsstunde interessiert, oder schulde ich dem Finanzamt Steuern, von denen ich nichts weiß?"

„Ich bin einfach neugierig." Er schlug die Beine übereinander. „Das ist ein großes Haus für eine Person."

Sie legte den Kopf schief. „Ja, nun, meine Eltern und mein Bruder hatten das Pech zu sterben, also können wir sie für die Leere verantwortlich machen – oder vielleicht die Hersteller des Jets, in dem sie saßen." Sie fummelte nervös an der Naht des Samtstoffs.

„Mein Beileid zu Ihrem Verlust."

„Es ist jetzt zehn Jahre her. Ich denke immer noch jeden Tag an sie. Mir wurde gesagt, sie hätten nicht gelitten. Sie seien alle einfach eingeschlafen und wahrscheinlich gestorben, bevor das Flugzeug ins Meer stürzte, als ihm der Treibstoff ausging." In ihren Augen lag ein verträumter Ausdruck. „Sie haben das Wrack nie gefunden. Jahrelang war ich davon überzeugt, dass sie auf einer abgelegenen Insel gefunden und nach Hause zurückkehren würden. Wie Amelia Earhart." Ihre Mundwinkel sanken nach unten. „Ich bin sicher, Sie sind nicht gekommen, um das zu hören."

„Es muss schwierig für Sie gewesen sein." Frazer ermutigte sie, fortzufahren.

Eloisa nickte. „Das war es. Ich bin ein wenig aus der Spur geraten, aber ..." Sie zuckte mit den Schultern, als wollte sie sagen: *Was soll man machen?*

„Wie lange kennen Sie Julius schon?"

„Seit dem Tod meiner Eltern – ich war neunzehn. Er war sehr

nett." Sie schnaubte leise. „Ich weiß, dass es für die Leute schwer ist, den ‚gefährlichen Mörder', von dem man so viel hört, mit einem Mann in Einklang zu bringen, der mir Ratschläge gegeben hat, wie ich mit meiner Trauer umgehen und meine Finanzen verwalten kann, aber Julius war nie etwas anderes als ein Gentleman mir gegenüber."

„Warum sind Sie aus der", Frazer warf einen Blick auf Aaron, „feinen Gesellschaft ausgestiegen?"

„Die feine Gesellschaft ist nicht wirklich sehr fein." Sie rutschte unbehaglich herum, griff dann nach der Kette um ihren Hals und knabberte an dem goldenen Medaillon, das sie trug.

Sie wirkte nervös, aber war das ein natürliches Verhalten, wenn man von Bundesbeamten befragt wurde, oder hatte sie etwas zu verbergen? Aaron war sich nicht sicher.

„Ich stellte fest, dass ich mich selbst immer weniger mochte, je mehr Zeit ich in der reichen Partyszene verbrachte. Dann kam ich an einen Punkt, an dem ich merkte, dass ich nicht auf Partys gehen oder Leute treffen musste, nur weil meine Eltern das von mir erwartet hätten. Ich konnte zu Hause bleiben. Oder reisen. Ich konnte es zu meinen eigenen Bedingungen tun, nicht zu denen von anderen."

Sie ließ das Medaillon los und verschränkte die Finger.

„Worüber haben Sie und Julius korrespondiert, als er im Gefängnis war?"

Daraufhin wurden ihre Augen etwas schärfer. „Über alles Mögliche. Wir waren beide einsam und haben uns so die Zeit vertrieben."

„Und als Sie ihn im Gefängnis besucht haben?"

Sie wickelte die burgunderrote Strickjacke enger um sich. „Ehrlich gesagt erinnere ich mich nicht."

„Warum sind Sie hingegangen?"

„Ich war neugierig. Und er hat mir gesagt, er sei gelangweilt und einsam."

Aaron beobachtete sie aufmerksam.

„Es war eine Kleinigkeit, ihn ein- oder zweimal im Jahr zu

besuchen." Sie erschauderte. „Ich habe die Erfahrung nicht genossen. Zu düster. Zu gefährlich. Die Gerüche, die Sicherheitsvorkehrungen, die Art, wie die anderen Insassen mich ansahen."

Aber sie war trotzdem hingegangen.

Sie zog eine Grimasse. „Ich fand es erschütternd, aber ich wusste, dass es Julius viel bedeutete, und ich wollte ihm etwas von der Freundlichkeit zurückgeben, die er mir entgegengebracht hatte. Ich habe jede Woche oder so geschrieben. Ich hoffe, das hat ihn etwas getröstet. Er hat es wirklich nicht genossen, dort eingesperrt zu sein."

Erzählen Sie das seinen Opfern.

„Hat er jemals über Pläne zur Flucht gesprochen?", fragte Frazer.

„Würde mich das nicht zu einer Komplizin machen? Soll ich meinen Anwalt anrufen?" Sie lachte und hob eine Augenbraue.

„Wenn Sie sich aktiv dazu verschworen haben, Leech aus dem Gefängnis zu befreien, oder ihm nach seiner Flucht geholfen haben, könnten Sie angeklagt werden." Frazers Tonfall war lässig, als sei er belustigt. Aaron wusste, dass der Mann alles andere als amüsiert war. „Wenn es Ihnen lieber ist, dass Ihr Anwalt sich uns anschließt, dann können wir dieses Gespräch in der Bostoner Außenstelle des FBI führen."

Sie erwog die Idee, dann schüttelte sie den Kopf und neigte ihr Kinn nach oben. „Er hat nie von einem Ausbruch gesprochen, aber er hat sich sicherlich gewünscht, frei zu sein. Er sprach hauptsächlich über die Dinge, von denen er wünschte, sie getan oder nicht getan zu haben, und darüber, was er tun wollte, wenn er jemals wieder die Chance dazu hätte."

Frazer beugte sich vor. „Ist es möglich, seine Briefe an Sie zu lesen? Wir haben Ihre an Julius von der Gefängnisbehörde."

Ihre Miene erstarrte. „Dann wissen Sie, dass ich dazu neige, über den traurigen Zustand der Welt und meine jüngsten Katastrophen in der Küche zu berichten. Aber ich fürchte, ich habe seine Korrespondenz nicht behalten. Ich bin kein Fan von Unordnung."

Aaron verschränkte die Arme und hob skeptisch eine Augenbraue. Sie log. Das musste sie tun. Wer würde schon Briefe von einem angeblichen Freund im Gefängnis wegwerfen, wenn sie in einem Haus lebte, das so groß war wie die meisten Mehrfamilienhäuser? Hoffentlich konnte Frazer einen Herausgabebeschluss erwirken, bevor sie mögliche Beweise vernichtete – aber mit welcher Begründung?

„Darf ich fragen, was ganz oben auf seiner Liste der Dinge stand, die er tun wollte, wenn er jemals herauskäme?"

Aaron beobachtete, wie sie schluckte.

„Er hat sich immer gewünscht, er hätte eine Familie gegründet." Sie rutschte herum. „Er glaubte, wenn er eine Familie gehabt hätte, dann ..."

„Hätte er nicht unschuldige Menschen ermordet?" Aaron beschloss, dass er in diesem Szenario den bösen Bullen spielen durfte.

Sie legte den Kopf zurück, um ihn anzusehen, und ihre Wangen wurden wieder rot. „Dann wäre er nicht verhaftet worden. Er hat immer seine Unschuld beteuert."

„Das glauben Sie doch nicht wirklich, oder?"

Der funkelnde Blick, den sie ihm zuwarf, stellte die Haare in seinem Nacken auf. Offensichtlich hatte sie sich selbst davon überzeugt, dass Julius Leech unschuldig war.

„Was ist mit den beiden Menschen, die er letzte Nacht ermordet hat?", fragte Aaron.

„Gibt es Beweise dafür, dass tatsächlich zwei Menschen ermordet wurden?", spottete sie. „Oder ist das wieder ein Trick der Medien?"

„Da ich die Leichen gefunden habe und eine von ihnen eine Freundin war, kann ich eindeutig sagen: Ja, es gibt Beweise." Frazer lehnte sich in seinem Sessel zurück, aber Aaron merkte, dass er etwas von seiner dünnen Fassade der Höflichkeit verloren hatte.

Sie verschränkte die Hände ineinander. „Ich will nicht unhöflich sein, aber warum sollte ich Ihnen glauben?"

Nicht unhöflich sein?

Frazer holte sein Handy heraus und suchte ein Foto, bevor er das Display zu ihr drehte. „Was halten Sie von diesem Beweis?"

Sie wurde blass und zuckte zurück. Dann presste sie die Lippen aufeinander. „Woher soll ich wissen, dass es keine Schauspieler sind?"

Frazer erstarrte. „Schauspieler?"

„Krisenschauspieler", beharrte sie.

„Ah." Das Wort war langgezogen.

Aaron rollte mit den Augen. *Eine Spinnerin.* „Möchten Sie zum Beweis einen Ausflug ins Leichenschauhaus machen?"

„Oh bitte, ich bin nicht so leicht zu täuschen. Sie könnten mich ins Leichenschauhaus bringen und mir zwei beliebige Leichen zeigen. Ich hätte keine Ahnung, wer diese beiden Menschen sind. Die ganze Sache könnte ein ausgeklügeltes Komplott sein–"

„Zu welchem Zweck?" Frazer hatte mehr Geduld, als Aaron aufbringen konnte.

„Um Julius als ein Monster erscheinen zu lassen. Um zwei Leute loszuwerden, die die Regierung tot sehen wollte?"

Sie war voll und ganz in den QAnon-Krater gefallen.

„Vielleicht hat die Regierung die Flucht von Leech inszeniert, weil sie einen Haufen Leute umbringen wollte und es einfacher war, einen verurteilten Serienmörder dafür verantwortlich zu machen?", schlug Aaron voller Sarkasmus vor. „Vielleicht hält der ‚Schattenstaat' den *armen* Julius irgendwo fest, während er in seinem Namen Verbrechen begeht."

Sie versteifte ihr Rückgrat. „Das liegt nicht außerhalb des Bereichs des Möglichen."

Seine Oberlippe kräuselte sich. *Meine Güte.* Die Menschen waren dumm.

Frazer warf ihm einen warnenden Blick zu, woraufhin er den Mund schloss, bevor er etwas sagte, das definitiv seinen Rauswurf nach sich ziehen würde.

„Sind Sie sicher, dass Sie seit seiner Flucht nichts mehr von Julius gehört haben?"

Sie neigte den Kopf, so dass es aussah, als würde sie auf ihn herabsehen. „Nein. Er hat mich nicht angerufen."

„Ich sollte Sie vielleicht daran erinnern, dass es eine Straftat ist, einen FBI-Agenten anzulügen."

Daraufhin blinzelte sie und schürzte die Lippen. „Vielleicht sollte ich doch meinen Anwalt anrufen."

„Nicht nötig. Wir gehen jetzt. Danke, dass Sie uns so kurzfristig empfangen haben. Entschuldigen Sie die Störung Ihres Vormittags."

Eine Bodendiele knarrte über ihnen.

„Mein Hund", sagte Eloisa schnell.

Frazer lächelte. „Ich liebe Hunde. Welche Rasse?"

„Ein Malteser."

„Sind Sie sicher, dass sonst niemand im Haus ist?", drängte Aaron.

„Meine Haushälterin, aber sie ist in der Küche."

„Hätten Sie etwas dagegen, wenn wir eine Durchsuchung machen?"

Sie lachte leise. „Ich hätte einiges dagegen."

„Sie haben keine Angst?"

Sie legte den Kopf schief und musterte ihn, als sei er hier der Seltsame. „Ich bringe Sie hinaus."

Aaron ging voran. Er warf einen Blick auf den schicken Flur und das Treppenhaus und fragte sich, ob Leech in dem Zimmer im Stockwerk darüber war. Er wollte unbedingt die Treppe hinaufsteigen, diesen Kerl finden und die Sache beenden. Die Tatsache, dass er Hope nicht mehr zu Gesicht bekommen würde, war irrelevant. Sie wäre in Sicherheit und er wieder in Quantico, wo er das tat, was er liebte.

An der Tür reichte Frazer Eloisa seine Visitenkarte. „Für den Fall, dass Julius Sie kontaktiert. Wenn Sie recht haben und er unschuldig ist, dann ist es umso wahrscheinlicher, dass er lebend aus dieser Situation herauskommt, je schneller wir ihn in Gewahrsam nehmen."

„Damit er im Gefängnis verrotten kann." Mit verbitterter Miene betrachtete sie die Karte.

„Es gibt viele Arten von Gefängnissen, Eloisa." Frazer ließ seinen Blick über das prächtige Innere des alten Hauses schweifen.

„Manche würden sagen, das Leben in der Verleugnung der offensichtlichen Wahrheit ist eine Gefängniszelle, die mit Mauern aus Unwissenheit gebaut ist", fügte Aaron ohne jede Subtilität hinzu.

„Aber wer kontrolliert das? Die Geschichte wird von den Siegern geschrieben, und die Wahrheit ist nicht immer so, wie sie erscheint", erklärte Eloisa entschlossen.

„Die Wahrheit ist wichtig", beharrte Aaron. „Die Erde ist rund. Der Holocaust hat stattgefunden. Diese beiden Menschen wurden letzte Nacht von Julius Leech ermordet. Scheuklappen zu tragen, weil einem die Wahrheit nicht in den Kram passt, ist nichts anderes, als ein Lügner zu sein."

Eloisas Augen weiteten sich, dann blinzelte sie und sah weg.

„Es kann schwer sein, die Wahrheit zu erkennen, da haben Sie recht." Frazer sprach leise. „Aber eines weiß ich ganz sicher, Julius Leech ist gefährlich. Er wird Ihnen vielleicht nichts tun, aber das heißt nicht, dass er anderen nicht wehtun wird. Bitte seien Sie vorsichtig."

Sie gingen.

Aaron stieg in den Wagen, wobei er sich die ganze Zeit beobachtet fühlte. „Ich verstehe nicht, was mit dem unabhängigen, rationalen Denken passiert ist."

Frazer lächelte. „Manche glauben, Rationalität gehe auf Kosten ihrer Intuition."

„Weil diese Leute *so* intuitiv sind?" Aaron schüttelte den Kopf. „Ist es angesichts der Komplexität des menschlichen Gehirns nicht möglich, beides zu sein?"

„Mich brauchst du nicht zu überzeugen."

„Nein. Das ist mir klar." Aaron starrte auf das Haus, als Frazer losfuhr. „Glaubst du, Leech hat sich oben versteckt?"

„Was, du glaubst also nicht, dass Eloisa Fairchild den einzigen Malteser in der Geschichte hat, der nicht die Treppe hinunterrennt und Besucher ankläfft?"

Aaron lachte. „Nenne es meine Intuition, aber irgendetwas sagt mir, dass Miss Fairchild nicht hundertprozentig ehrlich zu uns war."

„Leech könnte dort sein. Unglücklicherweise könnte er im Moment verdammt noch mal überall sein. Ich werde Fairchild genauer unter die Lupe nehmen und die örtliche Außenstelle bitten, sie zu überwachen. Ich wünschte, die Gefängnisbehörde hätte ihre Briefe an Leech gefunden."

„Warum hast du gelogen?"

„Um sie ehrlich und auf Trab zu halten. Die Tatsache, dass sie überrascht aussah, lässt mich glauben, dass er versprochen hat, sie loszuwerden, was wiederum die Frage aufwirft, warum? Was ist es, was die Leute nicht wissen sollen?"

Frazers Telefon surrte. Er überprüfte die Nachricht. „Die Analysten des SIOC haben die Überwachung von Blake Delawares elektronischer und E-Mail-Kommunikation eingerichtet. Bereit für einen Besuch in Leech' altem Zuhause?"

„Dann mal los."

27

Das Haus von Julius Leech war ein vierstöckiges Sandsteinhaus in der Beacon Street mit ordentlichen schwarzen Fensterläden und einer glänzenden schwarzen Eingangstür mit einem verzierten Löwenkopfklopfer aus Messing.

„Dieser Delaware darf in Leech' Haus wohnen, während sein Chef für den Rest seines Lebens in einer kleinen Betonzelle sitzt? Und Leech bezahlt den Kerl dafür? Ein schönes Leben, wenn man es bekommen kann." Aaron konnte sich allerdings nicht vorstellen, einem Mann unterstellt zu sein, den er verachtete.

„Leech braucht jemanden von außen, dem er vertrauen kann, um seine Besitztümer zu verwalten."

„Warum nicht einfach verkaufen?"

„Eine weitere Angewohnheit des ‚alten Geldadels' – sie halten an ihrem Besitz fest. Außerdem hat der Mann eine Milliarde Dollar in Hedgefonds und Finanzanlagen. Selbst als er vor einem Zivilgericht zur Zahlung von Schadenersatz an die Familien der Opfer verurteilt wurde, hat das sein Vermögen kaum beeinträchtigt. Er braucht das Geld nicht, warum sollte er also das Haus verkaufen, das er als sein Zuhause betrachtet?"

„Weil er sich an der Illusion festhält, dass er ein Leben haben könnte, in das er eines Tages zurückkehrt?"

„Genau." Frazer nickte.

Aaron betrachtete das gepflegte Gebäude. „Ich kann mir nicht vorstellen, dass dieser Delaware irgendetwas tut, das seinen luxuriösen Lebensstil auf Kosten anderer gefährdet."

„Und genau das ist sein Problem. Ich vermute, dass Delaware sich nicht unbedingt seinem Chef im Gefängnis anschließen will, und wenn er Leech dabei hilft, sich den Behörden zu entziehen, könnte das schlecht für ihn ausgehen."

„Und wenn er Leech den Behörden ausliefert, würde er wahrscheinlich seinen bequemen Job verlieren. Er sitzt in der Klemme."

„Mal sehen, was passiert, wenn wir ihn etwas in die Mangel nehmen." Frazer trat vor und klopfte an die Tür.

„Ist das dasselbe Haus, in dem die Detectives Monroe und Harper Leech nach dem zweiten Doppelmord verhört haben?"

„Korrekt. Leech' Maserati war in der Nähe beider Tatorte gesichtet worden, und die Detectives sind dem nachgegangen."

„Unglaublich."

„Sie waren überzeugt, dass Leech der Täter war, nachdem er während der Befragung einen Brieföffner festhielt. Aber alle Beweise, die die Verbrechen mit Leech in Verbindung brachten, waren nur Indizien."

„Du glaubst doch nicht, dass er unschuldig war?" Aaron konnte seine Ungläubigkeit nicht verbergen.

Frazers Blick war hart. „Leech ist ein Mörder. Ich weiß nur nicht, ob er allein gehandelt hat."

Aaron runzelte die Stirn. Die Tür öffnete sich und gab den Blick auf einen schlaksigen Mann mit aschblondem Haar frei, das kurz und konservativ geschnitten war. Er hatte gebräunte Haut und ein strahlendweißes Lächeln. Seine blauen Augen weiteten sich. „Kann ich Ihnen helfen?"

„Mr. Delaware?" Frazer zeigte seinen Ausweis.

„Ah, das FBI. Ich habe einen Besuch erwartet, seit ich von dem Unfall erfahren habe."

Unfall war ein interessanter Begriff, um die Umstände zu beschreiben.

„Dürfen wir reinkommen?"

Aaron folgte Frazer ins Innere und sah sich im großen Foyer mit seinem schwarz-weiß karierten Marmorboden um.

„Niemand hat Sie aufgesucht?", fragte Frazer.

„Am Montagabend kam ein US Marshal vorbei. Er sagte mir, ich solle anrufen, wenn Mr. Leech sich meldet, aber leider habe ich noch nichts von meinem Arbeitgeber gehört." Delaware führte sie in einen großen Raum mit weißen Wänden und dunklen Möbeln, die eine Kulisse wie aus einer anderen Welt boten. Delaware setzte sich hinter den Schreibtisch, der vor einem verschnörkelten gusseisernen Kamin mit weißem Marmorsims stand, in dessen Rost ein Feuer brannte.

„Hätten Sie erwartet, dass er Sie bei einem solchen Ereignis kontaktiert?"

Delaware legte die Finger aneinander. „Das hätte ich, ja. Ich bin sicher, dass er nach diesem scheinbar fürchterlichen Autounfall verwirrt und verängstigt ist."

Sie wollten sich also auf Unzurechnungsfähigkeit als Verteidigungstaktik konzentrieren? Das hätte vielleicht funktioniert, wenn Leech nicht Sylvie Pomerol und Bart Tranter vorgestern Abend in ihrem Haus ermordet hätte – vorausgesetzt, Delaware war nicht ein weiteres Mitglied der Alufolienhut-Brigade.

„Sie glauben, dass er noch lebt?", fragte Frazer.

Blake Delaware verschränkte die Hände. „Das hoffe ich sehr."

Aaron betrachtete einige der schönen Antiquitäten, die im Raum verteilt und wahrscheinlich ein kleines Vermögen wert waren. Natürlich hoffte er das.

„Würden Sie sich als Freunde bezeichnen?" Frazer setzte sich auf einen unbequem aussehenden Stuhl.

„Ich würde mir nicht anmaßen, mich als Freund meines Arbeitgebers zu bezeichnen, aber wir arbeiten seit vielen Jahren eng zusammen. Wir haben auf jeden Fall ein freundschaftliches Verhältnis.“

„Ich erinnere mich, dass Sie bei der ersten Verhandlung fast enttäuscht aussahen, als Leech freigelassen wurde.“

„Ah. Ich dachte schon, Ihr Gesicht käme mir bekannt vor. Der Profiler der Behavioral Analysis Unit.“ Delaware musterte Frazer nun anders. „Ich stand unter Schock. Das taten wir alle. Ein freudiger Schock, aber dennoch kam es für Mr. Leech völlig überraschend, dass er plötzlich freigelassen wurde, nachdem ihm die ganze Zeit die Kaution verweigert worden war.“

„Er war erleichtert?“

Delaware sah ihn mit leichter Belustigung an. „Wären Sie das nicht auch?“

„Sicherlich. Er wollte seine Freiheit?“

„Mehr als alles andere.“

„Und doch ging Julius Leech ein paar Stunden später zum Haus von Counselor Harper und schlachtete ihre Familie brutal ab.“

Delaware richtete sich auf. „Dafür wurde er verurteilt, aber er hat es immer abgestritten.“

„Er hat auch die anderen Morde abgestritten.“

Delawares Augen huschten zur Seite. „Und er wurde von diesen Verbrechen freigesprochen.“

„Nicht freigesprochen. Der Fall wurde abgewiesen“, korrigierte Frazer den anderen Mann.

Soweit Aaron wusste, hatte die Staatsanwaltschaft nie jemand anderen wegen der Morde verfolgt.

„Wo waren Sie unmittelbar nach der Verhandlung?“, fragte Frazer.

„Mr. Leech sagte mir, ich solle mir eine Woche freinehmen. Ich war jeden Tag im Gericht gewesen und hatte monatelang ununterbrochen gearbeitet. Er sagte, er bräuchte mich nicht. Ich war am Flughafen auf dem Weg in die Karibik, als ich den Anruf über die neuen Morde, die Prügelattacke auf ihn und die Verhaftung erhielt.“ Er schenkte ihnen ein kleines, humorloses Lächeln.

„Ich muss wohl nicht erwähnen, dass der Urlaub gestrichen wurde."

„Ich bin sicher, Sie haben ihn nachgeholt", sagte Aaron scharf.

„Was ist mit dem Abend davor? Wo waren Sie da?", fragte Frazer.

Delaware verzog erneut das Gesicht. „Hm. Wahrscheinlich hier. Es war eine schwierige Zeit. Die meisten meiner Freunde hatten mich fallengelassen, also habe ich nicht viel Zeit in Gesellschaft verbracht."

„Gibt es jemanden, der das bestätigen kann?", fragte Frazer.

„Wie ich schon sagte, war ich zu dieser Zeit allein."

„Kein Alibi."

„Wofür? Hätte ich vorgehabt, ein Verbrechen zu begehen, hätte ich mir ein Alibi besorgt." Das Lächeln wirkte jetzt angestrengter. Die Geselligkeit erzwungen. „Ich bin neugierig, was ich Ihrer Meinung nach getan haben könnte?"

Frazer ignorierte die Frage. Aaron wusste, dass er sich auf den Tod von Detective Monroe bezog. Vielleicht gefiel Frazer das Selbstmord-Urteil genauso wenig wie Aaron. „Was wissen Sie über die Freunde von Julius Leech?"

„Die Freunde von Mr. Leech?" Delaware starrte auf den Schreibtisch. „Die meisten Leute, die behaupteten, seine Freunde zu sein, haben ihn während des ersten Prozesses wie einen Stein fallenlassen."

„Aber nicht alle."

Delaware sah auf. „Nein. Nicht alle."

„Irgendjemand, der ihn im Gefängnis besucht hat?"

Irgendjemand, der ihn jetzt vielleicht beherbergt?

Delawares Gesichtsausdruck wurde amüsiert. „Das FBI muss doch Zugang zu all diesen Informationen haben. Warum fragen Sie mich?"

„Wir haben Zugang zu Namen und Daten. Die Feinheiten der persönlichen Beziehungen kennen wir nicht."

„Ich nehme an, das tun Sie nicht, aber ich kenne auch nicht unbedingt die Feinheiten. Ich weiß nicht genau, wer ihn im

Gefängnis besucht hat, außer ein paar Leuten, die er erwähnt hat. Ich selbst gehe alle zwei Wochen, außer im Januar. Meine Frau und ich …“

„Sie sind verheiratet?“

„Ja. Wir haben uns vor zwei Jahren kennengelernt und sind im kommenden April ein Jahr verheiratet.“

„Und sie ist einverstanden, dass Sie für einen verurteilten Serienmörder arbeiten?“ Aaron fiel es schwer, das zu glauben.

Delaware blickte zwischen Aaron und Frazer hin und her. „Ich habe es ihr von Anfang an gesagt. Sie war ein wenig besorgt, vor allem, weil Mr. Leech wollte, dass ich in seinem Haus wohne, was Teil meiner Arbeitsbedingungen war, aber sie hat sich damit abgefunden.“

Deshalb war er selbst Single. Er verstand die Frauen nicht.

„Wir haben unser eigenes Quartier.“ Delaware gab einen ungeduldigen Laut von sich. „Meine Frau wollte ihren eigenen Wohnraum einrichten können.“

„Was hindert Sie daran, das ganze Haus zu bewohnen und zu dekorieren, wie Sie wollen? Leech würde es nie erfahren.“

„Meine Integrität?“ Delaware hob eine Augenbraue.

„Ich weiß nicht, wie man seine persönliche Integrität bewahren kann, wenn man für einen verurteilten Kindermörder arbeitet“, murmelte Aaron.

„Sie hätten kündigen können. Warum haben Sie es nicht getan?“, fragte Frazer Delaware, der zu schwitzen begonnen hatte.

Er schürzte die Lippen. „Ist es falsch, dass ich ein starkes Gefühl der Loyalität gegenüber meinem Arbeitgeber empfinde?“

Bevor sie den Mund zu einer Antwort öffnen konnten, fuhr er fort. „Ich weiß, das erscheint Ihnen wahrscheinlich absurd. Vielleicht hat er diese Leute umgebracht. Ich habe all die Indizien gesehen, die die Polizei vorgelegt hat – aber dann hat dieser eine Detective, der im Zeugenstand so vehement war, seine Lüge zugegeben … und sich dann umgebracht. Nun, das warf eine Menge Fragen auf.“

Hatte dieser Mann Monroes Tod inszeniert? Wenn ja, dann war er ein verdammt guter Schauspieler.

Holz knackte im Feuer. Delaware zuckte zusammen. „Julius Leech war für mich nie ein Monster. Er war nie laut, gemein oder gewalttätig. Er war immer mehr als großzügig zu mir und den anderen Angestellten. Er bezahlt immer noch den Butler und die Köchin, die beide nicht mehr arbeiten. Sie sind beide weggezogen, aber Mr. Leech sorgt für sie, weil sie seit vielen Jahren bei ihm angestellt waren, und die Chancen, dass sie in ihrem Alter unter den gegebenen Umständen einen anderen Job bekommen ... Er hat alle mehr als fair behandelt."

Alle außer den Menschen, die er erstochen, vergewaltigt und erstickt hatte.

„Er ist offensichtlich großzügig mit seinem Geld", stimmte Frazer zu.

Aaron wettete, dass Frazer als Nächstes die Köchin und den Butler unter die Lupe nehmen würde, sowie alle Immobilien, die sie möglicherweise besaßen.

„Es geht nicht nur um das Geld." Delaware hob die Hände und sah sich um. „Wer sonst sollte seine Angelegenheiten regeln? Ein seelenloses Unternehmen, oder ein Anzugträger, dem es nichts ausmacht, ein wenig von der Oberfläche abzuschöpfen?"

„Was spielt das für eine Rolle, wenn er eingesperrt ist und nie wieder herauskommt?", wandte Aaron ein.

„Aber er *ist* draußen", sagte Frazer leise, „und jetzt spielt es eine große Rolle."

Schweiß perlte auf Blake Delawares Schläfe.

„Haben Sie jemals Geld abgeschöpft, Blake? Nur ein bisschen hier und da?", fragte Aaron.

Hatte er Angst davor, was sein Chef tun könnte, wenn er es herausfände? Er zeigte jedenfalls kein Mitleid mit den Opfern.

Delaware schüttelte den Kopf, sah ihnen aber nicht in die Augen. „Mr. Leech ist mehr als großzügig, was mein Gehalt und meine Prämien angeht. Ganz zu schweigen davon, dass ich miet-frei wohne und sein Transportmittel dazu benutze, um zu reisen, wo immer auf der Welt ich hin will. Ich spare den Großteil meines Gehalts."

„Sie müssen dem Mann sehr dankbar sein", bemerkte Frazer.

„Ich bin sehr dankbar."

„Und ich vermute, Sie würden alles für ihn tun – und um Ihren Lebensstil zu schützen."

Blake Delaware reckte sein Kinn vor, sagte aber nichts.

„Hat Julius Leech versucht, mit Ihnen in Kontakt zu treten? Und bevor Sie antworten, darf ich Sie daran erinnern, dass es eine Straftat ist, einen Bundesagenten anzulügen."

Delaware schluckte, aber er sah ihnen nicht mehr in die Augen. „Nicht soweit ich weiß."

Frazer schlug die Beine übereinander und schien die Politur seiner Schuhe zu bewundern. „Kennen Sie einen Mann namens Graham Burns?"

„Ich glaube nicht." Delaware runzelte die Stirn.

Frazer ratterte die Handynummer herunter. „Sind Sie sicher?"

Delaware wurde blass. „Die Nummer kommt mir nicht bekannt vor, aber ich erhalte ab und zu Spam-Anrufe, oder jemand verwählt sich. Wer ist Graham Burns?"

Frazer zuckte mit den Schultern. „Das ist egal. Hätten Sie etwas dagegen, wenn wir die Räumlichkeiten durchsuchen?"

Delaware legte seinen Stift weg und lehnte sich zurück. „In Anbetracht dessen, was die Regierung Mr. Leech angetan hat, hätte er sicher viele Einwände und würde wollen, dass Sie zuvor einen Durchsuchungsbeschluss beantragen."

„Ich kann mit Hope Harper darüber sprechen, genau das zu tun."

Bei Hopes Namen wurden Delawares Augen schmal, und er öffnete den Mund, als wollte er etwas sagen.

„Blake?" Eine Frau klopfte an die offene Tür und steckte den Kopf herein. „Ist alles in Ordnung?"

Sie hatte lockiges Haar und rosige Wangen.

Delaware stand auf. „Melissa. Diese Männer sind vom FBI."

„Haben Sie Mr. Leech schon gefunden?" Ihre Augen waren rund, und sie sog die Lippen ein.

„Mrs. Delaware?" Frazer stand auf und schüttelte ihre Hand, als er sich vorstellte. „Wir haben angeboten, das Grundstück zu durchsuchen, aber Ihr Mann möchte, dass wir einen Durchsuchungsbeschluss mitbringen."

Sie legte eine Hand auf ihren Hals, wo eine klobige Goldkette lag. „Sie glauben doch nicht, dass er hier ist, oder?"

„Er ist nicht hier, Melissa." Delaware klang resigniert.

„Warum lässt du sie dann nicht suchen, Blake? Ich verstehe das nicht."

Aaron verbarg ein Lächeln.

„Weil Mr. Leech das nicht wollen würde."

Ihre Augen waren groß und flehend. „Nun, wenn er nicht hier ist, wird er es nicht wissen, oder? Was kann es schon schaden?"

Verärgert warf Blake die Hände in die Luft. „Na schön. Durchsuchen Sie das Haus. Aber Julius Leech ist nicht hier, und Sie verschwenden Ihre Zeit. Ganz zu schweigen von meiner."

„Und sich um die Angelegenheiten eines Serienmörders zu kümmern, ist so viel wichtiger, als ihn zu fangen und die Menschen zu schützen", murmelte Aaron.

„Hat er gestern wirklich zwei Menschen ermordet?", fragte Melissa.

„Technisch gesehen vorgestern", antwortete Frazer.

Melissas Augen schossen zu ihrem Mann. „Du hast geschworen, er sei nicht gefährlich."

Blakes Gesichtsausdruck wurde gequält, und er sah weg. „Ich glaube nicht, dass er es ist."

„Warum haben die Morde dann wieder angefangen, nachdem er aus dem Gefängnis entkam?", fragte sie.

Endlich ein Mensch, der logisch dachte und sich nicht von Leech' höflichen Umgangsformen und seinem endlosen Vermögen blenden ließ.

„Das kann ich nicht sagen."

„Können Sie nicht oder wollen Sie nicht?", stieß Aaron hervor.

Melissas erschrockener Blick schnellte zu ihrem Mann. Er stand auf, ging zu ihr hinüber und nahm ihre Hände in seine. „Julius Leech ist kein Narr. Warum sollte er hierherkommen, wenn er weiß, dass das FBI mich befragen und das Haus beobachten wird?"

Sie biss sich wieder auf die Lippe. „Ich würde mich sicherer fühlen, wenn sich das FBI hier umsieht. Nur für den Fall."

„Natürlich." Er umklammerte ihre Schultern und drückte sie. „Sollen wir von oben anfangen und uns nach unten vorarbeiten? Oder vom Erdgeschoss aufwärts?"

„Fangen wir von unten an." Aaron ließ seinen Blick durch den Raum schweifen. Keine Verstecke. „Und wenn Sie beide hierbleiben könnten …"

„Aber …"

„So ist die Gefahr geringer, dass jemand versehentlich erschossen wird." Frazer lächelte fröhlich.

Melissa ergriff die Hand ihres Mannes. „Wir bleiben hier, bis Sie fertig sind. Es gibt eine Garage und ein Poolhaus."

Blakes Miene wurde wütend. „Wenn etwas kaputtgeht, stelle ich es Ihnen in Rechnung. Glauben Sie mir, Sie können es sich nicht leisten, in diesem Haus etwas kaputt zu machen."

Aaron und Frazer verließen den Raum.

„Hattest du jemals das Gefühl, dass manche Leute Eigentum mehr schätzen als Menschenleben?"

Frazer lächelte. „Jeden verdammten Tag."

Sie durchsuchten zuerst das Zuhause der Delawares, eine Dreizimmerwohnung mit einer großen Küche und einem gemütlichen Wohnzimmer. Aber Aaron kam es so vor, als würden sie eher ein Museum betreuen, als in einem richtigen Haus leben.

Sie arbeiteten sich zügig, aber gründlich durch die Außengebäude, die größtenteils leer standen, die riesige Küche, das Esszimmer und die Treppe hinauf, vor zu einer offenen Kombination aus Arbeitszimmer und Bibliothek, die Aaron für sich selbst haben wollte. Dann erreichten sie das Hauptschlafzimmer im zweiten Stock.

Aaron und Frazer sahen sich den riesigen begehbaren Kleiderschrank an. Es war seltsam, Leech' Kleidung dort hängen zu sehen, sauber gebügelt. Nirgendwo ein Staubkorn.

„Als würden sie ihn jeden Moment zurückerwarten." Aaron schüttelte den Kopf.

„Vor einer Woche hätte ich das für absurd gehalten. Jetzt bin ich mir da nicht mehr so sicher."

„Meinst du, er ist hier?" Der Kerl könnte eine Art Unterschlupf in der Wand oder im Boden haben, wie ein kleiner Panikraum. In einem Haus dieser Größe wäre es fast unmöglich, solch ein Versteck ohne die richtigen Hilfsmittel zu finden.

„Mrs. Delaware sah nicht besonders begeistert aus, dass der Chef ihres Mannes nach Hause kommen könnte."

„Ich kann es ihr nicht verdenken."

Frazer tastete an den Wänden entlang, als suchte er einen versteckten Raum. Aaron warf einen Blick in das riesige Badezimmer mit der großen Whirlpool-Badewanne und der bodentiefen Dusche.

„Ich verstehe das nicht." Aaron schaute aus dem Fenster auf die Rückseite des Grundstücks mit dem schmalen Garten und dem Pool. „Ich meine, ich verstehe es *wirklich* nicht. Der Kerl hat alles, was er sich nur wünschen kann, und er opfert alles, weil er auf den Geschmack des Tötens kommt?"

Frazer zog eine Augenbraue hoch, als sie in den nächsten Raum gingen. Ein Gästezimmer. Das Bett war abgezogen.

„Mord war noch nie auf die Armen oder Bedürftigen beschränkt."

Aaron runzelte die Stirn. „Das wollte ich damit auch nicht sagen. Aber der Kerl hatte alles, was man mit Geld kaufen kann. Warum konnte er nicht zufrieden sein?"

„Er hatte nicht das, was am wichtigsten war."

„Und was war das?"

„Er hatte niemanden, der ihn liebte."

Aarons Brust zog sich zusammen. „Also hat er angefangen zu

morden? Weil die Menschen ihn trotz seines obszönen Reichtums nicht genug liebten?"

„Ich glaube, er begann zu töten, weil die Opfer in gewisser Weise seine Eltern repräsentierten – und die hatten ihn nicht genug geliebt, um sich nicht gegenseitig umzubringen."

„Und sobald er angefangen hatte, konnte er nicht mehr aufhören?"

„Manche Leute kommen auf den Geschmack." Frazer zuckte mit den Schultern. „Deshalb habe ich einen Job."

Sie durchsuchten den Rest des Hauses, einschließlich des Dachbodens, der genauso sauber und makellos war wie alles andere. Dann gingen sie die schön gearbeitete Treppe hinunter und hörten laute Stimmen, die aus dem Büro kamen.

„Ärger im Paradies?", vermutete Aaron.

„Offensichtlich."

Melissa Delaware öffnete die Tür und stürmte ins Foyer. Sie entdeckte die beiden und blieb abrupt stehen.

„Das Haus ist sauber, Mrs. Delaware."

Sie verschränkte die Arme vor der Brust. „Nennen Sie mich Melissa. Und danke."

Blake Delaware kam gestresst zur Bürotür. „Versteckt sich niemand auf dem Dachboden?" Sein Tonfall war sarkastisch.

Frazer ignorierte ihn. „Was passiert, wenn Leech stirbt?"

Blake schüttelte den Kopf, als wolle er ihn freibekommen. „Ich nehme an, ich werde mir einen neuen Arbeitgeber suchen müssen, obwohl ich es nicht eilig hätte."

Melissa legte eine Hand auf ihren Unterleib. „Wir erwarten ein Baby. Blake wird genug zu tun haben, ob er sich nun um Mr. Leech' Angelegenheiten kümmert oder nicht."

„Weiß Julius Leech von dem Baby?", fragte Frazer.

„Niemand weiß es." Blake schürzte die Lippen und schüttelte den Kopf. „Es ist noch zu früh, wir haben es noch nicht einmal unseren Familien gesagt."

Melissa Delawares Lippen verzogen sich vor Sorge.

Frazer nickte. „Wer hat das Testament?"

„Das ist im Besitz von Beasley, Waterman, Vander & Co."

„Wissen Sie, was darinsteht?"

Delaware schüttelte den Kopf.

Frazer starrte ihn einen weiteren langen Moment an. „Setzen Sie sich mit uns in Verbindung, sobald Sie von Leech hören. Einem entflohenen Sträfling zu helfen, bringt Ihnen eine Gefängnisstrafe ein, und das macht sich sicher nicht gut in Ihrem Lebenslauf und wird auch nicht gut für Ihr Baby sein."

Delaware nickte, aber sein Blick traf nicht den ihren, und das Gesicht seiner Frau sah entsetzt aus.

Aaron rollte mit den Schultern, als sie das Haus verließen. „Warum habe ich das Gefühl, dass ich eine Dusche brauche?"

„Weil du einen starren Moralkodex und eine feste Vorstellung von richtig und falsch hast. Die Vorstellung, für einen Mann zu arbeiten, der zehn Menschen kaltblütig ermordet hat, ist dir zuwider."

„Und dir nicht?", spottete Aaron.

Sie gingen auf den glänzenden BMW zu. „Manche würden sagen, für die US-Regierung zu arbeiten ist nicht besser."

„Ach bitte. Das ist doch nicht das Gleiche."

Frazer lächelte. „Wenn du das sagst."

„Würdest du wirklich für jemanden arbeiten, von dem du weißt, dass er ein eiskalter Killer ist?" Aaron blickte stirnrunzelnd zu den schweren Wolken hinauf.

„Ich würde nie für einen Mann wie Leech arbeiten, und ich kann mir nicht vorstellen, meinen jetzigen Arbeitgeber in den nächsten Jahren zu verlassen – vorausgesetzt, sie wollen mich behalten." Frazers Augen waren eiskalt, als er ihn über das Autodach hinweg ansah. „Zufrieden?"

Aaron grunzte.

„Vielleicht solltest du dich fragen, warum du dich so sehr an meiner Beobachtung störst, dass du einen starren Moralkodex und eine feste Vorstellung von richtig und falsch hast."

„Ich störe mich nicht daran." Aaron stieg in den Wagen, erfreut über die beheizten Sitze. Aber vielleicht hatte er gelogen.

„Ich schätze, ich möchte nicht als langweilig oder unfähig zur Nuancierung angesehen werden."

„Bist du langweilig und unfähig zur Nuancierung?"

„Nein."

Frazer starrte ihn an. „Was auch immer die Frau dir angetan hat, du musst wissen, dass sie das Problem war, nicht du."

Aaron grunzte wieder, da er es hasste, dass der Profiler zu viel über ihn wusste.

Frazer lächelte, und Aaron erkannte, dass der andere Mann das Gespräch geschickt von sich und seinen eigenen „Nuancen" abgelenkt hatte.

Aarons Telefon surrte, und er zog es aus der Tasche. „Oh-oh, ich muss zurück zum Gericht."

28

———————

Hope las die Polizeiberichte, bis ihre Augen vor Schmerz brannten. Die Laborergebnisse im Fall Du Maurier waren angekommen, aber sie waren nicht beweiskräftig, weshalb die Techniker um Zeit für weitere Tests gebeten hatten. Sie hörte Gelächter auf dem Korridor und schaute auf, um zu sehen, wie Sondra Wu wie wild mit Seth Hopper flirtete, der vor ihrer Bürotür Dienst tat.

Frazer las an ihrem anderen Schreibtisch Akten mit einer Konzentration, um die sie ihn beneidete.

Sie waren immer noch nicht mit der Vorbefragung der Geschworenen fertig, weil Richterin Penton nach dem Mittagessen plötzlich krank geworden war. Obwohl der morgige Tag ein Freitag und normalerweise für die Anhörung von Anträgen zu anderen Fällen reserviert war, hatte die Richterin beschlossen, stattdessen die Auswahl der Geschworenen abzuschließen.

Aaron Nash kam in Sicht, und ihr stockte der Atem. Sie wusste nicht, wo er gewesen war, und hasste die Tatsache, dass sie das neugierig machte. Sondra richtete ihr kokettes Lachen auf den großen, dunklen und gutaussehenden Mann.

Hope biss die Zähne zusammen.

Sondras Kichern ärgerte sie heute auf eine Weise, wie es das sonst nicht tat. Sie war eine solide Staatsanwältin. Brillant, furchtlos, aber einfühlsam. Hübsch war sie auch. Temperamentvoll. *Jung.*

Aarons dunkle Augen trafen ihre durch das Glas.

Eine Mischung aus Erleichterung und Aufregung entlud sich in ihr.

Es fühlte sich fast wie Wahnsinn an.

Sie sah zu Frazer hinüber und stellte fest, dass er sie beobachtete. „Was?"

„Nichts."

Aaron klopfte an die Tür und steckte den Kopf herein. „Bereit, nach Hause zu gehen?"

Sie schaute überrascht auf die Uhr an der Wand. „Schon halb sieben? Wow. Die Zeit vergeht wie im Flug, wenn man Spaß hat."

Ein Gähnen überrumpelte sie. Es war eine verdammt harte Woche gewesen. „Irgendwelche Neuigkeiten?"

Aaron verschränkte die Arme und lehnte sich gegen den Türpfosten. Sein Anblick ließ ihren Mund trocken werden. Sie hatte vergessen, wie Lust sich anfühlte.

„Die Marshals konzentrieren sich immer noch auf Somack und Roberts, da sie erneut gesichtet wurden, diesmal zu Fuß. Sie haben mehrere BORTAC-Teams und staatliche Behörden, die ihnen bei der Suche helfen, und haben ihren Aufenthaltsort hoffentlich auf einen Umkreis von zwanzig Meilen eingegrenzt. Die Suche wird durch das Wetter behindert, da es sich als unmöglich erwiesen hat, vom Himmel aus mit Wärmebildern zu suchen. Leech wurde noch nicht gesichtet."

Der Serienmörder, dessen Gesicht überall in den Nachrichten zu sehen war, war bisher noch nicht gesichtet worden. Wie war das überhaupt möglich?

„Es gibt keine Kameras in der Nähe von Sylvie Pomerols Haus, also gibt es natürlich auch keine Aufzeichnungen", sagte Frazer zu ihr.

„Leech muss sich irgendwo aufhalten. Warum können wir ihn nicht finden?"

„Wir überwachen den treuen Assistenten und eine weitere Freundin von Leech, Eloisa Fairchild", fügte Frazer hinzu.

Hope erinnerte sich an eine unbeholfene junge Frau vom Beginn des ersten Prozesses.

„Und es gibt eine elektronische Überwachung einiger anderer wahrscheinlicher Kandidaten, zu denen er Kontakt aufnehmen könnte. Wir suchen nach Verbindungen zu Immobilien im Umkreis von fünfzig Meilen, in denen sich Leech möglicherweise versteckt halten könnte."

„Wen hat Delaware angerufen, nachdem wir weg waren?", fragte Aaron von der Tür aus.

Sie hob die Augenbrauen. Sie hatte gar nicht gewusst, dass sie Blake Delaware einen Besuch abgestattet hatten.

„Seinen Anwalt."

Aarons Lächeln zeigte, dass er nicht überrascht war. *Meine Güte. Sie sollte nicht für diesen Kerl schwärmen. Sie war nicht besser als Sondra, nur viel unsicherer, was ihre eigene Attraktivität anging.*

„Glauben Sie, die Angst der Ehefrau war echt?"

„Delaware ist verheiratet?", rief sie aus.

„Und sie erwarten ein Baby", fügte Frazer trocken hinzu.

Sie blinzelte.

„Ich denke schon", antwortete Frazer auf Aarons Frage. „Ich habe mich über ihren Hintergrund informiert und bin auf nichts Auffälliges gestoßen. Alles deutet darauf hin, dass Blake ein liebevoller und unterstützender Ehemann ist."

„Dann muss er sich jetzt gerade in die Hose scheißen." Aaron warf einen Blick über die Schulter, als Sondra schrill kicherte.

„Zumal Alex Parker bei aller angeblicher ‚Integrität' von Delaware mehrere versteckte Bankkonten auf den Caymans und der Isle of Man gefunden hat." Frazer senkte das Kinn. „Er hat noch weitere gefunden, von denen er glaubt, dass sie Leech gehören könnten. Vielleicht hat Delaware sie auf Leech' Bitte hin eingerichtet?"

„Können wir sie schließen?" Hope klappte die Akten auf ihrem Schreibtisch laut zu.

„Es ist besser, wenn wir sie auf Aktivitäten kontrollieren. Es könnte uns letztendlich zu ihm führen." Aaron fuhr sich mit einer Hand durch die Haare.

Hope machte ein Geräusch, von dem sie hoffte, dass es als Frustration interpretiert wurde. „Jemand hilft ihm. Deshalb können wir ihn nicht finden. Er ist bei jemandem zu Hause, legt die Füße hoch, plant seinen nächsten Mord und legt sich seinen ultimativen Fluchtplan zurecht. Glauben Sie, er hat den anderen Gefängniswärter getötet?"

Frazer schüttelte den Kopf. „Es sieht so aus, als sei Humphrey Byron ums Leben gekommen, als der Wagen in den Fluss gestürzt ist. Er hatte kein Wasser in der Lunge."

Also war er nicht ertrunken.

„Er war vollständig bekleidet. Wahrscheinlich hat er die Gefangenen befreit, bevor der Transporter in die Tiefe stürzte."

„Er ist als Held gestorben." Sie blinzelte die Tränen weg, die sich in ihren Augen zu sammeln versuchten.

„Er starb in Erfüllung seiner Pflicht", stimmte Aaron zu. „Beide Gefängniswärter haben das getan."

Frazer sah unbeeindruckt aus, aber er war immer schwer zu durchschauen. „Nach dem Unfall sind Somack und Roberts offenbar in eine Richtung gegangen und Leech in eine andere."

„Er konnte nicht einmal im Gefängnis Freunde finden." Ihr Tonfall war bitter, aber sie konnte nicht anders. Leech hatte sie als Freundin betrachtet, das hatte er auch im Zeugenstand gesagt. Wenn das Töten von Familien die Art und Weise war, wie er seine Freunde belohnte, war es kein Wunder, dass die Leute sich von ihm fernhielten.

„Wir vermuten, dass er irgendwie in den Besitz von Graham Burns' Handy und Fahrzeug gekommen ist. Laut seiner Familie wollte Burns quer durchs Land fahren, um einen Job in New York City anzutreten, aber seit Samstag, als er losfuhr, hat niemand mehr etwas von ihm gehört. Wir haben das Fahrzeug zur Fahndung ausgeschrieben."

„Sie glauben, dieser Graham Burns ist tot?" Ein Knoten der Besorgnis machte sich in Hopes Magen breit. Damit hätte er seit seiner Flucht drei Menschen ermordet. Drei von denen sie wussten.

Frazer begegnete ihrem Blick. „Es würde mich sehr überraschen, wenn er es nicht ist."

„Irgendein Erfolg beim Orten seines Handys?"

„Noch nicht." Frazer schüttelte den Kopf.

„Leech hatte bisher Glück. Das wird nicht ewig so bleiben", behauptete Aaron entschieden.

Aber sie spürte es nicht. Leech war immer noch da draußen, trotzte den Widrigkeiten – und tötete Menschen.

Sie spürte, wie Aaron sie beobachtete, als sie sich ihren Wintermantel anzog. Es war entnervend, wie sehr sie sich ihres eigenen Körpers bewusstgeworden war. Als hätte sie einen Wachstumsschub gehabt und müsste sich auf jede Bewegung konzentrieren, weil sie nicht mehr in ihre eigene Haut passte.

Sie überlegte, ob sie die Akten mit nach Hause nehmen sollte, entschied sich aber dagegen. Sie war müde, und wenn sie sich doch entschließen sollte zu arbeiten, konnte sie immer noch mit dem Schreiben ihres nächsten Buches beginnen. Der Abgabetermin war erst in neun Monaten, aber sie gab ihre Projekte gern früher ab.

Da sie unter einem Pseudonym schrieb, musste sie keine öffentlichen Auftritte absolvieren, aber sie musste schreiben und lektorieren. Sie hatte jemanden beauftragt, ihre Website und ihre sozialen Kanäle zu aktualisieren, und zwar über ihren Agenten – Dannys Agenten –, der neben Brendan so ziemlich die einzige Person war, die von Hopes geheimer Identität wusste.

Sie klappte ihren Laptop zu und steckte ihn in ihre lederne Aktentasche.

„Möchtest du mit zu mir kommen und etwas essen?", fragte

sie Frazer. Er würde der Puffer sein, den sie brauchte, um sich nicht zum Narren zu machen.

Er rieb sich die Augen. „Nein, danke. Ich werde noch eine Stunde hierbleiben, bevor ich meine Gastgeber zum Abendessen einlade. Du bist herzlich eingeladen, dich uns anzuschließen."

Ihre Lippen zuckten bei der plötzlichen Anspannung in Aarons Körper. Ein Abendessen wäre für ihr Team von Leibwächtern eine Qual, selbst wenn es mit zwei anderen FBI-Agenten stattfände. Dann wurde es ihr klar. „Was, wenn wir ihn nicht erwischen?"

„Das werden wir", sagte Aaron entschieden.

Sie blinzelte. „Und wenn wir es nicht tun? Er könnte in einen Privatjet steigen und in einem anderen Teil des Landes landen – in einem anderen Teil der Welt ..."

„Wenn er das vorgehabt hätte, dann hätte er es getan, bevor er Sylvie und ihren Mann umgebracht hat." Frazer streckte den Hals, als wollte er eine Verspannung lösen.

„Er hat einen Plan." Und sie stand ganz oben auf diesem Plan. „Das HRT kann mich nicht ewig bewachen."

Die beiden Männer tauschten einen Blick aus, den sie nicht deuten konnte.

„Sie werden nicht ungeschützt bleiben." Aarons dunkle Augen bohrten sich in ihre.

Aber sie alle wussten, dass Aaron keine Entscheidungen traf, wenn es um den Einsatz des HRT ging. Plötzlich konnte sie seinen Blick nicht mehr halten. Die Vorstellung, dass er gehen würde, hinterließ ein Loch in ihr, und dieses Loch machte ihr eine Heidenangst, weil es ein schwaches Echo eines anderen Schmerzes war, den sie nur allzu gut kannte. Aber dieses Wissen veranlasste sie auch, darüber nachzudenken, etwas zu riskieren. Nichts Ernstes. Ernste Beziehungen waren etwas für junge Leute oder für Menschen, die nicht völlig gebrochen waren. Schon der Gedanke an etwas Ernstes ließ sie nach einem starken Drink lechzen. Aber etwas Spaßiges? Etwas Leichtsinniges? Wie verlockend war das?

Sie brauchte immer noch diesen starken Drink.

„Vielleicht könnten Sie mir heute Abend ein paar dieser Selbstverteidigungstechniken zeigen. Nur für den Fall." Sie sollte vielleicht auch zu einem Schießstand gehen und ihre Treffsicherheit verbessern. Selbst wenn sie keine Leibwächter hatte, würde sie es diesem Bastard nicht leichtmachen. Wenn sie unterging, würde sie ihn mitnehmen.

„Das können wir machen." Aaron sah nicht gerade glücklich über diese Idee aus.

So viel zu dem Funken der Anziehung, den sie zwischen ihnen vermutet hatte.

Sie rollte mit den Augen über sich selbst. „Gute Nacht, Linc."

„Gute Nacht, Hope. Versuch, dir nicht allzu viele Sorgen zu machen."

Sie schnaubte, als sie sich auf den Weg nach draußen machte, ohne zu wissen, wo Colin geblieben war. Sie hatte ihn vorhin losgeschickt, um ein paar Nachforschungen anzustellen, aber vielleicht war er etwas essen gegangen oder lernte noch ein wenig. Sie nickte der armen Sondra zu, die anscheinend einen sanften Korb bekommen hatte, nachdem sie Seth Hopper um ein Date gebeten hatte.

Hope empfand Mitleid mit ihr. Es war eine mutige Sache, das zu wagen.

„Hast du ihr gesagt, dass du dich bereits mit jemandem triffst?", fragte Aaron, als die drei allein im Aufzug waren.

Seth Hopper nickte.

„Wer ist diese glückliche Person?" Hope war amüsiert, als sich die Wangen des anderen Mannes rosa färbten.

Aber er blieb stumm.

Aaron grinste und sah plötzlich jünger aus. Er flüsterte übertrieben: „Nur die Tochter der Vizepräsidentin."

Hope war schockiert. „Sie gehen mit der Tochter von Madeleine Florentine aus?"

Seth Hopper sagte nichts, aber seine Augen funkelten, als er Aaron einen Blick zuwarf.

„Ich hoffe, Sie haben die Partei ihrer Mutter gewählt."

Ein Mundwinkel zuckte, aber er schwieg weiter.

Hope runzelte die Stirn, als sich eine Erinnerung in ihr Gehirn drängte. „War sie nicht kürzlich in einen Vorfall in der Wüste verwickelt …?"

„Wir dürfen nicht über Missionen sprechen", füllte Aaron die plötzlich angespannte Stille. „Aber ich hoffe, es beruhigt Sie, dass wir auch keine Ihrer Geheimnisse ausplaudern werden."

Und sie hatte viele Geheimnisse, die sie nicht preisgeben wollte.

Hope starrte Seth Hopper nachdenklich an, als ihr weitere Schlussfolgerungen bewusstwurden. Er hatte während eines offiziellen Einsatzes oder direkt danach etwas mit Madeleine Florentines Tochter gehabt. Der Gedanke, vielleicht eine leidenschaftliche Nacht mit Aaron Nash zu erleben, war nicht völlig außerhalb des Möglichen.

Sie wusste, dass es gegen die Regeln verstieß. Sie wusste, dass er gehen würde, aber zum ersten Mal seit sieben Jahren wollte sie diesem Verlangen, das sich in ihr geregt hatte, tatsächlich nachgeben. Sie wollte ein Risiko eingehen. Aber sie hatte Angst. Und sie wusste nicht einmal, wovor sie Angst hatte.

Davor, dass er sie zurückwies – oder davor, dass er Ja sagte?

Hope mochte ihn. Sie wollte nicht wie eine Vollidiotin dastehen, wenn sie die Signale falsch gedeutet hatte. Sie wollte auch diese neue Freundschaft nicht verlieren. Es war lange her, dass sie jemanden in ihr Leben gelassen hatte. Und jetzt sorgte sie sich nicht nur um Aaron, sondern auch um all die Männer, die sie vor diesem Arschloch Leech beschützen mussten.

So viel dazu, dass sie kein Testosteron mochte.

Sie alle trieften förmlich davon.

Die Fahrt nach Hause war kurz und von gespannter Stille geprägt. Es war eine lange Woche gewesen, und alle waren frustriert, dass Leech nicht gesichtet worden war. Diese Jungs mussten sich bei diesem Auftrag zu Tode langweilen, ungeachtet der Lehrmöglichkeiten.

Als sie zu ihrem Haus zurückkamen, war sie froh, dass es nicht mehr schneite. Eltern zogen winzige Schlitten den kleinen Hang im Park gegenüber hinauf. Paige hatte den Schnee geliebt. Ein Hauch von Sehnsucht durchfuhr ihre Brust, und sie wandte sich ab.

Der Geländewagen parkte direkt vor ihrem Haus. Seth Hopper und Sebastian Black flankierten sie, Aaron folgte dicht dahinter. Ryan Sullivan ging voran und öffnete die Tür.

Drinnen angekommen, wurde die Tür hinter ihnen verschlossen, und alle entspannten sich ein wenig.

„Guter Tag bei der Arbeit?" Kincaid grinste sie an. Ihm war heute das Haus zugewiesen worden.

Ein zögerliches Lächeln umspielte ihren Mund. „Ja, Liebling. Und bei dir?"

„Nun, als ich im Außendienst war, hatte ich mit Bioterroristen und Anthrax-Anschlägen zu tun." Er legte den Kopf schief. „Jetzt bin ich im Geiselrettungsteam, und zu sehen, wie der Postbote ein Paket abliefert, war das Highlight meines Nachmittags."

Hope spürte, wie ihr der Mund offenstand. „Das klingt ... erschreckend." Sie fragte sich, ob sie die Idee in ihrem nächsten Buch verwenden könnte.

Er warf ihr einen Blick über die Schulter zu und senkte die Stimme. „Griffin hat bei diesem Fall seine Verlobte verloren. Sie war eine großartige Agentin. Eine gute Freundin."

Das Blut gefror ihr in den Adern. Sie kannte diesen Schmerz nur zu gut. „Das tut mir so leid."

Einen langen Moment herrschte Schweigen, bevor Ryan laut schnupperte. „Rieche ich da etwa Livingstones Spezial-Chili?"

Kincaid nickte.

Sie konnte es auch riechen, und ihr Magen knurrte hörbar.

„Wir können eine Schüssel hochschicken. Er hat genug gemacht, um uns alle tagelang zu versorgen, aber es ist sehr scharf", warnte Kincaid.

„Das wäre wirklich wunderbar." Sie hatte noch ein wenig

Auflauf übrig, aber den würde sie für morgen aufheben. „Danke. Alles, bei dem ich nicht kochen muss, klingt göttlich.“

Hope fühlte sich seltsam allein, als sie sich einen müden Fuß nach dem anderen die Treppe hinaufschleppte, und Aaron blieb, wo er war. Hier war sie sicher. Sie hatten überall Überwachungsequipment und Männer. Leech würde nicht aus einem Hubschrauber auf das Dach springen oder vom Nachbargebäude durchbrechen.

Sie zog ihre Stiefel an der Tür aus, warf ihren Mantel auf die Couchlehne und lächelte, als Lucifer miauend die Treppe herunterkam, als sei er tagelang allein gewesen.

Jemand hatte sie vermisst.

Sie hob ihn hoch und drückte ihr Gesicht an das des Katers. „Hallo, mein Hübscher.“ Er hatte nicht viel Geduld für Streicheleinheiten und befreite sich zappelnd, um mit lautem Miauen in die Küche zu rennen. Hope folgte ihm.

„Du hast doch noch Trockenfutter. Das reicht dir wohl nicht mehr, was?“

Sie holte eine Dose aus dem Schrank und gab es in Lucifers Napf. Die Katze fraß, als sei es ein Wettbewerb.

„Du willst mich nur als Haushälterin. Sobald gewisse gutaussehende Kerle auftauchen, stürzt du dich auf sie, um deine Streicheleinheiten zu bekommen.“

„Reden Sie mit Ihrer Katze?“

Hope zuckte erschrocken zusammen, als Aaron in der Küchentür erschien. Nichts in seinem Gesichtsausdruck deutete darauf hin, dass er ihre Worte gehört hatte, aber ihr stieg Hitze in die Wangen.

„Das zweite Anzeichen von Wahnsinn?“ Ihre Stimme klang in ihren Ohren erstickt.

Er lachte. „Ich dachte, wir könnten vor dem Essen noch eine kurze Lektion in Selbstverteidigung durchgehen.“

Sie spürte, wie ihr beinahe die Augen aus dem Kopf fielen. „Ich, oh, äh ...“

„Sie können jetzt keinen Rückzieher machen, Hope. Ich habe Seth und Black hier oben, bereit zum Einsatz.“

Sie hörte, wie Möbel bewegt wurden, und war seltsam erleichtert, dass sie nicht allein waren – denn so sehr sie auch versucht war, plötzlich erschien ihr die Vorstellung lächerlich, diesen Mann zu verführen.

Sie blickte auf ihre Arbeitskleidung hinunter. „Soll ich eine Yogahose anziehen oder so?"

Er schüttelte den Kopf. „Bleiben wir in der realen Welt, denn irgendetwas sagt mir, dass Sie im Februar nicht oft in Yogahosen rausgehen."

Ha.

„Vielmehr sollten Sie Ihren Mantel anziehen. Nehmen Sie Ihre Schlüssel."

Hope tat, wie ihr befohlen wurde, und kam sich albern vor, als sie mit diesen drei superfitten Typen in ihrem Wohnzimmer stand und so tat, als könnte sie sich gegen jeden von ihnen wehren, falls sie ihr wirklich etwas antun wollten.

„Das Wichtigste ist, dass Sie Ihre Stimme als Warnung und als Signal für andere benutzen, dass Sie Hilfe brauchen."

„Oh, das kann ich machen."

„Die Leute denken in dem Moment nicht immer daran. Die Angst lähmt die Stimmbänder, und das Reptiliengehirn übernimmt die Kontrolle."

„Mein Reptiliengehirn ist ein schreiendes Miststück."

Aarons Lachen überraschte sie, aber er wurde wieder ernst. „Okay, wir fangen mit dem Hammerschlag an. Halten Sie ihre Schlüssel in der Faust. Sehen Sie den beiden zu, sie werden es demonstrieren."

Sie umklammerte die Schlüssel und kam sich dumm vor.

Seth und Black standen einander gegenüber. Seth tat so, als würde er den anderen Mann angreifen, und Black hielt seine geballte Faust hoch, als würde er einen Hammer benutzen. Er ließ die Faust hart auf Seths hübsches Gesicht niedersausen und zog den Schlag im letzten Moment zurück.

„Schlagen Sie wiederholt *hart* zu. Schreien Sie, und sobald es sicher ist, verschwinden Sie verdammt noch mal."

Aaron stellte sich vor sie und hielt die Hände hoch. „Ich werde Sie von vorn angreifen. Sie üben, mich zu schlagen."

Er machte einen Schritt nach vorn und packte sie an den Schultern. Er lächelte, als sie ihn dümmlich anstarrte. „Nehmen Sie die Hand hoch und schlagen Sie zu, bevor ich Sie packe. Versuchen Sie es noch einmal."

Er wich zurück und stürzte sich auf sie, und sie schlug ihre geballte Faust gegen seine Schulter.

Sie erstarrte, weil sie befürchtete, ihn zu hart getroffen zu haben.

„Gut. Nochmal."

Sie wiederholten es mehrere Male, und sie schaffte es, ihre Hand ohne allzu große Anstrengung zu heben und zu bewegen.

„Verlagern Sie Ihr Gewicht auf den vorderen Fuß und setzen Sie etwas Kraft ein, wenn das wirklich passiert."

„Kann ich das mit Jeff Beasley machen, wenn ich ihn das nächste Mal im Gericht sehe?" Ihr Herz raste ein wenig.

„Sie kennen die Antwort darauf besser als ich."

Als Anwältin und so.

„Ach, verdammt."

„Weiter geht's." Aaron trat zurück. „Was sind die verwundbaren Stellen, auf die Sie zielen sollten, wenn Sie angegriffen werden?"

„Bei einem Mann? Die Eier."

Aaron wich zurück und grinste. „Diese Demonstration werde ich Seth überlassen."

„Feigling." Der Mann trat einen Schritt vor. „Aber treten Sie mir nicht wirklich in die Eier, ich will nicht vor den Jungs heulen."

Aaron half ihr, sich in eine Kampfstellung zu begeben. Es fühlte sich seltsam an, von ihm berührt zu werden, selbst wenn es nur flüchtig war.

„Füße auseinander, Gewicht auf den stabilen vorderen Fuß. Sobald er auf Sie zukommt, bringen Sie das hintere Bein nach vorn und treten ihm zwischen die Beine. Und dann bewegen Sie sich so schnell wie möglich außer Reichweite, wenn er zu Boden stürzt. Sie wollen nicht, dass er Sie mitreißt."

Er half ihr, den Rhythmus des Trittes zu finden, indem er es neben ihr demonstrierte. „Üben Sie mit beiden Beinen, wenn Sie Zeit haben. Es ist eine einfache Bewegung, aber sehr wirkungsvoll, wenn Sie treffen."

Sie übten ein paarmal, wobei Hopper ihren Knöchel auffing, wenn sie seinen Kronjuwelen zu nahe kam.

Sie verzog das Gesicht. „Tut mir leid."

Der Mann lächelte. „Kein Problem."

„Geh jetzt näher ran", befahl Aaron.

Seth packte sie an den Schultern.

Hope erstarrte.

„Es ist in Ordnung, Hope." Aarons Stimme glitt über sie hinweg. „Wenn Sie in dieser Position sind, bedeutet das, dass Sie zu nah sind für einen anständigen Tritt. Da ist es am besten, mit dem Knie auf die Leistengegend zu zielen. Dann drehen Sie sich zur Seite, wenn er fällt. Überlassen Sie ihm den Mantel, wenn das bedeutet, dass Sie entkommen können. Wir üben es zuerst, ohne jemanden zu treffen."

Das taten sie mehrere Male, bis sie sich sicher genug fühlte, um Seths T-Shirt zu packen, bevor sie sich wegdrehte.

„Andere verwundbare Stellen sind die Kehle oder die Augen."

Hopes Magen verkrampfte sich bei der Vorstellung, ihre Finger in jemandes Augen zu drücken, aber sie musste daran denken, dass sie um ihr Leben kämpfen würde, wenn sie diese Techniken jemals anwenden musste, und sie hatte nicht vor, zu verlieren.

„Versuchen wir das hier. Beugen Sie Ihr Handgelenk. Dominante Hand." Er nahm ihren Arm und tippte ihr auf den Handballen. „Den hier benutzen."

Er brachte sie in Position, während Black von der Couch aus zusah.

„Schlagen Sie nach oben zu den Nasenlöchern oder unter das Kinn."

Black stand auf und demonstrierte es an Seth. Seth wich aus, bevor er getroffen wurde.

„Jetzt versuchen Sie es." Er krümmte die Finger, als wolle er sagen: „Los geht's."

Das hier, Selbstverteidigung zu lernen, fühlte sich ermutigend an.

Niemand erwähnte die Tatsache, dass Leech eine Waffe besaß oder gern ein scharfes Werkzeug benutzte.

Sie balancierte auf den Fußballen und drehte sich dann, wobei sie ihre Hand zu Aarons Nase stieß. Aber sie verschätzte sich in der Erwartung, dass er ausweichen würde, und war entsetzt, als sie ihn traf. Er drehte sich fluchend weg und hielt sich das Gesicht.

„Oh mein Gott! Es tut mir so leid. So leid."

Hope war noch mehr beschämt, als Seth Aaron ein paar Taschentücher reichte, weil er blutete.

Aaron fluchte wieder.

Seth und Black fingen beide an zu lachen, aber das linderte ihr schlechtes Gewissen nicht.

Seths Handy klingelte und er schaute darauf. „Tut mir leid, ich muss da rangehen." Er joggte die Treppe hinauf.

„Alles in Ordnung, Aaron?", fragte sie. „Ich hole etwas Eis."

Sebastian Black begann, die Sofas wieder in Position zu bringen. „Ich denke, das war genug Spaß für heute, aber morgen sollten wir daran arbeiten, was passiert, wenn jemand Sie von hinten packt."

„Okay ..."

Die Tatsache, dass sie seinem Kollegen ins Gesicht geschlagen hatte, schien ihn nicht zu stören.

Aaron ging in die Küche, und sie folgte ihm.

Hope kramte in der Gefrierschublade, holte etwas Eis heraus und wickelte es in ein sauberes Geschirrhandtuch. „Halte es an deine Nase. Mach' dir keine Sorgen wegen des Tuchs."

Seine Augen tränten. Blut war auf seiner Oberlippe verschmiert.

„Es tut mir so leid, Aaron. Ich dachte, du würdest ausweichen."

„Ich dachte, du würdest den Schlag zurückziehen." Er klang eher amüsiert als wütend.

„Ich habe den Schlag zurückgezogen, aber anscheinend bin ich nicht sehr gut darin, sowas einzuschätzen." Sie konnte nicht glauben, dass sie diesem Mann Nasenbluten beschert hatte. Sie, mit ihren kleinen geheimen Fantasien, ihn zu verführen. Ihm die Nase blutig zu schlagen war da schon einfacher.

Er hielt seinen Kopf über das Spülbecken, aber die Blutung hatte sich auf ein kleines Rinnsal verlangsamt.

„Das war eine schreckliche Idee."

„Willst du mich verarschen?" Er sah sie an, als hätte sie den Verstand verloren. „Das war fantastisch. Du hast es verdammt noch mal drauf. Und du hast mich erwischt."

Hope rang die Hände. „Trotz meines Rufs bin ich kein gewalttätiger Mensch. Der Gedanke, dass ich dir oder sonst jemandem wehtue …"

Er ergriff eine ihrer Hände, und die Berührung seiner warmen Finger ließ etwas in ihrer Brust erstarren.

„Lass' dich davon nicht abschrecken. In einem echten Kampf darfst du nicht zurückhaltend sein und musst daran denken, dass es um dein Leben geht. Nur einer wird davonkommen, und die Chancen stehen gut für ihn, weil es ihm nichts ausmacht, Schmerzen zu verursachen." Seine dunklen Augen sahen sie an. „Was du getan hast, als du mich geschlagen hast, hat bewirkt, dass ich ein paar Sekunden lang nichts sehen oder denken konnte, und das hätte dir wertvolle Zeit verschafft, um zu verschwinden, wenn es eine reale Situation gewesen wäre."

Hope hörte Schritte im Wohnzimmer, ließ seine Hand los und wich schuldbewusst einen Schritt zurück.

Er warf ihr einen fragenden Blick zu, dann richtete er seine Aufmerksamkeit auf Ryan, der zwei riesige Schüsseln mit Chili trug.

„Essen im Anflug." Ryan stellte sie auf die Küchentheke.

„Ich wollte gerade die Treppe runtergehen …", begann Aaron.

„Ich war mir nicht sicher, also habe ich zwei Schüsseln geholt. Das Alpha Team ist jetzt offiziell im Einsatz, und das eigentliche *Alpha* Team isst gerade." Er zuckte bei Aarons geschwollener Nase zusammen. „Ich habe gehört, dass Hope dich geschlagen hat. Du siehst aus, als könntest du einen Drink gebrauchen. Du tust mir fast leid, aber dann erinnere ich mich daran, was am Montag passiert ist, und verliere jegliches Mitgefühl."

Aaron sah seinen Kollegen mit zusammengekniffenen Augen an. „Das am Montag hattest du verdient."

„Was ist am Montag passiert?", fragte Hope.

„Schmerz und Demütigung mit einem Hauch von sadistischer Befriedigung." Ryan zwinkerte ihr zu, dann drehte er sich um und ging davon.

29

———

Jeff Beasley blickte höhnisch auf den Kaugummi, den jemand in der dunklen, schmutzigen, engen Gasse ausgespuckt hatte. Er bewegte seine handgefertigten italienischen Leder-Oxfords davon weg. Ein Flyer für eine lokale Bar mit Live-Musik klemmte unter einer prall gefüllten Tüte mit altem Müll und flatterte im eisigen Wind, der vom stürmischen Atlantik kam. Der Geruch von Hundekot lag in der Luft – das perfekte Sinnbild für seinen beschissenen Tag. Er fröstelte in seinem Kamelhaarmantel, wütend darüber, dass man ihn gezwungen hatte, ein solches Risiko einzugehen, wütend über die Unannehmlichkeiten, wütend darüber, dass man ihn warten ließ – noch dazu an einem so ekelhaften Ort.

Aus einem nahegelegenen Restaurant wehte der Duft von Pizza herüber und erinnerte ihn daran, dass er heute Abend das Essen besorgen sollte, um Fiona die Mühe des Kochens zu ersparen und ihm eine Ausrede zu geben, zu spät zu kommen. Schon wieder.

Er schickte ihr eine Textnachricht, dankbar, dass er sich daran erinnert hatte, bevor er wahrscheinlich ausgeschimpft werden würde.

Sie schrieb zurück, dass zwei der Kinder Freunde zu Besuch hatten, weshalb er die Bestellung verdoppeln sollte.

Er schickte ihr ein Daumen-hoch-Emoji. Jeff verbrachte nicht viel Zeit mit seiner Familie, aber mit drei Teenagern im Haus war das für ihn kein Problem. Er liebte seine Frau, und gesellschaftlich gesehen war sie eine Bereicherung, aber ihr Sexualleben war in den letzten zehn Jahren stark zurückgegangen. Anstatt Staub aufzuwirbeln, besaß er eine kleine Wohnung in der Innenstadt, wo er diese Bedürfnisse von Frauen befriedigen ließ, die er stundenweise bezahlen konnte, und die den Mund hielten. Es sei denn, er wollte es anders.

Er lächelte.

Aus offensichtlichen Gründen hatte er diese Woche noch keine Gelegenheit gehabt, die Wohnung zu besuchen. Zu viele Blicke waren im Moment auf ihn gerichtet. Und niemand durfte von diesem Treffen erfahren. Seine Karriere wäre zu Ende, wenn die Staatsanwaltschaft davon erfuhr. Die Leibwächter dachten, er sei noch im Büro, und er hatte nicht mehr viel Zeit, bis sie sein Handy orten würden. Unter diesen Umständen war das lächerlich, aber er musste wenigstens so tun, als hätte er Angst vor Leech.

Er schnaubte.

Als sei dieser Kerl etwas anderes als ein erbärmlicher Verlierer. Es schien kaum fair zu sein, dass Leute wie er so viel Geld hatten und der Rest der Bevölkerung sich ein Gehalt verdienen musste. Jeff war nach allen Maßstäben reich, aber er arbeitete hart für sein Geld, während Leute wie Leech und seinesgleichen den Reichtum einfach mit der Muttermilch eingesaugt hatten.

Das Schlurfen eines Schuhs ließ ihn aufhorchen.

Jeff Beasley wirbelte in der Dunkelheit herum. „Das ist Wahnsinn. Was zum Teufel wollen Sie? Sie wissen, dass man uns nicht zusammen sehen darf."

Schatten umgaben den anderen Mann, seine Gesichtszüge waren unter der Kapuze eines Sweatshirts verborgen.

Jeff schauderte, als ihn eine Welle der Besorgnis überkam. Vielleicht lag es aber auch an dem Sushi, das er zu Mittag gegessen hatte. Er arbeitete sich zu einem Magengeschwür hoch, aber wann zum Teufel hatte er schon Zeit, sich um sich selbst zu kümmern?

Nie, so einfach war das.

Leech' Flucht war weiterer Sand im Getriebe seines Lebens. Eine Komplikation, die er nicht gebrauchen konnte.

„Ich konnte ein Telefonat nicht riskieren." Der Mann trat näher heran.

Jeff bewegte sich nach vorn, damit sie unbemerkt miteinander sprechen konnten. Etwas Scharfes glitt in seinen Magen und wurde in einem grausamen Winkel nach oben gezogen.

Er konnte nicht atmen, als die Klinge zurückgezogen wurde und dann wieder zustieß, einmal, zweimal, dreimal.

Was ...

Er brach auf dem schmutzigen, mit Müll bedeckten Boden zusammen. Der Mann stieß ihn zurück, woraufhin Jeff gegen die feuchte Wand fiel und sich den Kopf anschlug, was diesen klingeln ließ.

Er öffnete den Mund, um nach Hilfe zu rufen, aber es kam nichts heraus außer dem Blut, das auf seiner Zunge blubberte.

Der Mann kramte in seinen Taschen, holte sein Handy heraus und hielt es Jeff vor das Gesicht, um es zu entsperren. Einen Moment später hob das Licht auf dem Bildschirm Leech' kantiges Kinn und seine volle Unterlippe hervor. Es enthüllte das erbarmungslose Funkeln in den blassblauen Augen.

„Ich schätze, ich brauche Ihre Dienste nicht mehr." Das Lächeln war grausam.

Schmerz verzehrte ihn. Er würde sterben. Er konnte es nicht glauben. Er würde hier sterben, in diesem Dreck und dieser Scheiße. Er würde sterben, und Hope Harper würde zuletzt lachen.

30

———

Aaron sah zu, wie Hope eine Flasche Rotwein aus dem Weinregal holte.

„Ich weiß nicht, wie es dir geht, aber ich brauche einen Drink. Ist Ryan immer so?"

„Ein Holzkopf, meinst du?" Aaron zog eine Grimasse, als er an die Nummer dachte, die Ryan letzte Woche mit Grady Steel abgezogen hatte. Er hatte seine übliche Überfürsorglichkeit um das Tausendfache gesteigert. Und die Prügel am Montag hatte er absolut verdient. „So ziemlich."

Er wusch sich Hände und Gesicht am Spülbecken. Seine Nase pochte immer noch. Hope hatte ihn genau an der richtigen Stelle erwischt, damit seine Augen brannten und seine Nase blutete. Er war dankbar, dass sie sie nicht gebrochen hatte und dass sein Blut nicht auf die cremefarbenen Teppiche oder die blassgraue Couch gespritzt war.

Er tupfte mit dem Taschentuch noch ein wenig über seine Oberlippe, aber das Blut war geronnen, und er konnte wieder richtig atmen.

Dann nahm er das Handtuch und warf es in die Waschmaschine, die sich in einem kleinen Abstellraum neben der Küche befand. „Soll ich sie laufen lassen?"

„Klar. Du kannst auch gern dein T-Shirt mit reinwerfen."

Er hielt inne, als seine Fantasie auf Hochtouren lief.

Ein nervöses Lachen folgte. „Das, äh, klang ein bisschen dubios. Tut mir leid, ich meinte–"

„Ich weiß, was du gemeint hast." Leider. „Mein Shirt ist in Ordnung, danke." Er lächelte, denn alles, was Hope ein wenig zum Lachen brachte, war für ihn in Ordnung. Er programmierte die Waschmaschine. Wahrscheinlich würde sie das Handtuch wegwerfen, aber er räumte gern seine Unordnung auf.

Als er zurückkam, hatte sie ihre Schüssel Chili und ihr Glas Rotwein genommen und sich im Esszimmer niedergelassen. Sie sah so einsam aus, wie sie allein an dem großen Tisch saß.

Obwohl er wusste, dass er es nicht tun sollte, ergriff er die Schüssel, die Ryan ihm gebracht hatte, und stellte sie neben ihr ab. „Darf ich mich zu dir setzen?"

„Nur zu. Bediene dich am Wein."

Aaron beobachtete, wie sie den ersten Löffel zu sich nahm, während er sich setzte. Er öffnete den Mund, um sie zu warnen, dass Shane Livingstones Vorstellung von scharfem Essen für manche Leute die Vorstellung der Hölle war.

Hope blinzelte und ihre Augen begannen zu tränen. „Meine Güte. Mit der Schärfe hat er nicht übertrieben. Willst du ein Glas Wasser? Ich hole mir eins."

„Klar. Danke." Was er wirklich wollte, war ein großes, kaltes Bier, aber das konnte warten, bis er nicht mehr im Dienst war, was bei diesem Tempo nie der Fall sein würde.

„Wie hält sich Richterin Abbottsford? Weißt du das?"

„Ich weiß, dass Team Charlie ein größeres Gebiet hat, das anderthalb Hektar Wald umfasst. Und es gibt Vieh, das versorgt werden muss." Romano schimpfte gutmütig darüber, dass die Echo-Einheit den leichten Auftrag bekommen hatte. Nur hatte Charlie nicht jeden verdammten Tag mit der Staatsanwaltschaft und dem Gericht zu tun, ganz zu schweigen von den Reportern. „Die Richterin ist in Sicherheit, aber es klingt, als sei sie ein wenig sauer über die Verzögerung bei der Wiederergreifung von Leech."

„Ich weiß, wie sie sich fühlt." Hope stellte zwei Gläser mit Wasser auf den Tisch.

Aaron aß einen Löffel Chili und spürte, wie seine Geschmacksknospen explodierten. Aber es war gut. Livingstone war sehr stolz auf sein Rezept und behauptete, es enthalte mehrere geheime Zutaten. Aaron war immer gern bereit, für ihn zu probieren. Er wusste, dass Shane eine mildere Version kochte, die er an Grace Monteith und ihre Kinder lieferte.

Grace war die Witwe eines ihrer Teamkollegen, der letzten Monat gestorben war.

Aaron hoffte, dass es ihr gut ging, während der Großteil des Team Gold nicht in Quantico war. Sie hatte ihren Mann am ersten Tag des neuen Jahres verloren, als sie im siebten Monat schwanger war. Außerdem hatte sie noch zwei weitere Kinder und den Streuner, den Grady Steel kürzlich gerettet hatte und um den sie sich kümmern musste. Grady leistete normalerweise seinen Beitrag, aber letzte Woche war er von einem alten KGB-Agenten angeschossen worden, also hatte er eine gute Ausrede.

Kincaids Verlobte, Pip West, ging jeden Tag mit dem Hund spazieren. Die Leute, die noch in Quantico waren, würden dafür sorgen, dass Grace die Hilfe bekam, die sie brauchte, aber Aaron hatte trotzdem ein schlechtes Gewissen. Es war die Verantwortung des Teams Gold, eine Sache der Ehre, sich so um sie zu kümmern, wie Scotty es gewollt hätte. Er nahm sich vor, sie später anzurufen.

Im Nachhinein wurde ihm klar, dass Hope diese Art von Unterstützungsnetzwerk nicht gehabt hatte. Stattdessen hatte sie sich abgekapselt. Die Traurigkeit des Ganzen traf ihn erneut.

Sie hatte ihr Chili fast aufgegessen, und ihre Gesichtsfarbe war jetzt besser als vorher, als sie hier angekommen waren. Das Selbstverteidigungstraining – auch wenn es nur rudimentär war – hatte definitiv geholfen. Es gab nichts Besseres, als erwachsene Männer zu verprügeln, um sich von seinen Problemen abzulenken – das war jedenfalls seine Erfahrung.

Aaron entdeckte mehrere Regale mit gebundenen Büchern

eines Autors, den er sehr mochte. Von einigen der Bücher gab es mehrere Exemplare.

„Du musst ein großer Fan sein." Er nickte zu den Büchern, aber sie runzelte verwirrt die Stirn. „Frankie O'Malley."

„Oh." Ihre Lippen formten einen perfekten Kreis, und er spürte, wie seine Fantasie ansprang.

„Ja. Ja, das bin ich." Sie schluckte. „Irgendwie."

Er legte den Kopf schief. „Wie meinst du das? Irgendwie."

Sie sah ihn an und wandte sich dann schnell ab. „Nichts."

Er starrte erneut auf die Bücher und dachte an die anderen Bücher über das Schreiben, die er im Arbeitszimmer im Obergeschoss entdeckt hatte, wo er schlief. „*Du* hast diese Bücher geschrieben."

„Was?" Ihr stand der Mund offen, und ihre Augen weiteten sich vor Schreck.

„Und wenn du es leugnen willst, musst du an deinem Pokerface arbeiten."

Hope schloss den Mund und nahm einen Schluck Wasser. Sie fächelte sich die Wangen, die jetzt knallrot waren. „Es hat noch nie jemand auch nur geahnt. Ich meine, Brendan weiß es, weil … nun, das ist eine ganz andere Geschichte."

Je mehr Aaron über Brendan wusste, desto weniger mochte er ihn. Aber er sollte sich seine persönlichen Gefühle nicht anmerken lassen. Brendan war ihre angeheiratete Familie, und sie sorgte sich offensichtlich um ihn. Die Tatsache, dass einige von Aarons Gefühlen aus einer kindischen Form von Eifersucht stammen könnten, würde er mit ins Grab nehmen.

Sie atmete tief ein. „Kannst du das für dich behalten?"

Er lehnte sich in seinem Stuhl zurück. „Ich bin die Diskretion in Person."

Sie legte ihren Löffel ab und spielte im Schoß nervös mit den Fingern. „Ich habe es noch nie jemandem erzählt. Niemals."

Er spürte ein zufriedenes Glühen über ihr Geständnis. „Du hast nie jemandem erzählt, dass du eine talentierte Bestsellerautorin bist?“ Aber er verstand nicht. „Ich dachte, dein verstorbener Mann war der Schriftsteller?“

„Das war er.“ Sie nickte schnell. „Er hat unter einem Pseudonym geschrieben. Die ersten drei Bücher sind von ihm. Ich habe ihm bei der Handlung geholfen und war seine erste Leserin, aber sie sind alle Dannys Werk. Er hatte die ersten zehn Bücher der Serie bereits fertig geplant gehabt. Er hatte das vierte Buch zur Hälfte fertig, als Leech ...“ Schatten huschten über ihre Züge. „Als dieser Mistkerl ihn ermordet hat. Ich konnte es nicht ertragen, dass die Geschichte unvollendet blieb, also habe ich abends daran gearbeitet – die Alternative wäre gewesen, vor Kummer den Verstand zu verlieren, also war es eben das. Nachdem die Geschichte fertig war, schickte ich sie an seinen Agenten und erzählte ihm, was ich getan hatte. Ich hätte nie erwartet, dass sie das Buch veröffentlichen würden.“ Sie zuckte mit den Schultern. „Und so entwickelte es sich einfach irgendwie.“

„Und niemand hatte je einen Verdacht?“

Sie nahm ihren Löffel, aß einen weiteren Bissen Chili und leckte sich über die Lippen. „Ich glaube nicht. Die Leute wussten, dass Danny Schriftsteller war, weil er früher eine Reihe von Büchern unter seinem eigenen Namen veröffentlicht hatte. Sie liefen nicht so gut, und er verkaufte die Frankie O’Malley-Bücher unter einem Pseudonym, das er aus diesem Grund anonym hielt. Für das erste Buch gab es eine Filmoption,“ ihre Stimme war voller Stolz, „aber es kam nie dazu.“

Sie hatte einen entrückten Blick in den Augen, als sie mit einem Finger an ihrem Wasserglas auf und ab fuhr. Dann nahm sie stattdessen ihren Wein und trank einen großen Schluck.

„Irgendwann hätte er sich als Autor zu erkennen gegeben, aber ich glaube, er war so sehr damit beschäftigt, die Bücher herauszubringen. Sie richtig zu machen. Er wollte es nicht überstürzen.“

Unter den hellen Lichtern sah sie wieder traurig und verletzlich aus.

„Das Schreiben war eine Art Therapie für mich.“ Ihre Augen

flackerten. „Ich konnte mit Freude ein paar Bösewichte töten und mich auf dem Papier rächen." Sie lächelte plötzlich. „Du kannst deinen Arsch darauf verwetten, dass Frankie jemanden mit dem Handballen k.o. schlagen wird."

„Freut mich, dass mein Schmerz für die Kunst von Nutzen sein kann." Er nahm einen Schluck Wasser. „Es war übrigens ein Handflächenhieb."

Ihre Augen leuchteten, als sie grinste. „Gut zu wissen, danke. Und noch einmal, es tut mir leid."

Er wischte sich den Mund mit einer Serviette ab. „Wie hat Brendan es herausgefunden?"

„Oh, Gott. In typischer Brendan-Manier hat er einen Wutanfall bekommen, als er hörte, dass Dannys Buch veröffentlicht wird, weil er wusste, dass Danny bei seinem Tod erst zur Hälfte mit dem Schreiben fertig war. Brendan und ich haben Danny in Sachen Polizeiverfahren und Recht beraten. Brendan kam sofort angerannt, wie er es manchmal tut, und sagte mir, er würde nach New York fahren, um mit dem Verleger zu ‚reden'." Sie rollte mit den Augen. „Er sagte mir, ich solle ihnen mit rechtlichen Schritten drohen, sonst würde er es tun. Ich hatte keine andere Wahl, als ihm die Wahrheit zu sagen und ihn zur Verschwiegenheit zu verpflichten, denn da hatten sie mir schon einen neuen Vertrag angeboten." Sie zuckte mit den Schultern, und Aaron wurde von den Umrissen ihres Spitzen-BHs abgelenkt, der sich durch ihre cremefarbene Bluse abzeichnete.

Er räusperte sich und kaschierte die Hitze auf seiner Haut, indem er einen weiteren Löffel Chili aß. „Ich finde es bemerkenswert. Ich bin wirklich ein großer Fan."

„Du hast sie gelesen?"

Er nickte.

Hope lachte verlegen und errötete ein wenig. „Es fühlt sich seltsam an, dass außer meinem Agenten oder Brendan noch jemand davon weiß." Ihre Augen weiteten sich, und ihr Blick wanderte zum Bücherregal. „Meinst du, die anderen werden es erraten?"

„Vielleicht. Kincaids Verlobte ist auch Schriftstellerin. Sie war früher Journalistin." Er bemerkte den Blick in diesen besorgten Silbermondaugen. „Sie werden nichts sagen. Du kannst uns vertrauen, weißt du."

„Es ist schon lange her, dass ich jemandem vertraut habe."

Aaron streckte eine Hand aus, nahm ihre Finger in seine und drückte sie sanft.

Sie schluckte, zog ihre Hand aber nicht zurück. Im Gegenteil, sie erwiderte den Druck.

Plötzlich sahen sie einander in die Augen, und er wollte nicht wegsehen, wollte diesen zerbrechlichen Moment nicht zerstören, indem er sie fragte, was sie wollte oder was das alles bedeutete.

Er war für ihren *Schutz* verantwortlich.

An nichts anderes sollte er denken. Nicht daran, wie gut es wäre, die seidigen Knöpfe ihrer Bluse zu öffnen. Nicht daran, die Quelle dieses süßen Vanilledufts zu finden. Nicht an ihre Hände auf seiner fiebrigen Haut.

Schritte auf der Treppe ließen ihn schnell zurückweichen, aber die Fragen lasteten schwer auf ihm.

Er schaute hinüber, als Seth Hopper den Raum betrat. „Alles in Ordnung?"

„Ja. Alles gut." Er betrachtete die beiden, wie sie dort zusammensaßen.

Mist.

Aaron hasste es, was er in dem leeren Gesichtsausdruck des Mannes nicht sehen konnte. „Ryan hat uns Chili gebracht. Soll ich dir welches holen?"

Seth schüttelte den Kopf. „Ich wollte vor dem Essen noch eine Runde joggen gehen, aber das Wetter ist beschissen. Meinen Sie, Ihre Nachbarn hätten was dagegen, wenn ich das Laufband in ihrer Wohnung benutze, Hope?"

„Sie hätten nichts dagegen. Sie sind nette Leute, und ich muss ihnen ein passendes Geschenk machen, wenn sie nächstes Wochenende nach Hause kommen. Vielleicht einen Mercedes."

Sie alle lachten in dem Wissen, dass sie einen Scherz gemacht hatte.

Aaron wollte glauben, dass bis dahin alles vorbei sein würde, zumal sie am Dienstagabend für mindestens sechsunddreißig Stunden von hier verschwunden sein mussten.

Aber Leech war kein Verrückter, der in den Wäldern herumlief. Er hatte Mittel und Leute, die ihm helfen würden, den Behörden zu entkommen. Aaron hoffte, dass die örtlichen Agenten Eloisa Fairchild heute observiert hatten, denn er war überzeugt, dass da noch jemand in ihrem Haus gewesen war. Jemand mit zwei Beinen, nicht vier.

Vielleicht sollte Aaron laufen gehen. Um das unruhige, juckende Gefühl loszuwerden, das ihn plagte.

Seth neigte den Kopf zum Dank und trat einen Schritt zurück. „Ich hole meine Sachen. Nochmals vielen Dank, dass wir die Schlafzimmer benutzen dürfen. Ein wenig Privatsphäre ist eine wunderbare Sache."

„Wie geht es Zoe?", fragte Hope.

Seth sah überrascht aus.

Aaron hob verneinend die Hände.

„Was? Meinen Sie, ich kann den Namen der Tochter der Vizepräsidentin nicht googeln?" Hope wich auf Seths offensichtliches Unbehagen hin zurück. „Sie ist hübsch. Und ich verspreche, dass ich Sie nicht weiter damit aufziehen werde."

Seths Augen funkelten. „Vielleicht lernen Sie sie ja eines Tages kennen."

Hopes breiter Mund verzog sich zu einer Seite. „Ich bewege mich nicht in diesen Kreisen."

„Ich auch nicht." Seth warf Aaron einen Blick zu, bevor er davonjoggte, um sich umzuziehen.

Aaron ignorierte den Kerl und erinnerte sich daran, dass es sich hier um einen Job handelte, und dieser Job beinhaltete, sich die Klientin nicht nackt vorzustellen. Sie würde sich nicht für einen Typen wie ihn interessieren. Nicht wirklich. Er schob seinen Stuhl zurück und sammelte beim Aufstehen das leere Geschirr ein. „Ich spüle ab und bringe es nach unten. Dann hast du deinen Abend zurück."

„Ich danke dir. Du warst der beste Hausgast, den ich je hatte – und auch der einzige, den ich je hatte." Sie sah ein wenig verlegen aus, weil sie versuchte zu scherzen. Sie räusperte sich. „Ich habe keine aufregenden Pläne für heute Abend." Sie zögerte. „Wenn du bleiben möchtest, wäre das in Ordnung ..." Sie wandte den Blick ab, offensichtlich unsicher, wie er reagieren würde.

Sein Puls stockte kurz, aber er beruhigte sich. Hope war nicht die Art von Frau, die einen Mann wie ihn anbaggerte. „Ich würde gern bleiben, aber ich muss mit den Jungs reden. Und dann will ich noch ein paar Fallakten lesen, bevor ich schlafen gehe."

„Natürlich. Natürlich, du musst arbeiten und bist sicher erschöpft." Unsicherheit und etwas, das wie Enttäuschung aussah, huschten über ihre Züge.

War das eine Anmache gewesen, die er völlig falsch verstanden hatte? Er öffnete den Mund, um etwas zu sagen, wofür er wahrscheinlich gefeuert werden würde, als ihr Handy klingelte.

Sie griff zum Tisch, wo es lag, und verzog das Gesicht. „Dieser verdammte Beasley. Ich frage mich, was er will."

Aaron wandte sich ab, um ihr die Illusion von Privatsphäre zu geben, obwohl er jedes Wort mitbekam.

„Was kann ich für Sie tun, Jeff?" Als sie nach Luft schnappte, drehte er sich um. „Aaron. Schnell." Sie eilte auf ihn zu und zeigte ihm den Bildschirm.

Es war dunkel, aber er konnte Jeff Beasley sehen, der mit schmerzverzerrtem Gesicht an einer weiß gestrichenen Backsteinwand zusammengesackt war.

Hope fummelte an der Lautstärke herum.

„Ist es ein Videoanruf oder eine Videonachricht?"

„Ich weiß es nicht. Ein Anruf, glaube ich."

Er legte ihr einen Finger an die Lippen und hielt ihren Blick fest, um sie daran zu erinnern, dass derjenige am anderen Ende sie auch hören konnte.

Sie nickte mit großen Augen.

„Jeff, können Sie mit mir reden? Geht es Ihnen gut?"

Der Videofilmer zog sich langsam zurück, bis eine Blutlache offenbart wurde, die sich über Jeffs weißes Hemd ausbreitete.

„Jeff, wo sind Sie? Können Sie es mir sagen?"

Die Augen des Mannes flackerten kurz.

Aaron entfernte sich aus der Hörweite, um Frazer anzurufen. Der Mann nahm sofort ab, obwohl er sich wahrscheinlich in einem schicken Restaurant befand. „Jeff Beasley wurde angegriffen. Jemand zeigt es Hope gerade durch einen Videoanruf."

„Ich werde Parker anrufen. Mal sehen, ob er die Position ausfindig machen kann. Der Anruf wird aufgezeichnet."

Aaron blickte zu Hope hinüber, deren Gesicht erschüttert war.

„Er hat aufgelegt. Aber ich glaube, ich weiß, wo Jeff ist." Sie eilte zur Tür, um ihre Stiefel anzuziehen.

„Wo?"

„In der Innenstadt. In einer Gasse in der Nähe seiner Kanzlei. Ich werde es dir zeigen."

„Ich lasse dich nicht in die Nähe einer potenziellen Gefahr kommen, Hope."

Ihre Augen blitzten feurig, als sie sich ihm zuwandte. „Er ist noch am Leben. Und ich bitte nicht um Erlaubnis."

„Irgendetwas?", fragte er Frazer.

„Noch nicht. Parker ist auf dem Weg zu seinem Computer, um ihn zu orten, aber das wird dauern, nachdem der Täter aufgelegt hat."

Hope hatte sich eine schwarze Steppjacke angezogen. Er könnte sie zwingen, hier zu bleiben, aber dann würde er jegliches Vertrauen verlieren, das er vielleicht aufgebaut hatte, und sie würde ihn dafür hassen.

Regel Nummer eins. Lass dich niemals emotional mit einem Klienten ein.

Verdammt. Die hatte er in tausend winzige Stücke zertrümmert.

Er holte die Com-Einheit aus seiner Tasche und steckte sie sich ins Ohr. „Alpha Team. Ich will, dass beide Wagen sofort nach vorn gebracht werden. Mögliches Opfer in der Innenstadt, und wir werden es überprüfen.“

Er schritt die Treppe hinunter und fand alle in Bewegung vor.

Livingstone wirkte überrascht, als er Hope entdeckte, und senkte die Stimme, damit nur Aaron ihn hörte „Wir bringen die Klientin zu einem möglichen aktiven Tatort?“

„Sie glaubt zu wissen, wo er ist, und ehrlich gesagt ist das die beste Chance, die wir im Moment haben, um das Opfer zu finden.“

„Es ist eine Gasse in der Nähe von Beasleys Kanzlei, aber ich kann mich nicht mehr an die genaue Adresse erinnern. Ich werde sie erkennen, wenn ich sie sehe.“ Hope klang aufrichtig, aber er war sich da nicht so sicher.

Aaron ging in die untere Wohnung, schnappte sich seine schusssichere Weste und seine Einsatzjacke.

„Ryan, ich brauche hier ein paar von deinen Leuten, bis wir zurück sind. Die anderen ruhen sich aus, solange sie die Gelegenheit haben. Es wird eine lange Nacht werden.“

31

———

Hope knabberte an ihrem Daumennagel, bis die Haut wund war, während die Sorge an ihrem Inneren nagte. Sie schossen über die North Washington Street Bridge. Shane Livingstone fuhr beängstigend schnell, mit eingeschaltetem Blaulicht und heulender Sirene – der zweite Geländewagen folgte dicht hinter ihnen.

„Hier links und dann die erste rechts in die Prince Street." Sie fuhren durch Little Italy. Die ganze Gegend war voll von italienischen Restaurants und Cafés.

„Beasley, Waterman, Vander & Co. haben ein Gebäude in Hanover, nicht weit vom Paul Revere's House. Ich glaube, er ist irgendwo östlich von dort."

„Bist du sicher, dass du dich nicht an den genauen Namen der Straße erinnerst?" Aaron klang, als glaubte er ihr nicht.

„Es ist schon ein paar Jahre her, dass ich diesen Teil der Stadt besucht habe." Die Dinge könnten sich geändert haben. „Vielleicht irre ich mich, aber irgendetwas kam mir bekannt vor ..."

Gott, was, wenn sie sich irrte und Beasley irgendwo anders auf dem Bürgersteig verblutete?

„Zeig mir auf meinem Handy, wo es deiner Meinung nach sein könnte." Aaron rief die Karte der Gegend auf seinem Handy auf.

Sie lehnte sich näher heran, streifte seinen Arm und kämpfte gegen das Gefühl an, das unter diesen Umständen so völlig unangebracht war.

„Ich glaube, es *könnte* in der Fleet sein." Sie deutete auf eine Lücke zwischen den Gebäuden. „Dort. Ich glaube, es könnte dort oder irgendwo in dieser Straße sein. An der Wand hinter Jeff war weiße Farbe über rotem Backstein abgeblättert. Ich glaube, das ist der Ort, an dem ich solche Backsteine gesehen habe." Aber es wäre nicht der einzige Ort in der Stadt …

Sie beobachtete, wie Aaron Frazer eine Nachricht mit dem Ort schickte, zu dem sie unterwegs waren, und dann Griffin die Adresse mitteilte, damit er das Satellitennavigationsgerät für Livingstone programmieren konnte, der am Steuer saß.

„Warum hat er mich angerufen?"

Aaron presste die Lippen aufeinander und schwieg.

„Um mich zu verspotten. Um mir zu sagen: ‚Du bist die Nächste, Hope, aber während du dich hinter Leibwächtern versteckst, nehme ich mir die leichte Beute vor.'" Ihre Augen wurden groß. „Jeff hatte auch Leibwächter. Wo sind sie?"

Aaron schüttelte den Kopf.

Hope mochte Jeff Beasley nicht, aber sie wünschte ihm auch nicht den Tod.

Es waren keine fünfzehn Minuten vergangen, seit sie den Anruf erhalten hatte, und sie hielten vor einem Maniküre-Geschäft, das für heute geschlossen hatte.

„Ja. Da hinten." Hope zeigte darauf und wollte aussteigen.

Aaron legte die Finger um ihren Arm. „Bleib hier. Ich bin nicht für Beasley verantwortlich, sondern für dich."

Sie öffnete den Mund.

„Keine Widerrede, Counselor. Bleiben Sie hier bei Livingstone oder wir fahren alle nach Hause."

Sie funkelte ihn an in dem Wissen, dass möglicherweise ein Mann in der Nähe war, der verblutete. „Nun geht schon. Und seid vorsichtig."

Aaron und Will Griffin gesellten sich zu Ford Cadell und JJ

Hersh auf den Bürgersteig – Männer, die für sie noch vor ein paar Tagen feindselige Fremde gewesen waren. Jetzt wusste sie Kleinigkeiten über jeden von ihnen. Der Gedanke, dass einer von ihnen verletzt werden könnte, während er sie beschützte, war inakzeptabel. Sie gingen die Gasse hinunter und verschwanden aus ihrem Blickfeld.

Hope rief Frazer an, aber er nahm nicht ab. Sie fühlte sich so nutzlos. Der Klang von Sirenen durchdrang die Luft.

Ihr Handy klingelte. Es war Aaron.

„Wir haben ihn gefunden."

„Lebendig?"

„Ja. Aber er ist in schlechter Verfassung."

Blinkende Lichter erhellten die Gebäude um sie herum. „Der Krankenwagen ist gleich da."

Livingstone fuhr den Wagen ein paar Meter weiter, um Platz zu machen, als eine Streife und die Sanitäter anrollten.

Plötzlich fühlte sie sich an den Tag zurückversetzt, an dem Danny und Paige ermordet worden waren. Die blau angelaufenen Lippen ihrer Tochter. Das leichte Heben und Senken von Dannys Brust. Das schwache, kaum erkennbare Flattern seines Herzschlags. Katapultiert in die überwältigende Angst, den Schrecken und die schiere Hilflosigkeit, nicht die nötigen Fähigkeiten zu haben, um sie zu retten.

Eine unsichtbare stählerne Hand umklammerte ihre Kehle, und sie konnte keinen Sauerstoff mehr einatmen. Ihr Körper zitterte, und ihre Hände wurden taub. Ihre Sicht wurde an den Rändern schwarz.

„Hope. Es geht Ihnen gut. Sie haben eine Panikattacke. Atmen Sie einfach." Livingstones Stimme war ein tiefes Summen im Hintergrund, als er sich zu ihr drehte. Um sie zu beruhigen, weil sie den verdammten Verstand verlor.

Sie nickte, schaute aus dem Fenster und sah, wie Leech sie aus der Dunkelheit einer Gasse auf der anderen Straßenseite anlächelte. Zuerst dachte sie, es sei ein Flashback. Eine Erinnerung an das Lächeln, das er aufgesetzt hatte, als er ihrer Familie beim

Sterben zusah. Aber dieses Mal trug er keinen Anzug. Er trug eine Wollmütze und eine Jacke über einem Kapuzenpulli, die Kapuze tief nach unten gezogen, was Schatten auf seine hageren Züge warf.

Sie fummelte an der Tür herum, aber die Verriegelung klickte.

„Nash sagte, Sie sollen hier warten …"

„Leech! Leech ist da drüben!"

„Wo?" Livingstone drehte sich um.

„Der Typ in Schwarz." Sie kämpfte mit ihrem Sicherheitsgurt. „Scheiße, er ist weg. Sie müssen mich rauslassen. Er war da drüben, verdammt noch mal!"

Sie rüttelte noch einmal an der Tür und versuchte dann, das Fenster herunterzulassen, aber auch das war verriegelt.

Livingstone sprach in sein Funkgerät, und sie sah Aaron, Griffin und Cadell herbeieilen.

„Lassen Sie mich hier raus." Sie begann zu fluchen, und Livingstone entriegelte schließlich die Türen, als Aaron sie öffnete. Er schlüpfte hinein und zwang sie zurück auf den Sitz.

Hope stieß mit einem Finger in Richtung Gasse. „Leech stand da drüben und hat uns beobachtet."

„Ich habe ihn nicht gesehen." Livingstones Tonfall war besorgt.

Sie funkelte den Mann an.

„Bist du sicher, dass er es war?" Aaron öffnete das Fenster, um nachzusehen.

Hope packte ihn am Hemd und zog ihn so nah an sich heran, dass sich beinahe ihre Nasen berührten. „Man vergisst das Gesicht eines Mannes nicht, der die eigene Familie brutal abge-schlachtet hat."

„Griffin, Cadell, seht euch die Gasse an. Shane, mal sehen, ob wir ihn auf der anderen Seite abfangen können. Crow und Hersh bleiben in Position", befahl er dem zweiten Wagen.

Livingstone fuhr los, um die North Street herum und dann die Lewis hinauf.

Hope spähte aus dem Fenster, und die anderen taten dasselbe.

Vor ihnen sah sie eine Gestalt und zeigte darauf. „Da! Das ist er." Der Mann ging zügig von ihnen weg, den Kopf gesenkt, die Hände in den Taschen. Livingstone gab Gas, und Aaron sprang heraus und hatte den Mann auf dem Boden, bevor sie Luft holen konnte.

Sie folgte ihm und ignorierte die Rufe, die ihr sagten, sie solle im Auto bleiben. Sie hörte Schritte, als Griffin und Cadell sie einholten. Aufregung machte sich in ihr breit, als Aaron den Mann auf die Beine zog und ihn herumwirbelte.

Das Herz rutschte ihr in die Hose. Es war nicht Leech.

32

„Es tut mir *so* leid. Das ist nicht der Mann, den ich gesehen habe." Hope wirbelte herum, offensichtlich auf der Suche nach dem Serienmörder.

Aaron tauschte einen Blick mit Livingstone aus, doch der schüttelte den Kopf. Er glaubte nicht, dass Hope Leech überhaupt gesehen hatte. Aaron überließ es Griffin, sich um den unschuldigen Passanten zu kümmern, der sich wahrscheinlich in die Hose gemacht hatte.

„Hope." Er fasste sie bei den Schultern. „Lass uns zurück zum Wagen gehen."

Daraufhin wirbelte sie mit wilden Augen zu ihm herum. „Ich habe ihn gesehen. Du musst mir glauben."

„Ich glaube dir ja, aber er ist jetzt nicht hier, und wir müssen ins Auto steigen und herausfinden, wie es Jeff Beasley geht."

Das holte sie in die Gegenwart zurück, woraufhin sie nickte und zum Geländewagen zurückeilte.

Als sie alle drin waren, bogen sie rechtzeitig um den Block, um einen Krankenwagen mit heulenden Sirenen wegfahren zu sehen.

„Warte hier." Aaron sprang heraus, als er Frazer entdeckte, und holte ihn ein. „Ist er noch am Leben?"

Frazers Mund war verkniffen. „Gerade noch so. Sie bezweifeln, dass er es schaffen wird."

„Hat Parker oder jemand anderes den Anruf zurückverfolgen können?"

„Ja, aber ihr seid ja schon hier. Er kam von Beasleys Handy, das in seiner Nähe gefunden wurde." Er zog eine Beweismitteltüte aus seiner Tasche. „Ich fahre es zum nächsten Labor und lasse es über Nacht auf Fingerabdrücke und DNS analysieren, bevor ich es per Kurier zu Parker schicke und sehe, ob er etwas auf dem Handy findet, was er nicht über die Mobilfunkgesellschaft oder die Aufzeichnungen des Sendemastes herausfinden kann."

„Hope hat gesehen, wie Leech den Tatort beobachtet hat. Sie ist ziemlich außer sich."

Frazers Blick wurde schärfer. „Es würde mich nicht überraschen, wenn Leech sich die Show angeschaut hätte."

„Wir haben nach ihm gesucht, aber der Typ, den wir geschnappt haben, war nicht Leech. Wir haben ihn nicht sofort verfolgt. Leech könnte entkommen sein oder sich in eines dieser Gebäude geschlichen haben."

„Vielleicht hat sie ihn gesehen, vielleicht auch nicht." Frazers Blick suchte die Geschäfte entlang der Straße ab. „Ich frage mich, ob einige von ihnen Überwachungskameras haben, die Beasley vor dem Angriff aufgenommen haben könnten. Hat er sich freiwillig mit Leech getroffen – schließlich ist er sein Mandant – oder wurde er von jemand anderem angegriffen?"

„Warum sollte jemand anderes Hope anrufen?"

Frazer begegnete seinem Blick. „Es hängt alles zusammen, daran habe ich keinen Zweifel. Aber wo sind seine Leibwächter? Hätte Beasley den Kerl wirklich allein getroffen?"

„Ein Treffen mit einem entflohenen, verurteilten Mörder würde für ihn ein sofortiges Berufsverbot bedeuten, wenn jemand davon erfährt, richtig?"

„Ja, aber ich bin sicher, Beasley könnte es so drehen, dass er den Mann dazu bringen wollte, sich zu stellen. So lukrativ Leech auch ist, ich bezweifle, dass Beasley seine Lizenz für einen einzigen Mann riskieren würde."

Aaron entdeckte ein paar Häuser weiter einen Juwelierladen. „Einige dieser Läden werden Überwachungsaufnahmen haben. Aber ich kann nicht bei der Beschaffung helfen. Ich muss Hope nach Hause bringen. Sie sollte überhaupt nicht hier sein."

Frazer nickte. „Ich werde den Bostoner SAC anrufen und dafür sorgen, dass er sofort Agenten darauf ansetzt. Dies ist ein FBI-Fall, auch wenn ich ein paar Beziehungen spielen lassen muss." Frazer war ein Profi darin, Beziehungen spielen zu lassen. „Wir müssen in Beasleys Kanzlei gehen und seinen Assistenten befragen. Seinen Terminkalender und seine E-Mails und Textnachrichten überwachen, auch wenn sich die Anwaltskanzlei mit allen Mitteln dagegen wehren wird. Ist mit Hope alles in Ordnung?"

Aaron dachte an den verzweifelten Blick in ihren Augen, als sie dachte, man würde ihr nicht glauben. Er schüttelte den Kopf. „Das glaube ich nicht."

Frazer fluchte.

Aaron sah zu den Fenstern hinauf, die auf die Straße hinausgingen. Die Leute starrten auf das Treiben hinaus. Es bestand durchaus die Möglichkeit, dass jemand etwas gesehen hatte.

„Wenn Beasley überlebt, wie wird er mit der Ironie leben, dass es Hope war, die ihn gerettet hat? Und wie wird sie mit der Ironie leben, dass sie es geschafft hat, einen Mann zu retten, den sie verabscheut, aber nicht die Menschen, die sie liebt?"

„Das ist eine schreckliche Sache", stimmte Frazer zu. „Ich rufe an, sobald ich von Beasleys Zustand erfahre, und fahre ins Krankenhaus, nachdem ich das Handy beim Kriminallabor abgegeben habe."

„Leech hält eine Menge Leute auf Trab."

„Ich bin sauer, dass es so lange dauert."

Aaron nickte und wandte sich ab.

Im Inneren des Geländewagens herrschte angespannte Stille. Hope war leichenblass, die Zähne fest zusammengebissen. Sie hatte die Arme fest um sich geschlungen, während sie aus dem Fenster auf die Streifenwagen starrte.

Aaron wünschte, er könnte sie in seine Arme ziehen, um sie zu trösten, aber sie war wütend und distanziert. „Frazer wird anrufen, wenn er etwas über Beasleys Zustand erfährt."

Sie drehte sich zu ihm um. „Wir können nicht ins Krankenhaus fahren?"

Er schüttelte den Kopf und beobachtete, wie sich ihre Wirbelsäule aufrichtete, als würde sie sich auf einen Kampf vorbereiten. „Hör zu, wenn du willst, können wir die ganze Nacht im öffentlichen Wartezimmer verbringen. Dem medizinischen Personal in die Quere kommen. Das Team ermüden. Dich einer potenziellen Gefahr aussetzen, entweder durch Leech oder durch Leute wie Minnie Ramon. Oder wir können vernünftig sein und auf Neuigkeiten warten. Uns etwas ausruhen. Du gehörst nicht zur Familie, also werden sie dir nichts sagen."

Sie atmete zittrig aus. „Ich hasse es, wenn du mir mit Logik und Vernunft kommst."

Er unterdrückte ein Lächeln. Das war die Hope, die er kannte und … *mochte.*

Ja. Darüber sollte er besser nicht nachdenken.

„Logik und Vernunft. Deshalb nennen wir ihn den Professor", scherzte Livingstone, doch sein Blick im Rückspiegel war besorgt.

Aaron knirschte mit den Zähnen. Ihm war nicht nach Logik und Vernunft zumute, wenn es um Hope ging. Nicht mehr.

Hope verschränkte die Finger ineinander. „Er hat eine Frau, Fiona, und drei Kinder, die jetzt Teenager sein müssen. Ich kann mir nur vorstellen …" Sie brach ab und fuhr sich mit den Händen über das Gesicht.

Sie musste es sich nicht vorstellen. Sie hatte genau diese Situation selbst erlebt.

„Kannst du jemanden damit beauftragen, sie abzuholen und ins Krankenhaus zu fahren?"

Er schickte Frazer eine Nachricht, damit er Agenten der Bostoner Außenstelle bat, genau das zu tun. Ohne ein eigenes

Einsatzteam war Frazer de facto die Kontaktstelle und der Teamleiter – ob es ihm gefiel oder nicht.

„Erledigt." Er streckte eine Hand aus und berührte ihren Arm. Sie zitterte unter der Jacke. „Geht es dir gut?"

Sie atmete ruckartig ein und nickte. „Nur ein normaler Donnerstagabend. Lass uns zurückfahren, wie du vorgeschlagen hast. Ich muss den Bezirksstaatsanwalt anrufen und ihn auf den neuesten Stand bringen."

Livingstone wartete nicht auf eine weitere Erlaubnis und bog in den Verkehr ein. Aaron warf einen Blick durch die Heckscheibe und sah, dass der andere Geländewagen folgte, mit Damien Crow am Steuer.

Hope fischte ihr Handy heraus und rief ihren Chef an. Das Gespräch war lang und hitzig, und als sie auflegte, standen sie schon vor ihrem Haus. Die Ringe unter ihren Augen sahen unter den grellen Straßenlaternen wie blaue Flecke aus.

Er wollte gerade den Mund öffnen und sagen, sie solle sich keine Sorgen machen, und dass sie ihn schon erwischen würden, aber ihr glänzender Blick fing seinen ein.

„Nicht", warnte sie.

Er schloss den Mund. Verdammt noch mal.

Als sie drinnen war, ging Hope direkt nach oben, und Aaron blieb stehen und sah ihr nach. Dann ging er hinein, um das Team und Novak über diese neueste Entwicklung zu informieren.

Könnte Leech sie in der Stadt beobachtet haben? Wohin war er verschwunden? Wer versteckte ihn? Hatte Eloisa Fairchild heute Abend ihr Haus verlassen? Machte Leech ihnen eine lange Nase, indem er sich in seiner Villa in der Beacon Street aufhielt, während die Delawares ihm Deckung gaben?

Aaron hatte eine Idee. „Hey, Shane, JJ." Er winkte Livingstone und Hersh zu sich herüber. „Haben wir das Handradar dabei?"

Livingstone nickte.

„Ich möchte, dass ihr etwas für mich überprüft. Niemand sonst braucht davon zu wissen."

33

Hope schleppte sich die Treppe hinauf und zog sich in ihrer Wohnung die Stiefel aus.

Sie ging in die Küche und schenkte sich ein großes, kaltes Glas Wasser ein, trank die Hälfte und drückte dann das kühle Glas an ihre Stirn. Es war lange her, dass sie unter einer Panikattacke gelitten hatte, aber andererseits war es auch lange her, dass sie einen Tag wie heute erlebt hatte.

Die Erinnerung an Jeff Beasleys ausgemergelte Gesichtszüge. Das Blut auf seinem Hemd …

Es hatte schockierende Ähnlichkeit damit, wie sie Danny gefunden hatte.

Zusätzlich zu den Morden an Sylvie und ihrem Mann war das alles zu viel. Sie schloss die Augen und atmete lange aus, bevor sie beschloss, direkt ins Bett zu gehen. Sie hatte morgen früh einen Gerichtstermin, auch wenn die Verhandlung sich vielleicht etwas verzögern würde. Aber da Beasley die juristische Zuarbeit nicht erledigte, bezweifelte sie das. Sie kam sich egoistisch vor, weil sie an den Prozess dachte, aber es ging auch um Ella Gibsons Wohlergehen. Je länger Jason Swann frei herumlief, desto länger war Ella in Gefahr.

Hope verdrängte die Schuldgefühle, indem sie sich daran erinnerte, dass Beasley sie dazu gezwungen hatte, ihre volle Kündigungsfrist von einem Monat abzuarbeiten, als sie die Kanzlei verlassen hatte. Nach einer Abfindung war sie mit viel Geld und nichts als Hass und Verzweiflung im Herzen gegangen.

Vielleicht war es nicht Leech, der den Mann niedergestochen hatte. Vielleicht war es einer seiner vielen unzufriedenen Kollegen oder Mandanten, und derjenige hatte Leech' Flucht als Tarnung benutzt, um den Mann loszuwerden. Aber das würde bedeuten, dass sie sich nur eingebildet hatte, Leech heute Abend auf der Straße gesehen zu haben, und dass sie vorhin wirklich für ein paar Minuten den Verstand verloren hatte.

Das wollte sie nicht glauben. Sie musste an sich selbst glauben, wenn schon sonst an nichts. Was hatte sie denn sonst? Aber sie war müde und unruhig nach einer Woche mit wenig Schlaf und viel Stress. Sie brauchte etwas Ruhe. Sie schaltete das Licht unter den Schränken an. Lucifer schlief auf der Couch, und sie überlegte, ob sie ihn streicheln sollte, aber er sah so zufrieden aus, dass sie ihn nicht stören wollte. Ein König in seinem Reich.

Sie ging in ihr Schlafzimmer und schloss die Tür, um sich umzuziehen, obwohl sie sie normalerweise für die Katze offenließ. Hope wollte kein Publikum, falls einer der Jungs die Treppe herunterkam. Sie bewegten sich leiser als die Hauskatze. Sie zog sich aus und stieg unter die Dusche, um den beißenden Geruch von Schweiß und Angst abzuwaschen.

Trotz all ihrer harten Worte war sie heute Abend fast bewusstlos geworden, und das nur, weil ein Mann, den sie nicht einmal mochte, niedergestochen worden war – und wegen der Erinnerungen, die das hervorgerufen hatte.

Sie hatte so sehr aus dem Wagen aussteigen und Leech packen wollen – ihn erwischen und zurück in die Zelle stecken, die er so sehr verdient hatte. Um dort zu verrotten. Zu verwelken. Zu sterben.

Sie wollte ihn bestraft sehen. Sie wollte ihn leiden sehen. Sie wollte, dass er auch nur einen Bruchteil des Schmerzes erfuhr, den sie ertrug.

Und es würde nie genug sein.

Sie hatte immer gewusst, dass das Gefängnis nie genug für ihn sein würde, um zu büßen, was er getan hatte, aber es war alles, was sie verlangen konnte, außer in den dunklen Schatten ihrer Seele, wo sie sich viel, viel Schlimmeres wünschte.

Aber sie war nicht das Monster. Er war es.

Sie wusch die Spülung aus ihrem Haar und drehte den Wasserhahn zu. Dann wickelte sie sich in ihren weichen Bademantel und föhnte ihr schulterlanges Haar vor dem Spiegel schnell trocken.

Danach ging sie ihre abendliche Hautpflege durch. Ihre Augen, wahrscheinlich ihr bestes Merkmal, sahen stürmisch und dunkel aus. Die Nase war zu spitz, der Mund zu breit für wahre Schönheit. Aber sie hatte mehr als einmal die Anziehung in Aaron Nashs Gesichtsausdruck gesehen. Und plötzlich dachte sie an etwas anderes als an Leech, den Tod und daran, sich von dem Ganzen zu erholen.

Begierde machte sich in ihr breit. Überlagert von Schuldgefühlen und dem Wissen, dass Aaron sich eigentlich nicht mit jemandem einlassen durfte, den er beschützen sollte. Es gab Regeln. Zur Hölle, bei den meisten Regierungsorganisationen hatten sogar die Regeln Regeln.

Aber er war bei diesem Auftrag nicht allein und stand Tag und Nacht mit seinem Gewehr Wache. Es gab ein ganzes Team von Leuten, die den Job machten. Zehn weitere Männer, die sie rund um die Uhr beschützten. Und sie war nicht irgendein armes Opfer, das darum gebeten hatte, gerettet zu werden. Sie war die Frau, die dazu beigetragen hatte, diesen Wichser vor Gericht zu verurteilen, und Leech war einer von vielen Drecksäcken, mit denen sie regelmäßig zu tun hatte. Sie war Teil des gleichen Justizsystems, dem auch Aaron angehörte. Sie waren praktisch im selben Team.

Und sie hatten ihr keine Wahl gelassen.

Auch wenn diese Anziehungskraft also in einem unbedachten Moment zu nicht mehr als schnellem Puls oder geweiteten

Pupillen führen konnte, hatte sie zumindest vor, auf jedes mögliche Szenario vorbereitet zu sein. Sie war kein verwelktes Mauerblümchen, und auch wenn sie sexuell nicht sehr erfahren war, da sie siebenunddreißig war, verheiratet gewesen war und ein Kind geboren hatte, so kannte sie doch immerhin die Grundlagen.

Sie holte ihre duftende Lieblingskörperlotion heraus und verteilte sie auf dem ganzen Körper. Wenigstens würde sie morgen gut riechen.

Sie stellte fest, dass sie sich besser fühlte. Es tat immer gut, an etwas anderes zu denken als an Leech. Und sie wusste, dass es nichts weiter als körperliches Verlangen war, aber es war ein weiterer Sieg über den Serienmörder, der sich aus irgendeinem Grund zu ihrem Erzfeind erklärt hatte. Leech hatte ihr sowohl ihre Sexualität als auch ihre Familie gestohlen, das wurde ihr jetzt klar.

Diese Sache mit Aaron war die perfekte Ablenkung. Sie würde es sich nicht erlauben, sich emotional zu verstricken. Sie wollte nicht am Boden zerstört sein, wenn er sie verließ. Gegen all das war sie immun. Den Mann zu verlieren, den sie liebte, hatte sie schon einmal fast zerstört, und Aaron war ein Mann, der in seinem Job regelmäßig den Tod herausforderte.

Sie schluckte schwer bei dem Gedanken daran.

Hope würde nicht riskieren, noch einmal einen solchen Herzschmerz zu erleiden. Nie wieder. Aber zum ersten Mal seit vielen, vielen Jahren wollte sie einen Mann in ihrem Bett haben. Und sie wollte, dass dieser Mann Aaron war.

Sie hatte ihn nicht nach oben kommen hören, also kroch sie ins Bett und zog ihr Tablet heraus, um Fallnotizen zu lesen, aber stattdessen öffnete sie die neueste Thrillerserie, nach der sie süchtig war.

In weniger als dreißig Sekunden war sie eingeschlafen.

34

———————

Es war schon fast Mitternacht, als Aaron sich schließlich auf den Weg zu Hopes Wohnung machte. Die Jungs waren zurückgekommen und hatten berichtet, dass Leech' Haus überraschend leer war, während sich in der Fairchild-Villa tatsächlich drei Personen aufhielten, eine in einem Zimmer in der Nähe der Küche und zwei weitere im Obergeschoss, von denen eine wie ein Kind aussah.

Er hatte Frazer angerufen. Ihm zufolge hatte Eloisas Haushälterin einen sechsjährigen Sohn, es war also wahrscheinlich, dass sie die anderen Personen im Haus waren.

Die Razzia im Morgengrauen ist abgesagt.

Hope war zu Bett gegangen. Alle Lichter waren aus, bis auf eine dünne Leiste unter den Küchenschränken, von der er annahm, dass sie sie angelassen hatte, damit sie sich orientieren konnten – was süß war, vor allem angesichts dessen, wie gestresst sie heute Abend gewesen war und des Umstands, dass es sich bei ihnen um Elite-Operators handelte und nicht um kleine Kinder, die Angst vor der Dunkelheit hatten.

Er schnappte sich ein Glas Wasser und ging still die Treppe hinauf. Hopes Zimmertür war geschlossen, und das Licht war aus. Er hoffte, dass sie sich etwas ausruhte. Die Strapazen der letzten Tage machten sich langsam bemerkbar.

Er widerstand dem Drang, an ihre Tür zu klopfen, um nach ihr zu sehen. Auf keinen Fall wollte er ihre Ruhe stören oder sich selbst in Versuchung bringen.

Sie hatte ihn eingeladen, den Abend mit ihr zu verbringen. Hatte sie damit gemeint, gemeinsam fernzusehen? Oder hatte sie gemeint …

Nein.

Schön wär's.

Er schüttelte den Kopf und ging in sein Zimmer. Das waren seine überaktive Fantasie und die Tatsache, dass er seit Anbeginn der Zeit keinen Sex mehr gehabt hatte. Außerdem fühlte er sich absolut zu dieser Frau hingezogen, und das lag nicht nur an ihrem guten Aussehen. Ihr Elan, ihre Tatkraft und die Tatsache, dass es ihr so schwerfiel, kein netter Mensch zu sein. Es brachte ihn zum Lächeln, obwohl es ihn gar nicht berühren sollte.

Er zog sein Holster, sein Funkgerät und sein Hemd aus und warf alles auf den Schreibtisch, bevor er sein Handy herausholte, das er an das Ladegerät anschloss. Dann schnappte er sich eine Schlafhose und ein Handtuch und ging unter die Dusche. Er schrubbte sich sauber, trocknete sich danach schnell ab und kehrte in sein Zimmer zurück.

Die Dusche hatte ihn aufgeweckt, und er ging ein paar Minuten lang auf und ab, um zu sehen, ob es Neuigkeiten von Frazer oder Novak gab.

Beasley war immer noch im OP. Seine Chancen standen schlecht.

Die „Leibwächter" des Mannes hatten geglaubt, er sei in seinem Büro, während er sich in Wirklichkeit durch eine Innentür hinausgeschlichen und das Gebäude heimlich verlassen hatte.

Aaron setzte sich auf die Seite des Feldbetts, das unter seinem Gewicht bedrohlich knarrte. Er erblickte den Gaming-Stuhl am Schreibtisch und beschloss, dass dieser stabiler und bequemer zum Lesen aussah, also nahm er die Schachtel mit den Akten über die Morde an Hopes Familie und stellte sie auf den Boden neben dem Schreibtisch.

Er begann mit den Polizeiberichten, in denen der Schauplatz des Harper-Hauses als chaotisch und von Rettungssanitätern und Polizisten schwer verunreinigt bezeichnet wurde, nachdem fast jeder in der näheren Umgebung dort hindurchgelaufen war. Er las die Befragung, die die Ermittler mit Hope geführt hatten, während sie im Haus ihrer Schwiegermutter in Southie war und den Verlust verkraften musste. Der vernehmende Beamte war nicht besonders mitfühlend, stellenweise war er geradezu grausam und beschrieb Hope als roboterhaft und unkooperativ.

Dann las Aaron ihre schriftliche Aussage, in der sie erzählte, wie sie nach ihrer Beförderung zur Partnerin in ihrer Anwalts-kanzlei nach Hause gekommen war, nur um die beiden Menschen, die sie am meisten liebte, tot oder sterbend vorzufin-den. Ihm wurde schlecht, wenn er daran dachte. Und wie Leech sofort zur Stelle gewesen war.

Occams Rasiermesser war angewandt worden.

Als Nächstes las er Leech' Aussage aus dem Krankenhausbett, in das Brendan Harper ihn befördert hatte. Leech hatte eine gebro-chene Nase und einen zertrümmerten Wangenknochen gehabt. Obwohl er verhaftet worden war, war Leech im Krankenhaus geblieben, bis seine Operationen abgeschlossen waren, und das BPD hatte sich selbst den Rücken freigehalten, obwohl es zwanzig Zeugen gab, die sagten, dass Leech sich der Verhaftung widersetzt hatte.

Leech behauptete, er habe gegen 17:00 Uhr einen Anruf erhal-ten, in dem er zum Abendessen bei Hope Harper eingeladen wurde. Er behauptete, gedacht zu haben, sie seien Freunde, nachdem sie in den letzten vier Monaten so viel Zeit miteinander verbracht hatten. Er hatte geplant, ihr einen großen Bonus zu geben und vielleicht ihre Hypothek abzubezahlen, um ihr für ihre harte Arbeit zu danken. Als er ankam, so behauptete er weiter, habe Hope die Tür geöffnet, sich an ihm vorbeigedrängt und dann die Sanitäter herangewunken. Er habe keine Ahnung gehabt, was los war. Er beschrieb, wie sie Blut an den Händen gehabt hatte, was eindeutig sie und nicht ihn belaste.

Er erzählte, wie sie die Rettungssanitäter angefleht hatte, ihr Kind wiederzubeleben. *Angefleht.*

Den Telefonaufzeichnungen zufolge hatte Leech tatsächlich eine Textnachricht mit der Einladung zum Abendessen und Hopes Adresse erhalten. Sie war von einem Wegwerfhandy gekommen, das nie geortet oder aufgefunden wurde.

Hope hatte unter Eid geschworen, dass sie dem Mann nicht geschrieben hatte.

War es möglich, dass Blake Delaware Leech eine Textnachricht geschrieben hatte, bevor er zum Flughafen gefahren war, und dann das Telefon zerstört hatte, um Leech ein Alibi zu geben? Leech war schon einmal mit einem Mord davongekommen. Vielleicht war er übermütig geworden.

Theoretisch war es möglich, dass Hope Leech von einem unbekannten Telefon aus eine Nachricht geschickt und die Freilassung des mutmaßlichen Serienmörders als Sündenbock für die Ermordung ihres Mannes und ihres Kindes benutzt hatte, wie Leech' Anwälte einmal behauptet hatten. Aber die meisten Menschen begingen keinen Mord, um einen unerwünschten Partner loszuwerden, und schon gar nicht ein geliebtes Kind. Scheidungen gab es aus gutem Grund. Die Mordperspektive machte nur Sinn, wenn man sich wohl dabei fühlte, das Leben eines anderen zu nehmen. So wie Leech sich damit wohlfühlte.

Das Letzte, was Aaron sich ansah, waren die Autopsiefotos, und obwohl er seit sechs Jahren in der Strafverfolgung war und es nicht viel gab, was er nicht schon gesehen hatte, zerstörten ihn die roten Petechien in Paige Harpers blauen Augen fast. Er blätterte schnell durch die Fotos. Das Mädchen war nicht sexuell missbraucht worden, was eine kleine Gnade war. Leech sagte oft zu jedem, der ihm zuhörte, dass er Kindern nichts antat. Viele Pädophile behaupteten dasselbe. Sie *liebten* Kinder. Sie würden ihnen nie etwas antun. Den Kindern gefiel, was man mit ihnen machte. Sie genossen es. Sie initiierten es. Gegenseitiges Vergnügen oder momentane Schwäche – Aaron hatte das alles gehört, und es drehte ihm den Magen um.

Danny Harper war ein fitter, gutaussehender Mann gewesen. Die Autopsie hatte Schürfwunden an den Fingerknöcheln und eine Prellung am Kiefer ergeben. Die einzige Stichwunde knapp unterhalb der Rippen hatte zu massiven inneren Blutungen geführt, aber sein Tod hatte gedauert – langsame Schritte, und das in dem Wissen, dass seine Tochter tot neben ihm lag und das Leben seiner Frau bald völlig auf den Kopf gestellt werden würde.

Hope hatte zugegeben, dass sie sich am Abend zuvor gestritten hatten, weil sie Leech vertrat.

Der Gerichtsmediziner war sich über Paiges Todeszeitpunkt nicht ganz im Klaren gewesen. Es war ein warmer Nachmittag gewesen, sodass die Leiche nicht viel abgekühlt war. Danny war auf dem OP-Tisch gestorben.

Aaron wusste, dass ein Teil von Hopes Schuldgefühlen in dem Glauben lag, dass sie, wenn sie früher nach Hause gekommen wäre, wenn sie die Feierlichkeiten in ihrer Kanzlei geschwänzt hätte, obwohl sie der Ehrengast war, den Angriff vielleicht hätte verhindern können, oder rechtzeitig zu Hause angekommen wäre, um wenigstens ihren Mann zu retten. Aaron wusste nicht, ob er auch nur die Hälfte ihres Schmerzes hätte ertragen können. Dagegen wirkte der Verrat seiner Verlobten wie eine Fliege in seinem Bier.

Das war zwar nicht ganz richtig, denn der Verrat hatte ihn zerstört, aber der Vergleich war krass. Doch Aaron war es lieber, dass seine Ex mit seinem Bruder glücklich wurde, als dass sie im Sarg landete. Keine Frage. Keine verdammte Debatte.

Die Katze begann an Hopes Tür zu kratzen. Er zögerte einen Moment, wollte aber nicht, dass das Miauen und Kratzen sie weckte, wenn sie schlief. Die Frau verdiente etwas Ruhe. Er schloss die Mappe und ging leise in den Flur, um die Katze hineinzulassen. Er hatte die Hand auf dem Türknauf, als sich die Tür öffnete.

Hope stand da in einem hübschen blauen Seidennachthemd, das ihr kaum bis zu den Knien reichte. Ihr Gesicht war blass, die Augen dunkel und gequält.

Lucifer stürzte hinein.

Aarons Herz pochte. Er öffnete den Mund, um das mit der Katze zu erklären, als sie eine Hand ausstreckte und sein Handgelenk umschloss. Sie zog an ihm, bis er einen Schritt machte, dann noch einen. Im Zimmer angekommen, schloss sie die Tür und fuhr mit den Händen über seine nackte Brust bis zu den Schlüsselbeinen.

Sie stellte sich auf die Zehenspitzen und strich mit ihren Lippen über seine. „Aaron."

Sein Widerstand bröckelte. Er zog sie an sich und presste seine Lippen auf ihre, verschlang ihren Mund, der ihn vor Lust langsam in den Wahnsinn getrieben hatte. Sie schmeckte nach Zahnpasta und roch wie der Sommer. Er schlang die Arme so fest um ihren Körper, als hätte er Angst, sie könnte versuchen zu entkommen. Stattdessen presste sie sich noch dichter an ihn und vergrub die Hände in seinem Haar. Der Stoff ihres Nachthemdes war glatt wie Satin und füllte seine Sinne. Ihre Zungen duellierten sich, während seine Hände gierig die weichen Rundungen abtasteten. Verlangen stieg in ihm auf. Verdammt, er wollte diese Frau.

Ein Geräusch auf der Straße riss ihn aus dem Moment.

Er zog sich schwer atmend zurück und ergriff ihre Hand, damit sie ihn nicht weiter berührte.

Der seidige Stoff klebte an ihren harten Brustwarzen. Er wollte sie unbedingt nackt sehen, aber er wusste, wenn er das täte, wäre er verloren. „Das ist falsch."

Aber Gott steh ihm bei, seit Jahren hatte sich nichts mehr so richtig angefühlt.

Sie blinzelte, und ein verletzter Ausdruck trat in ihren Blick.

„Ich will dich, das weißt du, aber wenn das jemand herausfindet, werde ich zurück nach Quantico versetzt." Und er würde zu Recht einen Tritt in den Hintern bekommen. Sie war tabu, egal wie sehr er sie wollte.

„Und deine perfekte Dienstakte wird befleckt." Sie strich mit den Lippen über sein Kinn und knabberte an seinem Ohrläppchen, was ihn fast in die Knie zwang. „Niemand muss es erfahren, Aaron. Ich werde es niemandem sagen."

„*Ich* werde es wissen." Er dachte daran, wie aufgebracht sie vorhin gewesen war. „Ich will dich nicht ausnutzen."

Das Wort *Lügner* schallte durch seine Adern.

„Ich glaube, ich könnte dich ausnutzen." Dann lächelte sie ihn an, ein Lächeln voller weiblichem Wissen. Sie sah in diesem Moment nicht verletzlich oder verloren aus. Sie sah aus wie eine Sirene. Sie ließ ihre Hand langsam über seinen Bauch gleiten und legte dann über der Hose die Finger um seine harte Länge – ein Teil von ihm, der die Nachricht mit dem Tabu eindeutig nicht verstanden hatte.

Er biss die Zähne zusammen, als ihm der Schweiß auf die Stirn trat.

Sie küsste ihn und schluckte sein Stöhnen hinunter, berührte ihn, streichelte ihn und ließ ihn vor Verlangen erschaudern.

„Könnten wir nicht eine Nacht haben? Eine Nacht, von der niemand außer uns wissen muss?" Ihre grauen Augen waren dunkel im Mondlicht.

Wäre eine Nacht wirklich so schrecklich? Er wusste, dass Novak und Charlotte Blood während der Operation in Washington zusammengekommen waren. Und Seth war während ihrer Flucht vor dem Drogenkartell Zoe definitiv nähergekommen. Die Vorstellung, diese Verbindung mit Hope zu verpassen … Sich immer wieder zu fragen, wie es wohl gewesen wäre …

Er glaubte nicht, dass sie ihn noch einmal fragen würde, wenn er heute Nacht Nein sagte. Er glaubte nicht, dass sie ihm eine zweite Chance geben würde.

„Warte hier." Er öffnete vorsichtig die Tür und ging in sein Zimmer, schnappte sich seine Glock, sein Handy und sein Funkgerät für den Fall, dass etwas passierte, über das er informiert werden musste. Er kramte in seinem Kulturbeutel nach einer Packung Kondome, die jeder im Team aus Gründen bei sich trug, die keinen Sex mit der Person beinhalteten, die sie beschützen sollten. Aber verdammt, Hope war nicht irgendeine Zivilistin. Sie war in den Schützengräben, und sie hatte keine Angst vor Leech und war auch nicht von Aaron abhängig, wenn es um etwas anderes ging als die Aufsicht über ihr Sicherheitsteam. Das Team war so gut, dass sie den Job mit verbundenen Augen machen konnten.

Er konnte den Gedanken nicht ertragen, diese Chance, mit ihr zusammen zu sein, nicht zu nutzen.

Aaron schloss seine Tür und schlich sich schnell in Hopes Zimmer. Sie stand am Fenster, streichelte die Katze und drehte sich um, als er hereinkam. Mit einem leisen Klacken drehte er den altmodischen Schlüssel im Schloss.

Die Katze sprang herunter und lief unter das Bett.

„Ich dachte, du hättest deine Meinung geändert", sagte sie leise.

Er ging in ihre Richtung, zog die Vorhänge zu und zeigte ihr, was er in den Händen hielt. „Ich habe Zubehör geholt."

Ihre Augen wurden groß, und ihre Mundwinkel zuckten nach oben. „So weit hatte ich nicht gedacht, aber ich bin dankbar für deine Voraussicht. Ich bin mir nicht sicher, was mein Sicherheitschef davon halten würde, jemanden um diese Zeit loszuschicken, um Kondome zu besorgen."

Er wollte im Moment nicht daran denken, ihr „Sicherheitschef" zu sein. Er legte die Pistole, das Telefon, das Funkgerät und die Kondome auf den Tisch neben dem Bett.

„Du kannst jeden im HRT fragen, und er wird irgendwo Kondome versteckt haben."

Sie hustete ein Lachen.

„Nicht weil wir alle fünf Minuten Sex haben." Es war schon so lange her, dass er sich nicht einmal mehr an das letzte Mal erinnern konnte. Jedenfalls nicht an das letzte Mal, das sich gut angefühlt hatte. Die Begegnungen waren banal gewesen, er tat es nur mechanisch, weil sein Körper es wollte, aber sein Verstand war nicht beteiligt, und sein Herz schon gar nicht. „Sie sind in Überlebenssituationen nützlich, um Wasser zu transportieren."

Hope verzog das Gesicht. „Hast du schon mal aus einem getrunken?"

Aaron grinste bei dem Bild, das es in ihm auslöste. „Nein, aber ich würde es tun, wenn es sein müsste."

Sie befeuchtete ihre Unterlippe, und schon war er hart wie Stein.

„Wir müssen das aber nicht tun, Hope. Wenn du deine Meinung geändert hast ..."

Sie packte ihn und zog ihn an den Haaren herunter, um ihn mit einem Zusammenprallen von Zunge und Zähnen auf den Mund zu küssen.

Er zögerte nur einen Moment, bevor er seine Hand auf den glatten Stoff legte, der sich an ihren Körper schmiegte. Dann strich er an ihren Seiten auf und ab, wobei seine Daumen ihre Brüste streiften. Sie zitterte, als er ihren Mund kostete. Er zog sie an sich, und ließ sie spüren, was sie mit ihm machte.

Sie stöhnte, und es war das heißeste Geräusch, das er je gehört hatte.

Sie roch nach Vanilleeis, und er wollte jeden Zentimeter lecken, um zu sehen, ob sie auch so schmeckte. Er hob sie hoch und sie überraschte ihn, indem sie die Beine um seine Taille schlang und ihre Mitte gegen seinen steifen Schwanz drückte.

Schweiß brach ihm aus den Poren. Er würde niemals lange genug durchhalten. Er würde sich blamieren und diese Frau, von der er wusste, dass sie in all den Jahren seit dem Tod ihres Mannes mit niemandem Sex gehabt hatte, enttäuscht und unbefriedigt zurücklassen.

Zum Teufel damit.

Er ließ sie auf das Bett sinken.

Er war ein Elite-Operator, der in seiner Freizeit zum Spaß Marathons lief. Er hatte nicht die Absicht, diese Frau zu enttäuschen, aber er musste anfangen, die Sache in die Hand zu nehmen.

35

Aaron legte sie auf das Bett und zog sich schnell aus, wobei er einen schlanken, muskulösen Körper offenbarte, der ihr das Wasser im Mund zusammenlaufen ließ. Er folgte ihr auf die Laken, und sein Gewicht zwischen ihren Oberschenkeln fühlte sich wunderbar an.

Ihr Wecker und das Mondlicht, das durch die dünnen Vorhänge fiel, boten genug Licht, um etwas zu erkennen.

Hope beobachtete, wie seine Augen in tiefem Schwarz glühten, als er sie betrachtete, während er sich auf die Ellenbogen stützte. Er küsste sie, ihre Zungen duellierten sich, seine Lippen erforschten sie, sein Geschmack erfüllte ihre Sinne. Ihr letzter Sex war so lange her, dass das Verlangen nach ihm sie durchfuhr und ihre Muskeln verkrampfen ließ. Sie wollte das. Sie konnte nicht glauben, dass er hier war oder dass sie ihn so sehr wollte. Sie brauchte ihn, bevor er seine Meinung änderte oder zur Vernunft kam.

Bevor sie es tat.

Er überraschte sie, als er sich zurückzog und ihr Nachthemd anhob, um ihren Bauch und den dazu passenden Slip zu enthüllen. Eine Freundin, die in Großbritannien lebte, hatte ihr die Kleider vor ein paar Jahren zusammen mit einem Abonnement für eine Dating-App geschickt. Sie hatte sie nie getragen. Sie hatte sich die App nie angeschaut. Sie wusste nicht einmal, warum sie das Nachthemd aufbewahrt hatte – bis jetzt.

Er rutschte auf dem Bett hinunter und leckte sie durch die Seide hindurch, wobei er sich mühelos auf ihre Klitoris konzentrierte. Sie zuckte vor Überraschung zusammen. Er drückte fester mit der Zunge, woraufhin sie den Rücken von der Matratze krümmte. Er nutzte die Bewegung aus, indem er die Hände unter ihren Hintern schob und sie zu seinem Mund hob. Seine Zunge glitt an der Seite des Höschens hinunter, bevor er den dünnen Stoffstreifen zur Seite zog. Er fand ihre Mitte und sank tief ein, woraufhin sich ihre Zehen krümmten, während die Luft aus ihrer Lunge entwich.

Die Stoppeln seines Bartes und der warme Atem auf ihrer empfindlichen Haut ließen sie aufschreien, aber er zog sich schnell zurück.

„So sehr ich dich auch vor Vergnügen schreien hören möchte, beim kleinsten Geräusch wird das ganze Haus in Alarmbereitschaft versetzt und die Jungs werden kommen, um dich zu retten.“

Sie lachte leise, obwohl sie von der Vorstellung entsetzt war. Sie flüsterte: „Haben wir heimlichen Sex, Operator Nash?“

„Wir haben verdeckten, heimlichen Sex. Verdammt, wir haben *Geheimissions*-Sex, und wenn das irgendjemand herausfindet, muss ich ihn umbringen.“ Er lehnte sich zurück und zog das Stück Seide an ihren Beinen herunter, bevor er es zur Seite warf. „Aber ich kann nicht anders.“

Er kroch das Bett hinauf und sein Mund war wieder auf ihr, in ihr, trieb sie höher und höher. Sie unterdrückte die Geräusche, denn sie wollte Aaron auf keinen Fall in Schwierigkeiten bringen, und sie wollte auch nicht, dass irgendjemand anders von ihren Angelegenheiten erfuhr. Die Leute dachten bereits, alles über sie zu wissen.

Das hier war privat.

Sehr privat.

Und, *oh mein Gott*, Aaron Nash kannte sich mit dem Körper einer Frau aus. Sie versuchte sich festzuhalten, aber er kniff ihre Brustwarze mit zwei Fingern und leckte sie dann heftig, während seine Finger sie ausfüllten und dehnten. Sie schoss so schnell über den Abgrund, dass sie den Schrei zurückhalten musste, der sie völlig überraschte, als sie in eine Milliarde Partikel aus Sternenstaub zerfiel, die durch ihren Körper flirrten.

Sie packte sein Haar und zog die dunklen, seidigen Strähnen zwischen ihren Fingern hindurch.

„Komm einen Moment her, Soldat."

Er glitt an ihrem Körper hinauf, hielt jedoch bei ihren Brüsten inne und spannte den Stoff ihres Nachthemdes über ihre Brustwarzen, bevor er mit seinem heißen Mund daran saugte und sie sanft mit seinen Zähnen kratzte.

„Oh mein Gott", flüsterte sie. Der nasse Stoff rieb über die harten Knospen ihres empfindlichen Fleisches und machte sie vor Lust wahnsinnig, und sie wusste nicht, woran sie sich festhalten sollte, um sich zu erden. „Du bist so gut darin. Hast du irgendwo Unterricht genommen? Bist du Professor in diesem Fach?"

Sie liebte das aufblitzende Grinsen, das er ihr schenkte. „Nein, aber ich weiß dein Kompliment zu schätzen."

„Mach weiter so und du bekommst eine Eins plus."

Sein Lächeln wurde ein wenig grimmig. „Ich werde mein Bestes geben."

Sie ließ die Hände über seine Schultern gleiten. „Ich will dich in mir spüren, Aaron."

Er griff nach einem Kondom auf dem Nachttisch, und sie nahm es ihm aus der Hand, riss die Packung auf und griff nach unten, um es ihm überzurollen.

Hope spreizte die Beine, und er positionierte sich an ihr, bevor er ihren Blick festhielt, als er langsam hineinglitt.

Sie grub die Fingernägel in seinen Rücken und schlang die Beine um ihn, die Fersen an seinen Hintern gedrückt, während er sie langsam ausfüllte.

Es war ein unglaubliches Gefühl.

Er stieß nach vorn, hielt ihren Kopf zwischen seinen großen Händen fest und sah ihr in die Augen, während er sie wieder und wieder und wieder füllte.

„Du bist wunderschön." Seine Worte passten zu seinem Gesichtsausdruck, und sie machten ihr ein wenig Angst.

Sie hatte nicht erwartet, die Intensität dieses Gefühls so stark zu empfinden, aber es war eine lange Zeit vergangen und in dieser Zeit hatte sie Vieles zum ersten Mal neu erleben müssen. Es wäre noch seltsamer gewesen, wenn sie von der Erfahrung nicht aus dem Gleichgewicht gebracht worden wäre.

Es war nur Sex, aber Sex war ein intimer Akt, und deshalb war es ein solcher Verrat, wenn das Vertrauen gebrochen wurde.

Sie neigte ihr Becken, um ihn noch tiefer in sich aufzunehmen. Er stöhnte leise auf, vergrub die Nase an ihrem Hals, ihrem Ohr. Seine Finger fanden ihre Brustwarze, streichelten sie, spielten mit ihr, zwickten sie schließlich, bis sie wieder den Rücken krümmte und in Zuckungen purer Ekstase explodierte.

Er wartete darauf, dass sie wieder zu sich kam, in die Realität zurückschwebte, bevor er sie vorsichtig umdrehte, sodass sie auf ihm lag.

Der Schnee draußen machte das Zimmer so hell, dass sie jeden perfekten Zentimeter von ihm sehen konnte.

„Ich weiß nicht, ob ich das noch einmal tun kann." Ihre Stimme war ein Murmeln in der samtenen Dunkelheit.

„Versuch es." Seine schwarzen Augen forderten sie heraus.

Sie nickte, dann begann sie sich zu bewegen, erst vorsichtig, dann mit mehr Vertrauen. Diese Position gab ihr die ganze Kontrolle, bedeutete aber auch, dass er so tief in ihr war wie nur möglich.

Sie hatte vergessen, wie gut sich das anfühlen konnte.

Er zog ihr das Nachthemd über den Kopf und warf es weg. Das Verlangen in seinen Augen wurde immer wilder. Die Anspannung in seinem Kiefer immer stärker.

Er packte ihre Oberschenkel, während sie ihn ritt. Zuerst langsam, vorsichtig, bis sie ihren Rhythmus gefunden hatte, dann schneller, härter, und sie spürte, wie das Bedürfnis wieder zunahm, wie sich die Erwartungen und die Vorfreude in ihr zusammenzogen. Immer weiter und weiter trieb sie ihn, trieb sie beide, mit dieser Verbindung, diesem Verlangen. Und dann schlang er die Arme um sie, sodass sie unbeweglich war, während er tiefer und härter stieß, und sie spürte, wie die Wellen seines Höhepunkts einen weiteren Orgasmus auslösten, während ihre Muskeln um ihn herum verkrampften. Danach lag sie auf seiner Brust ausgestreckt, unfähig, sich zu bewegen, ihre Muskeln schlaff und befriedigt.

Er strich mit der Hand über ihren Rücken und vergrub die Nase an ihrem Hals.

Sie wollte sich bei ihm bedanken, aber das würde vielleicht komisch klingen.

Ein Licht leuchtete auf seinem Handydisplay auf, und er griff danach, immer noch in ihr.

Sie wollte sich wegbewegen, aber er hielt sie an sich gedrückt. Er las auf dem Bildschirm des Telefons und legte es wieder hin. Dann griff er nach dem Kondom, bevor er sie losließ.

Er setzte sich auf und ging ins Bad. Sie hörte den Wasserhahn eine Weile laufen, als würde er sich waschen, und die Toilettenspülung, bevor er zurückkam.

Eigentlich sollte sie sich bedecken, aber stattdessen lag sie völlig nackt auf dem Bett. Sie wollte, dass er sie sah. Sie wollte, dass er sie wieder begehrte. Sie wollte nicht, dass die Realität jetzt schon über sie hereinbrach.

Sein Blick blieb an ihrem nackten Körper haften.

„Musst du etwas Wichtiges erledigen?", murmelte sie.

„Novak schrieb, dass die Marshals glauben, Somack und Roberts in einem kleinen Wäldchen in die Enge getrieben zu haben, nicht weit von dem Ort entfernt, an dem sie zuletzt gesichtet wurden."

Sie rutschte auf dem Bett hoch. „Heißt das, du musst gehen?"

Er sah einen Moment lang unsicher aus. „Ich kann nicht hier

schlafen, Hope. Nicht heute Nacht. Vielleicht, wenn das hier vorbei ist …"

„Ich habe nicht an Schlaf gedacht, Aaron." Hier ging es nicht um die Zukunft. Es ging um das Jetzt. Sie winkelte ein Bein an und sah ihm beim Schlucken zu.

„Musst du *jetzt sofort* gehen?" Sie fuhr mit einer Hand an ihrem Körper hinunter.

Er stieß einen Atemzug aus. „Ich bewundere dein Vertrauen in meine Fähigkeiten."

„Leg dich hin." Sie tätschelte das Laken. „Mal sehen, ob ich helfen kann."

Er stand einen langen Moment da, bevor er sich schließlich auf das Bett legte. Sie streckte sich in die andere Richtung aus und begann damit, die zarte Oberseite seines linken Fußes zu küssen. Er zuckte leicht zusammen, eindeutig kitzlig. Sie arbeitete sich hinauf zu seinen Knöcheln, zu seinen kräftigen Waden und erforschte die Muskeln und Knochen, die diesen Mann ausmachten. Plötzlich packte er einen ihrer Knöchel und zog sie über sich, ganz das Bett hinauf, bis er sie wieder mit dem Mund erobern konnte, und sie entdeckte die erstaunliche Erholungskraft eines kräftigen Mannes.

36

Eine Stunde später setzte Aaron sich auf.

„Jetzt muss ich wirklich gehen." So gern er auch hier sein wollte, er konnte nicht bleiben. Wenn man ihn erwischte, war er auf eine ganz andere Weise gefickt. Der Gedanke, in Ungnade zu fallen und dass jemand anderes an seiner Stelle Hopes Schutzteam leitete, brannte ein Loch in ihn hinein. Das würde passieren, wenn seine Vorgesetzten den Verdacht hegten, dass er sich persönlich mit der Schutzbefohlenen eingelassen hatte, und es gab nichts Persönlicheres, als es nackt in deren Bett zu treiben.

Sie fuhr mit einer Hand über die Tätowierung auf seinem Rücken, eine sanfte Liebkosung. „Gut. Ich mag übrigens deine Fische. Sie sind *heiß*, wie die Jugend sagen würde."

Er drehte sich um und grinste. „Ich mag jeden Zentimeter von dir. Und jetzt muss ich meinen Arsch hier rausbewegen, bevor ich dich wieder ficke und mein Schwanz abfällt, weil er seit Jahren nicht mehr so viel Action hatte."

Sie sah eher fasziniert als abgeschreckt aus. „Das würden wir nicht wollen."

Er stand auf, fand seine Schlafhose und zog sie an. Dann schnappte er sich die Glock, das Handy und das Funkgerät und stopfte die beiden letzten Dinge in seine Tasche. Das einzige verbliebene Kondom ließ er auf dem Nachttisch liegen.

War das Optimismus für eine weitere Runde? Wahrscheinlich. Würde er so viel Glück haben? Er bezweifelte es. Würde er so dumm sein? *Auf jeden Fall.*

Er küsste sie, dann ging er zur Tür.

„Aaron", sagte sie leise.

Er drehte sich um.

„Danke für heute Nacht."

War das ein *Danke für heute Nacht, lass es uns irgendwann wiederholen*? Oder ein *Danke für heute Nacht, und jetzt sind wir wieder Profis, die einander nicht unbekleidet sehen können*?

Aaron wusste nicht, was sie wollte, und konnte nicht fragen. Er wollte nicht verzweifelt wirken. Wenn sie an nichts weiter interessiert war, würde er wie ein liebeskranker Idiot aussehen. Wenn sie es war … würde er wie ein liebeskranker Idiot aussehen.

Er würde sich nicht demütigen lassen. Davon hatte er mehr als genug bekommen, und jedes Mal, wenn er seine Familie zu Hause besuchte, musste er noch mehr davon ertragen. Es war besser, den Mund zu halten und den Moment zu genießen. Er öffnete vorsichtig die Tür. Die Katze rannte hindurch, und als Aaron herauskam, gefror sein Inneres, als er Cowboy die Treppe herunterkommen sah.

Der andere Mann hielt einen Moment lang inne, sagte aber nichts. Seine Augen wurden schmal.

Aaron presste die Lippen zu einer dünnen Linie zusammen. Er schämte sich nicht für das, was er getan hatte, aber er wusste, dass es falsch war, und verdammt noch mal, er wollte nicht aus dieser Mission geworfen werden.

„Vorsichtig, Kumpel", murmelte Ryan, als er die Treppe hinunterging.

Ausgerechnet Ryan musste ihm Ratschläge zu seinem Sexualleben geben. Der Kerl fickte jede Frau, die willig und verfügbar war. Aber das bedeutete nicht, dass die Warnung nicht berechtigt war, also schüttelte Aaron die glühende Wut ab, die in ihm aufflammte, und vergrub sie unter ein wenig gesundem Menschenverstand. Er war zwar vorsichtig gewesen, aber offenbar nicht vorsichtig genug.

Warum zum Teufel war Ryan um zwei Uhr morgens noch auf den Beinen?

Aaron schnappte sich ein Handtuch und ging wieder unter die Dusche. Er wollte, dass Leech gefasst wurde. Er wollte, dass Leech zurück ins Gefängnis kam, damit Hope mit ihrem Leben weitermachen konnte. Und er würde sie gern wiedersehen, wenn das hier vorbei war, aber ihm war nicht entgangen, dass sie ihn unterbrochen hatte, als er die Zukunft erwähnte.

Vielleicht war dies einfach ein Fall von erzwungener Nähe, der dazu führte, dass zwei geile und zueinander hingezogene Menschen das taten, was geile, zueinander hingezogene Menschen im Allgemeinen taten? Es gab nicht ohne Grund eine Bevölkerungskrise.

Und obwohl die Wahrscheinlichkeit gering war, dass es zu etwas führte, konnte er es sich leisten, ein wenig Geduld zu haben. Hope hatte die Hölle hinter sich. Die Tatsache, dass er ihr erster Liebhaber seit Jahren war, machte ihn stolz. Vor einer Woche hatten sie sich noch nicht einmal gekannt. Die Sache zwischen ihnen entwickelte sich mit Warpgeschwindigkeit, und ein wenig Vorsicht war nicht schlecht.

Vor allem, wenn es für Hope nur eine lockere Bettgeschichte war. Ein Weg, um wieder in den Sattel zu kommen. Er wollte nicht, dass sein Herz wieder gebrochen wurde. Wer zum Teufel wollte das schon? Und jetzt musste er den nagenden Gedanken an eine mögliche Beziehung mit seiner Schutzbefohlenen aus seinem Kopf verdrängen, denn er hatte zu tun, um sie zu beschützen.

Auf keinen Fall würde er zulassen, dass dieser Frau etwas zustieß. Nicht jetzt. Niemals. Selbst wenn das heute Nacht zwischen ihnen Geschehene das Ende war. Er würde das nicht vermasseln. Nicht, wenn ihr Leben und das seiner Teamkollegen auf dem Spiel stand.

37

Hope wachte spät auf, duschte und kam kurz nach sieben die Treppe herunter. Sie sah Aaron nirgends und wusste nicht, ob sie enttäuscht oder erleichtert sein sollte. Der Sex war umwerfend gewesen. Am liebsten wäre sie herumgelaufen und hätte wie eine Idiotin gegrinst, aber sie hatte versprochen, es niemandem zu erzählen, und sie musste ihre Orgasmusparty nicht verbalisieren, um alles zu verraten.

Sie setzte die Kaffeekanne auf, die sie am Abend zuvor gefüllt hatte. Früher oder später würde sie in eine dieser großen Kaffeemaschinen investieren müssen, aber dieses Ritual gab ihr morgens ein wenig Zeit zum Nachdenken, während sie darauf wartete, dass das Wasser kochte.

Ihr Handy klingelte, und sie rechnete mit einem neuen grotesken Bild oder Video, aber es war Brendan. Der Kerl musste auf ihre Kaffeesucht eingestellt sein.

„Hey."

„Was zum Teufel ist gestern Abend mit diesem Idioten Beasley passiert?"

Hope zuckte bei seinem Tonfall zusammen. „Jemand hat ihn niedergestochen. Warum?"

„Ich habe gehört, du warst am Tatort."

„Ich erhielt einen Anruf vom Tatort mit einem Video, das ihn verletzt zeigte. Ich dachte, ich hätte den Ort wiedererkannt, konnte mich aber nicht mehr genau erinnern, also bin ich mit dem FBI hingefahren und habe versucht, es herauszufinden. Ist er noch am Leben?"

„Der Scheißkerl ist auf dem OP-Tisch verreckt."

Sie schnappte erschrocken nach Luft.

„Ich dachte, du magst ihn nicht?"

„Das heißt aber nicht, dass ich froh bin, dass er tot ist!"

„Spar dir dein Mitleid für jemanden, der es verdient hat. Hat das FBI schon eine Spur?" Brendans Zynismus war voll aufgedreht. Das war es, was die Jahre in diesem Job aus manchen Leuten machten, aber es machte sie nicht unbedingt zu einem besseren Polizisten.

Sie hörte jemanden im Hintergrund reden.

„Hör zu." Sie gab sich keine Mühe, ihre Verärgerung zu verbergen. „Ich bin gerade aufgewacht. Ob du es glaubst oder nicht, das FBI unterrichtet mich nicht mitten in der Nacht über Fälle." Sie stellte sich vor, wie Aaron letzte Nacht in ihrem Bett gelegen hatte, völlig nackt bis auf seine sehr sexy Tätowierung. Unter diesen Umständen würde es ihr nichts ausmachen, jederzeit unterrichtet zu werden.

Lucifer fing an, nach Futter zu verlangen, und sie gab ihm Leckerli, wobei sie sich eine geistige Notiz machte, Lebensmittel zu bestellen, zumal dieses blöde Abendessen anstand. Sie könnte in einem Restaurant bestellen, aber Mary würde verächtlich schniefen und in ihrem Teller herumstochern, als hätte Hope ihr Rattengift vorgesetzt.

Sie hörte wieder jemanden im Hintergrund. „Ist das Janelli?"

„Ja", sagte Brendan. „Wir sind bei einem Mordfall."

„Hat er dich gebeten, mich anzurufen?"

„Nein, um Himmels willen, hör endlich auf mit dem Kerl."

Sie zuckte zurück, verletzt über seinen Tonfall. „Sagst du ihm, er soll aufhören, wenn er auf mir herumhackt, Brendan, oder würde das gegen den Bro-Kodex verstoßen?"

Sie sah auf und erblickte Aaron, der an der Küchentür lehnte und sie mit seinen dunklen Augen beobachtete. Er bewegte sich wie ein Geist. Sie bewegten sich alle wie Geister, und ihr wurde klar, dass sie wahrscheinlich absichtlich Geräusche machten, damit sie wusste, dass sie in der Nähe waren.

Emotionen stiegen in ihr auf und überrumpelten sie. Begierde mischte sich mit etwas anderem, etwas Leichtem und Sprudelndem, das in ihrem Magen wie Champagner aufschäumte und ihr ein Gefühl von Schwindel und möglicherweise Übelkeit bescherte. Sie fühlte sich wie ein nervöser Teenager, der zum ersten Mal verknallt war. Ihr Mund wurde trocken. Was war nur los mit ihr?

Das war keine Schwärmerei. Es war eine Bettgeschichte. Eine *affaire du jour*. Es würde nicht von Dauer sein. Sie würde nicht zulassen, dass es mehr als das war.

„Ich muss auflegen."

Brendan hatte gesprochen, aber sie hatte die Worte nicht verstanden. Sie griff nach oben und holte zwei Tassen herunter.

„Wir sehen uns am Sonntag." Brendan erwartete eindeutig eine Antwort.

Sie sagte nichts, sondern wartete nur darauf, dass er sich dafür entschuldigte, sie herumkommandieren zu wollen, oder dass er auflegte. Er legte auf, da sein Stolz größer war als seine Fähigkeit, zuzugeben, wenn er ein Arsch war.

Sie legte ihr Handy auf den Tresen und holte die Milch.

Aaron trat einen Schritt vor, als sie die Kühlschranktür öffnete, und umfasste ihre Wange. Er beugte sich hinunter, um sie in einer Bewegung zu küssen, die in ihr den Wunsch auslöste, ihn auf einer zellulären Ebene zu absorbieren.

Er zog sich zurück, lehnte seine Stirn gegen ihre und lächelte. „Morgen."

Sie wollte sich an ihn schmiegen und sich an ihn klammern. Es machte ihr Angst, aber was machte das schon? Sie würde das Wenige nehmen, das sie haben konnten. Die Wärme und den Sex genießen und traurig sein, wenn er ging. Sie wusste, dass er nicht bleiben würde, und sie hatte nicht die Absicht, sich zu sehr zu sorgen. Es war den Schmerz nicht wert.

Aber ein leicht angeschlagenes Herz?

Vielleicht würde ihr das guttun, beweisen, dass sie immer noch fähig war, ein Mensch zu sein, und nicht die zerbrechliche, isolierte Frau, die sie in den letzten Jahren geworden war. Sie wollte Brendan nicht noch ähnlicher werden, als sie es ohnehin schon war. Sie hatte ihre Momente der Verbitterung und des Zynismus – es wäre eine Lüge, etwas anderes zu behaupten. Aber sie war keine verbitterte Zynikerin. Jedenfalls noch nicht.

Ein Geräusch im anderen Zimmer ließ Aaron zurücktreten.

„Rieche ich da etwa Kaffee?" Es war Frazer.

„Hier drin." Hope holte eine weitere Tasse heraus. „Gut, dass ich immer genug davon mache." Normalerweise trank sie zu Hause eine Tasse und füllte dann einen großen Reisebecher für die Arbeit. Es war möglich, dass sie viel zu viel Koffein trank.

Frazer kam herein, und Lucifer schlängelte sich sofort durch seine Beine und eilte dann zu Aaron hinüber, als wollte er sicherstellen, dass er seine Männerquote für den Tag erfüllte.

Sie hatte ihre Männerquote für den Tag erfüllt, dachte sie mit einem leicht hysterischen inneren Lachen. Hope schenkte den Kaffee ein und stellte ihn auf den Tresen, damit die beiden Milch und Zucker nach Belieben dazugeben konnten.

Der erste Schluck überflutete ihre Zunge und rüttelte ihre schlaftrunkenen Gehirnzellen auf. „Brendan hat mich informiert, dass Jeff Beasley auf dem Operationstisch gestorben ist. Ist das richtig?"

Frazer nickte. „Gegen fünf Uhr morgens, aber auf der Intensivstation, nicht auf dem OP-Tisch. Ich hätte dich schon früher angerufen, aber ich war auf dem Weg zum UPS-Büro und dachte mir, dass einige von uns etwas Schlaf verdient haben."

Sie hoffte, dass sie nicht rot wurde, aber sie hielt den Blick fest von Aaron abgewandt. „Du warst die ganze Nacht auf?"

Er nickte.

„Möchtest du hier ein Stündchen schlafen?" Sie dachte an ihr

Zimmer, den Zustand der Laken und den Geruch von Sex, von dem sie sicher war, dass er wie eine riesige Leuchtreklame über dem Bett aufblinken würde.

Ich wurde flachgelegt.

Es war großartig.

Sie könnte schnell die Bettwäsche wechseln und das Fenster öffnen, oder er könnte in einem der anderen Betten schlafen.

Aaron warf ihr einen Blick zu, als könne er ihre Gedanken lesen.

„Nein, danke. Ich schlage mich schon durch."

Der Gedanke, wie Lincoln Frazer sich durch irgendetwas „durchschlug", war lächerlich.

„Die örtliche Außenstelle hat gestern Abend die Überwachungsvideos verschiedener Geschäfte in der Gegend ausgewertet und konnte einige Aufzeichnungen von Jeff finden, wie er die Gasse betrat."

„Wer war bei ihm?" Beasley hatte sich sicher nicht selbst niedergestochen.

Frazer verzog das Gesicht und zeigte den beiden ein pixeliges Standbild auf seinem Handy. „Ungefähr fünf Minuten nach Beasleys Ankunft folgte ihm noch jemand in die Gasse. Sieht aus wie ein Mann. Mittlere Größe und Statur. Die Kapuze ist so tief über seine Gesichtszüge gezogen, und die Qualität so schlecht, dass wir ihn nicht eindeutig identifizieren können. Ich schicke es dir zu, wenn die Techniker fertig sind, aber es ist so gut wie nutzlos."

Aaron fluchte.

Hope nahm einen weiteren Schluck Kaffee. „Glaubst du, ich habe ihn gestern Abend gesehen?" Sie formulierte die Frage beiläufig, während sie in ihre Tasse starrte.

„Ja", sagte Aaron sofort.

Eine heftige Erleichterung durchströmte sie. Vielleicht hatte sie ihn deshalb besprungen.

„Wahrscheinlich." Frazer zuckte mit den Schultern, reuelos in seinem Bedürfnis nach Beweisen. „Im Gegensatz zu den Marshals, die nichts bemerkt haben. Anscheinend", fuhr er fort,

„haben sie es irgendwie geschafft, Somack und Roberts wieder zu verlieren."

„Wo ist Tommy Lee Jones, wenn man ihn braucht?" Aaron nahm einen großen Schluck Kaffee, und sein Anblick, wie er in einer schwarzen Hose und einem engen T-Shirt an ihrem Tresen lehnte und eine tödlich aussehende Handfeuerwaffe an seine Seite geschnallt hatte, traf sie heftig. Der Mann war absolut umwerfend. Gut gebaut. Gutaussehend. Klug. Und, für kurze Zeit gehörte er ihr. Sie schaute weg, denn Frazer entging nicht viel, und sie wollte weder Aarons Karriere noch die Chance auf eine Wiederholung gefährden, auf die sie heute Abend hoffte, indem sie ihr Geheimnis verriet.

„Ich glaube, die Marshals haben sie leichtsinnig verfolgt, in der Hoffnung auf einen leichten Sieg – zwei von drei sind nicht schlecht, aber sie haben kläglich versagt. Was Leech betrifft, so verlassen sie sich vermutlich auf Hinweise aus der Bevölkerung, um ihren Ausgangspunkt zu finden, aber stattdessen finden sie die Leichen, die er hinterlässt. Sie haben alle Flughäfen alarmiert, auch die privaten, und alle Häfen und Grenzübergänge, im Norden wie im Süden." Frazer rieb sich den Nasenrücken. „Ich glaube, sie wollen die Menschen nicht an die Jagd nach den Bombenlegern des Boston-Marathons erinnern."

Hope erschauderte. Das waren ein paar wirklich schreckliche Tage für die Menschen in dieser Stadt gewesen. „Gibt es irgendwelche konkreten Beweise, die darauf hindeuten könnten, wo er ist?"

„Gar nichts, außer deiner möglichen Sichtung. Delaware und seine Frau haben gestern Abend ein Hotelzimmer gebucht."

„Hast du den Kerl im Visier?", fragte Hope.

„Nein. Die Bostoner Außenstelle hat ein Team auf das Haus angesetzt, aber nicht auf den Mann selbst. Offenbar können sie es sich nicht leisten, jeden zu überwachen." Frazer nippte an seinem Kaffee und gab sich Mühe, verständnisvoll zu klingen. Die Falten um seine Augen zeigten, dass er wirklich erschöpft war.

„Ein seltsamer Zeitpunkt für einen Urlaub, vor allem wenn

man eines der schönsten Häuser der Stadt besitzt", meinte Hope nachdenklich.

„Abgesehen von dem Serienmörder-Aspekt. Seine Frau wirkte ziemlich verängstigt, als wir gestern mit ihr gesprochen haben", sagte Aaron.

Hope schnaubte. „Sie muss intelligenter sein, als ich dachte." Sie trank ihren Kaffee aus und stellte die Tasse in den Geschirrspüler.

„Unser Berater überwacht Delawares Telefon. Das ist nicht so gut wie ein Blick auf den Mann selbst, aber besser als nichts. Er ist immer noch in der Stadt – oder besser gesagt, das Telefon ist immer noch in der Stadt."

Aaron nahm Frazers leere Tasse und räumte sie zusammen mit seiner eigenen in den Geschirrspüler.

Sie mochte es, wie er hinter sich aufräumte und versuchte, sich um sie zu kümmern, selbst wenn es nur wegen seines Jobs war.

„Was hast du heute vor?" Sie versuchte, der allgemeinen Tristesse etwas Positives abzugewinnen.

„Wir werden die letzten Stunden und Tage von Jeff Beasley genauer untersuchen. Auf Beweise warten. Auf einen Durchsuchungsbeschluss für die Wohnung von Eloisa Fairchild warten. Wir wissen, dass sie uns angelogen hat, als sie sagte, sie sei allein im Haus. Ich bin mir zu neunundneunzig Komma neun Prozent sicher, dass sie uns auch bezüglich Leech' Briefen angelogen hat. Sie hat sie aufbewahrt, und ich möchte sie lesen, weil sie Hinweise enthalten könnten. Wenn er bei Eloisa ist, werden wir ihn erwischen. Aber ich bezweifle das ernsthaft, es sei denn, sie hat einen Hightech-Panikraum, von dem wir nichts wissen – eine Möglichkeit, da sie reich und paranoid ist. Wenn er nicht dort ist, sondern bei einem anderen Freund wohnt, wird die FBI-Razzia sie hoffentlich nervös machen, und Leech wird gezwungen sein, umzuziehen."

„So haben wir eine bessere Chance, ihn zu entdecken." Was bis jetzt noch nicht passiert war. „Ist mein wöchentliches Schreiben vom Hochsicherheitstrakt schon angekommen?", fragte sie.

„Ich habe es nicht gesehen."

„Ich werde Colin daran erinnern. Wir waren ziemlich beschäftigt mit dem Prozess, und er lernt für das Examen." Sie sah auf ihre Uhr. „Ich gehe jetzt besser. Ich will noch vor dem Gerichtstermin ins Büro."

Aaron runzelte die Stirn. „Glaubst du die Verhandlung wird wie geplant fortgesetzt?"

Hope nickte. „Der Richter will die Geschworenen vereidigen, damit die Leute mit ihrem Leben weitermachen können. So traurig es auch ist", und es war traurig für seine Familie, „Jeff Beasley war nur das Sprachrohr dieser Bande, und jetzt, da er tot ist, vermute ich, dass die Kanzlei Jason Swanns Fall weniger Gewicht beimessen wird. Jeff hat den Fall entweder aus Bosheit übernommen oder zumindest, um die gleiche Sendezeit wie ich zu bekommen, während sein berühmterer Klient verschwunden ist."

„Hätte Beasley sich wissentlich mit Leech getroffen? Was meinst du?"

„Oh, ja." Hope nickte. „Er hatte keine Angst vor Julius. Er verachtete den Mann." Er verachtete jeden. Und jetzt war er tot.

„Er könnte die Gefahr leicht unterschätzt haben." Aaron verschränkte die Arme.

Sie begann, unbewusst Aarons Haltung zu imitieren und zwang sich, damit aufzuhören.

„Du hast ihn gesehen, er war ein Angeber und ein Tyrann." Hope mochte es nicht, schlecht über jemanden zu sprechen, der vor weniger als drei Stunden gestorben war. „Ich muss eine Karte an die Familie schicken und sehen, ob ich etwas tun kann."

„Das ist mehr, als Beasley je für dich getan hätte."

„Oh." Sie dehnte den Hals zur Seite. „Ich bin sicher, seine Assistentin hat eine Karte geschickt."

„Hast du sie gelesen? Die Karten?" Frazer hob eine Augenbraue.

Hope blinzelte und sah weg. „Ich kann mich ehrlich gesagt nicht erinnern."

Frazers Gesichtsausdruck schien „genau" zu sagen, aber das war nicht der Punkt.

„Ich schicke einen aus dem Team los, um eine Karte zu besorgen." Aaron gähnte.

Sie vermutete, dass auch er die ganze Nacht wach gewesen war, wahrscheinlich, um die Schuldgefühle zu bekämpfen, die er wegen des Verstoßes gegen die FBI-Regeln verspürte.

„Kommst du mit uns zur Staatsanwaltschaft?" Aaron wandte sich an Frazer.

„Ja, aber ich werde selbst fahren." Der Senior Agent blickte zwischen ihr und Aaron hin und her. „Ihr beide kommt viel besser miteinander aus als noch vor ein paar Tagen. Ich habe heute Morgen noch keinen einzigen Streit mitbekommen."

Hope sah den Mann mit zusammengekniffenen Augen an. „Es ist noch früh."

„Hm." Seine Miene wurde nachdenklich.

Hope ignorierte ihn, und die Hitze, die ihr in die Wangen stieg. Sie war eine erwachsene Frau und brauchte niemanden, der über sie urteilte – aber seit wann hielt das die Leute ab? Sie schritt aus der Küche, schnappte sich ihren Mantel, ihre Mütze und ihre Stiefel und fühlte sich ein wenig wie ein Gladiator, der sich auf den Kampf vorbereitete.

38

Leech schritt in seinem neuen Gefängnis umher. Es war ironisch, dass die Freiheit irgendwie langweilig geworden war. Der Winter in Neuengland war kalt und feucht, und er wollte weg davon, die Sonne auf seiner Haut und den Sand zwischen seinen Zehen spüren. Er hatte noch eine Rechnung offen, und er würde nicht ruhen, bis er sich um die Frau gekümmert hatte, die sowohl im Zeugenstand als auch außerhalb über ihn gelogen, ihn verunglimpft und beleidigt hatte.

Wer sagte denn, dass er nicht wusste, wie man etwas zu Ende bringt?

Er war gestern Abend ein Risiko eingegangen, aber das war es am Ende wert gewesen, vor allem, als er ihr Gesicht auf dem Rücksitz des Geländewagens gesehen hatte. Er hatte auch gewusst, dass es an der Zeit war zu fliehen, als sich ihre Augen geweitet hatten, als sie ihn gesehen hatte. Er hatte es genossen, durch die Gasse zu sprinten, mit Herzklopfen beim Gedanken an ihre Leibwächter, die ihn verfolgten. Dann war er in aller Ruhe davongefahren, ohne dass ihn jemand entdeckt hatte.

Er hatte sich *lebendig* gefühlt! Das war etwas, was er im Gefängnis nie fühlte.

Er mochte es nicht, von Leuten verraten zu werden, denen er

glaubte, vertrauen zu können. Er mochte es auch nicht, von Leuten beschimpft oder abgestempelt zu werden, die ihn nur wegen seines Geldes wollten. Er war nicht mehr der verängstigte kleine Junge, der sich im Schrank versteckt hatte. Er war das Monster unter dem Bett.

Er hob das Jagdmesser auf, das er in der Schublade gefunden hatte, strich mit dem Daumen über die Spitze und spürte den Schmerz der Klinge. Ein Blutstropfen quoll hervor, rubinrot.

Er saugte an seinem Daumen und stellte sich Hopes seidiges blondes Haar vor, das auf einem Kissen ausgebreitet lag. Er stellte sich vor, wie ein einzelner Blutstropfen den weißen Satin befleckte. Augen von der Farbe eines gefrorenen Mondes, die ihn ausdruckslos anstarrten.

Er wollte Hope leiden sehen. Sie sollte es bereuen. Sie sollte Buße tun und um seine Vergebung betteln. Und dann würde er diese Klinge direkt in ihr Herz gleiten lassen.

Direkt in ihre gottverdammte Seele.

39

Aaron saß wieder einmal im Flur des Gerichtsgebäudes, in dem er den Großteil der letzten Woche verbracht hatte, und las gerade die Akten zu den Ermittlungen im Todesfall Monroe. Seltsam an der Situation war für ihn die Tatsache, dass die E-Mail frei von Tippfehlern war, obwohl der Mann stark betrunken gewesen war. Die Erklärung dafür war wahrscheinlich, dass Monroe den Brief geschrieben und sogar den Versand geplant hatte, bevor er den ganzen Whiskey getrunken hatte. Und der Whiskey war eine Möglichkeit gewesen, die Barrieren zu senken und den Schmerz über das zu dämpfen, was er geplant hatte.

Monroe hätte mit Sicherheit seinen Job verloren, wenn er den Meineid gestanden hätte, aber er war nicht so weit von der Pensionierung entfernt gewesen. Er wäre vielleicht zu einer Gefängnisstrafe verurteilt worden. Aber ein Mann wie er – fünfunddreißig Jahre im Dienst und kein einziger Makel in seiner Akte? Bei einer solchen Anklage? Sein Anwalt hätte ihn mit verminderter Schuldfähigkeit und gemeinnütziger Arbeit rausgeholt.

Warum sollte er sich umbringen? Vor allem, wenn der Kerl ein gläubiger Katholik gewesen war.

Das passte nicht zusammen.

Aaron entdeckte Detective Lewis Janelli, Monroes Partner zum Zeitpunkt seines Todes, der im Flur herumlungerte.

Aaron schob die Akte zurück in seinen Rucksack und schulterte ihn. Dann ging er auf den Detective zu.

„Was kann ich für Sie tun, Agent ...?" Der Mann musterte Aaron mit einem leicht höhnischen Grinsen von oben bis unten.

„Nash", stellte Aaron sich vor. „Detective Janelli, richtig?"

„Richtig." Die Augen des Detectives tanzten hin und her, trafen seine nicht. „Sie gehören zum Sicherheitsteam von Hope Harper. Richtig?"

„Das stimmt."

„Haben sie schon eine Spur von diesem Arschloch Leech gefunden?"

„Glauben Sie, ich würde hier sitzen, wenn wir eine hätten?"

Der Typ lachte. „Wahrscheinlich nicht."

„Warum sind Sie hier? Um auszusagen?"

Janelli ruckte nur mit dem Kinn.

„Ich habe die Akten über Paul Monroes Tod gelesen."

Daraufhin weiteten sich Janellis Augen. „Ach ja?"

Aaron beobachtete, wie sich die Züge des Detectives verhärteten. „Er schien nicht der Typ zu sein, der sich selbst umbringt."

Janelli spannte den Kiefer an, bevor er wegsah. „Ich dachte nie, dass er sich das selbst angetan hat."

„Sie haben ihn gefunden?"

„Was von ihm übrig war."

„Muss hart gewesen sein."

„Ja." Janelli starrte auf die Fliesen und kratzte mit seinem Schuh über die abgenutzte Oberfläche. „Er war spät dran für seine Schicht. Ich bin zu ihm rübergefahren, weil er ziemlich viel getrunken hatte." Er rollte mit der Schulter. „Hätte nie gedacht, dass ich ihn mal von den Wänden kratzen würde." Er warf einen Blick auf Hopes Gerichtssaal.

Bitterkeit verzerrte seine Züge. „Das war alles die Schuld dieses Miststücks."

„Harper?" Aaron runzelte die Stirn und richtete sich auf. „Sie hat doch nur ihren Job gemacht, oder?"

„Hm." Janelli warf den Kopf zurück und grinste höhnisch. „Klar, wenn man ihren Schwachsinn glaubt."

Aaron hatte die Prozessabschriften gelesen. Und die Medienberichte. Sie hatte ihre Arbeit getan.

„Sie ist auf Pauly losgegangen, als sei *er* der verdammte Serienmörder. Hat ihm ein Bein gestellt. Hat ihn an sich selbst zweifeln lassen."

Aaron zog die Augenbrauen hoch. „Er ist im Zeugenstand nie von seiner Geschichte abgewichen."

„Weil es keine gottverdammte Geschichte war. Es war die Wahrheit!"

Ein Gerichtsdiener sah zu ihnen herüber und runzelte die Stirn. Aaron nickte ihm entschuldigend zu.

„Sie sagen, Monroe hat im Zeugenstand nicht gelogen? Er hat die Beweise nicht absichtlich platziert?"

Janellis Wangen liefen rot an, aber er sah plötzlich unsicher aus. „Ich weiß es nicht. Nicht mehr. Ich dachte, ich wüsste es … Was ich weiß, ist, dass Pauly Monroe sich auf keinen Fall selbst das Hirn weggepustet hat, und auf keinen Fall hätte er die E-Mail an dieses Miststück geschickt, in der er alles gestanden hat. Er hat sie gehasst." Diese dunkelbraunen Augen starrten wieder auf die Tür. „Ich hasse sie."

„Ganz ruhig, Detective."

„Ach, keine Sorge. Ich werde nichts tun, was ihr schaden könnte. Brendan würde mir nie verzeihen. Er hat eine Schwäche für seine ehemalige Schwägerin, auch wenn er es nie zugeben würde."

Aaron dachte das auch. Hope schien das nicht zu bemerken. „Sie und Brendan Harper sind jetzt Partner?"

„Ja. Er ist ein guter Kerl, trotz seiner familiären Beziehungen. Ein guter Detective. Er weiß, wie man zu Ergebnissen kommt." Janelli scharrte wieder mit seinem Schuh auf dem glatten Boden. Ein nervöser Tick? „Er war an dem Morgen bei mir, als wir Pauly gefunden haben. Er hatte die ganze Nacht observiert, und ich bin mit ihm zusammengestoßen, als ich mich darüber beschwert habe, dass Pauly wieder zu spät kommt. Er war derjenige, der sagte, wir sollten rüberfahren. Um Pauly so nüchtern zu bekommen, dass er Schreibtischarbeit leisten oder sich wenigstens krankmelden kann. Um ihm den Captain vom Hals zu halten. Die Verhandlung hatte dem Kerl ganz schön zugesetzt."

„Denken Sie, dass Monroe wirklich glaubte, dass Julius Leech diese sechs Menschen getötet hat?"

„Oh, er wusste, dass Leech der richtige Mann war." Janelli presste die Lippen zu einer blutleeren Linie zusammen.

„Glauben Sie, Monroe hat beschlossen, dass der Zweck die Mittel heiligt, um eine Verurteilung zu erreichen?"

„Vielleicht. Wahrscheinlich dachte er, er könnte bei Pater Jamieson beichten und ein paar Ave-Maria beten, und alles sei vergeben. Alles, um den Kerl von der Straße zu holen, weil wir alle wussten, dass er schuldig war." Janelli funkelte ihn an, als merkte er, dass Aaron nicht so mitfühlend war, wie er schien. „Ich meine, was passierte in dem Moment, als Leech freigelassen wurde? Was passierte in dem Moment, als Leech aus dem Gefängnis floh?"

Menschen starben.

Aaron nickte. „Ich glaube nicht, dass jemand Leech' Freilassung mehr bedauert als Hope Harper."

„Wessen Schuld war das?" Janelli grinste wieder höhnisch und tätschelte den Griff seiner Waffe. „Vielleicht bekommt sie auch dieses Mal etwas mehr."

Aaron hatte Janelli an die Wand gedrückt und war dabei, ihm die Dienstwaffe abzunehmen, als der Sicherheitsbeamte herbeieilte.

„Der Detective hat ADA Harper bedroht und ich will, dass er verschwindet. Wenn er nicht in den Zeugenstand geht, will ich, dass er aus dem Gerichtsgebäude entfernt wird."

Janelli brüllte jetzt, vibrierte vor Wut. Aaron ließ ihm von dem Beamten Handschellen anlegen, während er das Magazin und die

Patrone im Patronenlager aus der Waffe des Mannes entfernte und sie Janelli zurückgab. Er hatte nicht die Befugnis, die Waffe zu konfiszieren oder den Detective zu verhaften. Er konnte zwar nicht beweisen, dass der Kerl die Drohungen wahrmachen wollte, aber er konnte auf jeden Fall die Aufmerksamkeit auf seine Haltung lenken, und er würde nicht so tun, als sei es in Ordnung.

Er gab dem Wachmann die Munition und wünschte, er hätte den Bastard schlagen können, aber er brauchte ein wenig moralische Überlegenheit. Außerdem konnte er es sich nicht leisten, zusammen mit Janelli hinausgeworfen zu werden.

Er sah zu, wie Janelli den Korridor hinunter eskortiert wurde. Der Detective brüllte, sein Hass auf Hope praktisch greifbar. Aaron hatte keinen Zweifel daran, dass er mit Freude den Grabstein von Hopes Familie mit Blut beschmiert hätte, und er machte sich eine geistige Notiz, nachzusehen, wo die Beweise dafür waren.

Er schrieb Cowboy eine Nachricht, der im Gerichtssaal saß – und Aaron hatte das definitiv absichtlich getan, damit Ryan weniger Zeit hatte, dem Rest des Teams alles mitzuteilen, was er in Hopes Wohnung gesehen hatte. Er hatte Cowboy angewiesen, ein Auge auf Janelli zu halten. Dann erhielt er einen Anruf von Frazer, der ihm mitteilte, dass sie den Durchsuchungsbeschluss für die Fairchild-Villa in der Hand hätten und fragte, ob Aaron mitkommen wolle.

Aaron dachte genau zwei Sekunden darüber nach und sagte ihm, er solle ihn abholen. Er musste sich bewegen, und er wollte endlich sehen, was Eloisa Fairchild verbarg.

40

Hope verbrachte einen langweiligen Tag damit, zwischen der Staatsanwaltschaft und dem Gericht hin und her zu gehen. Wie sie vermutet hatte, gab der Richter eine Erklärung darüber ab, wie erschütternd die Nachricht von Jeff Beasleys Tod war, aber er machte dem einsamen Anwalt, der am Tisch der Verteidigung saß, auch klar, dass es an der Zeit war, die Geschworenen zu bestimmen.

Der junge Anwalt war ein Junior Associate mit minimaler Prozesserfahrung.

Aisha hielt ihr Versprechen, Hope dabei zu helfen, die besten Geschworenen zu bekommen, die sie sich wünschen konnte.

Als es endlich vorbei war, flüsterte Aisha: „Ich würde Ihnen ein High-Five geben, wenn ich nicht denken würde, dass der Richter es missbilligen könnte."

Hope lächelte. Ella hatte darauf bestanden, heute zu kommen, und es war gut, dass sie die Gelegenheit hatte, zu sehen, wie sie einen guten Tag im Gericht hatten. Hope wusste, dass sie sich wegen des Mordes an Jeff Sorgen machte, und darüber, wie sich das auf die Dinge auswirken könnte. Aber jetzt konnten sie den Mist hinter sich lassen und mit dem eigentlichen Fall weitermachen.

„Sollen wir Sie nach Hause fahren, Ella?", fragte Hope.

Ella warf einen Blick hinüber zu Jason Swann, der mürrisch auf seinen Anwalt starrte, der so tat, als würde er ihn nicht bemerken. Sie biss sich auf die Lippe. „Ich wollte in einen Buchladen gehen. Etwas für den Geburtstag meiner Mutter nächste Woche kaufen, damit ich es verschicken kann."

Hope öffnete den Mund, um zu sagen, dass sie das zuerst tun könnten, als sie hörte, wie Ryan Sullivan sich hinter ihnen räusperte.

Sie warf ihm einen Blick zu und sah in seinen Augen etwas, das seine Ablehnung gegenüber dieser Idee ausdrückte.

Aber sie hatte hier das Sagen.

„Ich kann Sie hinbringen", warf Colin fröhlich ein. „Und dann bringe ich Sie zurück in Ihre Wohnung."

Hope atmete aus. „Ausgezeichnete Idee. Denken Sie daran, dass Sie nicht jeden Tag hier sein müssen, aber es wäre sicher hilfreich, wenn Sie so oft wie möglich hier wären." Sie rechnete nicht damit, dass es länger als ein paar Tage dauern würde, denn Jason Swann war kein netter Kerl. Hope öffnete heimlich ihr Portemonnaie in der Handtasche und zog einen Hundert-Dollar-Schein heraus. Sie drückte ihn Colin in die Hand, ohne dass Ella es sah. „Nehmen Sie ein Taxi."

Auf diese Weise würde der Bezirksstaatsanwalt wenigstens nicht herausfinden, dass sie ihre Mandantin verhätschelte.

Sie warf Ryan einen Blick zu, und er nickte knapp. Er hatte heute keine Witze gerissen. Tatsächlich war er seltsam ruhig. Wusste er von ihr und Aaron? Wurde sie deshalb mit Schweigen bestraft? War es Missbilligung, die in seinem Stirnrunzeln lag?

Die anderen fingen an, sich Jacken und Mäntel anzuziehen, um zu gehen, aber sie beugte sich zu ihm vor. „Geht es Ihnen gut? Oder stimmt etwas nicht?"

Ryan blinzelte sie überrascht an. Das Lächeln, das er ihr schenkte, wirkte aufrichtig, wenn auch ein wenig erschöpft. „Ich mache mir Sorgen um eine meiner Arbeitskolleginnen. Sie beerdigt heute ihren Vater. Ich habe ihr heute Morgen eine Nachricht geschickt, aber keine Antwort erhalten."

„Das tut mir leid."

Er nickte und wandte den Blick ab. „Sie würde mir sagen, ich solle mich aus ihren Angelegenheiten heraushalten, aber ein Elternteil zu verlieren ist hart."

Hope nickte. „Meine sind sehr kurz hintereinander gestorben. Ich fühlte mich danach lange Zeit orientierungslos. Das tue ich immer noch."

Ryan nickte. „Ja. Mein Vater war überlebensgroß und meine Mutter eine Naturgewalt." Er presste die Lippen zu einer dünnen Linie zusammen. „Man rechnet nie damit, sie zu verlieren, und dann sind sie eines Tages einfach weg."

Sie wusste, dass er seine Frau durch Krebs verloren hatte, also gab es nicht viel, was sie diesem Mann über Trauer beibringen konnte.

„Haben Sie ihr noch eine weitere Nachricht geschickt?"

Ryan verzog das Gesicht. „Nein."

„Warum nicht?" Ihre Augen weiteten sich.

„Ich will mich nicht einmischen. Ausgerechnet heute."

„Sie *mögen* sie."

Ryans Gesicht verlor seinen Humor und sein Kiefer wurde fester. „Ich arbeite mit ihr. Sie ist tabu."

Rede dir das nur weiter ein, Schätzchen.

Der Mann war gereizt, weil sie es herausgefunden hatte. „Ich werde es niemandem verraten."

Er zog eine Augenbraue hoch. „Nicht einmal Nash?"

Er wusste also doch, was sie und Aaron letzte Nacht getan hatten.

Die anderen waren aufgestanden, hatten sich entfernt und warteten darauf, sich von ihr zu verabschieden.

Sie lehnte sich näher an Ryan. „Bitte behalten Sie es für sich. Es wird mich nicht sonderlich betreffen, aber ..."

„Sie *mögen* ihn." Er klang überrascht.

„Nein." Sie wandte den Blick ab, denn sie war nicht die

einzige Lügnerin in diesem Raum. „Ich will ihm nicht die Karriere versauen. Nicht, nachdem ich diejenige war, die ihn gestern Abend in mein Schlafzimmer gezerrt hat."

Ryans Blick war eindringlich, die Augen voller unausgesprochener Gedanken. Schließlich stand er auf und lehnte sich lässig vor. „Brechen Sie ihm nicht das Herz."

„Es war Sex." Ihr leiser Tonfall war scharf. „Glauben Sie mir, ich bin nicht der liebenswerte Typ." Sie schüttelte den Kopf und gab zu: „Schon der Gedanke, mich zu verlieben, ist …"

„Beängstigender als jeder Serienmörder." Da änderte sich sein Gesichtsausdruck. „Andere Leute verstehen das nicht." Ryan starrte ins Leere. „Bei dem Gedanken könnte ich kotzen."

Er sah allerdings eher einsam als befreit aus.

Hope mochte nicht an die Zukunft denken. Nicht jetzt, da Leech frei herumlief und ihre Welt wieder auf den Kopf gestellt wurde. Sie hatte schon genug um die Ohren, und sie wusste nicht einmal, ob sie und Aaron noch eine weitere Nacht miteinander verbringen konnten, geschweige denn etwas anderes.

Sie wollte nichts anderes. Schon vergessen?

„Sie sollten Ihrer Arbeitskollegin noch einmal schreiben. Sich vergewissern, dass es ihr gut geht."

Seine Augen wurden schmaler, und er schüttelte den Kopf. „Nein. Sie ist bei ihrer Familie. Ich bin sicher, es geht ihr gut."

41

___

Lincoln Frazer spürte Aufregung in sich, als er mit Aaron Nash an seiner Seite die Agenten der örtlichen Außenstelle die Stufen zur Haustür von Eloisa Fairchilds Villa hinaufführte. Er klingelte und konnte schon fast das Drehbuch für das schreiben, was als Nächstes kam.

Eloisa öffnete die Tür und betrachtete die Schar von FBI-Agenten auf ihrer Türschwelle. „Was hat das zu bedeuten?"

Ihre affektierte Empörung durchbrach die kalte Stille des Morgens, aber die Überraschung klang inszeniert. Sie hatte gewusst, dass dies kommen würde. Sie hatte sie erwartet.

Einer der örtlichen Beamten ging an ihm vorbei, um den Durchsuchungsbeschluss zu überreichen.

„Glauben Sie, sie ist alles Belastende losgeworden?", fragte Aaron aus dem Mundwinkel heraus.

Frazer schnaubte.

Das war das Problem, wenn man auf das Gesetz wartete, aber er hatte nicht den Luxus einer verdeckten Einbruchsaktion, da seine beiden besten Leute mit anderen Dingen beschäftigt waren. Er hätte wahrscheinlich TacOps anfordern können, aber dann wäre es offiziell geworden, und dann hätte er immer noch den Durchsuchungsbeschluss gebraucht.

„Mal sehen, was sie übersehen hat."

Frazer ging zu Eloisa hinüber, die den Papierkram las. „Sie sollten vielleicht Ihren Anwalt anrufen, Ms. Fairchild."

Sie presste die Lippen aufeinander und ihre Augen funkelten. „Das würde ich, wenn er nicht letzte Nacht ermordet worden wäre."

Interessant.

„Sie wissen, dass Julius Leech des Mordes an Jeff Beasley verdächtigt wird?"

Ihre Augen blitzten. „Julius hat Jeff nicht ermordet."

„Woher wissen Sie das? Und wo waren Sie gestern Abend zwischen achtzehn und zwanzig Uhr?"

Ihr Lächeln war hinterhältig. „Warum fragen Sie nicht die FBI-Agenten, die Sie das Haus beobachten ließen? Oder sind sie bei der Arbeit eingeschlafen?"

Frazer nickte den Agenten zu, dass sie loslegen konnten. Sie wussten, wonach sie suchten – jegliche Korrespondenz von Leech, einschließlich aller Handys, Computer oder Spielkonsolen. Aber zuerst mussten sie das Grundstück gründlich durchsuchen, einschließlich aller möglichen Wand- oder Bodenlöcher, die groß genug waren, um einen Mann zu verstecken.

Sie sah auf das Papier hinunter. „Sie können doch nicht ernsthaft mein Handy mitnehmen? Wie soll ich denn jemanden kontaktieren?"

„Sie haben keinen Festnetzanschluss?"

„Wer benutzt denn noch Festnetzanschlüsse?"

„Spamanrufer und Betrüger?", bot Aaron an.

Eloisas Augen funkelten wütend.

Der Operator sah heute Morgen irgendwie anders aus. Weniger verkrampft. Frazer fragte sich, ob Hope etwas damit zu tun hatte. Er hatte jedenfalls die Energie zwischen ihnen bemerkt und unterstützte die Verbindung. Solange es Hopes Sicherheit nicht gefährdete, war es ihm egal – und er sah nicht, wie ein bewaffneter Mann in ihrem Bett sie für Leech oder andere angreifbarer machen konnte.

Solange es kein Machtungleichgewicht oder Missbrauch gab, interessierte es Frazer nicht, wer mit wem schlief. Er hielt sich selbst nicht gerade streng an die Regeln des FBI – nicht, dass die Leute das generell zu schätzen wüssten.

Ihm ging es mehr darum, eine Freundin über den schlimmsten Tag ihres Lebens hinwegzubringen. Vielleicht war Aaron Nash der richtige Mann dafür? Oder vielleicht würden sie einander das Herz brechen – was wusste er schon? Er konnte nur hoffen, dass sie den Verstand hatten, es herauszufinden, ohne sich dabei gegenseitig zu zerstören.

Er nutzte seine Erfahrung und sein Wissen, um menschliches Verhalten vorherzusagen oder zu entschlüsseln, aber fügte man Sex oder, Gott steh ihm bei, *Liebe* hinzu, dann verdrehte das die Logik und widersprach der Vernunft. Es gab nichts Vernünftiges an seinen Gefühlen für Izzy. Nichts Vernünftiges daran, wie er reagieren würde, wenn ihr etwas Schlimmes zustieße.

Er schreckte auf, als er bemerkte, dass Eloisa ihn eindringlich anstarrte und offensichtlich auf eine Antwort wartete, während er wie ein Theologiestudent im ersten Jahr vor sich hin grübelte.

„Wenn Sie kooperieren, sorge ich dafür, dass Ihr Handy vor Ort geklont wird und Sie es behalten können."

Sie neigte den Kopf zur Seite, ihr feines Haar flatterte. „Das hört sich an, als würden Sie mir einen Gefallen tun, aber da ich nichts falsch gemacht habe …"

„Sie kennen doch den Schattenstaat, Ms. Fairchild", wandte Aaron ironisch ein. „Er will Sie immer kontrollieren. Wenn nicht durch Nanomaschinen in Ihren Venen, dann durch FBI-Razzien auf Ihrem Handy."

„Da Sie ohnehin alles überwachen, ist das Auftauchen an meiner Türschwelle überflüssig."

„Und trotzdem sind wir hier." Frazer verlor langsam die Geduld. „Wir haben den Durchsuchungsbeschluss, Eloisa. Zwingen Sie uns nicht, Sie zu verhaften, weil Sie sich ihm widersetzen."

„Oh, ich bin sicher, das würde Ihnen gefallen, aber ich widersetze mich nicht." Sie drehte sich um, um eine andere Frau zu beruhigen, die auf sie zugelaufen kam. Die Haushälterin.

„Es ist in Ordnung, Cerise. Das FBI sucht nach Beweisen, dass wir den armen, unschuldigen Julius beherbergen." Sie drehte sich um und warf ihm einen Blick zu, der wahrscheinlich kokett sein sollte, aber eher unheimlich wirkte.

Lieber Gott, er vermisste Izzy und wollte nach Hause.

Die Haushälterin nickte und verschwand wieder in ihrem Bereich.

„Ist sonst noch jemand im Haus?"

Sie schüttelte den Kopf.

„Sind Sie sicher?" Er kniff die Augen zusammen.

„Ja."

„Und was ist mit Ihrem Hund?"

Sie runzelte verwirrt die Stirn und zog dann die Lippen zur Seite. „Ich habe für eine Freundin auf ihn aufgepasst."

„Wir brauchen vielleicht den Namen dieser Freundin." Frazer hatte sie gewarnt, dass es eine Straftat war, das FBI anzulügen.

„Natürlich." Eloisas Gesichtsausdruck war leer.

„Wo befinden sich Ihre Tresore?", drängte er.

Sie untersuchte ihre Fingernägel, die bis zum Ansatz abgeknabbert waren.

„Tun Sie nicht so, als hätten Sie nicht mindestens zwei auf dem Anwesen. Wir wissen, wer sie eingebaut hat. Ich werde sie finden. Ich würde sie nur herausreißen müssen, um sie als Beweismittel zu sichern."

Ihr Blick flog zu ihm und sie hob den Zeigefinger. „Erstens möchte ich das Büro des Anwalts anrufen. So sehr ich es auch hasse, sie zu stören, wenn sie um ihren Kollegen trauern, möchte ich, dass ein Anwalt anwesend ist." Ihr Lächeln reichte nicht bis in ihre Augen. „Um meine Interessen zu wahren."

„Ihre Interessen? Oder die Ihres Sohnes?", fragte Aaron wie aus dem Nichts.

Frazer blinzelte.

„Woher–" Eloisa stockte. „Ich habe keinen Sohn. Cerise hat einen Sohn. Sie müssen ihn meinen?"

„Warum hat Cerises Sohn letzte Nacht oben geschlafen? Warum nicht in ihrer Wohnung?"

Sie starrte ihn mit offenem Mund an. „Er ... ich ... wir haben jede Menge Platz."

Aaron verschränkte die Arme vor der Brust. „Warum schläft Cerise dann nicht auch oben?"

Sie sah aus, als sei alle Energie aus ihr herausgesaugt worden, aber sie war noch nicht fertig mit den Lügen. „Woher wissen Sie, dass sie es nicht tut?"

Aaron schenkte ihr ein humorloses Lächeln. „Nennen wir es eine Vermutung."

Eloisa schlug die Hände zusammen und zog die Lippen ein. „Besprechen wir das drinnen."

Sie folgten ihr wieder in den Salon, aber Frazer sah die Situation jetzt mit anderen Augen. Er hatte gewusst, dass Aaron klug war, aber er hatte nicht erkannt, wie scharfsinnig er wirklich war.

Sie schloss die Tür, als würde das helfen, ihre Geheimnisse zu bewahren.

Mit einem Kind passten all die Merkwürdigkeiten ein wenig besser zusammen.

„Warum wollten Sie Ihren Sohn geheim halten?", fragte Frazer leise.

Sie drehte sich um und sah ihn an. „Samuel ist der Sohn von Cerise. Wir stehen uns sehr nahe, und ich lasse ihn oft bei mir schlafen." Ihr gezwungenes Lachen sollte strahlend und fröhlich wirken. Es stank nach Verzweiflung.

„Wie fühlt er sich, wenn Sie so tun, als sei er nicht von Ihnen?" Aaron beobachtete sie mit erbarmungslosen Augen.

Ihre Finger ballten sich zu nutzlosen Fäusten.

„Weiß Leech davon?" Frazer lehnte sich lässig gegen den Kaminsims.

Da verlor ihr Gesicht jegliche Farbe. Ihre Unterlippe zitterte sichtlich, bevor sie sich vorsichtig auf den hässlichen grünen Samtsessel sinken ließ. Anstatt es erneut zu leugnen, wählte sie die andere Möglichkeit, die reiche Leute nutzten, wenn sie mit dem Rücken zur Wand standen. Den Rechtsstreit.

„Wenn das bekannt wird, werde ich das FBI auf jeden Penny verklagen, den sie haben, und ich werde es zu meiner persönlichen Lebensaufgabe machen, dafür zu sorgen, dass Sie beide degradiert werden."

„So funktioniert das nicht wirklich", schaltete sich Frazer ein. „Verweise können in unsere Personalakten aufgenommen werden, und wir können natürlich auch gefeuert werden." Er hielt ihrem hochmütigen Blick stand. „Aber nicht, weil wir unseren Job machen. Nicht, wenn uns ein Verdächtiger anlügt. Und", er strich mit den Fingern über den kühlen Marmor, „ich denke, Sie werden feststellen, dass meine Freunde mächtiger sind als Ihre Freunde."

Sie sah wütend aus, und er verstand plötzlich, warum.

Er setzte sich ihr gegenüber, stützte die Ellenbogen auf die Knie und lehnte sich vor. „Wir haben keinen Grund, irgendwelche Informationen über Ihren Sohn herauszugeben, Eloisa, das verspreche ich Ihnen. Solange er in Sicherheit ist. Solange Sie ihn nicht an Julius Leech übergeben haben …"

„Nein! Nein. Das würde ich nie tun."

„Trotz all Ihrer Beteuerungen von Julius' Unschuld vertrauen Sie ihm nicht, wenn es um seinen Sohn geht?", fragte Aaron.

„Ich glaube nicht, dass er ein Mörder ist." Sie atmete schwer, als sei sie gerannt. „Aber ich möchte nicht, dass Samuel die Last von Julius' unrechtmäßiger Verurteilung tragen muss. Das ist nicht fair gegenüber einem kleinen Jungen."

„Haben Sie Julius deshalb nicht gesagt, dass er ein Kind gezeugt hat? Weil Sie nicht wollten, dass er es der Welt erzählt? Der Junge wird ein Vermögen erben."

„Geld ist nicht immer eine positive Sache." Sie rang die Hände. „Julius und ich hatten einen ungeschickten, betrunkenen

One-Night-Stand, kurz bevor er verhaftet wurde. Es hatte nichts zu bedeuten. Es ist einfach passiert. Ich war im vierten Monat, bevor ich überhaupt merkte, dass ich schwanger war. Ich war so aufgebracht wegen Julius' Verhaftung, dass ich auf nichts anderes mehr geachtet habe. Und ich hatte Sex mit einem anderen Mann, mit dem ich zur gleichen Zeit zusammen war, aber ich habe Vorsichtsmaßnahmen bei ihm getroffen." Sie drückte ihre Hände fest zwischen die Knie. „Ich wusste, dass das Baby von Julius war." Sie blinzelte etwas weg, das wie Tränen aussah. „Ich habe über eine Abtreibung nachgedacht, aber ich war schockiert, als ich feststellte, dass ich das Baby eigentlich wollte. Ich wollte die Chance haben, Mutter zu sein. Ich beschloss, bis zum Ende des Prozesses zu warten, um es ihm zu sagen, weil ich sicher war, dass er für unschuldig befunden werden würde. Und ich war froh, als er freigelassen wurde." Sie legte eine Hand an ihren Kopf, als hätte sie Schmerzen.

Ein so großes Geheimnis zu verbergen, würde jedem Kopfschmerzen bereiten.

„Ich habe nach seiner Entlassung mit ihm telefoniert, und wir haben uns für den nächsten Tag zum Mittagessen verabredet. Er war außer sich vor Erleichterung."

„In der Zwischenzeit ist er zu Hope Harpers Haus gegangen und hat ihre Familie umgebracht."

Sie schüttelte den Kopf. „Das glaube ich nicht."

Frazer konnte jetzt verstehen, warum sie die Vorstellung, dass Leech ein sadistischer Mörder war, so vehement ablehnte. Es hatte nichts mit den Fakten zu tun, sondern damit, dass sie nicht wollte, dass ihr Sohn einen Serienmörder zum Vater hatte.

„Wo ist Ihr Sohn jetzt?"

„Ich habe ihn zu Freunden in die Hamptons geschickt. Sie haben einen Jungen im selben Alter. Cerise hat ihn heute Morgen hingebracht."

„Sie vertrauen ihnen?"

Sie nickte steif und biss sich auf die Lippe.

„Sie wollten nicht riskieren, dass Julius vor Ihrer Tür auftaucht und das Kind sieht, über das Sie ihn all die Jahre belogen haben."

Ihre Augen weiteten sich vor Angst.

Das war es.

„Haben Sie seit seiner Flucht mit ihm gesprochen?"

Sie wandte den Blick ab und nickte schließlich. Dann bedeckte sie ihr Gesicht und schluchzte. „Ich habe angeboten, etwas Geld für ihn bereitzustellen, und", sie schluckte, „ich habe es in einem Auto in den Wäldern bei Harrisville gelassen. Cerise holte mich mit einem Mietwagen ab – sie wusste nicht, warum ich das Auto dort stehenließ."

Die Haushälterin musste eine Idiotin sein, wenn sie keinen Verdacht schöpfte – oder daran interessiert, ihren Job zu behalten.

„Ich wollte nicht, dass er herkommt und Sammy sieht."

Sie fing an, unkontrolliert zu schluchzen, aber Frazer war nicht besonders mitfühlend.

„Bitte verhaften Sie mich nicht. Wenn Sie das tun, wird die Presse das mit Sammy herausfinden, und Julius wird herausfinden, dass ich ihn angelogen habe."

„Sie haben Angst vor ihm."

„Ja", blaffte sie mit plötzlich ernsten Augen. „Ja, das habe ich. Es ist die eine Sache, von der er sagte, dass er sie abgrundtief hasst. Menschen, die lügen."

Frazer hob unbeeindruckt eine Augenbraue. Wenn Eloisa Julius Leech nicht geholfen hätte, wären Sylvie und ihr Mann, ganz zu schweigen von Jeff Beasley, vielleicht noch am Leben.

„Ich will genau wissen, wo Sie den Wagen abgestellt haben. Ich will das Modell und das Kennzeichen wissen, und ich will Zugang zu allen Briefen, die er Ihnen je geschickt hat. Und wenn Sie voll und ganz kooperieren, werde ich mit der Staatsanwaltschaft darüber sprechen, wie man Ihren Sohn aus dem Rampenlicht halten kann, nachdem seine Mutter gestanden hat, einem gesuchten Flüchtigen geholfen zu haben, ganz zu schweigen davon, dass sie das FBI diesbezüglich angelogen hat."

Eloisa holte erschrocken Luft und bedeckte ihren Mund, als würde ihr erst jetzt die Bedeutung ihres Handelns bewusst.

Aaron richtete sich von seiner Position am Fenster auf. „Ich bin sicher, die Staatsanwaltschaft wird es verstehen, denn wenn jemand Ihre Ängste um die Sicherheit Ihres Kindes versteht, dann ist es ADA Hope Harper."

42

───────

Es dauerte neunzig Minuten, um zu dem Ort in Harrisville zu fahren, den Eloisa Fairchild auf der Karte markiert hatte. Es dauerte weitere zehn Minuten, bis sie auf wenig befahrenen Wegen in der Nähe eine kleine dunkelgraue Limousine entdeckten, die am Straßenrand unweit eines Wanderweges geparkt war.

„Dieselbe Marke und dasselbe Modell, das Graham Burns fuhr, aber ein anderes Nummernschild", sagte Aaron zu Frazer, der am Steuer saß.

Sie hielten in einiger Entfernung an.

Frazer glich das Nummernschild ab, und es gehörte zu einem Toyota Camry, nicht zu einem Chevy SS.

Sie stiegen beide aus dem BMW aus und gingen auf das andere Auto zu. Frazer reichte ihm ein Paar OP-Handschuhe.

Sie gingen langsam um das Fahrzeug herum und achteten darauf, keine Spuren im Schnee und auf der gefrorenen Erde zu verwischen. Frazer machte mit seinem Handy Fotos aus verschiedenen Blickwinkeln.

„Die Tür ist unverschlossen", bemerkte Aaron.

„Wahrscheinlich hofft er, dass er gestohlen wird."

Aaron nickte und öffnete vorsichtig die Tür, wobei er den vagen Fußspuren auswich, die von dort wegführten. Es hatte geschneit, seit die Person, vermutlich Leech, das Auto abgestellt hatte. Frazer legte eine Münze auf den Boden und machte weitere Fotos aus verschiedenen Perspektiven. Er glaubte offensichtlich, dass dies das Fahrzeug war, das sie suchten. Das tat Aaron auch.

Aaron griff hinein, öffnete den Kofferraum, und sie gingen beide zum hinteren Teil des Wagens. Der orangefarbene Overall und die braune Uniform des Gefängniswärters waren sofort zu erkennen.

Frazer machte weitere Fotos.

Dies war definitiv das richtige Auto.

Der Profiler griff hinein und zog vorsichtig die schwere Jacke zurück, woraufhin das blasse Gesicht eines jungen Mannes zum Vorschein kam, der zur falschen Zeit am falschen Ort gewesen war.

Wenigstens hatte das kalte Wetter die Verwesung in Schach gehalten.

„Graham Burns." Mitleid wallte in Aarons Brust auf, gefolgt von Wut. „Glaubst du, Eloisa Fairchild wird diesen Beweisen glauben?"

Frazers Mund wurde schmal. „Ich glaube, sie würde einen Weg finden, sich von Leech' Unschuld zu überzeugen, selbst wenn er sie mit einem Brieföffner niedersticht."

„Sind wir dabei, das Leben ihres Kindes zu ruinieren?" Aaron hatte nichts dagegen, dass Eloisa für einen Gesetzesverstoß bezahlte, aber es fiel ihm schwer, ein Kind zu verdammen.

„Ich werde mit dem Bezirksstaatsanwalt sprechen. Wenn sie kooperiert, können wir sie vielleicht dazu benutzen, diesen Bastard zu fangen. Eine Falle stellen."

„Wenigstens wissen wir, was er fährt."

Frazer warf ihm einen Blick zu. „Wir wissen, was er gestern gefahren ist."

Aaron fluchte. Er schaute auf seine Uhr. „Du rufst an und organisierst die Spurensicherung. Ich werde sehen, ob ich einen örtlichen Polizisten finden kann, der den Tatort in der Zwischenzeit bewacht. Ich muss zurück sein, bevor Hope Feierabend macht."

Frazers Augen funkelten bei der Erwähnung von Hopes Namen, aber Aaron ignorierte ihn. Er warf noch einmal einen langen Blick auf den jungen Mann, der ermordet worden war und den man wie einen Haufen Müll in seinem Kofferraum verstaut hatte. *Das* war es, was Leech wirklich ausmachte. Nicht das Herrenhaus oder die Privatjets. Nicht die Garderobe voller schicker Anzüge oder die Unschuldsbeteuerungen. Er war Tod und Zerstörung und egozentrische Selbstbefriedigung. Und vielleicht hatte Eloisa Fairchild recht gehabt, zu lügen, denn wer würde diesen Mann, einen Serienmörder, zum Vater seines Kindes haben wollen?

Aaron starrte hinauf in die Wipfel der Bäume, während die nackten Äste schwankten, und versuchte, seine eigenen Ängste zu unterdrücken. Julius Leech wollte Hope töten, eine Frau, die Aaron langsam ans Herz wuchs.

Er schritt zum BMW, plötzlich erpicht darauf, wieder an ihrer Seite zu sein. Frazer schloss den anderen Wagen ab, während Aaron die örtliche Polizei anrief. Er hatte keine Zeit zu verlieren, aber Graham Burns verdiente den Respekt, bewacht und im Tod beschützt zu werden.

Aaron dachte an die Angehörigen von Burns und daran, dass sie nie die Gelegenheit haben würden, sich zu verabschieden, und an Hopes überwältigende Trauer über den Verlust ihrer Familie. Plötzlich wurde ihm klar, dass er sich nicht länger an seinen Groll über das klammern konnte, was mit seinem Bruder und seiner Ex geschehen war.

Das Leben war nicht perfekt, und es war sicher zu kurz, um Groll zu hegen, vor allem, wenn er dadurch Gelegenheiten verpasste, die ihm immer wichtig gewesen waren.

Man denke nur an Leech und sein verdrehtes Bedürfnis nach Rache, weil er vermeintliches Unrecht nicht loslassen konnte, oder an Minnie Ramon, die Hope die Schuld gab, weil sie einfach nur ihren Job gemacht hatte.

Es war anstrengend.

Sein Bruder und seine Schwägerin waren überglücklich, und so sehr Aaron sich damals auch darüber geärgert hatte, jetzt war er darüber hinweg. Es war erledigt. Beendet. Und auf keinen Fall wollte er mit diesem anhaltenden Groll, der seine Seele verfolgte, in sein eigenes Grab gehen. Er wollte seinen Bruder zurück, auch wenn es nie wieder so sein würde wie früher. Er wollte die Chance haben, seine Nichte oder seinen Neffen kennenzulernen, weil er Kinder liebte und eines Tages selbst welche haben wollte. Er wollte, dass die Cousins und Cousinen Freunde wurden. Er wollte unbedingt frei von dem stechenden Groll und dem Schmerz sein und das Geschehene nicht nur als ein zu tragendes Kreuz akzeptieren, sondern auch als einen Segen, als ein glückliches Entkommen. Es war schließlich nicht so, dass er seine Ex noch liebte. Das tat er nicht. Das tat er wirklich nicht.

Und obwohl es nicht gerade dieselbe Art von Situation war, hatte Hope einen Weg gefunden, trotz ihrer Probleme mit Brendan zu leben. Sie hatte klare Grenzen gesetzt, und die Beziehung war alles andere als perfekt, aber sie hatte einen Weg gefunden, damit es funktionierte.

Aaron war es leid, in der Vergangenheit zu leben. Es war an der Zeit, sie hinter sich zu lassen und wirklich zu vergeben. Er musste weitermachen, solange er noch die Chance dazu hatte.

43

„Ist Ella gut nach Hause gekommen?" Hope blickte auf, als Colin in ihr Büro kam.

„Ja. Ich habe sogar das Geburtstagsgeschenk ihrer Mutter für sie verschickt." Er holte etwas Bargeld heraus und wollte es ihr überreichen.

„Behalten Sie es." Hope winkte ab. „Ich bin dankbar, dass Sie mit ihr gehen konnten."

Er räusperte sich. „Apropos Post ..." Colin zog einen Umschlag aus seiner Anzugtasche und legte ihn vor ihr auf den Schreibtisch.

Sie erkannte Leech' saubere Handschrift, sein teures Briefpapier mit seinen Initialen, ein eleganter goldener Schnörkel, der in die Ecke gestempelt war – und für dessen Benutzung er den Gefängnisdirektor bezahlen musste.

Sie wollte es nicht lesen, aber Frazer war nicht hier und Aaron auch nicht, und sie musste überprüfen, ob Leech etwas geschrieben hatte, das auf eine geplante Flucht oder ein mögliches Versteck hinweisen könnte. Sie könnte Colin oder Hunt Kincaid, der an der Tür stand, bitten, den Brief zu lesen, aber sie wollte nicht den Eindruck erwecken, dass sie Angst vor Leech hatte. Sie wollte nicht, dass er sie beeinflusste.

Sie überprüfte ihr Handy auf eine Nachricht von Aaron, aber da war nichts. Hatten sie etwas in Fairchilds Haus entdeckt? Sie waren schon seit Stunden weg.

Da ihre Kommunikation überwacht wurde, konnte sie ihn kaum anrufen und fragen, ob es ihm gut ging, oder ihm sagen, dass Ryan Sullivan wusste, wo er einen Teil der letzten Nacht verbracht hatte.

Oder ihn fragen, ob er es heute Nacht wieder tun wollte.

Sie seufzte.

Es gefiel ihr nicht, dass sie ständig nach dem HRT-Mitarbeiter Ausschau hielt, sobald sie eine Tür knallen hörte oder sich Schritte näherten. Es gefiel ihr nicht, wie er sich in ihre Gedanken schlich, wenn sie sich eigentlich auf etwas Wichtiges konzentrieren sollte.

Hope holte ihren hölzernen Brieföffner hervor, der die Form eines Fisches hatte. Sie hatte ihn auf einem Markt in Malawi während einer Reise gekauft, die sie und Danny in einem Sommer während ihres Studiums unternommen hatten. Ihre Finger zitterten, als sie den oberen Teil des Briefes aufschnitt, aber nicht wegen Leech.

Sondern weil sie an den Mann dachte, den sie geliebt hatte und dessen Leben Leech ohne zu zögern ausgelöscht hatte. An den Mann, den sie bis zum Tag ihres Todes lieben würde. Aber irgendetwas an ihrem Kummer hatte sich in letzter Zeit verändert. Sie nahm diese Tatsache stillschweigend zur Kenntnis, ohne sich mit dem Warum zu befassen.

Sie spürte, dass Colin sie interessiert beobachtete und blickte auf. Sie wollte nicht, dass ein Zeuge bei dieser Tat dabei war. „Hat sich das Labor wegen der Fasern aus dem Dutton-Fall gemeldet?"

Collin zog die Augenbrauen zusammen. „Ich dachte, das hätte ich Ihnen geschickt?"

Sie schüttelte den Kopf. „Ich habe nichts erhalten."

„Die Fasern in der Wohnung stimmen mit denen überein, die man bei der Leiche gefunden hat, aber der Teppich ist billig und alltäglich."

„Trotzdem ...“

Colin schenkte ihr ein breites Lächeln und hob eine Hand. *„Aber* die Tierhaare waren auch eine direkte Übereinstimmung.“

Sie erwiderte sein Grinsen. „Ja! Wir werden diesen Bastard an die Wand nageln. Können Sie den Bericht noch einmal schicken?“

Er schaute auf seine Uhr. „Natürlich.“

Es war fast achtzehn Uhr. „Haben Sie schon etwas vor? Das kann bis morgen warten, es ist ja Wochenende.“

Colin sah überrascht aus, und sie konnte es ihm nicht verdenken. Normalerweise wollte sie Dinge sofort erledigt haben, aber diese Woche war sie daran erinnert worden, dass auch andere Menschen ein Leben hatten.

Sie dachte daran, wie sie Aaron tief in die Augen geschaut hatte, als er in ihr gewesen war. Vielleicht galt das auch für sie. Ein beängstigender Gedanke.

„Ich lerne nur für das Examen. Ich schicke es ab, bevor ich gehe.“ Er nickte und wich zurück, offensichtlich enttäuscht, dass sie den Brief nicht geöffnet und in seiner Anwesenheit gelesen hatte.

Manche Dinge waren jedoch privat, und sie hütete, was sie konnte. Nicht den Inhalt, aber wie es sie betraf. Sie war keine Laborprobe. Sie war nicht bereit, sich analysieren zu lassen.

Hope hörte Schritte auf dem Flur, und Kincaid wandte sich von dem ab, was Colin gerade zu ihm sagte, und nickte anerkennend.

Es war Aaron. Sie erkannte es am Rhythmus seiner Schritte und an der Art, wie Kincaid sich aufrichtete.

Der kleine Tanz, den ihr Herz in ihrer Brust vollführte, verkrampfte ihre Finger.

Es war Lust. Und das Gefühl von etwas Neuem, Glänzendem und Strahlendem.

Das war alles.

Sie würde die Schuldgefühle loslassen und die wenigen Tage genießen, die es anhalten würde. Es schadete niemandem. Es war einfach nur zum Vergnügen.

Aaron öffnete die Tür und lächelte. Ihr stockte der Atem angesichts seiner perfekten, männlichen Schönheit. Der Mann war umwerfend, und ihr Mund wurde trocken beim Gedanken an eine weitere gemeinsame Nacht.

Seine Augen leuchteten dunkel. „Was?"

Sie schüttelte den Kopf.

Sein Blick wanderte zu dem, was sie in den Händen hielt. Er trat einen Schritt vor und ruckte mit dem Kinn. „Was ist das?"

Hope verzog das Gesicht. „Leech' Brief aus dem Gefängnis."

„Gib her." Er kam um den Schreibtisch herum, und sein Oberschenkel streifte ihren Arm, als er sich näher beugte und ihr den Brief aus den Fingern nahm. Er begann, ihn aus dem Umschlag zu ziehen, dann veränderte sich sein Gesichtsausdruck.

„Hey, Kincaid!"

Der andere Operator stürmte herein, dicht gefolgt von Colin.

„Hast du eine Beweismitteltüte dabei?"

Kincaid schüttelte den Kopf. „Im Geländewagen. Warum? Was ist?"

„Ich habe eine." Hope ging zur Schublade des anderen Schreibtisches hinüber. Sie wusste nicht mehr, warum sie diese Tüten in ihrem Büro hatte, aber sie lagen schon seit Jahren dort und nahmen Platz weg. Sie griff nach einer und öffnete sie weit.

Kincaid nahm ihr die Tüte ab und hielt sie, damit Aaron den Brief hineinstecken konnte.

„Was?", fragte sie. „Was ist los?"

„Sieht aus wie der Ausdruck eines Fotos, das dich am Dienstagabend vor diesem Büro zeigt."

„Aber ..." Das Blut gefror ihr in den Adern, und sie zitterte, aber nicht vor Kälte. „Aber da war er nicht im Gefängnis."

„Richtig." Seine Augen waren fast schwarz. „Und es scheint blutige Fingerabdrücke auf der Rückseite zu geben."

Ihre Beine wackelten, und sie ließ sich auf den Stuhl sinken. „Könnte er ihn in Sylvies Haus ausgedruckt haben? Aber dieser Umschlag ... das ist sein persönliches Briefpapier – dasselbe, das er im Gefängnis benutzt hat. Wie kann das sein?"

„Er ist nach seiner Flucht irgendwie in den Besitz seines Briefpapiers gekommen. Meinst du, das reicht für einen Durchsuchungsbeschluss für sein Haus in der Beacon Street?", fragte Aaron.

Hope nickte. Sie bekam eine Gänsehaut, weil Leech so auf sie fixiert war, dass er ihr einen Brief geschrieben hatte, während er mit dem Blut zweier unschuldiger Menschen bedeckt war. „Das sollte es. Ich werde den Bezirksstaatsanwalt anrufen."

Aarons Lippen waren fest aufeinandergepresst. „Ich rufe Frazer an. Wir können das auf dem Rückweg zu deiner Wohnung im Kriminallabor abgeben."

Sie zitterte und rieb sich mit den Händen über die Oberschenkel, während ihr das Herz in die Hose rutschte. „Ich habe es satt, dass dieser Kerl seine Psychospielchen mit mir treibt. Was habt ihr in Eloisa Fairchilds Haus gefunden?"

Aarons Augen glühten vor Emotionen. Er bedeutete Colin zu gehen und schloss die Tür hinter ihrem neugierigen Rechtsreferendar.

„Was?" Ihr Herz sank noch tiefer. „Was habt ihr entdeckt?"

Er machte ein paar Schritte auf sie zu und blieb stehen. „Sie hat zugegeben, ihm ein Auto und etwas Geld gegeben zu haben. Wir sind zu dem Ort gefahren, an dem sie es abgestellt hatte, und haben in der Nähe nach dem Fluchtfahrzeug gesucht, das Leech bis zu diesem Zeitpunkt benutzt hat." Er fuhr sich mit einer Hand durch sein dunkles Haar. „Wir haben die Leiche eines jungen Mannes gefunden, von dem wir glauben, dass Leech kurz nach seiner Flucht mit ihm zusammengetroffen ist."

Er hat erneut getötet.

Hopes Hände zitterten, als sie versuchte, sich einen Reim darauf zu machen, wie jemand so schreckliche Dinge tun konnte. „Warum sollte sie ihm helfen?"

Wenigstens konnte sie etwas dagegen tun. Beihilfe. Die Wohlhabenden waren nicht immun gegen die Justiz.

Aaron setzte sich auf die Kante ihres Schreibtisches. „Es hat sich herausgestellt, dass sie Leech' Baby bekommen und es all die

Jahre geheim gehalten hat. Sie gab das Kind als den Sohn der Haushälterin aus."

Hope war schockiert über diese Enthüllung. *Julius Leech hat ein Kind? Ein Kind?* Ihre Augen brannten angesichts der Ungerechtigkeit des Ganzen. Leech hatte ein Kind, aber er hatte ihr ihres gestohlen. Diese Information fühlte sich an wie ein Faustschlag mitten ins Herz.

Aarons Augen füllten sich mit stillem Verständnis.

Sie verdrängte die innere Verwüstung, die sie verbrannte. „Weiß Leech davon?"

Er schüttelte den Kopf.

Irgendwie machte das die Sache ein wenig erträglicher. „Alles, was Leech je wollte, war eine Familie. Das hat er im Zeugenstand gesagt."

Aaron nickte.

Die Implikationen trafen sie aufs Neue. „Er darf nichts von diesem Jungen wissen. Auch nicht, dass Eloisa ihn angelogen hat. Nicht, bis er wieder sicher in einem Gefängnis sitzt." Oder besser nie. „Ich werde mit dem Bezirksstaatsanwalt sprechen."

„Frazer hat bereits mit ihm gesprochen."

Ein stechender Schmerz durchzuckte sie. Warum hatte niemand daran gedacht, es ihr zu sagen? Es von Aaron persönlich zu hören, machte es ein wenig leichter, damit umzugehen, und vielleicht war das der Grund. Frazer sah immer mehr, als die Leute preisgeben wollten.

Aaron presste die Lippen zusammen. „Wir werden diesen Dreckskerl schnappen, Hope."

Das glaubte sie nicht. Nicht mehr. „Mach keine Versprechungen, die du nicht halten kannst."

„Das tue ich nicht. Das tue ich nie."

44

Erschöpft und frustriert kehrte Aaron an diesem Abend gegen neun Uhr mit Frazer im Schlepptau in Hopes Wohnung zurück. Nachdem der Durchsuchungsbeschluss gekommen war, hatten sie jeden Schrank in Leech' Villa durchwühlt, jede Schublade, nach versteckten Nischen gesucht und außer einem leeren Safe nichts gefunden. Sie hatten Delawares Desktop-Computer entfernt und per Kurier nach Quantico geschickt. Sie fanden nichts Verwertbares und wussten nicht viel mehr als gestern, mit der Ausnahme, dass er wieder getötet hatte und dank Eloisa Fairchild über zwanzigtausend Dollar in bar besaß. Die Fahndung nach dem neuen Auto, das er benutzte, war herausgegeben worden, aber es gab noch keinen Treffer.

Leech war ein Geist.

Ein Geist, der darauf fixiert war, Hope zu schaden.

Auch wenn Aaron nicht zulassen würde, dass ihr etwas zustieß, nagte es an ihm.

„Irgendwelche Anzeichen dafür, dass er wieder in seinem Haus war?", fragte Hope, als sie hereinkamen.

Aaron schüttelte den Kopf. „Das Haus war leer."

„Kalt wie eine Gruft." Frazer streifte seinen Mantel ab. „Die Delawares scheinen die Stadt verlassen zu haben."

„Wer könnte es ihnen verdenken?", murmelte Hope. „Bist du sicher, dass sie nicht tot sind? Er hat eine Vorliebe für Ehepaare."

„Im Moment bin ich mir über nichts sicher, außer dass die Handys beider Delawares im Hotel in der Innenstadt liegen, aber weder er noch seine Frau sind irgendwo zu finden. Was dagegen, wenn ich …?" Frazer zeigte auf ihren Getränkeschrank.

„Bitte."

„Vielleicht essen sie auswärts zu Abend oder sind im Kino. Oder besuchen Verwandte", meinte Aaron.

„Vielleicht, aber wo auch immer sie sind, wir können sie nicht aufspüren." Frazer hielt Hope eine Flasche Kentucky Owl Batch #12 hin, aber sie schüttelte den Kopf. Der Profiler schenkte zwei großzügige Portionen in geschliffene Kristallgläser ein und reichte ihm eines. Aaron wollte schon ablehnen, aber was soll's. Er brauchte etwas Schlaf, und vielleicht würde das helfen. Er trank einen Schluck und genoss den guten Bourbon, der seine trockene Kehle hinunterrann.

„Irgendetwas über den Brief?", fragte Hope.

„Gestern abgestempelt. In der Stadt abgeschickt. Gedruckt auf Sylvies Drucker."

Hope fluchte. „Was steht drin? Abgesehen von dem Foto, was hat er geschrieben?"

„Den üblichen Schwachsinn. Das ist alles deine Schuld. Bla, bla, bla. Man erntet, was man sät. Du hast meine Gefühle verletzt, indem du mich einen Killer genannt hast, obwohl ich ein Killer bin." Frazer versuchte, die Stimmung aufzulockern.

Es klappte nicht.

Die Anspannung in Hopes Kiefer sah mörderisch aus. „DNA? Fingerabdrücke?"

„Sie überprüfen es. Wir brauchen Ausschlussproben von allen, die damit zu tun hatten. Es wird einige Zeit dauern, sie alle zu überprüfen."

„Meine sind im System. Ich kann dir Colins Handynummer geben und seine Adresse herausfinden, damit du seine abholen kannst."

Frazer nickte. „Montag ist früh genug. Das Hauptziel ist es, Leech' DNS zu finden und ihn eindeutig mit dem Mord an Sylvie und ihrem Mann in Verbindung zu bringen, und die haben wir in der Datenbank."

„Wie ist er in den Besitz des Briefpapiers gekommen?" Ihr Gesicht war blass, das Haar zu einem kurzen Pferdeschwanz zurückgebunden, der die Vertiefungen unter ihren Wangenknochen betonte.

Frazer ging auf und ab. „Vielleicht hat Delaware ein kleines Versteck mit Leech' persönlichem Bedarf eingerichtet für den Fall, dass er jemals herauskommt. Oder er hat einen toten Briefkasten eingerichtet, sobald er hörte, dass Leech frei war."

„Ja, vergiss das schicke Briefpapier nicht, wenn du mir mein Aus-dem-Gefängnis-entkommen-Zubehör bringst. Man weiß ja nie, wann man auf dringende Korrespondenz antworten muss.'" Aaron rieb sich die müden Augen.

„Ich vermute, sie haben das im Laufe der Jahre besprochen. Vielleicht hat Leech seine Fantasieliste erstellt, und Delaware hat alles bereitgestellt, denn wenn man so viel Geld für fast nichts bekommt, warum sollte man es nicht tun?" Frazer nippte an seinem Drink und genoss den milden Whiskey.

„Kein Glück bei der Suche nach Grundstücken in der Gegend, in der Leech sich versteckt haben könnte?"

„Die Analysten sind noch auf der Suche. Leider ist Parker sehr beschäftigt." Frazer verzog das Gesicht. „Mit seiner Firma, seiner Familie, der Hochzeit seiner besten Freundin und all meinen anderen Anfragen hat er keine Zeit mehr." Frazer fletschte die Zähne zu einem Haifischlächeln. „Ich hätte Mallory Rooney mitbringen sollen. Das hätte seine Aufmerksamkeit konzentriert."

Hope sah aus, als täte ihr Alex Parker leid. „Delaware ist wahrscheinlich verschwunden, damit wir ihn nicht noch einmal befragen und bei einer Lüge ertappen können."

„Es wird nicht schwer sein, ihm Beihilfe nachzuweisen, sobald wir Leech aufgespürt und herausgefunden haben, wo genau er sich versteckt hat. Wer auch immer ihm geholfen hat, hat wahrscheinlich nicht daran gedacht, während des Vorgangs Handschuhe zu tragen." Frazer leerte sein Glas.

„Wir haben in der Villa passendes Briefpapier gefunden, aber vermutlich bestellt Delaware es und schickt es Leech ins Gefängnis", erklärte Aaron.

„Oder vielleicht hat sich Leech irgendwie unbemerkt in sein altes Haus und wieder hinausgeschlichen und etwas davon mitgenommen, um Hope zu verspotten", überlegte Frazer.

Es war möglich. Es war alles möglich. Vor allem, wenn Delaware das Team ablenkte, das die Villa beobachtete. Oder wenn Leech eine Verkleidung trug. Selbst wenn er durch die Hintertür kam. Ein FBI-Team, das die Vordertür beobachtete, würde im Großen und Ganzen nicht viel sehen, nicht in dieser Art von Nachbarschaft.

„Wir haben die Drucker-ID für das Foto von Hope gefunden, das am Dienstagabend auf dem Grabstein angebracht wurde." Frazer nannte eine Adresse eines Copy-Shops in der Innenstadt. „Ich werde morgen einen Agenten beauftragen, ihn zu überprüfen. Mal sehen, ob sie das Foto oder Leech wiedererkennen oder ob sie Überwachungsaufnahmen haben, auf die wir zugreifen können."

Der Copy-Shop befand sich zwischen dem Gerichtsgebäude und der Staatsanwaltschaft, in der Nähe der Polizei. Niemand in diesem Raum glaubte wirklich, dass Leech den Grabstein geschändet hatte, aber sie alle wollten, dass das verantwortliche Arschloch bestraft wurde.

„Das kann ich machen", bot Aaron an. Er wollte nicht, dass die Sache in Vergessenheit geriet.

Frazer nickte.

„Ich habe gehört, du hast Janelli heute aus dem Gerichtsgebäude werfen lassen?" Hope sah ihn direkt an.

Scheiße.

Das würde ihrer Beliebtheit bei der Polizei wahrscheinlich nicht gerade zuträglich sein. „Er hat dich bedroht."

Sie wedelte mit den Armen. „Er hat mich immer schlecht

gemacht und Mist erzählt. Aber er hatte nie den Mumm, etwas zu unternehmen."

„Warum beendet dein Schwager den Mist nicht?" Aaron hatte das Gefühl, dass es Brendan Harper nichts ausmachte, dass Hope angefeindet wurde. Es hielt sie außerhalb der Herde. Außerhalb des inneren Kreises, auf den sich das Justizsystem so sehr verließ. So blieb sie auf ihn angewiesen, wenn es darum ging, zu erfahren, was innerhalb des Police Departments vor sich ging.

Sie legte die Stirn in Falten. „Ich möchte jetzt nicht über Brendan sprechen. Schlimm genug, dass er und seine Mutter am Sonntag zum Mittagessen hier sein werden." Sie erschauderte. Dann wurde ihr Blick hoffnungsvoll. „Möchte sich einer von euch zu uns gesellen?"

Aaron schüttelte den Kopf. „Ich werde die Zeit nutzen, um ein paar Übungen mit den Jungs zu machen. Mal sehen, ob wir irgendwelche Lücken in unserer Verteidigung haben."

Frazer gähnte. „So sehr ich mich auch über deine Gesellschaft und die Unterhaltung freuen würde, ich verzichte. Ich hoffe, dass wir Leech bis dahin geschnappt haben."

Hope grunzte auf nicht sehr damenhafte Weise. „Ich möchte morgen zum Schießstand gehen."

„Wegen Leech?", fragte Frazer neckisch. „Oder wegen der Familie?"

Sie stieß ein widerwilliges Lachen aus, und Aaron spürte, wie sich sein Herz ein wenig entspannte. Der Stress, unter dem sie stand, war extrem, aber es war ein gutes Zeichen, dass sie über Frazers Humorversuche noch lachen konnte.

„Kein Kommentar."

„Wir können einen Ausflug zum Schießstand des FBI arrangieren." Es wäre eine gute Gelegenheit für sie alle, ihre Treffsicherheit zu verbessern.

Frazer hob seinen Mantel auf. „Ich rufe dich morgen früh an, wenn es Neuigkeiten von den Marshals gibt – Gott bewahre. Oder von den Kriminallabors."

Sie nickte, blieb aber sitzen, während Frazer die Treppe hinunterging.

Sobald der andere Mann aus der Tür war, fragte sie. „Hast du schon gegessen?"

„Ich bin nicht hungrig." Er sah auf ihren Mund, als sie sich auf die Lippe biss. Jedenfalls nicht nach Essen.

Sie musste seinen Gesichtsausdruck gelesen haben. Ihre Augen weiteten sich.

War die letzte Nacht eine einmalige Sache gewesen, oder bestand die Möglichkeit, dass dies mehr als ein One-Night-Stand war?

Noch vor einer Minute hatte er nur seinen Kopf auf ein Kissen legen und schlafen wollen. Jetzt gab es etwas, das er viel lieber zuerst tun würde. Mit ihr.

Hope ging zur Treppe hinüber und warf ihm dann einen Blick über die Schulter zu. „Ich werde früh zu Bett gehen, Operator Nash. Ich schlage vor, du tust dasselbe."

Sein Puls pochte.

Er folgte ihr die Treppe hinauf. Sie ging in ihr Zimmer, ließ aber die Tür weit offen. Dann zog sie ihr Hemd und ihre Hose aus, sodass sie nur noch hübsche Spitzenunterwäsche trug, die ihn im Nu steinhart werden ließ.

Das war definitiv eine Einladung.

Obwohl er wusste, dass es falsch war, obwohl er wusste, dass es ein Zeichen von Schwäche war, trat er ein und schloss die Tür hinter sich. Er kramte in seiner Tasche nach den Kondomen, die er aus einer der Materialtaschen genommen hatte. Dann zog er sie zu sich und presste seine Lippen auf ihre.

45

Hope erwachte mit dem köstlichen Gefühl von Aarons Brust an ihrem Rücken, einen Arm um sie gelegt und fest an sie gedrückt, obwohl sie ziemlich sicher war, dass er fest schlief. Sein kurzer Bart kitzelte ihre Schulter. Sein Atem war warm auf ihrer Haut.

Sie fühlte sich unglaublich. Herrlich wund und immer noch hungrig nach mehr. Sie glaubte nicht, dass sie jemals so viele Orgasmen in so kurzer Zeit gehabt hatte, und vermutete, dass ihr Körper all die verlorenen Jahre wieder wettmachen wollte.

Sie bewegte sich leicht, um auf die Uhr zu sehen. Kurz nach zwei. Sie spürte, wie sich seine Finger plötzlich anspannten, als er erwachte.

„Tut mir leid", flüsterte sie.

Seine Arme drückten sie einen Moment lang, bevor er sie losließ. „Ich sollte nicht einschlafen." Er löste sich von ihr, und kalte Luft füllte die Lücke.

Hope drehte sich um und ergriff seine Hand. „Ich habe vergessen, dir zu sagen, dass Ryan es weiß."

Er stand an der Seite des Bettes und sah gefährlich und launisch aus, aber nicht überrascht. „Er hat mich letzte Nacht weggehen sehen. Was hat er gesagt?"

Sie schluckte. „Dass ich dir nicht das Herz brechen soll."

Er stieß ein leises, bitteres Lachen aus. „Keine emotionalen Verstrickungen. Klingt nach Ryan."

Sie dachte an die Kollegin, für die Ryan offensichtlich Gefühle hatte. Sie hob eine Augenbraue. „Da bin ich mir nicht so sicher."

Aarons Augen blitzten zu ihren. Aber sie würde Ryans Geheimnisse nicht verraten, nicht wenn sie wollte, dass er ihres für sich behielt.

Aaron hatte seine Hose angezogen, machte sie aber nicht zu. Ihre Augen folgten den dunklen Haaren, die dort verschwanden, und schon wollte sie ihn wieder.

Sie sah auf die Kommode, wo das einzige Kondom lag, das von den Abenteuern der letzten Nacht noch übrig war. Sie griff hinüber, hielt es hoch und sah ihm in der schneeerleuchteten Dunkelheit in die Augen. „Es wäre doch eine Schande, es zu verschwenden …"

Sie kniete sich auf das Bett, ließ die Decke fallen und sah, wie sich die schwarzen Augen verengten, als sie sich nackt auf ihn zubewegte. Dann griff sie nach oben und zog seinen Kopf für einen Kuss herunter, bevor sie das Kondom auf die Bettdecke fallen ließ und ihre andere Hand in den offenen Reißverschluss seiner Hose schob. Er war bereits hart und bereit für sie, und ihre Muskeln spannten sich erwartungsvoll an.

„Zehn Minuten mehr würden doch niemandem schaden", murmelte sie leise.

Er fluchte gegen ihre Lippen und dann noch einmal, als sie seine Hose herunterschob, ihn umfasste und streichelte, bis sie vor Verlangen bebte. Er nahm ihre Hände weg und überraschte sie, indem er sie an den Knien packte und sie mit dem Rücken auf das Bett warf.

Hope gab ein gedämpftes Quietschen von sich, das sie herunterschluckte, als er ihre Knie auseinanderdrückte und sie an den Rand der Matratze zog. Sie beobachtete, wie er das Latex über sich rollte und dann seinen Schwanz an ihrer Mitte positionierte, bevor er in sie eindrang. Sie musste sich beherrschen, um nicht vor Lust aufzuschreien, als er sie mit einem einzigen festen Stoß ausfüllte.

„Ist es das, was du wolltest?" Er stieß tief hinein, drückte ihre Knie hoch und ging noch tiefer.

Es war genau das, was sie wollte, aber plötzlich wollte sie mehr. Mehr als seinen herrlichen Körper, der ihren eroberte. Mehr als seine Hitze und seine Schönheit. Sie wollte seinen Verstand, seinen Beschützerinstinkt, seine ruhige Entschlossenheit, die an Sturheit grenzte. Sie mochte ihn. Sie mochte ihn *wirklich*. Die Art, wie er zuhörte, die Art, wie er alle Aspekte berücksichtigte, die Art, wie er intelligente, durchdachte Lösungen fand, die Art, wie er sie respektierte, selbst wenn sie ihr Bestes tat, um ihn zu verärgern.

Sie beobachtete, wie das Licht über seine Züge spielte, als seine Hände ihre festhielten, sie ans Bett drückten. Er drang unerbittlich in sie ein, sein Blick hielt den ihren, sodass sie nicht wegsehen, sich nicht verstecken konnte. Dann fand sein Mund ihre Brust, bevor er die Hände unter die Wölbung ihres Rückens schob und sie hochhob. Sie schlang ihre Beine fest um seine Hüften. Und sie hatte gedacht, er sei schon vorher tief gewesen, aber jetzt fühlte sie sich an ihn gebunden, mit ihm vereinigt. Verlötet. Verschmolzen. Gesättigt mit Aaron Nash.

Jeder Nerv in ihrem Körper spannte sich an, kräuselte sich, zog sich zusammen. Seine Brust rieb an ihren Brustwarzen, sein Körper streichelte ihre Klitoris bei jedem Stoß. Jeder Zentimeter ihrer Haut fühlte sich an, als würde er von der zwischen ihnen brennenden Lust glühen, bis schließlich der Funke übersprang und sie in Flammen aufging.

Er fing ihren Schrei mit seinem Mund ab und schluckte das Geräusch ihrer Lust hinunter, während sich sein eigener Körper anspannte, bevor er so heftig an ihr zuckte, dass es fast wehtat.

Ein köstlicher und wunderbarer Schmerz.

Er zog sich zurück.

Sie starrten einander an, die Zeit stand zwischen ihnen still und dehnte ihre Verbindung, bis sie keine andere Wahl hatte, als zu zerbrechen.

Es schien eine Ewigkeit zu sein.

Es schien nicht lang genug zu sein.

Sie lösten sich langsam voneinander und er kümmerte sich um das Kondom. Sie hoffte halb, dass er wieder neben sie kriechen würde, und erkannte mit einer schrecklichen, blendenden Einsicht, dass sie sich in diesen Mann verliebte. Sie verliebte sich in dieses unglaubliche menschliche Wesen.

Panik schoss durch ihre Nerven, explodierte in ihrem Gehirn und löschte die Erinnerungen an Orgasmus und Glück aus. Ihr Mund war so trocken, dass sie kaum noch schlucken konnte. Schweißperlen standen ihr auf der Stirn und glitten über ihre Haut.

Nein, nein, nein.

Das war unmöglich.

Sie konnte das nicht tun. Sie würde es nicht tun. Nicht noch einmal. Schon gar nicht, wenn sie merkte, dass er sich auch in sie verliebte. Aaron Nash war nicht der Typ, der sich verstellte, und die Wahrheit war in jedem Zentimeter seines ernsten Gesichts sichtbar. In der Art, wie er sie ansah, wie er ihren Körper verehrte, wie er ihren Namen aussprach.

Aber sie würde es nicht riskieren, diesen Schmerz noch einmal durchzumachen.

Leech war immer noch da draußen.

Was, wenn er es herausfand?

Dass sie sich dummerweise wieder verliebt hatte? Was, wenn er diesen Mann angriff, ihn *tötete*, nur ihretwegen? Der Gedanke daran gab ihr das Gefühl, als würde ihr Inneres mit Rasierklingen ausgehöhlt. Sie konnte den Gedanken nicht ertragen, dass Aaron verletzt wurde. Leech hatte ihr schon so viel genommen, sie würde nicht zulassen, dass er ihr auch Aaron nahm.

Er strich ihr die Haare aus dem Gesicht. „Was hast du zu Ryan gesagt, als er meinte, du sollst mir nicht das Herz brechen?"

Oh Gott. Oh Gott. Oh Gott. Ihr Herz surrte in ihrer Brust wie eine Wespe. Dann verdrängte sie jedes bisschen der Gefühle, die ihre Zunge lähmten, denn das war der perfekte Ausweg. Der perfekte Weg, die Tür zuzuschlagen und Aaron mit aller Kraft wegzustoßen, bevor einer von ihnen beiden zu tief drinsteckte.

„Ich habe ihm gesagt, er soll kein Idiot sein. Es war nur Sex."

Aaron zuckte zurück, als sei er gestochen worden.

„Ich meine, fantastischer, unglaublicher Sex, aber trotzdem ..." Sie sah ihn an, unbeirrbar in dem Wissen, dass sie ihn verletzte. Absichtlich diesen schockierten Blick der Überraschung in seinen Augen verursachte. Hope hasste sich selbst, konnte aber nicht aufhören. Es war besser so. Sie konnte schon jetzt mit verblüffender Klarheit sehen, was für eine Katastrophe es wäre, wenn sie es weiterhin zuließ. Für sie beide. Und das auch ohne dass Leech in die Sache verwickelt war. „Aber ich möchte deinen Job nicht gefährden, also sollten wir lieber aufhören, bevor du Schwierigkeiten bekommst."

Als sei Aufhören eine Option, wenn sie nicht schon grundsätzlich unfähig gewesen war, das zu sein, was der Mann verdiente.

Reflexartig streckte sie einen Arm aus, um ihn zu besänftigen, bevor sie sich beherrschte. Er wich zurück, als könnte er den Gedanken an ihre Berührung nicht ertragen. Etwas in ihr rollte sich zusammen und starb, aber sie machte weiter in dem Wissen, dass sie überzeugend sein musste, sonst wären sie morgen Abend wieder hier – nur wäre es beim nächsten Mal schlimmer, da sie jetzt das Risiko kannte. „Ich werde ein bisschen zu alt für Sex-Marathons."

Sein Lächeln war grimmig. „Bis zur fünften Runde schien es dir gut zu gehen." Mit schnellen, ruckartigen Bewegungen zog er sich das T-Shirt über den Kopf.

„Na ja", stieß sie hervor. „Ich werde weiter daran arbeiten, obwohl ich bezweifle, dass ich noch jemanden von deinem Kaliber finden werde." Sie wollte ihm sagen, dass es nie wieder jemanden wie ihn geben würde, unterdrückte die Worte jedoch. Er würde darüber hinwegkommen. Sie war ein Job, und er würde darüber hinwegkommen. Aber wenn er wegen seiner Verbindung zu ihr starb, würde sie das nie tun.

Er schloss den Reißverschluss seiner Jeans, zog seine Stiefel an und nahm seine Waffe und sein Handy vom Tisch, bevor er neben dem Bett innehielt.

„Weißt du, du solltest mit Ryan reden. Wenn es dir um Sex geht und du von diesem speziellen HRT-Operator hier die Nase voll hast – er ist Single. Er muss gut im Bett sein, wenn man bedenkt, wie viele Frauen ihn umschwärmen. Verdammt, Black, Griffin, Crow, Demarco würden alle Schlange stehen, um dich zu ficken, wenn sie wüssten, dass das eine Option ist, sogar Cadell, obwohl er dich nicht besonders mag."

Innerlich zuckte sie bei jedem bitteren Wort zusammen.

„Nicht, dass *mögen* ein Problem sein muss, solange alle wissen, dass es nur um Sex geht, oder?" Das Eis in seiner Stimme reichte aus, um die Eiskappen gefrieren zu lassen. Er schüttelte den Kopf. „Verdammt, Hope, wir könnten dich monatelang beschäftigen. Abwechselnd jede Nacht herkommen und dich so hart bearbeiten, dass du am nächsten Tag nicht mehr geradeaus gehen kannst."

Sie umklammerte die Laken mit den Fingern, damit er nicht sehen konnte, wie sie zitterten.

„Das werde ich mir merken." Ihre Stimme war so kühl wie seine. Sie wusste, dass sie ihn verletzt hatte, und er schlug um sich.

„Ich werde vor morgen Abend nach dem Kondomvorrat sehen. Wir wollen doch nicht, dass sie uns ausgehen, oder?" Offenbar würde er nicht aufhören.

„Es tut mir leid, Aaron. Ich wollte dich nicht beleidigen …"

„Mich beleidigen?" Die Worte waren ein Flüstern, aber Wut pulsierte darin. „Mich *beleidigen*? Ich bin eigentlich dankbar für die Erinnerung, ADA Harper. Ich bin sogar mehr als dankbar. Ich habe mich verstrickt, ich gebe es zu. Ich meine, du bist heiß und verdammt klug, was zwei meiner Schwächen sind. Aber du hast mich daran erinnert, dass dir die andere wichtige Zutat fehlt, die ich über alles andere schätze."

Sie zwang sich zu fragen. „Und das wäre?“

„Loyalität.“

Sie zuckte zusammen.

„Und Freundschaft.“

Dieser Stich in ihr Herz fühlte sich an wie eine Klinge.

„Ich dachte tatsächlich, wir könnten Freunde werden. Aber ich hätte es besser wissen müssen. Es war *nur Sex*.“

Die Worte waren geflüstert, aber das Zuschlagen ihrer Tür war es nicht. Sie schloss die Augen und erkannte mit Verspätung, dass er dank des Traumas, das ihm seine frühere Verlobte zugefügt hatte, die verrückte Vorstellung hatte, nicht gut genug zu sein. Ihre Bemerkung, mit der sie ihn schützen wollte, hatte ihm wahrscheinlich das Gefühl gegeben, dass er es nicht wert war, einen größeren Platz in ihrem Leben einzunehmen – dass er es nicht wert war, mehr als ein Two-Night-Stand zu sein. Nicht gut genug für sie war.

Gott, Aaron.

Das könnte nicht weiter von der Wahrheit entfernt sein.

Sie öffnete die Augen, lag in der Dunkelheit und starrte an die Decke, während sie alles hasste, was aus ihr geworden war.

Wenigstens würde es ihn schützen.

Diese Erkenntnis brachte wenig Trost.

46

Unten zog Aaron seine Laufkleidung an. So erschöpft er von dem „nur Sex" auch war, wenn er versuchte zu schlafen, würde er sich immer wieder hin und her wälzen und die Worte wiederholen, die ihn wie ein Brandzeichen getroffen hatten.

Er wollte nicht an Hope denken oder daran, wie sehr er sein Team im Stich gelassen hatte.

Er hatte nicht um sich schlagen wollen, und jetzt musste er seinen Stolz herunterschlucken, die Zähne zusammenbeißen und sich bei ihr entschuldigen, weil er so ein Arsch war. *Er* war der Idiot. Er wusste es besser, aber er hatte es wieder getan. Sich in eine Frau verliebt, die ihn eigentlich gar nicht wollte.

Verdammt, daran sollte er inzwischen gewöhnt sein.

Er war so wütend.

Nicht auf Hope, denn er hatte von Anfang an gewusst, dass sie nicht in seiner Liga spielte. Und nicht nur das, *er* war derjenige, der den Job zu erledigen hatte. Sie war die gottverdammte *Schutzbefohlene.*

Alles, was er fühlte, alles, was in seinem verkorksten Kopf vorging – das war seine Schuld. Wenn das ein Test war, dann hatte er versagt. Durchgefallen. Eine verdammte Sechs minus.

Er war es nicht gewohnt, Fehler zu machen oder es zu vermasseln, aber das hatte er zweifellos getan, seit er dieses Haus betreten hatte.

Er verdrängte die Gedankenspirale aus seinem Kopf. Er musste seinen Körper bis zum Zusammenbruch erschöpfen, und dann konnte er hoffentlich bewusstlos ins Bett fallen und sich ausruhen.

Es schneite nicht mehr, und die Temperatur war über den Gefrierpunkt gestiegen. Er trug mehrere Schichten und eine Mütze und schnallte seine kleinere SIG Sauer P365 in ein spezielles Holster, das auf seinen Rücken passte.

Livingstone stand an der Haustür und musterte ihn wie ein Elternteil ein Kind, das zu lange wach war. „Was ist los?"

„Ich gehe laufen."

„Du weißt, dass rund um die Uhr wach zu sein nicht die beste Art ist, um eine Mission zu leiten."

„Hast du ein Problem damit, wie ich diese Mission leite?" Aaron richtete sich zu seiner vollen Größe auf und starrte auf den Kerl herab.

„Nein." Shane schüttelte den Kopf und hob kapitulierend die Hände. „Ganz und gar nicht. Ich ..." Er schluckte und wandte den Blick ab. „Ich schätze, ich bin in letzter Zeit ein wenig überfürsorglich, was meine Freunde angeht."

Aaron stieß einen langen Atemzug aus, als das Feuer aus ihm erlosch. Er drückte Shanes Arm, da er wusste, woran der Kerl dachte, und es war nicht diese Mission. „Tut mir leid. Ich bin genervt, weil dieses Arschloch immer noch frei herumläuft. Wie geht's Grace? Ich wollte sie vorhin anrufen."

„Yael und Pip haben ihr mit den Kindern und dem Hund geholfen." Er rieb sich den Nacken. „Sie hat am Mittwoch nach Montanas Gedenkfeier einen Termin im Krankenhaus. Ich habe ihr angeboten, auf die Kinder aufzupassen, aber sie wollte mich stattdessen im Krankenhaus haben." Er schnitt eine Grimasse. „Sie möchte, dass ich bei der Geburt dabei bin, aber ich weiß nicht, ob ich das kann."

Aaron schluckte den Kummer hinunter, der ihn zu ersticken

drohte. Ihren Kollegen und Freund zu verlieren, war schon schlimm genug. Zu wissen, dass er eine schwangere Frau und eine junge Familie zurückgelassen hatte, verstärkte die Tragödie um ein Tausendfaches. „Scotty würde dich dort haben wollen."

„Ich weiß. Yael hat gesagt, dass sie für mich übernehmen wird, falls ich nicht da bin, wenn bei Grace die Wehen einsetzen." Shane fuhr sich mit einer Hand über das Gesicht. Den normalerweise unerschütterlichen Operator nervös zu sehen, durchbrach etwas von der Anspannung, die Aaron in sich trug. Dann litt er eben. Viele andere Menschen hatten es schlimmer, auch Grace. Auch Hope.

Die Erkenntnis, dass er schlecht reagiert hatte, lag Aaron schwer im Magen. Er würde einen Weg finden, morgen früh reinen Tisch zu machen, und sie danach so gut wie möglich meiden. Keine gemütlichen Abendessen mehr. Keine intimen Nachbesprechungen mehr.

Den Job erledigen.

Die Demütigung vermeiden.

„Ich kann am Mittwochnachmittag für Grace auf die Kinder aufpassen. Vorausgesetzt, das Team wird nicht direkt hierher zurückbeordert."

Es wäre einfacher, den Marshals den Schutz von Hope zu überlassen, und er wusste, dass das Team Gold jeden Moment zu einem wichtigeren Einsatz gerufen werden könnte. Obwohl nichts für ihn wichtiger war als Hopes Sicherheit. Der Gedanke, sie nie wiederzusehen, brannte trotz allem, trotz der Tatsache, dass sie ihm mit ihren kühlen grauen Augen und Worten das Herz herausgerissen hatte. Er war überrumpelt worden. Er war sich nicht sicher, wie er damit umgehen sollte. Ganz zu schweigen davon, dass die Marshals nach diesem Gefängnisausbruch nicht gerade mit Preisen überhäuft wurden.

„Gibt es etwas Neues von Grady?" Aaron wechselte das Thema.

„Nur diese Daumen-hoch-Nachricht am Montagabend, als ich mich erkundigt habe, ob mit Brynn alles in Ordnung ist. Offensichtlich hat er es geschafft, sie nach Ryans epischem Versagen umzustimmen."

Aaron erstarrte für einen Moment, als ihm klar wurde, dass Ryan den Tag mit Hope im Gericht verbracht hatte. Aber es gab nichts, was Ryan hätte sagen können, um ihre nichtexistierende Beziehung zu sabotieren, nicht wenn Hope nur auf eine kurze Affäre aus war. Aaron war nicht so durchschaubar wie Grady Steel, wenn es darum ging, seine Gefühle zu zeigen.

Es war Hope, die die Sache beendet hatte, bevor sie richtig begonnen hatte. Ihre Wahl. Ihre Entscheidung. Nicht Cowboy mit seinem überfürsorglichen Blödsinn. Aaron sollte ihr dankbar sein, dass sie es jetzt tat, bevor er zu tief hineingeraten war.

„Ich habe mit Romero gesprochen. Krychek hat Donnelly ersetzt, nachdem sie gestern Abend zur Beerdigung ihres Vaters gegangen ist." Livingstone runzelte die Stirn. „Romano glaubt nicht, dass Krychek uns alles sagt, was er über die Vorgänge in Afrika weiß."

„Er kann nicht viel sagen, wenn es geheim ist." Aaron rollte mit den Schultern. Die Tatsache, dass er von dem Semtex wusste und es seinen Teamkollegen nicht gesagt hatte, gefiel ihm nicht. Vielleicht würde er, wenn sie wieder in Quantico waren, ein paar der Jungs um sich versammeln und ihnen erzählen, was Frazer ihm im Vertrauen mitgeteilt hatte.

Der Gedanke, Hope zu verlassen, sie nie wiederzusehen, fühlte sich von Grund auf falsch an.

Er knirschte mit den Zähnen.

Er musste darüber hinwegkommen.

„Ich muss hier raus. Ich brauche höchstens eine Stunde, aber wenn dich die Vorstellung, dass ich nachts laufe, nervös macht, soll Griffin mich im Suburban beschatten."

„Die Straßen sind vereist."

„Ich habe Spikes für die Sohlen meiner Laufschuhe, Mom", er ließ sie in seiner Hand baumeln, „und ich habe nicht die Absicht, mir etwas zu brechen."

Er warf einen Blick auf den Arm, den Shane sich letzten Dezember gebrochen hatte.

Shane spannte seinen Bizeps an. „So gut wie neu."

„Klar, Kumpel, das kannst du dir ruhig einreden." Aaron dehnte sich auf der Treppe, während Shane die Nachricht an Will Griffin weiterleitete, der heute Abend im Fahrzeug saß. Dann befestigte Aaron die Spikes an der Unterseite seiner Laufschuhe und machte sich auf den Weg hinaus in die kalte Luft. Sofort begann er, den Bürgersteig entlangzusprinten.

Um diese Zeit war es ruhig in diesem Viertel. Er befand sich auf dem Weg zum Fluss, nachdem er zuvor aus dem Auto heraus einen Steg gesehen hatte. Das würde eine Herausforderung für Griffin werden, aber da Aaron seine Smartwatch und sein Handy bei sich hatte, sollte es eine gute Übung sein, ihn aufzuspüren.

Aaron legte ein schnelles Tempo vor. Es machte keinen Sinn zu joggen. Es hatte keinen Sinn, sich Zeit zum Nachdenken oder Grübeln zu geben. Er musste darüber hinwegkommen. Er war schon einmal verlassen worden, und wenigstens hatte diese Frau nicht seinen Bruder gevögelt.

Auf der anderen Seite der Brücke überquerte er die Straße und lief in südwestlicher Richtung den Causeway hinunter. Er lächelte grimmig, als der schwarze Geländewagen hinter ihm erschien. Gut. Er lief nach Süden und spürte die Steigung in seinen Oberschenkelmuskeln, als er an einigen hohen Regierungsgebäuden vorbeikam. Er steuerte auf das schicke Haus zu, in dem Frazer in der Mount Vernon Street wohnte, aber das war nur anderthalb Meilen von Hope entfernt. Nicht weit genug, um den Mist loszuwerden, der sein Gehirn verstopfte. Er lief weiter und fand sich auf der Beacon Street wieder, die sich kilometerlang hinzog. Er beschleunigte das Tempo, bis der Schweiß sein T-Shirt durchnässte, und verlangsamte dann ein wenig.

Noch spürte er die Kälte nicht, aber wenn er stehenblieb, würde der Schweiß auf seiner Haut zu Eis werden.

Er lief weiter, vorbei am Boston Common und den öffentlichen Gärten. Die Straße war eine Mischung aus Geschäfts- und Wohnhäusern, wobei die meisten der großen Sandsteinhäuser in Eigentumswohnungen aufgeteilt worden waren. Aber nicht Leech' Haus. Sein Haus war immer noch ein prächtiges Mausoleum für einen reuelosen Mörder.

Aaron entdeckte das Fahrzeug, das das Haus beobachtete und in dem ein FBI-Agent saß. Observierungen waren undankbare Aufträge, aber Aaron war nicht beeindruckt, dass der Kerl den Motor laufen ließ, um gegen die eisigen Temperaturen anzukämpfen.

Er lief weiter die lange Gerade hinunter. Nach fünf Meilen drehte er um und nahm denselben Weg zurück. Wieder an Leech' Haus angelangt, lief er absichtlich an dem Agenten im Fahrzeug vorbei, und verdammt, die Augen des Mannes waren jetzt geschlossen. Aaron hielt an und joggte auf der Stelle.

Er warf einen Blick auf das Haus. Er sah noch angestrengter hin. War das ein Lichtflackern in einem der oberen Zimmer?

Er sah es wieder. Ein Lichtblitz, der aus dem Schlafzimmer von Julius Leech kam. Er blickte hinüber zu Griffin, der in der Nähe angehalten hatte. Aaron zückte seinen Ausweis und tippte mit der goldenen Marke an die Scheibe, woraufhin der Agent im Inneren schuldbewusst aufschreckte.

Der Agent kurbelte das Fenster herunter. „Ich wollte nicht einschlafen. Scheiße." Er rieb sich die Augen.

Aaron trat einen Schritt zurück. „Sollte jemand in diesem Haus sein?"

Der Agent sah verlegen aus. „Nein. Es war leer, nachdem wir es vorhin durchsucht haben."

„Nun, wenn es keinen Geist gibt, würde ich sagen, es ist nicht mehr leer."

Der Agent stieg aus dem Wagen und schloss leise die Tür. „Ich habe einen Schlüssel für die Vordertür. Ich hoffe, es ist dieser kranke Bastard, Leech."

„Agent ...?"

„Diego Fuentes." Der Typ war gebaut wie ein Panzer. „Ich war die ganze letzte Nacht wach und habe den Beasley-Mord untersucht." Er rieb sich die Augen. „Normalerweise schlafe ich bei der Arbeit nicht ein. Nash, richtig?"

Aaron nickte. Wenn Fuentes nach Vergebung suchte, musste er woanders hingehen.

„Sehen wir es uns an." Vielleicht hatte Leech beschlossen, eine Rückkehr zu riskieren, weil er wusste, dass das FBI den Ort kürzlich durchsucht hatte und wahrscheinlich nicht zurückkehren würde.

Aaron nahm Fuentes den Schlüssel ab und deutete mit dem Kinn in Richtung der Villa. Griffin stieg aus. Er schickte Frazer eine Nachricht, um ihn zu warnen, aber nicht den Rest des Teams. Ihre Aufgabe war es, Hope zu bewachen. Er wollte nicht, dass sie abgelenkt wurden.

Aaron überquerte die Straße und Griffin drückte ihm eine schusssichere Weste in die Hand, als sie die Eingangstreppe hinaufgingen. Er zog sie sich über den Kopf, dann entledigte er sich seiner Spikes und warf sie beiseite. Er sprach leise. „Ich habe ein Licht im dritten Stock gesehen. Leech' Schlafzimmer."

Aufregung schoss durch seine Adern. Das könnte es sein. Es könnte sein, dass Julius Leech endlich das Glück verließ.

„Fuentes, Sie übernehmen die Rückseite."

Der Mann nickte und begann zu einer schmalen Gasse zu joggen, die zwischen den Gebäuden verlief. Aaron wollte Leech nicht verlieren, wenn er hier war, indem dieser sich durch den Hintereingang schlich, während sie den Dachboden durchsuchten.

Er zog seine Waffe und schloss leise die Tür auf.

Sie schlüpften hinein, bewegten sich mit gezogener Waffe in entgegengesetzte Richtungen. Aaron deutete auf die Haupttreppe, und sie gingen lautlos nach oben. Griffin überprüfte die Treppenabsätze, während Aaron die Stufen im Auge behielt. Leech' Schlafzimmer befand sich im dritten Stock. Die zweite Tür auf der linken Seite zur Straße hin. Sie schlichen vorwärts, und Aaron roch den Duft brennender Kerzen.

Er tauschte einen Blick mit Griffin aus, als sie sich zu beiden Seiten der großen Doppeltür positionierten.

Er ignorierte die Aufregung, die ihn durchströmte, fand die Grauzone, in der das Adrenalin seinen Blutdruck nicht in die Höhe trieb und sein Herzschlag nicht ins Wanken geriet. Deshalb trainierten sie ständig – damit ihre Physiologie sie in einem Feuergefecht nicht im Stich ließ. Das ständige Todesrisiko wurde zu einer Routineangelegenheit und nicht zu einem Grund der Sorge.

Aber er würde lügen, wenn er behauptete, dass er sich nicht über die Aussicht freute, Julius Leech hinter diesen Türen anzutreffen und das Arschloch für immer hinter Gitter zu bringen. Verdammt, Aaron könnte aus Boston weg sein, bevor Hope am Morgen gesund und munter aufwachte.

Er drehte den Türknauf und eilte hinein, Griffin hinter sich, bevor er sich in der gegenüberliegenden Ecke des Raumes in Position brachte, so wie sie es im Training immer wieder geübt hatten.

Er brauchte weniger als eine Sekunde, um die Szene zu erfassen. Ein großes Poster mit einer Blondine in einer pornografischen Stellung war an die Wand geklebt worden. Das Gesicht der Frau war das von Hope, aber Aaron glaubte nicht, dass sie viel Zeit nackt in Stöckelschuhen in der Wüste verbracht hatte. Darunter brannten ein Dutzend Kerzen, die eine Art Schrein bildeten.

Aaron war eigentlich dafür, nackte Frauen zu verehren, aber bei diesem Anblick drehte sich ihm der Magen um.

Ein anderer Geruch stieg ihm im selben Moment in die Nase, als er das Blut auf dem weißen Bettzeug entdeckte. Es war nicht nur Blut, stellte Aaron nach einem kurzen Blick fest. Ein Tier war ausgeweidet worden und lag wie eine Art satanisches Opfer auf der Decke.

Ein Geräusch ließ ihn herumwirbeln. „FBI! Nehmen Sie Ihre Hände dahin, wo ich sie sehen kann!"

Die Kapuzengestalt zögerte in der Dunkelheit, bevor sie davonrannte. Aaron stürmte hinterher, aber die Gestalt ließ die Tür knallen und sperrte sie ihm vor der Nase zu.

Das Badezimmer.

Er rammte seine Schulter dagegen, einmal, zweimal, aber das massive Holz rührte sich nicht.

Dann erinnerte er sich daran, dass es noch einen anderen Weg aus dem Raum gab. „Die andere Tür."

Er und Griffin sprinteten durch das Schlafzimmer und fanden den Ausgang weit offen. „Er ist die Hintertreppe runter. Nimm die Vorderseite."

Aaron rannte den Geräuschen des schnell fliehenden Eindringlings hinterher, in der Hoffnung, dass das Arschloch durch die Hintertür hinausging und direkt in Fuentes' Arme lief oder zur Vordertür zurückkehrte, um sich Griffin zu stellen.

Fehlanzeige. Aaron hörte, wie sich der geheimnisvolle Mann geräuschvoll durch die Erdgeschosswohnung der Delawares und durch die Seitentür bewegte, die den Haupteingang der Delawares bildete. Die kalte Brise schlug Aaron entgegen, als er sich aus der Tür warf und an der gegenüberliegenden Wand abprallte.

Das Geräusch von zwei Schüssen war die einzige Warnung, die er bekam. Eine Kugel schlug wie ein Vorschlaghammer in seine Weste ein, die zweite prallte an der Wand ab und streifte seinen Kopf wie ein heißer Schürhaken.

Aaron hob seine Waffe, um zu zielen, aber die Gestalt hechtete um die Ecke auf die vordere Straße. Er wollte die Verfolgung fortsetzen, aber der Schuss hatte ihm den Atem geraubt, und er konnte kaum noch einatmen, geschweige denn laufen.

Er hörte Schritte hinter sich und hob die Hand, um demjenigen zu zeigen, dass er nicht schießen sollte.

„Nash?" Fuentes schnaufte neben ihm. „Geht es Ihnen gut?"

„Ja." Endlich schaffte er es, etwas Luft zu holen. „Er ist entkommen."

Laufende Schritte verrieten ihm, dass Griffin sich in der schmalen Gasse näherte.

„Hast du ihn gesehen?", fragte Aaron.

„Nein. Hat er dich erwischt?"

Aaron riss sich die Weste vom Leib und zog sein Hemd hoch,

um sicherzugehen, dass er nicht angeschossen worden war. „Er hat die Weste getroffen." Mitten in der Brust.

Er hielt Griffins Blick einen Moment lang stand. Hätte Griffin die Schutzweste vor der Hausdurchsuchung nicht aus dem Geländewagen geholt, hätte Aaron sicher keine Zeit damit verschwendet, sie zu holen. Er wäre jetzt entweder tot oder würde verbluten. Und seine Freunde wären wieder einmal in Trauer.

Er nickte dem anderen Operator zu. „Danke, Mann."

Griffin verzog das Gesicht. „Ich kann nicht glauben, dass wir den Bastard verloren haben."

Aaron stieß sich von der Wand ab. „Vielleicht versteckt er sich in den Schatten. Lass uns sehen, ob wir ihn aufscheuchen können." Doch plötzlich erfüllte der Geruch von beißendem Rauch die Luft. Scheiße. „Ruf die Feuerwehr an. Ich glaube, das Haus brennt."

47

Hopes Handy klingelte um acht Uhr morgens und weckte sie. Sie konnte nicht glauben, dass sie so lange geschlafen hatte, obwohl sie bis weit nach vier Uhr wach gewesen war, nachdem sie über die Dinge nachgedacht hatte. Sie hatte die richtige Entscheidung getroffen. Die Bedrohung für Aaron durch Leech und die möglichen Herzschmerzen bedeuteten, dass es das Risiko nicht wert war, sich emotional auf ihn einzulassen.

Es war sicherer, allein zu sein, und daran war sie gewöhnt.

Sie schaute auf den Bildschirm und nahm schläfrig ab. „ADA Harper."

Es war der Gerichtsdiener. „Richterin Penton möchte Sie heute Morgen in Ihrem Büro sehen."

„An einem *Samstag*?" Sie richtete sich auf und stellte fest, dass sie bis auf die Bart-Kratzspuren auf ihrer Brust nichts am Körper trug.

In ihrer Kehle bildete sich ein Kloß, aber sie schluckte ihn hinunter. Sie hatte Aaron weggestoßen, und er war gegangen. Das war keine Überraschung, denn sie war sehr gut darin, Leute auf Distanz zu halten. Und die Tatsache, dass seine Reaktion so wehgetan hatte, war ein weiteres Indiz dafür, dass sie das Richtige

381

getan hatte. Sie hatten es bereits geschafft, sich gegenseitig zu verletzen. Warum noch mehr riskieren?

„Zehn Uhr dreißig."

Es war höchst ungewöhnlich, am Wochenende eine Vorladung zu erhalten. „Darf ich fragen, worum es geht?"

„In ihrem Richterzimmer. Zehn Uhr dreißig. Kommen Sie nicht zu spät."

Er legte auf, und sie ließ sich in die Kissen fallen. „Verdammt."

Vielleicht hatte es mit dem Tod von Jeff Beasley und dem Prozess zu tun. Vielleicht hatte Jason Swann sich auf einen Deal eingelassen? Sie schickte Colin eine Nachricht, dass er sie dort treffen sollte. Sie hoffte, er war nicht verkatert oder mit jemandem zusammen. Als Nächstes schickte sie Aaron eine Nachricht, wobei sie ignorierte, dass er immer noch sauer auf sie war. Es ging um die Arbeit, und er war derjenige, der darauf bestanden hatte, sie überallhin zu begleiten. Und bis Leech gefasst war und Aaron nach Hause ging, saßen sie hier miteinander fest. Sie mussten einen Weg finden, zusammenzuarbeiten, denn sie würde auf keinen Fall in Schutzhaft gehen. Nicht jetzt und auch sonst niemals. Und sie würde auch nicht Aarons Karriere gefährden.

Hope zog sich einen karierten Schlafanzug und ihren kuscheligen Morgenmantel an und machte sich, ungeachtet der Tatsache, dass sie wahrscheinlich beschissen aussah, auf den Weg nach unten, um den Kaffee aufzusetzen.

Der Mann auf ihrer Couch war nicht Aaron Nash. Es war Lincoln Frazer. Und ihre Katze lag zusammengerollt auf dem legendären Profiler und schnurrte wie ein Ferrari.

Er öffnete ein Auge. „Schon Morgen?"

„Anscheinend." Sie hob eine Augenbraue und fragte sich, warum sie nicht mehr überrascht war. „Um wie viel Uhr bist du angekommen?"

Er grunzte. Offenbar war er kein Morgenmensch.

Sie ging in die Küche und setzte den Kaffee auf. Ihre neue Rolle im Leben war das Kaffeemädchen, aber solange sie die erste Tasse bekam, würde sie sich nicht beschweren.

Frazer hatte die Beine von der Couch heruntergeschwungen und setzte sich gerade auf, als sie sich an den Türpfosten lehnte und ihn beobachtete.

„Was tust du hier, Linc?"

„Es schien mir einfacher, hier zu schlafen, als zu den Hayes zurückzugehen, nachdem ich letzte Nacht im Krankenhaus war."

Sie runzelte die Stirn und stellte sich ihm gegenüber. „Krankenhaus?"

Seine Augen weiteten sich. „Du hast es nicht gehört?"

Alles in ihr verknotete sich.

„Ich dachte, jemand hätte dir eine Nachricht geschickt."

Sie rang die Hände. „Worüber?"

„Dass Aaron letzte Nacht angeschossen wurde."

Ihre Beine gaben nach, und ihre Sicht verschwamm. Der Schmerz in ihrem Körper war sicher das Brechen ihrer Rippen.

„Es geht ihm gut", versicherte Frazer ihr.

Sie schloss die Augen und ließ sich in den Sessel sinken. „Das hättest du vielleicht zuerst sagen sollen."

„Es geht ihm gut. Die Kugel hat ihn in die Brust getroffen, aber er trug eine schusssichere Weste."

Sie holte scharf Luft. Wenn er keine Schutzweste getragen hätte, wäre er tot gewesen. Das war es, was Lincoln ihr gerade gesagt hatte. Ein paar Stunden, nachdem er ihr Bett verlassen hatte, wäre er fast gestorben, und sie hatte es nicht einmal bemerkt. Und niemand hatte sich die Mühe gemacht, es ihr zu sagen.

Ihr Mund schmeckte wie Asche. „Wer hat auf ihn geschossen?"

Frazer schüttelte den Kopf. „Wir wissen es nicht."

„Ich verstehe das nicht. Wie konnte das passieren? Ich dachte, er schliefe im Nebenzimmer." Sie hatte nicht gehört, wie er gegangen war.

Frazer warf ihr einen langen Blick zu, und sie fragte sich, was Aaron ihm erzählt oder was dieser scharfsinnige Mann erkannt hatte.

„Aus irgendeinem Grund beschloss Nash, mitten in der Nacht joggen zu gehen, und landete vor Leech' Haus. Er entdeckte drinnen ein Licht und ging zusammen mit dem FBI-Agenten, der angeblich das Anwesen bewachte, und Will Griffin hinein, um einen Mann in Leech' Schlafzimmer vorzufinden, der ein seltsames Ritual durchführte."

„War es Leech? Oder Delaware?"

Frazer zuckte mit den Schultern. „Wir wissen es wirklich nicht, und die Chancen, es jetzt herauszufinden, sind ziemlich gering."

Sie runzelte die Stirn. „Das verstehe ich nicht. Warum nicht?"

„Weil Leech' 30-Millionen-Dollar-Villa letzte Nacht in Flammen aufgegangen ist – durch ein Feuer, verursacht von brennenden Kerzen, die ein mit Photoshop bearbeitetes Poster von dir umgaben, auf dem du nackt auf dem Rücksitz einer Harley unmögliche Dinge tust. Zumindest hat man mir das erzählt. Als ich ankam, standen die beiden obersten Stockwerke in Flammen, und die FBI-Agenten haben es gerade noch so rausgeschafft."

Aaron.

Griffin.

Hope saß fassungslos da. Das Entsetzen, das sie überkam, erinnerte sie auf unheimliche Weise daran, Danny erneut zu verlieren. Obwohl es Aaron gut ging, er dem Tod sogar zweimal entkommen war, wie es sich anhörte, wurde sie von dem Gefühl der Trauer beinahe überwältigt.

Dass er ihr nicht geschrieben oder an ihre Tür geklopft hatte, um ihr zu sagen, dass es ihm gut ging, tat ebenfalls weh. Sie hatte ihn so gründlich weggestoßen, dass es ihm wahrscheinlich nicht einmal in den Sinn gekommen war. Sie war nun wieder ganz auf sich allein gestellt.

Und das gefiel ihr nicht.

Es gefiel ihr wirklich nicht.

Sie würde sich wieder daran gewöhnen müssen. Kummer erfüllte sie bei dem Gedanken.

„Gott sei Dank hatte er eine Weste an", brachte sie hervor.

„Sonst wäre er jetzt nicht mehr hier. Seine Rippen sind

geprellt, aber nicht gebrochen. Er ist ein Glückspilz. Er ist oben und schläft."

Hope wollte hinauflaufen und sich selbst davon überzeugen, dass es ihm gut ging, und verlangen, dass er sich nie wieder in Gefahr begab … Aber das war sein Job. Gefahr. Risiko. Wagnis. Das waren die Dinge, für die er lebte. Er war wahrscheinlich ohne nachzudenken in das brennende Gebäude gerannt.

Schlimmer noch, er hatte es wahrscheinlich sogar genossen.

Frazer verließ sie und kam wenige Augenblicke später mit einer dampfenden Tasse Kaffee zurück, die er ihr in die Hand drückte. „Ich bringe ihm eine Tasse hoch, es sei denn, du möchtest das tun?"

„Geh du lieber." Ihre Stimme brach.

Sie schwor, dass sie Enttäuschung auf seinem Gesicht sah, bevor er sich abwandte.

Hope wusste, wenn sie Aaron sähe, würde sie zusammenbrechen und ihn anflehen, so etwas nie wieder zu tun. Was Blödsinn war. Das war es, wofür er ausgebildet worden war. Das war es, was er liebte.

Sie hatte es kaum überlebt, Danny zu verlieren. Sie glaubte nicht, dass sie mit der ständigen Angst und dem Schrecken jedes Mal fertig werden würde, wenn Aaron aus der Tür ging.

Der Mann verdiente jemanden, der in der Lage war, mit diesem ständigen Risiko zu leben. Jemanden, der ihm sein Herz wie ein Geschenk hinhielt und versprach, das seine im Gegenzug wertzuschätzen. Sie hatte schon einmal ein solches Gelübde abgelegt, aber der Tod hatte es gebrochen. Sie konnte es nicht noch einmal tun. Sie konnte dieses Risiko nicht eingehen. Es tat zu sehr weh, wenn man zurückgelassen wurde.

48

S ie saßen im Auto und fuhren in die Stadt. Hope verhielt sich ihm gegenüber wie eine Eiskönigin, aber ihre rotgeränderten Augen erzählten eine andere Geschichte.

Frazer hatte sie zweifellos in die Abenteuer der letzten Nacht eingeweiht, und Aaron fragte sich, ob sie sich die Schuld für seine nächtliche Aufregung gab, oder besser gesagt, ob sie ihm die Schuld dafür gab, dass er fast eine Kugel abbekommen hatte.

Es war leicht für ihn, bei scharfer Munition gelassen zu bleiben, da er täglich damit zu tun hatte, aber Zivilisten? Wenn man auf sie schoss, war das in der Regel der schlimmste Tag ihres Lebens.

Zum Glück war die Schürfwunde an der Seite seiner Kopfhaut kaum zu sehen, zumal er eine schwarze Wollmütze über sein Haar gezogen hatte. Er trug eine blaue Jeans, ein schwarzes T-Shirt und eine schwarze Daunenwinterjacke, die er sich von JJ Hersh geliehen und offengelassen hatte, falls er nach seiner Waffe greifen musste. Hope sollte nicht lange im Gerichtsgebäude bleiben. Er musste unterwegs noch eine Besorgung machen.

Nachdem er letzte Nacht zurückgekommen war, hatte er ein paar Stunden so tief geschlafen, dass es sich angefühlt hatte, als sei er aus dem Koma erwacht, als Frazer ihn geweckt hatte. Wenn es Erschöpfung gewesen war, die er gesucht hatte, als er zu diesem Lauf aufbrach, dann hatte er sie am Ende sicherlich gefunden.

Die gute Nachricht war, dass es nur wehtat, wenn er atmete.

Seine Rippen waren nicht gebrochen, obwohl die Prellungen ihn aussehen ließen, als hätte er sich mit dem Hinterteil eines Maultiers angelegt. Trotz des kalten Marmorfußbodens in Leech' Villa war das alte Haus wie ein Pulverfass in Flammen aufgegangen. Der Rauch, den er bei dem Versuch eingeatmet hatte, das Feuer in dem eleganten Haus zu löschen – mehr zum Erhalten von Beweisen als der Architektur –, hatte dazu geführt, dass er in der ersten Stunde danach nicht aufhören konnte zu husten. Und jedes Husten hatte sich angefühlt, als würde ihm ein Holzpflock in die Brust getrieben.

Ein Wahnsinnsspaß.

Griffin war wegen einer Rauchvergiftung behandelt worden, ebenso wie Fuentes, aber ansonsten waren beide Männer unverletzt.

Aaron war wütend darüber, dass der Angreifer ihm entkommen war. Er hatte nicht einmal das Gesicht des Mannes gesehen. Aber ein Techniker der Spurensicherung hatte eine makellose Kugel aus der Seite des Poolhauses entfernt. Sie brauchten nur noch eine Waffe, zu der sie passte.

Die andere Kugel war beim Aufprall auf seinen Brustpanzer bis zur Unkenntlichkeit zerstört worden. Er dachte daran, sich beides einrahmen zu lassen.

Seine Teamkollegen waren nicht glücklich mit ihm gewesen, und er hatte von allen eine Standpauke erhalten, als seien sie ein Haufen besorgter Mütter.

Ein Auto hupte und riss ihn aus seinen Gedanken.

Hope sah ihn an, und er musste den Impuls bekämpfen, ihre Finger zu berühren, denn erstens wollte sie ihn nicht, und zweitens waren die Jungs auch im Wagen. Alle außer Cowboy und Demarco, die er heute als Wache im Haus gelassen hatte.

„Setzt mich hier ab."

„Du kommst nicht mit uns mit?" Hope begegnete endlich seinem Blick.

Machte er sich etwas vor, dass sie so klang, als wolle sie, dass er bei ihr bliebe? Wahrscheinlich. Sie hatte sich gestern ziemlich klar ausgedrückt, obwohl es im Schlafzimmer gewesen und nicht um die Arbeit gegangen war.

Er hatte sich immer noch nicht für das entschuldigt, was er gesagt hatte. Herr im Himmel. Was für ein Idiot er doch war. Er würde es tun. Er brauchte eine Minute, um seinen Stolz zwischen den Hustenanfällen herunterzuschlucken.

Er hustete wieder, verärgert über sich selbst, aber unfähig, die Verkrampfung zu kontrollieren.

Schließlich war er in der Lage zu sprechen. „Ich habe etwas zu tun. Kincaid, schreib mir, wenn ihr fertig seid. Ich weiß nicht, wie lange das dauern wird."

Hope öffnete den Mund, um etwas zu sagen, aber er wollte es nicht hören. Nicht im Moment. Sobald er seine eigenen Gefühle unter Kontrolle hatte, würde er einen Ort finden, an dem sie sich ungestört unterhalten konnten, ohne dass alle anderen ihre Angelegenheiten mitbekamen.

Und das eigentliche Problem war, dass sie keine privaten Angelegenheiten haben sollten.

Aaron sprang aus dem Wagen und senkte den Kopf gegen den Wind. Er ging eine Seitenstraße hinunter zu dem Copy-Shop, in dem das Bild von Hope gedruckt worden war, bevor es in einem Umschlag auf den Grabstein ihrer Tochter gelegt wurde.

Aaron zögerte, als er in das Fenster sah. In Anbetracht dessen, was Hope diese Woche durchgemacht hatte, hatte er sich wie ein Idiot verhalten. Zumal es zwischen ihnen nie irgendwelche Versprechen oder Verpflichtungen gegeben hatte.

Er griff nach seinem Handy und hielt inne. Er konnte ihr kaum eine Nachricht schreiben oder sie anrufen, um zuzugeben, dass er ein Idiot war, oder sich entschuldigen, wenn ihre gesamte Kommunikation überwacht wurde – nicht, ohne sich zu verraten.

Er würde es ihr später sagen. Wenn er hoffentlich Beweise für die Identität des Vandalen hatte, der das Grab ihres Mannes und ihres Kindes geschändet hatte. Vielleicht würde das als Friedensangebot ausreichen.

Es nagte an seinen Gedanken, dass der Vandale und der Typ von letzter Nacht in Leech' Haus ein und derselbe waren. Es war ihm nicht entgangen, dass Lewis Janelli die richtige Größe und Statur für den Mann hatte, der auf ihn geschossen hatte. Und er trug eine Neunmillimeter. Und Aaron hatte ihn gestern wütend gemacht. Sehr sogar.

Er öffnete die Tür des Geschäfts, traf auf eine Wand aus Hitze und ging zum Tresen, wo er einer jungen Frau, die gerade niemanden bediente, seinen Ausweis zeigte.

„Ich muss einen Drucker ausfindig machen." Er ratterte die Seriennummer herunter, die mit dem Identitätscode des Geräts verknüpft war, der auf das Bild gedruckt worden war. Der Code war ein Haufen gelber Punkte, unsichtbar, wenn man nicht wusste, wonach man suchte.

Sie sah verwirrt aus. „Ich bin mir nicht sicher …"

„Es geht um eine laufende Ermittlung. Ist es möglich, die Drucker bei Ihnen im Laden zu überprüfen?"

Sie sah unsicher aus. „Ich …"

„Es dürfte nicht lange dauern. Wenn ich nicht den richtigen Drucker finde, bin ich in fünf Minuten wieder weg."

Das klang großartig, nur wusste er, dass der Drucker hier war.

„Okay. Ich schätze schon. Kommen Sie mit nach hinten. Mein Vorgesetzter ist Kaffee trinken gegangen, er wird sicher bald zurückkommen."

Sie öffnete die Tür am Tresen.

Aber Aaron deutete auf die Selbstbedienungsdrucker. Er hatte das Gefühl, dass dieser Typ so vorgehen würde. Je weniger Interaktion, desto besser.

„Ich fange dort drüben an."

Sie nickte erneut. Offensichtlich war sie hin- und hergerissen zwischen dem Wunsch, den Strafverfolgungsbehörden zu gehorchen, und der Sorge, dass sie das Falsche tat und Ärger mit ihrem Chef bekommen könnte.

Aaron warf einen Blick auf den großen Kopierer an der nächsten Wand und wurde fündig.

Die junge Frau schloss sich ihm mit verschränkten Armen an.

„Hey, das ist er." Er zog die Kopie des Durchsuchungsbeschlusses aus der Tasche, die Frazer ihm vorhin gegeben hatte. „Ich muss diesen Drucker sicherstellen, bis die Kriminaltechniker ihn bearbeiten können."

Ein paar Kunden in der Warteschlange sahen in ihre Richtung.

„Kriminaltechniker? Bearbeiten?" Ihr Blick schweifte wild durch den Raum. „Was meinen Sie mit *bearbeiten*?"

„Wenn wir Glück haben, können sie es vor Ort machen. Den Speicher des Geräts herunterladen." DNS und Rückverfolgung wären nutzlos, wenn wahrscheinlich Hunderte von Menschen das Gerät jeden Tag benutzten.

„Oh Mann, ich weiß nicht. Meinem Chef wird das nicht gefallen."

„Jeanine?" So stand es auf ihrem Angestelltenschild.

„Ja?"

„Sie stecken nicht in Schwierigkeiten. Überhaupt nicht." Er zeigte ihr wieder den Durchsuchungsbeschluss. „Das bedeutet, dass ich immer die Erlaubnis hatte, das Gelände zu durchsuchen, und dass ich diesen Drucker sowieso gefunden hätte. Aber dass Sie mit mir kooperieren, ist wirklich eine große Hilfe, also werde ich den Laden nicht dichtmachen, obwohl ich es könnte. Haben Sie ein Außer-Betrieb-Schild, das Sie anbringen können, bis unsere Leute hier sind?"

„Sicher." Sie kaute auf ihrer Lippe, verschwand hinter dem Tresen und kam mit einem großen roten Schild zurück, das sie auf das Gerät stellte. „Die werden doch nicht etwa FBI oder CSI auf der Rückseite ihrer Kleidung stehen haben, oder?" Sie schnitt eine Grimasse. „Das würde die Leute abschrecken."

Er dachte eine Sekunde lang darüber nach. „Ich werde sie bitten, normale Kleidung zu tragen."

Das passte ihnen sowieso besser. Auf diese Weise würde die Presse nicht auf eine neue Entwicklung in den Ermittlungen aufmerksam werden, und wer auch immer dieses Foto und wahrscheinlich auch das Poster von Hope gedruckt hatte, das letzte Nacht an der Wand gehangen hatte – und wer also versucht hatte, einen FBI-Agenten in Ausübung seiner Pflicht zu ermorden –, würde nicht frühzeitig gewarnt werden, dass seine Zeit ablief. Die Bilder sollten im riesigen Speicher dieser Maschine zu finden sein.

Aaron warf einen Blick auf die Überwachungskamera. „Funktioniert das Ding?"

„Ja. Wir speichern die Aufnahmen für ein paar Wochen und löschen sie dann."

„Ich muss mir Ihr Überwachungsmaterial ansehen."

„Lassen Sie mich Lyle eine Nachricht schicken, um ..."

„Das können Sie tun, aber lassen Sie mich in der Zwischenzeit mit dem Video anfangen."

Sie öffnete den Mund, um zu widersprechen.

„Es stehen Leben auf dem Spiel, Jeanine."

Sie blinzelte. „Oh. Sicher. Kommen Sie, folgen Sie mir. Aber wenn Lyle mich anschreit, müssen Sie mich vielleicht verteidigen." Sie biss sich auf die Lippe und ein Grübchen erschien. Flirtete sie etwa mit ihm?

Er war überrascht. Sie schien etwa zwanzig zu sein.

„Wenn Ihr Chef Sie anschreit, brauchen Sie wahrscheinlich einen anderen Job." Nicht dass das in seiner Organisation zutraf, aber in seinem Job konnte ein Fehler jemanden das Leben kosten.

Sie wurde ernst. „Sie haben recht." Dann fuhr sie mit stärkerer Stimme fort. „Sie haben völlig recht." Sie führte ihn in ein Hinterzimmer und schaltete das Licht ein. „Lyle ist heute eigentlich noch gar nicht da. Er lässt mich aufmachen und kommt, nachdem er sich in einem Diner am Ende der Straße vollgestopft hat." Jeanine schaltete den PC ein und öffnete die Überwachungs-App und den Ordner. „Jeder Vierundzwanzig-Stunden-Zeitraum wird automatisch in einer eigenen Datei gespeichert. Die Kameras sind bewegungsaktiviert. Wir haben nur von sieben Uhr bis neunzehn Uhr geöffnet, also gibt es etwa zwölf Stunden Filmmaterial pro Tag." Sie kratzte sich an der Nase. „Raten Sie mal, wer hier immer abschließt?"

„Sie. Kann ich von der zuständigen Person vor Ort die Erlaubnis bekommen, diese Dateien so schnell wie möglich an die FBI-Analysten zu schicken?" Wahrscheinlich war das in den Durchsuchungsbeschlüssen abgedeckt, aber ihre Erlaubnis zu haben, war auch gut.

Sie schenkte ihm ein Grinsen. „Als dienstälteste Mitarbeiterin haben Sie meine Erlaubnis." Dann sah sie auf ihre Uhr. „Ich gebe Ihnen einen zehnminütigen Vorsprung, bevor ich Lyle benachrichtige und ihm sage, dass das FBI hier ist. Hey, wenn Sie auf dem Ding irgendwelche Pornos finden", sie zeigte auf den Computer, „dann sind die nicht von mir."

Er lächelte, als er die Dateien schnell in ein sicheres Netzwerk kopierte. Dann begann er, sie im Schnelldurchlauf durchzugehen, beginnend mit dem Tag, an dem Leech geflohen war, und hielt inne, um das Gesicht jeder Person zu überprüfen, die diesen speziellen Kopierer benutzt hatte.

Er teilte Frazer per Textnachricht mit, dass er hier sei und die Maschine gefunden habe und dass er die CSI-Leute in Zivil herschicken solle, um nicht die ganze Welt zu alarmieren. Er schrieb ihm auch, er solle jemanden – alias Alex Parker – beauftragen, die Zahlungen zu überprüfen und zu sehen, ob sie eine Kreditkarte und einen Namen herausfinden könnten. Natürlich hätte der Typ auch bar bezahlen können.

Aaron sah sich weiter das Filmmaterial an. Er hätte das auch den Technikern überlassen können, aber das war jetzt etwas Persönliches, und er wollte Antworten. Er machte es sich gemütlich und arbeitete weiter. Er hielt die Aufnahmen an, als er laute Stimmen aus dem vorderen Teil des Ladens hörte. Es klang, als sei Lyle angekommen.

Er rollte mit den Schultern und streckte den Nacken, wobei der stechende Schmerz in seiner Brust ihn zusammenzucken ließ. Nicht nur die Prellungen. Er verdrängte den Gedanken an ein gebrochenes Herz aus seinem Kopf. Er hatte schon vorher gewusst, dass er nicht in ihrer Liga spielte. Er hatte sich im Laufe der Jahre mit dem Junggesellendasein abgefunden, und das war in Ordnung.

Hope war nur ein Ausrutscher gewesen.

Die außer Kontrolle geratene Lust und der großartige Sex hatten ihn glauben lassen, er könnte verliebt sein. Lächerlich. Vollkommen lächerlich. Er hatte seine Teamkollegen, wenn er einsam war, was nicht oft vorkam. Er musste zurück in den Dating-Pool, wenn er so verzweifelt auf Sex aus war.

Der Gedanke hinterließ einen sauren Geschmack in seinem Mund.

Er hörte, wie Jeanine Lyle anschrie, und spürte einen Anflug von Stolz. Er war im Begriff, die Botschaft über den Umgang mit dem Personal zu bekräftigen.

Je eher er herausfand, wo Leech war und wer es sonst noch auf die Frau abgesehen hatte, in die er sich dummerweise verliebt hatte, desto schneller konnte er nach Hause zurückkehren und diese ganze verdammte Sache vergessen.

49

Hope schritt mit einem eisigen Blick der Gleichgültigkeit die vertrauten Flure hinunter, aber das trug nicht dazu bei, ihren inneren Aufruhr zu lindern.

Aaron hatte heute Morgen müde ausgesehen, sein Mund war grimmig vor Ärger oder Schmerz gewesen. Sie hatte zu ihm gehen und ihn fragen wollen, ob es ihm gut ging, aber sobald er sie gesehen hatte, hatte er sich abgewandt und war nach unten gegangen.

Was hatte sie erwartet? Ein Lächeln? Gelächter? Mitgefühl? Die lockeren, respektvollen Gespräche, die sie normalerweise den ganzen Tag über führten? Nein. Diese Verbindung war erloschen. Sie hatte sie getötet.

Und er wäre letzte Nacht fast *gestorben*.

Über diese Tatsache konnte sie nicht hinwegkommen.

Er wäre fast gestorben. Und sie hatte nicht einmal gewusst, dass er das Haus verlassen hatte. Ein Kloß steckte ihr im Hals, und so oft sie auch versuchte, ihn herunterzuschlucken, er ließ sich nicht entfernen.

Wo war er heute Morgen hingegangen?

Gewöhn dich daran, es nicht zu wissen.

Und das war es, was sie gewollt hatte. Was sie brauchte.

Unwissenheit. Warum also fühlte es sich an, als würde sie bereits in Sorgen und Frustration ertrinken?

Hope blieb im Korridor stehen, als sich der Knoten in ihrem Inneren aufzulösen begann. Sie steckte bereits tief drin, und selbst jetzt war der Schmerz fast überwältigend. Das wollte sie nicht noch einmal durchmachen. Sie würde es nicht überleben. Das Leben war viel einfacher und leichter, wenn sie für sich blieb und nach ihren eigenen Regeln lebte. Keine Freundschaft mehr. Kein törichter Optimismus mehr. Sie mochte ihre eigene Gesellschaft. Sie mochte ihren Job und die Tatsache, dass sie Mörder und Verbrecher dorthin brachte, wo sie hingehörten. Sie mochte ihre Schriftstellerkarriere, bei der sie jede noch so verdrehte Rache ausleben konnte, die sie sich ausdachte. Das musste reichen.

Ihr Herz krampfte sich zusammen, und plötzlich konnte sie nicht mehr atmen.

Was sie wollte, schien keine Rolle zu spielen, denn plötzlich war es nicht mehr genug. Es war *nicht* das, was sie wollte.

„Hope? Alles in Ordnung?", fragte Seth Hopper geduldig an ihrer Schulter. Er und Sebastian Black hatten sie heute nach drinnen begleitet.

„Ja", fauchte sie und bereute es, als sein Mund hart und seine Augen leer wurden.

„Herrgott, es tut mir leid." Sie fuhr sich mit einer Hand durch die Haare. So viel dazu, ihr inneres Miststück von Anwältin zu finden. Es war nicht Seths Schuld, dass sie sich verlie ...

Sie schüttelte den Kopf. Nein. Das war es nicht. Das konnte es nicht sein. Sie kannten sich erst seit ein paar Tagen.

Wie lange kanntest du Danny, bevor du wusstest, dass er der Richtige war?

Sie schob die irritierende innere Stimme beiseite. Sie würde Aaron nicht so in Gefahr bringen, wie sie Danny in Gefahr gebracht hatte, egal was sie für den Mann empfand.

„Alles in Ordnung, Hope?", fragte Colin. Sein Gesichtsausdruck war besorgt.

Sie zwang ihr Gehirn, sich zu erinnern, wo sie waren und

warum sie hier waren. „Ich bin besorgt, dass ich am Wochenende auf diese Weise hergerufen werde." Sie holte tief Luft. „Sie haben mit Ella gesprochen, oder?"

„Nicht seit gestern Abend." Er blinzelte sie an. „Soll ich sie anrufen?"

Er griff nach seinem Handy, aber es war 10:29 Uhr, und Hope wollte nicht zu spät kommen.

Sie schüttelte den Kopf. „Wir sind sowieso gleich da. Mal sehen, was die Richterin will. Rufen Sie danach an, um nach ihr zu sehen."

Sie kamen im Zimmer von Richterin Penton an und wurden vom Schreiber in das äußere Büro geführt. Als sie in das Richterzimmer gehen wollten, streckte der Gerichtsschreiber eine Hand aus, um zu verhindern, dass ihre FBI-Leute ihnen nach drinnen folgten.

„Die Richterin besteht darauf, dass die Sicherheitskräfte draußen bleiben."

Seth Hopper drehte den Kopf, als er ruhig die Hand des Gerichtsschreibers von seiner Brust nahm. „Ich bin keine Sicherheitskraft. Ich bin Bundesbeamter, der sehr spezifische Anordnungen der Generalstaatsanwältin ausführt." Seine Stimme war eisern. „Ich beabsichtige, die Räume der Richterin zu durchsuchen, bevor ich Hope hineinlasse. Wenn die Richterin ein Problem damit hat, kann sie das mit der Generalstaatsanwältin klären." Das war keine Aufforderung.

Er bahnte sich den Weg nach drinnen.

„Sie können sicher sein, dass sie das tun wird." Richterin Pentons Augen wurden schmal, und sie presste die Lippen zusammen, als sie die beiden FBI-Operators musterte. „Tun Sie es schnell und verschwinden Sie dann."

Hope war schockiert über diesen Tonfall, obwohl viele Richter unter einem Gottkomplex litten.

Seth brauchte nur wenige Sekunden, um die Räume und das private Badezimmer zu durchsuchen. Die Nebentür zum Gerichtssaal war verschlossen.

Er wandte sich an die Richterin. „Vielen Dank, Ma'am."

„Euer Ehren", korrigierte die Richterin ihn gereizt.

Hope lächelte ihn beruhigend an. Sie hatte keine Ahnung, was die Richterin für ein Problem haben könnte, aber Seth Hopper hatte es nicht verdient, den ganzen Morgen verbalen Geschossen ausweichen zu müssen.

„Euer Ehren." Seths Miene war undurchdringlich, als er Hope zunickte und zu Black vor die Tür trat.

Hope stellte sich vor den Schreibtisch der Richterin, obwohl die Frau selbst nicht saß. Vielmehr ging sie zu der schweren Holztür hinüber und drehte das Schloss.

Hope seufzte.

War das ein Machtspiel? Es sah ganz danach aus. Es würde die gesamte Selbstbeherrschung der HRT-Operators erfordern, um nicht in den nächsten fünf Minuten die Tür einzuschlagen. Schnell schickte sie den Jungs eine Nachricht, dass alles in Ordnung war.

Die Richterin setzte sich. „Mir ist zu Ohren gekommen, dass diese Person Jeff Beasley am Nachmittag vor dessen Ermordung gedroht hat, ihn zu töten."

„Seth Hopper?" Hope erstarrte. „Er hat einen Scherz gemacht."

„Nun, es war nicht sehr lustig, und Jeff Beasley endete genauso tot in einer Gasse, wie er es angedroht hatte." Die Richterin beugte sich vor, als wolle sie ein Geheimnis verraten. „HRT-Operators sind zum Töten ausgebildet."

Hope öffnete den Mund, um zu widersprechen. Es war lächerlich. „Woher wissen Sie das überhaupt?" Sie starrte Colin an, dessen Wangen sich rot färbten.

„Ich habe es nur dem Gerichtsdiener gesagt", gestand er. „Ich hätte nie erwartet ..."

„Ich bin enttäuscht, dass Sie diese Information nicht selbst weitergegeben haben, ADA Harper, und ich kann nur zu dem Schluss kommen, dass der Druck der Flucht von Julius Leech eine Rolle bei Ihrem schlechten Urteilsvermögen gespielt hat." Die Richterin hob das Kinn und blickte an ihrer Adlernase hinunter.

„Ich werde die Drohung der FBI-Außenstelle melden müssen, und sie werden eine Untersuchung durchführen müssen. In der Zwischenzeit muss Operator Hopper suspendiert werden ...“

„Warten Sie. Nein! Operator Hopper hat Jeff Beasley auf keinen Fall getötet. Er war zum Zeitpunkt des Mordes in meinem Haus.“ Hope konnte nicht glauben, dass sie wegen dieses Unsinns hergeschleppt worden waren. „Tatsächlich war er auf einem Laufband in der Wohnung meiner Nachbarn im Erdgeschoss, zusammen mit mehreren Zeugen, als ich den Anruf von Jeff erhielt, nachdem er niedergestochen worden war. Es ist unmöglich, dass er an zwei Orten gleichzeitig gewesen sein kann.“ Die Worte schmeckten bitter auf ihrer Zunge. Wie konnte diese Frau es wagen, die Integrität dieser Männer infrage zu stellen?

„Ich halte es trotzdem für notwendig, eine formelle Ermittlung ...“

„Das ist Blödsinn. Er hat ein solides Alibi, das mich einschließt. Wollen Sie andeuten, ich würde lügen?“ Hope richtete sich auf und hob ihr Kinn.

Die Richterin warf ihr einen strengen Blick zu. „Ich werde Sie wegen Missachtung des Gerichts belangen, wenn Sie nicht aufpassen, Counselor.“

„Sie stellen meine Integrität infrage, Euer Ehren, und das schätze ich nicht. Ebenso wenig schätze ich es, dass Sie einen ehrenwerten Mann, der ein solides Alibi hat, einer solch abscheulichen Tat beschuldigen.“

Colin drückte Hope sein Handy in die Hand, und sie nahm es verwirrt entgegen. Er umrundete den Tisch, die Hand in der Tasche, und die Richterin sah ihn mit erschrockenen Augen an. Dann legte er eine Hand auf den Mund der Richterin, zog eine Spritze aus seiner Tasche, stach sie ihr in den Oberschenkel und drückte den Kolben herunter.

„Colin? Was zum Teufel machen Sie da?“ Ihr Herz pochte. Hatte er den Verstand verloren?

Er hielt die Richterin fest, während sie einige Augenblicke

zappelte, und schaute über seine Schulter. „Sehen Sie sich das Foto auf dem Bildschirm an, Hope."

Sie warf einen Blick auf das Foto auf seinem Handy, und ihr blieb vor Entsetzen der Mund offenstehen.

Ella, geknebelt und an einen Stuhl gefesselt.

Hope stolperte rückwärts und drehte sich zur Tür. Colin stellte sich vor sie und legte den Finger an die Lippen. „Lesen Sie den Text. Er will Sie. Er sagt, wenn wir nicht allein kommen, wird er sie töten. Aber wenn wir kommen, wird er sie freilassen."

Sie las die Nachricht.

Leech. Verdammt noch mal. Es musste Leech sein.

„Er lügt. Er hat sie wahrscheinlich schon umgebracht." Kummer baute sich in ihr auf.

„Sagen Sie das nicht."

„Woher hat er Ihre Nummer?"

Colin verzog das Gesicht. „Ich weiß es nicht. Vielleicht von Ellas Handy? Er musste wissen, dass Ihr Telefon überwacht wird."

Er griff in seine Tasche und zog eine kleine automatische Pistole heraus. Sie öffnete den Mund, wollte um Hilfe schreien, aber er hielt sie ihr mit dem Griff voran hin.

Verwirrt nahm sie die Waffe an sich, das Gewicht lag schwer in ihrer Hand. Diese Verwicklungen waren nicht gut. Dass Colin eine Waffe in das Gerichtsgebäude schmuggelte, war nicht gut. Dass Colin ein Beruhigungsmittel in seiner Tasche hatte und es auch benutzte, war definitiv nicht gut.

Hatte er eine Art psychische Krise? Hatte er eine persönliche Bindung zu Ella aufgebaut?

„Wir werden beide bewaffnet sein. Leech wird das nicht erwarten. Wir können so tun, als hätte ich Sie gezwungen, mit mir zu kommen, aber dann wenden wir uns gegen ihn und retten Ella. Er sagt, wenn noch jemand auftaucht, wird er fliehen, und Ella wird sterben."

Der Gedanke war abscheulich, aber sie glaubte nicht, dass

Colin ihr gegenüber ehrlich war. „Warum interessiert Sie das so sehr?"

Colins Augen wurden groß vor Empörung. „Na ja, erstens läuft ein Serienmörder frei herum, und zweitens ist Ella in Gefahr. Reicht das nicht?"

Hope sah die Richterin an, die bewusstlos zusammengesackt war. Das alles ergab keinen Sinn. „Sie wissen, dass Ihre Anwaltskarriere vorbei ist."

Ihre würde es auch sein, wenn sie sich auf seinen verrückten Plan einließ, was sie nicht vorhatte zu tun.

Aaron würde ihr sagen, sie solle ihm vertrauen. Und darauf, dass er seinen Job machte. Ella zu retten und Leech zu schnappen. Und das hatte sie. Sie tat es.

Hope begegnete Colins Blick und sah den Moment, in dem er erkannte, dass sie bei diesem Wahnsinn nicht mitmachen würde. Sie öffnete den Mund, um um Hilfe zu rufen, aber er schlug ihr die Handfläche auf den Mund und hielt ihren Kiefer zu. Sie kämpften, und ihr fiel ein, dass sie eine Waffe hatte, aber sie wollte weder Colin noch sich selbst erschießen. Sie versuchte, ihn damit zu schlagen, aber Colin legte seine andere Hand um sie und drückte sie zu Boden.

Er war viel stärker als er aussah. Die Pistole war unter ihr eingeklemmt, und sie erkannte mit plötzlicher Klarheit, dass er ihr auf keinen Fall eine Waffe mit scharfen Patronen geben würde.

Die Warnung, die Aaron ihr während des Selbstverteidigungstrainings gegeben hatte, blitzte in ihrem Kopf auf. *Nur einer wird davonkommen,* und die erste Schlacht hatte sie bereits verloren.

„Sie hätten nur ein braves Mädchen sein und ein paar einfache Anweisungen befolgen müssen, aber Sie müssen immer diejenige sein, die Befehle gibt. So ein verdammtes Miststück." Colins leises Gemurmel schockierte sie mit seiner Intensität. Sie hatte diesem Kerl vertraut, und er hatte sie verraten.

Benutze deine Stimme.

Sie versuchte verzweifelt, ihren Mund zu befreien, aber er hatte ihren Kiefer fest im Griff, und sie hatte das Gefühl, als könnte er ihr den Kopf von den Schultern reißen. Er nutzte sein Gewicht, um sie festzuhalten, bevor sie einen scharfen Stich in der Seite ihres Hinterns spürte.

„Keine Sorge", flüsterte er gegen ihre Stirn. „Ich habe nicht vor, Ihnen wehzutun."

Sie glaubte ihm nicht.

„Sie sagen immer, Sie wollen Leech konfrontieren. Ich bin dabei, Ihnen Ihren Wunsch zu erfüllen, ADA Harper. Ich gebe Ihnen die Chance, für all die Toten, die durch Ihre Taten gestorben sind, zu büßen."

Tränen stiegen in ihr auf, aber es waren Tränen der Wut. Er zappelte einen Moment lang, ließ aber nicht von ihrem Kiefer ab. Sie stöhnte so laut, wie sie konnte, um durch die dicke Holztür die Aufmerksamkeit ihrer Leibwächter zu erregen, aber er schlug ihr Gesicht auf den Boden. Von ihrem Wangenknochen ging ein stechender Schmerz aus. Colin klebte ihr ein Stück Klebeband auf den Mund, während Übelkeit in ihrem Magen aufstieg. Sie beruhigte sich bewusst, während ihr Herz außer Kontrolle geriet. Sie fühlte sich bereits benebelt von dem Mittel, das er ihr verabreicht hatte. Sein Gewicht war für ein paar Sekunden verschwunden, dann hörte sie das Klirren von Schlüsseln. Sie drehte den Kopf und sah, wie er vom Schreibtisch der Richterin zurückkkam.

Sie versuchte aufzustehen, aber er packte sie und fesselte ihr die Hände hinter dem Rücken. Dann hob er die Waffe auf, die sie während des Kampfes verloren hatte.

Er musste all diese Dinge heute Morgen mitgebracht haben – und weil sie die Sicherheitskontrollen umgehen konnten, waren sie nicht entdeckt worden.

Hope war eine Närrin. Warum hatte sie nie bemerkt, dass mehr hinter diesem Kerl steckte?

Weil sie nicht hingesehen hatte. Sie hatte sich so sehr auf ihre Mission konzentriert, Mörder und Vergewaltiger wegzusperren, dass sie die Gefahr, die jeden Tag direkt neben ihr lauerte, nicht bemerkt hatte.

„Kommen Sie schon." Er zerrte sie auf die Beine, und sie stolperte leicht. Wenn sie nicht bald wegkam, steckte sie in ernsten Schwierigkeiten. „Hoch mit Ihnen."

Er schob sie zur Tür, die in den Gerichtssaal führte, zwang sie hindurch und schloss sie hinter sich ab.

Hope versuchte wegzulaufen, aber ihre Füße blieben an etwas hängen, als sie den vertrauten Raum betrat, und sie stürzte hart zu Boden und schlug mit dem Kinn auf den Parkettboden.

Sie schmeckte Blut.

Er ging zu dem Ausgang, den die Gefangenen benutzten und der am Wochenende unbesetzt war. Er schloss ihn auf, während sie versuchte, auf die Beine zu kommen.

„Kommen Sie schon, Hope. Wir wollen doch beide das Gleiche. Leech."

Ernsthaft?

Colin legte eine Hand um ihren Arm. „Fast vergessen." Er fischte in ihrer Manteltasche und holte ihr Handy heraus. Dann kontrollierte er ihre Nachrichten und beantwortete diejenige, die gerade von Seth gekommen war, mit einem Daumen hoch. Er schrieb: „Wir brauchen etwa zehn Minuten."

„Das sollte sie für eine Weile aufhalten." Er schob ihr Handy über den Boden des Gerichtssaals, schloss die Tür und verriegelte sie, bevor er sie nach vorn in den schwach beleuchteten Raum stieß.

Ihr Körper schien immer mehr von ihrem Verstand abgekoppelt zu sein. Sie wusste nicht, was zum Teufel los war, aber sie durfte es ihm nicht leichtmachen. Sie setzte sich in die Mitte des Korridors.

Er lachte, ein gequälter, bitterer Laut. Dann zog er eine zweite tödlich aussehende Pistole hervor. „Ich will Ihnen nicht wehtun, aber ich habe mir in den letzten sieben Jahren nicht den Arsch aufgerissen, um jetzt zu versagen."

Die Erkenntnis, dass er die ganze Zeit über etwas geplant hatte, durchdrang den Nebel in ihrem Kopf. Das hatte eindeutig etwas mit Leech zu tun. Colin war nie der vertrauenswürdige Kollege gewesen, der zu sein er vorgegeben hatte. Er hatte all die

Jahre darauf gewartet, ihr eine Falle zu stellen – wie eine Spinne, die ein Netz spann. Sie hasste Spinnen.

Die Frage war nur, warum? Arbeitete er für Leech?

„Es ist zwar viel einfacher, wenn Sie aus eigener Kraft gehen, aber ich kann Sie auch einfach ausknocken und tragen. Ich werde nicht sehr glücklich darüber sein, und Sie werden es später bereuen."

Der Blick in seinen Augen sagte ihr, dass sie ihm glauben sollte, aber sie bewegte sich offensichtlich nicht schnell genug.

Er packte sie an den Haaren und zerrte sie hoch.

Schmerz durchzuckte ihre Kopfhaut und machte sie blind für alles andere.

„Ich habe Leech versprochen, dass ich *Sie* zu ihm bringe. Die zehn Millionen, die er mir zahlt, entschädigen mich für die vergeudete Ausbildung und helfen mir zu entkommen."

Es schmerzte, dass Colin das für Geld tat.

„Und ich kann den Mann töten, der meinen Vater ermordet hat." Er sprach spöttisch, während er sie weiterstieß.

Seinen Vater? Sie hatte gedacht, sie würde alle Familienmitglieder von Leech' Opfern kennen, aber offensichtlich nicht. Es ging also nicht um Geld. Es ging um Rache, was sie viel besser verstand.

„Julius Leech' Flucht aus dem Gefängnis war wie ein Geschenk des Himmels."

Nicht für sie.

„Was ist mit Ella?" Die Worte waren hinter dem Klebeband gedämpft. Schmerz pochte in ihrem Schädel vom Ziehen an den Haaren und dem Schlag, den er ihr vorhin verpasst hatte. Die Droge wirkte noch nicht ganz, aber sie wusste, dass sie es bald tun würde. Offensichtlich hatte er ihr eine viel geringere Dosis verabreicht als der Richterin, die in Sekundenschnelle bewusstlos geworden war.

„Leech hat Ella nicht. *Ich* habe sie. Und wenn Sie sich benehmen, wenn Sie in das Auto steigen, das draußen wartet, ohne eine Szene zu machen, werde ich dafür sorgen, dass sie gerettet wird.

Ansonsten wird sie einen langsamen Hungertod sterben – vorausgesetzt, sie erfriert nicht vorher.“

Dieser feige Mistkerl. Eine junge Frau zu verletzen, die bereits missbraucht worden war.

Leider konnte Hope kaum die Augen offenhalten, geschweige denn gegen ihn kämpfen.

Bedauern erfüllte sie. Denn die Worte, die sie letzte Nacht zu Aaron gesagt hatte, waren nichts weiter als die verzweifelte Lüge eines Feiglings gewesen.

Sie liebte ihn bereits. Sie liebte ihn, und sie würde ihren Tod finden, während er dachte, dass das gemeinsam Erlebte für sie nicht mehr als großartiger Sex gewesen war. In Wirklichkeit war er ihre zweite Chance gewesen. Ihr Geschenk des Universums. Und sie hatte es vermasselt. Jetzt würde sie sterben, und er würde so wütend sein. Sie hatte nicht nur seine perfekte Bilanz ruiniert, sie hatte auch das schreckliche Gefühl, ihm das Herz gebrochen zu haben.

50

Aaron blickte auf seine Uhr und war kurz davor, frustriert aufzugeben. Er musste zurück zum Team, anstatt bei dieser Untersuchung abtrünnig zu werden, wie er es gerade tat. Dann erschien auf dem Bildschirm ein Mann in einem dunklen Kapuzenpulli und einer Jacke, der durch die Tür des Ladens ging.

Aaron runzelte die Stirn, bevor er sich aufsetzte und nach vorn lehnte.

Der Mann trug eine große Sonnenbrille, obwohl es draußen dunkel war. Aaron war sich ziemlich sicher, dass er die Gestalt von letzter Nacht wiedererkannte.

Verdammter Mist.

Er beobachtete, wie der Mann erst ein kleines Foto und dann ein großes Poster ausdruckte, das Aaron sogar aus dieser Entfernung erkennen konnte. Die Gestalt schaute immer wieder zur Seite, um sich zu vergewissern, dass niemand das pornografische Bild betrachtete, als es herauskam.

Aaron runzelte die Stirn. Wer zum Teufel war das? Er kam ihm bekannt vor.

Janelli?

„Nimm die Brille ab, Arschloch.“ Er knirschte mit den Zähnen und erstarrte, als der Kerl die Sonnenbrille senkte, um das Bedienfeld zu lesen.

Aaron stand so heftig auf, dass der Stuhl über den Boden flog.

Er zückte sein Handy, während er zum Eingang des Copy-Shops schritt. „Gehen Sie nicht in diesen Raum", befahl er. „Er ist offiziell Teil einer Tatortuntersuchung, bis ich Ihnen etwas anderes sage. Ich werde Sie ins Gefängnis stecken, wenn Sie sich nicht daran halten."

Der sehr geknickte Lyle nickte mürrisch, aber Jeanine gab Aaron einen fröhlichen Daumen nach oben, während sie mit einem der CSI-Techniker sprach, der die Daten aus dem Kopierer herunterlud.

Aaron ging zur Vordertür hinaus und wählte, während er in Richtung Gerichtsgebäude lief.

„Was gibt's?" Seth nahm seinen Anruf entgegen.

„Colin Leighton, Hopes Rechtsreferendar. Er ist der Wichser, der letzte Nacht auf mich geschossen hat. Hast du ihn im Auge?"

„Negativ. Er und Hope sind beide im Richterzimmer, und wir wurden rausgeschmissen."

Scheiße.

Aaron hörte, wie Seth sich mit dem Gerichtsschreiber darum stritt, die Tür zu öffnen.

Aaron sprintete, so schnell er konnte, während er noch immer dem Gespräch lauschte. Er tastete nach seinem Funkgerät und steckte es sich ins Ohr, wobei er sowohl Fußgängern als auch Touristen auswich.

Seth fluchte. „Sie sind nicht im Richterzimmer. Die Richterin sitzt bewusstlos an ihrem Schreibtisch. Sie atmet noch. Sie müssen über den Gerichtssaal hinausgegangen sein. Rufen Sie einen Krankenwagen", schrie er jemanden an, der offensichtlich bei ihm war.

Aaron hatte das Gefühl, als würde sein Herz gleich explodieren. Sie konnten durch jeden beliebigen Ausgang geflüchtet sein. Oder Colin könnte Hope auf der Stelle töten – aber der Mistkerl hatte genügend Gelegenheiten gehabt, das zu tun, also musste er sie aus irgendeinem Grund lebendig haben wollen. „Kincaid nimmt den Vordereingang. Seth und Black gehen durch die Hinterausgänge. Ich werde mir den Gefangeneneingang ansehen."

Aaron war noch nie in seinem Leben so schnell gerannt, und seine Lunge brannte wie Feuer. Er erreichte die Seite des Gebäudes und zog sich hoch, um über die Sicherheitsmauer und das Geländer zu schauen.

Nichts.

Er blickte sich um. Auf der anderen Seite des breiten, belebten Bürgersteigs sah er Colin, der Hope auf den Rücksitz eines gelben Taxis stieß. Aaron zog seine Waffe und rannte los, ohne darauf zu achten, wie sich die Zivilisten vor Schreck in alle Richtungen verteilten.

„FBI! Halt!"

Keine freie Schusslinie.

Colin eilte zum Fahrersitz, setzte sich hinter das Steuer, startete den Motor und fuhr in den Verkehr. Ein Minivan kam gerade noch rechtzeitig zum Stehen, um einen Zusammenstoß zu verhindern.

Aaron lief dem Taxi hinterher und sprach in sein Funkgerät. „Er ist in einem gelben Taxi, das nach Norden fährt."

Er rannte weiter, in der Hoffnung, ihn an der nächsten roten Ampel zu erwischen, aber der Scheißkerl raste weiter und hätte fast einen Kleinwagen gestreift. Aaron zielte auf den Hinterreifen, aber der kreuzende Verkehr und die Zivilisten in der Gegend machten es unmöglich, einen sauberen Schuss abzugeben.

Er wich Autos aus, die auf die Bremse traten und ihn anhupten, als sei er ein Verrückter.

Er beschleunigte, aber das Taxi fuhr weiter und bog um eine Ecke. Dann war es verschwunden.

Ein paar Sekunden später hielt ihr schwarzer Geländewagen mit Blaulicht neben ihm an. Er sprang hinein und versuchte, zu Atem zu kommen. Hopper und Black waren bereits drinnen, Kincaid saß am Steuer.

„Bieg die nächste links ab. Er fährt ein gelbes Taxi." Er ratterte das Nummernschild herunter, bevor er Frazer anrief. „Colin Leighton hat Hope aus dem Gerichtsgebäude entführt. Ich habe ihn auf den Überwachungsvideos des Copy-Shops gefunden und bin mir fast sicher, dass er der Typ ist, der letzte Nacht auf mich geschossen hat." Er ignorierte Frazers Reaktion. „Ich brauche eine Fahndung nach dem Taxi. Die Leute vor Ort sollen es melden, aber nicht versuchen, es anzuhalten."

„Verfolgt ihr ihn?"

„Wir haben ihn verloren – ich war zu Fuß –, aber wir suchen weiter. In der Staniford Street." Es gab mehrere Tunnel oder Brücken oder sogar Fähren, die Leighton nehmen konnte, um zu entkommen, vorausgesetzt, er verließ das Stadtzentrum.

„Ich werde Alex Parker über Leightons Kommunikation informieren. Vermutlich hat das etwas mit Leech zu tun?"

„Das würde ich vermuten, aber du bist der Profiler." Aaron konnte sich kaum beherrschen.

„Sie ist auch meine Freundin, Aaron", blaffte Frazer. „Wenn ihr ihn nicht in den nächsten zwei Minuten seht, geht in seine Wohnung und sucht nach Hinweisen. Alles, was uns verraten könnte, was zum Teufel hier los ist und warum er Hope entführt hat. Tragt Handschuhe, aber es muss schnell gehen. Ich gebe dir die Adresse, sobald ich mit Alex über die Verfolgung seiner Kommunikation gesprochen habe."

Frazer legte auf.

Aaron zitterte. So viel zum Kampftraining und der Grauzone. Hopes Leben stand auf dem Spiel, und er war ein Wrack. Das, was er eigentlich verhindern sollte, war der einzigen Frau passiert, die seit Jahren seine Mauern überwunden hatte. Das war genau der Grund, warum man sich nicht persönlich mit seiner Schutzbefohlenen einließ!

Scheiße.

„Wir werden sie finden." Kincaid warf ihm einen Blick durch den Rückspiegel zu.

„Ich habe es verbockt." Auf so vielen Ebenen.

„Du hast herausgefunden, dass Colin eine Bedrohung ist,

während wir wie zwei Idioten vor der gottverdammten Tür standen", stieß Seth Hopper hervor. „Du hättest sie nie aus den Augen gelassen. Das geht auf meine Kappe."

Was spielte das für eine Rolle? Hope war diesem Arschloch ausgeliefert, bis sie sie finden konnten. Steckte Colin Leighton mit Julius Leech unter einer Decke? Nichts anderes ergab einen Sinn.

„Ihr Handy?", fragte Aaron plötzlich.

Hopper reichte es ihm. „Ich habe es auf dem Boden des Gerichtssaals gefunden."

Scheiße. Er hätte ihr einen subdermalen Peilsender implantieren sollen oder dergleichen, aber sie hätte sich nie darauf eingelassen. Er berührte das Display und entsperrte das Handy, weil er sich ihr Passwort ohne ihre Erlaubnis gemerkt hatte. Wissen war Macht in ihrem Geschäft, und das Sammeln von Daten war reines Muskelgedächtnis.

Er las die Nachrichten von Colin, aber es gab nichts, was nicht mit der Arbeit zu tun hatte.

„Wir werden sie finden", sagte Kincaid hinter dem Lenkrad, während er immer wieder abbog. Doch von dem Taxi war keine Spur zu sehen.

Alle Entschlossenheit der Welt würde einen Messerangriff nicht aufhalten, wenn sie zu weit weg waren, um zu helfen.

„Glaubst du, Ella Gibson hat etwas damit zu tun?", fragte Hopper. „Sie und Leighton schienen sich gut zu verstehen."

„Guter Gedanke. Mal sehen, ob wir sie aufspüren können." Er fuhr sich mit einer Hand durch die Haare und konzentrierte sich auf das, was er am besten konnte – die Dinge aus jedem Blickwinkel zu betrachten. „Frazer will, dass wir in Colins Wohnung nach Hinweisen suchen."

Die Adresse tauchte auf seinem Handy auf, und er sah auf der Karte nach. „Es ist nicht weit von Hopes Wohnung entfernt." Aber irgendetwas nagte an ihm. „Selbst wenn wir herausfinden, warum er das tut, bringt uns das nicht weiter, um Hope zu finden. Wir wissen, dass er sie entführt hat, und das muss er geplant haben. Hopper, ruf Frazer an."

„Was denkst du?" Der Mann wählte bereits die Nummer.

„Schalte das Blaulicht aus, und lass uns noch einmal die Nachbarschaft durchkämmen. Nicht nur nach Taxis suchen. Wir überprüfen den Fahrer jedes Wagens. Vielleicht haben wir ja Glück." Er wählte Cowboy an und gab ihm einen kurzen Überblick über die Situation. „Du und Demarco, nehmt zwei von Team Alpha, fahrt zu Leightons Wohnung und sucht nach Hinweisen, wo er sein könnte – aber seid vorsichtig." Es gab keine Anzeichen für Fallen, aber Colin Leighton war ein unbekannter Faktor. „Sag' dem Rest von Team Alpha, sie sollen Hopes Auto benutzen und auf Anweisungen warten. Pack die Ausrüstung ein, die wir für eine Geiselbefreiung brauchen." Er legte auf.

„Was würdest du tun, wenn du versuchen würdest, unbemerkt aus der Stadt zu kommen?", fragte Seth.

„Kommt darauf an, wohin ich wollte, aber ich hätte ein zweites Auto, in das ich bereits umgestiegen wäre, und würde dann Nebenstraßen aus der Stadt heraus nehmen, um Kameras und Mautstraßen zu vermeiden. Ich würde eine Mütze und eine Brille tragen, um alle zu täuschen." Genauso hatte es Colin beim Copy-Shop gemacht, nur dass er nicht diszipliniert genug gewesen war, um es nicht zu vermasseln.

Aaron erinnerte sich daran, wie Hope auf den Rücksitz des Taxis geplumpst war. „Es sah so aus, als sei Hope unter Drogen gesetzt worden, was die Wahrscheinlichkeit verringert, dass er sie unbemerkt in ein anderes Fahrzeug verfrachtet ... es sei denn, er hat eine Tiefgarage?"

Black sah nach. „Nein. Zumindest bei seiner Wohnadresse kann man nur an der Straße parken."

„Die Tatsache, dass er sie tagsüber mitgenommen hat, deutet darauf hin, dass er es vielleicht nicht riskieren wird, das Auto zu wechseln, aber er könnte leicht das Kennzeichen wechseln und die Taxinummer mit Klebeband oder einem Magnetstreifen verbergen, was mein nächster Schritt wäre. Dann ... angenommen, er bringt Hope zu Leech ... Scheiße. Verdammt, sie könnten überall sein." Er presste Daumen und Zeigefinger auf seinen

Nasenrücken und drückte zu. *Denk nach.* „Wenn ich das täte, wäre es ein abgelegenes Grundstück mit irgendeinem Gebäude, und da ich Leech' Vorliebe für das gute Leben kenne, wahrscheinlich ein Luxushaus oder eine wirklich schöne Hütte. Es gäbe eine Garage – wahrscheinlich angebaut oder nahe genug, dass er von den Nachbarn nicht gesehen würde, wenn er von dort zum Haus ginge –, sodass er sein Fahrzeug verstecken könnte. Wahrscheinlich in der Nähe eines privaten Flugplatzes. Leech will nicht erwischt werden. Wie viele davon gibt es?"

„Etwa sieben in einem Umkreis von zwei Stunden. Der nächstgelegene ist Crow Island Airpark, aber das ist nur ein kleiner Streifen mit Cessnas und Microlites und solchem Scheiß."

„Ich soll dir von Frazer ausrichten, dass er es mit dem Angebot der BAU ernst meint, falls du das HRT verlässt", sagte Seth, der immer noch eine offene Leitung zum Profiler hatte. Er runzelte die Stirn. „Du kannst das HRT nicht verlassen."

Wenn Aaron Hope nicht rettete, bevor Leech sie verletzte, würde er nicht beim FBI bleiben. Er war beigetreten, um etwas zu beweisen. Und auch wenn er seinen Job liebte – wenn er Hope verlor, dann hatte er es nicht verdient, in dieser Eliteorganisation zu sein. Er hielt den Mund, aber so wie Kincaid ihn im Spiegel ansah, wusste er, was er dachte.

Aaron schaute auf die Karte, und sein Blick fiel auf die Stadt Lincoln. „Frag Frazer, wie groß die Wahrscheinlichkeit ist, dass Leech und Leighton sich auf Sylvie Pomerols Farm treffen?"

„Er sagt, es sei möglich, aber unwahrscheinlich."

„Schickt trotzdem jemanden hin. Verdammt!", rief Aaron. Er sollte der entspannte, logische Typ sein, aber er brauchte einen Anhaltspunkt.

„Frazer hat etwas."

Hopper reichte sein Handy an Aaron weiter und stellte Frazer auf Lautsprecher. „Parker hat es geschafft, die Handysignale von Colin Leightons Telefon zu orten."

Aaron runzelte die Stirn. So dumm war der Kerl doch nicht,

oder? Nicht, nachdem er etwas so Kompliziertes und Cleveres geschafft hatte.

„Sein registriertes Handy wurde ausgeschaltet, die SIM-Karte entfernt oder zerstört. Aber ein Wegwerfhandy, das um 4:30 Uhr über einen Sendemast in der Nähe von Ella Gibsons Wohnung kommuniziert hat, hat auch über einen Sendemast in der Nähe des Gerichts kommuniziert, etwa zu der Zeit, als Leighton heute im Gerichtssaal war."

„Das ist es." Aufregung zischte über Aarons Haut. „Wo ist es jetzt?"

„In der Nähe des Fenway Parks."

Kincaid fuhr in die Richtung. Schnell.

„Keine Sirenen", mahnte Frazer.

Kincaid schaltete die Sirenen aus, machte aber an jeder Kreuzung einen leisen Heulton an und überquerte sie dann, bevor er wieder so viel Gas gab wie möglich.

Aarons Haut juckte mit dem Bedürfnis, sich zu bewegen. Er wollte zu Hope gelangen und diesen Wichser verprügeln, bis seine Knöchel bluteten – so wie Brendan Leech an jenem Tag verprügelt hatte, als er seinen Bruder ermordet hatte.

Er sollte Hopes Schwager anrufen, um ihm mitzuteilen, was passiert war, aber würde die örtliche Polizei helfen, Hope zu finden, oder würde sie ihnen im Weg stehen? Er war sich nicht sicher.

„Wenn Sie Leighton sehen, müssen Sie ihm verdeckt folgen." Frazers Stimme hallte metallisch aus Seths Handy.

Was zur Hölle?

„Du denkst, er wird uns zu Leech führen", erkannte Aaron.

„Du nicht?", schoss Frazer zurück.

Aaron starrte aus dem Fenster, während sich ein Felsbrocken in seinem Magen festsetzte. „Wahrscheinlich, aber mein Auftrag ist nicht, Julius Leech zu schnappen. Ich soll Hope Harper beschützen."

Etwas, bei dem er bereits versagt hatte.

„Was denkst du, was Hope vorziehen würde? Sie jetzt zu

retten und unsere beste Chance zu verspielen, den Serienmörder aufzuspüren, der ihre Familie abgeschlachtet hat? Oder sie zu retten *und* Leech wieder einzufangen und Colin zu verhaften?"

„Das ändert nichts an meiner Mission", wiederholte Aaron stur. Dann fluchte er. „Du hast recht. Es ist das einzig Richtige, aber ich will nicht, dass die Marshals oder die örtliche Polizei die Sache vermasseln, also finde dich damit ab, sonst keilen wir dieses Arschloch auf dem Highway ein, und Leech muss auf die altmodische Art gefasst werden. Und wir werden dieses Taxi nicht aus den Augen verlieren – was durchaus passieren könnte, wenn er merkt, dass das Wegwerfhandy eine Belastung ist und es loswird." Er fuhr sich mit einer Hand durch die Haare. „Mein Team hat die Verfolgung aufgenommen, aber ich werde mit Romano darüber sprechen, einige aus dem Charlie-Team einzusetzen und die Drohnen hochzuschicken, die er bei sich hat, um das Taxi zu verfolgen."

„Gute Idee. Parker hat einen Satelliten-Feed gefunden, den wir vorläufig nutzen können, aber der ist nur für die nächste Stunde oder so im Einsatz."

Aaron blickte zum bedeckten Himmel hinauf. Das bedeutete, dass Parker wahrscheinlich einen Satelliten gehackt hatte, der RADAR-Technologie verwendete, um durch die Wolken zu sehen.

„Kann Parker mir die Ortungsdaten und den Satelliten-Feed schicken?"

„Ich werde ihn fragen. Es gibt eine Verzögerung im Feed aufgrund der Bildverarbeitungszeit, was bedeutet, dass wir immer ein paar Minuten hinterherhinken werden, aber in Kombination mit den Handydaten ..."

„Vorausgesetzt, Colin schaltet es nicht aus oder wirft es aus dem Fenster."

„Aaron", sagte Frazer leise. „Es wird ihr gut gehen."

„Das weißt du nicht."

„Nein, aber ich kenne Hope, und sie ist eine Überlebenskünstlerin."

„Dann beten wir, dass du recht hast." Er wusste nicht, was er tun würde, wenn Frazer sich irrte. Er fühlte sich bereits, als sei er innerlich tot. Kein Wunder, dass Hope eine Scheu vor Beziehungen hatte.

Frazer legte auf.

Aaron rief Romano an, ohne sich zu erlauben, Hope als etwas anderes als eine vermisste Klientin zu sehen. Er konnte nicht funktionieren, wenn er daran dachte, wie groß die Gefahr war, in der sie sich befand. Er hätte sie nie aus den Augen lassen dürfen. Vielleicht hatte er sich die ganze Zeit über etwas vorgemacht, und seine Ex hatte es erkannt. Vielleicht war er wirklich nicht gut genug, um sich als HRT-Operator zu bezeichnen.

51

Benommenheit überkam Hope, als sie langsam aus einem tiefen Schlaf erwachte. Instinktiv wusste sie, dass etwas nicht stimmte, wahrscheinlich alarmiert durch das dicke Klebeband, das ihren Mund bedeckte. Sie blieb ruhig und still. Ihre Haut klebte unangenehm am warmen Vinyl des Autositzes. Das Summen des Asphalts unter den Rädern verriet ihr, dass sie sich bewegten.

Wo war sie?

Sie blinzelte und versuchte sich zu erinnern, was geschehen war. Ihre letzte Erinnerung war, dass sie im Richterzimmer war und Colin Richterin Penton angegriffen hatte.

Verdammte Scheiße. Er musste sie ebenfalls betäubt haben.

War er der Fahrer?

Oder war es Leech?

Angst durchzuckte sie, scharfe Krallen des Grauens trotzten ihrer üblichen Tapferkeit.

Ihr Kopf pochte, und der Strudel der Übelkeit in ihrem Magen jagte ihr eine Heidenangst ein, denn sie wollte nicht durch Ersticken sterben. Sie wollte überhaupt nicht sterben.

Langsam kehrten Erinnerungsfetzen zu ihr zurück. Neblig, dank der Droge.

Sie wagte es nicht, sich zu bewegen, während sie dort lag und ihre Arme hinter dem Rücken gefesselt waren und höllisch schmerzten. Sie drückte mit der Zunge gegen das Klebeband, um es zu lockern. Sie war der Rückseite des Sitzes zugewandt, sodass der Fahrer nicht sehen konnte, wie sie versuchte, ihren Mund zu befreien, aber sie konnte ihn auch nicht sehen.

In ihrem peripheren Blickfeld zogen stahlgraue Wolken vorbei, während skelettartige Äste ihre knochigen Finger über die Straße streckten.

Sie sah keine Gebäude, und ihr Herz setzte kurz aus, als sie feststellte, dass sie nicht mehr in der Stadt waren.

Ella …

Das Bild der gefesselten jungen Frau blitzte in ihrem Kopf auf. Wo war sie? Ging es ihr gut?

Aus ihrer Arbeit mit Fällen von Sexualverbrechen wusste sie, dass die Erinnerungen an das, was nach dem Einsetzen der Droge passiert war, vielleicht nie mehr zurückkehren würden, aber gewisse Details begannen durchzubrechen. Sie erinnerte sich, dass Colin gesagt hatte, Leech habe Ella entführt, und er würde Hope im Austausch für ihre Sicherheit zu ihm bringen. Und Colin hatte ihr eine Waffe gegeben … die sie während des Kampfes verloren hatte. Der Rest war verschwommen.

Es war frustrierend, aber eines wusste sie. Colin war ein Lügner, und sie konnte ihm nicht trauen.

Der Blinker des Autos begann zu klicken, und sie bogen von der Hauptstraße ab. Hope nutzte den Schwung, um sich auf den Rücken zu rollen, schloss aber die Augen und hielt ihre Gesichtszüge locker. Der Bereich um ihre Lippen fühlte sich ekelhaft juckend und feucht an.

„Wir sind fast da, Hope. Schade, dass Sie die meiste Zeit der Reise geschlafen haben. Ich hätte Ihnen gern alles erzählt.“

Colin saß am Steuer.

Im Geiste rollte sie mit den Augen. Gott, wie manche Männer es liebten, sich selbst reden zu hören. Sie machte sich nicht die

Mühe, die Augen zu öffnen. Sollte er sich doch fragen, ob sie wirklich wach war.

Was würden ihre Leibwächter denken? *Aaron?* Ihr Herz krampfte sich zusammen. Er gab sich zweifellos die Schuld, aber wer hätte das vorhersehen können? Hatten sie die Richterin gefunden? Hope hoffte, dass es ihr gut ging. Colins Manöver, sie in den Gerichtssaal zu locken, war geschickt eingefädelt worden. Die Richterin hatte einen Grund gehabt, Hopes Schutztruppe aus dem Raum zu verbannen, aber sie war sich nicht sicher, ob Aaron draußen geblieben wäre. Nicht dass die Leute eine große Wahl hatten, wenn ein Richter etwas anordnete, es sei denn, sie wollten hinter Gittern landen.

Sie fuhren weitere zehn Minuten, und sie öffnete ihre Augen einen Spalt. Die Bäume über ihr rückten näher zusammen, bis die Äste ineinandergriffen.

Das Grauen saß tief. Was auch immer Colin plante, es konnte nichts Gutes sein.

Das HRT würde nicht lange auf sich warten lassen. Aaron war vielleicht wütend auf sie, weil sie ihn zurückgewiesen hatte, aber er würde sich schreckliche Sorgen machen. Sie hatten viele Möglichkeiten, Leute aufzuspüren, nicht wahr? Sie würden sie finden. Irgendwie. Daran musste sie glauben. Wenn sie fliehen und sich verstecken konnte, würde das FBI sie finden. Sie zwang ihren Körper, sich aufzusetzen und sich umzusehen.

„Ah. Ausgezeichnet. Sie sind wach." Colin klang erfreut.

Hope rieb ihr Gesicht an der Rückenlehne des Sitzes und schaffte es, das Klebeband von ihrem Mund zu lösen. „Was ist hier los? Warum tun Sie das?"

Sein Mund war verkniffen, als er sie hinter seiner Brille kritisch musterte. „Ich könnte es Ihnen sagen, aber dann müsste ich Sie umbringen."

Sie begegnete seinem starren Blick. „Ist das nicht das, was Sie sowieso vorhaben?"

„Ich nicht. Nicht mehr." Seine Stimme war fröhlich, aber sein

Lächeln reichte nicht bis in seine Augen. „Obwohl das ursprünglich meine Idee war."

Sie erschrak über die Tiefe seines Verrats, dann runzelte sie die Stirn. „Haben Sie Leech geholfen, aus dem Gefängnis zu fliehen?"

„Das habe ich nicht. Aber ich bin dem lieben Gott sehr dankbar für seine Hilfe."

„Weil er Sie bezahlt?" Abscheu erfüllte ihren Tonfall.

„Es geht nicht um das Geld", beharrte er.

„Worum geht es dann?"

Er blieb stumm.

„Rache? Bewunderung? Hass? Oder bin ich so eine lausige Vorgesetzte?" Sie hätte fast gelacht, aber das war definitiv nicht lustig. „Oh, Moment. Jetzt erinnere ich mich. Sie haben gesagt, Leech hat Ihren Vater getötet." Sie stieß ein bitteres Lachen aus. „Ich würde mich dafür entschuldigen, dass ich so etwas Wichtiges vergessen habe, aber das hat man wohl davon, wenn man jemandem gegen seinen Willen eine Vergewaltigungsdroge injiziert."

„Halten Sie die Klappe."

„Ich dachte, Sie wollten *reden*? Oh, Moment, ich Dummerchen." Jedes Wort war zuckersüß. „Ich vergaß. Sie haben nicht gesagt, dass Sie ein Gespräch wollen. Sie sagten, *Sie* wollten mir alles erzählen. Der klischeehafte böse Monolog, bevor ich in den Tod geschickt werde – aber keine Widerrede oder Unterbrechung, richtig? Ja, Sir, tut mir leid, Sir." Sie beugte sich vor und hätte salutiert, wenn ihre Hände frei gewesen wären. „War es zu schwer, für eine Frau zu arbeiten?" Sie provozierte ihn absichtlich auf jede erdenkliche Weise. „Zu demütigend? Armer Colin ..."

Er nahm einen Arm vom Lenkrad und schlug mit der geballten Faust in Richtung ihres Gesichts. Sie wich dem Schlag aus und verbiss sich in seinem Handgelenk wie ein Terrier. Ihre Zähne bohrten sich tief in den Stoff seiner Anzugjacke und fanden Haut, Fleisch und Knochen. Dies war kein Spiel. Sie hielt sich nicht zurück. Er schrie auf, als sie sich in ihm verbiss. Mit der anderen Hand packte er sie an den Haaren und zerrte heftig an ihrem Kopf. Sie ließ trotzdem nicht los, obwohl sie den Schlag erkannte, den er gleich ausführen würde.

Der Baum, auf den sie zurasten, kam ihr zuvor, und der Aufprall ließ sie gegen die Rückenlehne der Sitze knallen, als die Airbags explodierten.

Und dann war da gar nichts mehr.

52

———

Sie saßen jetzt schon fast eine Stunde im Fahrzeug, aber die Drohnen waren noch keine zwanzig Minuten in der Luft.

Aaron zügelte seine Frustration. Es handelte sich um große Maschinen, aber die Reichweite war begrenzt, also war ein Teil von Team Charlie auf einem Abfangkurs nördlich von Concord entlanggerast und war von einem Punkt aus gestartet, der hoffentlich die Reichweite maximieren würde, um möglichst effektiv zu sein.

Richterin Abbotsford und ihr Mann befanden sich zusammen mit dem Rest des Charlie Teams in einem geschlossenen Raum. Sie wollten nicht das Risiko eingehen, dass es sich um ein Ablenkungsmanöver handeln könnte.

Romano rief an. „Die Drohnen haben das Taxi geortet."

„Wo?" Aaron, Seth und Black verfolgten die verzögerten Satelliten- und Handydaten und wussten, dass sie sich nur noch wenige Kilometer von dem Fahrzeug entfernt befanden, aber das war Aarons Meinung nach ein paar Kilometer zu weit.

„Eine Landstraße namens Mill Lane."

„Schick mir das Drohnenvideo." Aaron wollte sich vor Frustration die Haare ausreißen, aber das war eine gute Nachricht.

„Verstanden."

„Hier." Black gab schusssichere Westen, die er aus dem Laderaum geholt hatte, zu ihnen nach vorn. Es folgten Gewehre und Munition. Aaron machte sich bereit, während er darauf wartete, dass Romano ihn in die Live-Übertragung einschaltete.

„Wo seid ihr?", fragte er Romano.

„Zwei Kilometer östlich von euch, aber wir müssen einen Fluss überqueren, also fünf Kilometer bis zur nächsten Brücke. Novak ist etwa zehn Kilometer westlich."

Der Feed kam durch und Aaron hatte das Gefühl, als würde man ihm das Herz mit Essstäbchen aus der Brust reißen. „Sie sind gegen einen Baum geprallt?"

„Sieht so aus."

„Irgendein Lebenszeichen?"

Die Kamera schwenkte und Aaron sah ein Haus eine Straße hinunter. Rauch kam aus dem Schornstein.

„Bisher haben wir keine gesehen."

Er rief Frazer von Hopes Handy aus an. „Wir haben das Taxi auf dem Drohnenfeed."

„Ich sehe es. Parker hat mich eingeklinkt."

Aaron sollte nicht überrascht sein. „Irgendwelche Informationen über Grundstücke in der Gegend, die darauf hindeuten, dass sie von Leighton oder Leech benutzt werden?"

„Wir arbeiten daran."

Aaron sah es zur gleichen Zeit wie Frazer auf dem Bildschirm. Ein Hubschrauber stand auf einem Landeplatz auf einer Lichtung nördlich des Hauses, das der Unfallstelle am nächsten lag.

„Können wir uns den Vogel näher ansehen?", fragte er Romano.

„Ich schicke die zweite Drohne runter, um ihn näher ins Visier zu bekommen. Mal sehen, ob wir eine Hecknummer von diesem Mistkerl bekommen können."

„Können wir hier draußen Luftunterstützung bekommen?"

„Ich werde sehen, was wir in der Gegend haben."

„Die Immobilie ist auf die Camden Corp. registriert. Alex versucht, eine tatsächliche Person ausfindig zu machen, aber es könnte sich um eine Art Strohfirma handeln, also könnte es auch Leech sein." Frazer sprach in einer anderen Leitung mit jemandem. „Okay, durch das Hacken von Colin Leightons Cloud-Informationen hat Parker herausgefunden, dass Colin glaubt, er sei der Sohn eines von Leech' Opfern, des zweiten Toten, Richard Prince. Prince verließ seine schwangere langjährige Freundin und heiratete seine jüngere Sekretärin Lynette Lombardy, die Leech später vergewaltigte und erstickte. Colins Mutter hat es ihm offenbar erzählt, nachdem der erste Prozess gegen Leech gescheitert war. Colin war achtzehn Jahre alt gewesen. Er begann sofort, eine juristische Karriere anzustreben."

„Es handelt sich also nicht um eine einfache Schmiergeldsituation. Er ist auch hinter Leech her?", fragte Kincaid.

„Er hat sich absichtlich als Hopes Rechtsreferendar beworben, also hatte er schon lange etwas vor, und wir müssen davon ausgehen, dass sie beide Ziele sind." Aaron war wütend, dass sie das übersehen hatten. „Was auch immer er ursprünglich vorhatte, im Moment hat er Hope und ist vermutlich auf dem Weg zu Leech. Wir müssen uns auf eine sofortige Geiselbefreiungsmission vorbereiten, denn Leech wird nicht warten oder Hope als Geisel behalten, wenn er herausfindet, dass wir in der Nähe sind. Er wird sie töten, wenn er glaubt, dass er wieder ins Gefängnis zurückkehrt."

„Und nach unserem Gespräch mit Eloisa Fairchild und der Lektüre seiner Briefe vermute ich, dass Leech alles tun wird, um nicht wieder ins Gefängnis zu müssen", stimmte Frazer zu.

Romano sprach über sie beide hinweg. „Halt. Ich sehe Bewegung im Fahrzeug."

53

———

Hope kämpfte sich mühsam aus dem Fußraum heraus. Sie drehte sich auf die Vorderseite und schleppte ihren Oberkörper über die dreckige Matte, um sich in eine kniende Position zu bringen. Von dort aus hievte sie sich auf den Sitz und wiederholte dann das Manöver. Ein Blick auf Colin verriet ihr, dass er durch den Aufprall bewusstlos geworden war.

War er noch am Leben?

Sie war sich nicht sicher und würde auch nicht versuchen, es herauszufinden.

Ihr Körper zitterte vor Aufregung.

Der Motor zischte, und sie konnte hören, wie Dampf aus dem Kühler aufstieg.

Die Landschaft um sie herum war schön. Sanfte, schneebedeckte Hügel und ein kleiner schwarzer Bach, der in der Talsohle floss. Aus dem Schornstein eines nahegelegenen Hauses drang Rauch. Sie rutschte nach hinten an die Tür heran und tastete nach dem Griff, der sich leicht öffnen ließ. Voller Überraschung stürzte sie rückwärts auf die Straße.

Autsch.

Verletzt lag sie halb im und halb außerhalb des Fahrzeugs und musste sich wie eine Raupe auf den rauen Asphalt winden.

Colin stöhnte auf und begann, mit den Airbags zu kämpfen.

Scheiße.

Schnell drehte sie sich und schaffte es, ihre Füße unter sich zu bekommen, wobei sie sich gegen das kalte Metall des Wagens drückte, als sie unsicher auf die Beine kam.

Sollte sie das Haus riskieren?

Colin hatte eine Waffe, und sie musste sich schnell entscheiden. Wenn sie in den Wald floh, konnte er einfach ihren Spuren im Schnee folgen und sie erschießen.

Hope musste das Haus riskieren. Sie begann, die Straße hinunterzulaufen und betete, dass jemand vorbeifahren würde. Als sie das Ende der langen Einfahrt erreichte, hielt sie inne und sah sich verzweifelt nach jemandem um, der ihr helfen konnte.

Das Geräusch der zuschlagenden Autotür veranlasste sie, die Auffahrt hinaufzulaufen. Als sie um die Ecke bog, sah sie ein großes, rustikales Haus mit einer großen Doppelgarage oder Werkstatt auf der einen Seite.

Sie huschte am Rand des Weges entlang und trat in die Reifenspuren, die den Schnee verdichtet hatten, damit sie hoffentlich weniger Spuren hinterließ.

Sie brauchte eine Art Säge, um die Handschellen loszuwerden. Also hielt sie sich an das Nebengebäude und rannte, bis sie die Tür fand. Sie war verschlossen.

Verdammt.

Ihr Herz begann zu rasen, als sie Schritte auf der Einfahrt knirschen hörte. Sie sah sich hektisch um und rannte in den Wald hinter der Garage, wo sie sich hinter eine große Kiefer stellte und so gerade wie möglich dastand, ohne zu atmen. Das Blut rauschte in ihren Ohren und machte sie taub, wenn sie doch alles hören musste.

Bitte, bitte, bitte.

„Netter Versuch, Hope."

Ihr Herz stolperte, und der Schrecken ließ sie erstarren. Ihre Zähne klapperten, als sie sich umdrehte und sah, dass Colin mit einer auf sie gerichteten Waffe dastand. Blut tropfte aus seiner

Nase, und er hielt das Handgelenk fest, aus dem sie ein Stück herausgebissen hatte.

„Ah, ausgezeichnet", ertönte eine schrecklich vertraute Stimme aus der Nähe der Garage. „Gäste! Willkommen, willkommen."

Sie zitterte sowohl vor Abscheu als auch vor Kälte. Julius Leech stand da, in einem schwarzen Kaschmirpullover, blauen Jeans und guten Wanderschuhen. Der Hass auf diesen Mann schwoll in ihr an, tausendmal stärker als die Angst.

Er hatte sein Haar dunkelbraun gefärbt, aber seine Augen waren das gleiche unheimliche, verwaschene Blau, das sie in ihren Albträumen sah.

„Kommt nur herein. Ich schicke jemanden, der sich um das Fahrzeug kümmert, bevor ein barmherziger Samariter vorbeikommt und für seine Mühe sterben muss." Sein Lächeln war kälter als ihr Atem, der in der Luft gefror. Er hob ein Handy an sein Ohr und ging unbekümmert zurück zum Haus.

Hope überlegte, ob sie weglaufen sollte.

„Tun Sie es, und ich bringe Sie um, hier und jetzt."

„Sie werden mich sowieso töten."

„Nicht unbedingt."

Sie machte einen halben Schritt, aber er schoss links von ihr in die Luft.

„Das ist Ihre letzte Warnung."

Sie atmete tief ein und versuchte, sich zu beruhigen. Sie wollte leben. Sie wollte wirklich leben. Ohne Angst oder Reue. Sie wollte Aaron länger als nur für ein paar gestohlene Nächte, aber sie bezweifelte, dass sie die Chance bekommen würde, ihm zu sagen, wie viel er ihr bedeutete.

„Jetzt, Hope!"

Widerwillig folgte sie dem Mann, der ihre Familie getötet hatte, und ihr Mund wurde mit jedem Schritt trockener und trockener. Sie ging in ihren Tod.

Hope ging in einen Vorraum und trat dann in eine schöne, moderne Küche.

Colin packte sie von hinten und benutzte sie als Schutzschild, als er sie in das Wohnzimmer schob, das eine prächtige, gewölbte Decke hatte.

„Ich will mein Geld, Leech." Seine Stimme dröhnte durch den Raum. „Zahlen Sie es auf mein Konto ein, und Sie können mit Hope spielen, wie Sie wollen."

Hope grinste höhnisch über eine Schulter. „Sie verdammter Betrüger. Ich wusste, dass es ums Geld geht."

Aber Leech war nicht da, und sie hörte einen Fluch hinter sich, als eine Waffe losging und sie schreiend nach vorn stürzte.

54

Das Echo Team rannte durch den Wald neben der Hütte, als ein Schuss ertönte. Das Charlie Team und Novak waren noch fünf Minuten entfernt. Aaron weigerte sich, über den Schuss oder die Tatsache nachzudenken, dass Hope bereits tot sein könnte. Er hatte auf dem Monitor gesehen, wie sie versuchte, zu fliehen. Hatte gesehen, wie sie sich zu verstecken versuchte. Hatte gesehen, wie der verletzte Colin Leighton sie im Wald aufspürte und dann eine Gestalt, bei der es sich wahrscheinlich um Leech handelte, ihnen entgegenkam, bevor sie lässig zurück ins Haus gingen.

Sie hatten auf der anderen Seite des Hügels geparkt, so nah wie möglich, ohne von der Hütte aus gesehen zu werden. Es hatte ewig gedauert, hierherzukommen, und sie hatten keine Zeit zu verlieren.

Hope saß mit zwei sehr gefährlichen Personen in der Falle.

„Alpha Team übernimmt die Vorderseite. Omega übernimmt die Rückseite. Ich bin bei Omega. Wir lassen uns nicht sehen, bis wir bereit sind, das Haus zu betreten." Er sprach leise durch das Funkgerät.

Sie gingen in Position. Wahrscheinlich wollte Leech den Hubschrauber zur Flucht nutzen, den ein Pilot gerade warmlaufen ließ – und das bedeutete, dass sie den Hintereingang nehmen würden.

Seth Hopper drückte seinen Arm. Er war vor ein paar Wochen in einer ähnlichen Situation gewesen, als Zoe entführt worden war. „Wir schaffen das."

Aaron nickte, obwohl sein Mund sich anfühlte, als sei er voller Dreck.

„Kincaid, du sicherst die Maschine. Bring den Piloten zum Verhör in den Hangar und schwing dann deinen Arsch wieder hierher."

Kincaid machte sich ohne Widerrede auf den Weg, und die anderen stellten sich in der Nähe des Hintereingangs in einer Reihe auf. Seth Hopper, Cas Demarco, Ryan Sullivan, Sebastian Black und er selbst. Männer, denen er sein Leben anvertraute. Männer, denen er nun etwas viel Wertvolleres anvertrauen musste – das Leben von Hope.

55

Hope drehte sich um und sah, wie Colin zu Boden fiel und seine Waffe quer durch den Raum schlitterte. Sie erstarrte.

Er begann, über den Holzboden zu kriechen.

Leech trat hinter der Wand hervor. Am anderen Ende des Wohnzimmers befand sich eine weitere Öffnung, die hinter dem massiven zentralen Kamin in die Küche führte. Er war herumgegangen und hatte Colin in den Rücken geschossen.

Leech richtete die Waffe auf ihren ehemaligen Rechtsreferendar und legte den Finger an den Abzug, um einen zweiten Schuss abzugeben.

„Nicht!"

Leech schaute sie an. „Warum nicht? Er kam hierher, um mich zu töten, sobald er seine zehn Millionen Dollar dafür kassiert hat, dich geholt zu haben. Ich bin sicher, dass du die Nächste gewesen wärst, Hope, wenn man bedenkt, dass er der Bastard von Dick Prince ist."

„Du hast meinen Vater getötet, du Mistkerl", stieß Colin hervor, während er sich langsam auf die Waffe zubewegte.

Leech warf den Kopf zurück und lachte. „Wenn Sie diesen Satz mit ,Jetzt bist du des Todes' beenden, bin ich offiziell der glücklichste Mensch auf dem Planeten."

„Verdammter Verlierer", zischte Colin.

Blut strömte aus seiner Wunde, und Hope spürte, wie Panik in ihr aufstieg. Nicht nur wegen Colin, sondern auch wegen Ella.

Leech' Lächeln verschwand. „Ich bin der Milliardär, dessen Träume sich alle erfüllt haben, und Sie sind derjenige, der eine Blutspur auf meinem schönen Boden hinterlässt. Ich bin hier nicht der Verlierer, Freundchen." Er hob die Waffe erneut.

„Warten Sie." Hope machte einen Schritt nach vorn, während sie doch am liebsten weggelaufen wäre. „Tun Sie es nicht. Bitte erschießen Sie ihn nicht. Ich weiß, dass er ein Wiesel und ein Lügner ist, aber er ist kaum mehr als ein Kind."

Leech hob die Augenbrauen und blinzelte sie theatralisch an. „Warum, Hope? Höre ich da Vergebung in deiner Stimme? Ich hätte nicht gedacht, dass du das in dir hast."

„Vielleicht", gab sie zögernd zu. „Außerdem hat er eine meiner Zeuginnen entführt, und ich weiß nicht, wo sie ist."

Colin spuckte Blut. „Ella wird sterben, wenn Sie sie nicht finden."

Leech' Gesichtsausdruck wirkte amüsiert. „Oh, die kleine Maus, die von ihrem Versager-Freund verprügelt ..."

„Nein", korrigierte Hope, denn was machte es schon? „Sie wurde von ihrem *Ex*-Freund verprügelt, der als Ex nicht mehr Einfluss auf ihr Leben haben sollte als ein Fremder." Der Begriff *häuslich*, wenn er auf Paare angewandt wurde, die sich getrennt hatten, war ihr ein Dorn im Auge. „Waren die Menschen, die Sie ermordet haben Fremde für Sie?"

Sie nahm an, dass er es wieder leugnen würde, aber sie musste Zeit gewinnen. Das FBI konnte nicht mehr lange auf sich warten lassen, und sie würde auf keinen Fall Leech' Kind als Druckmittel benutzen. Zum Glück hatte Aaron Colin gestern weggeschickt, bevor er ihr von Eloisas Sohn erzählt hatte.

Leech' Gesichtsausdruck verriet den Mörder, der er wirklich war. „Nun, sie waren keine Freunde, aber glaube mir. Sie haben es alle verdient."

Sie sog entsetzt den Atem ein. Danny hatte es nicht verdient. Paige auch nicht.

Sie hörte das Dröhnen der Hubschrauberrotoren, und Optimismus machte sich in ihr breit.

„Ich fürchte, das ist keine Rettungsmission, meine Liebe." Leech würdigte sie eines Blickes. „Mein Fluchtplan." Seine blassblauen Augen trafen die ihren. „Meine Gründe, hierzubleiben, sind fast verschwunden."

Weil sie tot sein würde.

„Mich, Sylvie und Beasley zu töten, meinen Sie? Warum nicht die anderen? Die Richterin, die Kriminaltechniker?"

„Oh, du blutdürstige Seele, Hope. Wer hätte das gedacht?" Er hielt ihrem Blick stand, bevor er ihr ein Lächeln schenkte, das seine Augen nicht erreichte. „Nun, ich wusste es offensichtlich."

Was hatte das zu bedeuten?

Sie dachte an all die Male, in denen sie sich die Gelegenheit gewünscht hatte, mit diesem Mann allein zu sein und sich ihr Pfund Fleisch zu holen. In keinem der Szenarien hatte sie sich vorgestellt, dass ihre Hände auf dem Rücken gefesselt waren und er eine Waffe hatte.

„Wenn du es unbedingt wissen musst", er klang fast gelangweilt, „Ihr wart die drei, die Lügen über mich erzählt haben. Du und der gute Doktor im Gerichtssaal, und Jeff vor jedem, der zuhören wollte, nachdem er den Prozess vermasselt hatte."

„*Sie* haben gelogen."

„Nein." Er neigte den Kopf zur Seite. Seine Augen funkelten. „Ich habe gewisse Wahrheiten ausgelassen. Das ist nicht dasselbe."

Semantik.

Sie hatte im Zeugenstand nicht gelogen, aber er hatte sich eingeredet, dass sie es getan hatte. Sie konnte sich nicht vorstellen, seine Meinung nach all den Jahren ändern zu können.

Colin rückte näher an die Waffe heran. Sie wollte genauso wenig wie Leech sehen, wie ihr ehemaliger Rechtsreferendar sie erreichte.

Hope ging hinüber. „Keine Sorge. Ich bin mit Handschellen gefesselt. Ich werde sie außer Reichweite kicken." Sie stieß die Waffe mit dem Fuß an, wobei sie darauf achtete, dass der Abzug nirgendwo hängenblieb. Dann ging sie zurück, sodass sie vor dem Kamin stand.

War das ein Schatten, den sie vor dem Fenster sah?

„Irgendwelche letzten Worte?"

„Colin oder ich?"

Er lächelte. „Ich habe dich immer gemocht, Hope. Warum fängst du nicht an? Leighton hier langweilt mich."

Sie hob das Kinn und schluckte. „Letzte Worte? Klar. Wie wäre es damit, dass ich seit Jahren davon träume, mit Ihnen allein in einem Raum zu sein. Ich hatte vor, Ihnen in den Arsch zu treten für das, was Sie meiner Familie angetan haben."

„Oh, erspar' mir das wehleidige Theater. Es sind nur wir beide hier, Hope. Du kannst aufhören, dich zu verstellen." Leech seufzte dramatisch. „Ich habe deine erbärmliche kleine Familie nicht umgebracht. Ich kam an diesem Tag zu deinem Haus, weil ich dummerweise glaubte, wir seien Freunde."

Wut brannte in ihren Adern.

„Sie haben sie kaltblütig ermordet!" Sie stürzte sich auf ihn. Er hatte die Waffe immer noch auf Colin gerichtet, und sie überraschte ihn.

Sie prallte gegen ihn und rammte ihm ihr Knie in die Leiste, so wie Aaron, Seth Hopper und Sebastian Black es ihr beigebracht hatten. Sie hielt sich nicht zurück, sondern nutzte alle Kraft, um ihm die Eier in den dürren Hals zu stoßen.

Leech' Gesicht verzerrte sich vor Schmerz, als er sich vornüberbeugte, und sie erinnerte sich daran, was ihre Leibwächter – ihre Freunde – ihr noch beigebracht hatten. Wegzulaufen. Sie sprintete zur Hintertür und blieb überrascht stehen, als sie ein ohrenbetäubendes Krachen hörte und dann Männer ins Haus strömten. Hope erstarrte. Sie strömten um sie herum, und sie zuckte zusammen, als sie einen weiteren Schuss hörte.

Bitte lass nicht zu, dass einer dieser Menschen verletzt wird.

Sie wollte herumwirbeln, aber jemand nahm ihren Kopf und drückte ihn an seine Brust. *Aaron.* Sie sackte gegen ihn zusammen, als er fest die Arme um sie legte.

„Sieh nicht hin", befahl er. „Leech wollte definitiv nicht zurück ins Gefängnis."

Ihr Magen krampfte sich zusammen, und sie schloss die Augen, während ihr Herz wie wild gegen ihre Rippen pochte. „Danke. Danke, dass du mich gefunden hast. Danke, dass du mich gerettet hast. Ich wusste, dass du kommen würdest."

Seine Hand ruhte kühl in ihrem Nacken.

„Ich glaube, du hattest dich bereits selbst gerettet." Er lachte in ihr Haar, aber das Geräusch wurde abrupt unterbrochen, als könnte er nicht weitermachen. Jemand nahm ihr die Fesseln ab. Als ihre Handgelenke frei waren, legte sie die Arme um den Mann und hielt sich so fest, dass sie Angst hatte, ihn zu verletzen. Sie kümmerte sich nicht um die schusssichere Weste und die Waffen. Auch das Publikum war ihr egal. Langsam beruhigte sich ihr Puls, und ihre Atmung normalisierte sich, als ihr klar wurde, dass es vorbei war. Leech war tot. Sie konnte hören, wie sie daran arbeiteten, Colin zu stabilisieren.

Sie versteifte sich und versuchte, sich loszureißen. „Oh, Gott. Ella ist …"

„Wir haben sie." Aarons Griff wurde fester, und seine Hände fuhren beruhigend über ihren Rücken. „Alex Parker hat die Bewegung des Wegwerfhandys zurückverfolgt, das Colin benutzt hat, wodurch wir auch dich gefunden haben. Als Frazer bemerkte, dass es heute früh vor Ellas Wohnung war, dachten wir, sie sei entweder eine Komplizin oder in Gefahr. Sie konnten dem Signal zu einem verlassenen Lagerhaus in der Nähe der Docks folgen, und die Bostoner Polizei schickte einen Suchtrupp los und fand sie gefesselt und geknebelt in einem alten Büro. Es ging ihr gut, aber sie litt unter der kalten Witterung. Sie haben sie zur Beobachtung ins Krankenhaus gebracht."

Hope umklammerte seine Weste. „Gott sei Dank. Die arme

Frau." Aarons Duft erfüllte ihre Sinne und half, den Schrecken der letzten Stunden zu lindern.

Ihre Finger gruben sich tiefer in seine kugelsichere Weste, und sie hielt ihn an sich gedrückt. Sie wollte nicht mehr loslassen. „Selbst mit mir allein wollte Leech nicht zugeben, Danny oder Paige getötet zu haben. Der Bastard hat es bis zu seinem Tod geleugnet."

„Vielleicht war die Tatsache, dass er ein Kind ermordet hat, selbst für ihn zu viel."

„Ich bin froh, dass er nicht wusste, dass er einen Sohn hatte." Vielleicht war das grausam, aber Leech war in dem Glauben gestorben, er sei der Letzte seines Geschlechts. Darin lag eine Genugtuung.

Und so sehr sie auch versucht war, hier zu stehen und Aarons Trost in sich aufzusaugen, so wusste sie doch, dass er einen Job zu erledigen hatte. Sie war bereit, ihm ihre unsterbliche Liebe zu gestehen, aber vielleicht wollte er nur eine zwanglose Beziehung. Sicher war er über die Bemerkung „nur Sex" verärgert gewesen, aber das bedeutete nicht, dass er mit ihr ins kalte Wasser springen wollte. Er war schon einmal verletzt worden.

Plötzlich unsicher, ließ sie ihn los und trat einen Schritt zurück. „Ich hoffe, wir haben die Gelegenheit, zu Hause unter vier Augen zu sprechen, wenn du hier fertig bist."

Er sah einen Moment lang verwirrt aus, dann wurde seine Miene leer, als er die anderen Männer wahrnahm, die sich um sie herum bewegten.

Aaron nickte und entfernte sich. „Wir begleiten dich ins Krankenhaus, und ich bespreche mit meinem Chef, wann wir aufbrechen."

Ihre Augen weiteten sich, und Aufregung machte sich in ihr breit. Sie wollte nicht, dass er ging. Sie griff nach ihrer üblichen Rüstung, aber die schien verschwunden zu sein.

Aaron war immer noch ein Mann, der täglich sein Leben riskierte. Konnte sie damit umgehen? Würde er sie mehr wollen als die kurze Zeit, die ihnen noch blieb, wenn sie plötzlich viel mehr wollte? Eine ganze *Menge* mehr.

„Ich gehe nicht ins Krankenhaus."

Aaron öffnete den Mund, um zu widersprechen.

„Ich werde hier von jemandem, der qualifiziert ist, Blut abnehmen und Fotos machen lassen, aber ich fühle mich gut und weigere mich, stundenlang von Ärzten untersucht zu werden, die mir nur dasselbe sagen. Es gibt Blut, Fingerabdrücke, DNS und Klebeband auf der Rückbank des Taxis. Ich habe ein paar Prellungen und wunde Handgelenke, aber ansonsten bin ich unverletzt."

Aaron betrachtete sie kritisch und sah ihr auf der Suche nach Anzeichen einer Gehirnerschütterung in die Augen. Sie lächelte, damit er erkannte, dass sie die Wahrheit sagte. „Wenn es mir in irgendeiner Weise schlecht geht, wenn ich wieder in Boston bin, werde ich in die Notaufnahme gehen."

Als er erkannte, dass sie es ernst meinte, rief Aaron: „Hopper, komm her und mach ein paar Fotos von Hopes Verletzungen."

Seth trat an ihre Seite. „Verweigert hier jemand die medizinische Behandlung?"

Aaron spannte den Kiefer an.

„Ich brauche keinen Arzt. Nehmt einfach diese Verletzungen auf und eine Blutprobe, damit sie herausfinden können, womit er mich betäubt hat." Hope streckte die Handgelenke für mehrere Fotos aus, dann drehte sie sie um, die Finger weit gespreizt. Seth neigte ihren Kopf zum Fenster, um die Fleischwunde an ihrer Schläfe und die Prellungen in ihrem Gesicht zu fotografieren.

Aarons Miene war finster.

Jemand ließ einen schweren Verbandskasten neben ihnen auf den Boden fallen und Seth machte sich daran, zwei Ampullen dunkelrotes Blut zu ziehen. Er klebte Watte über die Einstichstelle und beschriftete die Ampullen mit Zeit, Datum und ihrem Namen. Dann unterschrieb er und versiegelte sie in einer Beweistüte, die er in einer kleinen Kühlbox verstaute.

„Schon fertig." Seth nickte und entfernte sich, wobei er die Beweise und den Verbandskasten mitnahm.

Aaron öffnete den Mund, um etwas zu sagen, aber sie wurden durch Geschrei von draußen unterbrochen.

Hope ließ den Kopf sinken, als sie Brendans Stimme erkannte. „Oh-oh. Ich gehe besser raus, bevor er verhaftet wird."

„Okay." Aaron rieb sich den Hinterkopf, seine braunschwarzen Augen waren voller Reue. „Es tut mir leid, dass ich dich nicht beschützt habe ..."

„Was? Nein! Du hast alles richtig gemacht. Niemand hätte vorhersehen können, dass Colin mich aus dem Gerichtsgebäude entführt."

„Ich hätte es vorhersehen sollen."

„Wie? Es gibt einen Unterschied zwischen klug und übersinnlich. Ich mag Ersteres, aber ich bin mir nicht sicher, ob mir Letzteres gefallen würde." Sie zwang sich zu einem Lächeln, aber sie merkte, dass er sich wegen dieser Sache fertigmachen würde. Sie berührte seinen Arm. „Bitte geh nicht, ohne dich zu verabschieden. Ich muss mich entschuldigen ..."

„Nein, musst du nicht."

„Ich möchte es erklären." Sie konnte das, was sie zu sagen hatte, nicht vor Publikum sagen. Es könnte ihn seinen Job kosten. „Versprich es mir, Aaron. *Bitte.*"

Er presste die Lippen aufeinander und wandte den Blick ab. Er nickte erneut, sprach die Worte aber noch immer nicht aus. Stattdessen sagte er: „Du musst eine Aussage machen, und das wird einige Zeit dauern, fürchte ich. Und ich muss hier noch eine Menge erledigen, bevor die örtlichen Agenten eintreffen, um die Sache zu übernehmen."

„Mach dir keine Sorgen um mich. Die Gefahr ist vorbei. Brendan kann mich nach Hause fahren."

Aaron begleitete sie zur Tür. Sie berührten sich nicht, und die wenigen Zentimeter zwischen ihnen fühlten sich an wie eine hundert Meter breite Kluft. Sie blickte auf, bevor sie nach draußen ging, und bemerkte all die anderen Jungs, die so taten, als würden sie sie nicht anstarren.

„Es tut mir leid, wenn ich dich in Schwierigkeiten gebracht habe, Operator Nash", flüsterte sie.

„Du bist jeden Moment des Ärgers wert, ADA Harper." Er lächelte plötzlich – ein Aufblitzen weißer Zähne unter seinem gepflegten Bart – und ihr Herz schlug wie wild in ihrer Brust.

Hope blinzelte langsam. Vielleicht hatten sie doch eine Chance. Vielleicht würde er ihr den Schmerz verzeihen, den sie ihm zugefügt hatte, und sie würde herausfinden, wie sie mit dem ständigen Risiko in seinem Job umgehen konnte. Schließlich, so erkannte sie mit plötzlicher Einsicht, hatte sie das Schlimmste überlebt, was das Leben ihr bieten konnte, und sie war immer noch hier. Warum sollte sie nicht offen sein für das Beste, was das Leben zu bieten hatte?

Sie nahm seine Hand und stellte sich auf die Zehenspitzen, um ihm einen schnellen Kuss auf die Wange zu drücken.

„Du bist es auch, Aaron, du bist jeden Moment des Ärgers wert."

Seine Pupillen weiteten sich vor Überraschung.

Als sie nach draußen trat, sah sie Brendan und Lewis Janelli, die sich mit Hunt Kincaid anlegten.

Sie seufzte. Manche Dinge änderten sich eben nie.

56

Aaron sah zu, wie Hope in den Garten und in die Arme eines anderen Mannes trat. Ein winziges Körnchen Hoffnung, dass sie vielleicht eine Lösung finden könnten, hatte in ihm zu wachsen begonnen – wenn er bereit war, sein Herz noch einmal diesem Risiko auszusetzen. Hope hatte gesagt, dass ihr gefiel, dass er klug war, und er wusste, dass sie seinen Körper mochte. Anstatt einen Aspekt von sich zu reduzieren, sollte er vielleicht anfangen, das Ganze zu akzeptieren.

Aber was, wenn sie nur auf der Suche nach ein wenig Spaß war? Wer konnte ihr das verübeln, nach allem, was sie durchgemacht hatte?

Er wollte mehr.

Brendan legte einen Arm um seine ehemalige Schwägerin und brachte sie schnell weg. Aaron unterdrückte die dämliche Eifersucht, die sich aus ihren Fesseln befreite.

Lewis Janelli stand da und blickte den beiden böse hinterher.

„Du lässt sie mit diesem Kerl gehen?" Seth Hopper starrte ihn an, als hätte er den Verstand verloren.

„Ich kann den Tatort nicht verlassen …"

„Doch, das kannst du. Füll die FD 302s auf dem Rückflug aus. In der Zwischenzeit kümmerst du dich um deine Frau."

Aaron verschränkte die Arme. „Ich bin mir nicht sicher, ob Hope es begrüßen würde, wenn ich mich um sie kümmere." Aber der Gedanke, dass sie seine Frau war, ließ etwas Primitives in ihm aufsteigen.

Seth grinste. „Das wirst du erst wissen, wenn du es versucht hast, oder? Was hast du zu verlieren?"

„Meine Selbstachtung. Meinen Stolz. Die Chance, vielleicht mit der Zeit über sie hinwegzukommen?"

„Sie ist in dich verknallt, du Idiot."

Aaron warf seinem Freund einen neugierigen Blick zu. Er hatte gedacht, dass er seine Gefühle in der letzten Woche ziemlich gut versteckt hatte. „Wie kommst du darauf?"

„Hast du gesehen, wie sie den Rest von uns umarmt oder geküsst hat?"

Aaron verzog das Gesicht. „Sie hat ein traumatisches Erlebnis hinter sich ..."

Seth schlug ihm auf den Hinterkopf. „Für einen schlauen Kerl bist du echt beschränkt."

Aaron rieb sich den Kopf. „Hey."

„Geh ihr nach. Wir sind hier sowieso raus. Wir müssen den Tatort räumen. Der Gerichtsmediziner ist auf dem Weg, und die Agenten der Bostoner Außenstelle sind nur noch fünf Minuten entfernt."

Aaron hielt Seths Blick stand. „Sie ist zu gut für mich."

Seths Augen weiteten sich, und er griff nach Aarons Haaren, um ihre Köpfe zusammenzubringen. „Du bist einer der besten Männer, die ich kenne. Lass mich nie wieder so einen Blödsinn aus deinem Mund hören."

Aaron schüttelte den Kopf und lachte.

„Sie hat eine Menge durchgemacht. Sie hat jemanden wie dich verdient, Professor." Seth rieb ihm mit den Fingerknöcheln über den Kopf, bevor er ihn losließ.

Aaron sah auf seine Uhr. „Okay, ich fahre ihren BMW zurück zu ihrer Wohnung. Hoffentlich wollen die Chefs nicht, dass wir heute Nacht zurückfliegen. Sobald Colin Leighton abtransportiert ist, lass zwei Leute zurück, bis die örtlichen Beamten hier sind. Alle anderen können zurück zu Hope fahren, um zu packen."

„Verstanden. Der Rettungshubschrauber ist fast da. Demarco wird mit Leighton mitfliegen."

„Gut. Lass mich wissen, wie es ihm geht und wohin er gebracht wird." Aaron schritt davon und versuchte, sich ein Grinsen zu verkneifen.

„Hey." Janelli eilte auf ihn zu. „Kann ich bei Ihnen mitfahren?"

Aaron hielt inne. „Ihr Partner hat Sie zurückgelassen?"

Janelli schniefte. „Er sagte, er wolle ein privates Gespräch mit Hope und wisse, dass sie sich in meiner Gegenwart nicht wohlfühlen würde."

„Sicher. Ich kann Sie mit zurücknehmen." Aaron ging zu Hopes BMW, der in der Einfahrt geparkt war. Der Schlüssel war im Ablagefach.

„Hat Leech Hope Harper wirklich gesagt, dass er weder Danny noch ihr Kind getötet hat?", fragte Janelli. „Ich habe ein paar Agenten darüber reden hören."

Aaron nickte. Er legte seine Schutzweste und das gesicherte Gewehr in den Fußraum hinter dem Fahrersitz, dann stieg er ein.

Janelli stieg auf der Beifahrerseite ein und bewunderte das butterweiche Leder der Sitze. „Netter Schlitten."

Aaron parkte rückwärts aus und fuhr in Richtung Süden zurück nach Beantown.

Janelli verzog das Gesicht. „Ich schätze, ich muss mich bei Ihnen entschuldigen."

„Nicht bei mir. Bei Hope."

Janelli schnitt eine Grimasse. „Ich war ein Arschloch." Die Falten in seiner Stirn waren tief genug, um Mais zu pflanzen.

„Haben Sie etwas auf dem Herzen?"

Janelli fuhr sich mit der Zunge über die Zähne. „Nein."

Für einen Detective war er kein besonders guter Lügner.

„Aber nach unserem Gespräch habe ich nachgedacht."

Aarons Lippen zuckten. „Nachdem ich Sie aus dem Gerichtsgebäude habe werfen lassen."

Janelli rollte mit den Augen. „Ich versuche, mich nicht an diese Arschloch-Aktion zu erinnern – dachten Sie wirklich, ich würde eine Frau angreifen? Vor allem eine, die dafür sorgen könnte, dass ich aus dem Polizeidienst geworfen werde?"

Aaron verzog den Mund. „Sie haben sie bedroht. Ich habe nur meinen Job gemacht."

Janelli legte den Kopf zur Seite und rieb sich den Nacken. „Ich schätze schon. Ich bin es gewohnt, mich auszulassen, ohne dass jemand etwas sagt, wissen Sie?"

Aaron sah den Kerl finster an. „Sie müssen wissen, dass Hope damals nur ihren Job gemacht hat. So wie die Richterin. Warum ihr die ganze Schuld für das geben, was passiert ist?"

Anstatt verärgert zu wirken, verzog Janelli nachdenklich die Lippen. „Ich habe sie so lange gehasst. Pauly war ein guter Kerl, ein Mentor wie ich nie zuvor einen hatte ..." Er schüttelte den Kopf. „Es war hart, ihn auf diese Weise zu verlieren."

Aaron dachte an den Verlust von Montana und wusste genau, wie schwer das war. „Es ist Zeit, loszulassen, zumindest was Hopes Verantwortung für die Fehler von Pauly Monroe angeht."

Janelli schürzte die Lippen. „Ich denke schon. Dass Leech rauskam, hat mich über viele Dinge von damals nachdenken lassen."

Aaron runzelte die Stirn. „Über was zum Beispiel?"

„Dinge, die im Nachhinein und mit mehr Berufsjahren nicht mehr so stimmten, wie sie es sollten." Janelli ließ sich in seinen Sitz sinken und sah unbehaglich aus. „Ich habe die Protokolle der Nacht, in der Pauly Monroe starb, überprüft." Er zog die Lippen ein. „Brendan hat gelogen, als er sagte, er sei bei einer Observierung gewesen."

Aaron runzelte die Stirn. „Warum sollte er lügen?"

„Ich weiß es nicht." Janelli zupfte an einem losen Faden an seiner Jacke. „Vielleicht war es eine inoffizielle Ermittlung oder etwas, von dem er wusste, dass der Captain es nicht gutheißen würde."

„Brendan Harper kommt mir nicht wie ein Polizist vor, der

unbezahlte Überstunden macht." Plötzlich wurde es Aaron klar, und Angst durchflutete jede Nervenzelle in seinem Körper. „Könnte Brendan Monroe getötet haben?"

Janelli stieß ein ungläubiges Schnauben aus. „Niemals."

Aarons Herz schlug zu heftig. „Es passt aber zusammen. Am nächsten Tag ist er zur Stelle. Er sucht Sie bewusst auf, und Sie beide fahren zusammen zu Monroes Haus, damit er dabei ist, wenn Sie ihn finden, und überprüfen kann, ob er nichts vergessen hat. Er kann auch erklären, warum seine DNS am Tatort gefunden wurde."

„Aber warum?" Janelli rutschte unbehaglich umher. „Sie waren jahrelang Partner. Sie waren Kumpel."

Aaron wurde die ganze Tragweite bewusst. „Verdammt. Könnte Brendan seinen eigenen Bruder und seine Nichte getötet haben?" Er trat das Gaspedal durch. Brendan hatte Hope.

Janelli streckte seine Hände in Richtung Armaturenbrett aus, da er eindeutig Aarons Gedanken las. „Whoa. Fahren Sie langsamer. Brendan wird ihr nicht wehtun. Er ist besessen von ihr. Er war allerdings nicht sehr erfreut, als er gesehen hat, wie sie Ihnen vorhin einen Kuss auf die Wange gegeben hat."

Na großartig.

Aarons Kopf drohte zu explodieren. Er dachte, sie hätten Hope gerettet, aber er hatte sie direkt in die Arme eines anderen Raubtiers laufen lassen.

Er zog sein Handy aus einer Seitentasche und nutzte die Sprachfunktion. „Anrufen bei Frazer. Auf Lautsprecher stellen."

Frazer nahm ab, aber anstatt sich von dem Kerl zu seiner guten Arbeit beglückwünschen zu lassen, unterbrach Aaron ihn. „Hör zu. Ich habe Lewis Janelli im Wagen, und wir fahren zurück in die Stadt, um Hope zu folgen, die mit Brendan mitgefahren ist. Die Sache ist die, dass ich mich frage, was wäre, wenn Leech Danny und Paige Harper tatsächlich nicht getötet hat? Was, wenn es Brendan war?" Die Räder in seinem Kopf drehten sich jetzt auf Hochtouren. „Was wäre, wenn Brendan der Detective war, der das Material genommen und am dritten Tatort platziert hat?"

„Er war der erste Detective am Tatort des dritten Doppelmordes", bestätigte Frazer. „Er hatte erst vor Kurzem den Partner gewechselt, und da er an den vorherigen Morden gearbeitet hatte, wurden sowohl er als auch Monroe angerufen, obwohl es offiziell Monroes Fall war."

„Vielleicht war Monroe involviert, vielleicht auch nicht. Aber plötzlich wird er von Schuldgefühlen überwältigt und droht, es jemandem zu sagen, seinem Captain ..."

„Seinem Priester", unterbrach Janelli. „Wenn er Schuldgefühle hatte, hätte er es seinem Priester beichten wollen. Brendan sagt oft, er traue den Priestern nicht zu, die Beichte geheim zu halten, und das von einem Mann, der seine Mutter jeden Sonntag zur Messe bringt."

„Also tötet Brendan ihn, und vielleicht findet sein Bruder es heraus. Und der einzige Weg, wie Brendan sicher sein kann, dass Danny es niemandem erzählt – vor allem nicht seiner Frau, die den Mann verteidigt, den Brendan reinlegen wollte –, ist, dass er seinen Bruder tötet?"

„Ich würde sagen, das wäre möglich", bestätigte Frazer. „Und wenn Brendan herausfindet, dass wir ihm auf der Spur sind, bevor sie aus dem Auto steigen, ist Hope tot, denn Brendan hat mehr als eine ungesunde Obsession von ihr. Er wird sie von einer Brücke werfen, wenn er glaubt, dass wir ihm auf die Schliche gekommen sind."

Aaron weigerte sich, darüber nachzudenken. „Womit könnten wir ihn anklagen?" Leech war bereits wegen der Morde verurteilt worden.

„Leech' Verurteilung würde aufgehoben werden, was äußerst ironisch wäre, und Brendan würde strafrechtlich verfolgt." Frazer hörte sich an, als würde er etwas in einen Computer tippen.

„Wir kriegen ihn wegen Monroe", sagte Janelli wütend. „Wir kriegen ihn dafür, dass er einen Kollegen umgebracht hat und so viele Jahre lang damit davongekommen ist." Er griff nach seinem Telefon. „Ich werde mit meinem Captain sprechen ..."

„Nein." Aaron schüttelte den Kopf. „Was ist, wenn er Brendan anruft oder jemand auf dem Revier mithört? Sie werden ihn warnen."

Janelli öffnete den Mund, um zu widersprechen, aber Aaron erhob seine Stimme so laut, dass sie von der Inneneinrichtung widerhallte. „Wenn Sie Ihr Handy anrühren, lege ich Ihnen Handschellen an und setze Sie auf den Rücksitz. Ich werde Hopes Leben nicht gefährden. Glauben Sie nicht, dass sie schon genug durchgemacht hat?"

„Schick' deine Truppe zurück zu Hopes Wohnung und sorge dafür, dass sie ankommt, bevor Brendan dort eintrifft", befahl Frazer. „Wir werden ihn ausschalten, bevor sie das Gebäude betreten. Verschreckt ihn nicht. Ich treffe euch dort."

Aaron ignorierte die Angst, die auf seiner Ausbildung herumtrampeln wollte, und tätigte den Anruf. Plötzlich erschienen ihm all seine Befürchtungen, dass ihm wieder das Herz gebrochen werden könnte, unbedeutend und belanglos. Er war dem HRT beigetreten, um sich zu beweisen, und doch war das Einzige, was wirklich zählte, dasselbe, was auch gezählt hatte, als er noch dieser streberhafte Biologe gewesen war. Liebe. Sein Problem war nicht, dass er nicht gut genug war, sondern einfach, dass er nicht die richtige Person gefunden hatte. Und jetzt hatte er sie, doch der Gedanke, sie zu verlieren, bevor sie wirklich eine Chance zusammen hatten, zerschnitt ihn in Millionen Stücke.

„Wir kriegen sie schon." Janelli versuchte unbeholfen, ihn zu trösten.

„Das sollten wir besser", knurrte Aaron grimmig.

57

„Leech ist also wirklich tot?", fragte Brendan.

„Ja." Hope biss sich auf die Lippe. Er fuhr zu schnell. Er fuhr immer zu schnell.

„Kannst du langsamer fahren? Von den Drogen ist mir schwindelig, und ich möchte nicht dein männliches Muscle Car vollkotzen."

Er nahm den Fuß vom Gaspedal. „Dein Rechtsreferendar hat dich unter Drogen gesetzt?"

„Ja, um mich aus dem Gerichtsgebäude zu holen."

„Dieser verdammte kleine Wichser." Brendan drehte sich und sah sie an. „Ich habe ihm nie getraut."

„Ach, komm schon. Du kanntest ihn doch kaum."

Er lachte. „Ich habe dem Widerling nicht getraut."

Sie schnaubte. „Tja, da bist du der Einzige. Die meisten stellvertretenden Staatsanwälte wollten ihn von mir abwerben. Ich hätte ahnen müssen, dass etwas nicht stimmt, als er anbot, mit mir zu arbeiten."

„So schlimm bist du gar nicht."

Sie lachte und schaute aus dem Fenster. „Doch, bin ich." Aber sie fühlte sich jetzt anders. Trotz des schrecklichen Verrats durch jemanden, den sie für einen vertrauenswürdigen Kollegen innerhalb des Justizsystems gehalten hatte, fühlte sie sich irgendwie leichter.

„Also, du und das Arschloch von Leibwächter, ja?" Seine Fingerknöchel traten hervor, als er die Fäuste um das Lenkrad ballte.

Hope wandte sich ab und starrte auf den verschneiten Horizont, als die Leichtigkeit schwand. Sie wollte mit Brendan nicht über Aaron sprechen. Was sie hatten, war etwas Besonderes, und sie wollte es hüten, so wie Eloisa Fairchild das Wissen um ihren Sohn gehütet hatte.

„Es wird wahrscheinlich nicht von Dauer sein." Sie ballte die Hände zu Fäusten. Aber sie hoffte, dass es von Dauer wäre.

Brendan grunzte.

„All die Jahre habe ich versucht, das wiedergutzumachen, was Danny und Paige passiert ist." Und sie war ihm nie nahegekommen. „Ich dachte immer, wenn ich die Gelegenheit hätte, Leech unter vier Augen zu konfrontieren, würde er mir die Wahrheit sagen." Sie schüttelte den Kopf. „Er hat die anderen Morde zugegeben." Ihre Augenlider zuckten. „Die, bei denen ich ihn verteidigt habe."

„Nun, wir wussten alle, dass er schuldig war." Brendan warf ihr einen Blick zu, der ihr unausgesprochen die Schuld am Tod von Danny und Paige gab.

Sie schluckte.

„Er ist wahrscheinlich nur auf Sex aus, weißt du." Brendans Blick huschte über ihre Gestalt. „Dieser Agent."

„Ha. Danke, Brendan. Ich bin mir der männlichen Schwächen bewusst. Aber da wir schon mehrfach Sex hatten, glaube ich nicht, dass es ganz so einfach ist."

Auch wenn sie versucht hatte, es so einfach zu machen.

Das Auto schlingerte leicht.

„Fahr langsamer." Sie fasste sich an den Bauch. Diese Art von Übelkeit hatte sie nicht mehr verspürt, seit sie mit Paige schwanger gewesen war. Sie schlang die Arme um sich. Meine

Güte. Der Gedanke, noch ein Kind zu bekommen, traf sie wie ein Vorschlaghammer.

Das Verlangen war so stark, dass sie es fast schmecken konnte.

Wäre Aaron an Kindern interessiert? Sie hatte keine Ahnung. Sie hätte sich nie vorstellen können, dass sie einmal an einen Punkt kommen würde, an dem sie ein weiteres Baby auch nur in Erwägung zog.

„Hat Leech noch etwas gesagt?"

Sie schüttelte den Kopf. „Nicht wirklich. Er hat ein paar Witze gerissen, die er sicher für clever hielt. Colin ist der uneheliche Sohn von Richard Prince."

„Mein Gott." Brendan warf ihr einen Blick zu. „Das war ein brutaler Tatort. Glaubst du, der Junge hat sich die Akte angesehen?"

Sie schluckte, als sie an all die Akten dachte, die sie in ihrem Büro aufbewahrte und zu denen er Zugang gehabt hatte. All die Tatortfotos und Autopsieberichte. Richard Prince war einen langsamen, schmerzhaften Tod gestorben. „Ich vermute, dass er das hat." Sie zitterte. „Ich muss den Bezirksstaatsanwalt anrufen und ihn über Colin auf den neuesten Stand bringen und mich nach Richterin Penton erkundigen, aber im Moment habe ich keine Kraft dazu." Sie rasten auf die Stadtgrenze zu. „Hey, können wir einen Kaffee oder eine heiße Schokolade holen? Ich habe seit heute Morgen nichts mehr getrunken, und das Frühstück habe ich ausgelassen."

„Klar. Willst du auch was essen?"

„Vielleicht ein paar Pommes." Das könnte helfen, ihren Magen zu beruhigen.

Sie hielten vor einem Fast Food-Laden, und er gab die Bestellung auf. Hope zückte ihr Portemonnaie, um zu bezahlen, aber Brendan bestand darauf, das zu übernehmen. Sie fragte sich, wo ihr Handy war und fühlte sich ohne es seltsam von der Welt abgeschnitten.

Sie fuhren wieder los, und sie knabberte an den Pommes und nippte zaghaft an dem höllisch heißen Getränk.

Dann stellte Hope den Becher in die Halterung.

„Du meinst es doch nicht ernst mit dem Kerl, oder? Ich meine, ich dachte, du hängst immer noch an Danny?"

Sie blinzelte mehrmals, um die Emotionen zu vertreiben, die ihre Sicht trübten. Herrgott. Er war so unverblümt. Eigentlich sollte sie daran gewöhnt sein, aber er wusste immer, wie er sie am meisten verletzen konnte.

„Ich habe deinen Bruder von ganzem Herzen geliebt." Aber sie hatte endlich die Kraft – den Mut – gefunden, wieder zu fühlen, zu leben, zu lieben. „Ich glaube, ich bin bereit, es zu wagen."

„Es wird nicht von Dauer sein, Hope."

Meine Güte, wenn sie nur halb so unglücklich war wie Brendan, war es kein Wunder, dass sie in all den Jahren niemand um ein Date gebeten hatte.

Da wurde ihr klar, wie schlecht sie füreinander gewesen waren. Jeder ermutigte den anderen, sich in Versagen und Kummer zu suhlen.

„Willst du beim Grab vorbeischauen, bevor ich dich nach Hause bringe?" Er wirkte hoffnungsvoll angesichts des Vorschlags.

Sie schüttelte den Kopf. „Es war ein langer Tag."

Heute ging es nicht um die Vergangenheit. Nicht jetzt, da Leech tot war. Heute ging es um die Möglichkeit einer Zukunft. Und Aaron konnte vielleicht nicht einmal über Nacht bleiben, wenn das Team zu einem weiteren Einsatz gerufen wurde. Wenigstens hatte er versprochen, dass sie miteinander reden könnten. Hoffentlich würde er ihr verzeihen, dass sie ihn weggestoßen hatte, und sie konnten sich etwas überlegen.

Sie hielten vor ihrem Haus, und es fühlte sich an, als sei sie tagelang weggewesen, nicht nur wenige Stunden.

„Steht das Sonntagsessen morgen noch?"

Hope starrte Brendan schockiert an. Die Tatsache, dass er nach allem, was sie in dieser Woche durchgemacht hatte, glaubte, seine

Essenspläne mit seiner Mutter hätten in ihrem Leben einen hohen Stellenwert, war verblüffend.

„Das hängt davon ab, wie ich mich morgen früh fühle." Entweder nach einer Nacht voller Sex oder nach dem Kummer, den sie empfinden würde, wenn Aaron gegangen war.

„Ma erwartet …"

„Ich *weiß*, Brendan." Hope fasste sich an die Stirn wegen der bleiernen Last der Verpflichtung, die um ihren Hals hing. „Ich weiß. Lass mir ein bisschen Luft zum Atmen, okay? Es war ein verdammt harter Tag."

Sie stieg aus, nahm ihren Becher und die Pommes, dann lehnte sie sich zu ihm. „Ich rufe dich morgen früh an."

Sie knallte die Tür zu, bevor er antworten konnte, und ging die Stufen zu ihrer Haustür hinauf. Sie suchte in ihrer Tasche nach einem Schlüssel, aber die Tür öffnete sich, und Aaron zog sie hinein.

„Wie konntest du vor mir zu Hause sein?"

Anstatt etwas zu sagen, nahm er ihr den Becher und das Essen aus der Hand und führte sie dann in das Zimmer in der Wohnung ihrer Nachbarn, das zur Straße hin lag. Er öffnete die Vorhänge, und sie sah, wie Lewis Janelli Brendan aus dem Auto zerrte und ihn über die Motorhaube des Charger stieß, bevor er ihm Handschellen anlegte.

Sie wirbelte herum. „Ich verstehe nicht ganz?"

Aaron führte sie rechtzeitig wieder nach draußen, damit sie hören konnte, wie Janelli Brendan seine Rechte vorlas.

Sie schritt auf ihn zu. „Was ist hier los?"

„Es ist nicht so, wie du denkst." Brendan warf ihr einen gequälten Blick zu, und ihr rutschte das Herz in die Hose.

„Was hast du getan, Brendan?"

„Hast du den Mumm, es ihr zu sagen, Arschloch?", fragte Aaron über ihre Schulter hinweg. „Oder willst du sie für den Rest deines wertlosen Lebens anlügen?"

„Was meinst du damit?" Grauen erfüllte sie. Sie hatte gedacht, es sei alles vorbei.

„Es war ein Unfall." Brendans Gesichtsausdruck war flehend.

„Was war ein Unfall?" Sie trat einen Schritt zurück.

„Danny." Dann schluchzte er. „Paige."

Jeder Muskel in ihrem Körper erstarrte. „Wovon redest du?"

Brendan beugte sich vornüber. „Er hat es herausgefunden. Danny hat es herausgefunden. Monroe …"

Hope runzelte die Stirn. „Pauly Monroe? Was hat Monroe getan?"

Tränen liefen über Brendans Gesicht. „Monroe wollte seinem Priester beichten, was wir getan haben."

Sie hielt sich den Mund zu, und ihre Stimme wurde leise. „*Was hast du getan, Brendan?*"

Er schürzte die Lippen, aber es war zu spät.

„Du hast Monroe getötet und mir diese E-Mail geschickt, weil du dachtest, alle würden herausfinden, dass du es warst, der diese Beweise platziert hat? Also hast du Monroe die Schuld in die Schuhe geschoben, nicht wahr?"

Brendan sah aus wie ein verwundetes Tier.

Sie machte einen Schritt nach vorn, als eine weitere, unvorstellbare Wahrheit über sie hereinbrach. „Danny hat es herausgefunden."

Wir müssen reden.

Diese drei kleinen Worte hatten sie jahrelang gequält. Der Gedanke, dass Danny wütend auf sie gewesen war, als er gestorben war, hatte sie fast gebrochen. Und er hatte es gewusst. Brendan hatte es die ganze Zeit gewusst.

„Es war ein Unfall. Ich schwöre es. Ich bin rübergegangen, um mit ihm zu reden, weil er sagte, ihr zwei hättet einen großen Streit gehabt, und die Nachrichten hätten berichtet, dass der Prozess vorbei sei. Leech wurde freigelassen. Wir fingen an, über Pauly und die Beweise zu reden und … er wusste es." Brendan begann zu schluchzen. „Er wusste immer, wenn ich gelogen habe. Wir fingen an zu streiten, und ich sah den Brieföffner auf seinem Schreibtisch und … es ist einfach passiert. *Es ist einfach passiert.*"

Sie brach in sich zusammen. Aaron legte einen Arm um ihre Taille, um sie aufrecht zu halten. Brendans Augen wurden schmal.

„Paige?" Ihre Stimme brach. „Was hast du mit Paige gemacht?"

Er zuckte zusammen. „Sie kam hereingestürmt und hat alles gesehen. Ich dachte, sie wäre bei einem Spieltreffen. *Sie sollte doch bei einem Spieltreffen sein!*"

Seine Qual prallte an Hope ab wie Hagel.

„Sie fing an zu schreien, und ich habe sie hochgehoben und versucht, sie davon abzuhalten, so viel Lärm zu machen, während ich mir überlegte, was ich mit Danny machen sollte, der blutete." Dann begegnete er ihrem Blick und flehte sie an, zu verstehen. „Und dann, *dann* wurde mir klar, dass ich das alles Leech oder einem Nachahmer oder jemandem, der dich dafür hasste, dass du einen Serienmörder freigelassen hast, in die Schuhe schieben konnte. Und genau das hast du getan, Hope ..."

„Nein." Sie zitterte vor eiskalter Wut. „Du kannst mir nicht die Schuld dafür geben. Nicht mehr. Verstehst du denn nicht? *Du* hast es getan. *Du* hast das alles getan. *Du* bist der Grund, dass der Fall abgewiesen und Leech freigelassen wurde. *Du* bist der Grund, dass Danny und Paige tot sind." Sie schluchzte. „All die Jahre habe ich mir die Schuld gegeben, und du hast das zugelassen. Du hast mir zugesehen. Ich habe versucht, es wiedergutzumachen, dass Leech es auf sie abgesehen hatte, weil ich ihn verteidigt hatte, aber es war schon immer deine Schuld. Ich will dich nie wiedersehen, Brendan. Ich hoffe, du begreifst endlich, dass du einen Detective ermordet hast, mit dem du jahrelang befreundet warst. Du hast deinen Bruder getötet, den du angeblich geliebt hast, und du hast ein Kind getötet, das dich vergöttert hat. Ich hoffe, du verrottest in der Hölle."

Sie stolperte, und Aaron nahm sie in die Arme und führte sie weg.

58

———

Livingstone öffnete die Tür, und Aaron trug Hope die Treppe hinauf in ihre Wohnung, setzte sie auf ihr Sofa und hielt sie fest, während sie unkontrollierte Tränen weinte. Er wiegte sie in seinen Armen, bis sie sich schließlich beruhigte und sich an seine Schulter schmiegte.

„Es tut mir leid, Hope."

Er spürte, wie sie schluckte.

„Es ist nicht deine Schuld. Und jetzt weiß ich mit Sicherheit, dass es auch nicht meine war." Sie wischte sich über das Gesicht. „In mir kämpfen all diese Gefühle. Ich spüre dieses unglaubliche Gefühl des Verrats, kombiniert mit einem plötzlichen Gefühl der Freiheit. Die Leute reden davon, dass ihnen eine Last von den Schultern genommen wird, aber ich habe das noch nie erlebt."

„Du hattest einen höllischen Tag."

„Ja, aber ich weiß endlich, was wirklich passiert ist, und das hilft." Sie holte tief Luft. „Ich glaube, Leech hat wirklich geglaubt, dass ich es getan habe. Ich wette, deshalb hat er nicht aufgehört, mir zu schreiben und mich eine Lügnerin zu nennen. Welch eine Ironie, dass er für ein Verbrechen, das er nicht begangen hat, ins Gefängnis ging, nachdem das Strafverfahren wegen der Verbrechen, derer er sich tatsächlich schuldig gemacht hatte, abgewiesen wurde."

Ihre Augen waren rot vom Weinen, aber sie begannen, sich zu klären.

„Ella wurde aus dem Krankenhaus entlassen, und Richterin Penton auch. Ich schätze, der Prozess wird sich verzögern." Aaron war sich bei diesen Details nicht sicher.

„Ich war heute Morgen so wütend auf Penton. Sie hatte irgendeine verrückte Idee, dass Seth Hopper in den Mord an Beasley verwickelt sein könnte."

Aaron wich zurück. „Was?"

„Colin hat ihn wegen eines Witzes, den er im Gericht gemacht hat, den Wölfen zum Fraß vorgeworfen. Es war nichts. Ich habe Penton erklärt, dass Hopper ein solides Alibi hat. Leech hat zugegeben, die ersten sechs Opfer getötet zu haben, plus Sylvie, ihren Ehemann und Jeff Beasley – offenbar, weil sie über ihn gelogen haben." Sie rollte mit den Augen. „Ich bin mir ziemlich sicher, dass der Bezirksstaatsanwalt mich von dem Gibson-Fall abziehen wird, ob es mir gefällt oder nicht. Aber ich denke sowieso daran, mir eine Auszeit zu nehmen."

„Das halte ich für eine kluge Entscheidung."

„Ich werde mit Ella reden. Hoffentlich haben sie einen Opferberater geschickt, um mit ihr zu sprechen."

„Colin Leightons Position in der Staatsanwaltschaft wird eine Menge Fragen und Bedenken aufwerfen."

Sie stieß ein müdes Lachen aus. „Oh, ja."

„Ich vermute, dass wir alle Briefe, die Leech an dich geschrieben hat, seit Colin dein Rechtsreferendar wurde, irgendwo in Colins Sachen finden werden."

„Ist er noch am Leben?"

Aaron nickte. „Er hat viel Blut verloren, aber er wird gerade operiert. Offenbar hat er gute Chancen, durchzukommen." Vermutlich hatte der Kerl eine Reisetasche mit allem gerichtet, was er brauchte, um aus dem Land zu fliehen, nachdem er Leech und Hope getötet hätte. Sie würden sie finden. Es war nur eine Frage der Zeit.

Hope griff nach seinem T-Shirt. „Was ich letzte Nacht zu dir gesagt habe, mit der Bemerkung ‚nur Sex'…"

Er versuchte, sie zu unterbrechen.

„Nein, lass es mich bitte erklären. Ich habe dich absichtlich glauben lassen, dass es zwischen uns nur körperliche Chemie gäbe, weil ich Angst hatte, dass du mir zu nahekommst. Wenn Leech dich ins Visier genommen hätte, weil er herausgefunden hat, dass ich mich in dich verliebt habe, hätte ich damit nicht leben können."

Er hielt inne, nicht sicher, ob er sie richtig verstanden hatte. „Wie bitte?"

„Du hast ganz richtig gehört." Sie stieß ihn an der Schulter an.

„Willst du damit sagen, dass du mich liebst?"

Sie lächelte, und es war der sorgloseste Ausdruck, den er je in ihrem schönen Gesicht gesehen hatte.

„Das tue ich." Welchen Schock auch immer sie in seinem Gesicht sah, sie interpretierte ihn falsch. „Es ist in Ordnung. Du brauchst es nicht zu erwidern. Du hast mir ein Geschenk gemacht. Selbst wenn du jetzt schreiend die Straße hinunterrennst, hast du mich aus einem Gefängnis befreit, das ich selbst geschaffen habe. Du hast mich erkennen lassen, dass ich stärker bin, als ich dachte – nicht nur ein Opfer, sondern eine Überlebende. Dafür kann ich dir nicht genug danken."

Aaron konnte nicht glauben, was er da hörte. „Ich habe mich in dem Moment in dich verliebt, als ich dich da unten sah, wie du im Angesicht einer ganzen Truppe von HRT-Operators nicht nachgegeben hast."

„Ihr wart ziemlich einschüchternd."

„Wir haben dich nicht eine Sekunde lang eingeschüchtert." Dann küsste er sie, weil er nicht anders konnte.

Sie erwiderte seinen Kuss, und er war sanft und süß.

Ihre Finger umklammerten ihn fest, als hätte sie Angst, dass er zur Tür hinausgehen würde. Die Tatsache, dass er das irgendwann in naher Zukunft tun musste, machte ihn unruhig.

Dann zog sie sich zurück. „Ich muss dir ein paar Dinge sagen, bevor wir weitermachen."

Oh-oh.

Sie räusperte sich. „Erstens wird es mir schwerfallen, damit zurechtzukommen, dass dein Job so gefährlich ist, *aber* ich werde nicht versuchen, dich zu ändern." Sie fuhr mit einem Finger über seine Lippen. „Zufällig denke ich, du bist perfekt, so wie du bist, also ist es sinnlos, dich zu ändern. Stattdessen werde ich an meiner eigenen geistigen Gesundheit und meinen Bewältigungsmechanismen arbeiten."

Perfekt? „Mein Job ist gefährlich. Genauso wie das Überqueren der Straße."

Sie stieß ihm den Ellenbogen in die Rippen.

Er lachte leise. „Die Tatsache, dass du so redest, als hätten wir eine Chance auf mehr als ‚nur Sex', und sagst, dass du denkst, du liebst mich, ist alles, was ich will."

„Aaron, ich *glaube* nicht, dass ich dich liebe. Ich *weiß*, dass ich dich liebe. So etwas habe ich bisher nur einmal gefühlt." Sie zog ihre Lippen ein. „Danny hätte dich gemocht, und er hätte Brendan dafür gehasst, was er getan hat, und dass er so lange damit durchgekommen ist." Ihre Augen hatten diesen fernen Blick, dann richteten sie sich wieder auf ihn. „Bei all der Aufregung ist mir heute auch klar geworden, dass ich gern noch ein Kind hätte."

Ein warmes Glühen begann in seiner Brust.

„Und wenn du kein Interesse hast, bin ich zwar enttäuscht, aber ich verstehe es auch. Das Elternsein ist nicht für jeden etwas. Aber ich werde mich mit einigen Optionen beschäftigen, denn eine Frau Ende dreißig kann nicht mehr herumtrödeln. Ich möchte nur, dass du das zu Beginn gleich weißt."

Zu Beginn.

Er strich ihr das Haar aus dem Gesicht und blickte in diese ungewöhnlichen grauen Augen. „Die Tatsache, dass du das in Betracht ziehst, mit mir …"

Sie zog die Stirn in Falten. „Mit einem sündhaft attraktiven, erstaunlich intelligenten und bemerkenswerten Menschen wie dir, meinst du?" Sie ging vor ihm auf die Knie, strich mit der Hand über sein Kinn und legte ihre kühlen Finger in seinen Nacken. „Einem Mann, der unterstützend und rücksichtsvoll ist und sich nicht scheut, seine Meinung zu sagen, wenn die Situation es erfordert. Einem Mann, der respektvoll und freundlich ist, und der zuhört, auch wenn er nicht einverstanden ist? Einem Mann, der von seinen Mitmenschen respektiert wird, der sich um mich kümmert, sei es beim Abwasch oder als Schutz vor jeder Gefahr, die mir droht? Aaron, wie kannst du nicht wissen, wie wunderbar du bist?"

Die Faust um seine Kehle lockerte sich.

Vielleicht war er in Wirklichkeit nie das Problem gewesen. Die Tatsache, dass er befürchtet hatte, nicht gut genug zu sein, war die Reaktion seines früheren Ichs auf Herzschmerz und Verrat durch die Menschen, die er am meisten geliebt hatte. Sie waren es, denen es an allem gefehlt hatte, was wichtig war. Aber jetzt wollte er ihnen beiden danken – dafür, dass sie ihn vor einer katastrophalen Ehe und einer noch komplizierteren Scheidung bewahrt hatten.

Er mochte sein Gehirn – es machte ihn zu einem besseren Operator. Und ohne seinen Intellekt hätte er niemals alle Teile dieses siebenjährigen Puzzles zusammengesetzt. Hope würde immer noch nichts vom Verrat ihres Schwagers ahnen.

Sie beobachtete ihn und wartete geduldig auf eine Antwort. Dass Hope von einer gemeinsamen Zukunft sprach, machte ihn überglücklich. Er hielt sie zu fest. Schließlich gelang es ihm, die Worte zu finden, obwohl es wahrscheinlich nicht die richtigen waren.

„Ich möchte Kinder. Ich habe mir immer Kinder gewünscht. Und der Gedanke, mit dir zusammen zu sein, mit dir eine Familie zu gründen, macht mich so verdammt hart, dass ich dich am liebsten nach oben tragen würde und …"

Ihre Augen funkelten, und etwas, das wie Erleichterung aussah, erhellte ihre Züge. „Was hält dich davon ab?"

„Meine Teamkollegen, die unten wie Teenager-Mädchen warten, und die Tatsache, dass Frazer jeden Moment hier sein wird. Und dann sind da noch die FD 302s, die ich ausfüllen muss. Die Knowledge Field Agents vom örtlichen Büro werden uns alle dazu befragen müssen, was vorgefallen ist, und mein Chef wird ein Update haben wollen …"

Sie lachte zögerlich, und dann spürte er, wie die Katze auf seine Schulter sprang und begann, ihn mit ihren Krallen zu kneten.

Er zuckte zusammen. Die Katze sprang wieder herunter und verlangte miauend nach Futter. Hope beugte sich vor und küsste ihn. „Zu deinem Pech sind Lucifer und ich nur im Doppelpack zu haben. Wie wäre es, wenn wir uns nach Feierabend in meinem Zimmer treffen? Sobald alle damit fertig sind, uns zu bedrängen."

„Das würde mir gefallen." Er nahm ihre Hand, verschränkte ihre Finger und küsste sie. „Das würde mir sehr gefallen. Und du musst ihnen sagen, dass sie sich zurückziehen sollen, wenn es dir zu viel wird. Du wurdest heute unter Drogen gesetzt und entführt und musstest mit ein paar ziemlich harten Wahrheiten fertig werden."

Sie schenkte ihm ein Lächeln, das ihre Wangen anhob. „Ich habe schon viele meiner Mandanten mit Schlimmerem fertig werden sehen."

Aaron umfasste ihre Arme. „Sie hatten nicht mich, der ihnen den Rücken freihielt."

Ihre Augen funkelten einen Moment lang, aber sie blinzelte die drohenden Tränen weg.

Er seufzte. „Es besteht eine geringe Wahrscheinlichkeit, dass wir sofort nach Quantico zurückgerufen werden, und eine andere, dass wir irgendwohin geschickt werden, von wo aus ich nicht mit dir kommunizieren kann, aber du sollst wissen, dass ich alles tun werde, um gesund und munter aus dem Auftrag herauszukommen, was auch immer es sein mag."

Ihre Lippen zuckten. „Ich kann auf dich warten, Aaron."

„Ich weiß nicht, ob ich auf dich warten kann", erwiderte er ehrlich.

Ein Klopfen ertönte an der Tür, gefolgt von Schritten auf der Treppe.

„Ich mache Kaffee und füttere die Katze." Sie lachte und er stahl sich einen weiteren kurzen Kuss, als Frazer eintraf.

Der kühle Blick des Mannes hellte sich auf. „Kann ich mir einen Bourbon einschenken? Ich verspreche, dass ich dir eine neue Flasche schicke."

Der Mann ging zuerst zu Hope hinüber, als sie aufstand. Er gab ihr eine Umarmung und einen Kuss auf die Stirn. „Das mit Brendan tut mir leid."

Hope erschauderte, als sie tief einatmete. „Mir auch, aber ich werde keine Zeit mehr an ihn verschwenden. Es tut mir leid für Mary, aber sie muss einen Weg finden, damit umzugehen, ohne mich mit einzubeziehen."

„Gut."

Frazer ging zum Spirituosenschrank, hielt die Flasche hoch und warf einen Blick in ihre Richtung. „Sonst noch jemand?"

Hope schüttelte den Kopf.

„Ich warte, bis ich meine Aussage gemacht habe, dann nehme ich einen Doppelten." Aaron begab sich in die Küche und holte eine Dose mit dem guten Zeug für Lucifer herunter.

„Oh, ich vergaß", rief Frazer. „Da ist eine hübsche Brünette namens Jeanine, die mich gebeten hat, dir ihre Nummer zu geben. Sie arbeitet in einem Copy-Shop in der Stadt."

Aaron spürte, wie seine Wangen rot wurden, als er wieder ins Zimmer kam. „Scheiße, ich habe ihnen gesagt, dass ich zurückkomme, um mich um den Computer zu kümmern."

Frazer winkte mit einer Hand. „Mach dir keine Sorgen. Die CSI-Einheit hat sich darum gekümmert. Und rate mal, wen die Marshals endlich geschnappt haben?"

„Roberts und Somack?"

Frazer nickte.

„Gott sei Dank."

Hope rieb sich die Handgelenke, die offensichtlich von den zu engen Handfesseln schmerzten, die Colin ihr angelegt hatte. Die Tatsache, dass dieser Bastard Hope, ohne zu zögern, an Leech ausgeliefert hatte, bedeutete, dass Aaron keinerlei Mitleid mit dem Kerl hatte.

„Ich werde chinesisches Essen für alle bestellen. Und sobald wir unsere Aussagen geschrieben haben, möchte ich mich bei allen persönlich bedanken." Ihre Kleidung war schmutzig und ihr Gesicht ein wenig zerkratzt, aber sie hatte diese Tortur wie durch ein Wunder unbeschadet überstanden.

Und sie war sein.

Es fühlte sich wie ein Wunder an.

„Wir haben nur unsere Arbeit gemacht, Hope."

„Ihr habt mir das Leben gerettet und mir genau das gegeben – Hoffnung. Ich möchte dem ganzen Team danken."

„Solange du nicht auf irgendwelche Ideen bezüglich dessen kommst, was ich letzte Nacht gesagt habe", murmelte Aaron scherzhaft. Röte kroch seinen Hals hinauf. Er sollte sie nicht daran erinnern, was für ein Arschloch er gewesen war.

„Jetzt, da du es erwähnst ..." Hope lächelte, dann ging sie los, um sich um Lucifer zu kümmern, der sich immer noch über seinen Hunger beklagte.

„Waren das die Ideen, die dich dazu veranlasst haben, mitten in der Nacht laufen zu gehen?" Frazer bewunderte das Licht durch sein großes Glas Bourbon.

„Nicht veranlasst, aber sie entstammen derselben Quelle", gab Aaron zu.

Frazer grinste. „Hey, Hope, würdest du eines deiner Bücher für Izzy signieren? Sie ist ein großer Fan."

Hope kam mit offenem Mund aus der Küche.

„Dachtest du wirklich, ich würde es nicht herausfinden, wenn mir die Bücher beim Abendessen ins Gesicht starren?"

„Äh, ja? Ich dachte nicht, dass es jemandem auffallen würde."

„Schreibst du gerade ein Buch?", fragte Frazer.

„Ich bin noch in der Planungsphase." Ihre Augen blitzten zu Aaron. „Ich habe daran gedacht, ein romantisches Element in die Serie einzuführen."

„Bekommt Frankie ihr Happy End?", neckte Aaron.

Ein Lächeln umspielte ihren breiten Mund.

„Komm runter und bleib ein paar Tage bei uns."

Aaron wollte widersprechen, aber Frazer sprach zuerst. „*Ihr* könnt auch kommen. Solange ihr Hunde mögt."

Aaron sah Hope an und fragte sich, wie sie die Logistik einer Fernbeziehung regeln sollten, vor allem, wenn sie Kinder haben wollten.

Hope starrte ihn an und biss sich auf die Lippe. „Ich habe Aaron bereits gesagt, dass ich darüber nachdenke, mich von meinem Posten als stellvertretende Staatsanwältin beurlauben zu lassen, damit ich mir meinen nächsten Schritt überlegen kann. Ich habe so viele Jahre damit verbracht, die Bösewichte zu jagen, weil ich glaubte, es sei meine Schuld, dass Danny und Paige ermordet wurden. Ich muss entscheiden, ob ich das immer noch tun will, oder ob ich als Vollzeitautorin glücklicher wäre."

Sie erwähnte nicht, dass sie Kinder wollte. Das war ihr Geheimnis, vorerst.

Ihr Lächeln war ansteckend. „Also, ich würde gern deine Izzy kennenlernen und den großartigen Staat Virginia erkunden. Ich war noch nie dort."

Frazer grinste. „Du wirst sie und Virginia mögen." Er schaute zwischen den beiden hin und her und schien zu realisieren, dass er möglicherweise das fünfte Rad in einer privaten Unterhaltung war.

„Also gut. Ich gehe jetzt nach unten und bestelle das Essen, weil ich wahrscheinlich dran bin. Ich bringe es mit den anderen hoch, wenn es da ist." Er schaute auf seine Uhr. „Ich schätze, ihr habt ungefähr dreißig Minuten, um entweder einen Bericht zu schreiben oder ..." Er hob die Augenbrauen. Sobald sich die Tür schloss, nahm Aaron Hope in die Arme und trug sie die Treppe hinauf.

Sie lachte und berührte seine Wange. „Ich bin mir nicht sicher, ob dreißig Minuten ausreichen werden."

„Das werden sie nicht." Emotionen pulsierten in ihm, als er in Hopes Schlafzimmer ging und die Tür mit dem Fuß schloss. „Es wird nie genügend Zeit sein, Hope, aber wir werden das Beste aus jeder Sekunde machen."

„Versprochen?" Ihr Blick hielt den seinen fest.

„Versprochen." Und dann küsste er sie.

BONUSSZENE 1

Hope sah sich in ihrer sonst so kargen Wohnung um und war nicht wenig überrascht.

Die Männer, die sie in der letzten Woche Tag und Nacht bewacht hatten, konnten sich endlich entspannen und einen Drink genießen. Einige lagen auf Sofas, andere standen herum und unterhielten sich mit ihren Teamkollegen. Selbst außer Dienst trug jeder noch mindestens eine Waffe an der Hüfte.

Wahrscheinlich trugen sie alle irgendwo am Körper eine versteckte Ersatzpistole oder ein Messer, und sie hatte vor, Aaron später zu durchsuchen, um herauszufinden, was er wo versteckt hatte.

Zuvor waren Unmengen von chinesischem Essen geliefert und verzehrt worden. Lucifer hatte abwechselnd um Essen und Aufmerksamkeit gebettelt – aber zum Glück hatte niemand dem Schlingel irgendwelche Reste zugesteckt. Will Griffin und Hunt Kincaid hatten die Aufräumarbeiten geleitet, und sie hatte das Gefühl, dass das daran lag, dass sie die neuesten Mitglieder des Teams waren. Ein bisschen wie Rechtsreferendare, die in der Staatsanwaltschaft Routinearbeit leisten, ohne den Faktor der hinterhältigen Entführung und des Verrats.

Aaron war nicht hier.

Sie spürte einen ungewohnten Stich und wusste, dass es sie schwer erwischt hatte.

Er war unter die Dusche gegangen, nachdem er endlich die Befragung durch die Agenten der örtlichen FBI-Außenstelle durchgestanden hatte. Sie hatte sich ihm anschließen wollen, war sich aber zu sehr seiner Arbeitskollegen in ihrem Wohnzimmer bewusst. Die Tatsache, dass er wahrscheinlich gerade seine Sachen zusammenpackte, ließ sie vor Angst ihre Finger verkrampfen, bis sie sich daran erinnerte, dass sie jetzt alle Zeit der Welt hatten, um herauszufinden, wie es mit ihnen weitergehen würde. Und allen Willen der Welt, es zum Funktionieren zu bringen.

Nichts konnte sie aufhalten, außer sie selbst, und sie weigerte sich, das schwächste Glied in der Kette zu sein. Sie weigerte sich, ihre zweite Chance auf Liebe zu verspielen.

Ihr Blick wanderte zu SAC Marshal Hayes und seiner Frau Josie, die sich mit Frazer unterhielten, während ihre drei Kinder Jake, Lizzy und Max unter dem Esstisch spielten, beaufsichtigt von dem ebenso begeisterten Ryan Sullivan.

Einer der Jungs hatte im Hintergrund leichte Rockmusik aufgelegt.

Hope lächelte. Es war wahrscheinlich geschmacklos, eine Party zu geben, nachdem man entführt, von einem Serienmörder bedroht worden war und herausgefunden hatte, dass zwei Männer, denen man vertraute, einen auf die schlimmste Art und Weise verraten hatten – aber was soll's. Die Bösewichte waren endlich gefasst und entlarvt worden. Sie konnte dieses Kapitel abschließen und die Vergangenheit hinter sich lassen. Sie war frei, den nächsten Teil ihres Lebens zu gestalten.

Mary Harper hatte sie angerufen. Sie hatte sie angefleht, zu ihr zu kommen und mit ihr zu reden, aber Hope hatte der Frau nichts mehr zu geben. Schon gar nicht die Gewissheit, dass das alles ein schreckliches Missverständnis war. Ein Irrtum. Ein Rachefeldzug.

Natürlich hatte Brendan sein Geständnis widerrufen, bevor er überhaupt auf dem Revier angekommen war.

Es gab Zeugen.

Es war aufgezeichnet worden.

Sie *wusste* es.

Frazer kam mit dem Ehepaar Hayes herüber.

„Schön, Sie zu sehen, Hope. Selbst unter solch schwierigen Umständen." Marshal Hayes' attraktives Gesicht war entsprechend nüchtern.

„Da Sie alle ähnliche Erfahrungen gemacht haben, verstehen Sie sicher, dass das Entsetzen über das, was heute passiert ist, durch die Erleichterung aufgewogen wird, dass diese Bastarde nie wieder jemandem etwas antun werden."

„Darauf ein Amen." Marsh sah sich im Raum um und hob sein Glas in Richtung des großen Gemäldes an ihrer Esszimmerwand. „Wie ich sehe, haben Sie eines von Josies Bildern. Sie hat noch ein anderes, das genau dort drüben fantastisch aussehen würde ..."

Seine Frau stieß ihn mit dem Ellenbogen in den Magen. Heftig.

„Aber das da sieht auch reizend aus." Marsh hustete sein Zwerchfell wieder in Form.

„Danke, dass Sie eines meiner Stücke gekauft haben. Es passt perfekt in den schönen Raum, den Sie hier haben." Josie wechselte das Thema. „Linc sagt, Sie lassen sich von der Staatsanwaltschaft beurlauben?"

„Ja, das stimmt."

„Wenn Sie Hilfe brauchen, müssen Sie nur Bescheid geben." Josie streckte eine Hand aus und drückte ihren Arm.

Hope musste sich gegen die Welle von Gefühlen wehren, die sie zu überwältigen drohte. Sie war so lange allein gewesen. Das war ihre Entscheidung gewesen, aber trotzdem ... „Danke. Ich weiß das zu schätzen."

Aaron betrat den Raum, und ihr stockte der Atem. Er sah aus wie der Inbegriff von groß, dunkel und gutaussehend, sein schwarzes Haar war noch feucht von der Dusche. Er hatte sich rasiert, stellte sie erschrocken fest. Sie mochte den Bart, aber noch mehr gefiel ihr die glatte Linie seines Kiefers. Er schaute sich bei seinen Teamkollegen um, und sie bemerkte die stille Kommunikation, die zwischen ihnen stattfand. Alles war in Ordnung. Er sah sie an, um dieselbe Bestätigung zu erhalten.

Etwas in ihr regte sich, als sie sie ihm gab.

Josie grinste, als sie den Austausch bemerkte.

Frazer legte einen Arm um Hopes Schultern, während Aaron sich ein Bier holte und dann zu ihr herüberschlenderte. „Sie hat versprochen, mich und Izzy zu besuchen. Ich vermute, dass sie und Aaron hier am Ende vielleicht ein bisschen auf Haussuche gehen werden."

Aaron hob die Augenbrauen an, aber er lief angesichts Frazers Einmischung nicht schreiend davon. „Ich kann es kaum erwarten."

Er stellte sich Marsh und Josie vor.

Frazer grinste. Es schien ihm Spaß zu machen, andere Leute aus dem Konzept zu bringen.

Hope beschloss, den Gefallen zu erwidern. „Also, wann wirst *du* eine Familie gründen, Linc?"

Er verschluckte sich fast an seinem Bourbon.

Dann wischte er sich den Mund ab. „Ich bin glücklich mit einem Hund. Danke."

Sie tätschelte seinen Arm. „Entspann dich. Ich scherze nur."

„Nicht alle von uns sind zum Elternsein geschaffen." Er neigte den Kopf zu der Stelle, an der die Hayes-Kinder versuchten, Ryan Sullivan zu Tode zu kitzeln, während dieser sich auf dem Boden wälzte. Alle kreischten lautstark. Ryan hatte seine Waffe hoch oben auf dem Bücherregal platziert.

„Und", Lincoln erholte sich von seinem Schock über die Vorstellung, Vater zu sein, „Du vergisst: Ich finanziere bereits einen Collegebesuch."

„Ich bin mir nicht sicher, ob das zählt." Hope lehnte sich an Aaron, als er neben ihr stand.

„Das liegt daran, dass du Izzys Schwester noch nie getroffen hast." In Frazers Blick lag Stolz, und trotz seiner Worte wusste Hope, dass er den Teenager wirklich liebte.

Marsh trank seinen Drink aus und nahm das leere Glas seiner

Frau. „Ich sammle besser die Kinder ein und bringe sie nach Hause. Es ist bereits später als ihre übliche Schlafenszeit.“

„Willst du mit uns nach Hause fahren oder bleibst du hier und feierst?“ Josies New Yorker Akzent hatte mittlerweile einen leichten Hauch von Boston.

Frazer sah auf seine Uhr. „Ich fahre mit. Mein Flug ist der erste am Morgen.“

„Dann bleibst du also nicht wegen des Maroulis-Prozesses?“, bemerkte Hope.

„Wie es aussieht, hat die Staatsanwaltschaft alles, was sie braucht.“

„Das ist ja witzig. Streitest du immer noch mit dem US Marshall Service?“

„Man munkelt, dass es dort einen Führungswechsel geben wird.“ Sein Mund verzog sich zu einem grimmigen Lächeln. „Aber sag niemandem, dass ich das erwähnt habe.“

Sie verabschiedeten sich, wobei die Hayes Pläne mit Ryan machten, sich am nächsten Morgen zum Frühstück zu treffen. Nachdem sie gegangen waren, starrte Hope das Porträt von Danny und Paige an.

Aaron bemerkte ihren Blick.

Er war in vielerlei Hinsicht so anders als Danny, und doch in anderen so ähnlich.

Er sah plötzlich unsicher aus. „Das ist alles Neuland für mich.“

„Für mich auch.“

Sein Kiefer wurde hart. „Ich weiß, du hättest mich nie zweimal angesehen, wenn …“

Sie legte einen Finger auf seine Lippen. „So funktioniert das nicht.“

Aaron blickte sich um.

Es waren zu viele Ohren da, um ein tiefgründiges Gespräch zu führen. Hope hatte Angst, dass sie etwas Falsches sagen und diesen Mann wieder verletzen würde.

Er nahm ihre Hand, scheinbar ohne Rücksicht auf seine Teamkollegen. „Komm mit mir. Ich möchte dir etwas zeigen.“

„Ich sage es nur ungern, aber den Satz habe ich schon mal gehört."

Er lachte, als er sie durch den Raum zog. Sie gingen nach oben, hielten aber nicht bei ihrem Schlafzimmer an. Aaron schnappte sich einen Mantel aus seinem Zimmer und eine FBI-Einsatzjacke. Er streifte ihn Hope über die Schultern, als sie auf das Dach stiegen.

Der eisige Wind raubte ihr den Atem, aber Aaron lenkte sie zur Brüstung, die nach Süden und der Stadt zugewandt war.

Dann schlang er die Arme um sie und legte sein Kinn auf ihre Schulter.

Sie fröstelte und kuschelte sich an ihn, während sie die Lichter des Ozeans im Westen betrachteten. Die Stille war friedlich, aber arbeitete auch auf irgendetwas hin. Also wartete sie.

„Ich habe Angst, dass du mich jedes Mal mit ihm vergleichst, wenn wir uns streiten, und feststellen wirst, dass mir etwas fehlt", gab er schließlich zu.

Sie drehte sich in seiner Umarmung und umfasste seine Wange. „Danny war genauso wenig perfekt wie ich es bin. Er war ein Junge aus Southie, der sein Leben mit mir und das seiner sich einmischenden Mutter und", sie zwang den Kloß in ihrem Hals hinunter, „seines Bruders unter einen Hut bringen musste."

„Du hast meine Familie noch nicht kennengelernt."

Die Vorstellung erschreckte sie. „Ich weiß schon, dass ich deine Mutter mögen werde. Bei deinem Bruder und seiner flatterhaften Frau bin ich mir nicht sicher."

Aaron lächelte. „Sie ist nicht flatterhaft. Leider ist sie verdammt klug."

„Nicht so klug wie du", wandte Hope ein.

Seine Augen funkelten, als er sie ansah. „Vielleicht nicht. Aber klug genug, um zu erkennen, dass das, was wir zusammen hatten, nicht genug war."

„Muss ich denn nett zu ihr sein?" Gereiztheit lag in ihrer Stimme.

„Schlimmer. Ich glaube, ihr werdet am Ende Freundinnen

werden. Zumindest hoffe ich, dass das passiert. Wenn wir ein Baby bekommen, wird es einen Cousin oder eine Cousine haben. Ich möchte, dass sie miteinander spielen.“

Ihr Herz flatterte bei diesem Gedanken unter ihren Rippen. „Das alles scheint nicht real zu sein. Selbst die Möglichkeit …“

„Ich weiß.“ Er zog sie an sich und küsste sie auf die Stirn.

Sie vergrub das Gesicht an seinem T-Shirt. „Wir könnten sofort anfangen, daran zu arbeiten.“

Sie spürte, wie er lachte.

„Das habe ich auch vor, sobald ich die Jungs für den Flug morgen früh vorbereitet habe.“

Sie grub die Finger in sein Hemd.

„Ich habe morgen frei, aber ich muss am Montag um acht Uhr zur Teambesprechung in Quantico sein.“

Sie wollte ihn noch nicht verlieren.

„Komm mit mir.“

Sie blickte überrascht zu ihm auf. Eine Mischung aus Aufregung und Beklemmung wirbelte in ihr herum. „Ich weiß nicht, ob ich alles organisieren kann, bis …“

„Was organisieren?“ Er hielt ihren Blick fest. „Deine Fälle? Wie ich dich kenne, ist der Papierkram schon so weit, dass ein anderer Staatsanwalt ihn übernehmen kann. Außerdem untersucht die örtliche FBI-Außenstelle immer noch alles, was Colin Leighton in die Hände gefallen ist. Ich bezweifle, dass man dich diese Woche überhaupt dort hineinlässt.“

Sie sah sich um. „Was ist mit der Wohnung?“

„Die ist schon seit über hundert Jahren hier. Ich bin ziemlich sicher, dass sie für ein oder zwei Wochen klarkommt. Ich werde beide Wohnungen wieder in Ordnung bringen, bevor wir abreisen. Ich bin sicher, wir finden jemanden, der die Post reinholt und die Pflanzen gießt.“

Larry und Enrique würden bald zurück sein.

Ihr Mund wurde ein wenig trocken. „Ich schätze, alles, was ich wirklich brauche, sind meine Brieftasche, mein Laptop und meine Katze.“

„Und mich."

Sie lächelte. „Und dich."

„Heirate mich."

Sie zog sich zurück, ließ ihn aber nicht los. Es war ihm ernst.

„Du musst nicht …"

Er strich ihr das Haar aus dem Gesicht. Seine braunen Augen waren ernst. „Ich möchte es aber. Vielleicht ist es altmodisch, aber ich möchte es."

Er trat einen Schritt zurück, ging auf ein Knie und hielt ihre linke Hand fest. „Hope Harper, würdest du mir die große Ehre erweisen, eines Tages meine Frau zu werden?"

Sie lachte, doch plötzlich war ihre Sicht verschwommen. „Ja." Sie wischte sich über die Augen. „Ja, ich will dich heiraten und das nächste Abenteuer beginnen." Sie ließ sich auf dem kalten Betonboden auf die Knie fallen und schlang die Arme um ihn. Tränen liefen ihr über die Wangen. „Normalerweise weine ich nicht so viel, weißt du."

„Diese Woche war eine Menge los." Aaron hob ihr Kinn an, als sie sich vor ihm verstecken wollte.

Sie schniefte. „Ich bin so dankbar, dass ich dich gefunden habe, Aaron."

Seine Lippen verzogen sich zu einem Lächeln, bevor er sich zu ihr herunterbeugte und sie küsste.

BONUSSZENE 2

Ryan ließ sich mit einem Bier in der Hand auf die Couch fallen. Es war gut, Marsh und Josie wiederzusehen. Marsh war der Grund dafür, dass er in die FBI-Akademie aufgenommen worden war, obwohl er es ganz allein geschafft hatte, seinen Abschluss zu machen und im HRT zu landen. Josie und Marsh so glücklich mit ihren Kindern zu sehen, erinnerte ihn an zu Hause und an seine eigene Familie, die er anrufen musste.

Tabitha war jetzt acht. Sie ging in die zweite Klasse und genoss jede verdammte Minute davon, genau wie ihre Mutter es getan hatte. Das Einzige, was Ryan an der Schule geliebt hatte, war der soziale Aspekt und der Sport. Er hatte gute Noten bekommen, vor allem, weil er wetteifernd war und eine Zwillingsschwester in derselben Klasse gehabt hatte. Er hätte auf keinen Fall zugelassen, dass Sarah ihn übertrumpfte, wenn er es verhindern konnte. Auch, weil seine Eltern es verlangt hatten.

Sie hatten von ihnen beiden das Beste verlangt, und er wusste, dass er es nach Beckys Tod nicht geschafft hatte, das zu erfüllen. Sein Griff um die Flasche wurde fester beim Gedanken an seine süße Frau. Es war so verdammt ungerecht, dass die Welt einen Engel verloren hatte. Dass er die Liebe seines Lebens verloren hatte. Er dachte an Hope, die die Kraft fand, es noch einmal mit

Aaron zu versuchen. Das war bewundernswert. Natürlich war Aaron einer der besten Männer, die Ryan kannte, und er würde Hope wie eine Königin behandeln, so wie sie es verdiente. Aaron würde sie niemals im Stich lassen, zumindest nicht absichtlich – aber der Tod ließ den Menschen nicht immer eine Wahl.

Er fragte sich, wie es Meghan nach der gestrigen Beerdigung ihres Vaters ging, und schaute auf sein Handy. Sie hatte ihm nicht geantwortet.

Er war besorgt. So wie er sich um jeden Menschen sorgen würde, mit dem er arbeitete.

Hope lag mit ihrer Vermutung falsch, was das anging. Es war nichts anderes als Mitgefühl für eine beschissene Situation. Genauso wie er sich um Grady und Shane, JJ und Seth sorgte. Der Verlust von Scotty und Montana hatte sie alle daran erinnert, dass sie keine Superhelden waren. Sie waren zerbrechliche, fehlbare, knallharte Kerle, die genauso rot bluteten wie der Rest der Menschen auf diesem Planeten.

Ryan blickte auf, als Payne Novak und Charlotte Blood die Treppe hinaufgingen. Er stellte sein Bier ab und erhob sich mit einem Lächeln, nur um auf der Stelle zu erstarren, als Grady Steel und Brynn Webster ihnen in die Wohnung folgten.

Verdammt.

So wie Grady seinen Arm besitzergreifend um Brynns Taille gelegt hatte, hatte sie es geschafft, dem Kerl zu verzeihen, was Ryan an dem Tag zu ihr gesagt hatte, an dem Grady vor ein paar Wochen angeschossen worden war. Ryan hatte versucht, ein guter Freund zu sein, aber er hatte es auf die schlimmste Weise vermasselt. Dem Funkeln in Gradys Augen nach zu urteilen, hatte Grady ihm noch nicht verziehen.

Warum sollte er auch? Ryan hatte es versaut.

Im Raum wurde es still. Alle Augen waren wachsam. Die Luft erfüllt von Erwartung.

Ryan machte einen Schritt nach vorn und dann noch einen. Er war nie ein Feigling gewesen – ob er nun auf den größten, fiesesten Bullen beim Rodeo kletterte oder einen Sprengsatz entschärfte, er wusste, wie man seinen Mann stand. Er wusste nur nicht, ob das ausreichen würde, und das machte ihm Angst.

Er ging hinüber, bis er vor Brynn stand, und bemerkte, wie sie den Kopf einzog und wegschaute, eine Spur von Nervosität, aber auch Angst in ihrem Blick.

Scham erfüllte ihn. „Es tut mir leid, was ich an dem Tag im Krankenhaus gesagt habe." Er schüttelte den Kopf, als sie immer noch wegschaute und ihre Wimpern flatterten, als versuchte sie, Tränen zu unterdrücken.

Ryan hasste Tränen. Sie zerstörten ihn.

„Brynn." Er nahm ihre Hand und spürte Gradys harten Blick, der sein Gesicht beobachtete, als könne er Ryans Gedanken lesen. „Ich war ein Idiot. Ich könnte der ganzen Nervengas-Situation die Schuld geben oder dem Umstand, dass jemand, der mir etwas bedeutet, am Verbluten war."

Gradys Augen wurden zu schmalen Schlitzen, als Ryan sich an all die Dinge erinnerte, die Brynn an jenem Tag ebenso durchgemacht hatte.

Er ließ ihre Hand los. Sie steckte sie weg.

„Das ist keine Entschuldigung. Ich weiß, dass es keine Entschuldigung ist, aber ich war besorgt, dass Grady das Herz gebrochen werden würde …"

„Also hast du stattdessen meines gebrochen." Sie sah ihn mit ihren graugrünen Augen an. Sie waren nicht wütend. Stattdessen enthielten sie Spuren der Verzweiflung, die ihm nur allzu vertraut waren.

„Es tut mir leid. Es tut mir wirklich leid. Ich weiß, dass ich nichts tun kann, um die Vergangenheit zu ändern, aber es tut mir so verdammt leid, und es war falsch, das zu tun. Wenn ich es ändern könnte, würde ich es tun, aber ich kann es nicht." Er wollte, dass alles wieder so wurde, wie es gewesen war, bevor er sein verdammtes Maul aufgerissen hatte. Er deutete auf sein Kinn, halb im Scherz. „Nur zu. Dann fühlst du dich besser."

Brynn schüttelte den Kopf und wich einen Schritt zurück. Grady schlug ihn so heftig, dass Ryan einen weißen Lichtblitz sah, als der Raum sich in dem Sekundenbruchteil drehte, den er brauchte, um auf dem Parkettboden aufzuschlagen.

Seine Ohren klingelten, und es herrschte schockierte Stille. Dann streckte Grady seine Hand aus, das Gesicht ernst und eine Augenbraue hochgezogen. Ryan ergriff sie und ließ sich von seinem Kumpel auf die Beine ziehen.

Er umklammerte seinen Kiefer mit Daumen und Zeigefinger und hoffte, dass nichts gebrochen war. „Vergibst du mir?"

In Gradys Augen glitzerte etwas, das verdächtig nach Tränen aussah, bevor er ihn an sich zog und fest umarmte. Ryan erwiderte die Umarmung und schloss erleichtert die Augen.

„Ich vergebe dir, aber ich schwöre bei Gott, wenn du *jemals* wieder so eine Nummer abziehst ..." Grady klopfte ihm ein paarmal auf den Rücken – etwas härter als unbedingt nötig, aber jetzt war nicht die Zeit, sich zu beschweren.

Ryan schnitt eine Grimasse. „Ich werde mein Bestes tun."

Alle fingen wieder an zu reden. Die Show war vorbei.

Grady ließ ihn los und legte einen Arm um Brynn.

„Was macht ihr hier?" Ryans Stimme klang etwas hoch, während er versuchte, so zu tun, als würde sein Kiefer nicht höllisch wehtun.

„Wir haben Deception Cove heute Morgen verlassen. Wir mussten ein paar von Brynns Sachen zusammenpacken und mit der Person sprechen, die ihre Wohnung hier in der Stadt untervermietet. Ich habe erst gemerkt, dass ihr auch hier seid, als der Mieter etwas über die FBI-Ermittlung eines Serienmörders in der Nähe erwähnte, also habe ich Novak angerufen." Grady warf einen Blick auf Brynn. „Wir haben die Nachrichten aus offensichtlichen Gründen gemieden."

Die Tatsache, dass sie beide wahnsinnig ineinander verliebt waren, war offensichtlich. Ryan kam sich wie ein Narr vor, weil er an Brynn gezweifelt und sich eingemischt hatte. Es war nicht seine Angelegenheit, wer sich mit wem einließ. Es musste nicht alles in einer Tragödie enden. Er dachte an Grace und ihre armen halbverwaisten Kinder, und das Herz rutschte ihm in die Hose.

„Hast du von Meghan gehört?", fragte Ryan. Grady war Meghans Partner, die beiden Operators gehörten zum Charlie Team.

Grady nickte. „Sie hat mir eine Nachricht geschickt, um mir mitzuteilen, dass die Beerdigung gut verlaufen ist. Sie plant, rechtzeitig zur Gedenkfeier wieder in Quantico zu sein."

Ryan ignorierte den Stich darüber, dass sie Grady kontaktiert hatte, aber nicht ihn. Er hatte kein Recht auf diese Gefühle.

Aaron und Hope nutzten den Moment, um sich wieder unter die Gäste zu mischen. Hope sah windzerzaust und durcheinander aus, und Aarons Hose war vom Knie abwärts feucht. Ryan schüttelte den Kopf, als Aaron und Grady sich begrüßten und Hope mit Brynn bekannt gemacht wurde, die endlich ihren Mantel abgelegt hatte.

Als Aaron verkündete, dass er und Hope nun verlobt waren, stieg Freude in Ryan auf. Freude und die schreckliche, anhaltende Angst, dass die beiden eines Tages wieder einsam und verlassen dastehen würden. Und vielleicht war sein Problem nicht, dass er verstand, dass schlimme Dinge passieren konnten. Vielleicht war sein wirkliches Problem, dass er irgendwann vergessen hatte, die Freude zu nähren – sie genauso, wenn nicht sogar mehr, zu schätzen als die Trauer. Er hatte zugelassen, dass die schlechten Gefühle die guten auslöschten und dass seine Angst sein Bedürfnis nach emotionaler Selbsterhaltung antrieb, und jetzt hatte er das schreckliche Gefühl, dass es für ihn zu spät war, sich zu ändern.

Nicht, dass er es wollte.

Er griff nach seinem Bier und erhob es nicht nur auf Aaron und Hope, sondern auch auf Brynn und Grady. Er hielt Hopes warmen Blick mit einem schiefen Lächeln fest, während er auf sie alle anstieß.

Danke, dass du *Kalte Wut - Cold Fury* gelesen hast. Ich hoffe, dir hat die Geschichte von Aaron und Hope gefallen. Bist du bereit für den nächsten spannenden Teil der Kalte Gerechtigkeit – Most Wanted Reihe? Wenn du dich für meinen deutschen Newsletter (https://landing.mailerlite.com/webforms/landing/e2o8r3) angemeldet hast, schicke ich dir eine E-Mail, sobald *Kalte Tücke - Cold Spite* erhältlich ist.

Wenn dir dieses Buch gefallen hat, hinterlasse doch bitte eine Rezension bei deinem Lieblingshändler oder auf deiner Netzwerkseite. Rezensionen helfen den Lesern, die richtigen Bücher zu finden. Vielen Dank dafür!

NÜTZLICHE ABKÜRZUNGEN FÜR TONIS BÜCHER

AG: Attorney General – Generalstaatsanwalt

ASAC: Assistant Special-Agent-in-Charge – Rang beim FBI, eine Stufe über dem Supervisory Special Agent (SSA)

ATF: Alcohol, Tobacco, and Firearms – US-Behörde für Alkohol, Tabak, Schusswaffen und Sprengstoffe

BAU: Behavioral Analysis Unit – Abteilung für Verhaltensanalyse

BOLO: Be on the Lookout – Fahndung

BUCAR: Bureau Car – FBI-Auto

CIRG: Critical Incident Response Group – Zentrale Krisen-Interventions-Abteilung des FBI

CMU: Crisis Management Unit – Unterstützt die CIRG

CN: Crisis Negotiator – Krisenverhandler

CNU: Crisis Negotiation Unit – Krisenverhandlungsabteilung

CODIS: Combined DNA Index System – Nationale DNA-Datenbank der USA

CP: Command Post – Befehlsstelle

DEA: Drug Enforcement Administration – US-Drogenbehörde

DOB: Date of Birth – Geburtsdatum

DOJ: Department of Justice – Justizministerium

EMT: Emergency Medical Technician – Rettungssanitäter

ERT: Evidence Response Team – FBI-Spurensicherungsteam

FOA: First-Office Assignment – Erster Büroeinsatz bei Strafverfolgungsbehörden

FBI: Federal Bureau of Investigation – Zentrale Sicherheitsbehörde der USA

FO: Field Office – Außenstelle des FBI

IC: Incident Commander – Einsatzleiter

HRT: Hostage Rescue Team – Geiselrettungsgruppe, FBI-Spezialeinheit

HT: Hostage-Taker – Geiselnehmer

LAPD: Los Angeles Police Department – Polizei der Stadt Los Angeles

LEO: Law Enforcement Officer – Strafverfolgungsbeamter

ME: Medical Examiner – Gerichtsmediziner

MO: Modus Operandi

NAT: New Agent Trainee – Neuer Agent in Ausbildung

NCAVC: National Center for Analysis of Violent Crime – Nationales Zentrum für die Analyse von Gewaltverbrechen

NCIC: National Crime Information Center – zentrale Datenbank der USA zur Sammlung von Informationen in Zusammenhang mit der Kriminalitätsbekämpfung

NYFO: New York Field Office – FBI-Außenstelle New York

OC: Organized Crime – Organisiertes Verbrechen

OCU: Organized Crime Unit – Abteilung zur Bekämpfung von organisiertem Verbrechen

OPR: Office of Professional Responsibility – Büro zur Untersuchung von Fehlverhalten von beim Justizministerium beschäftigten Juristen

POTUS: President of the United States – Präsident der USA

RA: Resident Agency – Kleine Außenstelle des FBI

SA: Special Agent – FBI-Agent

SAC: Special Agent-in-Charge – Leiter eines FBI-Büros oder Region

SAS: Special Air Squadron (British Special Forces unit) – Spezialeinheit der britischen Armee

SIOC: Strategic Information & Operations – Weltweite Kommando- und Kommunikationsabteilung des FBI

SSA: Supervisory Special Agent – FBI-Teamleiter

SWAT: Special Weapons and Tactics – Besonders ausgebildete taktische Spezialeinheit

TC: Tactical Commander – Befehlshaber einer taktischen Spezialeinheit

TOD: Time of Death – Todeszeitpunkt

UNSUB: Unknown Subject – Unbekanntes Subjekt (im Sinne von unbekannter Täter)

ViCAP: Violent Criminal Apprehension Program – Programm zur Aufdeckung von Gewaltverbrechen

WFO: Washington Field Office

DANKSAGUNG

Einen Anwalt als Hauptfigur zu wählen, war eine meiner schwierigeren Entscheidungen. Ich habe kein Problem damit, Dinge zu erfinden, aber ich werde nicht ein ganzes Rechtssystem verunstalten, es sei denn, es passt mir besonders gut. Zum Glück hat eine meiner talentierten Autorinnen, die ehemalige Anwältin Leanne Kale Sparks, eine frühe Version des Buches gelesen und mir bei den Grundlagen geholfen. Trotzdem sind alle Fehler meine eigenen, obwohl ich mir das Recht vorbehalte, mir künstlerische Freiheiten zu nehmen, wenn es für eine gute Geschichte nötig ist. Ein herzliches Dankeschön an Dr. Ian Bouyoucos, dessen Erfahrungen als Forschungsbiologe in Französisch-Polynesien die Idee für Aaron Nashs Hintergrundgeschichte lieferten (soweit ich weiß, hatte Ian während seiner Zeit in Mo'orea weder eine Verlobten noch Verlobten-stehlenden Geschwister).

Ich bin meiner langjährigen Kritikpartnerin Kathy Altman dankbar, die mir von Anfang an zur Seite stand. Was für ein Fels! Und meiner besten Freundin Rachel Grant, die mir tolle Tipps gegeben hat, um der Geschichte den letzten Schliff zu geben.

Ich habe ein tolles Redaktionsteam. Die Entwicklungsredakteurin Lindsey Faber, die Lektorin Joan von JRT Editing und die unglaublich talentierte Pamela Clare, die mir Anregungen und Kommentare gab. Ich bin so dankbar, dass ich eine so talentierte Gruppe von Menschen um mich versammelt habe, die mir bei der Produktion und beim Design meiner Bücher helfen. Ein großes Dankeschön geht auch an meine Assistentin Jill Glass, meine brillante Coverdesignerin Regina Wamba und meinen fantastischen Hörbuchsprecher Eric G. Dove. Wie immer hat mich meine Familie während der Arbeit an diesem Buch unterstützt. Wir haben einen weiteren schwarzen Labrador in die Familie aufgenommen, so dass wir jetzt wieder zwei Verrückte in der Wohnung haben, die uns auf Trab halten.

Außerdem danke ich meinem fantastischen deutschen Übersetzungsteam, Martin Wick, Stef Mills und Antje.

ÜBER DEN AUTOR

Toni Anderson schreibt düstere, heiße, romantische Thriller über das FBI-Milieu und ist *New York Times* und *USA Today*-Bestsellerautorin. Ihre Bücher haben viele Auszeichnungen gewonnen, darunter den Daphne du Maurier Award for Excellence in Mystery and Suspense, den Readers' Choice Award, den Book Buyers' Best Award, den Golden Quill Award, den National Excellence in Romance Fiction Award sowie den National Excellence in Story Telling (NEST) Wettbewerb. Sowohl im Vivian Wettbewerb als auch für den RITA Award der Romance Writers of America stand sie in der Endauswahl. Ihre Bücher wurden mehr als zwei Millionen Mal heruntergeladen.

Vor allem bekannt durch ihre „Kalte Gerechtigkeit"-Reihe, ist es vielleicht nicht überraschend, dass Toni in einem der extremsten Klimas der Welt lebt – in Manitoba, Kanada. Als ehemalige Meeresbiologin vermisst Toni das Meer, aber zum Glück kann sie zur Recherche für ihre Bücher viel reisen. Im Januar 2016 besuchte sie die Zentrale des FBI in Washington, D.C. und nahm an einer Führung durch die Weltweite Kommando- und Kommunikationszentrale des FBI (SIOC) teil. Sie hofft, aufgrund ihrer Google-Suchen nicht verhaftet zu werden.

Auf meiner Website findest du alle deutschen Übersetzungen meiner Bücher: toniandersonauthor.com/german

Melde dich für meinen deutschsprachigen Newsletter (https://

landing.mailerlite.com/webforms/landing/e2o8r3) an und
erhalte zwei kostenlose, exklusive „Kalte Gerechtigkeit"-
Kurzgeschichten sowie Informationen darüber, wann meine
nächste deutsche Übersetzung verfügbar ist.

Toni liebt es, von Lesern zu hören:
E-Mail: toni@toniandersonauthor.com
Website: www.toniandersonauthor.com/german
Lerne Toni online kennen:

facebook.com/ToniAndersonDeutscheBucher
instagram.com/toni_anderson_autorin